PERRY-RHODAN-JUBILÄUMSBAND

Perry Rhodan
Jubiläumsband

zum 20jährigen Bestehen der größten Weltraumserie

Verlag Arthur Moewig GmbH
Rastatt

Redaktion und Bearbeitung: G. M. Schelwokat
Titelillustration: J. Bruck
Verkaufspreis inkl. gesetzl. Mehrwertsteuer
Auslieferung in Österreich:
Pressegroßvertrieb Salzburg, Niederalm 300, A-5081 Anif
Druck und Bindung: Presse-Druck, Augsburg
ISBN 3-8118-7088-2

Inhalt

Vorwort

„Am 8. September 1961 erschien der erste Band einer SF-Heftserie, deren Dauer und Bestand in der ganzen Welt bisher einmalig ist." – So steht es auf Seite 1010 des *Lexikons der Science-Fiction-Literatur,* und es gibt keinen Grund, diese Aussage des Lexikons in Zweifel zu ziehen. Mit der SF-Serie ist natürlich PERRY RHODAN gemeint, und da wir inzwischen das Jahr 1981 schreiben, feiert die Serie jetzt ihr 20jähriges Bestehen.

PERRYs 20. Geburtstag ist allen, die aktiv an der Serie mitarbeiten, Anlaß genug, eine gehörige Portion Stolz zu empfinden, sich anerkennend auf die Schulter zu klopfen oder klopfen zu lassen und sich eventuell kräftig die Nase zu begießen.

Doch wem verdanken die stolzgeschwellten Rhodanisten im Grunde dieses Erfolgserlebnis? Sie verdanken es IHNEN, den PERRY-RHODAN-Lesern, die der Serie so lange die Treue gehalten haben und – hoffentlich – auch weiter halten werden. IHNEN gebührt ein ganz großes und dickes Dankeschön!

Als ein solches Dankeschön von seiten des Verlages soll die vorliegende Jubiläumsausgabe verstanden werden. Elf Autoren haben sich mit Eifer (wenn auch zähneknirschend ob der knappen Terminierung des Projekts) an die Arbeit gemacht und ihr Garn gesponnen – kein schlechtes, wie wir meinen.

Der Zeitraum, in dem die Stories des Jubiläumsbandes angesiedelt sind, ist diesmal besonders weitgespannt. Er reicht vom 11. nachchristlichen Jahrhundert, in dem Hans Kneifels Atlan-Abenteuer bei den Mauren spielt, bis hin zu Icho Tolots Rettungsaktion von H. G. Francis, die in das Jahr 425 der Neuen Galaktischen Zeitrechnung fällt.

Was die Thematik der meisten Erzählungen angeht, so werden darin Probleme behandelt, die uns alle hier und heute auf unserem Planeten Erde bewegen. Es geht um Frieden und Verständigung, um Umweltprobleme, Konflikte zwischen den Generationen und ähnliches mehr.

Der Tenor der Stories ist somit ernster Natur, zu schmunzeln gibt es nichts. Und wenn Sie sich darüber beschweren wollen, bitte tun Sie es und schreiben Sie uns. Wir werden uns dann zum Ausgleich verpflichtet fühlen und dem nächsten Jubiläumsband eine weniger ernsthafte Grundnote verleihen. Einen Aufhänger für ein weiteres PERRY-RHODAN-Jubiläum im Jahre 1982 glauben wir schon gefunden zu haben.

G. M. Schelwokat
Straubing, im Juni 1981

Hans Kneifel

Ein Roboter auf Urlaub

Aus der Science Fiction ist der Begriff ROBOTER nicht wegzudenken. Maschinenmenschen oder Golems wurden seit Beginn der phantastischen Literatur teils als Helfer der Menschen geschildert, zum anderen als Maschinen oder dämonische Wesen mit plötzlich und meist katastrophal hervorbrechenden, oft halbwegs psychopathischen Eigenschaften. Inzwischen existieren unzählige utopische Berichte, in denen Roboter eine wichtige Rolle spielen, und mittlerweile haben die verschiedenen „Maschinenhelden" eigene Charakterzüge angenommen. Es gibt in den Geschichten der Science Fiction tölpelhafte, grausam-kalte, unglückliche, bewegliche oder stationäre Robots. Und solche, die nicht einmal mehr entfernte Ähnlichkeit mit ihren Herstellern haben. Vieles ist heute schon an der Entwicklung ablesbar, einiges vermögen wir uns heute selbst mit größter Phantasie nicht vorzustellen.

Natürlich ist die Geschichte Perry Rhodans ebenfalls ohne Robotmechanismen nicht denkbar. Ein Robot wie Anson Argyris ist nur ein Beispiel für folgende Überlegungen oder besser Spekulationen: Möglicherweise wird in naher oder ferner Zukunft die Packungsdichte der Speicher noch höher sein als schon heute erkennbar. Vielleicht gelingt es den Ingenieuren und Wissenschaftlern, Maschinen mit „menschlichen" Sinnen auszustatten und die Spektren der erfaßbaren Informationen aus der Umwelt noch weiter zu verbreitern. Eventuell wird auch die Fähigkeit der Roboter zunehmen, sinnvoll die unendlich vielen Informationen miteinander zu verbinden. Zunehmende robotische Intelligenz ist die Folge. Die Spirale der Steigerung läßt sich wenigstens in der Phantasie weiterdrehen: Eines fernen Tages beherrschen nicht nur abrufbare Informationen unser Leben, sondern es gibt bewegliche, selbständig handelnde Maschinen mit Intelligenz und sogar auch Kreativität, die sich in den Dienst des Menschen stellen. Oder es geschieht (wie mit dem Feuer des Prometheus in der Sage, der den Menschen die Kultur brachte) eine Art Quantensprung, etwas, das einem robotischen Schöpfungsakt gleichkäme. Sicherlich würde dadurch eine Maschine nicht zu einem Menschen – hoffen wir, daß eine solche Entwicklung uns verschonen möge.

Aber im Land der Phantasie gibt es auch hilfreiche und keineswegs bedrohliche Maschinengeschöpfe, ohne die ihre Herren oder Besitzer oft in bedrohlichen Abenteuern in einer wenig beneidenswerten Lage zurückgeblieben wären. Aus den Abenteuern in der Rhodan-Geschichte kennen wir mindestens einen Meister der überlebensnotwendigen Maskierung. Kaum jemals wurde sein bester Helfer ausführlich erwähnt, einer der an Jahren ältesten und zugleich an Informationen reichsten Roboter. Es wäre unfair, ihm nicht den gebührenden Platz in der Geschichte einzuräumen. Nicht ohne Verständnis und mit leichtem Augenzwinkern ist ihm deshalb diese Story gewidmet. Denn es ist nicht recht verständlich, daß, wenn sein Herr und Meister sich nach Entspannung sehnt, der Roboter leer ausgehen und gelangweilt in der Ecke stehen sollte.

1.

Unverdrossen und hingerissen von den technischen Schwierigkeiten des Problems arbeitete er weiter.

Der Zustand, in dem er sich befand, glich demjenigen eines Blinden, dem man das Augenlicht wiedergegeben hatte. Oder demjenigen eines Tauben, der plötzlich wieder menschliche Stimmen und Musik hörte. Jeder einzelne Impuls steigerte zugleich mit seiner Begeisterung auch sein Wohlbehagen.

Seine Sehzellen, durch braune Kontaktlinsen getarnt, maßen die Durchmesser der Achsen und die Aussparungen zwischen den winzigen Zähnen kleiner Metallräder bis auf Tausendstel des gängigen Maßsystems genau. Er feilte – mit vergleichsweise lächerlichen Werkzeugen, die dennoch einen erstaunlich hohen Wirkungsgrad aufwiesen –, er hämmerte, sägte und versuchte, winzige Nadellager herzustellen, deren Verwendung den Reibungsverlust auf nahe Null herunterzubringen vermochte.

In einem Topf brodelte flüssiges Erdpech, auf kleiner Kerzenflamme erhitzt, das Reisende gebracht hatten. Er war sicher, nicht nur leicht vergasenden Brennstoff, sondern auch feines Öl daraus raffinieren zu können. Er brauchte nur einen Becher voll davon.

Eine seltsame Reihe von Arbeiten verrichtete er in dem kreisrunden Raum, in dem es nach dem Rauch des Holzkohlenfeuers roch.

In bewundernder Nachdenklichkeit bemerkte Abdullah Corteges:

„Seltsam, überaus seltsam. Noch nie habe ich einen Handwerksburschen wie dich gehabt."

„Das ist gut möglich", antwortete der wandernde Geselle mit seidenweicher Stimme und nicht ohne ebenso feine Ironie. Der Schwertfeger, Erfinder und, wie er sich gern nannte, der „Vater der Stunden" bemerkte die Ironie nicht. Er warf einen Blick voller Achtung auf die geschickten Finger des Gehilfen.

„Deine Geschicklichkeit und dein Fleiß sind unglaublich!"

„Das wiederum glaube ich dir nicht“, gab der Geselle zurück. Jedes Wort der maurisch-katalanischen Sprache, die ebenso Ausdrücke des Jüdischen enthielt wie solche aus den nördlichen Provinzen südlich des Meeres, war gestochen scharf und ebenso klar wie die Bewegungen der ineinandergreifenden Zahnräder.

„Aber es erfüllt mein Inneres mit Zufriedenheit“, erklärte der neue Geselle, „diese Berechnungen und Arbeiten ausführen zu dürfen.“

Mit einer kantigen Feile zog er mehrere Striche über die Kante eines Zahnrads.

„Auch kenne ich keinen, der schneller ohne die Finger oder auf Pergament zu rechnen vermag. Und, wer beschreibt mein Erstaunen? Alles ist stets richtig errechnet.“

„Das hingegen ist eine meiner wichtigsten Eigenschaften“, erklärte Errot Ob’Orci. Ein Name, dachte der graubärtige Kunstschmied, der Seltsamkeit des neuen Gesellen entsprechend. Geheimnisse umgaben den Fremden, der vor vier Nächten am Fuß des Turmes aufgetaucht war und seine Dienste angeboten hatte.

Dennoch: Schon heute konnte er sich schwerlich vorstellen, wie er ohne Orci hatte auskommen können. Ihm schwindelte, wenn er daran dachte, was aus all den kühn erdachten Vorhaben und Plänen hervorkommen mochte, die sich jetzt schon undeutlich abzeichneten.

Vielleicht – wer weiß? – gelang es dem Gesellen sogar, einen Homunkulus zu erschaffen. Oder einige von ihnen; ein Pärchen, das andere Menschlein heckte?

„Allahs Wege sind unerforschlich“, stöhnte Corteges. Er war ein etwa fünfundvierzigjähriger Mischling. In ihm vereinigten sich auf das Beste die wissenschaftlichen Erkenntnisse seines maurischen Vaters und der unverdrossene und gottesfürchtige Fleiß der katalanischen Mutter. Er vermochte sogar spanisch *und* maurisch zu schreiben und zu rechnen. Auf einem Bücherbord in seiner Kammer stand eine Abschrift von Abû Tabaris Buch und eine zweite des Astrologen Abu Ma’schar.

„Auch die Wege meines früheren Herrn sind schwer zu erforschen“, bemerkte Orci heiter. „Sie sind mehr als seltsam, im Augenblick scheinen sie aber vorwiegend fröhlich und heiter zu sein.“

Mit einem zierlichen Hämmerchen und auf einem ebensolchen Amboß arbeitete Orci weiter. Als er schließlich den angefertigten Gegenstand in siedendes Öl tauchte, da war es ein Zeiger geworden, aus morgenländischen Schriftzeichen bestehend. Sie lauteten: *Die Stunden, sie fliegen dahin wie der Falke*. Drehte man den verschnörkelten Gegenstand mit dem kleinen Loch an einem Ende, las man auf lateinisch: *horae volant*. Corteges war hingerissen und hob das Gehäuse aus Holz und Metall hoch. Überall sah er Löcher, kleine Lager, Hebelchen und ein Stück feines Metall, wie ein Anker geformt.

„Wann wirst du fertig sein?“ fragte er.

„In wenigen Tagen, Meister der Stunden“, antwortete Orci, ohne seine Arbeit zu unterbrechen.

Der Turm, der Corteges gehörte, stand außerhalb der Stadtmauern. Niedriges Gestrüpp, hineingeduckt in hügeliges Gelände, umgab den Fuß des runden Steinturms und den Garten. Palmen rieben raschelnd ihre Fächer gegen den Stein. In der Ferne schrie jammernd ein Esel. Sonnenglut ließ aus den Büschen aromatische Gerüche aufsteigen. Unablässig plätscherte das Wasser der Quelle, die den Garten bewässerte und über die kunstvoll behauenen Steine, durch die zierlichen Becken und entlang winziger Kanäle lief; eine Arbeit des Schwertfegers und Handwerkers vieler Künste. Im Turm wohnte einsam, grüblerisch und besessen von seinen vielen Plänen der Meister mit seinem neuen Gesellen. Eine blutjunge, glutäugige Sklavin versorgte sie beide mit lautloser Aufmerksamkeit.

Dort, wo in eichenen Fässern aus dem Innern des sonnengequälten Landes dunkelroter Wein reifte, im kühlen Fuß des Turmes, schmiedete Abdullah Corteges die herrlichen Klingen für jeden, der den stolzen Preis bezahlen konnte. Er setzte gebrauchte Waffen wieder instand und verfertigte zierliches Rankenwerk in Ätzarbeit. Im obersten Stockwerk, über eine hölzerne Treppe zugänglich, war die Werkstatt des Vaters der Stunden. Die Wände, aus deren Mauerfugen Eisenstäbe und lange Nägel hervorstanden wie die Stacheln eines nach innen gekehrten Igelfells, hingen tausend Gegenstände aus Holz, Metall, aus Glas oder Ton, aus schillernden Mineralien oder aus anderem, schwer zu schilderndem Material.

Als Orci über Abdullah Corteges Erkundigungen eingezogen hatte – ohne daß dieser etwas merkte –, hatte sich Orcis einzigartiger Verstand an der bunten, faszinierenden Welt dieser Werkstatt entzündet. Was er sah und das wenige davon, das er erkannte, versetzte ihn in einen Sturm der inneren Unruhe, den er nur mit dem Wort *Begeisterung* ausdrücken konnte, ein Begriff, den sein Herr kürzlich erst verwendet hatte.

Zudem befanden sich der Turm und die weiße Stadt mit dem zierlichen Hafen und den dunkelgrün bewachsenen Hügeln in der unmittelbaren Nähe des Gutshofs, auf dem sein Herr gegenwärtig lebte.

So war er folgerichtig hierher gekommen und hatte sich für kargen Lohn und Unterkunft und gutes Essen bei Abdullah verdingt.

Keine Mikrosekunde lang bereute er diesen – seinen eigenen! – Entschluß.

Er fühlte sich in einen Zustand zurückversetzt, der dem begeisterten Lernen eines Halbwüchsigen entsprach, dem Vorgang, mit dem sich ein teilweise gefüllter Speicher mit Informationen versorgte. Eines Heranwachsenden, der von allem bis zur Schlaflosigkeit begeistert war, von tickenden und summenden Dingen, von erstaunlichen Werkstoffen und Formen, von unveränderlichen Abfolgen einzelner logischer Schritte oder dem Gegenteil davon, von kriechenden, fliegenden oder bewegungslosen Dingen, von jedem Stück der Ausrüstung jener seltsamen Werkstatt, etwa eintausend Jahre nach der Zeitenwende dieser Welt.

Hier war er an der richtigen Stelle!

Die Werkbänke, die winzige Esse, zahllose Werkzeuge, von deren Existenz Orci nicht einmal eine flüchtige Ahnung gehabt hatte. Hunderte von angefangenen und meist unausgegorenen Ideen – das alles wirbelte die Zentren seines Gehirns durcheinander. Der Vorgang hatte berauschende Wirkung. Orci sagte sich, daß sein Herr und er selbst mit ihm zusammen wieder einmal mit höchster errechenbarer Wahrscheinlichkeit richtig gehandelt hatten.

Er hatte sich vorgenommen, für die Dauer seines Aufenthalts Abdullah zu neuen Freuden zu verhelfen, indem er sich selbst befriedigende Erfahrungen sicherte.

Er arbeitete für wenige winzige Silber- und Kupfermünzen. Er aß maßvoll und trank noch weniger. Abdullah half er, wo er es immer für richtig hielt. Er behandelte die zartgliedrige Sklavin, die auf den Namen Rebahja hörte, mit der natürlichen Höflichkeit eines alternden Edelmanns. Er versuchte, den barschen Tonfall Abdullahs zu mildern, den er in seiner Härte als Zeichen der Verlegenheit deutete.

Als er mit dem zweiten Zeiger begann, drehte er den Kopf mit dem lockigen, pechschwarzen Haarschopf und blickte durch das Fenster hinaus auf die Landschaft aus Bergen, niedriger Macchia, Sand und leuchtendem, smaragdfarbenem Meer. Zufriedenheit erfüllte ihn; alle Systeme waren ausgeglichen und von Harmonie erfüllt.

Er spürte eine tief in seinem Verstand als widersinnig definierte Heiterkeit bei dem Gedanken, daß früher oder später Rebahja sich in seine braunen Samtaugen und seine schlanke Gestalt verlieben würde. Sie täte besser daran, dem verdächtigen Knarren der Treppenstufen zu lauschen, wenn er zum Essen gerufen wurde und sich die grauen, rissigen Eichenbretter unter seinem Gewicht bogen.

„Ich gehe hinunter“, sagte Abdullah halblaut. „Ich erwarte einen Mauren, der ein Dutzend Schneiden neu geschliffen haben will.“

„Hast du die Farben für die Stundenblätter bekommen?“ fragte Orci. Der Schwertfeger hob einen Becher hoch, der mit Leder und einer straff geknoteten Schnur verschlossen war.

„Ich werde die Blätter noch heute bemalen“, versprach der Geselle.

Abdullah verließ die Werkstatt. Wenig später hörte Orci die Geräusche, mit denen der Schwertfeger seine Schmiede betrieb. Sofern Orci Wohlempfinden spüren oder tiefste Zufriedenheit definieren oder Freude fühlen konnte – hier hatte er sie. Er machte Urlaub von einer Tätigkeit, die ein Höchstmaß an wachsamer Verantwortung verlangte und ebenso ein Höchstmaß an Langeweile. Er machte, klar definiert, Ferien oder Urlaub. Ebenso wie sein Herr. Sein Herr war der Arkonide Atlan. Errot Ob'Orci war ein Anagramm für „Roboter Rico“. Beide hatten sie die Unterwasserkuppel verlassen, um wieder einmal dic Realität zu erfahren. Atlan hatte ein Aufweckmanöver mit allen Einzelheiten programmiert, und zu seinem Maschinenbegleiter hatte er gesagt:

„Ich denke, es ist Zeit für einen Urlaub.“

Jetzt hatten sie Urlaub; Atlan und Rico. Schon die ersten Tage hatten herrlich angefangen, und nicht anders würde es bis zum letzten Tag bleiben.

2.

Ganz unzweifelhaft war es meiner glänzenden Laune zuzuschreiben, daß ich die natürliche Skepsis und die Wachsamkeit vergaß.

In der Mitte eines Hohlwegs, der durch einen Pinienwald der katalanischen Küste führte, durch den Geruch duftender Blüten und brauner Pilze, schaltete ich zugleich mit meinem Mißtrauen auch das körpereigene Abwehrfeld aus.

Plötzlich regnete es förmlich braungesichtige Banditen!

Noch ehe ich den ersten von ihnen richtig wahrnahm, zischte mein Extrasinn:

Du bist umzingelt!

Weißgekleidete Gestalten, blitzende Dolche zwischen den Zähnen, sprangen aus den Ästen der Bäume, glitten über den Rand des Geländeeinschnitts, rannten mir entgegen und tauchten in meinem Rücken auf. Schlingen und Seile sausten durch die Luft.

Meine Schrecksekunde dauerte zu lange.

Mein Pferd, ein prächtiger Schimmelhengst, wieherte vor Schrecken und Angriffslust und stieg steil in die Höhe. Zwei Männer fielen ihm in die Zügel. Meine Hand zuckte hinunter zum Gürtel. Ich versuchte, das Abwehrfeld einzuschalten oder den Dolch-Lähmstrahler zu packen. Aber ich hatte zu viel zu tun, um nicht aus dem Sattel geschleudert zu werden. Mein Arm wurde von einer Wurfschlinge zur Seite gezerrt. Der Dolch wurde in dieser Bewegung aus der Scheide gerissen, überschlug sich in der Luft und blieb in der Wand des Hohlwegs stecken. Das Pferd drehte sich zwei-, dreimal im Kreis und keilte unablässig nach hinten aus. Es war ein wertvolles, sorgfältig trainiertes Tier. Es gelang weder ihm noch mir, der Umzingelung zu entkommen.

Braunhäutige Männer mit schnellen, sicheren Bewegungen und funkelnden Augen drangen von allen Seiten auf mich ein. Ich erkannte, daß die professionelle Wegelagerei ihr eigentliches Geschäft sein mußte. Ich wurde, obwohl ich wütend nach jedem trat, der mir zu nahe kam, aus dem Sattel gerissen. Der Schimmelhengst, hart am Zügel gepackt, stand mit zitternden Flanken da, als der Wegelagerer mein Bein losließ und sich vier Männer auf mich warfen.

Die Banditen sprachen nicht miteinander und knurrten nicht einmal Kommandos. Sie wußten ganz genau, was zu tun war.

Ich rollte mich, meinen Leichtsinn verfluchend, auf dem Boden zur Seite und riß einige Männer von den Füßen. Ich bekam meine Handgelenke frei und schlug zwei Wegelagerer nieder.

Alle bisherige Vorsicht und jegliche Planung waren vergeblich gewesen. Eine einzige Sekunde Leichtsinn nur – sie kostete mich meine Freiheit.

Ein Schlag traf meine Schulter und lähmte den rechten Arm.

Zu spät, schrillte der Logiksektor.

Ein zweiter Hieb landete mit einem trockenen Krachen an meinem Hinterkopf und stürzte mich ins tiefe Dunkel der Besinnungslosigkeit. Noch während ich mich scheinbar kreiselnd dem dunklen Abgrund entgegenbewegte, hörte ich, wie ein Wegelagerer lachend hervorstieß:

„El-saqr wird sich freuen. Reiche Beute hier und heute."

Dann spürte ich nichts mehr.

Unbestimmbare Zeit verging. Als ich mit dröhnenden Kopfschmerzen wieder aufwachte, loderte mir die feuerrote Abendsonne direkt in die Augen.

Ich war so gut wie nackt. Jeder Knochen und Muskel tat rasend weh. Ich setzte mich ächzend auf und erkannte, daß mir die Räuber sogar meine Stiefel, eine teure Handarbeit aus Cordoba, gestohlen hatten. Durch das Inferno meiner Schmerzen, der Wut und der Enttäuschung stach grell die Stimme meines Extrahirns:

Sie haben dir auch den Zellschwingungsaktivator gestohlen! Das Kleinod ohne Wert, wie du behauptetest.

Ich griff in eisigem Schrecken an meine Brust. Bei Allah und diesem irrsinnigen Urlaubsplan, den ich gefaßt hatte! Der Zellaktivator war weg!

Stöhnend kam ich auf die Beine. Der Boden des Hohlwegs war von zahllosen Spuren durchwühlt. Alles war verschwunden: Der Dolch in der wurzeldurchsetzten Hohlwegwand ebenso wie das armbandähnliche Funkgerät, mit dem ich Rico zu Hilfe rufen konnte, das Pferd, die Vorräte in den Taschen des kostbaren Sattels, meine Kleidung – bis auf einen Hüftschurz – und die leichte Rüstung; kurzum alles. Bis zu meinem Stützpunkt mit den anderen Vorräten und dem Rest der Ausrüstung waren es zwanzig Stunden zu Fuß. Dort konnte ich mich neu ausrüsten. Aber es gab keinen zweiten Zellaktivator! Ich blickte in steigender Angst und Panik den Hohlweg hinauf und hinunter.

Was konnte ich tun?

Die Kette, an der der Aktivator hing, war so gut wie unzerreißbar. Der eiförmige Garant potentiell ewigen Lebens verbarg sich unter den Linien, erhabenen Zeichen und fast wertlosen Edelsteinen, die das Auge eines Räubers blenden, aber den Blick des Juwelenhändlers nicht täuschen konnten. Was für einen Menschen wertloser Tand war, bedeutete für mich den Unterschied zwischen Leben und Tod.

Wer war El-saqr, was „der Falke" bedeutete?

Wo lebte er, und wie konnte ich ihn binnen zwei Tagen erreichen? Nach sechzig irdischen Stunden begann mein rapide verlaufender Alterungsprozeß, an dessen Ende der qualvolle Tod stand.

Kurz davor würde ich mich noch einige Zeit außerordentlich wohl fühlen. Ich unterdrückte meine rasende Furcht und nahm einen Anlauf. Ich holte tief Luft und sprang den Hang hinauf. Die meisten Spuren, auch die des Pferdes, führten an dieser Stelle schräg den Abhang aufwärts. Ich kletterte nach oben, klammerte mich an Wurzeln und harzigen Zweigen von Pinien fest und hörte, als ich mich an einem rauhgeschuppten Stamm festklammerte, Gelächter, Schreie, Hufschlag und Kommandos. Sättel knarrten, und Pferde keuchten stoßartig. Kamen die Wegelagerer an mir ein zweitesmal vorbei? Tief duckte ich mich zwischen die Blätter des Unterholzes.

Eine Gruppe Reiter in hellen Burnussen galoppierte durch den Hohlweg.

Hier findest du ein Pferd, ermahnte mich drängend der Logiksektor.

Ich blickte nach unten. Sechzig Stunden! Alles, was ich versuchte, mußte von nun an in rasender Geschwindigkeit und ohne Fehler geschehen. Nur eine Verzweiflungstat konnte mir aus der Notlage helfen. Urlaub! Welch eine dumme Idee! Sieben

Reiter stoben unter mir vorbei. Die Pferde waren schlank und außerordentlich kostbar. Die Bewaffnung entsprach derjenigen, die von Mauren-Edelleuten in Spanien getragen wurde. Die Reiter fühlten sich absolut sicher und riefen einander Scherzworte zu. Ich hörte, daß sie zum Sklavenmarkt nach Saragossa ritten. Als der letzte Reiter direkt unter mir vorbeigaloppierte, breitete ich die Arme aus, schnellte mich ab und sprang gleichzeitig nach unten und vorwärts. Mein Körper segelte durch die Luft, und ich landete auf den Schultern des Reiters.

Er war von diesem Angriff ebenso überrascht, wie ich es vor kurzer Zeit gewesen war. Meine Hände schlossen sich, noch ehe ich den Pferdekörper mit meinen bloßen Sohlen berührte, um den Hals des Reiters, dicht über dem leichten Schuppenpanzer. Das Gewicht meines Körpers riß den Reiter nach rechts aus dem Sattel und schleuderte uns beide zu Boden. Meine Faust zuckte gegen seine Schläfe und bohrte sich mit einem wuchtigen Schlag in seinen Unterleib. Ich sprang auf und spürte, wie der lange Zügel des Pferdes schmerzend heiß durch meine Finger rutschte.

Dann sah mich der vorletzte Reiter, wirbelte sein Pferd auf der Hinterhand herum und sprengte auf mich zu. Als ich neben dem herrenlosen Pferd lief, um mich in den Sattel zu ziehen, hieb er mir die Breitseite seines aufblitzenden Krummschwerts gegen die Schläfe.

Übergangslos wurde es zum zweitenmal um mich herum dunkel wie tiefste Nacht.

Ich wachte von dem eisigen Schock auf, der erfolgte, als mir jemand einen Kübel Wasser über den Kopf schüttete. Ich war mit Lederschnüren an Händen und Füßen an einen hochlehnigen Stuhl gefesselt. Der Stuhl stand vier Ellen weit von der Kante eines Tisches entfernt, der von einem reichhaltigen Essen, Weinkrügen und Früchten übersät war. Über das Arrangement hinweg musterten mich schwarze, sehr nachdenkliche Augen, die in einem schmalen Gesicht standen. Die Stimme, mit der jener Unbekannte das Wort an mich richtete, war rauh, tief und voller Autorität.

„Wer bist du, nackter Wegelagerer?“

Ich zerrte an meinen Fesseln und merkte nur, daß sich das feuchte Leder tiefer in meine Haut einschnitt.

Sage ihm – fast – die Wahrheit, wisperte mein Logiksektor.

„Ich bin Atlan al-Asra. Ich fiel in die Hände von Wegelagerern. Sie ließen mir nur, was ich am Leibe trage. Sie raubten auch“, so fügte ich in einem schwachen Anfall von Listigkeit hinzu, „eine Art Kleinod, das ich um den Hals trug. Es enthält eine Botschaft und ein Pulver, das die Manneskraft stärkt. Beides ist für den Herrscher bestimmt. Deshalb versuchte ich, ein Pferd zu erbeuten.“

Der schwarzhaarige Maure musterte mich in schweigender Prüfung. Mit den Fingern, die vom fetten Reis glänzten, zwirbelte er die Enden seines Bartes. Ich war sicher, daß er zu den wichtigen Männern der Provinz gehörte. Ich hatte mich selbst in den Sklavenstatus versetzt, indem ich mich von ihm gefangennehmen ließ.

„Gibt es Beweise dafür, was du sagst?“

„Wenn es gelänge, die Banditen zu fangen, hätte ich sie. Schiere Verzweiflung trieb mich dazu, deinen Reiter anzugreifen. In zwei Tagen hat das Liebespulver seine Wirkung verloren. Ich brauche ein Pferd und Kleidung, wie du siehst. Und wenn du mir und dem Herrscher helfen willst – einige deiner Männer.“

„Du bist vermessen genug, von mir zu verlangen, daß ich dir glaube“, stellte er mißmutig, aber noch ruhig fest.

„El-saqr hat mich bestehlen lassen“, bemerkte ich. „Vor dem Überfall war ich reich und ein mächtiger Mann. Ich kann mir nicht denken, daß du, ebenfalls ein Mächtiger, die Tätigkeit von Wegelagerern dulden kannst.“

Er fuhr hoch. Plötzlich hing deutliche Spannung im Raum.

„El-saqr also? Bist du sicher?“

„Absolut. Einer der Banditen sprach von der Freude des Falken über so reiche Beute. Die Suche wird schwierig werden. Und mit meinen geheimnisvollen Waffen wird der Falke zu einer Gefahr für alle.“

„Was macht deine Waffen so geheimnisvoll, nackter Sklave?"
„Das zeige und beweise ich dir, wenn sie wieder in meinen Händen sind. Läßt sich der Falke finden?"
„Wenn ich will, finde ich ihn."
„Dann", sagte ich mit aller Überzeugungskraft, deren ich noch fähig war, „finde ihn. Mit mir zusammen, denn ich kenne das Brandzeichen meines Hengstes ebenso wie jeden Teil meiner Waffen. Das Amulett ist das wichtigste."
Schweigend leerte der Maure einen Pokal, in dem sich unzweifelhaft Wein befand. Ein Maure und Alkohol? Al-cahol, das Süße, war vom Propheten verboten worden, aber in diesem Land lockerten sich die Sitten. Nach einer Pause, die mir endlos lang erschien, deutete der Schwarzbärtige auf einen Wächter hinter mir und brummte:
„Schneide ihn los. Gib ihm Wein und Kleider."
Schließlich stand er auf und erklärte:
„Der Falke und seine Bande leben in den Mauern dieser Stadt, unerkannt natürlich. Du bleibst mein Besitz, bis zu der Stunde, in der sich entscheidende Dinge ändern können. Du darfst suchen, solange ich es für richtig halte, aber du bleibst Sklave. Immerhin: Ein Mann mit weißem Haar und rötlichen Augen kann nicht ein einfacher Herumtreiber sein."
„Dein Edelmut und deine Weitsicht werden, wenn ich es kann, überreich belohnt werden", versprach ich wahrheitsgemäß. „Wie nenne ich dich, Meister des Edelmuts?"
„Abu'l Firadsch. El-saqr ist einer meiner Söhne."
Ich zuckte zusammen und verbiß ein Gelächter. Statt dessen verbeugte ich mich und sagte:
„Gib mir ein paar Männer. Nunmehr verstehe ich deine Handlungen besser."
„Nichts verstehst du!" grollte er. „Verliere keine Zeit. Sie kommt niemals zurück. Die Nacht ist der Freund der Diebe. Vielleicht findest du die Männer des Falken. Wenn du ihn mir selbst bringst, werde ich meinerseits das Füllhorn der Belohnungen über dich entleeren!"

Er schnippte mit den überlangen Fingern, an denen kostbare Ringe funkelten. Ich streifte meine durchgeschnittenen Fesseln ab und trank gierig schweren, roten Wein. Eine Tür schloß sich, und als ich mich umdrehte, sah ich eine wahrhaft erstaunliche Gestalt. Ein Hüne, rotgesichtig, mit den gelben Augen eines Säufers und den faltigen Zügen eines Ritters. Die Muskeln sprengten Löcher in ein Kettenhemd. Die hochschäftigen Stiefel starrten vor Schmutz. Er grinste mich an, und ich sah schwarze Zahnstummel und dazwischen breite Lücken. Er rülpste und fragte schweratmig:

„Dieses Zwerglein soll ich beschützen?"

„Tue dein Bestes, Migual. Findet meinen mißratenen Sohn. Und verhilf ihm zu seinem verdammten Amulett", schnarrte Firadsch verdrießlich. „Durchstreift die Stadt. Und lasse ihn nicht fliehen, jenen angeblichen al-Asra."

„Ich gehorche", sagte Migual, schob mich zur Seite und schüttete den Rest Wein aus dem Krug in seine Kehle. Als er mir ins Gesicht rülpste, wandte ich den Kopf; ein schauerlicher Geruch kam zwischen den Ruinen seines Gebisses hervor.

Der Alptraum der Hilflosigkeit, in dem ich wie in zähem Sumpf steckte, wechselte in seinen nächsten Akt.

3.

Drei Tage, einige Stunden hin oder her, nachdem Orci angefangen hatte, war das kunstvoll verzierte Gehäuse fertig.

Zwei doppelt handtellergroße Scheiben, mit den Ziffern der Mauren und radial zulaufenden Strichen verziert, voller Goldfaden-Intarsien und mit allegorischen Darstellungen verziert, prunkten an der Vorderseite des Kastens. Er glich einem der kleinen, zierlichen Bauwerke der Mauren; einem Pavillon in einem ihrer mit mathematischer Schönheit angelegten Gärten. Der Roboter war von dieser Art angewandter Rechenkunst begeistert. Auf den Scheiben, vor ihnen, drehten sich die beiden Zeiger HORAE VOLANT und VITA DURUM. Einer brauchte vierundzwanzig Stunden für einen Umlauf, der schlankere auf dem größeren Scheibenblatt beendete seine Runde in den sechzig Teilen einer Stunde.

Orci wußte, daß er im Begriff war, ein Paradoxon zu schaffen.

Eine Uhr, von Gewichten, Unruhe und Pendel betrieben, würde erst viel später „erfunden" werden. Die Zeit war noch nicht reif dafür. Aber jetzt zerrte das schwere Eisengewicht, bis auf ein Zehntel Gramm berechnet, an der aufgewickelten Schnur der Trommel, die Zähne vieler kleiner und großer Räder griffen ineinander, die Waage der Unruhe schlug klickend hin und her, und der Meister der Stunden sah mit offenstehendem Mund zu, wie der Minutenzeiger die Strecke zwischen zwei Teilstrichen langsam zurücklegte.

„Ein Meisterwerk!" stöhnte er auf, förmlich geschüttelt von Begeisterung und Ehrfurcht vor dem Werk des jungen Gesellen. „Die Zeit wird geteilt. In unveränderlichem Maß!"

„Sie ist ebenso vergänglich, wie du weißt, wie es dieses Machwerk ist. Was wiederum ich weiß", sagte Orci in beiläufigem Ton.

„Du bist ein Meister!" murmelte Abdullah Corteges. „Warte hier!"

Er rannte die knarrenden Stufen in den Keller hinunter, als flüchte er vor einer Erscheinung der Hölle. Kaum war er verschwunden, schlich Rebahja in die Werkstatt.

Sie blieb vor den zierlichen Säulen, Türmchen, Dächern und Scheiben stehen, schenkte Orci ein scheues Lächeln und fragte:

„Was ist das?"

„Ein Ding", erklärte Orci breit lächelnd, „das völlig unnütz ist, aber eine große Bedeutung erhalten wird . . . in einer Zeit, da deine Kindeskinder längst zu Staub zerfallen sein werden. Es mißt die Zeit."

„Die Stunden?"

„Die Stunden und ihre Teile."

„Das tut die Nacht, das macht die Sonne ebenso!“ meinte die Sklavin voller Unverständnis. „Warum seid ihr Männer nur so rastlos und erfindet solche tickenden Kästen? Was soll das? Wozu ist es gut?“

„Es zeigt auch die Zeit, wenn weder die Sonne scheint noch die dunkle Nacht herrscht.“

„Wozu?“

Orci vermochte nicht, eine Antwort zu geben. Die Argumente der Sklavin waren zutiefst menschlich, also nicht logisch und rational. Ein grobes, unveränderliches Maß war die Voraussetzung für immer kleinere, exaktere Zeiteinheiten bis hinunter zu den Mikro-, Nano- und Picosekunden, in denen sich die Schnelligkeit seiner Gedanken vollzog. Rebahja legte eine Hand auf seine Schulter und hauchte in sein wohlgeformtes Ohr:

„Du hast dieses . . . künstliche Ding gebaut, für Abdullah?“

„Für einige schäbige Münzen“, bekannte Orci und fügte hinzu: „Und für meine eigene Zufriedenheit. In einiger Zeit wird dieses Gehäuse mit seinen zwei Zeigern zerfallen sein, ebenso wie die Knochen deiner Kindeskinder.“

„Wozu hast du es dann gemacht, wenn es nur so kurze Zeit lebt?“ fragte sie in unschuldiger Kritik. Orci nickte mehrmals; eine gewichtige Frage, ebenso schwer zu beantworten. Er wich aus und erklärte:

„Weil alles auf dieser Welt nur für eine bestimmte Zeit gilt. Und nicht einmal dies. Vielleicht wird aus jeder guten Erfindung eine Last und eine Macht, die dem Menschen die Herrschaft über andere Menschen in die Hand gibt. Aber auch dies läßt sich nicht ändern. Es ist ein unveränderlicher Ablauf, so wie ein Wassertropfen stets nach unten fällt.“

„Du bist klug für deine Jahre“, stellte Rebahja fest. „Kommst du heute nacht in meine Kammer?“

„Ich bin weit gereist und kenne mehr als andere“, antwortete er und starrte ihr unverändert in die Augen. Ihr Körper schien vor Aufregung zu vibrieren. „Was sollte ich in deiner Kammer?“

Er wußte es, denn er hatte oft die Menschen von Larsaf Drei bei zunächst unverständlichem Tun beobachtet. Heute wußte er, daß sie der Fortpflanzung dienten. Es war genau das eingetreten, was er ausgerechnet hatte. Bevor er eine Antwort erhielt – aber nun legte Rebahja beide Hände fordernd und begehrend auf seine Schultern –, betrat der Schwertfeger wieder die Werkstatt. Er trug einen großen Krug voll Wein und, seltsam genug, *drei* Becher, die er selbst gefertigt hatte.

„Wir müssen auf dein Wunderwerk trinken!“ sagte er. „Auch du, Mädchen!“

Orci hatte schnell einen Weg gefunden, den Behälter der zerkauten Speisen ungesehen auszuleeren und zu reinigen. Er stand auf, nahm den Zeitmesser und trug ihn bis zu einer Steinsäule an der Wand der Werkstatt. Dort stellte er ihn behutsam ab und setzte sich an den Tisch. Das Holz knirschte protestierend. Gluckernd lief Wein in die Becher, und während der Schwertfeger die Becher herumreichte, dachte Orci programmgemäß an seinen Herrn. Atlan hatte sich seit fünf Tagen nicht mehr mit ihm in Verbindung gesetzt. Das bedeutete zu fünfzig Prozent, daß es ihm sorgenfrei gut ging, und die andere Wahrscheinlichkeit hieß: Er war unfähig, mit ihm zu kommunizieren, und somit gefährdet.

Die Grenzwerte des Warten-Könnens waren bald erreicht. Ohne zu überlegen, nahm Orci den Becher und erläuterte seine Gedanken.

„Ich komme, wie ihr wißt, von weither und kenne unzählige Dinge. Um aus einer unnennbaren Gefahr zu entkommen, mußte ich ein doppeltes Gelübde ablegen. Ich darf keine Frau anrühren, und ich muß, was ich weiß, an andere weitergeben. Das ist eine Erklärung für viele seltsame Vorgänge in meinem Verhalten.“

„Trotz allem weiß ich, daß du ein Meister der Kunst und der Wissenschaft bist!“ beharrte Abdullah. Er hob den Becher und blickte Rebahja, als sähe er sie zum erstenmal, unverkennbar lüstern an.

„Zuviel des Lobes“, wehrte Orci ab und nahm einen Schluck. „Ich habe gesehen, daß du Schwierigkeiten hast, Abdullah, das Wasser der Quelle bis zur Spitze des Turmes zu befördern?“

„Das ist richtig. Du hast die Bruchstücke der Rohre und der mechanischen Teile gesehen?“

„Dort drüben. In wenigen Tagen werden wir es schaffen. Aber ich brauche dazu deine Schmiedekunst.“

„Du wirst mich belehren, wie ich mit der Kraft der Windmühle oder eines hungrigen Esels Wasser herbeischaffen kann!“

„Dies werden wir bald geschafft haben“, versicherte Orci und konstruierte blitzschnell in seinem Verstand eine simple Pumpe, verglich sie mit den Systemen, die er bereits kannte, und entschied sich für eine vereinfachte Form, die fast jedermann würde nachbauen können.

„Du bist einzigartig, Orci!“ flüsterte die Sklavin und nippte unaufhörlich an ihrem halbvollen Becher. Der Schwertfeger dachte pragmatischer und brachte hervor:

„Ich werde dich mit Gold bezahlen. Wie lange wirst du bei mir bleiben?“

Orci deutete prophetisch auf die tickenden Teile des Zeitmessers und erwiderte vage:

„Bis die Zeit meines Aufenthalts abgelaufen ist. Niemand vermag es genau zu sagen. Eines Tages treibt mich ein Gelübde weiter. Du wirst es rechtzeitig erfahren, wenn ich dich verlassen muß.“

„Möge der Tag viele Jahre fern sein!“ beschwor ihn Corteges fast zitternd vor Anspannung.

Die Formel *ich erinnere mich nicht* gab es für den vollkommen maskierten Robot nicht. Alle Informationen, die er besaß, und in seinem rund zehn Jahrtausende umfassenden Leben hatten sich seine Speicher mit gigantischen Mengen von Informationen gefüllt, waren nach einer sehr kurzen Zugriffszeit präsent. Er wußte: Atlan versuchte stets den Barbaren von Larsaf Drei zu helfen, Wissenschaften und Technik zu fördern. Er meinte noch immer, daß aus vielen kleinen Hinweisen einst ein Raumschiff entstehen könnte, das die Sternenfahrt einleitete. Sein Ziel war, nach ARKON zurückzukehren.

Zwar war im Augenblick von alledem noch nicht einmal ein Schimmer zu erahnen. Aber auch Orci-Rico, Atlans Robot, konnte zu dieser Entwicklung beitragen. Er fand in seinen Denkprozessen einen Hinweis darauf, daß ein höherer Luxus der Menschen nicht nur Langeweile und Übermut, sondern auch konstruktive Ideen und überraschende Lösungen produzierte. Unter diesem Zeichen stand sein Urlaub im Turm des Schwertfegers.

„Wir werden sehen!“ bestätigte er die Ungewißheit Abdullahs. „Zuerst bauen wir eine schöne, nicht quietschende Pumpe.“

Schnell skizzierte er mit Kreide auf der Tischplatte das Arbeitsprinzip. Am nächsten Morgen würden sie damit beginnen. Fassungslos sahen Rebahja und Corteges zu und vergaßen zu trinken. Orci gähnte ein paarmal demonstrativ und vertrieb den Schwertfeger und dessen Sklavin aus der Werkstatt.

„Morgen!“ tröstete er sie.

Rebahja schien zwischen Verzweiflung und Enttäuschung zu schwanken, aber sie wiederholte an diesem späten Abend ihr offenherziges Angebot nicht mehr. Orci schob dieses Problem zur Seite und überlegte, was er mit den vorhandenen Werkstücken anfangen könnte, die im Innern des Turmes herumlagen und an den Wänden hingen.

Nachts starrte er von der Plattform aus die Sterne an.

Er hatte natürlich keine Kontrolle darüber, ob es ihm möglich war, Atlans Gedanken und Empfindungen verstehen zu können.

Aber er war sicher, daß jedesmal, wenn Atlan diese fernen Sonnen anblickte, der Arkonide sich ebenso nach unbegreiflich fremden Träumen sehnte wie er selbst nach etwas, das sein robotischer Verstand nicht ausdrücken konnte.

4.

Das Leben in der Stadt lief mit hochmütiger Unbekümmertheit ab. Alles erglühte im letzten Licht des warmen, schwülen Tages in lodernden Farben. In den Schenken und hinter den Fenstern wurden Lampen angezündet. Wir fingen unseren Streifzug an; Migual, ich und zwei Halbwüchsige, deren Namen ich nicht kannte.

Wie ein wandelnder Schatten ragte Migual hinter mir auf.

„Stimmt es, daß der Falke ein Sohn des Firadsch ist?"

„Es ärgert ihn seit Jahren, und noch mehr ärgert es ihn, daß er sich nicht erwischen läßt. Ist auch teuflisch schwer!"

„Weißt du, wo sich El-saqr versteckt?"

Migual bahnte mir einen Weg durch eine kleine Menschenmenge, die sich vor dem Eingang einer Taverne ballte. Der breitschultrige Riese war in Wirklichkeit weder ein Säufer noch ein Idiot. Es war schwer, hinter seine Fassade zu schauen. Aber er hielt uns die potentiellen Beutelschneider, Bettler und die Dirnen vom Leibe. Wir bewegten uns schnell durch die Taverne, umkreisten die Tische, tauchten aus den Schatten zwischen den Fässern und hinter dem Spieß auf, an dem sich Bratenstücke drehten, und meine Blicke zuckten hierhin und dorthin wie Blitze.

Wir verständigten uns mit fast unsichtbaren Gesten. Ich zog verneinend die Schultern hoch, und gerade, als wir den Kellerraum wieder verlassen wollten, blitzte ein Dolchgriff auf.

Deine Waffe! gellte der Extrasinn. Ich handelte mit wiedererwachter Schnelligkeit. Ein kurzer Ruf, einige schnelle Schritte, und meine Hand schloß sich mit eisernem Griff um den Unterarm eines schmalgesichtigen Mannes. Der Riese bewegte sich noch schneller als ich, stand plötzlich hinter dem Banditen, drehte ihm, indem er seinen weißen, ausgefransten Umhang als Ablenkung schwenkte, den Arm auf dem Rücken bis ins Genick und schleppte den Mann unauffällig und mit geradezu verblüffender Geschwindigkeit hinaus ins Dunkel.

Meine Handkante landete auf dem Gelenk des Mannes, als er seinen – meinen – Dolch ziehen wollte. Ich entriß ihm die Waffe. Tatsächlich! Es war diejenige, die man mir gestohlen hatte.

Migual nagelte den Banditen gegen die Quadern einer Mauer, indem er einfach seinen Unterarm gegen dessen Hals preßte. Er blies dem zu Tode erschrockenen Wegelagerer seinen Weinatem ins Gesicht und grollte fast unhörbar:

„Wir wissen alles. Du bist einer der Wegelagerer, die den Weißhaarigen beraubt haben. Wo finden wir das Pferd, die Rüstung, die Kleider . . . alles andere? Und wo verbirgt sich El-saqr? Sprich schnell, denn dein Leben bedeutet uns nur wenig.“

Hinter mir warteten die beiden Jungen. Ich schirmte mit meinen Schultern den Riesen ab, der dem stöhnenden, schwitzenden Wegelagerer zuerst Wort für Wort, dann in einem hervorgestoßenen Strom das Geständnis entriß. Dann ließ er wortlos seine geballte Faust auf den Kopf des keuchenden Banditen fallen. Der Mann rutschte an der Mauer zu Boden und blieb verkrümmt liegen. Wir hasteten weiter.

„Du hast dir jedes Wort gemerkt?“ fragte Migual und lief mit weiten, lautlosen Schritten durch den Schmutz der mit runden Steinen gepflasterten Gasse. Ich versicherte ihm:

„Jedes Wort! Du kannst mir glauben.“

Dafür sorgte schon mein fotografisch exaktes Gedächtnis. Zwischen den eng stehenden Mauern hasteten wir der nächsten Schenke entgegen. Dort, hatte der Wegelagerer gesagt, würfelten einige aus der Truppe El-saqrs um andere Teile meines Besitzes.

„Deine Geschichte scheint wahr zu sein“, knurrte Migual über die Schulter, und ich umklammerte den Griff des Lähmstrahlers. Ich war nicht mehr ganz wehrlos, aber noch brauchte ich den Aktivator und das Kommandoarmband. Wir rannten an einem fröhlich plätschernden Brunnen vorbei, schoben uns durch die farbenfroh gekleidete Bevölkerung, die auf dem Platz flanierte, wichen zwei Reitern aus, die, Fackeln in den Händen, an uns vorbeistoben. Atemlos blieb Migual stehen, packte den Weinkrug eines Händlers und trank ihn leer. Er warf ihm eine winzige Münze zu. Wir lehnten uns neben der Taverne gegen die Mauer.

Ich sagte kurz:

„Du wirst herausfinden, daß sich die Männer nicht bewegen können. Ich werde ihre Knie lähmen, Migual!"

Entgeistert starrte er mich an und lachte dann roh.

„Du bist wahrhaft ein merkwürdiger Geselle. Meinetwegen – ich helfe dir, wie versprochen."

Scheinbar gutgelaunt und ein Abenteuer suchend, betraten wir eine ärmliche Taverne, die tief in das Gewölbe des Hauses vorstieß. Im hintersten Winkel, zwischen flackernden Öllampen, saßen fünf Männer an einem Tisch, aßen, tranken und ließen die Würfel rollen. Die Banditen erkannte ich nicht wieder, aber ich sah mein Kettenhemd, den Umhang, meine herrliche sarazenische Klinge, und als ich mich bückte, ragte unter dem klobigen Tisch einer meiner Stiefel hervor.

Lautlos drang der Lähmstrahl aus der Spitze meines Dolches. Noch ehe die wenigen anderen Gäste die ächzenden Schmerzensschreie der Männer hören konnten, standen wir breitschultrig vor dem Tisch. Der Wegelagerer, der meine Stiefel trug, zog mein Schwert. Migual wischte es ihm mit einem schmetternden Schlag der flachen Hand aus der Faust – es gelang mir, es aufzufangen.

„Meine Stiefel", sagte ich. „Ziehe sie aus! Schnell. Sonst zerre ich dich an den Haaren zum Vater eures Räuberhauptmanns."

Der Riese hob einen Weinbecher und reichte ihn mir mit einer Gebärde voller Eleganz.

„Dieser Mann", sagte er und hob mit der zurückzuckenden Hand einen der Banditen von der Bank in die Höhe. Die silbernen Maschen des Kettenhemds knirschten unter seinen Fingern, „ist von euch beraubt worden. Wir lassen euch vielleicht am Leben, wenn ihr sagt, wo sein Amulett ist."

Unter dem Tisch polterten zwei Stiefel zu Boden. Ich trank

aus und hob die Stiefel auf. Sogar die Sporen befanden sich noch an den Lederriemen, nur eine Schnalle war abgerissen. Dann feuerte ich den Dolch ab und traf den Mann in die Brust. Er sackte zwischen seinen entsetzten Genossen zu Boden. Entgeisterte Stille der Angst breitete sich aus.

„Es ist . . . der Falke hat es!"

Wir sammelten schnell ein, was mir gehörte. Stöhnend vor Furcht, daß ihm die Beine nicht mehr gehorchten und er ebenso „sterben" könnte wie sein Freund, zog der Wegelagerer mein Kettenhemd aus. Ich schnallte das Schwert um meine Hüften, faltete den Mantel zusammen und wickelte das Drahtgespinst darum. Die Schnüre der Stiefel knotete ich zusammen und warf das Paar über meine Schultern.

„Wo ist er?"

„Ich weiß es nicht", stieß der Mann mit der Narbe quer über der Stirn hervor. Er war halb irre vor Entsetzen. Migual wirkte auch auf mich wie eine polternde Steinlawine. Jemand kam in die dunkle Taverne, und wir gaben uns den Anschein, mit unseren guten Freunden ein heiteres Gespräch zu führen. Der Gigant schräg vor mir, der gerade die Finger eines Banditen nach hinten bog, stieß ein dröhnendes Gelächter aus, um das wimmernde Stöhnen des Wegelagerers zu übertönen.

„Er muß bei Xarmina sein! Bei seiner Geliebten."

„Wo? Rede, du Abschaum!" donnerte der Gigant. Ich reichte meine Besitztümer an die beiden Jungen weiter, die dem Geschehen in einer seltsamen Art von Gelassenheit zugesehen hatten. Für sie, sagte ich bitter, lief auch nicht die Zeit so drohend ab wie für mich ohne den rettenden Aktivator.

„Und er hat auch dieses breite Band aus Leder, Gold und Steinen?" wollte ich wissen. Der Räuber starrte mich mit weit aufgerissenen Augen an. Sein Gesicht troff vor Schweiß. Er nickte.

„Also! Worauf warten wir noch?"

Migual leerte den Rest Wein aus einem Krug über den Räuber, nickte mir zu und deutete kurz auf meinen Dolch. Während sich die Muskeln seiner Arme spannten, lähmte ich die restlichen Banditen. Der riesige Mann riß den anderen über den Tisch hinweg, warf ihn über seine Schulter und stapfte, wie ein Betrunkener schwankend, auf den Platz hinaus. Der Wirt in einer schmutzigen Schürze wieselte auf ihn zu und fragte zeternd nach Bezahlung.

„Die anderen zahlen. Ich bringe ihn nur in sein verwanztes Bett!"

Ein Viertel der Zeit war vorbei, die ich ohne Schaden hinter dem Aktivator herjagen konnte. Ständig schwankte ich im Zustand der Panik zwischen Hoffnung und Niedergeschlagenheit. Im Augenblick konnte ich wieder etwas zuversichtlicher sein. Das Ganze hatte ohnehin mehr von einem Alptraum als von wirklicher Realität. Ich wandte mich, als Migual mühelos eine zerfallene Treppe hinaufstürmte, an ihn.

„Wir waren erfolgreicher, als ich es mir erträumt habe."

Zu meiner Verwunderung knurrte er finster zurück:

„Du mußt wirklich ein Mann von Reichtum und feiner Lebensart sein! Das kostbare Schwert, die silbernen Sporen – und wie gut du kämpfst!"

„Warte, bis du den Sattel und den Schimmelhengst siehst", spottete ich. „Wenigstens einer in dieser Stadt schätzt mich richtig ein."

„Bist du wirklich ein Kurier?"

Er rannte die Stufen hinauf, als wäre es eine ebene Strecke. Die Last auf seinem Rücken beeinträchtigte seine Schnelligkeit nicht. Ab und zu ließ er als Zeichen, daß wir nicht scherzten, das Knie oder die Schulter des Wegelagerers gegen die rissigen Steine schrammen. Jedesmal entfuhr dem geschundenen Gefangenen ein jammernder Schmerzenslaut. Mein Mitgefühl hielt sich in engen Grenzen; ich dachte an den Aktivator.

Andererseits: Welche herrlichen Stunden und Tage hätte ich in dieser malerischen Stadt verbringen können, voll von fröhlichen Menschen, inmitten der Gasthöfe, aus denen es verlockend nach Wein und Gebratenem roch, nach Fisch mit Knoblauch und in Fett gerösteten Maiskolben! Welch einen Urlaub hätte ich hier verbringen können, in den maurischen Gärten, in denen Sklavinnen die al-aût spielten und andere, seltsamere Instrumente.

„Ich bin wirklich ein Kurier", bestätigte ich. „Aber die Wahrheit ist etwas anders, als ich sie dem Vater dieses dreimal verwünschten Tunichtguts erzählt habe. Keine Sorge! Ich werde euch alles berichten. Welchen Rang bekleidest eigentlich du, Bruder der Gewalt?"

„Ich bewache alles und jedes, das Firadsch gehört."

„Was gehört ihm?"

„In dieser Stadt – fast alles. Nur ein paar jüdische Händler gehören ihm nicht."

Nach einem Zickzackweg treppauf und treppab, durch das stinkende oder wohlriechende Labyrinth niedriger und hoher Hausmauern, unter den riesigen Ästen rauschender Bäume hindurch, gelangten wir an einen Stall. Der Gefangene würgte einige Worte hervor. Wenige Zeit später fanden wir meinen Schimmelhengst, der mich mit ausgelassenem Wiehern und einigen Hieben gegen die morschen Bretter des Verschlages begrüßte.

„Und hier im Stroh", sagte ich und hob die Fackel aus der Wandhalterung, „mein Sattel!"

Der Wächter war ein uralter, zahnloser Mann. Er wich schrittweise vor den Männern zurück, die rücksichtslos eindrangen.

Ich setzte ihm die Spitze des Dolches an die Kehle.

„Gehörst du zu El-saqrs Räubern? Bewachst du die Ruhe seines Liebesnestes?"

Achtlos ließ Migual den Gefangenen zu Boden fallen. Nur eine dünne Lage Stroh verhinderte, daß er sich einige Knochen brach. Der Alte machte einen Satz in die Höhe und gurgelte:

„Ich bin alt, Herr! Erbarmen! Ich friste mein Leben . . . einst war ich ein schneller Mann mit dem Messer. Jetzt kann ich nur noch . . ."

„Sattelt das Pferd, packt das Zeug auf den Sattel und bringt den Hengst zu Firadsch und in seine Ställe!“ sagte ich zu den Burschen. Keiner von ihnen hatte bisher auch nur ein Wort gesagt. Erst später erfuhr ich, daß man ihnen die halbe Zunge abgeschnitten hatte, bevor sie als stumme Diener verkauft wurden.

„Wo finden wir den Herrn der Diebe?“ grollte der Riese und spreizte vor dem Hals des Alten seine gewaltigen Finger.

„Bei Xarmina!“

„Also doch“, murmelte ich und hob, als die zwei Jungen das Pferd an mir vorbeiführten, die Hand. Ich tätschelte den Hals des Tieres und sah zu, wie sie es in die Dunkelheit wegbrachten.

„In ihrer Höhle?“

„Nein. Sie muß im Zelt sein, dort, hinter den Eichen. Sie haben ein Zelt . . .“

„. . . gestohlen und aufgestellt. Ich weiß. Ein anderer Händler wurde überfallen“, wandte sich Migual an mich. „Schläfere auch ihn ein. Ich brauche diese beiden nicht mehr.“

Er begriff nicht, wie ein Lähmstrahler funktionierte. Aber er wußte, daß er wirkte, und es genügte ihm. Der Alte wimmerte, als ich den Dolch zog, die Waffe auf den jüngeren Banditen richtete und abdrückte. Der Körper des Mannes, der aus dem offenen Stalltor hatte hinauskriechen wollen, zuckte zusammen und blieb still liegen. Ich feuerte dem Greis in die Brust – zu anderer Zeit konnte ich anderen gegenüber großzügiger sein. Migual nahm mir die Fackel ab und sagte:

„Hoffen wir, daß dieser junge Narr den Schmuck seiner Freundin umgehängt hat. Ich kenne sie alle. Ich weiß auch, wo das Zelt steht.“

„Dann – auf zum letzten Überfall!“

Wir rannten davon.

Ohne daß ich es gemerkt hatte, waren wir durch die Stadtmauer gekommen. Hinter uns verlor sich das Gewirr der ärmlichen Hütten. Stille breitete sich aus, und gegen den Nachthimmel mit seinen blinkenden Sternen zeichneten sich mächtige

Baumkronen ab. Ein Hund jaulte den Vollmond an. Zwischen den Baumstämmen war es kühler als in der Stadt. Der Riese schien Katzenaugen zu haben, denn er führte mich geradewegs an den Rand einer romantischen Lichtung, in der ich undeutlich einen winzigen Wasserfall, Felsen, Gestrüpp und das prächtige Zelt entdeckte.

Im Zelt selbst brannte eine winzige Lampe. Migual drehte sich um und bedeutete mir, die Fackel hinter einem Baumstamm in den Boden zu rammen. Ich gehorchte, dann schlichen wir näher.

Er machte die Bewegung, mit der ich den Dolch als Wunderwaffe benutzte. Ich nickte schweigend. Schritt um Schritt kamen wir von zwei Seiten an das Zelt heran. Der Eingang war offen, und wir erkannten auf dem Lager undeutlich zwei Personen.

Ein Mann schien auf dem Bauch liegend zu schlafen.

Neben ihm hockte starr ein schlankes Mädchen mit langem, dunklem Haar. Ich sah weder ihr Gesicht noch den üppigen Körper. Mein Blick wurde fast magisch von dem undeutlichen Funkeln angezogen, das die falschen Edelsteine meines „Amuletts" erzeugten.

Mir gegenüber, sich hinter den Zeltwandungen hervorschiebend, machte Migual ein nicht mißzuverstehendes Zeichen.

Zweimal fauchte der Strahler auf.

Ich ging kein Risiko ein und lähmte zuerst die junge Frau. Der Mann, ohne Zweifel der Falke, hatte ein scharfes Gehör und einen leichten Schlaf.

Er sprang in die Höhe und kippte, sich halb herumdrehend, wieder auf das Lager zurück. Wir rannten herbei, und dann entzündeten wir drei andere Lampen, die auf niedrigen Tischen standen und auf Truhen, über die kostbare Stoffe gebreitet waren.

„Allah hat uns verwöhnt, diese Nacht", sagte der Riese, als glaube er selbst nicht, was er sah.

Ich hob den Kopf der Frau an, streifte die Kette des Aktivators über ihren Nacken und zog vorsichtig einige lange, schwarze Haare zwischen den Ornamenten heraus. Dann versenkte ich den Zellschwingungsaktivator unter dem Hemd, das mir der Vater dieses Wegelagerers großzügig geliehen hatte.

Ich spürte, wie meine Knie zitterten. Meine Finger bewegten sich fahrig. Ich vermochte fast nicht, den Dolch in die Scheide zurückzuschieben. Die Erleichterung war ein Gefühl, das alle anderen Überlegungen und Gedanken lähmte und ausschaltete.

„Ich fühle mich“, sagte ich krächzend, „wie neugeboren.“

Der Oberste Wächter zuckte die Schultern.

„Wie du meinst. Hast du, was du wolltest?“

„Noch nicht alles. Aber das Wichtigste.“

Lebensspendende Wärmewellen schienen von dem getarnten Gegenstand auszugehen. Ich sah mich im Innern des Zeltes um. Sie hatten sich sehr sicher gefühlt, die beiden Liebenden! Überall lag achtlos die Beute einiger Raubzüge herum; Stoffe, Krüge, offene Ledersäcke, prachtvolle Waffen, Gegenstände aller Art, Geschmeide . . . und neben den Falten, die das Fell eines seltenen Raubtieres warf, sah ich das breite Band. Es schien ihnen nichts wert gewesen zu sein. Sofort hob ich es auf und schnallte es wieder an den linken Arm. Rico war plötzlich wieder in greifbare Nähe gerückt – er und alle seine technischen Möglichkeiten.

Der Riese stieß mich mit dem Ellenbogen an.

„Bringen wir zu Ende, was wir angefangen haben. Zuerst die Bezahlung für einige Krüge Wein.“

Er hob einen schweren Beutel auf, in dem es dumpf klirrte. Goldmünzen. Der Beutel mit den langen Schnüren verschwand irgendwo unter dem Wams dieses seltsamen Mannes. Dann riß er einige Bahnen feinsten Stoffes auseinander und wickelte, als wären es kleine Kinder, den Falken und seine Geliebte darin ein. Ich sah, hin und her gerissen zwischen Staunen und Belustigung und Ehrfurcht vor so viel klug angewandter Stärke, wie sich Migual die beiden Körper über die Schultern warf und ausbalancierte.

„Gehen wir!“ sagte er einfach. „Den Rest erledigen meine Reiter.“

Als wir den Palast von Abu'l Firadsch erreichten, war Mitternacht vorbeigegangen. Nur wenige Augenblicke später donnerten zwölf Reiter mit funkenstiebenden Fackeln in den Händen an uns vorbei und dorthin, woher wir gekommen waren.

Der Vater versuchte, die Untaten seines mißratenen Sohnes zu vertuschen. Er schloß den riesigen Mann und mich voller Rührung in die Arme, dann sagte er mit rauher Stimme:

„Morgen werden wir über alles reden, meine Freunde! Morgen! Ihr habt meinem Leben wieder einen Sinn gegeben. Ich ahnte es schon, als sie deinen Schimmel brachten, Vater der Wahrheit."

Ich erwiderte, ebenfalls voller Ernst in die blumenreiche Sprache fallend:

„Ein Becher Wein, ein warmes Bad und ein nicht zu weiches Nachtlager, Herr der Gastlichkeit, und morgen werde ich euch eine Geschichte erzählen, die ihr noch nie gehört habt. Dank dir, Firadsch!"

Mit einer großzügigen Geste winkte er ab und schlug gegen einen Gong. Noch während Bedienstete in den großen Saal hereinstürzten, murmelte er:

„Sie dürfen nicht mehr entkommen, Migual!"

Der Riese verneigte sich.

„Dafür, daß sie . . . wie lange ?. . . schlafen, hat Atlan al-Asra gesorgt. Um den Rest kümmere ich mich."

„Vor morgen mittag wachen sie nicht auf!" sagte ich.

Aus dem Alptraum wurde ein märchenhafter Traum. Man kleidete mich aus, badete mich und massierte meinen Körper mit feinstem Öl, hüllte mich in irgendwelche wallenden Kleider und brachte vom besten Wein. Schließlich versank ich in einem Zimmer mit prunkvoller Decke auf einem riesenhaften Lager in einen tiefen Schlaf der Erschöpfung. Ich war gerettet, aber ich dachte nicht an Urlaub. Noch nicht.

5.

Die zierlichen Hufe eines grauscheckigen Esels trappelten auf den Brettern des Tretrads. Räder aus Holz, in die Pflöcke aus Eisen gedreht waren, drehten sich und trieben zwei exzentrische Hebel an. Diese wiederum gingen hin und her, auf und ab, und in eisernen Zylindern bewegten sich Kolben aus Holz, mit nassem Leder abgedichtet. Wasser wurde angesogen und ausgestoßen und stieg in einem armdicken Rohr höher und höher und sprudelte schließlich auf der Plattform des Turms in mehrere Zuber.

„Nun seht ihr, daß Wasser bergauf läuft", sagte Orci zufrieden und ließ grinsend zwei Reihen makellos weißer Zähne erkennen. Er packte das Rohr, drehte es um hundertachtzig Grad und verhinderte, daß die Zuber überliefen. Ein breiter Strahl ergoß sich entlang der Turmmauer und überschüttete den Esel mit einem starken Regen.

„Abermals ein Wunder!" sagte der Schwertfeger. *Wunder* und *Meister* waren in den letzten Tagen die Wörter gewesen, die er am meisten benutzt hatte. Das Kopfschütteln hatte er sich inzwischen abgewöhnt.

„Ich muß nicht mehr zur Quelle laufen!" staunte Rebahja und himmelte Orci mit ihren großen Augen an. Orci lachte und schränkte ein:

„Dafür mußt du den Esel antreiben. Nicht alles eignet sich für jeden Zweck."

Sie drängte sich an seinen Arm und flüsterte enttäuscht:

„Das habe ich leider schon erfahren."

Mit einer Hand reichte Abdullah Orci einen vollen Becher Wein, mit der anderen ein mittelgroßes Goldstück.

„Du hast es ehrlich verdient. Wäre ich reicher . . ."

„Reicher wirst du nur, wenn du diese Pumpe mehrmals baust und gegen Gold verkaufst", sagte Orci und dachte daran, daß Rost mit der Zeit auch eine Pumpe auffrißt.

„Das habe ich schon bedacht", meinte der Schwertfeger. Orci

schob die Münze in die Tasche. Sie gesellte sich zu vier Kupfermünzen, drei silbernen Scheiben und zu einer Pfeilspitze aus Bronze, die er für seinen Herrn gegossen und gefeilt hatte.

„Danke!“ sagte er schließlich, und im selben Augenblick empfing er eine Funkbotschaft.

„Atlan!“

Die Unterhaltung erfolgte, ohne daß Rebahja und Corteges etwas hörten oder merkten. Mit dem Becher in der Hand, immer wieder einen kleinen Schluck trinkend, verließ Orci das Dach und balancierte die Treppe in die Werkstatt hinunter.

„Gebieter! Ich hätte in zwölf Stunden das Programm ‚Sorge um das Leben Atlans‘ eingeschaltet!“

„Zu spät, Rico. Ich wurde überfallen, mein Aktivator und das Kommandogerät wurden gestohlen, und ich mußte sie suchen. Inzwischen habe ich alles, fast alles, wieder zurück. Keine Gefahr mehr!“

„Alles in Ordnung?“

„Alles in bester Ordnung. Ich befinde mich in der Stadt, die du angepeilt hast. Bist du noch im Turm, in der bizarren Werkstatt?“

„Ich habe einen Zeitmesser konstruiert und eine Pumpe.“

„Gefährlich. Du könntest Entwicklungen in die falsche Richtung vorantreiben. Fühlst du dich wohl?“

Orci zögerte mit der Antwort.

Er ließ seine Blicke über die Werkstatt und deren Einrichtung gehen. Vieles hatte sich verändert. Neue Werkzeuge waren ebenso hergestellt wie verschiedene neue Techniken entwickelt worden. Dann sagte er:

„Ununterbrochen findet ein Austausch von Eindrücken und Informationen statt. Eine Sklavin verliebte sich in mich. Was du nie geschafft hast, ist geschehen: ich habe den ersten materiellen Lohn in meiner Existenz erhalten. Jetzt kann ich Wein für dich kaufen, Gebieter!“

Atlan lachte, dann entgegnete er:

„Ich kann verstehen, daß du stolz darauf bist. Kann ich sicher sein, daß du deinen Urlaub genießt?“

„Ich werde nicht die Tiefe der Gefühle eines Arkoniden erreichen, aber auf einer anderen Ebene fühle ich Wohlbehagen, Stolz, Freude und Zufriedenheit. Ich lache sogar über die Scherze Abdullahs. Wie lange dauert unser Urlaub noch?"

„Wünschst du, daß er lange dauert?"

„Ja. Dringend. Ich verdiene inzwischen Goldstücke mit meinen Erfindungen. Kleine Münzen für kleine Hilfeleistungen. Wie lange willst du deinen Urlaub genießen?"

„Ich schalte die Linsen ein und zeige dir, wo ich bin. Finde die Antwort selbst heraus, Rico!"

Rico empfing ein Bild, verarbeitete es zu fünfundneunzig Prozent und funkte unhörbar zurück:

„Ich verstehe. Zumindest dein Urlaub wird noch lange dauern! Ich sehe, daß du dich in genau der Umgebung befindest, die du brauchst, um deine Aufgaben und die Last von ES-Abenteuern zu vergessen. Wenn es dir nur halb so gut geht wie mir, dann wirst du entspannen!"

„Ich höre, daß du einverstanden bist. Wenn es mir zuviel wird, melde ich mich wieder."

„Höre auf die Ratschläge des Extrasinns, Gebieter!"

Wieder lachte Atlan und antwortete in der arkonidischen Sprache:

„Der Logiksektor steht unter dem Einfluß von Alkohol und redet Unsinn. Ich höre lieber auf die Klänge der Laute!"

Dann brach die Verbindung ab.

Orci verstand nicht alles, was er aber verstand, genügte ihm, um zu wissen: Es war Zeit für einen Urlaub gewesen, und sein Gebieter genoß jede Stunde davon.

Orci beschloß, mit Rebahja einen Spaziergang durch den abendlichen Garten zu machen. Es gab außer den siebzehn vor ihm liegenden wissenschaftlich-technischen Versuchen noch andere Informationen, die er einzuholen versuchen konnte. Diesem Experiment dachte er mit einiger Spannung in seinen Rechnerzentren entgegen.

Unsichtbare Vögel sangen und zwitscherten zu den Klängen des Saiteninstruments. Die Fontänen der Brunnen erzeugten Wohlklang und Kühle. Ich war umgeben von einem halben Dutzend Sklavinnen, die sich nicht als Sklavinnen fühlten. Der ausgedehnte Garten rund um den Palast des stadtbeherrschenden maurischen Kaufmanns, die in den Boden eingelassenen Bäder, der kühle, helle Wein und das Gelächter – sie waren Teil einer Hochstimmung, die von Tag zu Tag zunahm.

Teil dieser unbeschwerten Tage aber war auch die Stunde gewesen, in der Firadsch seinen Sohn auf das Schiff hatte bringen lassen. Zurück in die trostlose Öde des Sandes, hatte er gesagt, zu den Zelten der Nomaden. Das bedeutete Verbannung.

Xarmina war verschwunden, und die Mädchen hatten mir erzählt, daß der Vater die junge Frau seinem Sohn weggenommen und sie, wenn er ihrer überdrüssig werden würde, auf den Sklavenmarkt schicken wollte.

Offensichtlich ein Beweis dafür, wie tief den Vater der Verrat seines Sohnes getroffen hatte.

Ich wurde von jedem in diesem Palast verwöhnt. Firadsch, Migual und ich jagten in den Wäldern, meine Haut nahm einen Ton gesunder Bräune an, die Abende waren eine Kette von prächtigen Gastmälern, guten Gesprächen, leichter Trunkenheit und der Liebe, die leichten Herzens ausgeteilt wurde.

Es gab nicht einmal den Schatten eines Problems.

Ich sagte mir:

Wir werden eines Tages wieder zurück in die Tiefseekuppel gehen. Aber dort konnte ich nunmehr voraussetzen, daß Rico weitaus mehr über die prächtigen Barbaren von Larsaf Drei wußte als bisher. Ich mußte ihn unbedingt fragen, wie das Abenteuer mit der glutäugigen Sklavin Rebahja ausgegangen war.

Ich sah, wie sich ein zauberhaftes Geschöpf mit seidigem schwarzem Haar näherte, mir über den Rand eines silbernen Weinkelches hinweg ein Lächeln schenkte und sich neben mich in den Schatten setzte. Wie dieses Abenteuer ausgehen würde, wußte ich.

Trotzdem nahm ich den Zellaktivator nicht ab.

Das Pulver, das tatsächlich in einer winzigen Kammer verborgen gewesen war, hatte Abu'l Firadsch in Wein aufgelöst und selbst verwendet. Ich schloß die Augen und lauschte auf die Vogelstimmen und den Klang der al-aût.

„Woran denkst du, al-Asra?" flüsterte Nadina in mein Ohr.

„An . . ." *An Urlaub,* wollte ich sagen, aber ich murmelte müde: „An die Stunden nach Sonnenuntergang und an dich!"

Sie gab ein gurrendes Lachen von sich und hob den Becher an meine Lippen.

Clark Darlton

Verlorene Paradiese

Es gibt Dinge, die sich immer und immer wieder ereignen, in der Vergangenheit und vielleicht auch in der Zukunft. Die traurige Tatsache, daß der Mensch schon vor vielen tausend Jahren mordete und es auch heute noch tut, ließe den Schluß zu, daß er sich nicht verändert hat.

Das würde die oben angedeutete Behauptung bestätigen.

Sie gilt auch für die Gegenwart . . .

Daß Menschen durch Erfahrung lernen, ist nur ein Märchen.
Unbekannt

1.

Als Ulf Björnson in seine Kabine zurückkehrte, die er mit seiner Frau Martha und dem Ehepaar Juan und Bella Targes teilte, verriet sein finsteres Gesicht keine erfreulichen Neuigkeiten. Mit grimmiger Miene und ohne ein Wort zu sagen, überzeugte er sich davon, daß der Interkom, der jede Kabine des Schiffes mit der Kommandozentrale verband, außer Betrieb war, ehe er den schmalen Wandschrank öffnete und eine Flasche herausnahm. Erst nach einem kräftigen Zug daraus zog er den Vorhang auf, der die Kabine in zwei kleine Räume aufteilte. Dann setzte er sich neben Martha auf das Bett.

Targes, der Björnson schweigend beobachtet hatte, fragte: „Scheint nicht gut ausgegangen zu sein, was? Der Kommodore will nicht mitmachen – ich habe es mir gleich gedacht."

Jeder an Bord des Siedlerschiffs nannte Kommandant Bendersen nur den „Kommodore", und keine andere Bezeichnung wäre treffender gewesen.

„Er hat unsere Abordnung wie ein Rudel Aussätziger behandelt, so als wären wir Menschen zweiter Klasse." Björnsons Gesicht entspannte sich ein wenig. „Natürlich will er nichts davon wissen, daß wir das Schiff nach der Landung behalten und ausschlachten wollen. Sein Auftrag sei, so betont er, uns auf einer geeigneten Welt abzusetzen und zur Erde zurückzukehren. Stünde auch im Vertrag."

„Steht ja auch drin", sagte Targes. „Wir haben alle unterschrieben."

„Man kann auch seine Meinung mal ändern", knurre Björnson.

„Vertrag ist Vertrag!"

„Bis auf ein paar Ausnahmen sind alle zehntausend Siedler

dafür, ihn für ungültig zu erklären. Die EDEN ist im Vergleich zu den anderen Schiffen des Solaren Imperiums ein schrottreifes Wrack, und dies könnte sehr gut ihre letzte Reise sein – das hat der Kommodore selbst zugegeben, wenn auch nicht so deutlich. Die Erde verliert nichts, wenn sie nicht zurückkommt. Für uns aber würde sie von unschätzbarem Wert sein."

„Der Kommodore ist ein pensionierter Offizier der Raumflotte", gab Targes zu bedenken. „Er kennt nur seine Pflichten und wird kaum umzustimmen sein. Wenigstens nicht einfach so", fügte er mit Betonung hinzu.

Björnson warf ihm einen unsicheren Blick zu. Dann schüttelte er den Kopf.

„Ich weiß, was du meinst, Juan, aber das wäre übereilt. Niemand von uns denkt an Meuterei – noch nicht."

„Ihr seid alle verrückt", mischte sich Bella Targes ein, nachdem sie einen Blick des Einverständnisses mit Martha Björnson gewechselt hatte. „Mitten im Weltraum auch nur an Meuterei zu denken! Wer soll denn die EDEN ans Ziel bringen, wenn nicht der Kommodore und seine Besatzung? Und die besteht immerhin aus fünfzig Männern und Frauen, alles Spezialisten. Ohne sie könnt ihr einpacken."

„Bella hat recht", sagte Martha.

„Sicher hat sie recht", gab Ulf Björnson zu. „Aber die Situation hat sich geändert, sobald wir wieder festen Boden unter den Füßen haben. Dann sehen wir weiter. Übrigens vertritt der alte Derlett auch diese Meinung, und ihn haben wir schließlich zu unserem Sprecher gewählt. Er sagt: abwarten und Tee trinken."

„Immerhin ist der Kommodore jetzt gewarnt", sagte Targes.

Martha Björnson stand auf.

„Ich bin heute dran mit Verpflegung holen. Vielleicht erfahre ich dabei etwas, das uns wieder aufmuntert."

„Vergiß die Bordzeitung nicht!" rief Ulf Björnson hinter ihr her, ehe sich die Tür schließen konnte.

Die EDEN hatte ursprünglich als Schlachtschiff der Imperiums-Klasse in der Raumflotte gedient. Nach einem schweren Strahlentreffer war sie überholt und umgebaut worden. Man hatte sämtliche militärischen Einrichtungen entfernt und die großen Räume so unterteilt, daß schließlich das anderthalb Kilometer durchmessende Kugelschiff mit seinen mehr als dreitausend Kabinen wie ein Wabenstock wirkte. Der restliche Platz diente der Unterbringung von technischem Material und landwirtschaftlichen Maschinen, Verpflegung, Saatgut und all jener Dinge, die zum Aufbau einer neuen Welt lebenswichtig waren.

Scouts waren Monate unterwegs gewesen und hatten Daten über zur Besiedlung geeignete Welten mitgebracht, die in Terrania gespeichert wurden. Einige dieser Daten lagerten nun im Computer der EDEN.

Kommodore Bendersen war nach seiner Pensionierung froh gewesen, den Rest seiner Tage nicht auf einem langweiligen Erholungsplaneten verbringen zu müssen, dazu fühlte er sich mit seinen 108 Jahren noch nicht alt genug. Wahrscheinlich hätte die Flotte ihn auch noch behalten, wenn die Jugend nicht nachgedrängt hätte. Also nahm er das Angebot an, das zweckentfremdete Schlachtschiff EDEN (der ursprüngliche Name war natürlich geändert worden) als Siedlerschiff zu übernehmen und jene Männer und Frauen, die der alten Erde überdrüssig geworden waren, zu neuen Welten zu bringen.

Anfangs blickte er ein wenig geringschätzig auf die „Zivilisten" hinab, denen jede militärische Disziplin abging, aber mit der Zeit gewöhnte er sich an sie und ihre Umgangsformen. Doch legte er großen Wert darauf, daß wenigstens eine fünfzigköpfige Besatzung einen Rest von Disziplin bewahrte.

Wie üblich kontrollierte er den Piloten in der Kommandozentrale und überzeugte sich davon, daß Kurs, Geschwindigkeit und die nächste Linearetappe richtig programmiert waren, dann suchte er seinen alten Freund und Kumpel Born auf, ebenfalls ehemaliger Offizier der Flotte und mit seinen 85 Jahren wegen einer schweren Verletzung aus dem Dienst entlassen.

Born hatte der letzten Besprechung mit den Siedlern beigewohnt.

„Nun, was meinst du dazu?" fragte ihn Bendersen und setzte sich.

Born zuckte mit den Schultern.

„Ich hatte schon immer so eine Ahnung, als sei dies der letzte Flug unserer guten EDEN. Meiner Meinung nach hat sie ausgedient."

„Wie kannst du so etwas sagen?" empörte sich Bendersen und knallte die Faust auf den Tisch der kleinen Messe, die der Besatzung vorbehalten war. „Und wenn schon, dann bekommen wir eben ein neues Schiff. Willst du etwa den Siedlern das Wort reden?"

„Natürlich nicht!" wehrte Born entsetzt ab. „Ich versuche nur, mich in ihre Lage zu versetzen."

„Sie haben einen Vertrag unterschrieben, in dem festgelegt ist, daß wir sie mit den üblichen Mitteln versehen auf einer der registrierten Welten absetzen und nach Terra zurückkehren. Und an diesen Vertrag halte ich mich, Born! Und genau das verlange ich auch von der anderen Seite. Verrückte Idee, das Schiff behalten zu wollen!"

„Wäre glatt Meuterei", gab Born zu.

„Eben!" Bendersen entnahm dem Getränkespender ein Glas synthetische Milch. „Aber da haben unsere Freunde Pech gehabt, denn die Waffen erhalten sie erst nach erfolgter Landung und kurz vor dem Start der EDEN. Und ohne Waffen ist eine Meuterei keine richtige Meuterei."

„Hört sich so an", murmelte Born, „als hättest du gern eine."

„Unsinn!" Der Kommodore verfiel plötzlich in völlig unmotiviertes Nachdenken und suckelte an seiner Milch. Dann sah er Born an. „Hör zu, alter Freund! Ich könnte jederzeit einen informativen Funkspruch an Terra absetzen, aber ich werde es nicht tun. Die haben jetzt andere Sorgen, soviel ich weiß. Den Krach mit Arkon und diesem Robotregenten haben sie zwar hinter sich gebracht, wie du weißt, aber Probleme gibt es immer.

Die große Auswandererwelle ist angelaufen, wir sind ja nicht die einzigen, die eine neue Welt aufbauen helfen. Wir wollen also versuchen, allein mit den Schwierigkeiten fertig zu werden."

Für Bendersen war das eine ungewohnt lange Rede. Er trank den Rest seiner Milch aus und sah Born an, als erwarte er Anerkennung.

„Und wenn sie Ernst machen?" fragte dieser nur.

„Das glaube ich nicht. Ihr Respekt vor der terranischen Flotte ist zu groß, und die würde nicht untätig zusehen."

Man sah Born an, daß seine Zweifel nicht beseitigt waren.

Pawlow gehörte zur Stammbesatzung der EDEN und war Spezialist für Antriebsmechanik. Außer der routinemäßigen Wartung und den täglichen Kontrollgängen hatte er nicht viel zu tun. Seine Freizeit verbrachte er meist in den Videoräumen der Siedler, mit denen er guten Kontakt pflegte.

Kein Wunder, daß er auch Ulf Björnson kennenlernte.

Schon nach wenigen Gesprächen wurde es Ulf klar, daß Pawlow alles andere als zufrieden mit seinem Dasein war. Ursprünglich hatte er bei der Handelsflotte Terras einen guten Posten bekleidet, Chefmechaniker oder etwas Ähnliches, aber dann passierte eine technische Panne, für die man ihn verantwortlich machte. Er wurde auf die EDEN versetzt.

Nachdem Ulf überzeugt war, daß er Pawlow für die geheimen Pläne der Siedler gewinnen konnte, weihte er ihn ein. Der Techniker zögerte, weil er an die Konsequenzen dachte, aber als Ulf Björnson ihm das Leben in einem unabhängigen Paradies in allen Farben geschildert hatte, faßte er seinen Entschluß. Er würde den Siedlern helfen, wenn es soweit war.

Er traf Björnson und Targes in einer der vielen Messen, in denen man sich ungestört unterhalten konnte.

„Immer noch nichts?" fragte Björnson.

Pawlow nickte.

„Ich glaube schon, Ulf. Wir nähern uns dem Nihal-System. Der zweite Planet soll geeignet sein. Die Oberfläche ist zum größten Teil mit Wasser bedeckt, aber es gibt einen kleinen Kontinent. Vegetation, Fauna, Flüsse – alles vorhanden. Aber wie gesagt: der Kontinent ist nur klein, er bietet jedoch Lebensraum genug für zehntausend Menschen."

„Hört sich gut an", meinte Targes. „Mehr Land brauchen wir auch nicht."

„Ja dann!" Ulf Björnson nickte langsam. „Wir müssen die anderen unterrichten. Warum sollen wir noch länger warten?"

„Ich werde handeln", sagte Pawlow, „sobald wir die Bahn des fünften Planeten passiert haben. Der Linearantrieb wird ausfallen und den Defekt über die Kontrollanzeige sichtbar machen. Das ist alles, was ich tun kann. Eine Landung ist möglich, aber der Kommodore darf laut Vorschrift erst dann wieder starten, wenn der Defekt behoben ist. Und ich werde dafür sorgen, daß das nicht geschieht."

„Wir verlassen uns auf dich", versicherte Björnson und reichte ihm die Hand.

Der Stern Nihal, gute 121 Lichtjahre von der Erde entfernt, besaß einen schwach leuchtenden Begleiter, eine kleine Sonne, die bereits halb erloschen war. Die insgesamt fünf Planeten umkreisten die beiden Himmelskörper in geregelten Bahnen. Der zweite Planet war, abgesehen von seiner geringen Landmasse, durchaus erdgleich. Atmosphäre und Gravitation stimmten, sogar die Rotationsdauer betrug ungefähr 24 Stunden. Selbst das Jahr war 365 Tage lang.

Kommodore Bendersen hatte in der Zentrale Platz genommen und studierte das System auf dem Bildschirm. Die Siedler hatten sich in den letzten Tagen ruhig verhalten, und alles schien nach Plan zu verlaufen.

Plötzlich sagte der Pilot neben ihm:

„Der Linearantrieb, Kommodore! Die Kontrollanzeige!"

Bendersen stierte auf das rote Licht.

„Wir fliegen doch mit Normalantrieb!"

„Die Anzeige ist immer aktiviert und zeigt einen Defekt auch bei nicht eingeschaltetem Linearantrieb an", erinnerte ihn der Pilot.

Bendersen nickte, als hätte er das vorher gewußt, was in der Tat auch stimmte, nur hatte er nicht daran gedacht.

„Wir werden den zweiten Planeten nach Plan anfliegen, eine geeignete Stelle finden und landen. Während die Siedler von Bord gehen und die Fracht ausgeladen wird, kümmern wir uns um den Defekt. Kriegen wir schon wieder hin, wozu haben wir Pawlow?"

Der Pilot gab keine Antwort, sondern nahm direkten Kurs auf den zweiten Planeten, dessen einziger Kontinent wie ein grünbrauner Fleck im unendlichen Blau des Meeres schwamm. Es gab nur wenig Wolken.

Die Daten kamen herein. Sie waren mit den von den Scouts gelieferten identisch. Der etwa wie Australien geformte Kontinent war an die zweihundert Kilometer lang und hundert breit. In seiner Mitte erhob sich ein Gebirge mit bewaldeten Hängen. Mehrere Flüsse entsprangen dort und bewässerten das Land.

„Wo soll ich landen?" fragte der Pilot, als sie in geringer Höhe über dem Kontinent standen.

Der Kommodore deutete auf den Schirm.

„Der Fluß im Westen mündet in einer Bucht. Die drei anderen Flüsse haben riesige Deltagebiete, was auf Sumpf schließen läßt. Wir landen also an der Mündung des westlichen Flusses, so nahe am Meer wie möglich. Gehen Sie runter und warten Sie den Bericht des Beiboots mit dem Vorkommando ab."

Die Besatzung des Beiboots bestätigte bereits eine Stunde später, daß der Landeplatz vorzüglich geeignet sei. Fester Boden, eine niedrige Steilküste und sauberes Flußwasser. Keine Bedenken.

Die EDEN setzte dreißig Minuten später auf.

Nach den Mitgliedern der wissenschaftlichen Sektion betrat der alte Derlett als erster den Boden des Planeten, der die neue Heimat der Siedler werden sollte. Seine ganze Habe bestand aus einem Lederbeutel mit Inhalt. Er wollte sich nicht mit unnötigen Erinnerungen belasten.

Wie segnend hob er beide Arme und sagte:

„Ich taufe dich auf den Namen ‚Terra Nova', und heute ist der erste Tag des Jahres Eins."

Nach Terra-Zeit war heute der 17. April 2101.

Während die Siedler von Bord gingen, begann bereits die Löschung der Fracht. Fertigbauteile und Zelte wurden zuerst entladen, denn es war schon später Nachmittag Ortszeit. In wenigen Stunden entstand eine provisorische Stadt am Ufer des Flusses.

Da eine aktuelle Kommunikation zwischen zehntausend Personen so gut wie unmöglich war, zumindest unter den gegebenen Umständen, hatten jeweils hundert Siedler, die Familien mitgerechnet, einen Vertrauensmann gewählt. Somit genügten hundert Personen, eine Entscheidung für alle zu treffen.

Die Versammmlung fand in einem der größeren Zelte statt.

„Wir haben die Erde verlassen", sagte der alte Derlett, „um hier auf der neuen Welt in absoluter Freiheit zu leben, ohne auf unseren gewohnten technologischen Luxus zu verzichten. Unsere Vorräte reichen für zwei Jahre, bis dahin muß unsere Selbstversorgung gesichert sein. Dem Plan, die EDEN hier zu behalten, stimme ich zu, wie ihr wißt, aber ich sehe auch einige Probleme damit auf uns zukommen. Das Schiff würde uns aller Energiesorgen entheben, aber mir ist inzwischen klar geworden, daß wir den Kommodore nicht zwingen können, sein Schiff aufzugeben."

„Der Kahn ist doch schon halb verrostet", sagte jemand.

„So gut wie fluguntüchtig!" rief ein anderer. „Aber die Konverter arbeiten noch tausend Jahre!"

Ulf Björnson wandte sich um, als er Schritte hörte. Im Halbdunkel erkannte er Pawlow, der sich dem Zelteingang näherte und ihm aufgeregt zuwinkte. Er ging dem Techniker schnell entgegen.

„Was gibt's, Pawlow? Wir besprechen gerade die . . ."

„Hör zu, Ulf! Die Lage hat sich total verändert. Bendersen nahm Kontakt mit Terra auf, wegen des scheinbaren Lineardefekts. Was glaubst du, ist passiert? Die Technozentrale der Raumflotte hat die Computerdaten überprüft und festgestellt, daß die EDEN zu diesem Flug überhaupt nicht mehr hätte starten dürfen. Da muß also etwas schiefgelaufen sein. Jedenfalls bleibt das Schiff hier, und diejenigen von der Stammbesatzung, die zur Erde zurück möchten, werden demnächst abgeholt."

Björnson starrte Pawlow an wie einen Geist, dann packte er seinen Arm und zog ihn ins Zelt.

Alle Gespräche verstummten, als der Techniker die Neuigkeit verkündete. Der nachfolgende Jubel wurde jäh durch das Erscheinen des Kommodores unterbrochen, dessen Miene nur zu deutlich verriet, wie erleichtert er darüber war, daß ihm eine schwere Entscheidung abgenommen wurde.

„Frauen und Männer!" rief er, nachdem er auf eine Kiste gestiegen war. „Ihr habt gehört, was geschehen ist. Die Besatzung der EDEN und ich haben uns entschlossen, bei Ihnen zu bleiben, hier auf Terra Nova – wenn man uns haben will. Wir gehören zwar zum alten Eisen, aber . . ."

Lärmender Beifall beendete die Versammlung. Die Leute gingen auseinander und an die Arbeit.

Es ging schnell bergauf mit der Kolonie. Bereits nach wenigen Monaten war von der EDEN nur noch das Gerippe übrig, wenn man von dem kompakten Energieversorgungsteil absah. Gleiter und Flugpanzer erkundeten das Gelände und brachten die vorgefertigten Bauteile an geeignete Plätze, an denen die Farmen entstanden. Jede Familie erhielt genügend Grund und Boden, um später gut davon leben zu können. Das Saatgut wurde verteilt, die Pflugroboter begannen mit ihrer Arbeit.

Am zweihundertsten Tag des Jahres 1 gab es keinen Fußbreit freies Land mehr, das sich zur Landwirtschaft eignete. Nur die Sumpfgebiete und das Gebirge waren übriggeblieben. In der kleinen Stadt an der Flußmündung wohnten nur noch einige

Verwaltungsbeamte und Techniker, die sich um öffentliche Belange und Reparaturen kümmerten. Eine reguläre Regierung gab es nicht, sie schien auch überflüssig zu sein. Jeder, der auf den Besitz einer eigenen Farm verzichtet hatte, sollte seine Lebensmittel von den Siedlern erhalten und als Gegenleistung Arbeiten nach seinen Fähigkeiten verrichten.

Jeden Monat einmal kamen in der Stadt die Vertrauensleute der Siedler zusammen, um auftretende Probleme zu besprechen und zu lösen. Erste Kinder wurden geboren, auf den Äckern wurde es grün. Gezähmte Enocks – einheimische Tiere, irdischen Kühen ähnlich – weideten auf den Wiesen.

Ein Paradies war im Entstehen, eine Welt, wie sie sich die Siedler erträumt hatten. Das mußte selbst der zunächst etwas skeptische Kommodore zugeben, der am Rand der Stadtsiedlung in einem kleinen Häuschen wohnte, von dem aus er das Gerippe der EDEN sehen konnte.

Ein Jahr nach der Landung registrierte der Standesbeamte von Terra Nova die dreihundertste Hochzeit und die Geburt des fünfhundertsten Kindes.

Und das bei nur einem einzigen Todesfall . . .

2.

Carl Björnson schaltete die Traummaschine ab und überlegte, ob er heute aufstehen sollte oder nicht. Um die Arbeit auf der Farm würden sich schon die Roboter kümmern, da brauchte er sich keine Sorgen zu machen. Außerdem war ihm das ziemlich egal.

Draußen landete ein Gleiter, eins von den neuen schnittigen Modellen. Das konnte nur Juan Targes sein, der um zehn Jahre ältere Freund von der Nachbarfarm, die allerdings kaum noch bewirtschaftet wurde.

Juan war vierzig Jahre alt und hielt sich meist in der Stadt auf.

Niemand wußte, wovon er eigentlich lebte, aber er schien immer Geld zu haben. Die verwahrloste Farm jedenfalls brachte es nicht mehr, seit seine Eltern gestorben waren. Seine Schwestern waren alle verheiratet, und seine Brüder gingen unterschiedlichen Beschäftigungen nach.

Carl drückte eine Taste ein. Auf einem Bildschirm erschien Juan, der gerade aus dem Gleiter kletterte und auf die Tür des Hauses zuging, die sich automatisch öffnete.

„Komm mit, du Faulpelz! Die anderen warten schon."

„Ich habe mir meinen Lieblingstraum zu Gemüte geführt und ..."

„Du mit deinen Träumen! Eine heile Welt, nicht wahr? Genau wie meine Frau, die verrückte Mercedes. Hängt den ganzen Tag und die halbe Nacht vor der dreidimensionalen Kitschkiste und sieht sich alte Aufzeichnungen von der Erde an, die unsere Urgroßeltern mitbrachten."

„Na und?" Carl Björnson richtete sich auf. „Was soll sie sonst tun? Wann kriegt sie denn endlich das Baby?"

„Keine Ahnung, das kommt schon von selbst. Also, was ist? Ich nehme dich in meinem neuen Flitzer mit."

Auf der Bank in der Sonne vor dem Haus saßen Carls Eltern, Jon und Margit Björnson. Nickend gaben sie den Gruß der beiden jungen Männer zurück, die in den Gleiter stiegen und davonschwebten.

„Es gefällt mir nicht", sagte Jon, „daß unser Junge ständig mit diesem Targes zusammen ist, statt sich um die Farm zu kümmern. Zwei der Roboter sind defekt, wir müssen heute die Enocks selbst melken."

„Ihre Milch schmeckt auch nicht mehr so wie früher", erwiderte Margit Björnson, ohne auf die Bemerkung ihres Mannes einzugehen.

Seit der Landung der Urväter auf Terra Nova waren 398 Jahre vergangen, und die Bevölkerungszahl hatte die 50 000 längst überschritten. Ohne die Fabriken, in denen synthetische Nahrungsmittel hergestellt wurden, wären die ehemaligen Siedler längst verhungert. Das einzige, das im Überfluß vorhanden war, war Energie. Die Anlage der EDEN lieferte sie in unerschöpflicher Menge.

Stromaufwärts waren riesige Produktionsstätten entstanden, die mehr erzeugten, als gebraucht wurde. Seit der Einführung des Geldes vor mehr als zweihundert Jahren hatte die Jagd nach den Metallmünzen unvorhergesehene Formen angenommen. Bei jeder Geburt verließen tausend neue Münzen die Prägeanstalt, was ihren realen Wert mit der Zeit verringerte, denn wie sollten wiederum tausend Münzen eingezogen werden, wenn jemand starb?

Vor knapp fünfzig Jahren, als die ersten Diebstähle und Raubüberfälle passierten, forderte ein Teil der Bevölkerung von Terra Nova eine Regierung und eine Polizei. Die Mehrheit lehnte das jedoch ab, weil eine solche Maßnahme nicht mit den Gesetzen der Ursiedler zu vereinbaren waren. Jeder solle sein Eigentum selbst schützen, hieß es.

Solange die damals von der Erde mitgebrachten Waffen im Besitz der Farmer blieben und nur dem ältesten Sohn übergeben wurden, funktionierte diese Methode einwandfrei, aber dann begannen clevere Geschäftsleute, selbst Waffen herzustellen. Dank der überlieferten absoluten Freiheit, die garantiert blieb, konnte sie jeder kaufen.

Die Überproduktion von Waren und Gebrauchsgütern aller Art führte naturgemäß zu Unmengen von Abfall, dessen Beseitigung zu einem echten Problem wurde. Eine Rückverwandlung in Energie war überflüssig, da es diese ja unbeschränkt gab. Es entstanden riesige Schutthalden rings um die Stadt, und wenn es regnete, wurde das Wasser des Flusses ungenießbar.

Niemand kümmerte sich darum. Man setzte sich in den Gleiter und flog die zweihundert Kilometer hinüber zum Ostfluß, wenn man baden wollte. Dort war das Wasser noch sauber, wenn auch schon die erste Fabrik für Düngemittel dort entstand. Trinkwasser wurde in riesigen Behältern am Gebirge vorbei in die Stadt transportiert.

Bis weit ins Meer hinein färbte sich das Wasser trüb. Die Fische zogen in Schwärmen ab, dorthin, wo es keine Menschen gab.

Als das Wrack der EDEN keine Rohstoffe mehr hergab, begannen Roboter damit, die natürlichen Bodenschätze des Kontinents auszubeuten. Die Wälder beim Gebirge wurden abgeholzt, die Humusschicht wurde in die Flüsse und dann ins Meer gespült. Jeder sah die Folgen, aber niemand tat etwas dagegen.

Niemand – bis auf wenige Ausnahmen.

Jon Björnson, Urenkel des legendären Ulf Björnson, war neunzig Jahre alt geworden und hatte die Hälfte seines Lebens hinter sich, als er sich Anfang des Jahres mit etwa gleichaltrigen Freunden traf und ihnen seine Bedenken mitteilte. Er stieß zuerst auf Unverständnis, dann sogar auf Ablehnung.

„Eine Regierung würde auch nichts ändern!“ hielt ihm einer entgegen. „Sie würde nur unsere Freiheiten beschneiden, und dafür würde ich nicht noch Geld bezahlen. Unsere Kinder werden schon mit den Problemen fertig werden.“

„Aber unsere Generation ist es, die ihnen diese Probleme aufbürdet!“ erinnerte ihn Björnson. „Wir sind schuld daran, daß sie ein zu sorgloses Leben führen und glauben, so ginge es ewig weiter. Um es ungeschminkt zu sagen: Wir haben sie zu sehr verwöhnt und ihnen aus Bequemlichkeit verschwiegen, daß es auch Pflichten gibt.“

Ein alter Mann mit grauem Bart begann dröhnend zu lachen, ehe er zu Wort kam:

„Das mußt du mal meinem Sohn erzählen, Jon! Der jammert schon, er müsse sich totarbeiten, wenn ich ihn bitte, den Abfall zum Fluß zu bringen. Ist doch leichter, als ihn zu vergraben, oder nicht?“

„Und warum ist das so?“ donnerte Jon Björnson den Alten

an. „Weil niemand da ist, der die alten Gesetze, die heute nicht mehr gültig sein dürfen, ändert. Unsere Väter waren noch zufrieden mit dem, was der Boden hergab, aber heute gibt er eben nichts mehr her. Unsere Technologie ist überzüchtet und hat uns alle bequem gemacht. Jeder will Geld, aber niemand will mehr arbeiten. Unsere Kinder wurden in eine Welt hineingeboren, die nichts von ihnen forderte, die ihnen aber alles gab. Und nun ist es damit vorbei, ganz plötzlich. Wir haben ihnen nichts mehr zu geben."

Wieder meldete sich der Alte mit dem Bart.

„Hör zu, Jon, du hast mich mißverstanden. Die Bemerkung mit meinem Sohn war ironisch gemeint. Ich stehe voll und ganz auf deiner Seite, wie es schon vor fast vierhundert Jahren mein Urgroßvater Derlett getan hat, als er Ulf Björnson half, diese Welt aufzubauen. Ich bin fast so alt wie du, gute achtzig. Und ich bin deiner Meinung: Es muß etwas geschehen. Aber was?"

Die Folge der Frage war ein allgemeines Durcheinander an Antworten und Vorschlägen, die niemand verstand. Jon Björnson und Derlett zogen sich in eine ruhige Ecke zurück.

„Da reden sie nun durcheinander und kommen zu keinem Ergebnis", sagte Derlett grimmig. „Fast wie in einem Parlament."

„Du hast wohl in alten Büchern gelesen", knurrte Jon mißmutig.

„Habe ich. An Bord der EDEN waren genug, keiner wollte sie. Alle waren nur verrückt auf die Videofilme. Aber es ist gut, daß ich sie gelesen habe. Man kann daraus lernen."

„Was, zum Beispiel?"

„Zum Beispiel, daß man fünfzigtausend Menschen nicht einfach vor sich hinwursteln lassen kann, ohne daß die Folgen katastrophal wären. Wir brauchen eine Organisation, eine gewisse Ordnung. Und ein Gremium, das die unbrauchbar gewordenen Gesetze ändert."

Björnson starrte ihn verwundert an.

„Gremium? Ordnung? Gesetze?" Er schüttelte den Kopf.

„Du würdest damit den nahezu heiligen Begriff der Freiheit von Terra Nova umstoßen, Derlett. Das alte Gesetz brachte die absolute Freiheit, neue Gesetze würden sie beschneiden. Ich gebe zu, sie könnten die Rettung bedeuten, aber würden sie nicht auch die Revolution bedeuten?"

„Zuviel Freiheit verleitet immer zu Revolutionen."

„Zuviel Einengung der Freiheit auch!"

Derlett nickte.

„Ein verdammtes Dilemma, nicht wahr?"

„Du sagst es!"

Ohne klüger geworden zu sein, kehrten sie in den Saal zurück, in dem es ruhiger geworden war. Auf dem Podium lag ein Zettel mit Vorschlägen. Björnson las sie durch, ehe er sie der Reihe nach bekanntgab. Nach der anschließenden Beratung blieb nur ein einziger Vorschlag übrig:

Je tausend Bürger über 30 Jahre sollten einen Vertrauensmann wählen, der sie in einer Bürgerversammlung vertrat.

„Demokratie antiken Stils!" rief jemand aus der Menge, und es klang ein wenig abfällig.

„Richtig!" hielt Björnson ihm entgegen. „Und sie wird gleich hier praktiziert. Wer ist für diesen Vorschlag, und wer dagegen? Die einfache Mehrheit entscheidet."

Der Zwischenrufer wurde glatt überstimmt.

„Gut!" schloß Björnson die Versammlung. „Wir werden einen Weg finden, unseren Vorschlag der Bevölkerung von Terra Nova vorzulegen, natürlich verbunden mit guten Ratschlägen, unsere Probleme betreffend. Dann werden wir ja sehen, was passiert."

Und es passierte einiges ...

Eine knappe Mehrheit der Wähler von Terra Nova entschied sich für die Einführung der Bürgerversammlung. Die Gruppe der unterlegenen Wähler weigerte sich entschieden, das Resultat anzuerkennen. Der Grund war ebenso simpel wie paradox: Das bisher gewohnte Dasein in absoluter Freiheit und ohne den sanften und ordnenden Druck einer verantwortungsbewußten Verwaltung hatte den Sinn der Siedler für eine mehrheitsentscheidende Demokratie zerstört.

Trotz der im Rahmen bleibenden Proteste konstituierte sich die Bürgerversammlung mit ihren dreißig Abgeordneten, von denen abwechselnd jeder einmal den Vorsitz führen sollte. Damit hatte Terra Nova so etwas wie eine reguläre Regierung.

Margit Björnson, die im ersten Quartal den Vorsitz übernommen hatte, bekam die Last der neuen Verantwortung bald zu spüren. Im Gegensatz zu früher – und das lag wohl an ihrem Amt – zeigte ihr Sohn Carl plötzlich mehr Interesse für die Probleme von Terra Nova, war nicht mehr so viel mit Juan Targes unterwegs und kümmerte sich auch mehr um die Arbeit auf der Farm. Vater Jon nahm die Veränderung stillvergnügt zur Kenntnis, wenn er sie auch nicht ganz begriff.

„Du mußt etwas gegen den wachsenden Überfluß tun, Mutter", sagte Carl, als sie beim Abendbrot diskutierten. „Nun will auch Piet Derlett eine Fabrik zur Herstellung für Kunststoffartikel aufmachen. Wer will das Zeug schon haben? Später liegt es in der Gegend herum, und das noch in tausend Jahren."

„Sein Vater hat noch Wald in den Bergen. Würde er vernünftig abholzen und wieder aufforsten, könnte Piet sein Leben lang solide Holzware liefern."

„Habe ich ihm auch gesagt, aber er meint, Plastik wäre moderner. Kann die Bürgerversammlung keinen Baustop beschließen?"

Margit Björnson warf ihrem Mann einen Blick zu, ehe sie antwortete:

„Baustop? Einengung der persönlichen Freiheit? Ein regelrechtes Verbot? Mein Sohn, was glaubst du, was dann los wäre? Wie die Löwen würden sie über uns herfallen, abgesehen davon, daß der Vorschlag in der Versammlung keine Mehrheit fände. Jeder hat doch Angst um seinen Posten."

„Also werden auch Entscheidungen gegen die Interessen der Bürger getroffen?"

Sie nickte.
„Leider scheint das manchmal notwendig zu sein."
Carl sah aus dem Fenster.
„Da kommt Targes. Ich denke, ich rede mal mit ihm."
„Sage ihm", meldete sich Jon Björnson zu Wort, „er soll nicht immer mit seinem dämlichen Gleiter so dicht über unsere Weide wegfliegen. Die Enocks sind schon so scheu geworden, daß sie bald keine Milch mehr geben wollen."
„Werde ich tun", versprach Carl und verließ das Haus.
Juan Targes öffnete die Cockpitluke.
„Was unternehmen wir?" fragte er.
Carl nahm neben ihm Platz.
„Hättest du etwas gegen einen Rundflug? So einfach der Nase nach, weißt du. Du kannst mich später wieder absetzen, wenn du in die Stadt willst – mir hängt sie schon zum Hals heraus."
Juan schüttelte den Kopf.
„Seit deine alte Dame Regierungschef spielt, hast du komische Ansichten. Würde mich nicht wundern, wenn du bald eine Sekte gründetest."
„Und steige ein bißchen höher, Juan, du erschreckst unsere Enocks."

Es gab Videoaufzeichnungen aus den Gründerjahren der Kolonie, Carl kannte sie fast auswendig. Gerade in letzter Zeit hatte er sie sich wieder angesehen. Er begriff durchaus, daß die Ursiedler Terra Nova ein Paradies genannt hatten und daß keine ordnende Hand nötig gewesen war, mit der Natur in gutem Einvernehmen zusammenzuleben.

Das Problem begann mit der steigenden Einwohnerzahl. Eine Geburtenkontrolle gab es nicht, ebenso keinen Mangel an Nahrung. Hätte man schon damals, vor vielleicht dreihundert Jahren, entsprechende Gesetze erlassen, gäbe es dic heutigen Schwierigkeiten wohl kaum.

„Der Fluß führt kaum noch Wasser", sagte Carl und deutete nach unten. „Bald trocknet er ganz aus."

„Na und? Hat ja auch lange nicht geregnet."

„Daran liegt es doch nicht, Juan. Die Berghänge sind kahl, der Boden ist felsig geworden. Er kann nicht mehr als Reservoir dienen. Wenn es regnet, gibt es Überschwemmungen, und drei Tage später ist der Fluß wieder trocken."

„Wir haben noch die Flüsse im Norden und Osten."

„Sieh sie dir an! Kaum ein Unterschied."

„Wir haben immer noch das aufbereitete Meerwasser."

Carl nickte.

„Richtig! Aber die schwimmenden Anlagen müssen schon hundert Kilometer hinausfahren, um sauberes Seewasser zu finden. Meinst du wirklich, das ginge so weiter. Eines Tages werden sie halb um den Planeten fahren müssen. Wir leben auf einer Welt, deren Oberfläche zu fünfundneunzig Prozent mit Wasser bedeckt ist, und doch droht uns die Gefahr des Verdurstens."

„Quatsch!" Juan Targes war ernstlich böse. „Rede nicht solchen Unsinn! In der Stadt kannst du mehr Bier und anderes trinkbare Zeug kaufen, als du im ganzen Leben 'runterspülst."

Carl verzichtete darauf, ein solches Argument ernst zu nehmen.

Sie erreichten die Ostküste und bogen nach Süden ab.

„Sieh dir nur den Badebetrieb an", forderte Juan den Freund auf. „Und da sprichst du von Problemen."

Carl blickte hinab auf den Strand und die kleinen Buchten, in denen sich die Menschen sonnten. Das Wasser war hier flach, man konnte den Meeresboden mit den Klippen noch erkennen, wenn auch nicht mehr so deutlich wie vor einigen Jahren. Die Verschmutzung nahm progressive Formen an.

„Ich sehe den Badebetrieb, Juan, aber ich sehe auch draußen, jenseits der Riffe, den Schaumstreifen. Das ist Dreck, mein Freund! Das Meer kann ihn kaum noch verarbeiten."

„Verdammt noch mal!" schimpfte Juan Targes. „Kannst du nicht endlich mit deiner Schwarzseherei aufhören? Du warst doch früher nicht so! Was ist in dich gefahren?"

Carl Björnson sah ihn nicht an, als er antwortete:

„Vielleicht ist es die Angst, Juan."

Den Rückflug legten sie fast schweigend zurück, aber als Juan bei der Farm landete, vermied er es, die Enocks zu erschrecken.

Knapp zwei Jahre später rückte die Jahrhundertwende heran. Terra Nova bestand dann vierhundert Jahre – ein Grund zum Feiern.

Carl Björnson hatte sich im Einvernehmen mit seinen Eltern einer Gruppe meist junger Menschen angeschlossen, deren Ziel es war, in Zusammenarbeit mit der Bürgerversammlung die weitere Technisierung so zu drosseln, daß eine Regenerierung der Natur auf dem Kontinent und im Ozean möglich wurde.

Eine zweite Gruppe, der Juan Targes angehörte, kämpfte mit allen Mitteln für die Beseitigung der Bürgerversammlung, die Übernahme aller Produktionsstätten durch kommissarische Vertreter der Siedler und die Wiedereinführung der absoluten Freiheit für jeden.

Es gab noch eine dritte Gruppe, die zum Leidwesen seines alten Vaters von Piet Derlett gegründet worden war. Ihr vornehmliches Ziel war zwar auch die Beseitigung der Bürgerversammlung, aber sie sollte durch eine straffe, diktatorische Regierung ersetzt werden, die in der Lage war, „Ordnung zu schaffen".

Der bevorstehenden Festtage wegen wurden die riesigen Schutthalden rings um die Stadt eingeebnet. Eine Flotte von Baggern versuchte, den Müllschlamm in der Mündung des Flusses zu beseitigen; er wurde in Frachtschiffe verladen, die ihre Last weiter draußen im Meer einfach versenkten, was den Protest der Gruppe Eins auslöste. Die „Beseitigung" des Abfalls vergiftete die Natur nur noch mehr.

Ein Grund für die Gruppe Zwei, die Bürgerversammlung scharf anzugreifen, ihre Unfähigkeit zu propagieren und erneut für ihre Abschaffung zu plädieren. Ihr schärfster Gegner, die Gruppe Drei, hieb in dieselbe Kerbe.

Carl Björnson und Juan Targes hatten sich schon lange nicht mehr zusammen in der Öffentlichkeit gezeigt, nur privat trafen sie sich gelegentlich.

Der Grund war Juans Frau, Mercedes. Zwar unterstützte sie die Ansichten ihres Mannes, hielt jedoch die Abschaffung der Bürgerversammlung für einen großen Fehler. Damit stand sie zwischen den beiden Fronten, die von Carl und Juan vertreten wurden.

„Ihr seid verrückt!“ sagte sie, als sie einen Tag vor Beginn der Festlichkeiten mit dem Gleiter ins Gebirge geflogen waren und Rast auf einem unzugänglichen Felsplateau machten. „Bei der letzten Wahl stimmten fast 80 Prozent für die Bürgerversammlung. Keiner von euch hat jemals Aussichten, die benötigten 51 Prozent zu bekommen, um euer Ziel zu erreichen. Es gibt nur eins: Arbeitet mit ihr zusammen!“

„Das sage ich doch schon immer“, warf Carl ein. „Und wir tun es ja auch.“

„Und was habt ihr erreicht?“ erkundigte sich Juan spöttisch. „Lächerliche 8 Prozent, das ist alles. Wir hatten leider nur an die zwei.“

„Schlimm ist, daß die Gruppe um Piet fast 10 Prozent erhielt“, sagte Carl besorgt. „Soviel wie wir beide zusammen.“

„Versucht doch mal zu rechnen“, schlug Mercedes vor. „Bei den Prozentzahlen handelt es sich doch bei unserem System nur um die abgegebenen Stimmen, die Enthaltungen werden nicht gerechnet. Wenn ihr die gewinnen könnt und euch zusammentut, habt ihr eine Chance.“

Carl und Juan sahen sie verwundert und dann nachdenklich an.

Endlich schüttelte Juan den Kopf.

„Das geht nicht, weil unsere Ziele nicht dieselben sind.“

„Aber *ein* Ziel habt ihr gemeinsam: Schluß mit dem bisherigen Schlendrian! Ob mit oder ohne Bürgerversammlung. Carl ist ein Idealist, und ich bin sicher, daß er mit der Zeit mehr und mehr Zulauf erhält, das heißt, seine Gruppe. Du, Juan, könntest mit deinen Leuten davon profitieren, wenn ihr die Beseitigung der Bürgerversammlung aus eurem Programm streicht und mehr die lukrativen und idealen Ziele von Carls Gruppe betont. Natürlich nur offiziell."

„Ein glatter Betrug, da mache ich nicht mit", sagte Carl empört.

„Aber eine Chance, die Mehrheit zu gewinnen", murmelte Juan, schon halb überzeugt.

„Sprich mit deinen Leuten", riet Mercedes und klopfte Carl freundschaftlich auf die Schulter. „Es ist lediglich ein mathematisches Problem, nicht mehr. Vielleicht kann man sogar mit Piet reden ..."

„Niemals!" protestierten Carl und Juan wie aus einem Mund. „Totale Abschaffung der Freiheit, eine Diktatur! Niemals!"

„Auch wieder nur ein mathematisches Problem!" behauptete Mercedes und lachte. „Wenn ihr alle drei die 51 Prozent bekommt, behaltet ihr die Bürgerversammlung, aber *ihr* schickt die Vertrauensmänner hinein. Und da Piets Gruppe weniger hat, könnt ihr sie stets überstimmen."

Sie schwiegen längere Zeit und sahen hinab in die Ebene, durch die sich das Rinnsal schlängelte, das einst der Fluß gewesen war. Die Ufer waren grün-braun, und die Herden der Enocks waren längst verschwunden. In regelmäßigen Abständen standen Fabriken, bei denen die Kläranlagen fehlten. Ihre Abwässer waren fast die einzigen Zuflüsse.

„Fliegen wir zurück", brach Juan schließlich das Schweigen. „Morgen beginnen die Festtage. Meine Gruppe will sie zu einer Kundgebung ausnützen."

Carl warf ihm einen verständnislosen Blick zu.

„Kundgebung? Wozu denn das?"

„Um auf uns aufmerksam zu machen."

„Ich fürchte", sagte Carl und erhob sich, um zum Gleiter zu gehen, „ihr macht zu oft auf euch aufmerksam. Damit könntet ihr das Gegenteil von dem erreichen, was ihr wollt, und euch selbst schaden."

Juan entgegnete nichts. Er nahm Mercedes bei der Hand und half ihr auf die Beine.

Minuten später kam bereits die Stadt in Sicht.

Sie lag unter einer trüben Dunstglocke.

Die terranische Abordnung landete mit einem Beiboot, während das große Mutterschiff im Orbit blieb. Drei Männer und zwei Frauen nahmen in Vertretung des Solaren Imperiums an den Feierlichkeiten zum vierhundertjährigen Bestehen von Terra Nova teil.

Angeführt wurde die Delegation von Reginald Bull, der froh war, den Regierungsgeschäften in Terrania für einige Tage entrinnen zu können. Begleitet wurde er von Admiral Cornat, dem Chef der Kolonialverwaltung, Brandner, sowie der Afrikanerin Nkombola und der Mongolin Tschenkowska.

Die Feierlichkeiten konnten jedoch nicht über die Schwierigkeiten hinwegtäuschen, mit denen Terra Nova zu kämpfen hatte, aber das Prinzip der Nichteinmischung in die Angelegenheiten der Kolonien war oberstes Gebot des Solaren Imperiums.

Bull und seine Begleitung wohnten einer improvisierten Sitzung der Bürgerversammlung bei und mußten sich gerechterweise auch getrennten Diskussionen mit den drei oppositionellen Gruppen stellen. Abgesehen von eigenen Beobachtungen erhielten sie so einen umfassenden Einblick in die Probleme der selbständigen Kolonie.

Später, nach drei Tagen Aufenthalt auf Terra Nova, kehrten sie an Bord des Mutterschiffs zurück und traten den Flug zur Erde an. In einem Gespräch faßten sie ihre Eindrücke zusammen.

„Jedes Eingreifen wäre ein Bruch unserer Kolonialverfassung“, sagte Reginald Bull mit unüberhörbarer Resignation. „Aber die Entwicklung von Terra Nova zeichnet sich schon jetzt deutlich ab. Sie ähnelt jener auf Terra, bevor wir Kontakt mit den Arkoniden erhielten. Das war damals die Rettung in letzter Minute.“

„Können wir denn überhaupt nichts tun?“ fragte Nkombola und versuchte, ein historisches Beispiel anzuführen. „Als die Kolonien auf Terra Mitte des zwanzigsten Jahrhunderts selbständig wurden, benötigten sie auch die Unterstützung der ehemaligen Besitzer.“

„Terra Nova gehörte von Anfang an den Siedlern“, erinnerte sie Admiral Cornat. „Sie würden jede Hilfe als Einmischung ablehnen.“

„Wir können absolut nichts tun“, pflichtete Brandner ihm bei.

„Haben wir nicht die Argumente der Bürgerversammlung und der drei Gruppen gehört?“ fragte Tschenkowska angriffslustig. „Im Grunde wollen alle dasselbe, nur mit unterschiedlichen Mitteln. Glaubt ihr nicht, daß sie gemeinsam ihre Welt wieder gesundmachen können?“

Reginald Bull, der über den größten Erfahrungsschatz verfügte, schüttelte den Kopf.

„Nein, alles spricht dagegen. Ich will euch auch sagen, warum das so ist – und warum es schon oft passierte: Zwar regiert die Bürgerversammlung mit einer guten Mehrheit, aber um sich diese Mehrheit zu erhalten, muß sie Kompromisse gegenüber den Siedlern und Geschäftsleuten machen, die – auf weite Sicht betrachtet – dem Land keine echten Vorteile bringen, sondern den Untergang nur beschleunigen. Die Ziele der Gruppe Eins wären eine gute Lösung, würden sie realistischer angepackt und nicht nur von unrealistischem Idealismus getragen werden. Eine einmal in Gang gebrachte Entwicklung kann nicht von heute auf morgen eingestellt und umgepolt werden. Gruppe Zwei will eine Regierung völlig abschaffen, was zur Anarchie führte und den Zusammenbruch bedeutete. Und die Gruppe Drei will eine Diktatur als letztes Mittel der Genesung. Das ist schon aus Prinzip abzulehnen, abgesehen davon, daß der Erfolg gleich Null wäre. Die einzige Lösung böte das Zusammengehen von Gruppe Eins mit der Bürgerversammlung, denn in einem solchen Fall könnte man auf die Stimmen der opportunistischen

Überläufer dank einer großen Mehrheit verzichten." Bull nickte. „Das wäre alles."

„Optimistisch sind Sie gerade nicht", bemerkte Brandner.

„Dazu besteht leider kein Grund", gab Bull zurück und nickte ihnen zu. „Machen wir uns jetzt an unsere Berichte. Sie werden, so befürchte ich, der Kolonialverwaltung keine große Freude bereiten."

„Schon deshalb nicht", stimmte Brandner zu, „weil wir nicht eingreifen dürfen . . ."

In den folgenden Monaten gab es immer mehr Aktionen, an denen sowohl Gruppe Zwei wie auch Gruppe Drei beteiligt waren. Immer öfter konnten Juan Targes und Piet Derlett zusammen gesehen werden, und stets kam es kurz danach zu spektakulären gemeinsamen Auftritten.

Die Ziele der beiden Gruppen wurden immer verworrener, weil sie nach einem gemeinsamen Nenner suchten und die Kompromisse mit neuen Forderungen nicht mehr Schritt hielten. Nach außen hin jedoch blieb man sich spinnefeind.

Carl Björnson und seine Gruppe hielten an ihren Zielen fest und gewannen immer mehr Freunde. Gruppe Zwei und Drei verloren an Anhängern.

Die Bürgerversammlung erhielt immerhin noch 60 Prozent bei der nächsten Wahl, drei Jahre nach der Vierhundertjahrfeier. Trotzdem war das eine Niederlage, die ihrer Unentschlossenheit zugeschrieben werden mußte. Zögernd nur nahm sie Programmpunkte der Gruppe Zwei auf, die wiederum die aufstrebende Industrie belasteten und das eigentliche Problem der Zerstörung der Natur nicht nennenswert lösten.

Die Bürgerversammlung schwamm zwischen zwei Fronten.

„Was eigentlich wollt ihr wirklich?" fragte Margit Björnson ihren Sohn an einem Abend. „Wie soll ich als Vertrauensperson des Bezirks die Versammlung davon überzeugen, daß ihr mit uns und der Mehrzahl der Siedler zusammengehen wollt, wenn ihr gleichzeitig mit den beiden anderen Gruppen sympathisiert?"

„Sie haben sich bei uns angebiedert", verteidigte sich Carl. „Wir haben fast doppelt soviel Zulauf wie sie beide zusammen, das nutzen sie aus. Sie heucheln, wenn sie ihre Ziele den unseren angleichen. In Wirklichkeit wollen sie etwas anderes. Auf der anderen Seite gibt es viele bei uns, denen das Zusammengehen mit ihnen recht ist, weil sich dadurch der gemeinsame Stimmenanteil vergrößert."

„Eine ausweglose Situation", mischte Jon Björnson sich ein. „Der Schlachthof wurde gestern geschlossen, weil Fleisch viermal teurer ist als das synthetische Zeug, das sie nun herstellen. Außerdem gibt es kaum noch Enocks. Viele Siedler kehrten zurück auf ihre Farmen, aber der Boden gibt nichts mehr her. Der Kunstdünger hat ihn ausgelaugt. Habt ihr auch dagegen ein Rezept, Carl?"

„Auf der Nordseite der Berge gibt es einige Wälder und Weidegebiete, dort verspräche die Aufzucht der letzten Enocks Erfolg. Mit dem natürlichen Dünger ließen sich die sterilen Äcker wieder fruchtbar machen. Grund und Boden müßte neu verteilt werden, der Anreiz zur Selbstversorgung vergrößert..."

„Genauso spricht auch Targes, Carl", erinnerte ihn sein Vater.

„Zurück zur Natur?" fragte die Mutter, und es klang ein wenig spöttisch. „Dazu ist es zu spät, mein Sohn. Die Menschen sind zu bequem geworden – und zu anspruchsvoll. Würde die Bürgerversammlung Einschränkungen fordern, würden wir abgewählt. Und was dann?"

„Das werdet ihr so oder so", sagte Carl überzeugt, und merkwürdigerweise sah er dabei nicht gerade glücklich aus.

Im Westen ging die Sonne unter. Der dunkle Begleiter blieb unsichtbar, um so deutlicher war jedoch der verschwommene rötlich schimmernde Ring zu sehen, der die Sonne umgab und mit ihr zusammen unter den Horizont sank.

Zehn Jahre später, 413 Jahre nach der Landung der EDEN, entschloß sich die Kolonialverwaltung in Terrania schweren Herzens, trotz aller Bedenken und Vorbehalte einen Beobachter nach Terra Nova zu entsenden. Nur zögernd gab Perry Rhodan dazu seine Einwilligung, und er tat es auch nur unter der Bedingung, daß der „Agent“ unerkannt blieb und sich unter keinen Umständen in die inneren Angelegenheiten der Kolonie einmischte.

Ken Dagmar war fünfzig Jahre alt und froh, dem Bürodasein für ungewisse Zeit entfliehen zu können. Über die Verhältnisse auf Terra Nova war er bestens orientiert, und eine Eingliederung in die dortige Gesellschaft würde nicht schwierig sein, schon deshalb nicht, weil die Bevölkerung inzwischen auf 60 000 angewachsen war und nicht jeder jeden kennen konnte.

Die Bürgerversammlung war nicht aufgelöst worden, aber die Machtverhältnisse hatten sich geändert. Carl Björnsons Gruppe hatte bei der letzten Wahl 45 Prozent erhalten, die Partei seiner Mutter nur noch 30. Targes' Leute waren mit 15 Prozent und jene von Piet Derlett mit 10 Prozent vertreten.

Die Folge war, daß die Gemäßigten um Carl Björnson mit jeder anderen Gruppe regieren konnten. Naturgemäß verlangte dann auch die in einem solchen Fall einbezogene Gruppe ihrerseits Kompromisse von Björnson, so daß im Endeffekt keine einzige Partei ihre Ziele hundertprozentig durchsetzen konnte.

Ken Dagmar gehörte offiziell zur Besatzung eines terranischen Frachters, der eine Reihe von Siedlerplaneten anflog, um Produkte der Erde einzutauschen. Während die Bewohner der meisten anderen Welten froh waren, Nachschub zu erhalten, versuchten die Kaufleute von Terra Nova, ihre eigenen und im Überfluß vorhandenen Waren dem Frachter anzudrehen. Als das Schiff schließlich wieder startete, war Ken Dagmar nicht mehr an Bord. Mit genügend Geld versehen, suchte er sich in der Stadt eine Wohnung und begann mit seiner Arbeit.

Die politischen Verhältnisse waren ihm bereits nach einem Tag vertraut. Sie stimmten ihn nicht gerade optimistisch.

Mit einem gemieteten Gleitwagen unternahm er am dritten Tag eine Rundreise quer durch den Kontinent und wagte sich auch ein Stück hinaus auf den Ozean. Seine Beobachtungen deckten sich mit den Befürchtungen der terranischen Kolonialverwaltung: Terra Nova war dabei, sich zu Tode zu wirtschaften. Nihal II würde am eigenen Überfluß zugrunde gehen, da ein Absatzmarkt fehlte.

Natürlich kannte Ken Dagmar die Videoaufzeichnungen, die vor mehr als vierhundert Jahren gemacht wurden. Die Landschaft, die sich hier seinen Augen darbot, hatte mit jener vor vierhundert Jahren keine Ähnlichkeit mehr. Die meisten Tierarten waren ausgestorben, der noch vorhandene klägliche Rest der Flora vegetierte zwischen Schutthalden dahin.

Die Menschen hatten aus einem Paradies eine sterbende Welt gemacht.

Als Ken Dagmar seine Wohnung betrat und die Tür hinter sich schloß, erstarrte er mitten in der Bewegung. Im Sessel vor dem großen Fenster saß ein Mann, etwas jünger als er selbst, und blickte ihm mit einem seltsamen Ausdruck in den Augen entgegen. Dann erhob er sich langsam.

„Wer hat Sie geschickt?“ fragte er ruhig.

Dagmar erholte sich schnell von seiner Überraschung.

„Darf ich zuerst um eine Erklärung bitten?“

Der Fremde setzte sich, nachdem auch Dagmar Platz genommen hatte.

„Mein Name ist Carl Björnson, Abgeordneter in der Bürgerversammlung, in deren Auftrag ich hier bin. Sie sind kein Siedler, kein Bewohner von Terra Nova. Sie kamen mit dem Frachter. Warum blieben Sie hier?“

Ken Dagmar war ehrlich verblüfft.

„Wie haben Sie das herausgefunden, Björnson? Aber um Ihre Frage zu beantworten: Ich blieb hier, weil ich nicht zur Erde zurück wollte.“

Carl Björnson lächelte nachsichtig.

„Sie lügen! Dort drüben im Schrank steht Ihr Mikro-Hyperfunk-Gerät. Ich hätte es unbrauchbar machen können, aber zuerst möchte ich wissen, welchen Auftrag Sie erhalten haben – und von wem."

„Also gut", sagte Ken Dagmar und nannte seinen Namen. „Die Regierung auf Terra macht sich Sorgen um Terra Nova, und mit Recht, wie Sie zugeben müssen. In drei Tagen habe ich mehr erfahren können, als mir lieb ist. Ihre Welt ist zum Untergang verurteilt, sie erstickt an ihrer Überproduktion und im Abfall, der sie zudem noch vergiftet. Wollen Sie das abstreiten?"

Björnson schüttelte den Kopf.

„Natürlich nicht, denn wir sehen es selbst. Wir werden Gegenmaßnahmen einleiten. Pläne liegen bereits vor."

„Freiwillige Einschränkungen – das meinen Sie doch wohl? Und Sie glauben, damit kommen Sie durch? Niemals!"

Carl Björnson wollte auffahren, aber dann sank er in den Sessel zurück.

„Sie kennen die Zusammenhänge, nicht wahr? Meine Gruppe hat die Herabsetzung der Produktion um fünfzig Prozent gefordert, eine hundertprozentige Abfallbeseitigung durch Zerstrahlung, eine Regenerierung der Flüsse und der Landschaft, die Entgiftung des Meeres und eine Aufforstung der Wälder. Jene Männer und Frauen, die ihre Arbeit in den Produktionsstätten verlören, fänden eine neue auf anderem Gebiet, aber sie würden bei der nächsten Wahl einer anderen Gruppe ihre Stimme geben, nicht jenen beiden, die jetzt die Mehrheit haben. Und darum werden unsere Vorschläge auch von unserem Koalitionspartner abgelehnt."

„Mit dem Untergang vor Augen ...", murmelte Ken Dagmar. Er seufzte. „Terra Nova wäre nicht die erste Welt, die so endet. Exporte könnten dieses Ende hinauszögern, aber Ihre Produkte werden woanders billiger hergestellt oder nicht benötigt. Wirtschaftlich gesehen, erstickt Terra Nova im Reichtum, der aber nur ein scheinbarer ist, weil die Natur mit erstickt. Sie alle könnten in einem Paradies leben, wenn die Vernunft siegte und nicht der Egoismus des einzelnen."

„Wem sagen Sie das?“ fragte Carl Björnson mutlos. Dann blickte er den Terraner ernst an. „Es tut mir leid, aber ich muß Sie bitten, mich zu begleiten. Die Bürgerversammlung verlangt eine Rechtfertigung von Ihnen. Noch heute!“ fügte er hinzu.

„Und was ist mit meinem Funkgerät?“

Carl Björnson sah in Richtung des Schrankes.

„Sie werden es vielleicht noch brauchen, Dagmar. Ich habe es jedenfalls nicht gesehen.“

„Danke“, sagte Ken Dagmar und erhob sich. „Gehen wir.“

Ken Dagmar hatte sich schon während des Rückflugs zur Erde auf seinen Vortrag vorbereitet. Nur fünf Tage war er auf Terra Nova gewesen, und einen Tag nach seinem Funkspruch hatte ihn ein Schiff der Kolonialverwaltung abgeholt. Es gab keine Schwierigkeiten.

Er sah auf das Chronometer neben der Tür.

Es war der 4. Oktober des Jahres 2514.

Der Chef der Kolonialverwaltung, Brandner, holte ihn höchstpersönlich ab und brachte ihn zum kleinen Konferenzraum des Bürogebäudes.

„Sie kennen Perry Rhodan persönlich?“ fragte er unterwegs.

„Leider nicht“, bedauerte Ken Dagmar. „Ich hatte bisher nicht die Gelegenheit, ihn kennenzulernen.“

„Die werden Sie gleich erhalten“, eröffnete ihm Brandner. „Er möchte bei Ihrem Vortrag dabei sein, um Ihnen einige Fragen stellen zu können.“

Tapfer ging Ken Dagmar weiter, obwohl er so etwas wie Lampenfieber verspürte.

„Oh . . .!“ brachte er schließlich hervor. „Ist denn die Angelegenheit Terra Nova so wichtig?“

„Ungemein wichtig sogar, denn auch andere selbständige Kolonien versagten, ohne daß wir die Gründe erfuhren. Ein Grund mehr, die Ursachen für das Versagen zu analysieren und daraus zu lernen.“

„Überzivilisation“, murmelte Ken Dagmar.

„Eine paradoxe und doch wahre Erkenntnis", sagte Brandner und hielt vor einer Tür an. „Wir sind da."

Perry Rhodan saß zwischen Admiral Cornat und Reginald Bull. Rechts und links von ihnen die Expertinnen Nkombola und Tschenkowska. Fünf Augenpaare richteten sich auf Ken Dagmar, als er mit Brandner den kleinen Raum betrat. Rhodan stand auf und begrüßte den Agenten mit Händedruck, dann bat er ihn und Brandner, Platz zu nehmen.

„Wir sind über die Vorgänge auf Terra Nova durch einen Vorbericht informiert, Sie können sich also kurz fassen, Ken Dagmar. Im übrigen darf ich Ihnen unsere Anerkennung dafür aussprechen, daß Sie zur Erfüllung Ihrer Aufgabe nur ganze fünf Tage benötigten."

„Das ist kaum mein Verdienst", erwiderte Ken Dagmar ein wenig verlegen. „Sie spürten mich schon am dritten Tag auf." Er ordnete seine Papiere, die vor ihm auf dem Tisch lagen. „Ich will mich, wie Sie es wünschen, möglichst kurz fassen."

Schon nach einigen Sätzen hatte er seine anfängliche Scheu verloren und sprach schnell und flüssig. Anschaulich schilderte er seine Eindrücke und vermied es, einen Kommentar mit seiner Meinung einzuflechten. Das wollte er sich für den Schluß aufheben, wenn er danach gefragt wurde.

„Die letzten Antworten erhielt ich in der Bürgerversammlung, in die mich Carl Björnson mitnahm. Es sind vier Parteien, die eine Art Regierung bilden, und jede von ihnen behindert die andere bei Entscheidungen.

Björnsons Gruppe hat den Grund des Übels zwar richtig erkannt, kann sich aber nicht durchsetzen mit den Reformplänen, die, oberflächlich betrachtet, Stagnation und sogar Rückschritt bedeuten. Alle wissen, daß sie aber auch die Rettung bedeuten, allerdings auf Kosten jener, denen technischer Fortschritt eine kurzlebige Bequemlichkeit bietet. Darauf will niemand verzichten. Selbst die noch existierenden Farmer nicht, denn es ist für sie einfacher und billiger, synthetische Lebensmittel in der Stadt zu kaufen, als die ausgelaugten Felder zu bestellen. Sie vermieten ihre Grundstücke bereits an Firmen, die ihren Müll dort ablagern."

„Aber die Vernunft ...", begann Rhodan, doch Ken Dagmar war selbstsicher genug, um ihn zu unterbrechen:

„Die Vernunft des einzelnen ist nichts gegen den Egoismus der vielen anderen Menschen auf Terra Nova. Sie wollen nicht das aufgeben, was sie an sogenanntem Fortschritt erreicht haben. Ein kleiner Schritt zurück würde genügen, die Kolonie zu retten, aber niemand wird es wagen, diesen Schritt zu fordern. Und unsere Kolonialverwaltung darf nicht eingreifen – das ist Gesetz. Und das Gesetz auf Terra Nova hat nur einen Namen: absolute Freiheit."

Rhodan sah Reginald Bull an.

„Was ist deine Meinung, Bully?"

Der Angesprochene strich sich über die roten Borstenhaare.

„Meine Meinung dürfte nicht zu akzeptieren sein, Perry, aber du kannst sie trotzdem hören: Ich würde *beide* Gesetze ändern."

„Unmöglich!" warf Nkombola energisch ein. „Ich habe einen anderen Vorschlag. Wie ich das alles sehe, besteht eine der Ursachen in der Überbevölkerung von Terra Nova. In unseren Datenspeichern habe ich noch Dutzende von geeigneten Planeten gefunden, die sich für eine Besiedlung eignen. Warum bieten wir Terra Nova nicht an, daß jeder, der seine Welt verlassen will und neu beginnen möchte, zu einer solchen gebracht wird? Da dieser Exodus auf freiwilliger Basis beruht, wird das Gesetz der absoluten Freiheit nicht gebrochen."

„Ich stimme Nkombola zu", sagte Tschenkowska überzeugt.

„Und Sie, Admiral?" fragte Rhodan.

Admiral Cornat überlegte nur kurz, ehe er antwortete:

„Der Vorschlag hat viel für sich. Die Frage ist nur, ob damit Terra Nova gerettet werden kann. Die Zurückbleibenden werden so weitermachen wie bisher."

„Aber sie erhalten eine Frist", verteidigte Nkombola ihren Vorschlag.

„Und Sie, Brandner?" fragte Rhodan noch einmal.

„Ich meine, wir sollten es zumindest versuchen. Ein Angebot kostet nichts."

Rhodan nickte.

„Ich bin auch dafür, Brandner. Und halten Sie Kontakt mit mir." Er wandte sich an Ken Dagmar. „Ihnen danke ich für Ihren Einsatz. Sie bleiben bitte in ständiger Verbindung mit Brandner und helfen ihm."

Er verließ den Raum, aber Ken Dagmar glaubte dem Ausdruck seines Gesichts entnehmen zu können, daß er nicht hundertprozentig zufrieden mit der Lösung des Problems war.

War es überhaupt zu lösen?

Carl Björnsons verzweifelter Versuch, sich mit Juan Targes' Gruppe zu verbünden, um die Siedlerpartei seiner Mutter von ihrer starrköpfigen Haltung abzubringen, scheiterte an der daraus resultierenden Schizophrenie. Björnson und Targes besaßen in der Bürgerversammlung zwar die absolute Mehrheit, aber ihr Zusammengehen erweckte das Mißtrauen der Bevölkerung von Terra Nova. Außerdem war man sich nicht einig in dem Weg, der beschritten werden sollte. Als dann noch der Vorschlag der terranischen Kolonialverwaltung eintraf, warf man Carl Björnson glatten Verrat vor. Die Folge war Chaos in der Bürgerversammlung, ihre Auflösung und eine Neuwahl, die der Siedlerpartei und der Gruppe um Piet Derlett die Mehrheit brachte.

Die Unvernunft hatte letztlich gesiegt.

Den drohenden Untergang von Terra Nova vor Augen, entschloß sich Carl Björnson zum Leidwesen seiner Eltern, die Heimatwelt für immer zu verlassen und das Angebot Terras anzunehmen. Nicht ganz zehntausend Menschen schlossen sich ihm an, und eines Tages landete ein großes Raumschiff, um die Ausreisewilligen aufzunehmen und zu einer anderen Welt zu bringen, die einen neuen Anfang versprach.

Die Zukunft würde zeigen, ob die Neu-Siedler gelernt hatten.

Auszug Speicherdaten Kolonialverwaltung Terra, Jahr 3378 Normalzeit:

Betrifft: Kolonie „Terra Nova“, System Beta Leporis, Stern Nihal, zweiter Planet. Gründung: 2101.

Den letzten Scoutberichten zufolge wurden auf dem 20 000 Quadratkilometer großen Kontinent des Planeten Nihal erste Spuren von Vegetation festgestellt. Die letzten Siedler verließen Terra Nova vor mehr als sechshundert Jahren, so lange benötigte die Natur zur Regenerierung. Unsere Experten hoffen zuversichtlich, daß eine Neubesiedlung in zweihundert Jahren ins Auge gefaßt werden kann . . .

Betrifft: Kolonie „Terra Nova II“, System Pendal, Stern Björnson, dritter Planet. Gründung: 2515.

Die Zahl der Siedler hat sich seit der Gründung verzehnfacht, auch durch Neuzugänge. Eigenernährung nicht mehr voll gesichert. Die ersten technischen Anlagen zur Herstellung synthetischer Nahrung sind geplant. Abholzung der Wälder zur Schaffung von Platz für Fabrikationsstätten hat begonnen. Erhebliche Verschmutzung von Luft und Wasser wurde bereits festgestellt. Experten haben errechnet, daß Hilfsaktionen in etwa fünfzig Jahren in Erwägung gezogen werden müssen, um . . .

Die Erde ist wie ein leckes Boot mitten im Ozean, aber es gibt kein anderes Boot, in das man umsteigen könnte.

Unbekannt

Peter Terrid

Die Friedensspezialisten

Das Jahr 2169 war eines der seltsamsten Jahre, an das sich ein Mensch erinnern konnte. In der erforschten Geschichte der Menschheit hatte es angeblich nur knapp 114 Jahre gegeben, die man mit 2169 hätte vergleichen können. Dieses besondere Jahr fiel aus dem Rahmen, denn 2169 war ein Jahr, in dem in der gesamten bekannten Galaxis Frieden herrschte.

Nirgendwo Krieg, keine Aufstände, keine Revolutionen, kein Massenmord – Friede überall.

Das war kein Zufall. Mit der Gründung der Galaktischen Allianz im Jahre 2113 und dem Aufbau der USO waren die wichtigsten Konflikte, die bis dahin die Milchstraße erschüttert hatten, beigelegt.

Das hatte nicht bedeutet, daß es allenthalben friedfertig zugegangen wäre; immer wieder war es irgendwo zu Streitigkeiten gekommen. In vielen dieser Fälle hatte Perry Rhodan Mitarbeiter entsandt, die die Krisenlage bereinigen sollten – die FRIEDENSSPEZIALISTEN . . .

1.

Über Lagheta zogen Wolken auf. Das Licht des Doppelmonds fiel spärlicher auf die Stadt. Es war ruhig.

Der Sommer war trocken gewesen. Der Lehm der Straßen war hartgebacken, die Wasserhändler verdienten sich goldene Nasen. Jetzt schwärmten sie vermutlich in der Nähe der Arena herum und boten schreiend ihre Ware feil.

Lagheta war scheinbar menschenleer, als ich mich auf den Weg zum Palast machte. Die Arena lag nur einen Steinwurf entfernt, an einem der beiden Orte würde ich den Sanhaboo mit Sicherheit finden.

Ich mußte aufpassen. Im Schatten der winkligen Häuser lauerte übles Gesindel, das Spaziergänger anfiel und nicht selten tötete, wenn die Beute gar zu karg ausgefallen war. Und sie würden auch nicht zögern, wenn sie begriffen, daß sie den Freund des Gifaten-Hauptmanns erwischt hatten. Aber heute konnte ich einigermaßen ruhig ausschreiten – es waren neue Kampfmonster eingetroffen, und nach solchen Schauspielen gierten selbst die Straßenräuber der Samalut.

Schon von weitem war der Kampflärm zu hören. Die Arena, eines der wenigen ganz aus Stein gefertigten Gebäude des Landes Samal, war bis auf den letzten Platz gefüllt. Die Hauptstadt Lagheta wurde von mehr als dreißigtausend Menschen bewohnt, davon nahm die Arena neun Zehntteile auf, deren Schreien und Toben weit über die nachtdunklen Straßen hallte.

Zwei Gifaten hielten am Eingang Wache, achtzehn andere sicherten die Stufen hinauf zur Loge des Sanhaboo. Es war der übliche Schutz für den Monarchen.

„Wohin willst du?"

Der Gifate sprach den kehligen Dialekt der nördlichen Wälder. Es waren baumlange Kerle, ihren Hauptleuten und natürlich dem Monarchen in sklavischer Treue ergeben.

Ich lächelte.

„Führe mich zu Garbashin", befahl ich. „Er erwartet mich."

Der Gifate sah mich zögernd an. Ich trat einen Schritt zurück. Das Licht des Doppelmonds fiel auf mein Gesicht. Der Gifate lächelte zurück, er hatte mich erkannt.

„Tritt ein“, sagte er. „Aber du weißt . . .“

Ich hob die Arme und ließ mich nach Waffen abtasten. Der Monarch der Samalut galt zwar als gottgleich und unverletzlich, aber er war mitnichten unsterblich, und es gab gottlose Kreaturen, die nicht einmal vor einem meuchlerischen Anschlag auf den Sanhaboo zurückschreckten.

„Du kannst gehen“, erklärte der Gifate. Er senkte die langschäftige Lanze bis auf den Boden. Die halbmondförmige Klinge blitzte im Licht des Doppelmonds.

Ich stieg langsam die engen Stufen hinauf. Das Gebrüll wurde stärker, offenbar waren besonders gute Kampfmonster erbeutet worden. In den Wänden des Ganges waren bronzene Halter eingelassen, darin blakten Äste eines harzreichen Baumes. Der Geruch war angenehm, er überlagerte die Raubtierausdünstungen im Innern der Arena, und sie schafften es sogar, den andauernden Kloakengestank zu vertreiben, der stets in Lagheta herrschte. Eine Kanalisation gab es nicht.

Noch zweimal wurde ich angehalten. Die Gifaten nahmen ihre Arbeit ernst, kein Wunder – sollte dem Sanhaboo jemals etwas zustoßen, wurden sie ausnahmslos hingerichtet. Zum Ausgleich für diese Gefahr wurden sie hervorragend bezahlt, gut untergebracht und verköstigt. Als Ehemänner erfreuten sie sich bei den weiblichen Samalut größter Beliebtheit.

Tausende von Lampen brannten in der Arena und warfen helles Licht auf die Zuschauer und das Geschehen im Staub.

Ich erkannte zwei Hurgadas, die mit einer Büschelviper kämpften. Schafften sie es, das Reptil zu töten, wurden sie zu Gifaten berufen – schafften sie es nicht, bekam die Viper etwas zu fressen. So einfach war das in der Arena von Lagheta.

Ich entdeckte Garbashin dort, wo er seinen Posten hatte – in unmittelbarer Nähe des Sanhaboo. Der feiste Monarch, der an Verfressenheit und Trunksucht alles in den Schatten stellte, was jemals den Thron von Samal eingenommen hatte, rülpste ungeniert und griff nach einem Humpen, der mit kostbarem Wein gefüllt war. Was sich der Sanhaboo an manchen Abenden durch die Gurgel jagte, war mehr wert, als ein Mann in einem Jahr verdienen konnte, selbst wenn er bis zum Umfallen arbeitete.

Garbashin winkte mir mit einer knappen Gebärde zu.

Ich lehnte mich an eine der steinernen Säulen und sah mich um. Es war das Bild, das ich schon oft gesehen hatte. Da hockte der Sanhaboo in seinem eigens für ihn gefertigten Thronsessel, neben ihm kauerte auf einem Kissen seine augenblickliche Lieblingssklavin. Das Mädchen sah unglücklich aus.

Zehn Schritte entfernt saß Meragha, wie immer stand ein Gifate mit gefällter Lanze hinter ihm, jederzeit bereit, den tödlichen Stoß zu führen. Meragha hatte sich längst daran gewöhnt, dennoch sah er ab und zu hinter sich.

Unten in der Arena nahm der Kampf seinen Fortgang. Die beiden Hurgadas waren nicht übel, sie hatten Mut und Einfallsreichtum. Wie sie der Büschelviper zusetzten, konnte sich sehen lassen. Vermutlich würden sie den Kampf gewinnen.

Garbashin sah zu mir herüber. Ich bewegte leicht den Kopf. Er nickte zurück.

Der Abend der Entscheidung war gekommen.

Garbashin machte ein paar Schritte, stellte sich neben mich. Unter den Gifaten war er der größte und stärkste, und das hieß keineswegs, daß er ein Kraftprotz gewesen wäre, der außer Dreinschlagen nichts konnte. Garbashin war ein gewitzter Bursche – so pfiffig, daß außer mir keiner etwas davon ahnte. Allzu gescheite und damit gefährliche Gifaten-Hauptleute lebten am Hof nicht lange.

„Weißt du, wo Hattyha ist?"

Ich machte eine Geste der Verneinung.

„Bei Kitale", knurrte Garbashin. „Das ist ärgerlich."

Er brauchte das Mädchen unbedingt. Anders ließ sich sein Plan nicht in die Tat umsetzen. Wenn auch nur ein Mitglied der Familie überlebte, hatte Garbashin verloren.

Die Samalut waren ihren Sanhaboos fanatisch ergeben, und sie wußten auch warum. Nur die Gottähnlichkeit der Sanhaboos gewährleistete, daß es nicht zum Krieg kam zwischen den Samalut und den Aeyasi im Westen. Seit vielen Sonnenwechseln hielten sich beide Völker an diese Abmachung. So wie Meragha in der Nähe des Sanhaboo saß, den sicheren Tod jederzeit im Nacken, so war in Magadi, der Hauptstadt des Reiches der Aeyasi, der Sohn des Sanhaboo Unterpfand des Friedens zwischen den beiden Völkern.

Sollte es den Aeyasi jemals einfallen, ihre Nachbarn im Osten mit Krieg überziehen zu wollen, mußte Meragha sterben – und dann natürlich auch der Sohn des Sanhaboo. Die Abrede hatte sich bewährt – es kam ab und zu zu kleineren Gefechten zwischen den Stämmen, die im Grenzland lebten, aber der große menschenfressende Krieg war vermieden worden.

„Was machen wir nun?" fragte Garbashin. Ich lächelte. Ich war sein Ratgeber; den Plan, den Garbashin an diesem Abend ausführen wollte, hatte ich ersonnen und bis ins Kleinste vorbereitet.

„Es bleibt bei dem, was wir beredet haben", sagte ich halblaut. „Und vergiß eines nicht – es wird kein Blut vergossen."

„Ganz begreife ich dich immer noch nicht", murmelte Garbashin. Er war einen ganzen Kopf größer als ich und sah mich sehr skeptisch an. „Ich hoffe, du hast recht wie immer."

„Ich habe."

Meine Worte gingen im Beifallsgebrüll der Menge unter. Die beiden Hurgadas hatten ihre Aufgabe gelöst – die Büschelviper war getötet. Einer der beiden hielt das blutbespritzte Büschel in die Höhe; die Mähne glänzte im Licht der Öllampen.

„Willkommen in meiner Garde", sagte der Sanhaboo. Er winkte den jungen Männern huldreich zu. Mehr Bewegung schien bei diesem Fleischkoloß nicht möglich.

Der Sanhaboo wandte den Kopf. Mit seinen dunklen Augen, die tief in den Höhlen zu sitzen schienen, sah er Garbashin an.

„Du wirst dich um sie kümmern?"

Der Sanhaboo hatte eine Stimme, die ungewöhnlich dünn und piepsig klang, insbesondere dann, wenn er energisch erscheinen wollte. Garbashin kreuzte die Arme vor der Brust und verneigte sich.

Während unten in der Arena der reglose Körper der Büschelviper davongezerrt wurde, sah ich zu dem Gifaten hinüber, der die Geisel bewachte. Der Mann konnte sich selbstverständlich nicht ununterbrochen auf diese Aufgabe konzentrieren. Es galt, einen Augenblick zu finden, in dem er abgelenkt war – nur ein paar Sekundenbruchteile, das genügte.

Es wäre mir möglich gewesen, den Gang der Dinge auch auf andere Art und Weise zu beeinflussen, aber das Prinzip lautete, solche Arbeit unmerklich, von innen heraus zu leisten. Das vergrößerte das Risiko für uns, machte den Erfolg aber um so eindeutiger.

Ich sah Garbashin an.

Der Augenblick der Tat war gekommen.

„Da wäre noch etwas, Hoher Sanhaboo!"

Das war das vereinbarte Stichwort. Der Gifate hinter Meragha sah auf.

Im nächsten Augenblick war ich bei ihm. Ein Handkantenschlag auf den rechten Arm, der die Lanze hielt; die Waffe flog zur Seite. Dann ein Ellenbogenstoß in die Magengrube. Der Gifate war ein hartgesottener Bursche, aber gegen solche Hiebe war auch er machtlos. Ich sah, wie er verzweifelt den Mund öffnete, um nach Luft zu schnappen. Ich sah auch, wie er die Lanze wieder ergreifen wollte – bis zum letzten Augenblick dachte er an seine Aufgabe. Ich schlug noch einmal zu.

Die halbmondförmige Klinge der Lanze ritzte Meragha die Kleidung, verletzte ihn aber nicht. Der Aeyasi war schreckensbleich geworden, sprang jetzt auf und sah mich entsetzt an.

„Kerl!" schrie der Sanhaboo und stemmte sich mühsam in die Höhe. „Was . . ."

Im nächsten Augenblick saß ihm Garbashins Schwert an der Kehle. Der Hauptmann der Gifaten war bleich geworden, ihn beutelte die Furcht – wenn er jetzt nicht siegte, rollte morgen sein Kopf in den Sand der Arena.

Ich griff dem Gifaten in den Gürtel. Ein rascher, wohlgezielter Wurf – der Hurgada taumelte zurück, die Klinge stak in seinem rechten Oberarm, den er zum Wurf erhoben hatte. Diese Burschen waren von bewundernswerter Tapferkeit.

„Dein Reich ist zerstört, Mishash“, sagte Garbashin streng. „Du wirst nicht länger Sanhaboo sein.“

„Ergreift den Schurken!“ keifte Mishash. „Schlagt ihn nieder!“

Die zwanzig Gifaten stürmten die Treppe hinauf. Es hatte lange gedauert, sie alle zu gewinnen und vor allem gleichzeitig zum Dienst zu bringen – ein einziger Andersdenkender hätte unseren ganzen Plan umwerfen können.

„Sie werden dir nicht beispringen, Mishash“, sagte Garbashin. „Deine Zeit ist abgelaufen.“

Der Sanhaboo sah gehetzt um sich. Er schrumpfte vor Angst förmlich in seinem Sitz zusammen.

Ich sah nach den Menschen in der Arena. Zehntausend hatten gesehen, was sich zugetragen hatte.

Niemand sprach ein Wort. Der Vorgang war ungeheuerlich, es gab dazu keinen Vergleich in der Geschichte der Samalut. Der regierende Sanhaboo abgesetzt, entmachtet, wehrlos. Und das von einem Fremden, der nicht zu seiner Familie gehörte . . .

Machtwechsel hatte es bei den Samalut schon des öfteren gegeben; manch ein Sanhaboo hatte seinen Sohn oder einen anderen Verwandten durch Langlebigkeit dazu gebracht, dem natürlichen Lauf der Dinge mit Gift oder einem gutgezielten Dolchstoß nachzuhelfen. Es hatte auch ein paar Sanhaboos gegeben, die dem Trunk bis an die Grenze der völligen Geistesumnachtung verfallen gewesen und damit ihrem Volk gefährlicher als die feindlichen Aeyasi geworden waren. Auch sie waren nicht sehr alt geworden.

Dies aber war neu und unerhört.

„Geht nach Hause, Leute!“ rief Garbashin. „Und morgen kommt zum Palast – ich habe mit euch zu reden.“

In diesem Augenblick entschied sich die Zukunft der Samalut – folgten sie der Aufforderung oder widersetzten sie sich? In der Stadt lagen vier Hundertschaften Gifaten, dazu mindestens zwei Tausendschaften Hurgadas, mehr als genug Macht, den Aufstand des Rebellen Garbashin hinwegzufegen.

Aber die Bürger Laghetas entschieden sich anders. Zu lange hatte Mishash seine Untertanen geschröpft und geschunden. Schweigend verlief sich die Menge. Während dem Sanhaboo vor Angst die Augen aus den Höhlen traten, zog das Volk fast lautlos ab.

Es war totenstill geworden.

Nur die Fackeln knisterten, die Öllampen zischten ab und zu. Auf dem Sandboden der Arena war ein großer dunkler Fleck zu sehen – dort war die Büschelviper verendet. Mishash schielte immer wieder dorthin, wohl fürchtend, daß nun auch sein Blut vergossen würde.

Offenbar hielt Meragha die Zeit für gekommen, sich bemerkbar zu machen. Er war ein gutgewachsener junger Mann mit dunklen Haaren und sehr ausdrucksvollen Augen; sein Charakter war der eines Lumpen, der vor nichts zurückschreckte.

„Was wird nun aus dem Vertrag werden?“ fragte Meragha.

Garbashin lächelte ihn böse an.

„Das wirst du früh genug merken, Knabe!“ sagte er. Zu den Gifaten gewandt, fuhr er fort:

„Schafft ihn in den Kerker – und dann sucht nach Hattyha!“

Garbashin sah mich an. Ich grinste zufrieden. Der erste Teil des Planes war aufgegangen.

2.

In großen bronzenen Schalen glomm die Holzkohle, die Wärme für den großen Saal spendete. In den Säulen staken Fackeln, die von den Dienern immer wieder erneuert wurden.

Schweigende Spannung lag über dem Saal. Die Hauptleute sämtlicher Gifaten und Hurgadas hatten sich versammelt. Sie erwarteten die große Rede des neuen Sanhaboo – oder den Untergang. Es war einmalig in der Geschichte der Samalut, daß jeder Anwesende seine Waffe tragen durfte; wenn es den Hauptleuten gefiel, war Garbashin sehr bald ein toter Mann – und ich dazu.

Der Boden war mit Holz bedeckt, das vernehmlich knarrte, als Garbashin den Raum betrat. Die Gifaten wandten die Köpfe. Ihre Waffen blitzten im Schein der Fackeln.

Garbashin hatte die Mütze aufgesetzt, die seinen Rang als Sanhaboo bezeichnete. Die goldenen Troddeln fielen weit auf die Schultern herab. Auf der Stirn trug er jene Bemalung, die zum Tode verurteilte Verbrecher anlegten, wenn sie zum alles entscheidenden Kampf in die Arena traten.

Garbashin sah mich kurz an. Der Blickkontakt war sehr intensiv. Ich hatte dem Gifaten zu diesem Plan geraten, jetzt mußte es sich entscheiden, was daraus wurde.

Garbashin schritt langsam durch die Reihen der Gifaten. Jeder von ihnen hätte den Dolch ziehen und ihn niederstechen können, aber die Krieger wollten erst einmal wissen, was der neue Sanhaboo zu sagen hatte.

Garbashin blieb vor dem Podest stehen, auf dem sich der Thron der Samalut erhob, eine massige Konstruktion aus Gold und Elfenbein.

„Ihr werdet wissen wollen, was ich getan habe“, sagte Garbashin. Er sah, daß sich ihm alle Gesichter zugewandt hatten. „Der alte Sanhaboo ist tot, desgleichen seine Tochter. Die Dynastie der Mishash hat aufgehört zu bestehen.“

„Du hast deine Hand mit dem Blut eines Weibes befleckt?“ fragte einer der Gifaten.

Es war Nargheta, ich kannte ihn, der sich da aus der Menge der Gifaten herausgedrängt hatte. Ein schlanker, wohlgebauter Mann, besonnen und seines unbestechlichen Gerechtigkeitssinns wegen sehr geschätzt.

Garbashin nickte.

„Ich bin es leid“, sagte er und hob ein wenig seine Stimme, „das Volk bluten und leiden zu sehen für einen Wahnsinn. Ich bin es leid, daß wir einen großen Teil unserer Arbeit darauf verschwenden müssen, uns auf einen Krieg mit den Aeyasi vorzubereiten, der dann doch nie kommt.“

„Was soll das heißen, Garbashin?“

„Der Tod der Mishash-Dynastie gibt uns allen zum ersten Male eine Möglichkeit, wirklich frei zu entscheiden. Wir brauchen auf niemanden mehr Rücksicht zu nehmen – die Mishash-Geisel bei den Aeyasi ist nun wertlos, wohingegen wir noch Meragha haben.“

Ich sah, wie sich eine gewisse freudige Erregung unter den Gifaten-Befehlshabern ausbreitete.

„Was hast du vor?“

Garbashin richtete sich hoch auf.

Sein Blick war auf Nargheta gerichtet; ihn sprach er mit aller Eindringlichkeit an.

„Ich will Krieg führen“, sagte Garbashin. „Den letzten Krieg zur Abschaffung aller Kriege. Wir werden eine gewaltige Flotte rüsten und zu den Aeyasi senden. Wir werden sie besiegen, und ich werde die Könige der Aeyasi entthronen, wie ich den Sanhaboo entthront habe. Unter einem Zepter vereint, werden beide Völker dann niemals wieder die Waffen gegeneinander erheben.“

„Ein wahrhaft kühner Plan“, sagte Nargheta. Es war ihm anzusehen, daß er nur mäßig beeindruckt war.

„In der Tat“, sagte Garbashin. Er ließ seine Augen die Runde machen. „Es hat nie bessere Voraussetzungen gegeben, ein solches Unterfangen durchzuführen. Wollt ihr unseren Leuten noch Jahrhunderte der Knechtschaft zumuten? Wie lange noch sollen sie Schwerter schmieden und ihre Äxte darüber vergessen? Wie lange noch sollen wir Kampfmonster züchten, die unsere Felder verwüsten und die Menschen anfallen? Ich biete euch eine einmalige Gelegenheit.“

„Warum du?“

Garbashin breitete die Arme aus.

„Zufall“, sagte er. „Und gute Ratgeber.“

Narghetas Blick fiel auf mich. Seine Lippen kräuselten sich verächtlich.

„Ich gebe dir recht, Garbashin, aber nicht zur Gänze. Bevor ich dir und deinem Plan vertraue, möchte ich, daß die Götter des gestirnten Himmels befragt werden – und zwar zweimal.“

„Ich höre!“

„Wir haben noch ein gutes Kampfmonster bereit“, sagte Nargheta. „Es wird in der Arena auf dich und deinen famosen Ratgeber warten. Und wir werden, falls wir auslaufen sollten, das Orakel der Kitale befragen.“

Das paßte mir gar nicht in den Kram, zumal Nargheta ganz offensichtlich vorhatte, die Probe innerhalb der nächsten Stunden vornehmen zu lassen. Garbashin antwortete sehr schnell:

„Ich stimme zu. Wir werden kämpfen. Ich frage die Krieger in diesem Saal: Werdet ihr mir dann Treue schwören?“

Ich konnte die Schwerter, die aus den Scheiden gerissen und in die Höhe gestreckt wurden, nicht zählen, aber es schienen alle zu sein. Bis dahin war der Plan geglückt – aber nun wurde es sehr brenzlig.

„Dann komm“, sagte Nargheta. Er hatte es entsetzlich eilig. „Dein Ratgeber hat kein Schwert, wie ich sehe.“

„Ich bin ein Mann des Geistes“, versuchte ich mich herauszureden, aber Nargheta schnitt mir das Wort ab und drückte mir seine eigene Waffe in die Hand. Es war ein gutes Schwert, eine ausgezeichnete Waffe, die prächtig in der Hand lag. Hoffentlich half sie mir.

Wir durchschritten den langen Stollen zwischen Arena und Palast. Durch diesen Gang wurden die Unglücklichen geschleppt, die das Pech gehabt hatten, dem Sanhaboo zu mißfallen. Durch diesen Gang schlenderte der Sanhaboo, wenn er sich an den Arenaspielen ergötzen wollte. Er war mir nie so kurz erschienen.

„Wartet hier“, sagte Nargheta. Angesichts der drei Zehntschaften Gifaten, die uns umgaben, blieb uns schwerlich etwas anderes übrig. Garbashin sah mich an. Ich sah, daß das Blut in seinen Halsschlagadern deutlich sichtbar in sehr schnellem Schlag pulsierte. Garbashin war aufgeregt, und mir erging es nicht viel besser.

„Paßt wohl nicht in deinen Plan?“ fragte Garbashin amüsiert. Offenbar hatte ich meine Unruhe ebenso klar gezeigt wie er.

„Nicht ganz“, antwortete ich. „Aber ich bin auf alles vorbereitet.“

Nach einer knappen halben Stunde kehrte Nargheta zurück. Er machte eine zufriedene Miene.

„Ihr könnte antreten“, sagte er.

Es war ein seltsames Gespann. Da war ein Usurpator, der mit scheinbarer Gelassenheit einem lebensgefährlichen Kampf entgegensah. Da war Nargheta, der dem neuen Sanhaboo Befehle zu geben wagte – und da war ich, der ich an diesem Ort eigentlich gar nichts zu suchen hatte.

Wir bogen von dem Hauptstollen ab. Er führte hinauf zur Loge des Sanhaboo, aber dort war jetzt nicht unser Platz.

Als wir ins Freie traten, sahen wir, daß die Arena gefüllt war. Einige Tausendschaften Krieger waren anwesend, die anderen Plätze wurden von der Bevölkerung eingenommen. Die Samalut schwiegen. Vielleicht wollten sie ihren neuen Herrn erst einmal erleben, bevor sie ihn annahmen.

Garbashin schlug mir auf die Schulter.

„Auf denn“, sagte er und schritt hinaus in das Rund der Arena. Ich folgte dicht dahinter, in der Rechten das Schwert.

Es war heiß. Die blaue Sonne brütete über Magadi, und der Himmel war fast ohne Wolken. Der Staub der Arena war pulvrig, wirbelte leicht auf und nahm die Sicht. Man hatte frischen Sand gestreut; die Spuren des gestrigen Kampfes waren nur bei genauestem Hinsehen zu erkennen.

„Was werden sie vorbereitet haben für uns?“ fragte Garbashin. Einen Schuppenkriecher?“

„Was weiß ich?“ fragte ich gereizt zurück. Meine besten Waffen lagen gut versteckt in meiner Kammer, aber da kam ich jetzt nicht hin. Ich hatte tatsächlich keine andere Wahl als die, mich mit einem primitiven Schwert in der Hand meiner Haut zu wehren.

Garbashin setzte die traditionelle Mütze ab. Hatte er mit einem solchen Entscheid gerechnet? Die Gesichtsbemalung wies darauf hin. Ich meinerseits hatte die gelbgrauen Streifen angelegt, die für festliche Ereignisse paßten.

Auf der gegenüberliegenden Seite krächzten die Angeln des Tores. Langsam bewegten sich die schweren Holztüren zur Seite. Ein Kopf erschien in der Öffnung.

„Elender Nargheta!“ stieß ich hervor. Der Gifaten-Hauptmann hatte sich wirklich etwas für uns ausgedacht.

Was sich da mit vorgetäuschter Langsamkeit in das Rund der Arena hineinbewegte, war die gefürchtetste Kampfmaschine, die die Monstrenzüchter je zusammenbekommen hatten, ein bissiges Schuppentier, das über Krallen und Pranken verfügte, die schier unüberwindlich schienen.

„Ein Shaemuun“, stöhnte auch Garbashin auf.

Eine bessere Möglichkeit, dem neuen Sanhaboo zu einer nur sehr kurzen Regierungszeit zu verhelfen, ließ sich kaum vorstellen.

Die Bestie wälzte sich gemütlich in die Arena. Ich sah, daß das Tier eine frisch verheilte Narbe an einem der Unterschenkel hatte – das Shaemuun hatte also schon einmal in der Arena gestanden. Das war eine Schurkerei besonderer Art, denn die Shaemuuns waren lernfähig – nur einmal durften sie nach ungeschriebenen Regeln in die Arena geführt werden, dann waren die Tiere den Gifaten zu überstellen. Sie blieben bis zum eventuellen Kriegseinsatz in Gewahrsam.

Üblich war auch, daß Shaemuuns nur gegen Bandenverbrecher antreten mußten – man wollte den Delinquenten wenigstens die hauchdünne Möglichkeit eines Sieges lassen, und es war angeblich auch ab und zu ein Verurteilter durchgekommen.

„Jetzt wäre ich für ein paar Ratschläge sehr dankbar“, sagte Garbashin, ohne mich anzusehen.

„Trennen wir uns“, war meine erste Anregung; sie lag auf der Hand. Die Bestie konnte nur immer einen von uns angreifen – ob der Partner dadurch eine Chance bekam, stand auf einer anderen Schiefertafel.

„Garbashin?“

„Ja?“

„Reut es dich?“

„Noch nicht“, sagte der Rebell. „Vielleicht später – ich werde es dir sagen.“

Wir bewegten uns vorsichtig am Rand der Arena entlang. Das Shaemuun beäugte uns – es hatte fast ein Dutzend Augen, die völlig unabhängig voneinander sehen konnten.

Ich hatte noch nie ein Shaemuun im Kampf gesehen und hielt mich deshalb hart an der Wand der Arena – falls die Bestie versuchen sollte, mich anzuspringen, wäre sie gegen diese Wand gekracht.

Ich konnte mich gerade noch zur Seite ducken, als das Geschoß herangesaust kam. Es klatschte eine Handbreit neben meinem Ohr gegen die Wand und entfaltete sich dort. Der Nesselgeruch wehte zu mir herüber.

Ich stieß einen Fluch aus.

Das Shaemuun war in der Lage, metergroße Fangnetze mit ätzenden Nesselfäden zu verschießen. Wehe dem, der eine solche Ladung abbekam – er verlor vor Schmerz die Kontrolle über sich selbst und taumelte der Bestie genau in die Arme.

Mir kam eine Idee.

Ich war damals nicht schlecht gewesen. Das lag sehr lange zurück, mehr als zwei Jahrhunderte, und ich hatte seither nicht mehr üben können – aber in einer solchen Lage durfte man nicht wankelmütig sein.

Da kam auch schon der zweite Nesselball.

Ich hatte einen besonders guten Tag erwischt. Nicht nur, daß ich die weißglänzende Kugel voll mit der Seite des Schwertes traf, ich hatte auch das Glück, daß der Ball dem Ungeheuer genau gegen den Schuppenleib flog. Das Nesselnetz besaß keinen Funken Intelligenz und unterschied nicht zwischen Freund und Feind.

Zwei der Augenpaare des Shaemuuns waren so lahmgelegt. Die Bestie rieb sich mit den Pranken über den schuppigen Schädel, öffnete das große Maul mit den furchtbaren, schwarzgesäumten Zahnreihen und ließ ein gräßliches Brüllen hören. Der Treffer hatte Wirkung gehabt.

Auf den Zuschauerrängen blieb es ruhig, ich meinte allerdings ein allgemeines leises Stöhnen wahrgenommen zu haben.

Aus den Augenwinkeln heraus sah ich, daß Garbashin sich an das Shaemuun heranschlich. Er war unvorsichtig – ihn traf eine Nesselkugel am Arm. Zum Glück trug er einen dünnen Kettenpanzer, der Schmerz ließ sich also ertragen, dennoch war Garbashins Stöhnen deutlich zu hören.

Die Bestie schlug zu. Ein elastischer Arm wurde nach mir ausgestreckt, ich sah die Krallen auf mich zuschießen. Wieder schlug ich zu, aber ich hütete mich, meine ganze Kraft in den Hieb zu legen – es war ein Stich, den ich in die offene Kralle hineinsetzte. Sofort schloß sich der Griff. An der glatten Klinge schrammten die Krallen jedoch ab. Hätte ich mit der Schneide zugeschlagen, wäre ich mein Schwert nun losgewesen und waffenlos.

Aus den Reihen der Zuschauer kamen erste Anfeuerungsrufe.

Garbashin war trotz seiner Behinderung nicht faul gewesen und hatte dem Shaemuun einen schweren Körpertreffer beibringen können. Die Bestie aber war zäh – es hieß, sie habe mehr als drei Herzen, und man müsse jedes Herz einzeln töten, um ein Shaemuun zur Strecke bringen zu können.

Einstweilen war davon noch keine Rede. Wieder schnellte etwas auf mich zu, und diesmal war ich entschieden zu langsam. Etwas traf mich mit furchtbarer Gewalt am Bauch und fegte mich von den Beinen. Mit dem letzten Funken Bewußtsein hielt ich das Schwert fest, während vor meinen Augen Lichter tanzten und ein dumpfer Schmerz in meinen Eingeweiden mich fast besinnungslos werden ließ.

Es war mein Glück, daß Garbashin mit selbstmörderischer Tapferkeit dem Shaemuun zusetzte. Als ich endlich wieder atmen und etwas sehen konnte, sah ich, daß Garbashin es in einem tollkühnen Satz geschafft hatte, sich der Bestie in den Nacken zu schwingen. Mit beiden Händen trieb er sein Schwert in das Genick des Kampfmonsters.

Das Shaemuun verschoß einen weiteren Nesselball, vermutlich nur, um sich Luft zu machen.

Ich duckte mich, das Geschoß klatschte gegen die Arenawand. Ich lief weiter auf das Tier zu. Garbashin duckte sich, als das Shaemuun ihm mit einem Wischer von seinem Rücken herunterfegen wollte. Die Bestie war ungewöhnlich beweglich; kein Wunder, daß man ihr so schlecht beikommen konnte.

Selten in meinem Leben hatte ich so viel Glück wie an diesem Tag. Erst als ich die Fetzen meines Gewandes an mir herabbaumeln sah und den feinen, brennenden Schmerz auf der Bauchhaut spürte, wurde mir klar, daß das Shaemuun einen Prankenhieb nach mir geführt und beinahe auch getroffen hatte. Die Krallen des Kampfmonsters besaßen die Schärfe von Rasierklingen – das Gewand war reif für den Müll, und auf meinem Bauch zeigten sich sieben dünne rote Linien.

Das Shaemuun knickte ein. Garbashin mußte eine lebenswichtige Stelle gefunden und auch getroffen haben. Das Tier stieß einen dumpfen Laut aus.

Dann bewegte es sich ruckhaft, und diesmal vermochte sich Garbashin nicht zu halten. Er flog vom Nacken des Tieres, kollerte über den Boden, verlor sein Schwert und blieb liegen. Das Shaemuun, schwer angeschlagen, wenn nicht schon sterbenswund, verharrte, pendelte mit dem gewaltigen Schädel.

Ich bog den Arm nach hinten und holte aus. Es war die letzte Möglichkeit, noch etwas zu erreichen.

Das Schwert traf das Shaemuun an der Kehle und drang ein. Das Tier röchelte, wandte den Kopf. Jetzt galt sein letzter

Angriff mir. Die Bestie hatte Garbashin augenscheinlich vergessen.

Mit einem Satz war die Bestie heran, sie brauchte nur noch auszuholen, um mir den letzten, tödlichen Hieb versetzen zu können.

Ich hörte etwas zischen.

Unwillkürlich hatte ich die Augen geschlossen, als ich das Ende erreicht zu haben glaubte. Jetzt öffnete ich sie wieder und sah eine Gifatenlanze im Körper des Shaemuuns stecken. Ein weiteres Geschoß flog über meinen Kopf hinweg und traf.

Mit letzter Kraft wandte ich mich um.

Hoch über mir stand Nargheta und bedeutete den Gifaten, dem Kampf ein Ende zu machen. Die Krieger warfen ihre Lanzen, und diesem Angriff war kein Shaemuun gewachsen.

Zu Tode getroffen brach das Kampfmonster zusammen, der Schädel landete genau vor meinen Füßen. Im Hintergrund sah ich, wie einige Hurgadas aus schnell geöffneten Türen herbeiliefen und sich um Garbashin kümmerten.

Eine tiefe Zufriedenheit breitete sich in mir aus. Ich war völlig erschöpft, aber sehr wohlgemut.

Wenn Gucky mich so hätte sehen können . . .

Über diesem Gedanken verlor ich das Bewußtsein.

3.

Bordwand an Bordwand, so lagen die Schiffe im Hafen. Die Segel waren eingeholt, aber zum Setzen bereit. Es war sehr früher Morgen, ein ablandiger Wind strich über das schwach gekräuselte Wasser.

Garbashin stand neben mir auf der Anhöhe und sah hinunter auf das malerische Bild. Die Gifaten und Hurgadas waren gerade damit beschäftigt, an Bord zu gehen. Aufgabe der Yarqhas war es, die Boote zu segeln. Es waren knapp sechzehn Tausendschaften, die an diesem Tag versammelt waren. Nie zuvor hatte es eine größere Armee gegeben.

Ich sah Garbashin an.

„Wie geht es dir?"

Er lächelte. Den Kampf mit dem Shaemuun hatte er gut überstanden. Danach war das Problem des Gehorsams nicht mehr akut geworden, die Gifaten gehorchten ihm, und die Hurgadas unterstanden den Gifaten, damit war alles gesagt.

„Ich bin beunruhigt", sagte Garbashin. „Mein Mund ist trocken, meine Lippen sind spröde. Ich glaube, ich habe Angst."

„Es wäre ein Wunder, würdest du anders empfinden", versetzte ich. Ich sah nach den Windfahnen. Der Wind frischte auf. Es war an der Zeit, daß die Flotte den Hafen verließ – bis zur Orakelinsel war eine beträchtliche Strecke zu segeln, obendrein mußten wir schneller sein als die mündlich auf dem Landweg weitergegebene Nachricht von unserem Aufbruch.

An der Mole war auch die Staatsbarke festgemacht, das größte Schiff der Flotte. Darauf wollten Garbashin und ich die Reise überstehen, zusammen mit Nargheta, den Garbashin zum Oberkommandierenden ernannt hatte. Es verstand sich von selbst, daß auch die Aeyasi-Geisel an Bord war. Meragha war in letzter Zeit mißgestimmt gewesen – kein Wunder, wenn man bedachte, daß er zusehen mußte, wie die Samalut zum Krieg gegen sein Volk aufbrachen. Meragha hatte nach seinen Vorstellungen wenig Aussichten, den Kampf zu überleben – daß man auch in anderen Begriffen denken konnte, war ihm einstweilen fremd.

„Gehen wir!" schlug Garbashin vor.

Wir setzten uns in Bewegung. In der kleinen Siedlung an der großen Meeresbucht herrschte ein Treiben wie seit Äonen nicht mehr. Die wenigen Fischer kamen aus dem Staunen gar nicht mehr heraus. Es waren einfache Leute, die eifrig den verschiedenen Gottheiten des Landes ihre Opfer brachten und gar nicht verstanden, was für eine Welt über sie hereingebrochen war. Im Gefolge des Heeres hatte sich der unvermeidliche Troß eingestellt – Spieler, Schnapshändler, lose Weiber, etliche Gauner. Für das verschlafene Fischerstädtchen war dies der aufregendste Tag in der Geschichte.

„Eines stimmt mich zufrieden“, sagte Garbashin, als wir zum Strand hinuntergingen. Am Horizont stieg gerade die Sonne über die Kimm.

Ich sah ihn fragend an.

„Dies wird tatsächlich der letzte aller Kriege sein“, sagte Garbashin. „Sollten wir siegen, woran ich nicht zweifle, werden wir die Aeyasi unterjochen und uns dienstbar machen. Sie werden nie wieder wagen, sich gegen uns aufzulehnen. Und werden wir verlieren, dann ist kein Nachfolger für mich da – ich habe keine Kinder. Dann wird unser Volk den Aeyasi untertänig sein – Krieg wird es auch dann niemals wieder geben.“

„Schr einsichtig“, sagte ich. Garbashin war ein recht simpel konstruierter Bursche; große Winkelzüge lagen seinem Verständnis fern. Daß er sich irrte, konnte er jetzt noch nicht begreifen.

Die Besatzung der Staatsbarke erwartete uns. Die Yarqhas sahen gut aus, erfahren, wettergegerbt und zuverlässig. Die meisten fuhren schon seit vielen Jahren zur See, fast alle trugen die Stirntätowierung, die ihre Seelen für immer dem ewig lebenden und pulsenden Meer weihte. So hofften die abergläubischen Yarqhas, die Geister der See milde zu stimmen. Der Bavitar der Barke nahm uns in Empfang, ein hochgewachsener Samalut aus dem Süden des Landes. Er begrüßte uns und zeigte uns die Unterkünfte.

Viel Platz gab es nicht; es waren Schiffe, die zum Krieg bestimmt waren. Die wenigen Handelssegler, die es gab, waren noch unterwegs. Sie sollten den tückischen Scheinfrieden zwischen Samal und dem Land der Aeyasi wahren. Vermutlich würde uns ein Segler Samals begegnen, wenn unsere Flotte in den Hafen von Magadi einlicf.

„Ist die Geisel gut untergebracht?“ fragte Garbashin den Bavitar, der an seiner hellen Mütze gut zu erkennen war. Die

Stimme des Bavitars verriet, daß er manchen Sturm abgewettert und im Orkan seine Stimmbänder geschult hatte.

„Keiner wird uns entwischen“, versprach er und bot Garbashin einen Willkommenstrunk. Der Sanhaboo lehnte ab, ich dagegen mußte höflichkeitshalber einen Schluck nehmen. Das Zeug ätzte einem die Schleimhäute, aber es tat gut.

„Legt ab!“

Ich sah den Yarqhas bei der Arbeit zu. Die Vorleine und die Achterleine wurden losgemacht, das Rahsegel flog am Mast in die Höhe. Wir hatten Glück – der Wind wehte auf die offene See hinaus, und der Bug zeigte in die gleiche Richtung. Das Schiff setzte sich langsam in Bewegung. Die Yarqhas stimmten einen halblauten Gesang an, der die See auf den Besuch der Schiffe vorbereiten und sie gnädig stimmen sollte.

Ich spähte achteraus, wo sich nach und nach die gesamte Flotte in Bewegung zu setzen begann. In recht ordentlicher Formation verließ die Flotte der Samalut den Hafen.

Garbashin war neben mir aufgetaucht. Er hatte den Kopf kahlgeschoren, den Schädel bis zur Nasenwurzel schwarz bemalt. Das Weiß der Augäpfel leuchtete stark hervor. Den unteren Teil des Gesichts hatte Garbashin unbemalt gelassen. Das Gesicht wirkte sorgenvoll.

„Weißt du, daß wir ohne Sieg nicht werden zurückkehren dürfen?“ fragte er halblaut.

„Ich weiß es“, antwortete ich. Ganz so bedrohlich, wie sich Garbashin die Zukunft ausmalte, war sie nun auch wieder nicht. Es gab da noch Mittel und Möglichkeiten, aber auf diese Hilfe wollte ich erst zurückgreifen, wenn es gar nicht mehr anders ging.

Immer wieder tauchte der Bug des Bootes tief in das grüne Wasser ein. Gischt sprühte auf und durchnäßte nach und nach alle, die an Bord waren. Nur in den Kabinen war es einigermaßen trocken – dafür roch es nach dem Zeug, das in der Bilge herumschwamm, und das war schlimmer zu ertragen als die Feuchtigkeit.

„Wir machen gute Fahrt“, sagte der Bavitar.

„Das sehe ich“, antwortete Garbashin dumpf. Ich sah, daß seine Wangen einen verräterischen Schimmer aufwiesen. Der edle Sanhaboo war schon nach kurzer Zeit seekrank geworden, und das war gut so – über seinem Elend vergaß ich die Übelkeit, die in mir aufzukeimen begann. Zum Glück war der Seegang mäßig, und ich hatte vorsichtshalber mit autogenem Training gegengearbeitet. Infolgedessen konnte ich unerschütterlichen Gleichmut zeigen und die Manöver der Flotte betrachten.

Ab und zu sah ich unwillkürlich nach oben. Selbstverständlich war von der BERTHA VON SUTTNER nichts zu sehen, aber es tat gut zu wissen, daß das Schiff im Orbit hing.

In breiter Linie zogen sich die weißroten Segel der Flotte hinter uns von einem Ende des Horizonts zum anderen. Es waren Hunderte von Schiffen, alles, was die Samalut an Seemacht hatten mobilisieren können. Niemals wieder würden sie sich zu einer solchen Entfaltung militärischer Kraft aufraffen können, dessen war ich mir sicher.

Der Bavitar tauchte in meiner Nähe auf. Er machte einen sehr ruhigen Eindruck.

„Du bist der Ratgeber des Sanhaboo?“

Ich nickte.

„Seltsam, daß ich nie von dir gehört habe“, sagte der Bavitar gelassen und sah mich scharf an. „Ich kenne Garbashin seit seiner Jugend, auch wenn ich ihn nur alle paar Sommer zu sehen bekommen habe. Daß ein Mann in seiner Nähe aufgetaucht ist, so wichtig und einflußreich wie du, das müßte ich wissen.“

Ich zeigte mein breitestes Lächeln.

„Wann hast du Garbashin das letzte Mal gesehen?“ fragte ich.

Der Bavitar lächelte zurück.

„Es freut mich immer, wenn einer eine Frage von mir mit einer Gegenfrage beantworten will – das ist ein deutliches Zeichen seiner Schwäche. Aber ich will dir dennoch antworten – ich habe Garbashin letztmalig vor drei Sommern gesehen.“

„Das ist viel Zeit“, versetzte ich gelassen.

„Sicher“, antwortete der Bavitar trocken. „Aber ich habe gerade mit dem Sanhaboo gesprochen, und er behauptete, dich wesentlich länger zu kennen.“

Jetzt durfte ich kein Zeichen von Nervosität zeigen. Ich mußte entsetzlich aufpassen – dieser Bursche war sehr gewitzt und überaus neugierig.

„Vielleicht hat Garbashin dir nicht alles anvertraut“, versuchte ich abzulenken.

Der Bavitar grinste.

„Wir haben uns sechs Sommer lang zwei Mädchen friedlich geteilt – da soll er mir von dir nichts gesagt haben?“

Jetzt saß ich in der Falle.

Zu meinem Glück hatte der Bavitar nicht genügend Geduld, seine Befragung fortzusetzen. Statt dessen sagte er kalt:

„Wisse, daß ich dich im Auge behalten werde. Und sollte ich entdecken, daß du ihn zu betrügen versuchst, werde ich dich töten. Hast du das verstanden, Ratgeber des Sanhaboo?“

„Du führst eine dreiste Sprache, Bavitar!“

Er maß mich von oben bis unten, lächelte.

„Meine Klinge ist besser als mein Mundwerk, und das kennst du.“

Sprach's, wandte sich um und stieg hinab in die Kajüte. Ich stieß einen leisen Seufzer der Erleichterung aus. Das hatte gerade noch gefehlt, aber ich hatte unmöglich alles bedenken können – ein gewisses Risiko blieb bei solchen Operationen stets.

Am Mast stiegen Flaggen auf, die den anderen Bavitarim ihre Positionen zuwiesen. Der Wind war jetzt frisch geworden, wir machten rasche Fahrt. In zehn Tagen konnten wir die Insel des Orakels erreicht haben.

Aus den zehn Tagen wurden mehr als zwanzig. Am achten Tag erwischte uns ein Sturm, der uns weit vom Kurs abtrieb. Nur der Tapferkeit und der Umsicht, die der Bavitar und seine Yarqhas an den Tag legten, war es zu verdanken, daß wir nicht jämmerlich ertranken.

Der Sturm kostete uns fast eine Woche, die wir brauchten, um unseren Kurs neu zu bestimmen. Der Proviant wurde knapp, zum einen der Zeit wegen, zum anderen, weil viel durch überkommendes Seewasser verdorben und ungenießbar geworden war.

Was uns am meisten zu schaffen machte, war das knappe Wasser. Der Bavitar hatte uns auf halbe Ration gesetzt – und die Normalmenge war schon sehr gering.

Und nun, am neunzehnten Abend der Fahrt, peitschte wieder der Wind über das Meer. Die Wogen waren hoch, spülten über die Bordwand und schwappten am Heck wieder hinaus. Die Gifaten hockten eng aneinandergekauert auf den Decksplanken, seekrank, hungrig, müde und vor allem durstig. Ihre Moral jedoch hatte kaum gelitten.

„Es wird noch schlimmer!" schrie der Bavitar neben mir. Er war auf seinen Verdacht nicht wieder zurückgekommen, behandelte mich höflich und sehr respektvoll, aber keineswegs freundlich.

„Wie weit sind wir noch von der Insel entfernt?"

„Das weiß niemand", rief der Bavitar zurück. Wie Nadelstiche konnte man das vom Wind hochgepeitschte Wasser auf der Haut fühlen. Es war sehr kalt. „Mit etwas Pech werden wir auflaufen."

„Wie sieht der Strand von Kitale aus?"

„Größtenteils sandig und flach", sagte der Bavitar. Er zeigte zwei prachtvolle Zahnreihen. „Aber das wird uns nicht helfen, denn vor dem Strand ist noch das Riff, und wer da die Einfahrt nicht erwischt, kann mit seinem Leben abschließen, er geht zu den Fischen."

„Sehr beruhigend", sagte ich bitter.

„Nicht wahr?" spottete der Bavitar. „Hast du auch einen Ratschlag für mich?"

„Keinen", gab ich zu.

Es wurde immer finsterer, und der Wind gewann an Kraft. Mit dumpfem Orgelton brauste er über das Wasser. Er zerrte an der Takelage – längst waren die Segel in Fetzen davongeflogen –, rüttelte am Mast, übergoß uns mit kaltem Wasser und riß uns die Worte von den Lippen.

„Es wird gefährlicher!" rief der Bavitar.

Sehr viel bedrohlicher konnte die Lage kaum werden. Eine Wand aus Gischt und grüngrauem Wasser wälzte sich auf uns zu, haushoch, das sichere Ende für Schiff und Mannschaft. Aber mit gewaltiger Kraft hob sich der Bug, das Boot stieg in die Höhe, trieb auf dem Kamm der Woge und sackte wieder hinab ins nächste Wellental. In meinem Magen rumorte es; wäre noch etwas darin gewesen, ich hätte es ausgespuckt.

Ein Blick nach hinten zeigte, daß wir allein waren. Niemand konnte wissen, welchen Kurs die anderen Bavitarim gesegelt waren, niemand vermochte zu ahnen, wie viele Menschenleben dieser schreckliche Sturm gekostet hatte. In unserem Boot hatte es bislang keine Verluste gegeben; zwei Armbrüche und eine Messerstecherei mit einem Leichtverletzten waren alles, worüber man sich beklagen konnte.

Wieder wurde das Boot von einer riesenhaften Welle hochgerissen, zum Teil überspült.

„Öst, Leute!" rief der Bavitar. „Öst, was ihr könnt!"

Die Gifaten, an Befehle gewöhnt, griffen nach den Ösfässern und begannen, das Boot leerzuschöpfen, so gut es ging. Zwar kam für jeden Liter, den sie in Lee über Bord kippten, ein halber Liter in Luv wieder herein, aber das schadete nichts. Vor allem wurde die Bilge mit einer Pumpe gelenzt, und nach kurzer Zeit hatte ich das Gefühl, das Boot liege weitaus besser im Wasser als zuvor.

Trotzdem war mir sehr unwohl zumute. In dieser Zwangslage konnte mir niemand helfen – außer den Yarqhas und dem Bavitar, und zum Glück verstanden die ihr Geschäft.

Die Yarqhas bereiteten aus den Fetzen des Segels einen Treibanker, der mithelfen sollte, das Boot mit dem Bug gegen die

Wellen zu halten. Eine einzige kraftvolle Welle von der Seite, und die Staatsbarke wäre gekentert und gesunken.

Der Bavitar selbst nahm das Ruder. Alles kam darauf an, den Bug immer gegen die Wellen zu richten, unablässig, mit höchster Konzentration. Ein so schweres Schiff mit einem Handruder auf Kurs zu halten, kostete Kraft, und es war erstaunlich, woher der Bavitar diese Energie nahm.

„Kann ich helfen?" rief ich ihm zu. Ich mußte brüllen, um mich verständlich zu machen.

Ich brauchte Bewegung. Meine Kleidung war durch und durch naß, der kalte Wind pfiff darüber – wenn ich mich nicht bewegte, würde ich erfrieren oder mit klammen Händen über Bord gehen. An Rettungsmanöver war unter diesen Wetterbedingungen natürlich nicht zu denken.

„Unterstütze mich am Ruder!" schrie der Bavitar zurück. Die Haare hingen ihm naß in die Stirn. „Werft den Treibanker über Bord, Leute!"

Das Boot wurde merklich langsamer, als der Segeltuchsack außenbords gebracht worden war.

„Der Sturm treibt uns auf die Insel zu", schrie der Bavitar. „Du kannst es an den Wellen sehen, sie werden immer kürzer und härter. Wenn wir Pech haben . . ."

In diesem Augenblick hörte ich das markerschütternde Knirschen. Ein heftiger Ruck ging durch die Staatsbarke.

„Wir sind aufgelaufen!" schrie jemand.

Ich rappelte mich hoch. Mein Schädel dröhnte, weil ich mit der Stirn gegen die Bordwand gestoßen war. Irgend etwas war voraus zu erkennen, etwas, das sich nicht zu bewegen schien.

„Land in Sicht!"

Wenn das die Orakelinsel war, wo waren dann die Riffe, an denen wir hätten stranden müssen? Ich fragte den Bavitar danach.

„Andere Sorgen hast du nicht? Die Wellen haben uns darüber weggehoben. Leute, verlaßt das Schiff! Versucht, das Land zu erreichen!"

Das war leicht gesagt. Zum Glück peitschte der Wind das Wasser gegen den Strand – mit etwas Glück konnte der Versuch gelingen.

Ich kletterte zum Bug. Unter mir sah ich das wildbewegte Wasser, es brodelte blasenwerfend am Vorsteven entlang. Eine Riesenwelle hob das Boot an, warf es noch ein Stück höher auf den Strand.

Ich verlor den Halt, fiel ins Wasser. Weißer Schaum brodelte um meinen Kopf, als ich wieder auftauchte. Ich spürte den heftigen Sog der aufgewühlten Wassermassen.

Ich strampelte, so kräftig ich nur konnte. Mit Händen und Füßen um mich schlagend, versuchte ich, den Kopf über Wasser zu halten. Dann versuchte ich, näher ans Ufer zu kommen.

Die Flut trieb mich dem Strand entgegen. Ich spürte, wie meine Beine den Boden berührten, wie etwas Hartes gegen mein linkes Knie schlug. Dann zerrte das ablaufende Wasser mich wieder zurück.

Ich schrie.

Der Gedanke, in Sichtweite des Ufers elendiglich ersaufen zu müssen, erfüllte mich mit Grauen. Wieder packte mich die Flut, warf mich auf das Ufer, um einen Herzschlag später meinen Körper mit boshafter Gier zurückzusaugen. Ich schlug mit den Händen um mich, bekam etwas zu fassen, krallte mich fest. Gurgelnd floß das Wasser ab. Ich spannte die Muskeln an, zog mich weiter auf das Land. Eine Baumwurzel hatte ich zu fassen bekommen.

Ich kam auf die Knie, stemmte die Hände in den nassen Sand. Noch zwei Schritte, dann war ich hoffentlich in Sicherheit. Ich warf mich nach vorn, versuchte abzurollen.

Ein Stein stieß mit meinem Brustkorb zusammen, dann fühlte ich, wie mich das Wasser seltsam weich umspülte. Hier oben war die Kraft des Sturms gebrochen. Ich war in Sicherheit, war gerettet.

Lange konnte ich so nicht verweilen. Ich mußte den anderen zu Hilfe kommen, die in der sturmdurchtobten Nacht um ihr

Leben kämpften. Vor allem die Gifaten, die stets ihr Kettenhemd trugen, mußten es schwer haben, sich gegen das Toben des Sturmes zu behaupten.

„Hierher!“ schrie ich, um das Tosen des Sturmes zu übertönen. „Hier seid ihr sicher!“

„Was für ein guter Ratschlag!“ sagte jemand neben mir. Ich fuhr herum und erkannte Garbashin. Er blutete heftig aus einer Stirnwunde.

„Hilf mir!“ schrie ich ihn an. Er nickte.

Mit vereinten Kräften machten wir uns an die Arbeit.

4.

Als die Sonne hoch am Himmel stand, klar und leuchtend, als wisse sie nichts von Sturmgebraus, konnten wir erste Bilanz machen. Es grenzte ans Wunderbare – wir hatten nicht einen Mann verloren.

Garbashin, der übernächtigt aussah und Blutkrusten im Haar trug, war zufrieden mit dieser Musterung.

Wir hatten es uns auf einer Lichtung bequem gemacht, die von hohen Hassead-Bäumen umstanden war. Deren dichtes Blattwerk hatte den kalten Wind zurückgehalten. Es hatte uns aber auch die Sicht auf die See genommen.

Die Gifaten waren noch völlig erschöpft von den Anstrengungen der letzten Tage, sie schliefen wie tot.

Meine Glieder schmerzten, aber ich dachte an unsere Aufgabe, die zu scheitern drohte. Ich raffte mich trotz der geschundenen Muskeln auf und wankte zum Strand hinunter.

Der Anblick erfüllte mich mit größter Freude.

An der Kimm waren Segel zu erkennen – Schiffe der Samalut, wie die Farben zeigten. Und es waren viele Schiffe – offenbar hatte es das Gros der Flotte irgendwie fertiggebracht, einen anderen, weniger bedrohten Kurs als wir zu fahren. In breiter

Anordnung schob sich die Flotte an das Ufer heran. Ich konnte sehen, wie Boote zu Wasser gelassen wurden.

Hastig kehrte ich zu meinen Freunden zurück. Der Bavitar war wach, desgleichen Garbashin. Beide machten mißmutige Gesichter.

„Ihr könnt euch freuen", sagte ich. „Die Flotte kommt näher – und es sind sehr viele Schiffe."

Die beiden wechselten einen raschen Blick. Hatten sie in meiner Abwesenheit miteinander gesprochen?

Ich kam nicht dazu, eine Antwort auf diese Frage zu finden, denn in unmittelbarer Nähe unseres improvisierten Lagers war Waffenklirren zu hören.

Mir schwante Übles, und ich behielt recht. Die Soldaten, die da plötzlich auftauchten und uns umringten, trugen nicht die Kettenpanzer der Gifaten. Ihre Kleidung war auch anders gefärbt – grün und weiß.

Die Betpharen der Aeyasi, ihre Elitetruppe. Wir erkannten sie sofort. Die Gifaten griffen zu den wenigen Waffen, die ihnen blieben, sahen dann aber ein, daß sie nichts auszurichten vermochten. Die Schwerter fielen auf den Sandboden, danach die Dolche, die Kettenhemden.

„Los, ihr Hunde, marschiert!" sagte der Hauptmann der Betpharen grimmig. „Man wartet auf euch."

Es waren genug, um jeden Gedanken an Flucht zu ersticken. Ich schalt mich einen Narren.

Das Programm war völlig danebengegangen. So verfahren wie jetzt war die Lage noch nie gewesen. Drei Jahre Vorarbeit, dann sechs Wochen unmittelbarer Einsatz – alles verloren.

Für mich selbst war das Risiko vorläufig noch nicht sehr hoch. Wenn die Betpharen Garbashin – den sie noch gar nicht kennen konnten – und mich nicht auf der Stelle erschlugen, war unsere Sicherheit nicht gefährdet.

Nach kurzer Zeit erreichten wir den breiten Weg, der vom Hafen der Insel hinaufführte zum Tempel der Kitale. Die Insel und die Orakelgöttin trugen den gleichen Namen.

Hier hatte sich Garbashin die letzte Bestätigung holen wollen, daß sein Plan richtig und gerecht war, und er hätte diese Zusage auch bekommen. Das Orakel hätte ich sehen mögen, das dem Gebieter einer sechzehn Tausendschaften starken Armee eine Absage erteilte.

Jetzt sah die Sache gänzlich anders aus.

Wir stiegen einen Hügel hinauf, und als wir die Kuppe erreicht hatten, konnten wir sehen, worauf ich vorbereitet war – im Hafen lag die Flotte der Aeyasi, dichtgedrängt und vollbemannt. Sie war etwas kleiner als die Armada, die die Samalut in Marsch gesetzt hatten, aber stark genug, um in der Nähe der Insel die blutigste Schlacht zu liefern, die sich Aeyasi und Samalut jemals erlaubt hatten.

„Heilige Kitale!“ stöhnte Garbashin auf, als er den Mastenwald sah. Die Schiffe lagen sauber aufgereiht nebeneinander, von Sturmschäden war so gut wie nichts zu sehen. Offenbar lag die Flotte der Aeyasi schon seit Tagen hier vor Anker.

Der Bavitar der Staatsbarke sah mich mit grimmigem Gesicht an. Er spuckte vor mir aus. Offenbar war er der Meinung, ich hätte Garbashin und ihn in eine Falle gelockt. Nun, so ganz unrecht hatte er nicht.

Die Betpharen trieben uns weiter. Auf der anderen Seite des Hügels schob sich in leidlicher Ordnung die Flotte der Samalut heran – nicht ahnend, daß im Hafen bereits der Gegner lag.

Wir konnten uns darum nicht weiter kümmern. Der Weg, mit breiten Platten gepflastert, führte in ein Waldstück hinein. Feuchte Schwüle empfing uns dort.

„Was machen die Aeyasi hier?“ fragte Garbashin leise. „Kitale ist unverletzlich.“

Die Insel und das Orakel waren beiden Völkern heilig – das Eiland lag zufällig mitten zwischen beiden Reichen und bot sich als Ort der Zusammenkunft geradezu an.

Die Betpharen trieben uns unnachsichtig voran. Immerhin waren sie so freundlich, einen der Gifaten, der sich kaum mehr auf den Beinen zu halten vermochte, zwischen sich zu nehmen und zu stützen. Die anderen aber wurden recht ruppig vorwärtsgestoßen.

Ich ahnte, was uns erwartete.

Auf dem großen Platz vor dem Tempel hatte sich eine Abordnung der Aeyasi eingefunden.

Ich sah mich kurz um. Es war das Bild, das ich erwartet hatte.

„Was hat das zu bedeuten?" murmelte Garbashin. „Wo ist der Monarch?"

Ich sah mich nach Clover Bradley um. Er hätte in der Nähe des hünenhaften Anführers der Aeyasi sein müssen. Ich atmete erleichtert auf, als ich den schlanken jungen Mann mit den hellen Locken erkannte. Ein kurzer Blickkontakt genügte – auf seiner Seite war alles nach Plan gelaufen. Vielleicht ließen sich die Dinge trotz allem noch ins Lot bringen.

„Wer bist du, und was willst du auf der Insel des Orakels?" fragte der Hüne.

„Ich bin Garbashin", stellte der sich vor. „Und ich bin der neue Sanhaboo der Samalut."

Der Hüne sprang auf.

„Du bist was?"

„Die gleiche Frage kann ich mit Fug und Recht dir stellen!" herrschte Garbashin den Mann an. „Was suchst du hier?"

„Wieso bist du der Sanhaboo?" fragte eine dunkle Stimme. Ich erkannte den Sohn des alten Sanhaboo, den – angeblich – letzten Überlebenden der Mishash-Dynastie. In Wirklichkeit saßen Mishash und seine Tochter bis auf weiteres in einem recht bequemen Kerker; das war meine Arbeit gewesen.

„Du bist Mishashs Sohn?" fragte Garbashin. Er lächelte. „Ich kann dir sagen, daß du als Geisel keinen Wert mehr hast. Dein Vater ist gestürzt, die Sippe der Mishash hat im Lande Samal nichts mehr zu sagen."

Er wandte den Kopf und sah den riesenhaften Mann in der Tracht der Betpharen an.

„Und du, richte deinem Herrscher aus, daß wir seinen Sohn mit uns führen."

Der Hüne lächelte verächtlich.

„Was erlaubst du dir, Garbashin?" fragte er mit kraftvoller Stimme. „Ich bin Khanyar, und seit drei Wochen gebiete ich den Aeyasi."

„Was?"

In Garbashins Gesicht zeigte sich fassungsloses Erstaunen. Er begriff nicht, wie ihm geschah.

Ein Ratgeber trat zu Khanyar und flüsterte ihm etwas ins Ohr. Die Miene des Aeyasi verhärtete sich.

„Ich höre, daß deine Flotte dabei ist, den Hafen zu bedrängen", sagte Khanyar. „Gib deinen Leuten Befehl, sich zurückzuziehen, oder ich lasse dir den Kopf vor die Füße legen, wie es dir gebührt."

Garbashin schüttelte den Kopf, er verstand die Welt nicht mehr.

Woher hätte er wissen sollen, daß die angebliche Revolution gleich zweimal stattgefunden hatte – bei den Aeyasi sowohl wie bei den Samalut? Daß es Ziel dieses Manövers gewesen war, beiden Völkern klarzumachen, in welche Sackgassen sie sich manövrierten in ihrem Glauben an die Unfehlbarkeit und Vollkommenheit ihrer gottähnlichen Könige.

Ich fing einen Blick des Bativars auf, der mir galt und erfüllt war von loderndem Haß. Ich achtete allerdings nicht darauf, sondern kümmerte mich mehr um den Dialog der beiden Usurpatoren.

„Hm", machte Khanyar. „Du bist in meiner Hand, das entscheidet alles!"

„Glaubst du?"

Khanyar lächelte.

„Mit Sicherheit", sagte er. „Du wirst Befehl geben, daß sich deine Flotte zurückzieht."

„Warum soll sie das? Weil sie deine Schiffe im Hafen angreifen und zerstören kann? Weil meine Brander deine gesamte Flotte, die sich nicht wehren kann, in Schutt und Asche legen könnte?"

„Möglich, daß deine Bavitarim dazu fähig wären“, versetzte Khanyar. „Aber was sind sie ohne dich?“

Garbashin lächelte.

„Stark genug“, sagte er gelassen. Er hatte niemals stärker ausgesehen als in diesem Augenblick.

Ein Bote betrat die Szene.

„Die Hunde von Samalut fordern uns auf, ihren Sanhaboo herauszugeben“, berichtete er atemlos. „Andernfalls drohen sie, Meragha zu ermorden und unsere Flotte in Brand zu stecken.“

Ich sah, wie Clover Bradley an Khanyar herantrat und ihm etwas ins Ohr flüsterte. Hoffentlich hatte der Bursche einen guten Einfall – mir wollte in dieser Zwangslage keine gute Idee kommen.

„Du hast recht, Sanhaboo“, sagte der Herrscher der Aeyasi. „Ich kann dich töten, dann vernichtest du meine Flotte. Jeder von uns kann dem anderen nur Schaden zufügen.“

Das war es – das war der Gedanke, den wir beiden hatten beibringen wollen. Ließ sich am Ende doch noch alles gut an?

„Mein Ratgeber hier, ein ebenso junger wie weiser Mann, schlägt dir vor, deine Flotte auf der anderen Seite der Insel landen zu lassen. Du kannst genügend Schiffe vor dem Hafen lassen, daß du unserer Flotte sicher bist.“

Garbashin runzelte die Stirn.

„Du willst mir einen Vorteil einräumen?“

„Keineswegs“, gab Khanyar zurück. „Dort, wo du landen sollst, warten meine Krieger auf deine Gifaten. Sie können an Land kommen, aber du wirst wissen, was das heißt.“

Die Sache war klar. Die frisch gelandeten Truppen hatten keinerlei Tiefe in ihrer Verteidigung; sollten die Betpharen angreifen, wurden die Samalut beim ersten Ansturm ins Meer gedrängt und besiegt.

„Warum sollte ich das tun?“

„Weil ich mir habe berichten lassen, daß deine Schiffe voll müder und erschöpfter Krieger sind“, erklärte Khanyar. „Du wirst sie schwerlich länger an Bord zusammenpferchen können."

Garbashin senkte den Kopf. Die Beweisführung des Aeyasi war zwingend.

„Ich werde entsprechende Befehle geben", sagte der Sanhaboo. Er winkte den Bavitar der Staatsbarke zu sich. Die Anweisungen flüsterte er ihm ins Ohr.

Danach verstrich ziemlich viel Zeit, in der nichts geschah. Die Sonne stieg höher und höher, brannte heiß auf uns herab. Der Himmel war so strahlend klar, als hätte es nie einen Orkan gegeben. Ab und zu suchte ich den Blickkontakt zu Clover Bradley. Der junge Mann wirkte ein wenig nervös.

Nach meiner Schätzung war Mittag längst vorbei, als es auf dem breiten Weg lauter wurde. Mit klirrenden Waffen kamen die Samalut herangezogen – eine Abordnung der wichtigsten Hauptleute, daneben ein paar der zahlreichen Zivilisten, die Garbashin hatte mitnehmen lassen. Schließlich hatte er das eroberte Land der Aeyasi auch verwalten lassen wollen.

Ich war bis dahin mit der Entwicklung der Dinge einigermaßen zufrieden. Die Szenerie, die sich jetzt anbahnte, war das Ziel unserer Bemühungen gewesen – die beiden verfeindeten Parteien zu einem Gipfelpunkt der Unsinnigkeit und Absurdität zu führen. Da auch der Aeyasi-Herrscher Verwaltungsleute mitgenommen hatte, stand einer regelrechten Gipfelkonferenz nichts mehr im Wege.

„Ich frage dich, Garbashin, der du dich den Sanhaboo der Samalut nennst, was willst du mit solcher Heeresmacht auf der Insel des Friedens?"

„Die gleiche Frage kann ich dir stellen", gab Garbashin zurück.

Der Aeyasi zeigte ein hartes Gesicht.

„Man hat mir berichtet, die Samalut rüsteten zu einem alles entscheidenden Krieg", sagte Khanyar.

„Die gleiche Nachricht habe auch ich bekommen", behauptete Garbashin dreist.

Beides war natürlich gelogen, aber das gehörte bei Konferenzen dieser Art offenbar zum Spiel. Immerhin hatten die beiden neuen Herrscher große Schwierigkeiten, sich wechselseitig übers Ohr zu hauen – sie schafften es nicht, sich dabei in die Augen zu sehen. Eigentlich ein gutes Zeichen.

Auf einer großen Konferenz wären sie untergegangen – wer jemals einen Springer aus der Klefex-Sippe bei dem treuherzigen Schwur, er sei ein bettelarmer, völlig macht- und informationsloser Bürger, erlebt hatte, der glaubte nichts und niemand mehr. Mit Akonen verhandelte man nach einem geflügelten Wort in der Galaxis nur unter freiem Himmel – die Balkenkonstruktion, die deren diplomatische Ränke ausgehalten hätte, war noch nicht erfunden worden.

„Hm!" machte ich. „Das trifft sich ja eigentlich recht gut – ihr wollt beide Krieg führen. Die Flotten sind zur Stelle, die Truppen sind da – warum fangt ihr nicht an?"

Garbashin sah mich mit hervorquellenden Augen an.

„Bist du verrückt geworden?" fragte er. „Die Aeyasi werden unsere Leute ins Meer treiben und ersäufen."

„Dafür werdet ihr die Flotte verbrennen", schlug ich vor. „Die gelandeten Betpharen werden so schnell keinen Nachschub bekommen und vermutlich zu Tausenden verhungern."

„Narr!" schimpfte der Aeyasi. „Wozu soll das gut sein?"

Ich sah ihn an, dann wandte ich den Blick zu Garbashin.

„Hat einer von euch beiden eine Antwort auf diese Frage?"

„Er ist übergeschnappt", stieß der Samalut hervor. „Völlig verrückt."

„Warum sollten eure Völker die Schwerter gegeneinander erheben?" fragte nun auch Clover Bradley.

„Wir . . .", begann Khanyar. Garbashin wollte ihm ins Wort fallen, wurde aber von mir mit einer Geste daran gehindert. „Wir werden euch schlagen", verkündete Khanyar. „Ihr werdet diesen Krieg verlieren, ein für allemal. Ihr habt keine Geiseln mehr."

„Ihr auch nicht!" gab Garbashin zurück.

Sie sprachen miteinander wie zwei kleine Jungs, die sich um ein paar Murmeln rauften – wobei die Murmeln bald in Vergessenheit geraten waren. Es ging jetzt nur noch um das Raufen an sich.

„Gesetzt den Fall, Garbashin, daß Khanyar recht hat mit seiner Voraussage, was werden die Samalut tun? Sich für den Rest der Zeiten darein fügen?“

„Niemals!“ schrie Garbashin außer sich vor Zorn. „Wir werden im Untergrund arbeiten, wir werden die Hunde von Aeyasi töten, wo immer wir einen finden, bis wir stark genug sind, ihr Joch abzuschütteln, und dann werden wir über sie herfallen und sie besiegen ...“

„... und dann gehen die Aeyasi in den Untergrund und bringen jeden Samalut um, bis die Samalut besiegt sind ... Merkt ihr beiden eigentlich, was für einen Unfug ihr zusammenschwätzt?“

Beide liefen rot an vor Zorn. Bradleys flinke Frage hatte sie an der verwundbarsten Stelle getroffen – an ihrer Eitelkeit.

„Du, Garbashin, weißt, daß dich kaum etwas davor rettet, von Khanyar hier und jetzt getötet zu werden ...“

„Von ihm? Lächerlich!“

„Oha“, sagte ich. „Wollt ihr beide euch hier raufen?“

„Ich nehme es mit jedem auf!“ schrie Khanyar. Garbashin ließ es an ähnlichen Beteuerungen nicht fehlen.

„Gut“, sagte ich. „Und was ist, wenn du getötet werden solltest, Khanyar? Werden sich deine Krieger und dein Volk dann ergeben?“

„Natürlich nicht“, stieß der Aeyasi zornrot hervor.

„Sag das deinen Betpharen“, schlug ich vor. „Sag ihnen, daß es für den Krieg völlig unwichtig ist, ob der Herrscher stirbt oder nicht. Sag ihnen, daß es für den Krieg völlig unwichtig ist, wer stirbt – nur daß gestorben wird, das ist wichtig!“

„Bist du mein Ratgeber oder seiner?“ rief Garbashin. Die Stimme klang hilflos. Die beiden kamen sich vor wie komplette Narren, und das waren sie ja auch.

„Der Krieg braucht einzig sich selbst“, sagte ich laut. „Er hält sich am Leben, weil keiner es wagt, sich ihm entgegenzustemmen. Also gut, wir werden uns schlagen, stellvertretend für die Heere – einfach so zum Spaß.“

„Es gibt keinen Spaß im Krieg“, sagte Garbashin. Er griff sich an den Kopf. „Ich verstehe dies alles nicht.“

„Seht euch um, Garbashin und Khanyar. Wer von euren Leuten trägt wirklich Verlangen danach, aufgespießt zu werden, erschlagen zu werden, im Wasser umzukommen, von einem Kampfmonster zerrissen zu werden – kein einziger!“

Schweigen breitete sich aus. Die Männer, die uns umstanden, begriffen sehr wohl, was ich sagte. Es waren altvertraute Weisheiten, Selbstverständlichkeiten. Im Kopf hatten sie längst begriffen, daß ich recht hatte – aber sie wagten es nicht, es zuzugeben.

Clover Bradley trat hervor. Er trug ein silbernes Tablett, darauf standen vier Pokale.

„Ich habe diese Pokale mit Wein gefüllt“, sagte er laut. „Wir vier werden jetzt davon trinken.“

„Keine schlechte Idee“, knurrte Khanyar. „Mir hat dieses schreckliche Gerede eine durstige Kehle gemacht.“

Er streckte die Hand nach einem der Pokale aus. Bradley lächelte.

„Bevor du trinkst, Khanyar, wisse – einer dieser vier Pokale ist vergiftet.“

„Kerl, bist du toll?“

Bradley lächelte noch immer. Er wirkte unglaublich überzeugend – so, wie er dastand, war er das Musterbeispiel all der netten Jungs von nebenan, die nie auch nur im Traum daran gedacht hätten, anderen die Kehle durchzuschneiden, der Stolz eines jeden Vaters, der Liebling der Mütter und Nachbarstöchter. Bradley wirkte ehrlich, überzeugend ehrlich – das war seine ganz besondere Fähigkeit.

„Warum willst du ihn zum Mörder machen, wenn du dich mit ihm schlägst? Warum willst du selbst zum Mörder werden, wenn du gewinnst? Hat Garbashin dir persönlich etwas getan? Also – trink. Überlaß es dem Geschick, über diesen Krieg zu entscheiden."

Ich trat zu Bradley, um die Geste abzurunden. Ich sah, wie sich sein Gesicht veränderte.

„Bully!"

Ich kam nicht mehr dazu, zu reagieren. Er ließ das Tablett fallen und riß mich einfach zur Seite. Der Dolch traf ihn unter dem linken Schlüsselbein. Bradley seufzte, knickte ein und fiel vornüber.

Der Bavitar der Staatsbarke hatte sein Messer nach mir geschleudert, Bradley hatte es mit seinem Körper für mich aufgefangen.

Jetzt gab es für mich kein Zögern mehr. Das winzige Funkgerät war rasch hervorgezerrt. Was um mich herum geschah, nahm ich kaum wahr.

„Bull an BERTHA VON SUTTNER!"

„Wir hören Sie, Sir!"

Die Jungs oben waren wach, dem Himmel sei Dank.

„Schickt schnellstens eine Space-Jet herunter. Bradley hat es erwischt, schwere Lungenverletzung. Bereitet eine Notoperation vor."

„Was machst du da?" fragte Garbashin.

Bradley drehte sich aus eigener Kraft auf den Rücken. Sein Gesicht war kreidig.

„Sir?"

Ich legte ihm die Hand auf die Stirn. Bradley versuchte ein Lächeln.

„In was für einer Sprache redest du?" bedrängte mich Khanyar. „Wer bist du – und wer ist dieser Mann?"

Ein Aufschrei ging durch die Menge. Die Männer und Frauen an Bord der BERTHA VON SUTTNER hatten mit gewohnter Präzision reagiert. Mit einem Feuerschweif hinter sich jagte die Space-Jet heran und erfüllte die Herzen der Bewohner des Planeten mit Grauen.

„Wer bist du?“

Die Space-Jet bremste ab. Höllischer Lärm tobte über die Insel. Dann kam das Boot zum Stillstand und senkte sich langsam herab. Der Peilsender in dem kleinen Funkgerät hatte die präzise Landung ermöglicht.

Ich sah Garbashins weißes Gesicht. Khanyar starrte mich in ähnlicher Weise an.

„Ich komme von dort“, sagte ich leise. „Dort, wo die Sterne am Himmel zu sehen sind, dort leben wir, und viele andere. Wir sind gekommen, um Frieden zu stiften zwischen Aeyasi und Samalut.“

„Warum? Warum so?“

Ich sah Garbashin an. Dann Khanyar. Sie sahen sehr bedrückt aus, ängstlich.

„Wir sind keine Götter, wißt das. Wir sind Lebewesen wie ihr, mit allen Ängsten und Sorgen, Wünschen und Hoffnungen. Und wir haben auch nicht alle die gleichen Interessen – dennoch halten wir Frieden.

Warum wir unsere Mission so durchgeführt haben? Hättet ihr uns geglaubt, wenn wir euch Narren genannt hätten? Hättet ihr uns geglaubt?“

Garbashin preßte die Kiefer aufeinander. Khanyar bewegte langsam den Kopf.

„Jetzt steht ihr hier, ihr Tölpel, bis an die Zähne bewaffnet – ohne jeden Grund. Dieser Mann wird vielleicht sterben – sterben, weil er nichts anderes wollte, als Lebewesen, die er gar nicht kannte, den Frieden zu bringen.“

„Sir?“

Bradleys Stimme war gerade noch zu hören.

„Haben wir Erfolg? Werden sie . . . es . . . begreifen?“

Ich sah Garbashin an, dann Khanyar, die versteinerten Gesichter der Männer ringsum. Einige hatten den Mut, ihre Trauer zu zeigen, auch die Niedergeschlagenheit, die diese furchtbare Demütigung mit sich brachte.

„Ich glaube, sie haben es begriffen, Clover. Ich bin ganz

sicher, sie wissen jetzt, daß nur Vertrauen in der Lage ist, Vertrauen zu schaffen, daß Mißtrauen alles zerstört, was zwischen Menschen das Leben erst glücklich machen kann."

Vier Besatzungsmitglieder der Space-Jet kamen heran, sie trugen die lindgrüne Uniform der Terraner.

„Nehmt ihn und schafft ihn an Bord", sagte ich. „Und wehe euch, wenn er nicht durchkommt."

Ich wußte, daß er durchkommen würde. Seine halbe Schulter hatte der arme Kerl bei einem Gleiterunfall verloren, und die leichte Unbeweglichkeit und ein leichter, kaum erkennbarer Sprachfehler hatten seinen Berufswunsch, Schauspieler zu werden, ein für allemal vereitelt.

Er hatte trotzdem großartige Arbeit geleistet, ebenso dieser Bursche, der als Bavitar der Staatsbarke sein Talent als Messerwerfer eingesetzt hatte.

Das bißchen Arbeit mit dem Hypno-Strahler, das nötig gewesen war, unsere Rollen zu schaffen und glaubwürdig zu machen, konnten wir nun vergessen. Jetzt kam es darauf an, die tatsächlichen Eindrücke zu vertiefen, die wir mit unserem Einsatz hatten hervorrufen wollen. Bradley hatte höchst eindrucksvoll sein Leben für den Frieden dieses Planeten „geopfert" – auch wenn die Verletzung in Wirklichkeit gar nicht vorhanden war.

Ich sah die Bewohner dieses kleinen, halbvergessenen Planeten an. In dumpfer Unwissenheit hatten sie gelebt, seit vor etlichen Jahrtausenden irgendein Siedlungsschiff der Arkoniden ihre Welt entdeckt und besiedelt und natürlich prompt vergessen hatte.

„Und nun zu euch", sagte ich. „Was wollt ihr?"

Garbashin sah mich an. Er lächelte. Khanyar lächelte. Sie hoben die Hände.

„Friede!"

Horst Hoffmann

Blaustern

2406 war das Jahr des endgültigen Sieges über die Beherrscher des Andromedanebels, nachdem vorher bereits durchschlagende Erfolge im Abwehrkampf gegen die drohende Invasion der Milchstraße errungen werden konnten – nicht zuletzt durch das zwischen Terranern und Maahks geschlossene Beistandsabkommen.

In den folgenden Jahrzehnten des Friedens konnte das Solare Imperium sich weiter konsolidieren. Neue Planeten wurden besiedelt. Ein neues Autarkiegesetz trat in Kraft. Auf fast allen Gebieten der Naturwissenschaft und Technik wurden weitere Fortschritte erzielt. Stellvertretend für eine Vielzahl von technischen Neuerungen aufgrund gewonnener Unterlagen und eigener Forschungen seien hier nur der HÜ-Schirm und der Ultrakomp-Kalup genannt.

Das Bündnis mit den Maahks bewährte sich. Terra fand neue Freunde im All, und noch ahnte niemand etwas von den neuen, harten Bewährungsproben, die mit dem Auftauchen von OLD MAN auf die Menschheit zukommen sollten.

Vieles geschah in dieser Zeit, das in keinen Chroniken überliefert wurde – sei es, weil es niemanden gab, der die Nachrichten übermitteln konnte, oder weil die Betroffenen es vorzogen, zu schweigen. Dies ist die Geschichte einer solchen Begebenheit. Wirklich begonnen hatte sie an jenem Tag im Jahre 2409, an dem Lordadmiral Atlan mit dem USO-Schiff AURIGEL auf einem fremden Planeten notlanden mußte. Doch erst sieben Jahre später stand er einer gnadenlosen Gegnerin auf Leben und Tod gegenüber ...

Etwas riß Atlan aus seinem leichten Schlaf, eine Ahnung, ein Geräusch.

Etwas warnte ihn, aufzuspringen. Etwas ließ ihn still liegen bleiben und lauschen. Nur wenig öffnete er die Augen und versuchte, in der Dunkelheit der Kabine zu sehen.

Für Sekunden hörte er nur die vertrauten Geräusche des Schiffes, eine Interkomdurchsage irgendwo draußen auf den Korridoren, dann das unruhige Atmen eines Menschen.

Im gleichen Augenblick sah er den Schatten vor seiner Liege.

Atlan bewegte sich immer noch nicht. Nur seine Hand näherte sich ganz langsam dem Kontaktknopf an der Wand.

Das Licht flammte auf, als er ihn berührte. Es war gedämpft, nicht zu hell, um zu blenden.

Die Gestalt zuckte zusammen, blickte kurz zu den Beleuchtungskörpern an der Decke auf und hatte den Strahler schon wieder auf den Arkoniden gerichtet, bevor dieser den Schock überwand.

„Was, zum Teufel, soll das?“ fuhr Atlan die Frau an. Er kannte sie. Sie war USO-Spezialistin und wie er unterwegs zur Erde. „Stecken Sie das Ding weg!“

Er wollte sich aufrichten. Sie stieß die Waffe vor und schüttelte den Kopf.

„Liegenbleiben, Arkonide! Nur eine Bewegung, ein Versuch, mir den Strahler wegzunehmen, und er geht los!“

Atlan erkannte die Sinnlosigkeit eines Widerstands und lehnte sich wieder zurück.

Fassungslos starrte er sie an.

Ginger Sparks, dachte er. Vor knapp zwei Wochen von Chaddu zurückgekehrt und auf Sonderurlaub unterwegs zur Erde, um, wie sie gesagt hatte, dort einige private Angelegenheiten in Ordnung zu bringen. Er selbst hatte ihr den Platz an Bord des Kurierschiffs verschafft.

„Hören Sie, Ginger.“ Er hob vorsichtig die Hand. „Wenn das ein Scherz sein soll, ist es ein verdammt schlechter. Wenn Sie Probleme haben, können wir ohne die Waffe darüber reden.

Stecken Sie sie weg, und ich will vergessen, wie Sie zu mir eingedrungen sind."

Das konnte er sich beim besten Willen nicht erklären. Die Türen waren gesichert.

Andererseits mußte die Spezialistin Mittel und Wege kennen, diese Sperren und die Alarmanlagen zu umgehen.

„Du verstehst nicht", sagte sie. Kein Muskel zuckte in ihrem Gesicht. Ihre Lippen bewegten sich beim Sprechen kaum. „Ich bin hier, weil ich dich töten werde, Atlan."

Sie meinte, was sie sagte. Sie meinte es wirklich!

Atlan überlegte fieberhaft. Er konnte aufspringen und versuchen, die Verrückte zu überwältigen. Vielleicht schaffte er es auch. Wahrscheinlicher war, daß sie ihm vorher den Strahl durch die Brust jagte.

Ihre Hand zitterte nicht. Nur ihr stoßweise gehender Atem verriet, daß sie innerlich aufgewühlt war. Aber auch darauf konnte er nicht bauen. Sie war zu ihm eingedrungen mit der klaren Absicht, ihn zu erschießen. Sie wußte genau, was sie tat.

Aber sie zögerte. Er mußte Zeit gewinnen, sie in ein Gespräch verwickeln.

Die meisten Mörder, die er in seinem langen Leben kennengelernt hatte, wollten, daß ihr Opfer vor seinem Tod erfuhr, warum es zu sterben hatte. Dies galt vor allem für solche, die aus tiefster Seele haßten.

Und er sah den Haß in Gingers Augen. Oh, ja, sie haßte. So sah niemand aus, der im Auftrag irgendwelcher dunkler Hintermänner handelte.

Warum?

„Hören Sie auf, Ginger", hörte er sich sagen. „Sie sind keine Mörderin. Sie wollen mich also ins Jenseits befördern und glauben, Sie schaffen das sogar. Aber aus welchem Grund? Wie lange kennen wir uns? Zwei Jahre? Länger? Warum wollen Sie mich jetzt umbringen?"

Leicht zuckte es um ihre Mundwinkel. Zeit! Atlan zwang sich dazu, nicht zum Fußende der Liege zu sehen, wo er die Ruftaste des Interkom-Anschlusses wußte. Wenn er sie ablenken und die Taste mit dem Fuß erreichen konnte . . .

Sie lachte rauh. Atlan blickte genau in die Mündung der Waffe. Sie senkte sie um keinen Millimeter.

„Drei Jahre? So schnell vergißt du also! Du kennst mich seit dem Tag, an dem du mich nach Chaddu schicktest, zu der Station, die kurz zuvor dort errichtet worden war. Das liegt sechs Jahre zurück, Atlan. Es war genau der dritte Januar 2410. Mein Gott, so schnell vergißt du!“

„Was?“ fragte ich irritiert. „Was soll ich vergessen haben?“

„Die Chaddus. Blaustern.“

Atlan zuckte zusammen. Er starrte Ginger an, ihre großen, schwarzen Augen, das lange, hellblonde Haar.

Blaustern!

Was konnte sie von Blaustern wissen?

„Du begreifst endlich?“ fragte Ginger.

„Nichts begreife ich!“

„Dann erinnere dich jetzt“, sagte sie hart. „Erinnere dich an Chaddu und . . .“ Sie stockte. Atlan sah ihre Hand zittern, doch nur für Sekunden. Als er aufspringen wollte, fuhr der glutheiße Strahl nur Zentimeter an seinem Kopf vorbei in die Wand.

„Ich sagte: keine Bewegung, Arkonide!“

Ginger zog sich einen Sessel heran und ließ sich hineinsinken, ohne Atlan auch nur für einen Moment aus den Augen zu lassen.

„Ich könnte es jetzt gleich hinter mich bringen.“ Ihre Stimme wurde zu einem Flüstern. „Aber du sollst dich erinnern. Die Zeit lasse ich dir. Mach dir keine Hoffnungen. Ich habe dafür gesorgt, daß niemand uns stören wird. Denke an Chaddu und an das Mädchen, das aus Liebe zu dir ihre eigene Existenz auslöschte. Tu wenigstens das noch für sie, bevor du ihr folgst!“

Blaustern . . .

Nichts hatte er vergessen. Er erinnerte sich an die Tage und Nächte auf Chaddu, als wäre er erst gestern von dort zurückgekehrt.

Aber was konnte Ginger Sparks von dem Mädchen wissen? Und was sollte das heißen, sie habe ihre eigene Existenz ausgelöscht?

Atlan spürte, daß sein Leben davon abhängen konnte, daß er die damaligen Ereignisse Punkt für Punkt rekapitulierte – falls es überhaupt etwas gab, das Ginger noch von ihrem wahnsinnigen Vorhaben abbringen konnte.

Sie nickte ihm zu. Der Strahler war auf seinen Kopf gerichtet. Ihre Hand zitterte nicht mehr. Nur ihr Zeigefinger zuckte nervös über dem Auslöser.

Eine einzige falsche Bewegung genügte, ein einziger falscher Laut, ein Klopfen an der Tür, um Atlans Tod zu besiegeln.

Ginger war auf Chaddu gewesen, bis vor zwei Wochen. Was, um alles in der Welt, hatte sie dort gesehen oder erlebt, das sie nun dazu trieb, ihre eigene Zukunft zu zerstören?

Seine Gedanken schweiften zurück. Er spürte nicht mehr, daß seine Augen vor Erregung zu tränen begannen. Er sah sich wieder auf der Welt der drei Monde . . .

„Das wär's dann", sagte Barom Morham, der ertrusische Kommandant der AURIGEL. „Den Kahn kriegen wir aus eigener Kraft nicht mehr hin. Ich fürchte, wir müssen uns damit abfinden, daß wir für ein oder zwei Wochen hier festsitzen, bis Hilfe kommt und wir alle Reparaturen vorgenommen haben."

Atlan runzelte die Stirn.

„Zwei Wochen?" fragte er.

„Bis die AURIGEL wieder starten kann, Sir. Unsere Schiffe werden natürlich viel früher hier eintreffen. Eines von ihnen wird Sie nach Sassan bringen."

Das war zu spät.

Die Lage auf Sassan war so brisant, daß der Lordadmiral selbst Quinto-Center verlassen hatte, um auf der Siedlerwelt den bevorstehenden Umsturz in letzter Minute noch zu verhindern. An Bord des USO-Schiffs befand sich alles Beweismaterial, das er brauchte, um die Drahtzieher der Rebellion einwandfrei als

Agenten der Condos-Vasac zu entlarven, jener gefürchteten Geheimorganisation der Akonen.

Duplikate der Mikrofilme und Tonspulen befanden sich allerdings noch im USO-Hauptquartier. Atlan hatte sofort nach der Notlandung mit Quinto-Center gesprochen und Spezialisten aufgefordert, unverzüglich mit diesen Kopien nach Sassan aufzubrechen und ihn dort zu erwarten. Falls er nicht rechtzeitig genug erscheinen würde, hatten sie alle Vollmachten, das Agentennest auf eigene Faust auszuheben.

Dieser Hyperfunkspruch war gleichzeitig der letzte gewesen, der die Antennen der AURIGEL verlassen hatte. Der Hyperfunk schien vorerst das letzte Glied in der Kettenreaktion von Ausfällen, kleinen Explosionen und sonstigen mittleren Katastrophen zu sein, die alle eingesetzt hatten, als sich das Schiff im Orientierungsaustritt befand – hier, etwa auf halber Strecke zwischen Quinto-Center und Sassan.

„Wir hätten die Erde anfunken sollen, Sir", meinte Morham. Der Ertruser schaltete das Bild auf den Panoramaschirm der Zentrale, das die Außenkameras übertrugen, ein und zündete sich seine Pfeife an.

Deine Ruhe möchte ich haben, Mann! dachte der Arkonide.

„Terra hat damit nichts zu tun. Das wissen Sie, Morham. Dies ist ausschließlich eine Angelegenheit für die Galaktische Feuerwehr, und sie wird sie in Ordnung bringen."

Leider ohne ihn.

Atlan starrte auf den Bildschirm. Er sah ausgedehnte, blaue Wälder auf flachen Hügeln und in den Tälern dahinter eine mächtige Gebirgskette, deren höchste Gipfel mit Schnee bedeckt waren. Kleine Flüsse zogen sich wie silbern schimmernde Bänder durch das unberührt erscheinende Land. Eine gelbe Sonne brannte vom klaren Himmel herab.

Dies war eine Welt, die ihn in vielerlei Hinsicht an die Erde vor einigen tausend Jahren erinnerte. Der gravierendste, auf den ersten Blick erkennbare Unterschied bestand darin, daß hier alle Pflanzen blau waren.

Vom Weltraum aus waren keine größeren Siedlungen zu erkennen und keine Energieemissionen anzumessen gewesen. Erst kurz vor der Landung hatte Atlan geglaubt, am Ufer eines Sees einige menschliche Gestalten zu sehen.

Atlan ging zur Ausgabeeinheit der Bordpositronik und ließ sich die wichtigsten Daten auf den Monitor geben. Die Temperaturen waren gemäßigt, tagsüber um dreißig Grad Celsius, nachts um achtzehn. Die Luft war atembar. Schädliche Mikroben waren bislang nicht festgestellt worden.

„Ich bin im Schiff wohl überflüssig, Barom", sagte Atlan. „Unseren Mann werden Sie allein finden."

„Oder unsere Frau. Sie glauben immer noch an Sabotage, Sir?"

Atlan gab gar keine Antwort auf diese Frage. Irgend jemand an Bord hatte verhindern wollen, daß dic AURIGEL Sassan erreichte – und das auch geschafft. Morham wußte das so gut wie er. Atlan kannte den Ertruser gut genug, um zu wissen, daß er bereits alle Hebel in Bewegung gesetzt hatte, um diesen Jemand zu finden.

„Sie verlassen das Schiff, Sir?"

„Ich denke, es kann nicht schaden, wenn wir uns draußen umsehen. Schließlich verschlägt es uns nicht alle Tage auf eine Welt wie diese."

Eine Welt, die in keiner Sternenkarte verzeichnet war. Die Menschheit hatte den Andromeda-Nebel erreicht und befriedet, und manch einer richtete den Blick schon auf die Magellanschen Wolken. Dabei gab es in der eigenen Galaxis noch Abertausende unerforschter Planeten.

Obwohl in Gedanken auf Sassan, spürte der Arkonide, wie etwas vom Pioniergeist der alten Arkoniden ihn ergriffen hatte, jener Männer und Frauen, die zum erstenmal den Fuß auf unbekannte Welten gesetzt hatten.

Er war zum Warten verurteilt. Was war da besser dazu geeignet, seine finsteren Gedanken zu vertreiben, als ein Ausflug nach draußen?

„Ich muß darauf bestehen, Sir, daß ein Mann Sie begleitet", sagte Morham. „Ich brauche Ihnen nichts über die Risiken zu erzählen, die . . ."

Atlan winkte ab.

„Ich fliege allein, Barom. Wenn's Sie beruhigt – unsere Normalfunkgeräte funktionieren ja noch."

Der Ertruser fuhr sich in gespielter Verzweiflung mit der Hand über den Scheitelkamm.

Atlan grinste schwach und schlug ihm aufmunternd auf die Schulter.

Kurz darauf saß er an den Kontrollen des Shifts und brachte das Allzweck-Fahrzeug aus dem Hangar. Der um ihn besorgte Ertruser glaubte, ihm unbedingt noch einige Verhaltensmaßregeln geben zu müssen. Atlan hörte sie sich seufzend an.

Er wollte allein sein, nur für ein paar Stunden. Er wollte nichts anderes, als in Ruhe seine Gedanken ordnen – und vielleicht eine Spur der Humanoiden finden. Ungefähr wußte er, wo der See lag. Vielleicht konnte er einen Kontakt herstellen.

Die AURIGEL schrumpfte hinter ihm zusammen, bis sie hinter einem der dort spärlich bewachsenen Hügel verschwand. Fruchtbare Täler zogen unter dem Shift vorbei. Atlan sah Tiere friedlich grasen und zu ihm aufblicken. Nur wenige nahmen vor dem stählernen Ungetüm Reißaus, das so gar nicht in ihre Welt passen wollte.

Schon nach wenigen Minuten schlug diese Idylle den Arkoniden in ihren Bann. Er fühlte sich entspannt, und bald war Sassan, war die Condos-Vasac vergessen – wenigstens vorerst. Das Entdeckerfieber packte ihn.

Atlan steuerte den Shift in die Richtung, in der der See lag. Er fragte sich, wie diese Natur in ihrer Artenvielfalt trotz des offensichtlichen Fehlens von Chlorophyll hatte entstehen können.

Zwei der drei Monde des namenlosen Planeten standen am Taghimmel.

Dann sah er das Gewässer.

Der See mochte eine Ausdehnung von acht mal fünf Kilometer haben. Mangrovenähnliche Bäume säumten das Ufer im Westen, Norden und Osten. Nur das Südufer war von ihnen frei, ein Streifen von etwa einem Kilometer Länge.

Dort hatte Atlan die menschlichen Gestalten zu sehen geglaubt.

Er brachte den Shift tiefer herab und ließ ihn langsam über der betreffenden Stelle kreisen. Zu seiner Enttäuschung fand er nichts als gazellenähnliche Tiere an einer Tränke, zu der ein breiter, ausgetretener Trampelpfad aus dem Wald führte.

„Aber sie waren hier", murmelte er.

Er blickte auf die Uhr. Er hatte noch Zeit. Sollte sich etwas Neues auf der AURIGEL ergeben oder die Schiffe von Quinto-Center früher als erwartet eintreffen, so würde Morham ihn schon rechtzeitig benachrichtigen.

Er landete den Shift dort, wo er die Humanoiden gesehen hatte. Vorsichtshalber und zu dessen Beruhigung gab er seine Position an Morham durch. Christopher Lade, der Funker, nahm die Meldung entgegen und versprach, sie unverzüglich an den Kommandanten weiterzuleiten.

Atlan zuckte die Schultern. Auf diese Weise blieben ihm wenigstens Morhams Mahnungen erspart.

Er stieg aus, wobei er darauf verzichtete, den Helm des leichten Raumanzugs aufzusetzen. Morham hätte ihn so nicht sehen dürfen.

Atlan atmete die frische, ungemein würzige Luft voller fremder, exotischer Gerüche. Er sog sie in seine Lungen und fühlte sich ...

Frei? Befreit wovon?

Das war Unsinn. Aber es tat gut, nach langer Zeit wieder einmal durch hohes Schilfgras zu gehen, sich um nichts kümmern zu müssen, nur zu leben.

Und das nicht etwa in einem Park der Erde oder anderer, hochzivilisierter Planeten, dachte er, sondern in einem einzigen, großen Paradies. Ja, diese Welt war ein Paradies.

Die Wahrheit war, daß ihn Chaddu, wie er den Planeten später nennen sollte, bereits jetzt gefangengenommen hatte.

Der Arkonide bewegte sich vom Ufer fort und ging langsam auf den nahen Waldrand zu. Die Bäume erreichten Höhen von mehr als zwanzig Metern, und dichtes Unterholz breitete sich zwischen den roten und violetten Stämmen aus. Blau wie die Blätter waren auch die Blüten.

Alles um ihn herum war sprießendes Leben. Nichts hatte je diese Harmonie gestört.

Wo waren die Menschen?

Atlan suchte nach Spuren, und er fand sie.

An einigen Stellen vor dem Waldrand war das Gras niedergedrückt. Hier hatten Wesen gesessen und sich bewegt. Natürlich konnten es Tiere gewesen sein. Irgend etwas sagte dem Arkoniden, daß dem nicht so war.

Er suchte das Unterholz ab. Dorthin führten die Spuren. Er rief nach den Eingeborenen. Doch nur die Laute des Waldes antworteten ihm. Irgendwo stiegen große Vögel auf, schnatterten und schlugen mit den Flügeln. Insekten zirpten im Gras. Ein großer, weißer Schmetterling setzte sich auf Atlans Schulter und faltete die Flügel.

Atlan ging nicht zurück zum Shift, um den Translator zu holen. Etwas sagte ihm, daß jegliches technisches Gerät hier fehl am Platz war.

Natürlich verstanden die Eingeborenen, sollten sie irgendwo dort im Unterholz stecken und ihn beobachten, seine Worte nicht.

Und sie waren da. Er spürte es einfach. Es mußte einen anderen Weg geben, ihnen ihre Scheu zu nehmen.

Atlan ging ein Stück zurück und setzte sich dort ins Gras, wo es niedergedrückt war. Er ließ sich auf die Ellbogen zurückfallen und von der Sonne bescheinen.

Irgendwann merkte er, daß er sich den Schutzanzug abgestreift und daß sich die Bordkombination, die er darunter trug, über der Brust geöffnet hatte.

Er erschrak. Wie lange hatte er so dagelegen und mit offenen Augen geträumt?

Morham! Wie oft mochte er versucht haben, ihn über Funk zu erreichen? Und wie mochte er toben, weil er keine Antwort erhielt?

Vielleicht schickte er Suchtrupps los – hierher. Aber das durfte er nicht. Weitere Shifts würden die Eingeborenen verjagen.

Atlan erhob sich und schickte sich an, zum Fahrzeug zurückzugehen, um dem Ertruser eine beruhigende Nachricht zukommen zu lassen, als er das Knacken im Unterholz hörte.

Er fuhr herum und sah gerade noch zwei, drei menschliche Gestalten im Wald verschwinden. Er lief ihnen nach, blieb stehen und breitete die Arme aus.

„Wartet!“ rief er. „Kommt doch zurück! Ihr braucht euch vor mir nicht zu fürchten! Ich will euch nur sehen und vielleicht mit euch reden!“

Schweigen war die Antwort. Doch hier und da schoben blaue Hände die Büsche auseinander, und große, dunkle Augen blickten Atlan entgegen.

Er wußte, daß er den Kontakt nicht mit Gewalt herbeiführen durfte. Er durfte nicht näher an sie herangehen. Aber sie waren aus ihren Verstecken gekommen, als er im Gras lag. Vielleicht waren sie ihm schon ganz nahe gewesen.

„Ich verstehe“, rief er. „Ihr braucht Zeit, nicht wahr? Ich komme wieder hierher!“

Aber jetzt mußte er zur AURIGEL zurück. Er wollte es nicht, doch sah er ein, daß es Zeit dafür war.

„Ich komme wieder!“ rief er noch einmal. Dann ging er zum Shift. Ihre Blicke folgten ihm, und er wußte es. Er mußte sich einen Ruck geben, um den Shift zu starten. Dabei kam ihm überhaupt nicht zu Bewußtsein, wie seltsam er sich verhielt, daß aus dem Wunsch, die Eingeborenen dieser Welt kennenzulernen, längst ein Muß geworden war – ein Drang, der ihn nicht mehr losließ.

Zurück in der AURIGEL, kamen ihm die Korridore, die Hangars und selbst die Zentrale kalt und abweisend vor.

Morhams Verzweiflungsausbrüche, als er ihm auf dem Weg zum Schiff mitteilte, daß er unterwegs war, waren kaum noch zu überbieten gewesen.

„Irgend etwas ist hier faul, Sir, oberfaul!" beschwerte sich der Ertruser nun. „Sie haben unsere Leute draußen gesehen?"

Natürlich hatte er das. Männer und Frauen der Besatzung, die jetzt ohnehin nichts tun konnten, hatten regelrechte Zeltlager zwischen den Hügeln aufgeschlagen.

„Was ist daran so beunruhigend?" fragte er.

„Was beunruhigend ist?" Morham schnappte nach Luft. Seine ruhige Art, mit der Pfeife den Problemen zu Leibe zu rücken, stand ihm besser, fand Atlan. „Daß sie alle wie verwandelt sind!"

Der Ertruser hob seinen mächtigen Leib aus dem Kontursessel und stemmte die Fäuste in die Hüften.

„Und Sie gefallen mir auch nicht, Sir, wenn ich mal so sagen darf."

Atlan zog eine Braue in die Höhe.

„Naja", meinte Morham. „Immerhin bin ich verantwortlich für Sie. Und mich einfach ohne Nachricht hier sitzen zu lassen . . ."

„Moment", unterbrach der Arkonide ihn. „Ich gab meine Position durch. Lade nahm die Meldung entgegen und wollte sie Ihnen sofort weitergeben."

Morham kniff die Augen zusammen.

„Lade kam die ganze Zeit über nicht aus der Funkkabine heraus", sagte er. „Nichts hat er mir gesagt."

Atlan und Morham waren allein in der Zentrale. Der Arkonide überzeugte sich davon, daß keine Interkom-Verbindung zu anderen Teilen des Schiffes, speziell zur Funkkabine, geschaltet war, und fragte:

„Gar nichts? Moment, Barom. Was macht die Suche nach dem Saboteur?"

„Nichts. Aber er wird sich verraten. Ich habe ihm einige Köder hingeworfen."

Atlan nickte. Vielleicht hatte der Gesuchte schon einen Fehler gemacht, auch ohne Morhams Köder.

Irgendwie berührte ihn all das kaum. In Gedanken war er wieder am See.

Daß Morham ihm sagte, daß noch keine Schiffe in diesem System aufgetaucht waren, erleichterte ihn. Er konnte sie nicht brauchen, noch nicht.

Fast tat der Ertruser ihm leid. Wieso war er so hektisch? Atlan klopfte ihm auf die Schulter, wobei er sich ein Stück recken mußte.

„Nehmen Sie's nicht so schwer, Barom. Es wird bald dunkel. Ich denke, ich verbringe die Nacht draußen."

„Draußen?" schnappte Morham. „Sir, Sie meinen . . .?"

„Bei den Zelten. Das sollten Sie auch tun, Barom. Frische Luft wird Ihnen guttun."

„Bei allem Respekt, Sir – nein! Ich denke, daß die Luft alles andere bei unseren Leuten bewirkt, als daß sie ihnen guttut. Und weiterhin denke ich, daß Sie sich Gedanken um Sassan machen sollten."

„Ich bin sicher, daß es keine Revolte geben wird. Warum sollten unsere Spezialisten schlechtere Arbeit leisten als wir? Wissen Sie, was, Barom? Wir haben Urlaub. Wir alle haben ein, zwei Wochen Urlaub hier. Und wir mußten erst eine Notlandung auf diesem Planeten bauen, um zu wissen, wie nötig wir den hatten."

„Sir", sagte der Ertruser entsetzt. „Sie sind . . . krank."

Atlan lachte.

„Ich fühlte mich noch nie so gesund wie jetzt."

Damit verließ er die Zentrale. Nur kurz suchte er seine Kabine auf, um sich etwas Leichteres anzuziehen. Erst jetzt fiel ihm auf, daß er den Schutzanzug beim See zurückgelassen hatte.

Morham war nicht einmal dazu gekommen, darauf hinzuweisen.

Als die Nacht hereinbrach, hockte der Arkonide auf einem der Hügel und blickte gedankenversunken auf die Männer und Frauen hinab, die sich rings um das Schiff bewegten.

Es hatte sie alle gepackt.

Es hatte sie gepackt, dachte Atlan, als er auf die auf ihn gerichtete Waffe starrte. Alle außer Morham und einer Handvoll anderer, die an Bord geblieben waren.

Dennoch wäre Chaddu für sie nichts weiter als ein kurzer, unfreiwilliger Zwischenstop geblieben, wären die Schiffe schon in dieser Nacht erschienen, hätte er den folgenden Morgen nie auf Chaddu erlebt.

Ginger blickte ihn unverwandt an. Ihr Zeigefinger zuckte nervös über dem Abzug.

„Nein", sagte sie ganz leise. „Nichts wäre geschehen. Ich wäre niemals ..."

Augenblicklich gewann sie die Kontrolle über sich zurück. Atlan faßte es nicht. Er hatte nicht laut gesprochen. Konnte Ginger plötzlich Gedanken lesen?

„Weiter!" drängte sie. „Ich sagte, ich lasse dir die Zeit. Aber nicht zuviel, Arkonide! Denke an sie, an Blaustern, bevor ich dich auslösche, so wie du ..."

Wieder verschluckte sie den Rest.

Was hatte sie sagen wollen? Wo lag der Schlüssel?

„Du bist Blaustern begegnet?" sagte er. „Sie schwor, sich nie wieder in die Nähe von Menschen zu wagen. Aber sie muß ..."

„Falsch!" Sie schüttelte heftig den Kopf. Mit beiden Händen umklammerte sie nun den Griff des Strahlers. Etwas machte ihr zu schaffen, aber was?

Er mußte die Antwort finden, und zwar schnell.

Blaustern ...

Atlan erwachte und wußte, daß etwas nicht mehr so war wie in der Nacht. Etwas verwirrt zwinkerte er in die aufgehende Sonne.

Seine Hand berührte etwas.

Er drehte den Kopf und fuhr auf.

Neben ihm lag der Schutzanzug, den er am See zurückgelassen hatte. Und noch ehe er seine Überraschung verwinden konnte, spürte er, daß er nicht mehr allein hier war. Er fühlte die Blicke in seinem Rücken, wußte, daß sie da waren, so wie er es am See gewußt hatte.

Unten beim Schiff sah er die Mitglieder der Besatzung zwischen den Zelten. Einige winkten ihm zu. Er grüßte zurück, ohne mit den Gedanken dabei zu sein.

Ganz langsam drehte er sich um.

Sie hockten im Gras, ein gutes Dutzend von ihnen. Er sah junge, schlanke Männer und Frauen mit blauer Haut und pechschwarzem Haar, das ihnen bis weit über die Schultern fiel.

Sie hockten da, keine zwanzig Meter von ihm entfernt etwas hinter der Hügelkuppe, so daß sie vom Schiff aus nicht gesehen werden konnten, und ihr Anblick verschlug ihm den Atem.

Sie waren nicht nur menschen*ähnlich*. Sie waren Menschen. Ihre Gesichter waren – schön. Er fand keinen anderen Ausdruck dafür. Sie waren edel und natürlich, mit großen, schwarzen Augen und sanften, blassen Lippen. Die Körper der Männer waren muskulös, die der Frauen anmutig. Und am Leib trugen diese Wesen nichts als Lendenschurze aus Pflanzenfasern.

Sie sind mir gefolgt! dachte der Arkonide. Der Himmel mag wissen, wie, aber sie sind mir wahrhaftig bis hierher gefolgt!

Und sie warteten ganz offensichtlich darauf, daß er etwas tat, etwas sagte, eine Geste machte.

Atlan verspürte eine seltsame Unsicherheit, als er in ihre großen, fragenden Augen blickte. Vorsichtig, als könnte jede zu hastige Bewegung sie wieder verscheuchen, stand er auf und ging auf sie zu.

Sie rannten nicht fort. Sie blieben sitzen, bis er vor ihnen stand. Erst dann erhoben auch sie sich der Reihe nach.

„Der Anzug“, sagte er. „Ihr habt ihn mir zurückgebracht.“

Sie verstanden ihn nicht, natürlich. Aber ihre Blicke klebten an seinen Lippen. Der Arkonide legte sich die Hand auf die Brust und sagte:

„Atlan."

Einige von ihnen sahen sich an. Er wiederholte die Geste, nannte immer wieder seinen Namen, bis sie zu begreifen schienen.

„Chaddu", sagte eines der Mädchen, wobei sie die Hand auf die Brust legte.

„Chaddu", kam es von ihren Begleitern. „Chaddu! Chaddu!"

Atlan streckte lächelnd die Hände aus. Es war, als gäbe es nur noch ihn und die Blauhäutigen – kein Schiff, keinen Morham, keine anderen Raumfahrer.

„Moment, langsam", sagte er. „Ihr meint, ihr alle heißt Chaddu?" Atlan schüttelte den Kopf. „Ihr *seid* die Chaddu? So nennt ihr euch? Chaddus?"

Wieder blickten sie sich an. Dann nickten sie.

Sie nickten wie Menschen. Oder vielleicht hatte er diese Geste unbewußt gemacht, und sie hatten sie ihm abgesehen.

Atlan begriff bald, wie ungeheuer lernfähig diese Wesen waren. Sie hatten helle, leicht singende Stimmen, und bald schon waren sie in der Lage, einfache Wörter nachzusprechen – Wörter, deren Bedeutung sie verstanden.

Sie alle waren so jung, nach normalen, menschlichen Maßstäben nicht älter als vier-, fünfundzwanzig und nicht jünger als fünfzehn Jahre. Und doch war in ihren Augen etwas von der Reife, wie Atlan sie nur von älteren Menschen her kannte.

Als die Männer und Frauen von der AURIGEL auf dem Hügel erschienen, hatte Atlan den Chaddus bereits klarmachen können, daß sie nichts Böses von den Raumfahrern zu erwarten hatten. Sie wichen zurück und wirkten verunsichert, doch sie flohen nicht.

„Bleibt stehen", rief der Arkonide den Herankommenden zu. „Sie sind die Eingeborenen dieser Welt. Tut nichts, das sie erschrecken könnte. Sprecht mit ihnen, aber ruhig."

Inbrünstig hoffte er, daß Morham in der AURIGEL nicht auf

die Idee kam, sich lautstark über die Außenlautsprecher zu melden.

Er hätte den Besatzungsmitgliedern die Warnung gar nicht zuzurufen zu brauchen. Erstaunt sah er, daß sie den Chaddus mit der gleichen Behutsamkeit begegneten wie er selbst.

Die Blauhäutigen kamen wieder näher. Bald bildeten sich kleine Gruppen. Es wurden Worte gewechselt und Gesten gemacht. Die Chaddus sprachen das nach, was sie von den Menschen hörten, und immer häufiger ergaben ihre Laute einen Sinn. Sie nickten, wenn sie etwas bejahen wollten, schüttelten die Köpfe, wenn sie etwas verneinten, und streckten abwehrend die Arme von sich, wenn sie etwas erschreckte.

Sie blieben den ganzen Tag. Sie strahlten etwas aus, von dem Atlan nun glaubte, daß es immer schon in ihm geschlummert hatte, und das nur verschüttet gewesen war unter all dem, was seinem ganzen bisherigen Leben seinen Stempel aufgedrückt hatte.

Bald merkte er, daß es immer ein und dieselbe junge Chaddu war, die seine Nähe suchte und sich besonders aufgeschlossen zeigte. Er redete mit ihr, sprach ihr Wörter vor und zeigte ihr deren Bedeutungen. Und er lernte von ihr.

Nur einmal kehrte er kurz ins Schiff zurück, als ihm klar wurde, daß er Morham seit nunmehr fast fünfzehn Stunden nicht mehr gesehen hatte.

Das war etwas Seltsames, und es hätte ihn warnen müssen: Er hatte noch eine andere Aufgabe als die, die Chaddus verstehen zu lernen. Er wußte, daß er nicht für immer auf Chaddu, wie er den Planeten nun bei sich nannte, bleiben durfte. Es gab Menschen, die ihn brauchten, und Dinge, die seine Aufmerksamkeit erforderten.

Atlan versuchte, einige Chaddus dazu zu bewegen, mit an Bord zu gehen. Doch alle Bemühungen waren vergeblich.

Wieder war es ihm, als betrete er eine ihm fremd gewordene Welt.

„Es mag wichtig für uns sein, neue Bekanntschaften zu knüpfen, Sir“, sagte Morham, der einsame Mann in der verwaisten Zentrale des USO-Schiffs. „Vor allem, wenn sich uns die Gelegenheit so bietet wie hier. Doch finden Sie nicht auch, daß Sie übertreiben?“

Atlan winkte ab. Er hatte kein Interesse daran, lange Diskussionen zu führen über etwas, das Morham absolut nichts anging. Er stellte die Fragen, von denen er wußte, daß er sie stellen mußte.

„Haben Sie den Saboteur dingfest gemacht, Barom? Sind unsere Schiffe im Anflug?“

„Zweimal nein“, knirschte Morham. „Aber es kann nicht mehr lange dauern. Auch dies für beide Fragen.“ Er kniff die Augen zusammen. Seine Pfeife lag, offenbar seit langem unbenutzt, auf seinem Pult. „Sir, ich wollte die Gelegenheit nutzen, um einige Teile des Schiffs zu entrümpeln. Dazu brauche ich Hilfe. Glauben Sie, ich hätte mehr als fünf Männer zusammenbekommen? Ich will Ihnen sagen, wen – nämlich ausschließlich die, die die AURIGEL bisher noch nicht verlassen haben. Ich sage Ihnen noch etwas: Ich denke nicht daran, auch nur einen von ihnen von Bord gehen zu lassen.“

Atlan ballte die Fäuste. Er tat es unbewußt und merkte es erst, als der Ertruser darauf starrte.

Der Mann konnte gefährlich werden.

Schneidend sagte der Lordadmiral:

„Morham, ich erklärte Ihnen, wie ich die Sache sehe, und ich wünsche keine weitere Diskussion. Auf der AURIGEL sind Sie Kommandant und verantwortlich. Das respektiere ich. *Sie* sollten daran denken, daß Sie als USO-Offizier unter meinem Befehl stehen. Wenn die Schiffe über Chaddu erscheinen und Sie anfunken, dann lassen Sie sie landen, aber nicht gerade auf dem Hügel dort drüben!“

Dabei zeigte er auf den Bildschirm, auf dem die Chaddus und die Raumfahrer noch beieinanderstanden.

„Chaddu, Sir?“

„Dieser Planet. Ich gab ihm den Namen.“

Atlan wandte sich zum gehen.

„Noch eine Frage, Sir!" rief Morham ihm nach. „Ich habe Sie beobachtet. Eines verwundert mich."

„Und das wäre?"

„Die Eingeborenen. Ich sehe nur junge Männer und Frauen – keine Kinder und keine Alten. Finden Sie das nicht auch merkwürdig?"

Atlan gab keine Antwort, obwohl der Ertruser genau das angesprochen hatte, was ihm selbst Kopfzerbrechen bereitete.

Als er wieder bei den Chaddus war, hatte er es so gut wie vergessen.

Der Tag neigte sich dem Ende zu. Als klar wurde, daß die Chaddus sich darauf einrichteten, auf dem Hügel zu übernachten, spürte Atlan, daß er nicht nur erwartet, sondern befürchtet hatte, daß sic in die Wälder zurückkehren würden.

Für kurze Zeit geriet er ins Grübeln. Er sonderte sich etwas ab und versuchte, in sich zu gehen. Er sah Morhams besorgtes Gesicht vor sich – dann das einer Chaddu.

Es war jene, die auch vorher schon seine Nähe gesucht hatte. Nun stand sie lächelnd vor ihm und streckte ihm ihre Hände entgegen, in denen Früchte lagen.

Er hatte seit mehr als vierundzwanzig Stunden nichts gegessen, doch noch keinen wirklichen Hunger. Und so verlockend die Früchte auch aussahen – ein letzter Rest klaren Verstandes sagte ihm, daß er lieber die Hände davon lassen sollte. Was den Chaddus bekam, mußte nicht unbedingt auch für ihn genießbar sein.

Dabei war es ihm, als hörte er ein ganz leises, wie aus unendlicher Ferne kommendes Wispern in sich. Eine Mahnung des Extrasinns?

Er vergaß es, als er das Lächeln der Chaddu sah.

„Danke", sagte er. „Vielleicht später."

„Du . . . essen", flüsterte sie. „Nicht essen . . . nicht gut."

Wieviel hatten diese Geschöpfe schon gelernt! Atlan bedeutete ihr, sich zu ihm zu setzen, und sie redeten, bis die Nacht anbrach. Nur einer der drei Monde stand leuchtend am Himmel, und als Atlan noch in den fremden Sternenhimmel blickte, sah er die beiden hellen Punkte, die sich bewegten.

Die Schiffe! durchfuhr es ihn. Und sie gehörten nicht hierher. Sie durften dieses Paradies nicht entweihen. Keine lärmenden Raumfahrer sollten die Chaddus von hier vertreiben.

„Wohin?“ fragte das Mädchen, als er sich erhob.

„Ich komme zurück“, sagte er nur.

Er blickte sich immer wieder nach ihr um, als er den Hügel hinablief. Sie stand hochaufgerichtet auf der Kuppe und winkte. Rechts von ihr lagen ihre Artgenossen und die Männer und Frauen von der AURIGEL, die sich gemeinsam für die Nacht einrichteten.

Ich komme zurück! dachte er. Warte, ich komme wieder!

Kein Mensch war mehr zwischen und in den Zelten zu sehen. Sie alle waren nach oben gegangen, zu den Chaddus.

Morham erwartete den Arkoniden ungeduldig. Er deutete auf die Orter.

„Vor zehn Minuten meldeten sie sich über den Normalfunk“, berichtete er.

„Haben Sie sie schon eingewiesen?“

„Durfte ich darauf hoffen, daß Sie das tun würden, Sir?“ lautete die sarkastische Gegenfrage.

Atlan winkte ab und setzte sich vor die Kontrollen. Kurz sprach er mit den beiden Kommandanten und gab ihnen genaue Anweisungen, wo sie zu landen hatten.

„Haben Sie Nachrichten von Sassan?“ fragte er.

Kloch Kewasser, der Kommandant der MELBOURNE, konnte ihm mitteilen, daß der Umsturzversuch auf der Kolonialwelt vereitelt worden war und die Condos-Vasac-Agenten sich in sicherem Gewahrsam befanden. Das Beweismaterial hatte jedem Verführten die Augen geöffnet.

„In Ordnung, Kewasser“, sagte Atlan. „Dann bringen Sie nun Ihre Schiffe herunter und sehen Sie zu, daß die AURIGEL repariert wird. Aber lassen Sie sich ruhig Zeit dabei.“

Er verabschiedete sich, nickte Morham zu und verließ die Zentrale.

Der Ertruser wartete, bis er Atlan den Hügel hinaufsteigen sah.

Erst dann nahm er erneut Verbindung auf und wies die Kommandanten an, ihre Leute nur in geschlossenen Schutzanzügen aussteigen zu lassen.

„Es ist etwas mit der Luft hier auf Chaddu", sagte er nur auf eine entsprechende Frage.

Atlan aber fand das Mädchen bei den anderen Chaddus und den Menschen. Er setzte sich in ihre Mitte. Die meisten schliefen schon, und auch er spürte plötzlich eine bleierne Müdigkeit.

Am nächsten Morgen mußte er zu seinem Erstaunen feststellen, daß sich die Zahl der Eingeborenen auf dem Hügel fast verdoppelt hatte. Neue Chaddus waren gekommen. Von jenen, die sich hier zum Schlafen hingelegt hatten, war nur noch sie da – die blauhäutige, schwarzhaarige Schönheit, die auch jetzt wieder bei ihm saß.

So war es an jedem folgenden Morgen. Das Mädchen war die einzige, die ständig auf dem Hügel war. Alle anderen Gesichter wechselten von Tag zu Tag.

Sie und Atlan waren nun fast immer zusammen, und immer stärker wurde die Faszination, die von ihr ausging. Nur einmal am Tag begab der Arkonide sich zur AURIGEL und verschaffte sich einen Überblick über die Fortschritte bei den Reparaturarbeiten. Bei einem dieser Besuche teilte Morham ihm zähneknirschend mit, daß Christopher Lade spurlos verschwunden war.

„Und das", knurrte der standhafte Ertruser, „nachdem ich ihm endlich auf die Schliche gekommen war. Er war unser Saboteur, Sir."

Es berührte Atlan nicht. Er ging zurück, und in der kommenden Nacht schliefen er und das Mädchen abseits von den anderen.

Sie beobachteten gemeinsam den Sonnenuntergang, redeten

über diese Welt und die Chaddus, und endlich stellte Atlan ihr die Frage, auf welche die anderen Eingeborenen als einzige keine Antwort zu geben vermochten – oder keine Antwort geben wollten.

„Warum bringt ihr eure Kinder nicht mit? Warum sehen wir eure Alten nicht?“

Sie blickte ihn aus ihren großen, schönen Augen fragend an. Wieder wurde er sich dessen bewußt, wie wunderschön sie war. Er fühlte sich zu ihr hingezogen, und diese Gefühle, die er in ihrer Nähe empfand, gingen längst weit über bloßes Interesse an ihrem Volk hinaus.

„Ich meine“, sagte er, „ihr wißt doch, daß ihr keine Angst vor uns zu haben braucht. Warum versteckt ihr dann eure Kinder und Alten vor uns? Das tut ihr doch, oder?“

Sie sah ihn verständnislos an.

Sie verstand ihn wirklich nicht, obwohl sie mittlerweile seine Sprache vollkommen beherrschte.

Fast bereute er es, die Frage gestellt zu haben, auf die ihre Artgenossen, wenn auch nicht gleich abweisend, so doch verschlossen reagierten. Fast war es, als berührte er damit ein Tabu.

Gab es Siedlungen, in denen die Kinder der Chaddus untergebracht waren und die sie nicht verlassen durften, bevor sie ein bestimmtes Alter erreicht hatten?

Lebten die Chaddus nicht nur wie die Tiere im Wald, der ihnen alles gab, was sie zum Leben brauchten? Sie hatten weder Werkzeuge noch Waffen. Sie brauchten sie nicht. Wozu auch? Sie schienen keine Feinde zu haben und ernährten sich von Früchten und Kräutern. Sie waren Teil der Natur und verfügten noch über all jene Instinkte und Sinne, die den zivilisierten Menschen des Raumfahrtzeitalters schon längst verlorengegangen waren.

Darüber hinaus waren sie *reif*. Dieses auf den ersten Blick so primitiv erscheinende Volk stand auf einer geistigen Stufe, die der Mensch auf der Erde erst lange nach der Errichtung der ersten großen Stadtstaaten erreicht hatte.

Immer noch blickte das Mädchen ihn forschend an.

„Wir haben keine Kinder, Atlan", sagte sie dann leise.

„Aber das ist unmöglich!"

„Wir haben keine Kinder und keine Alten, Atlan. Es ist so. Versuche nicht zu verstehen, was du noch nicht begreifen kannst."

Sie war von dem überzeugt, was sie sagte. Sie belog ihn nicht. Aber was sie sagte, war absurd. Die Chaddus konnten doch nicht als Erwachsene in die Welt treten. Ohne Kinder keine Menschen.

Was du noch nicht begreifen kannst! Noch nicht!

„Dann . . . werde ich es einmal verstehen können?" fragte er. „Du wirst es mir sagen, wenn . . ."

„Denke nicht soviel, Atlan", flüsterte sie lächelnd. „Die Tiere des Waldes und der Steppen haben Kinder und leben unbegrenzt. Wir sind nicht wie sie. Wenn du uns wirklich kennst, wirst du verstehen. Wir haben so viel Zeit, Atlan."

Sie streckte sich neben ihm aus.

Zeit!

Vielleicht noch fünf Tage, oder sechs. Atlan durfte nicht daran denken. Alles in ihm begehrte dagegen auf, Chaddu wieder verlassen zu müssen. Was wollte er woanders? Alles, was bisher sein Leben ausgemacht hatte, war in weite Ferne gerückt.

Atlan seufzte und legte sich neben die Chaddu. Sie schlief nicht. Aus ihren großen Augen blickte sie ihn an.

„Wie heißt du eigentlich?" fragte er. „Ich meine, Namen habt ihr doch?"

Und wie sie ihn anblickte! Es ging ihm durch und durch, und plötzlich stellte er sich die Frage, ob es bei den Chaddus denn überhaupt eine Fortpflanzung im menschlichen Sinne gab, wenn sie doch angeblich keine Kinder hatten.

„Gib mir einen Namen, Atlan."

Er konnte nicht anders. Er fuhr ihr sanft mit der Hand durch das volle Haar, streichelte ihre Wangen, ihren Hals, ihren Körper.

Mit jedem Namen, den er kannte, verband sich eine bestimmte Assoziation, ein Gesicht. Sie aber war einzigartig.

„Blaustern", hörte er sich flüstern. „Ich werde dich Blaustern nennen."

Sie nahm seine Hand.

„Blaustern . . ." Sie sagte es, immer und immer wieder. „Ein schöner Name, Atlan. Ich bin Blaustern, und wir werden noch viele Sommer zusammen erleben, Atlan."

Etwas verkrampfte sich in ihm. Er wollte ihr in diesem Augenblick sagen, daß ihnen nur noch Tage blieben, aber er konnte es nicht. Er wollte es nicht.

Ihre Hand legte sich auf seinen Arm, strich langsam darüber, dann über seinen Nacken, sein Gesicht. Und plötzlich war es keine Hand mehr. Es war nur noch der Kontakt, nur dieses unbeschreibliche Gefühl völligen Einsseins, das ihn vollkommen ausfüllte.

Die Schiffe, die anderen Chaddus und die Menschen waren vergessen. Es gab keine Zeit mehr, nichts außer Atlan und Blaustern, als ihre Lippen miteinander verschmolzen.

Am nächsten Tag mußte er sich mit Gewalt dazu zwingen, zur AURIGEL zu gehen. Es war schlimmer als bei den vorigen Malen, bei weitem schlimmer.

Denn Atlan hatte sich entschlossen, auf Chaddu zu bleiben. Er hatte sich vorgenommen, Morham dies zu sagen. Doch als er nun vor ihm und einer Handvoll Raumfahrer aus den anderen Schiffen stand, konnte er es nicht.

Morham würde mit allen Mitteln versuchen, ihn zurückzuhalten, notfalls mit Gewalt. Er würde die Schleusen schließen und Atlan nicht mehr aus der AURIGEL herauslassen.

„Wie lange noch?" fragte der Arkonide so.

„Wir kommen schneller voran, als erwartet, Sir", erklärte Morham. „Aller Wahrscheinlichkeit nach können wir bereits morgen starten."

Atlan hatte erwarten müssen, eine solche Auskunft zu hören. Und doch versetzte sie ihm einen Schock.

Wohin sollte er gehen außer in die Wälder von Chaddu? USO, Terra, Solares Imperium, selbst Arkon waren nur Begriffe geworden, die jede Bedeutung verloren hatten. Perry Rhodan war nur mehr ein Name.

Morham würde ihn nie verstehen. Der Ertruser und alle, die er hier, zwischen den kalten, leblosen Kontrollen und Schirmen sah, sie lebten nicht wirklich. Sie hatten niemals erfahren, was es hieß, zu leben.

Es kostete Atlan ungeheure Überwindung, zu nicken und zu lächeln.

„Sehr schön", hörte er sich mit der Stimme eines Fremden sagen. „Ich werde rechtzeitig an Bord sein."

„Sir", fragte Morham. „Glauben Sie das wirklich?"

Es wurde gefährlich. Das Schiff war plötzlich ein einziges, stählernes Gefängnis, aus dem er herausmußte, solange er noch konnte.

„Natürlich, Barom", sagte er. „Ich weiß nun, was ich über die Chaddus wissen wollte."

Wieder im Freien, war es ihm, als könnte er erst jetzt wieder atmen. Noch einmal drehte er sich zur AURIGEL um und wußte, daß Morham ihn beobachtete. Er schauderte.

Längst kümmerte er sich nicht mehr um die Männer und Frauen bei den Chaddus auf den Hügeln. Er fand Blaustern dort, wo er sie verlassen hatte.

„Wenn es dunkel ist", sagte er zu ihr, „gehen wir fort."

Sie lächelte und nahm seine Hand.

„Ich hoffte es, Atlan", flüsterte sie. „Bis jetzt war ich mir nicht sicher, daß du bleiben würdest." Sie nickte. „O ja, wir werden gehen ..."

Es hörte sich an, als hätte sie lange darauf gewartet, und als wüßte sie bereits ganz genau, wohin sie ihn bringen würde.

Es war ihm recht. Alles war ihm recht, was von ihr ausging.

Die Stunden zogen sich quälend langsam dahin. Morham war mißtrauisch. Hatte er bereits ein Kommando zusammengestellt, das ihm und Blaustern folgen sollte?

Würde der Ertruser erst gar nicht bis zur Nacht, der letzten auf Chaddu, warten, und ihn vorher mit Gewalt an Bord holen lassen?

Nichts deutete darauf hin, als die Sonne in einem prachtvollen Farbenspiel unterging. Die Nacht senkte sich herab. Als die Sterne und zwei Monde am Himmel standen, stand Blaustern auf und streckte Atlan die Hand entgegen.

„Komm", flüsterte sie. „Es wird Zeit."

Er ging mit ihr. Niemand schien von ihnen Notiz zu nehmen. Die anderen Chaddus und die Männer und Frauen bei ihnen schwatzten und lachten. Atlan sah, wie Blaustern ihnen schwer zu deutende Blicke zuwarf. Sie schien erleichtert, als sie den Hügel verlassen hatten und außer Sichtweite waren.

Hatte sie Angst vor ihren Artgenossen? War sie im Begriff, etwas Verbotenes zu tun?

„Wohin gehen wir?" fragte der Arkonide.

„Du wolltest wissen, warum wir keine Kinder haben, Atlan – und keine Alten. Ich zeige es dir jetzt. Hab noch etwas Geduld. Vorher sollst du etwas anderes sehen."

Sie erreichten ein langgezogenes, bewaldetes Tal. Zielstrebig führte Blaustern ihn zu einer Baumgruppe, blieb stehen und deutete auf den menschlichen Körper, der in einer Astgabel hing.

„Lade!" entfuhr es dem Arkoniden. Schnell untersuchte er den Mann. „Aber . . . er ist tot!"

„Weil er dich töten wollte, Atlan. Er kam in der dritten Nacht aus dem Schiff. Wir wußten, was er vorhatte, und verhinderten es."

Blaustern zog ihn von der Leiche fort. Wieder folgte er ihr, und bald war Lade ebenso vergessen wie die AURIGEL. Atlan stellte keine Fragen. Schweigend folgte er Blaustern, auf deren glänzendes, schwarzes Haar das Mondlicht schien. Sie gingen durch immer neue Täler, überquerten Hügel, bis sie endlich eine weite Ebene vor sich sahen. Atlan stieß einen Laut der Überraschung aus. Er hatte erwartet, daß sie ihn zum See führen würde.

Und die Ebene leuchtete!

Blaustern war stehengeblieben. Jetzt schmiegte sie sich an Atlan, streichelte und küßte ihn.

„Du wirst gleich etwas sehen, das dich erschrecken wird, Atlan“, sagte sie. „Versuche nicht, es zu verstehen, so wie ihr Menschen alles verstehen wollt, das sich euch als kompliziert und fremd darbietet. Versuche nur zu fühlen, Atlan, es nur zu . . . spüren.“

Er merkte, daß er schwitzte, obwohl die Nacht angenehm kühl war. Und obwohl er Blaustern grenzenlos vertraute, war eine Spannung in ihm, die er sich nicht erklären konnte.

Nur spüren . . .

So wie er sie gespürt hatte, in der vorigen Nacht?

„Es sind die Singenden Felder, Atlan“, flüsterte Blaustern andächtig. Etwas von der Ehrfurcht, die sie vor diesem Ort empfand, übertrug sich auf ihn. Ganz fest drückte sie nun seine Hand. „Hörst du sie? Hörst du die Musik?“

Zunächst vernahm er gar nichts außer dem leisen Rauschen des Windes, der durch die Baumkronen hinter ihm strich.

Er kniff die Augen zusammen und glaubte zu sehen, daß die Ebene in Bewegung geriet. Wie ein endloses Getreidefeld wogte sie hin und her, wie ein See, über dessen Oberfläche kleine, ruhige Wellen zogen.

Und als er das sah, da hörte er.

Die Melodie war in ihm. Sie wurde intensiver, steigerte sich immer mehr, bis sie sein Bewußtsein ausfüllte.

Er wußte nicht, wie lange er so in diese Musik versunken dagestanden hatte, als Blaustern ihn leicht rüttelte.

Er sah Tausende, vielleicht Millionen von Pflanzen, die ihre violett schimmernden, lilienähnlichen Blütenkelche den beiden Monden entgegenstreckten, hin und her, als würden sie abwechselnd von ihnen angezogen.

„Einer deiner Freunde hat mich gefragt, ob wir Chaddus die intelligenten Bewohner unserer Welt seien“, flüsterte Blaustern. „Und er erklärte mir, was das Wort ‚intelligent‘ in eurer Sprache bedeutet, Atlan. Du hast mir solche Fragen nie gestellt." Sie schüttelte traurig den Kopf. „Deine Freunde haben die Blumen nicht gesehen und nicht ihre Stimmen gehört. Bei Tag schließen sich ihre Blüten."

Atlan hatte das Gefühl, daß sie etwas hinzufügen wollte. Doch sie schwieg und zog ihn mit sich zur Ebene hinab.

Die etwa hüfthohen Blumen neigten sich zur Seite, als sie sie erreichten. Fast war es, als bildeten sie eine Gasse, und Blaustern ließ sich von ihnen den Weg zeigen, den sie und Atlan zu gehen hatten.

Der Arkonide nahm das alles in sich auf, fühlte Ehrfurcht vor dem Wunder, das ihn umgab. Leise war die Musik in seinem Bewußtsein und spülte jedes Zögern, jeden Argwohn fort.

Blaustern zog ihn mit sich. Die Pflanzen teilten sich. Mit schlafwandlerischer Sicherheit setzte die junge Chaddu einen Fuß vor den anderen, und nie trat sie auf eine der Blumen.

Vor einem Erdloch – Atlan schätzte seinen Durchmesser auf gut zwei Meter – blieben sie stehen. Ins Erdreich gearbeitete Stufen führten in die Tiefe.

„Nicht denken, Atlan", flüsterte Blaustern. „Versuche nur zu fühlen, was nun kommt."

Sie stieg hinab. Atlan folgte ihr wie in Trance. Für einen Augenblick nur hatte er Angst vor dem Unbekannten. Und als ob die Blumen dies spürten, änderte sich die Melodie in seinem Kopf.

Atlan wurde ruhig und folgte der Chaddu.

Er fand sich in einem ausgedehnten Höhlen- und Stollensystem wieder, viele Meter unter den Singenden Pflanzen. Die Wände schimmerten matt und spendeten gerade so viel Licht, um ihn die Chaddus erkennen zu lassen, die paarweise überall an ihnen lehnten.

Zumindest war dies sein erster Eindruck. Dann aber sah er genauer hin.

Das waren Mumien! Dutzende von Mumien, immer ein Mann und eine Frau nebeneinander. Für Chaddu-Verhältnisse waren sie alt, älter als alle Eingeborenen, die Atlan bisher zu Gesicht bekommen hatte – und doch noch jung. Keiner der Eingeborenen mochte die Fünfundzwanzig um mehr als ein, zwei Jahre überschritten gehabt haben, als er hier mumifiziert wurde.

„Komm", flüsterte Blaustern. „Weiter."

Durch lange Stollen führte sie ihn zu weiteren Höhlen. Und je tiefer sie in dieses Labyrinth eindrangen, desto stärker veränderten sich die „Mumien".

Nein, dachte der Arkonide mit dem letzten Rest Wachbewußtsein, der ihm geblieben war. Nicht alle veränderten sich, nur die Frauen, die weiblichen Mumifizierten. Ihre Haut wurde spröde, rauh und rissig. Ihre Körper waren unnatürlich aufgedunsen.

Blaustern blickte ihn an. Sie lächelte nicht mehr.

Nicht denken, Atlan! sagten ihre Augen. *Nur fühlen!*

Unsicher nickte er – und fühlte das Leben um sich herum. Es war unbegreiflich, menschlichen Sinnen nicht zugänglich, aber diese „Mumien" waren nicht tot.

Als sie die nächste Höhle erreichten, blieb Blaustern stehen und musterte Atlan forschend.

Er trat an ihr vorbei. Es war nicht mehr er selbst, der die Bewegungen seines Körpers steuerte. Er sah nicht, wie Blaustern ihm langsam folgte.

Drei Chaddu-Paare standen in der Höhle an den Wänden. Die Körper der Frauen waren dick aufgeschwemmt, ihre Augen geschlossen. Ihre Haut war wie zähes, rissig gewordenes Leder.

Und als er noch dastand und sie schweigend betrachtete, zerbröckelte die erste von ihnen.

Atlan sah den aufbrechenden Leib der Chaddu, als stünde er noch in der Höhle. Sein Blick ging durch Ginger hindurch. Er hörte sich reden und fragte sich, ob er es die ganze Zeit über getan hatte. Der Schweiß lief ihm übers Gesicht. Seine Zunge war schwer.

„Ja", murmelte er. „Ich sah, wie sie ihre neuen Generationen zur Welt brachten. Es war, als würde eine Statue von innen heraus zerschlagen oder wie bei einem Vogelei, das von innen aufgepickt wird, bevor das Junge schlüpft." Atlan fuhr sich mit der Hand über die Stirn. Ginger sagte nichts. Sie saß da, zielte auf ihn und hörte zu.

„Es waren keine Mumien. Die Chaddu-Frauen lebten. Irgend etwas in ihnen lebte noch, bis es geschah. Wenn sie ein bestimmtes Alter erreicht haben, suchen sie sich einen Partner und gehen mit ihm zu den Singenden Feldern, die sich für sie öffnen. Nur dann, wenn Chaddus kommen, um in den Höhlen zu sterben, zieht sich der dichte Pflanzenteppich über den Stolleneingängen zurück." Er schüttelte den Kopf, immer noch in den durch Ginger heraufbeschworenen Erinnerungen gefangen. „Nein, sie sterben nicht wirklich, denn ihre Kinder sind das genaue Ebenbild der Eltern. Sie sind ausgewachsen, fertige Wesen, etwa fünfzehn Jahre alt und doch älter, viel älter. Und sie sind nicht nur das genaue Ebenbild ihrer Eltern, sie *sind* diese. Immer nur zwei neue Chaddus steigen aus dem zerfallenen Körper ihrer Mutter, deren Partner im gleichen Augenblick stirbt wie sie. Aber sein wie ihr Geist, alles, was sie ausmachte, geht in die neuen Wesen über.

So war es seit Jahrhunderten, vielleicht Jahrtausenden. Immer lebten die Eltern in ihren Nachkommen fort, und in jedem Chaddu steckte all das, was die lange Kette seiner Vorfahren erlebte, kannte und lernte. Deshalb wirkten sie so reif und ... zeitlos. Es war, wie Blaustern mir sagte. Ich konnte nur fühlen, was dort in den Höhlen vorging. Verstehen kann ich es selbst heute noch nicht."

„Blaustern wollte, daß du dich an ihrer Seite verpupptest", sagte Ginger. Ihre Stimme war hart, doch etwas anderes schwang darin mit. „Sie wußte, daß ihre Zeit gekommen war, und wollte, daß der Chaddu, den sie neben ihrem Ebenbild reproduzierte, wie du sein sollte. Sie liebte dich so sehr, daß sie das Risiko, das damit verbunden war, einzugehen bereit war.

Denn du warst kein Chaddu, und noch nie paarte sich eine Chaddu mit einem andersartigen Wesen."

„Es kam nicht dazu", sagte Atlan finster. „Ich weiß nicht, auf welche Weise die Zeugung bei den Chaddus stattfindet, ob es überhaupt eine Zeugung in unserem Sinne gibt. Natürlich machte ich mir später meine Gedanken darüber. Ich kann nur vermuten, daß dies, wie so vieles andere auf Chaddu, auf rein geistiger Ebene geschieht." Er murmelte eine Verwünschung. „Was wollen Sie hören, Ginger? Daß Morham mit einem halben Dutzend Raumsoldaten auftauchte, bevor überhaupt irgend etwas in dieser Richtung geschehen konnte? Daß er Blaustern und mich bis in die Höhlen hinein durch Mikrosonden verfolgen ließ, bis ihm klar wurde, was geschehen würde? Er holte mich dort heraus, und ich weiß bis heute nicht, ob Blaustern es überlebte. Sie schrie, und ich konnte nichts tun. Morham jagte mir eine Injektion in den Körper, bevor ich mich losreißen konnte. Ich schrie ihr noch zu, daß sie sich von den Menschen fernhalten sollte, falls je wieder Schiffe auf Chaddu landen würden. Sie konnte nichts mehr sagen. Sie brach zusammen, aber ich wußte, daß sie mich verstanden hatte, daß sie schwor, nie wieder zu den Menschen zu gehen."

„Sie überlebte es", flüsterte Ginger.

Atlan erschauerte. In diesem Moment glaubte er, dieses Flüstern schon gehört zu haben, schon oft. Ein ungeheuerlicher Verdacht kam ihm. Aber das konnte nicht sein. Es war unmöglich.

„Ginger", sagte er so beherrscht wie möglich. „Finden Sie nicht, daß es jetzt an der Zeit wäre, diesem Unsinn ein Ende zu machen? Sie haben gehabt, was Sie wollten, auch wenn ich nicht begreife, warum. Wenn es Ihnen darum ging, alte Wunden wieder neu aufzureißen, dann haben Sie's geschafft. Und nun geben Sie mir die Waffe."

„Liegen bleiben, Arkonide! Du sollst *alles* wissen, bevor du stirbst. Aber ich töte dich jetzt auf der Stelle, wenn du mich dazu zwingst."

„Was denn noch?“ schrie er sie an. „Das war alles! Ich kam an Bord der AURIGEL zu mir, als sie sich längst schon im Weltraum befand. Und der Spuk war vorbei! Morham hatte von Anfang an recht! Vielleicht war es wirklich etwas in der Luft des Planeten, das mich und die Männer und Frauen, die ebenfalls das Schiff verlassen hatten, zu Traumtänzern machte. Vielleicht waren es die Pflanzen, die ganze Natur dieser Welt. Es muß so gewesen sein, denn die Besatzungen der Station verfielen nicht diesem Zauber, nachdem sie für die Dauer ihres Aufenthalts gewisse Drogen zugeführt bekamen, die sie immun machten! Verdammt, Sie wissen es doch, Ginger! Bis vor zwei Wochen waren Sie selbst dort!“

Sie nickte, und für einen Moment war die gleiche Trauer in ihren Augen, die er in Blausterns Blicken gesehen hatte, als sie davon sprach, daß die Menschen nie die Singenden Felder gesehen hatten.

Diesmal drängte sich Atlan der Verdacht so stark auf, daß er glaubte, keine Luft mehr zu bekommen. Er sagte sich, daß seine Phantasie ihm Streiche spielte. Es konnte nicht sein.

„Du hast die Station errichten lassen“, flüsterte sie, „obwohl du wissen mußtest, wie fatal die Begegnung zwischen Menschen und Chaddus sich auswirken konnte. Warum, Atlan? Nur aus wissenschaftlichem Interesse an den Chaddus?“

„Nein!“ knurrte er. „Wenn Sie das wissen wollen, können Sie's hören: Ja, ich liebte Blaustern! Ich liebte sie auch noch, als ich im Weltraum und wieder in Quinto-Center war und wußte, daß ich alles wie in einem Rausch erlebt hatte. Ich ließ die Station errichten, weil ich hoffte, irgendeinen Hinweis auf Blausterns Schicksal erhalten zu können.“ Er schwieg, blickte Ginger an und murmelte: „Ich hörte nie wieder etwas von ihr. Und die Chaddus kapselten sich von euch ab.“

„In gewisser Hinsicht – ja.“

Atlan zog eine Braue in die Höhe. Wieder sah er das Undefinierbare in Gingers Gesicht.

Es war verrückt, aber wieder kam ihm dieser wahnwitzige

Gedanke, obwohl er wußte, daß er sich damit lächerlich machte. Die Chaddus hatten keinen Sinn für jegliche Technik. Sie wußten nicht einmal, was ein Thermostrahler war. Geschweige denn konnten sie die Sicherheitssysteme einer verriegelten Tür umgehen und so zu ihm eindringen, wie die Spezialistin es getan hatte.

Er erwartete, daß Ginger ihn laut auslachen würde und sich dabei vielleicht eine Blöße gab. Doch ihre Reaktion war eine völlig andere, als er fast lautlos fragte:

„Sind Sie . . . Blaustern?"

Ginger sagte lange nichts. Sie starrte ihn an, und die Hand mit der Waffe zitterte, ohne daß der Finger vom Auslöser rutschte. Wie sehr mußte sie ihn hassen! Welche Genugtuung konnte sein Tod ihr verschaffen?

Sie nickte zögernd.

„Etwas von mir", sagte sie mit der Stimme eines Roboters, „ist Blaustern."

Atlan war unfähig, einen klaren Gedanken zu fassen. Entweder spielte sie immer noch ein makabres Spiel mit ihm, oder auf Chaddu war etwas geschehen, das seine Vorstellungskraft überstieg.

Aber wenn sie etwas von der Chaddu in sich hatte – und auf Chaddu war, wie er sich eingestehen mußte, nichts unmöglich –, dann überwog der andere Teil. Blaustern würde ihn nicht so hassen wie sie. Blaustern wußte, daß er nicht freiwillig von ihr gegangen war.

Wer war das Wesen, das in der Gestalt von Ginger Sparks nun vor ihm saß? Was war in ihr, das sie so hassen ließ?

Sie sagte es ihm.

„Du glaubtest, die Chaddus als einziger zu kennen, vielleicht sogar zu verstehen, Arkonide", sagte Ginger. Sie lachte rauh. „Du glaubtest immer, alles so gut zu verstehen! Immer warst du der verständnisvolle Streiter für das, das ihr Menschen das Gute nennt. Doch dein Verständnis reichte nicht sehr weit. Für deine Ideale warst du bereit, zu töten – selbst die Frau, die du liebtest!"

„Reden Sie keinen Unsinn! Ich habe Blaustern nicht getötet!“

Sie beugte sich vor, so nahe, daß Atlan ihr die Waffe hätte entreißen können. Doch vorher würde er tot sein.

„Du glaubtest, die Chaddus zu kennen, und doch weißt du so wenig von ihnen. Ich will dir sagen, was aus Blaustern wurde. Sie starb nicht aus Gram darüber, daß es keine gemeinsame Zukunft für euch beide geben würde – eine Zukunft, die sie sich so sehr gewünscht hatte, daß sie das einzige Gesetz ihrer Rasse brach und dich, einen Fremden, in die Heiligen Höhlen führte. Aber sie litt, wie ein Mensch nur leiden kann. Sie litt noch, als sie sich verpuppte, denn schon zu sehr hatte sie sich auf den Wechsel eingestellt, um den Prozeß noch aufhalten zu können, der in ihrem Körper in Gang gekommen war.“

Ginger lehnte sich zurück.

„Sie wurde erneuert. Ihr zerbröckelnder Körper gebar nur ein neues Wesen – sie selbst. Und Blaustern kehrte zu den Hügeln zurück, wo keine Schiffe mehr standen. Einsam wartete sie dort. Sie hoffte darauf, daß du einen Weg finden würdest, zu ihr zurückzukehren. Aber du kamst nicht, und endlich mußte sie einsehen, daß du niemals mehr kommen würdest.“

Atlan hatte daran gedacht. Er hatte daran gedacht, nach Errichtung der Station einen Besuch auf Chaddu zu machen und nach Blaustern zu suchen.

Jetzt mußte er sich fragen, ob es Feigheit gewesen war, die ihn damals davon abgehalten hatte – die Furcht vor der Begegnung, die Angst davor, ihr eingestehen zu müssen, daß es die erträumte Zukunft nicht gab.

„Blaustern erkannte, daß es an ihr war, den Weg zu dir zu finden, Altan“, fuhr Ginger fort. „Auch das war sie für dich zu wagen bereit. Sie zog sich von ihrem Volk zurück und blieb viele Monde in der Einsamkeit der Wälder. Denn sie glaubte nun, den einzigen Weg gefunden zu haben, der zu dir führen konnte.“

„Ginger, das ist Unsinn! Sie konnte nicht einmal wissen, *wo* sie mich zu suchen hatte! Außerdem haben die Chaddus keine Raumschiffe, und sie . . .“

Aber wir! durchfuhr es ihn. Unsere Schiffe landeten in regelmäßigen Abständen bei der Station!

„Du verstehst?“ Ginger schüttelte den Kopf. „Nein, du begreifst noch gar nichts. Wieso, glaubst du, forderte dich Blaustern immer und immer wieder auf, nicht zu denken, sondern nur zu fühlen? Weil sie deine Gedanken las, Arkonide! Ja, die Chaddus sind Telepathen. Deshalb konnten sie euch so schnell begreifen und eure Sprache erlernen. Und Blaustern hatte in deinen Gedanken das Bild einer anderen Frau gefunden, die in deinem Leben eine Rolle gespielt hat. Es war das Bild einer Frau, die du wie sie liebtest, und die wie sie keine Zukunft an deiner Seite fand. Aber es hätte diese Zukunft gegeben, wären die Verhältnisse andere gewesen. So faßte Blaustern einen verzweifelten Entschluß. Sie tat das einzige, von dem sie sich die Erfüllung ihrer Sehnsüchte erhoffen konnte.“

Atlan wollte etwas sagen, aber kein Laut kam über seine Lippen. Seine Gedanken wirbelten durcheinander. Wer sollte diese andere Frau gewesen sein? An wen hatte er in seinem Unterbewußtsein eine solche dominierende Erinnerung?

„Blaustern blieb in den Wäldern, wieder viele Nächte lang. Was du auch nicht weißt, Arkonide, ist, daß die Chaddus unter besonderen Umständen und für dich unvorstellbaren geistigen Anstrengungen eine Veränderung in dem bewirken können, was du mit ‚Erbanlagen‘ bezeichnen würdest. Blaustern fand die Kraft, diese Veränderung zu bewirken. Und als sie die Wälder verließ und sich wieder zu den Singenden Feldern begab, da wußte sie, als wer sie wiedergeboren würde.“

„Nicht als Ginger Sparks“, versetzte Atlan zynisch. „Sie wenigstens kannte ich damals noch nicht.“

„Ginger Sparks wurde erst später aus ihr“, fuhr die Spezialistin unbeirrt fort. „Blaustern wußte auch, daß ihre Zeit noch nicht wieder gekommen war. Auch das mußte sie berücksichtigen und entsprechende Maßnahmen treffen – man könnte es eine Vereinbarung mit den Blumen nennen. Sie verpuppte sich, und alle Kraft, die ihr Geist aufzubringen fähig war, richtete sie auf das Bild und die Erinnerungen, die sie in deinen Gedanken gefunden hatte."

„Die andere Frau", murmelte Atlan.

Ginger nickte.

„Blaustern stellte keine Berechnungen an. Als Chaddu war sie nicht einmal fähig, ihre Chancen, zu überleben, auch nur annähernd abzuschätzen. Heute kann ich sagen, sie standen eins zu hundert."

„Du kannst es sagen?" Atlan runzelte die Stirn. Seine leichte Kombination klebte schweißnaß an seinem Rücken und den Armen. „Als wer? Als Ginger Sparks, als Blaustern, oder als . . .?"

Ein feines Lächeln umspielte die Lippen der jungen Frau. Atlan glaubte, es zu kennen. Wo und wann hatte er ein solches kaltes und zynisches Lächeln auf den Lippen einer anderen Frau gesehen?

„Blaustern wurde wiedergeboren als die andere. Das, was sie in deinen Gedanken über diese andere gefunden hatte, war so erschöpfend, daß sie die andere *war,* Atlan! Blaustern hatte sich in die Frau verwandeln wollen, von der sie glaubte, daß du sie wieder lieben würdest. Als Chaddu hatte sie in deiner Welt keinen Platz. Sie würde darin ersticken. Als die andere aber würde sie sich darin zurechtfinden können und, wie sie so sehr hoffte, mit dir leben." Gingers Stimme wurde tonlos. Ihr Blick verfinsterte sich. Das Lächeln gefror auf ihren Lippen. „Aber es klappte nicht so, wie sie sich das vorgestellt hatte. Die Erinnerung war zu perfekt. Zu sehr warst du noch mit jener Frau beschäftigt, an die du dich nun nicht erinnern kannst oder willst. Blaustern wünschte sich so sehr, diese andere zu werden, daß sie sich nicht nur äußerlich verwandelte. Sie war keine Chaddu mehr, als sie die Höhlen verließ. Sie fühlte und dachte wie die andere, und sie besaß ihre Erinnerungen. Wie das möglich ist, willst du wissen? Als USO-Spezialistin Ginger Sparks kann ich dir antworten, daß oft nur winzige Bruchstücke nötig sind, um aus ihnen das Ganze zu rekonstruieren."

„Aber du bist nicht Ginger Sparks“ sagte Atlan finster. „Ich glaube, ich weiß jetzt, wer du bist. Ginger Sparks starb auf Chaddu, nehme ich an?“

Sie nickte. Atlan sah den Triumph in ihren Augen, die Genugtuung, die ihre zuckenden Mundwinkel umspielte.

„Du weißt es?“ Sie lachte rauh. „Dann wirst du auch wissen, daß es mir nicht schwerfallen konnte, mich in der Nähe eurer Station auf Chaddu zu verstecken, bis sich mir die Möglichkeit bot, den Planeten zu verlassen. Ich wartete, bis das nächste Versorgungsschiff landete. Dann war es ein Kinderspiel, den erstbesten Menschen zu überwältigen, der sich weit genug von der Station entfernte. Zufällig war es Ginger Sparks. Ich tötete sie mit ihrer eigenen Waffe und versteckte sie in einem Gebüsch, nachdem ich mir ihre Kombination übergestreift hatte. Ich mußte Blaustern in mir gestatten, für wenige Augenblicke dominant zu werden. Durch ihre telepathischen Fähigkeiten nahm ich Gingers Gedanken und Erinnerungen in mir auf, bevor sie starb.

Etwas schwieriger war es dann schon, einen Mann zu finden, der mir eine perfekte Maske anfertigen konnte. Auch er mußte sterben. Sein Tod wurde entdeckt, während man Ginger nur für vermißt hielt. Da ich als Ginger Sparks ohnehin mit dem Schiff nach Quinto-Center zurückfliegen würde, übernahm ich es, darüber Bericht zu erstatten. Natürlich tat ich es nie.“

Sie schwieg, und sie brauchte auch nichts mehr zu sagen. Alles weitere konnte Atlan sich denken. Er war erschüttert und wußte, daß er von der Frau, die hier vor ihm saß, wahrhaftig keine Gnade zu erwarten hatte.

Er selbst hatte sie getötet, nachdem sie ihn für sich und ihre ehrgeizigen Pläne zu gewinnen versucht hatte. Damals wie heute hatten sie sich auf Leben und Tod gegenübergestanden. Nur waren die Vorteile nun allein auf ihrer Seite.

Die Situation entbehrte nicht einer gewissen Tragik. Sie war letztlich nur deshalb gestorben, weil sie Atlan im entscheidenden Augenblick zu schonen versucht hatte. Auch sie hatte sich in ihn verliebt. Und die Liebe einer anderen Frau, Blaustern, hatte sie auf Chaddu zu neuem Leben erweckt.

Sie stand auf und schob den Sessel mit dem Fuß zur Seite. Sie richtete sich kerzengerade auf und zielte auf Atlans Kopf.

Fieberhaft überlegte der Arkonide, was er tun konnte, um das unvermeidlich Scheinende im letzten Moment doch noch abzuwenden.

Etwas von ihr war Blaustern, wenngleich die andere dominierte. Aber sie hatte gezittert und Unsicherheit gezeigt, wenn auch nur ganz kurz.

Ihr Finger krümmte sich. Atlan schüttelte heftig den Kopf und schrie sie an:

„Blaustern! Du bist immer noch Blaustern! Du wolltest für mich leben! Nun laß nicht zu, daß die andere mich tötet!"

„Nein!" schrie sie. „Nein! Du . . . schaffst es nicht noch einmal, Arkonide!"

Er setzte alles auf eine Karte. Ihre Hände begannen wieder zu zittern. Sie lachte hysterisch.

„Blaustern! Du weißt, daß ich dich liebte! Lies meine Gedanken! Sieh in mich hinein!"

„Hör auf!"

„Tu es, Blaustern! Sieh in mich hinein, wie du es auf Chaddu tatest, in jener Nacht, als wir . . ."

„Nein!"

Sie sprang zurück, wand sich wie in Krämpfen und schnappte nach Luft. Atlan stand auf, ging auf sie zu. Sie wich zurück. Sie schoß nicht.

Langsam streckte er die rechte Hand aus.

„Gib mir die Waffe, Blaustern. Wir können noch einmal . . ."

„Nein, Atlan!"

Nur einen Sekundenbruchteil zu spät erkannte er ihre Absicht. Er sprang vor, doch im gleichen Moment hob sie den Strahler an ihre Schläfe und löste ihn aus.

Ein heiserer Laut entrang sich ihrer Kehle, als sie sterbend zu Boden sank. Der Strahler entfiel ihrer Hand. Atlan beugte sich entsetzt über die Frau, die ihn, am Boden liegend, aus ihren großen Augen ansah.

„Ich . . . bin Blaustern“, flüsterte sie erstickt. „Ich habe . . . den Weg gefunden . . .“

„Das hast du getan“, flüsterte er, als ihre Augen erloschen. Noch im Tod lächelte sie. „Das hast du getan, Blaustern . . .“

Lange kniete er über der Toten, die sich für ihn geopfert hatte – ein Wesen, das wie alle Chaddus den wirklichen Tod nie kennengelernt hatte.

Zumindest, was Blaustern anging. Aber die andere in ihr . . .

Atlan gab sich einen Ruck, preßte die Zähne aufeinander und fand die Ansatzstellen der Bioplastmaske. Vorsichtig entfernte er sie.

Er hatte Ginger Sparks' blonden Haarschopf in der Hand und starrte auf ein anderes Gesicht.

Er hatte es geahnt, aber nicht glauben wollen. Er hatte es gewußt und sich bis zuletzt gegen dieses Wissen gesträubt.

Sie hatte die hellbraune Haut der Lemurer. Ihr tiefschwarzes Haar war so glatt zurückgekämmt und im Nacken zu einem breiten und schweren Geflecht gewirkt, wie er es nur zu gut in Erinnerung hatte.

Wieder sah er sich im erbitterten, mit allen Mitteln geführten Zweikampf gegen sie, und sie hatte recht gehabt: Es hatte sehr lange gedauert, bis er sie vergessen und die Erinnerung an die vielleicht schlimmsten Stunden seines langen Lebens verdrängt hatte.

Sie war von den Toten wiederauferstanden, und Atlan mochte sich nicht ausmalen, welche Gefahr erneut für die Menschheit von ihr ausgegangen wäre, hätte ihr Haß sie nicht zu ihm getrieben.

„Mirona“, murmelte er.

Mirona Thetin – Hoher Tamrat vom Sulvy-System und Faktor I der Meister der Insel . . .

William Voltz

Konfliktlösung

Im Jahre 3444 hat die Menschheit die Katastrophe der totalen Verdummung, die durch den Einbruch des Schwarms in die Milchstraße eingetreten war, weitgehend überwunden. Die in der Second-Genesis-Krise verschwundenen Altmutanten sind zurückgekehrt und haben in der PARA-Bank im Wild-Man-System eine vorläufige neue Heimat gefunden.

Handel, Wissenschaft und Technik beginnen wiederaufzublühen.

Für Perry Rhodan bedeutet dieser eigentlich ungewohnte Zustand der Ruhe, daß er sich nicht nur um die Belange der Terraner, sondern auch um das Schicksal anderer Völker kümmern kann.

Es beginnt eine Zeit ungewöhnlicher Experimente.

Diese Geschichte beschäftigt sich mit einem davon ...

Krieg darf nur so geführt werden, daß damit sein alleiniger Zweck gezeigt wird: die Wiederherstellung des Friedens.

Cicero

Liebe Mutter,

ich weiß gar nicht, ob Du Dir meiner Existenz noch bewußt bist – und ich weiß nicht, wohin ich diesen Brief überhaupt schicken soll. Noch ungewisser ist, ob Du, falls Du diesen Brief je lesen würdest, ihn überhaupt verstehen könntest. Aber ich habe das Bedürfnis, mich zu artikulieren, sei es auch nur in der Form, meine Gedanken zu Papier zu bringen. Du wirst Dich fragen, warum ich mich nicht an einen Freund wende, an einen Bekannten oder ganz einfach an ein Mitglied einer öffentlichen Institution. Wenn Du zu Ende gelesen hast, wirst Du sicher verstehen, daß ich das nicht tun kann, denn ich plane – zumindest nach dem Rechtsverständnis unserer heutigen Gesellschaft – eine kriminelle Handlung.

Seit nunmehr sieben Jahren arbeite ich für die *Fa. Whistler und Co.*, deren Name Dir sicher ein Begriff ist. *Whistler* ist der größte Hersteller für kybernetische Geräte auf der Erde, wahrscheinlich sogar im gesamten Solaren Imperium. *Was Sie auch immer an Robotern benötigen – wir bauen sie!* lautet einer der wichtigsten Werbeslogans von *Whistler*, und es steckt sogar eine gehörige Portion Wahrheit in dieser Behauptung. *Whistler* ist keine beliebige Firma, sondern eine Dynastie. Der Bau von Robotern ist dort zu einer Berufung geworden; man könnte fast sagen, *Whistler*-Roboter sind ein Mythos.

In der Abteilung für Entwicklung gelte ich als einer der fähigsten Mitarbeiter. Man schreibt mir großes Einfühlungsvermögen und – wenn es das überhaupt gibt – eine Art sechsten Sinn im Umgang mit Positroniken zu. Auf jeden Fall bin ich an allen ungewöhnlichen Neuentwicklungen bei *Whistler* beteiligt.

Ich weiß nicht, ob Du stolz auf mich sein könntest, wenn Du

von meiner Position wüßtest, schließlich hast Du mich gleich nach der Geburt in ein *Nest* gegeben. Ich habe dort in jeder Beziehung eine glückliche Jugend verbracht und nach Ansicht aller Psychologen, die mich untersucht und getestet haben, bin ich ein ausgeglichener und zufriedener Mensch – ein „brauchbares Mitglied der Gesellschaft", wie man manchmal so schön sagt.

Es gibt Augenblicke, in denen ich versuche, Dich mir vorzustellen, was für eine Art von Frau Du wohl sein könntest. Ich glaube, Du bist sanft und scheu und unglücklich. Dafür habe ich keine Beweise, denn Du hast dafür gesorgt, daß keine Spuren zu Dir führen, aber mein Gefühl sagt mir, daß es so sein könnte.

Seit meiner frühesten Jugend befasse ich mich mit der Geschichte der Menschheit; ein Gebiet, das mich nicht weniger fasziniert als Kybernetik. Die nächsten Zeilen werden Dir vermessen erscheinen, aber es ist zum besseren Verständnis meines Vorhabens unerläßlich, daß Du über diese Dinge informiert bist.

Wie Du weißt, hängt die Funktion einer kybernetischen Anlage von ihren Programmen ab. Indem ich sie als komplexen Ablauf zu verstehen versuche, rekonstruiere ich das „Programm der Geschichte der Menschheit".

Wenn Du religiös bist, werden Dir diese Aussagen als Blasphemie erscheinen, denn wenn wir unterstellen, daß unsere Geschichte ein Programm ist, dann muß es zwangsläufig einen teuflischen Programmierer geben. Es gibt bestimmte Muster, anhand derer man ein Programm erkennen kann – eines davon ist das Muster der Wiederholung. In unserer Geschichte gibt es ein herausragendes Element der Wiederholung – die Gewalt!

Die Geschichte der Menschheit ist, filtert man einige andere Ereignisse einmal heraus, eine nie endende Kette von Konflikten und Kriegen. Das mag Dir übertrieben erscheinen, aber Du brauchst Dir nur die Schilderungen aus unserer Vergangenheit anzuschauen, dann stößt Du vornehmlich auf Begriffe wie „Eroberungsfeldzug, Vernichtung, Massaker" und ähnliche.

Wenn also unsere Geschichte ein Programm ist (und ich glaube, dafür einige Indizien zu besitzen), dann ist es ein barbarisches, ein durch und durch unmenschliches.

Menschenblut, das von Menschen vergossen wurde, könnte inzwischen die Hülle der Erde bedecken wie ein roter Schleier von Aggressivität und Barbarei.

Leider ist die Vergangenheit der Menschheit mit Emotionen überfrachtet, Chauvinismus und anthropozentrisches Denken führen immer wieder dazu, daß der Mensch sich der schrecklichen Wahrheit nicht stellen will. Und wie, um uns diese Wahrheit zu verheimlichen, ist sie von jenem teuflischen Programmierer mit Altruismus und bescheidenen Ansätzen kultureller Erfolge maskiert.

Du magst denken, daß ich wirr im Kopf bin, aber ich versichere Dir, daß ich alles ganz klar vor mir sehe, daß die Kombination der beiden Forschungsgebiete, denen ich mich leidenschaftliche widme (Kybernetik und Geschichte), dazu führte, daß ich einen tieferen Einblick in die Zusammenhänge erhielt als jeder andere Mensch vor mir.

Streiten wir an dieser Stelle nicht darüber, ob ich recht habe oder nicht – unterstellen wir einfach, es *könnte so sein.*

Dann erhebt sich zwangsläufig die Frage, was zu tun ist, um diese entsetzliche Serie zu unterbrechen.

Ich glaube, daß wir erstmals in unserer Geschichte dazu in der Lage sein könnten. Das verdanken wir der Entwicklung hochspezialisierter positronischer Anlagen. Sie allein ermöglichen uns, zu Erkenntnissen zu gelangen, die uns bisher verborgen blieben.

Sie gestatten uns, Gegenprogramme zu entwickeln.

In dem speziellen Fall, um den es mir geht, müßte natürlich der experimentielle Beweis für meine These noch angetreten werden, das heißt, ich müßte ein Glied in der Kette von Gewalt erfolgreich sprengen.

Meine Hoffnung ist, daß meine Position mir die Möglichkeit gibt, genau das zu tun.

In dem Bericht, den ich Dir beilege, findest Du alle Unterlagen, die zum besseren Verständnis meines Vorhabens nötig sind. Auf jeden Fall aber solltest du . . .

An dieser Stelle endet der Brief, den Spezialisten der Galaktischen Abwehr beim Durchsuchen der Wohnung von Antonio Manzanares fanden. Der von Manzanares erwähnte Bericht wurde nie entdeckt.

STRENG GEHEIM!

Nur für Chefkybernetiker Cal Largan und Mitglieder des Werkschutzes von *Whistler und Co.* bestimmt.

Tonspule 1348 vom 15. 9. 3444 – Interne Hausmitteilung.

Der soeben ruchbar gewordene Zwischenfall wird zu einem späteren Zeitpunkt Anlaß einer Sicherheitsdiskussion sein. Es steht außer Frage, daß die bisherigen, das Hauptwerk von *Whistler* betreffenden Vorkehrungen den Anforderungen in keiner Weise genügten. Die dafür Verantwortlichen müssen ermittelt und zur Rechenschaft gezogen werden. Vorerst jedoch muß Licht in das Dunkel der Ereignisse gebracht werden. Unter allen Umständen muß verhindert werden, daß das Image von *Whistler und Co.* in der Öffentlichkeit noch weiteren Schaden erleidet, als dies durch unglückliche Vorgänge in der Vergangenheit schon verschiedentlich der Fall war. Besonders wichtig erscheint mir, Regierungsstellen aus der Sache herauszuhalten. Eine Unterrichtung der Administration könnte unter Umständen verheerende Folgen für unser Unternehmen haben. Sie ist daher eine Maßnahme, die wir nur im alleräußersten Notfall in Betracht ziehen sollten. Das Verschwinden einer KOMPLEX-ATA-IV ist ein unglaublicher Skandal, der nicht entschuldbar ist. In engem Zusammenhang damit steht das Verschwinden von Projektleiter Antonio Manzanares. Noch wissen wir nicht, ob Manzanares an dem Diebstahl (*wenn* es sich um einen Diebstahl handelt!) beteiligt war, oder ob man unseren Mitarbeiter entführt hat, um sich das Wissen eines Mannes zu sichern, der wie kein anderer mit einer KOMPLEX-ATA-IV umgehen kann.

Die verschwundene KOMPLEX-ATA-IV ist ein Serienmodell, noch nicht speziell programmiert und damit für fast alle multiplen Funktionen auf Welten ohne durchorganisierte Infrastruktur einsetzbar. Das macht die Ermittlungen besonders schwierig, denn wir können nicht einmal *ahnen,* was potentielle Diebe mit der Anlage vorhaben könnten.

Folgende Sicherheitsvorkehrungen sind sofort zu treffen: Alle Anlagen, die noch in einer Hausverbindung zu uns stehen, müssen über das Ereignis informiert und angewiesen werden, jeden noch so geringfügigen Hinweis auf das Agieren einer illegal arbeitenden KOMPLEX-ATA-IV zu melden. Es müssen alle erdenklichen Unterlagen über die Person des Antonio Manzanares und seiner Verbindungen so schnell wie möglich beschafft werden. Zu diesem Punkt besteht kein Kostenlimit. Die Auslieferung weiterer KOMPLEX-ATA-IV ist sofort zu stoppen, um das Entstehen von Fehlinterpretationen zu verhindern. Darüber hinaus sind sofort Verhandlungen mit allen Besitzern von KOMPLEX-ATA-IV-Anlagen in dem Sinn aufzunehmen, daß bereits agierende Modelle *vorübergehend* ausgeschaltet werden sollten. Cal Largan, Sie werden eine Argumentation erstellen, die eine derartige vorübergehende Abschaltung notwendig und richtig erscheinen läßt. Auch hier besteht kein Kostenlimit, das heißt, wir werden alle, die mit uns zusammenarbeiten, *reichlich* abfinden. Das Abschalten bereits agierender Modelle soll ebenfalls verhindern, daß falsche Spuren verfolgt werden.

Weitere Anweisungen folgen.

Jorgen Whistler II.
Geschäftsführer – Hauptwerk.
Ende der Aufzeichnung Tonspule 1348

20. September – Tagebucheintragung von Alaska Saedelaere:
Heute war ein schrecklicher Tag.

Die Entscheidung in dieser unseligen Auseinandersetzung, die im Grunde genommen niemand gewollt hat, steht unmittelbar bevor, dessen bin ich mir bewußt. Inzwischen weiß ich, daß wir viel zu spät um Hilfe nachgesucht haben – das war ein unverzeihlicher Fehler. Wenn die Verstärkung eintrifft, wird es zu spät sein – wir oder die Blues oder wir *und* sie werden dann nicht mehr am Leben sein.

Und die Hauptschuld dabei trifft eindeutig mich!

Ich hätte die Entwicklung aufgrund meiner Erfahrung voraussehen müssen. Wenn ich überhaupt etwas zu meiner Entschuldigung anführen kann, dann die Tatsache, daß ich in den vergangenen Monaten unter starkem Streß stand. Das Auftauchen der körperlosen Altmutanten, vor allem aber mein Zusammensein mit Ribald Corello haben mich psychisch doch stärker erschöpft, als ich zunächst dachte.

Ich hätte Perry Rhodans Vorschlag, mich als Sonderbeauftragten nach Quors'Khvan-Ot zu schicken, von Anfang an ablehnen sollen.

Und dabei hat alles so harmlos begonnen!

Die Angehörigen zweier Blues-Völker, die in einer gemeinsamen Niederlassung auf Quohrs'Khvan-Ot leben, wandten sich mit der Bitte an Terra, bei der weiteren Erschließung des Planeten technische Hilfe zu erhalten. Einem, der das besondere Verhältnis der Blues-Völker untereinander nicht kennt, mag ein solches Ansinnen seltsam erscheinen. Die verschiedenen Stämme dieser Wesen leben in mehr oder weniger offener Feindschaft miteinander. Kriege sind an der Tagesordnung.

Was auf Quohrs'Khvan-Ot so vielversprechend begann, war ein Experiment, das terranische Galakto-Psychologen den Blues vorgeschlagen hatten. Anhand eines Beispiels sollte gezeigt werden, daß es durchaus möglich war, Blues unterschiedlicher Herkunft in einer gemeinsamen Kolonie zusammenzuziehen; sie regelrecht für ein Leben miteinander zu trainieren.

Einige hundert Gataser vom größten Stamm der Blues und ebensoviele Apasos erklärten sich bereit, das Experiment zu wagen.

Zunächst verlief die Entwicklung zufriedenstellend. Die Blues, sonst eher gefühlsarm, waren anscheinend mit Begeisterung bei der Sache. Eine selbst für die terranischen Beobachter unerwartete Harmonie zwischen den Mitgliedern zweier großer Blues-Völker zeichnete sich ab. Ermutigt durch diesen Erfolg wollten die Blues ihren gemeinsamen Stützpunkt vergrößern, deshalb wandten sie sich an uns. Schließlich waren wir die Initiatoren des Unternehmens.

Ich weiß nicht genau, wie es dann passierte, aber ich befürchte, menschliche Unzulänglichkeit hat den Beginn der Katastrophe, vor der wir nun stehen, bewirkt.

An Bord eines der Raumfrachter, die die von den Blues erwünschten Gerätschaften nach Quohrs'Khvan-Ot brachten, hielt sich ein Missionar auf, der mit den Blues über religiöse Fragen zu sprechen begann. Was danach geschah, läßt sich nur erraten – auf jeden Fall müssen sich die Gataser ziemlich herablassend gegenüber den Apasos verhalten haben. Diese reagierten gereizt darauf, und aus Mißstimmigkeiten entwickelten sich die ersten handfesten Streitigkeiten.

Als man auf der Erde davon erfuhr, schickte Perry Rhodan mich als Sonderbeauftragten nach Quohrs'Khvan-Ot – eine Aufgabe, für die ich offenbar der denkbar ungeeignetste Mann bin.

Mein größter Fehler war, viel zu forsch an die Sache heranzugehen. Ich registrierte nicht, daß das laufende Experiment für die Blues bereits ein Fehlschlag war. Statt dies zu akzeptieren und einer Partei eine Ausweichmöglichkeit auf einen anderen Kontinent oder zurück zur Heimatwelt anzubieten, überredete ich die Extraterrestrier zu einer Fortsetzung des Experiments.

Eine Woche später – vor zwei Tagen – fielen Gataser und Apasos übereinander her. Der Kampf forderte drei Tote und mehrere Verletzte. Auch zu diesem Zeitpunkt hätte man das

Schlimmste noch verhindern können, aber ich hielt es für besser, zusammen mit den anderen Bewohnern des kleinen terranischen Stützpunkts in den Kampf einzugreifen, um ihn zu schlichten.

Die Folge war dramatisch – und eigentlich für jeden Einsichtigeren als ich es bin vorhersehbar: Gataser und Apasos vergaßen ihren gegenseitigen Groll und verbanden sich gegen *uns*.

Ich glaube, ihr Haß ist deshalb so groß, weil wir sie zu etwas verführt haben, das zu einer großen Enttäuschung für sie geworden ist. Im Grunde genommen haben wir ihnen sogar die Hoffnung geraubt, daß sie miteinander auskommen können.

Sie werden uns das nicht verzeihen.

Aber selbst zu dem Zeitpunkt, da die Blues sich entschlossen, gegen uns Krieg zu führen, war noch nicht alles verloren; ich hätte mich nur an das Hyperkomgerät setzen und einen Hilferuf funken müssen.

Das habe ich nun getan, vor ein paar Minuten, nachdem die Blues unseren Stützpunkt eingekreist und uns den Weg zu unserem Schiff abgeschnitten haben.

Ich weiß nicht, wie lange es dauert, bis Hilfe eintrifft, aber wir werden bestimmt noch einen Tag aushalten müssen, das heißt, die Blues werden erbarmungslos gegen uns anstürmen, und wir werden uns ebenso erbarmungslos verteidigen müssen, wenn wir nicht wollen, daß sie uns alle umbringen.

Dort draußen befinden sich etwa sechshundert Blues – wir im Stützpunkt sind sechzehn Menschen. Dieses Ungleichgewicht an kämpfenden Teilnehmern wird durch unsere bessere Bewaffnung wettgemacht – *fast*.

Im Augenblick haben wir eine Atempause, aber ich bin sicher, daß sie sich bereits zum neuen Angriff auf die Kuppel sammeln. Sie werden eine neue Strategie benutzen, um aus der Reichweite unserer Waffen zu bleiben.

Vielleicht kann ich ein paar Minuten schlafen!

Aussage von Frakoltsch, Patriarch einer Springersippe, am 3. 12. 3444 an Bord des Gerichtsschiffs JUSTITIA:

„Es ist mir nicht ganz klar, warum alle anwesenden Terraner sich derart aufregen. *Sie* waren es doch, die unser Handelsmonopol gebrochen haben. Früher konnten wir Galaktischen Händler wählerisch sein. Wir hatten es nicht nötig, mit jedem dahergelaufenen Kerl Geschäfte zu machen. Heute sieht das alles anders aus. Als dieser Zwerg zu mir kam, habe ich nicht einmal nach seinem Namen gefragt."

Zwischenfrage des Anklägers:

„Wen meinen Sie mit Zwerg? Würden Sie bitte auf die entsprechende Person deuten?"

Der Ankläger, nachdem Frakoltsch der Aufforderung nachgekommen ist:

„Hohes Gericht, ich stelle fest, daß Patriarch Frakoltsch den Angeklagten, Antonio Manzanares, gerade eindeutig identifiziert hat. Fahren Sie jetzt fort, Patriarch!"

„Was soll ich sagen? Er kam zu mir und fragte, ob ich ihn und seine verdammte Maschine von der Erde wegschaffen würde. Er hatte sie in Teile zerlegt und in harmlos aussehende Kisten verpackt. Diese wollte er zum Raumhafen schaffen lassen. Natürlich merkte ich gleich, daß an dieser Sache etwas faul war, schließlich hat man so seine Erfahrungen. Ich sagte zu dem Zwerg: ‚Die Sache stinkt, Kleiner!' ‚Na und?' meinte der Zwerg. ‚Was macht das schon? Für dich ist keinerlei Risiko damit verbunden, und du bekommst eine Menge Geld.' Ich überlegte und kam zu dem Entschluß, das Ding mit ihm zu drehen. Es ging mir und meiner Sippe verdammt dreckig, wir konnten gerade noch die FRAK I so in Schuß halten, um damit von einem Planeten zum anderen zu gelangen."

Zwischenfrage des Anklägers:

„Die FRAK I ist Ihr Raumschiff, Patriarch?"

„Was denn sonst? Als die Kisten endlich an Bord waren, hockte er sich wie ein Glucke darauf und ließ sie nicht aus den Augen. Der Zwerg, meine ich. Ja, er war wie eine Glucke. Ich glaube, er hat nicht mal ein Auge zugemacht, so groß war seine Angst, daß jemand an die Kisten rühren könnte. Ja, verdammt!"

Zwischenruf des Gerichtsdieners:

„Hören Sie auf, in den Gerichtssaal zu spucken, Patriarch!"

„Wer ist dieser armselige Bursche? Ich kenne die Gesetze! Als Springer gelten für mich die Erlasse für außerirdische Intelligenzen. Deren Mentalität und Angewohnheiten sind in jedem Fall zu respektieren. Wenn ich spucke, ist das eine außerirdische Angewohnheit, ja, verdammt."

Der Ankläger:

„Würden Sie jetzt bitte mit Ihrer Aussage fortfahren, Patriarch?"

„Ich könnte schon damit fertig sein, wenn ich nicht ständig unterbrochen würde. Der Kerl, ich meine den Zwerg, traute uns keine Sekunde. Dabei hätte er wissen müssen, daß wir Galaktischen Händler *jeden* Vertrag erfüllen, verdammt noch mal."

Der Ankläger:

„Das bezweifelt ja niemand! Würden Sie jetzt bitte wieder zur Sache kommen?"

„Der Zwerg verlangte, daß wir seine Kisten und ihn auf einem gottverlassenen Planeten absetzten, Kors van Od, oder so ähnlich. Ich fragte ihn, was bei allen Planeten er dort anstellen wollte. Er bekam glänzende Augen, sage ich Ihnen. Sie leuchteten wie im Fieber. Er sagte: ‚Patriarch, Ihre Sippe und Sie können stolz sein. Sie haben an einem Unternehmen teilgenommen, das unser aller Leben verändern wird.' Natürlich dachte ich, der Zwerg spinnt. Ich erklärte ihm, daß mein Leben mir gefällt und daß keiner von uns darauf erpicht sei, es zu ändern. Darauf sagte er: ‚Ihr werdet in Frieden leben.' Ich ließ ihn in Ruhe, einmal, weil ich solche Zwerge sowieso nicht riechen kann, und zum andern, weil er so überzeugt von seiner Sache war, daß niemand ihn hätte umstimmen können."

Der Ankläger:

„Und weiter?"

„Nichts! Wir setzten ihn und seine Kisten in einer entlegenen Ecke von Kors . . . des Planeten ab und verschwanden wieder. Auf einem anderen Kontinent befinden sich zwei Stationen. Da war irgend etwas nicht in Ordnung, denke ich. Es roch nach Ärger. Aber es gehörte nicht zu meinem Vertrag, mich darum zu kümmern. Trotzdem fragte ich den Zwerg: ‚Warum soll ich Sie nicht in die Nähe der Stationen bringen?'

‚Ich werde schon hinkommen', versicherte er, und weiß Gott, ich glaubte ihm – auch wenn er ein dreimal verdammter Zwerg war. Bei all seiner Verrücktheit war er völlig sicher. Ich glaube, es lag an dem Zeug, das in den Kisten war."

Der Ankläger:

„Und Sie wissen nicht, was sich in den Kisten befand?"

„Es gehörte nicht zum Vertrag, sie zu untersuchen."

Der Ankläger:

„Patriarch, ich bitte Sie! Ist es nicht möglich, daß einer aus Ihrer Sippe *zufällig* einen Blick in eine der Kisten warf und sah, was drin war?"

„Warten Sie! Es kann sein, daß einer meiner Neffen bei Reparaturarbeiten gegen eine Kiste stieß, und zwar so unglücklich, daß ihr Verschluß sich öffnete. Mein Neffe sagte mir, er hätte den Teil einer komplizierten Maschine gesehen, die Kiste dann aber sofort wieder verschlossen."

Der Ankläger:

„Das ist vorläufig alles."

21. September 3444 – Tagebucheintragung von Alaska Saedelaere:

Maynard hat verlangt, daß ich meine Plastikmaske absetzen und zu den Angreifern hinausgehen soll. Er ist der Ansicht, daß dies die einzige Möglichkeit sei, unser Leben zu retten.

Ich habe ihm gesagt, der Anblick des Cappinfragments habe auf Blues keine Wirkung – eine glatte Lüge.

Es ist kurz vor Tagesanbruch, die Dämmerung kriecht bereits den Horizont herauf. In der vergangenen Nacht haben die Blues zweimal angegriffen – und wir haben sie zweimal zurückschlagen können. Allerdings ist die Kuppel an einer Stelle geborsten; und die Projektoren wurden bei der letzten Salve der Angreifer so stark beschädigt, daß sie sich nicht neu justieren lassen und daher ausfallen.

Das bedeutet, daß wir bei einem weiteren Angriff der Blues (mit dem jeden Augenblick zu rechnen ist) nur noch unsere Handfeuerwaffen zur Verfügung haben – und es bedeutet, daß ich schließlich keine andere Wahl mehr haben werde, als die Maske doch vom Gesicht zu nehmen.

Ich klammere mich jedoch noch immer an die hoffnungsvolle Vorstellung, die von mir angeforderte Hilfe könnte eintreffen. Ein einziges terranisches Raumschiff wäre in der Lage, uns zu retten und die Blues auseinanderzutreiben.

Maynard geht unruhig in der Kuppel auf und ab.

Ich weiche seinen fordernden Blicken aus. Manchmal bleibt er vor der Funkanlage stehen, als warte er jede Sekunde auf eine Nachricht. Doch das Gerät bleibt still.

Ich muß Maynard im Auge behalten; er ist ein Mensch, der im Augenblick höchster Gefahr unberechenbar wird.

Noch quälender als der Gedanke an das, was uns bevorsteht, ist die unheimliche Stille innerhalb der Kuppel. Niemand schläft, aber es redet auch niemand miteinander. In den Augen der Männer und Frauen kann ich Angst erkennen.

Ob sie mich insgeheim für ihr Schicksal verantwortlich machen?

Ich muß meine Notizen kurz unterbrechen. Maynard kommt zu mir. Seinem Gesichtsausdruck sehe ich an, daß er einen Entschluß gefaßt hat . . .

Maynard schlug einen Ausbruchsversuch vor. Er meint, drei von uns sollten sich bei einer solchen Aktion opfern, die Blues ablenken und den anderen auf diese Weise den Durchbruch zum Schiff ermöglichen.

Er *weiß,* daß es nicht funktionieren wird.

Ich spüre, daß alle anderen auf seiner Seite sind. In ihrer Verzweiflung sind sie zu jedem Risiko bereit.

Wenn ich auf den Bildschirm der Außenbeobachtung blicke, sehe ich die moosbewachsenen Felsen in der Umgebung der Kuppel. Ein paar Blues liegen dort, die meisten von ihnen sind nur paralysiert. Irgendwo hinter den Felsen halten sich ihre Artgenossen verborgen und bereiten den neuen – entscheidenden – Angriff vor.

Sie lassen sich Zeit, das heißt, daß sie ihrer Sache völlig sicher sind.

Ich muß meine Notizen abermals unterbrechen.

Marga Clevus, die einen der Bildschirme beobachtet, hat Maynard und mich gerufen. Sie glaubt irgend etwas entdeckt zu haben.

Beginnen wir unter dem Eindruck der Todesgefahr bereits an Halluzinationen zu leiden? Wenn ein terranisches Schiff aufgetaucht wäre, hätten wir bereits Funkkontakt.

Ich werde mir die Sache ansehen.

Vielleicht ist dies meine letzte Eintragung.

Vielleicht ist es das letzte überhaupt in meinem Leben, was ich tue.

FLOTTENBEFEHL 638 – A-Gruppe – Sektor Moonlight.
Flottenhauptquartier an Einsatzverband CLEAC
21. September – 0:04 Uhr Terranische Standardzeit.
Klartext:

Das dem Yargo-System (Galaxis-Eastside; genaue Koordinaten folgen) am nächsten stehende Schiff des Einsatzverbandes CLEAC unter dem Kommando von Andrej Korkotsch hat sofort den zweiten Planeten des genannten Systems, Quohrs'Khvan-Ot, anzufliegen und die sich dort aufhaltende Spezialistentruppe einer Explorerabteilung unter dem Kommando von Ron Maynard an Bord zu nehmen. Dabei sind

Kampfhandlungen mit den auf Quohrs'Khvan-Ot weilenden Blues unter allen Umständen zu vermeiden.

gez.
Perry Rhodan

Exklusivbericht von Bordastronom Riedo Plawn über die Vorfälle im Jahre 3444 im Yargo-System. Plawn, Besatzungsmitglied des Leichten Kreuzers LERKOW, verkaufte diesen Bericht für 2350 Solar an GLOBAL-Information, die drei Folgen am 2., 3. und 4. Oktober auf den Markt brachte. Wegen des Verkaufs von Nachrichten erhielt Plawn einen Verweis vom Flottenhauptquartier. Die Whistler-Company strengte eine Schadensersatzklage gegen Plawn an, die später verworfen wurde. Der Bericht in Auszügen – Teil I:

Nicht, daß ich Vorurteile hätte, aber Blues waren mir unsympathisch, so lange ich zurückdenken kann. Seien wir doch ehrlich: Man braucht diese linsenköpfigen Kreaturen nur anzusehen, und schon spürt man einen kalten Schauer der Furcht. Ich gehe natürlich nicht so weit, sie als Monster zu bezeichnen; schließlich weiß jeder, daß man vom Aussehen eines intelligenten Wesens nicht auf seine Begriffe von Moral und Ethik schließen kann. Trotzdem habe ich mich oft gewundert, wieso immer wieder Versuche unternommen werden, mit solchen Extraterrestriern zusammenzuarbeiten. Ich meine, es muß eine Grenze geben. Die Vorfälle, die sich ereignet haben und über die ich berichten soll, beweisen, daß eine gewisse Abgrenzung gegenüber Andersartigen nicht immer falsch ist. Einige Leser werden denken, daß ich ein Patriot bin. Das ist richtig. Einiges an der Politik unserer Regierung mißfällt mir. Perry Rhodan mag ein wohlmeinender Mensch sein, aber in mancher Beziehung übertreibt er. Ich glaube, seine Grundhaltung ist eine pazifistische. Das ist, angesichts barbarisch denkender und handelnder Fremdvölker, die einen großen Teil der Milchstraße bevölkern, äußerst gefährlich. Sicher findet diese Einleitung nicht den Beifall aller, aber es ist einfach an der Zeit, daß darüber einmal offen geschrieben wird. Als Augenzeuge der Ereignisse auf Quohrs'Khvan-Ot habe ich ein Recht, ja, es ist sogar meine Pflicht. Außerdem: Ich habe die Geschichte des Solaren Imperiums genau studiert. Die Art und Weise, wie unsere Regierung mit Perry Rhodan an der Spitze früher mit Fremdvölkern umsprang (ich denke beispielsweise an die kriminellen Akonen), hat mir imponiert. Damals stand unser Imperium in seiner größten Blüte. Niemals zuvor hatten wir so viele Stützpunkte, Kampfroboter und Schlachtschiffe. Warum ich davon schreibe? Weil ich sicher bin, daß es zu dem Zwischenfall von Quohrs' Khvan-Ot überhaupt nicht gekommen wäre, wenn man den Blues nur mit einer gesunden Härte entgegengetreten wäre. Warum bemühen wir uns um sie? Interessiert es uns, wenn sie sich in Bruderkriegen aufreiben? Das ist schließlich ihre Sache. Und wenn sie sich bei diesen Auseinandersetzungen schwächen, kann uns das nur recht sein. Noch etwas, das ich vorausschicken möchte: Es war nicht allein das naive Experiment mit den Blues, das auf Quohrs'Khvan-Ot zu einer Katastrophe führte. Einen großen Teil der Schuld trifft auch jenen Phantasten von der *Whistler-Company,* Antonio Manzanares, der einen gefährlichen Traum träumte. So, wie das Experiment mit den Blues Produkt jener trügerischen Friedenspolitik der Regierung ist, kann man diesen Manzanares als ihr unglücklichstes Kind bezeichnen. Ich schicke das alles voraus, damit ich mich weiter unten ganz der Schilderung der Ereignisse widmen kann, ohne dabei abschweifen zu müssen. Es erscheint mir wichtig, daß die Leser etwas über den Berichterstatter wissen. Zur Sache: Unser Schiff, die LERKOW, ist ein Leichter Kreuzer, der zu dem 36 Einheiten umfassenden Einsatzverband CLEAC gehört. Flaggschiff dieses Verbandes ist die RADOW, der Kommandant heißt Andrej Korkotsch. Kommandant der LERKOW ist Kristian Marguson. Ich will hier nicht viel über das Verhältnis zwischen Marguson und mir schreiben, nur, daß es sehr gespannt war. Marguson vernachlässigte die Disziplin an Bord, er betrieb regelrechte Kumpanei; alles Gründe, die womöglich dafür verantwortlich sind, daß unser Eingreifen sich verzögerte.

Von allen Einheiten des Einsatzverbandes CLEAC stand unsere LERKOW dem Yargo-System am nächsten, als der Flottenbefehl vom Hauptquartier eintraf. Korkotsch gab den Befehl an Marguson weiter. Ich erinnere mich noch genau der Aufregung, die sich aller an Bord bemächtigte. Nach Wochen reiner Routinearbeit endlich Abwechslung, noch dazu durch einen von Perry Rhodan persönlich gezeichneten Befehl.

Marguson ließ sofort Kurs auf das Yargo-System nehmen, gleichzeitig rief er, wie es seiner Mentalität entspricht, alle Offiziere und alle wichtigen Bordwissenschaftler in der Zentrale zusammen.

Er berichtete, was unser Auftrag war und worauf es ankam.

Ich wußte, daß er anschließend fragen würde: „Hat irgend jemand einen Vorschlag zu machen?“

Und genau das tat er!

Alle schwiegen, denn sie akzeptierten, was der Kommandant gesagt hatte. Damit will ich nicht sagen, daß Marguson beliebt ist. Er hat die Besatzungsmitglieder lediglich für sich eingenommen.

Ich spürte, daß angesichts dieser Situation Ärger in mir aufstieg.

„Die Blues werden nicht zusehen, wie wir ihnen den Braten vor der Nase wegschnappen“, prophezeite ich. „Die Maßgabe, kämpferische Auseinandersetzungen mit den Aggressoren zu vermeiden, gefällt mir nicht. Was tun wir, wenn wir die Menschen auf Quohrs'Khvan-Ot heraushauen müssen?“

Marguson musterte mich nachdenklich. Ich wünschte, er wäre einmal *richtig* wütend geworden.

„Wir werden uns nach unserer Ankunft mit Alaska Saedelaere und Kommandant Maynard in Verbindung setzen und mit ihnen beraten. Danach entscheiden wir, was zu tun ist!“

Ich schüttelte den Kopf. Dachte Marguson, wir hätten Zeit für Besprechungen?

Noch bevor wir ins Yargo-System einflogen, bekamen wir Funkkontakt mit dem Explorerstützpunkt auf Quohrs'Khvan-Ot. Ich hielt mich nach wie vor in der Zentrale auf und hörte, wie Kristian Marguson und Ron Maynard miteinander sprachen. Eine Bildverbindung kam nicht zustande, weil, wie Maynard uns versicherte, die Anlage im Stützpunkt beschädigt worden war.

„Wie ist die Lage, Kommandant?" erkundigte sich Marguson. „Können Sie sich noch eine gute halbe Stunde halten? Wir werden Sie so schnell wie möglich vor den Blues retten."

Maynard schien irritiert, und nach einer kurzen Pause sagte er niedergeschlagen: „Die Blues sind nicht mehr unser Problem."

Auszug aus einem medizinischen Gutachten des Psychologen Ralf Mattern über seinen Patienten Antonio Manzanares:

Wie viele psychisch Gestörte wurde Manzanares in seinem Denken und Fühlen von einer fixen Idee beherrscht. Er stellte seine ganze berufliche Genialität (Genius und Wahn sind bekanntlich verwandt!) in den Dienst dieser Idee: Eine kybernetische Anlage zu bauen, die den absoluten Frieden schaffen würde, einen *Friedensroboter*.

Exklusivbericht von Bordastronom Plawn über die Vorfälle im Jahre 3444 im Yargo-System. Der Bericht in Auszügen – Teil II:

Ein fürchterliches Krachen kam aus den Lautsprechern. Wir hörten, daß Maynard irgend etwas Unverständliches schrie, dann brach die Verbindung endgültig zusammen.

Marguson war blaß geworden.

„Ich glaube", sagte er bestürzt, „wir dürfen keine Zeit mehr verlieren. Vermutlich wird die Kuppel gerade gestürmt."

„Was meinte Maynard mit ‚Die Blues sind nicht mehr unser Problem'?" fragte Sava Rakic, der Chefingenieur der LERKOW.

„Vielleicht, daß alles schon entschieden ist – daß jede Hilfe zu spät kommt“, entgegnete Marguson düster.

Als wir uns jedoch dem zweiten Planeten der Sonne Yargo näherten, ermittelte unsere Fernortung, daß auf Quohrs'Khvan-Ot noch gekämpft wurde. Gemessen an den Emissionen, mußten die Auseinandersetzungen von größerer Heftigkeit sein, als angesichts der in sie verwickelten Wesen vermutet werden konnte.

„Direkter Anflug!“ befahl Marguson. „Kein Orbitalflug. Ich brauche so schnell wie möglich Bilder von der Oberfläche, möglichst aus der Kampfzone.“

Es dauerte ein paar Minuten, dann erfüllten ihm die Ortungstechniker diesen Wunsch.

Wir starrten auf die Bildschirme.

„Landemanöver stoppen!“ ordnete Marguson an. „Da unten stimmt etwas nicht.“

Dieser Befehl führte zu der verhängnisvollen Verzögerung, die ich in meinem ersten Bericht erwähnte.

Es dauerte einige Zeit, bis wir uns von den Gegebenheiten rund um die Niederlassung der Blues und nahe der Kuppel des Explorerkommandos ein richtiges Bild machen konnten – ein völlig überraschendes Bild.

Wir hatten erwartet, Blues und Terraner in einen erbarmungslosen Kampf verwickelt zu sehen, aber nun sahen wir, daß sie sich *gemeinsam* einer *dritten* Gruppe erwehrten, deren eindeutig robotische Angehörige im Begriff standen, sie alle auszulöschen.

22. September 3444 – Tagebucheintragung Alaska Saedelaere:

Im Nachhinein fällt es mir leichter, die Ereignisse wie einen chronologischen Ablauf zu sehen und sie entsprechend niederzuschreiben. Als es jedoch geschah, wirkte alles so überraschend, daß wir zunächst nicht wußten, was überhaupt draußen vorging.

Ich stand hinter Marga Clevus und starrte auf einen der Bildschirme. Ovale Gebilde, zweifellos Roboter, schwebten über dem Stützpunkt der Blues. Einige davon näherten sich der Kuppel, in der wir uns aufhielten.

Maynard wandte sich mir zu; niemals zuvor hatte ich einen so erleichtert aussehenden Menschen gesehen.

„Na, endlich!“ seufzte er. „Da kommt die Hilfe.“

Ich ergriff seinen Arm. Unbewußt fühlte ich, daß irgend etwas nicht in Ordnung war.

„Wir haben keinen Funkspruch von einem in dieses System einfliegenden Terraschiff erhalten“, versuchte ich seine Euphorie zu bremsen.

„Was denken Sie, ist das dort draußen?“ brauste er auf.

„Roboter!“ sagte Marga.

„*Terranische* Roboter!“ versetzte Maynard triumphierend. Er schaute sich im Kreis um. „Oder bezweifelt das jemand?“

Ich bezweifelte es nicht, aber ich war weiterhin beunruhigt. Die Lautlosigkeit, mit der die Roboter aufgetaucht waren, gefiel mir nicht.

Während wir noch nachdachten, begannen die Roboter das Feuer auf den Stützpunkt der Blues und auf die Angreifer rings um die Kuppel zu eröffnen. Es war eindeutig zu erkennen, daß sie Strahlwaffen einsetzten.

Maynards Gesichtsausdruck veränderte sich. Er sah jetzt bestürzt aus.

„Sie ... sie benutzen keine Paralysatoren!“ brachte er hervor. „Sie werden sie töten, wenn sie sie treffen.“

„Ja“, bestätigte ich grimmig. „Geben Sie so schnell wie möglich einen Funkspruch an den oder die Unbekannten ab, die für dieses Spektakel verantwortlich sind.“

Wie in Trance wandte Maynard sich ab.

In diesem Augenblick stieß Marga Clevus einen Schrei aus. Ich hob den Kopf. Das, was ich sah, hatte ich unbewußt schon erwartet. Die ersten Roboter waren in Schußnähe gekommen und feuerten auf *uns*.

„Mein Gott!“ rief Maynard fassungslos. „Wie ist das möglich? Wie können sie uns mit den Blues verwechseln?“

„Vielleicht liegt überhaupt keine Verwechslung vor. Finden wir uns mit den Gegebenheiten ab. Diese Roboter sind hinter den Blues *und* hinter uns her.“

In seiner Vorstellungswelt war ein solcher Vorfall nicht möglich; er stand unschlüssig da und machte ein unglückliches Gesicht. Es blieb mir keine andere Wahl, als die Initiative zu ergreifen.

„Alles zu einer Verteidigung gegen die Roboter vorbereiten!“ befahl ich.

„Und die Blues?“ fragte ein junger Mann.

„Wenn sie klug sind“, erwiderte ich, „haben sie schon begriffen, was gespielt wird. Sie werden erkennen, daß sie sich ihrer Haut wehren müssen. Wir sollten versuchen, mit ihrem Anführer in Funkkontakt zu treten und ihm einen Bündnisvorschlag zu unterbreiten.“

Nun erwachte Maynard aus seiner Starre.

„Ein Bündnis? Mit Wesen, die uns gerade noch umzubringen versuchten?“

„Es ist unsere einzige Chance!“

Er kam nicht mehr dazu, etwas einzuwenden, denn unsere Kuppel erhielt den ersten schweren Treffer. An einer Stelle begann der Stahl aufzuglühen. Ich rechnete in groben Werten aus, wie lange wir uns noch hier drinnen halten konnten – ein paar Minuten, wenn wir Glück hatten.

Der Hyperkomempfänger sprach an. Ich vermutete, daß es der Kommandant der Blues war, um uns ein Angebot zu machen – oder der unbekannte Besitzer der Roboter.

Doch statt dessen erschien auf dem Bildschirm das Gesicht eines terranischen Raumfahrers. Obwohl die Bildqualität schlecht war, konnte ich sehen, daß er von einer Schiffszentrale aus sprach. Ich holte tief Luft. Die ersehnte Hilfe war endlich eingetroffen. Der Raumfahrer konnte uns nicht sehen; ein Teil unserer Anlage war zu stark beschädigt. Er stellte sich als Kristian Marguson vor, Kommandant des Leichten Kreuzers LERKOW. Seine Stimme klang wie Musik in meinen Ohren.

„Wie ist die Lage, Kommandant?" erkundigte er sich. „Können Sie sich noch eine gute halbe Stunde halten? Wir werden Sie so schnell wie möglich vor den Blues retten."

Eine halbe Stunde! wiederholte ich wie betäubt.

„Die Blues sind nicht mehr unser Problem!" sagte Maynard.

Warum forderte er sie nicht auf, daß sie sich beeilen sollen? überlegte ich ärgerlich.

Die Kuppel wurde von einer Serie heftiger Salven erschüttert. Aus der Funkanlage zuckte ein Überschlagblitz. Jemand schrie laut auf. Maynard taumelte zurück. Die Bildschirme flackerten. Bevor sie erloschen, konnte ich noch erkennen, daß die Blues in heftige Gefechte mit den Robotern verwickelt waren. Ich schätzte, daß vier Roboter sich auf die Kuppel konzentrierten. Insgesamt waren sicher nicht mehr als zwanzig Automaten im Einsatz, aber sie stellten im Vergleich zu dem, was die Blues und wir aufzubieten hatten, eine unbesiegbare Streitmacht dar.

Unter anderen Umständen hätte ich mir sicher den Kopf darüber zerbrochen, woher sie kamen und wer sie auf so teuflische Weise programmiert hatte, doch dazu war nun keine Zeit. Die gesamte Kuppel begann zu glühen.

„Raus hier!" gab Maynard den einzig richtigen Befehl. „Verteilt euch draußen nach allen Richtungen und sucht Deckung hinter den Felsen."

Für einige von uns bedeutete der Ausbruch das Todesurteil, aber innerhalb der Kuppel hätte dieses Schicksal uns *alle* ereilt. Ich hob meine Waffe und stürmte direkt hinter Maynard ins Freie. Die Luft wurde von grellen Energiestrahlen zerschnitten. Überall stieg Rauch in die Höhe. Ich begann zu husten. Maynard geriet ins Stolpern, und ein nach mir ins Freie drängender Mann fiel auf mich.

Vermutlich wäre keiner von uns sehr weit gekommen, wenn die Blues nicht sofort damit begonnen hätten, uns Deckungsfeuer zu geben.

Maynard streckte einen Arm aus und schrie einen Befehl, den niemand verstand. Die Roboter flogen jetzt sehr tief; gepanzerte Einheiten mit Ringwulstbestückung. Ich nahm einen davon unter Beschuß, aber sein Schirm war zu stark. Um ihn abzuschießen, hätten wir mit mehreren Handfeuerwaffen gleichzeitig auf ihn feuern müssen, doch dazu waren wir im Augenblick nicht in der Lage.

Ich rannte seitwärts davon und verlor Maynard aus den Augen. Hinter mir schrien Menschen, aber ich blickte nicht zurück, weil ich das entsetzliche Bild, das sich meinen Augen geboten hätte, nicht sehen wollte.

Auf den Felsen, die eine zweifelhafte Deckung verhießen, lagen zwei tote Blues. Dahinter blitzten Schüsse auf. Der Kopf eines Blues wurde sichtbar. Für den Bruchteil einer Sekunde starrten wir uns an, und ich wunderte mich, wieviel Einverständnis im Blick zweier Artfremder während eines solchen Geschehens liegen konnte, dann zwang ihn eine Salve wieder zurück in die Deckung.

Geduckt lief ich zu den vorderen Felsen und warf mich dort zu Boden. Ich war völlig außer Atem. Ich rollte herum und blickte nach oben. Im Augenblick war von meiner Position aus kein Roboter zu sehen, aber das unaufhörliche Zischen und Krachen bewies mir nur zu deutlich, daß noch immer heftig gekämpft wurde.

In einer halben Stunde wollten Margusons Leute hier eintreffen. Ein paar Minuten waren inzwischen vergangen. Ich bezweifelte, daß wir die Ankunft der Hilfstruppen noch erleben würden.

Da wurde die Luft von ohrenbetäubendem Dröhnen erfüllt. Armdicke violette Strahlen rasten über die Ödlandschaft hinweg. Es waren am Boden stationierte Strahlenwerfer, die die Blues in ihrem Stützpunkt in Stellung gebracht hatten. Wenn sie damit einen Roboter trafen, konnten sie ihn vielleicht ausschalten.

Ich begann wieder zu hoffen. Langsam kroch ich auf dem

Boden dahin. Als ich um die Felsen herum kam, sah ich vier Blues dazwischen kauern. Einer von ihnen war jener, den ich schon gesehen hatte. Er machte mir ein Zeichen, daß ich nichts von ihnen zu befürchten hatte. Ich glitt zu ihnen hin, und wir beobachteten gemeinsam den Himmel über unserem engen Versteck.

Der Kampf schien sich jetzt mehr in Richtung der Niederlassung der Blues zu verlagern, aber auch nahe unserer Kuppel wurde erbittert gekämpft. Ich spähte zwischen den Felsen hindurch und sah, daß der Stahllitbau in sich zusammengesunken war. Dunkle Qualmwolken stiegen daraus empor.

Wer dort nicht schnell genug herausgekommen war, lebte jetzt nicht mehr.

Einer der Blues zog mich zurück in das Versteck. Ich drehte mich um und lehnte mich mit dem Rücken gegen den Felsen.

Zum erstenmal begann ich mich ernsthaft mit der Frage zu beschäftigen, wer für diese Teufelei dort draußen verantwortlich sein könnte.

Exklusivbericht von Bordastronom Plawn über die Vorfälle im Jahre 3444 im Yargo-System. Der Bericht in Auszügen – Teil III:

Es war nicht zu erkennen, ob die Roboter von einer eigenen Basis aus operierten und in wessen Auftrag sie handelten, aber das war im Augenblick auch nicht wichtig. Wir sahen mit eigenen Augen, daß sie auf die sich heftig wehrenden Menschen und Blues schossen.

Die LERKOW schwebte jetzt dicht über der Niederlassung der Blues. Es entsprach Margusons Mentalität, daß er den Befehl gegeben hatte, Blues und Menschen dort unten gleichzeitig in Sicherheit zu bringen. Vielleicht hätten einige Mitglieder der Kuppelbesatzung mehr gerettet werden können, wenn wir uns ausschließlich auf sie konzentriert hätten. Aber das ist eine Sache, die Kristian Marguson mit sich allein ausmachen muß.

Damit muß er leben!

An der Operation selbst gab es, nachdem sie endlich durchgeführt wurde, nichts auszusetzen. Wo immer die Bordwaffen der LERKOW auf Roboter schießen konnten, ohne dabei Mitglieder der Landungskommandos, der Kuppelbesatzung und der Gruppe der Blues zu gefährden, machten wir von dieser Möglichkeit Gebrauch. Gleichzeitig begannen die ausgeschleusten Landungskommandos Menschen und Blues in Sicherheit zu bringen.

Auf eigenen Wunsch gehörte ich zum zweiten Kommando. Befriedigt sah ich, daß die ersten Roboter unter den Salven des Leichten Kreuzers verpufften.

Margusons Stimme klang in meinem Helmempfänger auf.

„Plawn, verstehen Sie mich?"

Ich bestätigte.

„Wofür halten Sie das? Es sind doch terranische Roboter!"

„Zweifelsohne, Kommandant."

„Woher mögen sie kommen?"

„Vermutlich haben die Blues sie in ihren Besitz gebracht und umprogrammiert. Dabei unterlief ihnen offenbar ein verhängnisvoller Fehler."

Er gab ein Geräusch von sich, das mir zeigte, daß er nicht viel von meiner Theorie hielt. Nun, zumindest in *dieser* Beziehung hatte er recht, wie wir inzwischen ja alle wissen.

Unmittelbar nachdem wir aufgetaucht waren und in den Kampf eingegriffen hatten, taten die Roboter etwas, das uns damals noch erstaunlich erschien: Sie begannen auch die LERKOW und deren Landungskommandos anzugreifen, obwohl sie dagegen natürlich keinerlei Chance hatten. Die Konsequenz, mit der sie vorgingen, erschütterte mich.

Die Aktion der LERKOW und ihrer Besatzung dauerte knapp sieben Minuten, ohne daß wir auch nur einen Verletzten zu beklagen gehabt hätten. Dies spricht zweifellos für Margusons Umsicht. Anders sah es jedoch bei der Kuppelbesatzung und bei den Blues aus.

Die meisten Roboter waren explodiert und abgestürzt; lediglich ein Exemplar schien so gut erhalten, daß Kommandant Marguson sich entschloß, es an Bord zu nehmen, damit die Positronik untersucht und die Ursache für den Amoklauf herausgefunden werden konnte.

Eine halbe Stunde nach unserem Eingreifen entdeckten wir zwischen den Felsen einen Menschen, der scheinbar ziellos umherirrte und sich mit den Roboterwracks beschäftigte.

Marguson ließ den weinenden und offenbar verrückten Mann an Bord bringen.

Es war Antonio Manzanares.

Liebe Mutter,

ich schreibe diese Zeilen in einer Kabine des Leichten Kreuzers LERKOW, wo ich – wie immer man es drehen und wenden mag – den Status eines Gefangenen habe. Denjenigen unter meinen Wächtern, die mich nicht für einen verachtungswürdigen Kriminellen halten, erscheine ich vermutlich als ein bedauernswerter Geisteskranker.

Ich bin verantwortlich für den Tod von acht Menschen und doppelt so vielen Blues.

Wenn Du diesen Brief jemals erhältst, wirst Du mich verfluchen. Kein Mensch kann mir das, wofür ich verantwortlich bin, verzeihen oder gar Verständnis für mich aufbringen. Auch Du wirst mich für ein Ungeheuer halten.

Meine Tat läßt sich nicht rechtfertigen – außer vielleicht damit, daß ich das, was geschehen ist, bestimmt nicht gewollt habe. Meine Absicht war, den Menschen aus jenem teuflischen Programm der Gewalt, in das sie verstrickt sind, herauszuhelfen. Ich wollte ihnen Wege aus dem Krieg zeigen, die Möglichkeit des Friedens durch ein Experiment beweisen.

Ich habe den Kommandanten der LERKOW, einen Mann namens Kristian Marguson, gebeten, mir die Untersuchung der noch existierenden KOMPLEX-ATA-IV-Komponente zu gestatten, aber er hat dieses Ansinnen abgelehnt; von seinem Standpunkt aus sicher sehr verständlich.

Nun werde ich vermutlich nicht einmal erfahren, was die Katastrophe ausgelöst hat.

Über meine Zukunft mache ich mir keine Sorgen, wenn ich auch ein ziemlich genaues Bild davon habe.

Nach meiner Entlassung aus einem Rehabilitationszentrum wird man mir eine unbedeutende Arbeitsstelle in einer kybernetischen Fabrik zuteilen. Natürlich nicht bei der *Whistler-Company* – das wird der mächtige Konzern schon zu verhindern wissen.

Ich werde hier nicht alles niederschreiben, was mich bewegt, denn ich bin sicher, daß Dich dieser Brief nicht erreicht und daß er in fremde Hände geraten wird.

Ich wünschte, ich wäre tot.

Text des Briefes, der in der Kabine von Antonio Manzanares an Bord der LERKOW gefunden wurde.

Auszug aus einem Gutachten von Chefkybernetiker Cal Largan für die Geschäftsführung der Whistler-Company:

Die Untersuchung der KOMPLEX-ATA-IV-Komponente, die an Bord der LERKOW zur Erde gebracht wurde, ist vorläufig abgeschlossen. Wir haben es einem glücklichen Zufall zu verdanken, daß die Positronik weitgehend unbeschädigt blieb.

KOMPLEX-ATA-IV-Modelle sind bekanntlich lernfähig, das heißt, sie können auf einem einmal eingegebenen Programm im Sinn dieses Programms aufbauen. Das Ursprungsprogramm fiel leider einer Störung zum Opfer, die auf einen Streifschuß zurückzugehen scheint, den unsere Komponente erhalten hat.

Aus der Interpretation jedoch können wir auf dieses Ursprungsprogramm schließen. Sie macht im übrigen die ganze Taktik der Katastrophe von Quohrs'Khvan-Ot deutlich.

Inhalt und Sinn der Interpretation lassen den Schluß zu, daß

Antonio Manzanares entschlossen war, der Menschheit den Frieden zu schenken – offenbar um jeden Preis.

Das Auftragsverständnis der KOMPLEX-ATA-IV-Anlage, die von Manzanares mißbraucht wurde, muß zum Schluß etwa diesen Sinn gehabt haben:

ICH WERDE AUF QUOHRS'KHVAN-OT FÜR FRIEDEN SORGEN, UND WENN ICH ALLE, DIE DAMIT NICHT EINVERSTANDEN SIND, ELIMINIEREN MUSS ...

Peter Griese

Terra II

Im Februar 3460 wagte Perry Rhodan ein Unternehmen, das die Erde in einen Strudel von Ereignissen stürzte. Der Druck der Laren und des Konzils der Sieben war so groß geworden, daß nur die Flucht des ganzen Planeten Erde mit der Menschheit Erfolg versprach. Über den alten lemurischen Archi-Tritrans-Riesentransmitter sollte die Erde in Begleitung des Mondes und unter der Strahlung von 32 Kunstsonnen an einen geheimen Ort gebracht werden. Das Unternehmen scheiterte, denn die Erde materialisierte an einem fernen und fremden Ort im Mahlstrom der Sterne. Im August des gleichen Jahres gelang es unter unendlichen Mühen, den Planeten in eine stabile Umlaufbahn um eine neue Sonne zu bringen. Die Menschheit atmete auf, als die Strahlen des roten Sterns Medaillon den Heimatboden erwärmten. Es folgte eine 80-jährige Phase scheinbarer Stabilität. Zu spät bemerkte man das Unheil, das durch die Strahlung Medaillons auf die Menschen niederging. Im Jahr 3540 brach die Aphilie, die totale Lieblosigkeit, mit voller Wucht aus und brachte die Menschheit in einem Zeitraum von nur gut 40 Jahren an den Rand des Untergangs. ES, die Superintelligenz, der Mentor der Menschheit, arbeitete zu dieser Zeit schon im verborgenen, um die Rettung der Menschen vorzubereiten. Daß die Zukunft dieser Menschen ganz anders aussehen würde, als es sich Perry Rhodan je vorgestellt hatte, konnte niemand auch nur ahnen. Zu groß und gewaltig war das Spiel der kosmischen Mächte, in dem die Menschheit nur eine einzelne Figur darstellte. Noch während die Aphilie schleichend um sich griff, hatte Perry Rhodan eine Begegnung, die vielleicht Zufall, vielleicht eine letzte Warnung von ES vor der drohenden Aphilie war.

Davon berichtet diese Geschichte.

Auf der Erde schrieb man das Jahr 3531. Perry Rhodan hatte noch neun Jahre, um die unheilvolle Wirkung der Strahlung Medaillons zu erkennen . . .

Der Planet Erde hat
4,5 Milliarden Jahre gebraucht,
um zu entdecken, daß er
4,5 Milliarden Jahre alt ist.

George Wald, terranischer Wissenschaftsschriftsteller des 20. Jahrhunderts

1.

„Da ist es wieder.“ Buster Sands sprang auf und rannte durch den mit technischen Geräten ausgestatteten Raum des Außenpostens. Bevor er an der Fernortungsanlage war, hatte Marana Vens diese schon eingeschaltet.

„Kurs aufzeichnen“, verlangte der Mann.

Seine Assistentin nickte und beauftragte einen der drei Roboter, die ihnen zur Verfügung standen, mit dieser Maßnahme.

Sands schaltete den Hyperfunksender ein und rief die Erde.

Als der Bildschirm aufflammte, wurde das mürrische Gesicht eines jungen Mannes sichtbar. Die Übertragung unterlag Störungen, aber daran hatte man sich gewöhnt. Es kam immer wieder in unregelmäßigen Zeitabständen vor, daß die energetischen Felder des Mahlstroms verrückt spielten und die technischen Systeme störten.

„Der Transmitter kann nicht benutzt werden“, knurrte der Mann auf der Erde. „Ich rufe Sie wieder, wenn sich die Verhältnisse stabilisiert haben.“

„Sie Idiot“, schimpfte Buster Sands. „Mich interessiert der Transmitter im Augenblick nicht. Ich habe wieder eins von diesen fremden Schiffen in der Ortung.“

„Kurs?“ Der Mann auf dem Bildschirm gähnte.

„Richtung Sektor Ost“, sagte Marana schnell, denn sie befürchtete, daß die Verbindung unterbrochen werden könnte. „Zielkoordinaten etwa 254B–371K.“

Ihr Gesprächspartner auf der Erde gähnte immer noch. Er warf einen kurzen Blick zur Seite.

„Das ist nicht unsere Richtung“, meinte er abweisend. „Also besteht auch keine Gefahr. In Zukunft möchte ich genauere Kursdaten.“

Er unterbrach die Verbindung ohne Gruß und Ankündigung.

Bei Sands riß nun endgültig der Geduldsfaden. Seine Hand hieb auf die Notruftaste.

Der Bildschirm leuchtete erneut auf.

„Ist noch was?“ fragte der Mann gelangweilt.

„Ja, es ist etwas, Mister.“ Sands hielt seine geballte Faust in die Höhe, aber mehr als ein leichtes Stirnrunzeln bewirkte er damit nicht. „Da draußen fliegen seit Tagen Schiffe herum. Bei jeder Ortung kommen sie näher. Auf Funkanrufe reagieren sie nicht. Es muß doch etwas unternommen werden.“

„Sie haben Angst“, stellte der Mann ironisch fest. „Soll ich mich um Ihre Ablösung bemühen?“

„Sie sollen Imperium-Alpha alarmieren, Sie Idiot!“, schrie Sands. „Der Erde droht Gefahr.“

Der Leiter des Außenpostens sah, wie sein Gesprächspartner eine Lesefolie vor seine Augen hielt.

„Die Aufgabe der Außenposten“, las der Mann vor, „besteht in der Beobachtung des Weltraums in einem Umkreis von vierzehn Lichtjahren. Alle Feststellungen sind zu melden.“

Er legte die Folie zur Seite und blickte in die Aufnahmeoptik.

„Von Analysen und Schlußfolgerungen ist hier nicht die Rede“, belehrte er den Wachposten. „Also überlassen Sie das gefälligst uns hier auf der Erde.“

Sands wußte, daß er mit seinen Äußerungen nicht zu weit gehen durfte. „Ich habe das Gefühl“, antwortete er daher sanft, „daß man auf der Erde schläft. Ich habe bereits vier Warnungen abgeschickt, und es passiert nichts.“

„Gefühle!“ höhnte sein Gesprächspartner. „Kümmern Sie sich um Ihre Aufgabe, und überlassen Sie alles andere berufenen Leuten. Damit ist dieses Gespräch beendet.“

Als der Bildschirm erlosch, fluchte Buster Sands laut auf. Er warf seiner Assistentin einen bösen Blick zu, obwohl Marana Vens am allerwenigsten Schuld an der abweisenden Haltung der Empfangsstelle auf der Erde hatte.

„Sie werden kommen und uns töten.“ Sands deutete mit der Hand auf den Anzeigenschirm der Ortung. „Sie beobachten uns noch, bis sie unsere Schwachstellen gefunden haben.“

„Vielleicht handelt es sich um ein friedliches Volk“, vermutete die Frau unbekümmert.

Auf Sands plötzliche Reaktion war sie nicht vorbereitet.

Der Mann sprang mit einem Satz auf sie zu und packte sie am Hals.

„Du dumme Gans!" brüllte er Marana an. Dazu schüttelte er die Frau hin und her, die sich dem festen Griff nicht entwinden konnte. „Du verstehst nichts. Keiner sieht die Gefahr, die auf uns zukommt. Wir werden alle untergehen, wenn wir uns nicht um diesen Feind kümmern."

„Lassen Sie mich los!" verlangte Marana. Ihr Atem ging heftig. Die Augen waren vor Entsetzen geweitet, denn sie konnte sich Sands' Reaktion nur so erklären, daß dieser regelrecht übergeschnappt war.

Der Mann versetzte ihr einen Stoß, so daß sie zurücktaumelte. Sie prallte gegen ein Regal, in dem Ersatzteile der Ortungsanlage gestapelt waren. Ein Gerät polterte zu Boden und traf ihren rechten Fuß.

„Sie sind verrückt geworden, Sands", keuchte sie und rieb sich den verletzten Knöchel. „Sie müssen sofort in ärztliche Behandlung."

Buster Sands lächelte plötzlich hintergründig, dann wurde er ruhiger.

„Sie irren sich, Marana." Seine Stimme klang kalt und hatte einen gefährlichen Beiklang. „Ich sehe die Lage nüchterner und besser als Sie. Sie sind krank. Wie anders könnten Sie sonst behaupten, daß es sich bei den Unbekannten um ein friedliches Volk handelt?"

Marana antwortete nicht sofort. Sie überlegte sich ihre Worte genau, denn sie mußte einen erneuten Wutausbruch Sands' vermeiden. Das Verhalten des Mannes war ihr ein Rätsel.

Die beiden Menschen auf dem Außenposten kannten sich seit über drei Jahren, als sie auf der Erde für diese Wachaufgabe ausgebildet worden waren. Sands war nach Maranas bisheriger Meinung ein ruhiger und ausgeglichener Mann. Er neigte etwas zum Einzelgängertum, was die Zusammenarbeit jedoch nicht beeinträchtigte.

Die Veränderung in seinem Charakter war erst in den letzten zwei Monaten aufgetreten. Anfangs hatte Marana geglaubt, sie würde es sich nur einbilden, wenn sie den kalten Glanz in seinen Augen bemerkte.

Dann war das Verhalten Busters immer krasser geworden. Er schien jegliches Gefühl zu verlieren. Gleichzeitig wuchs seine Angst vor allen möglichen Dingen immer mehr. Das Auftauchen der unbekannten Schiffe in der Nähe des Medaillon-Systems hatte ihm wohl den Rest gegeben.

„Es gibt keine Hinweise auf die Absichten der Geisterschiffe", sagte sie ausweichend. Ihre wahren Gedanken behielt sie für sich, denn sie überlegte, wie sie unbemerkt von Sands dessen Ablösung veranlassen könnte.

„Geisterschiffe! Geisterschiffe!" äffte Buster Sands. „Da sieht man es wieder. Sie sind krank, denn aus Ihren Worten sprechen falsche Gefühle und dummer Aberglaube. Sie sollten sich endlich darum bemühen, nüchtern und logisch zu denken."

„Sie meinen, ich sollte meine natürlichen Gefühle unterdrücken?"

„Es gibt keine natürlichen Gefühle", behauptete Sands. „Alle Gefühle sind unnatürlich und zeigen, daß Sie krank sind."

Marana Vens schwieg. Sie sah ein, daß ein weiteres Gespräch mit ihrem Chef keinen Sinn mehr hatte. Etwas Neues und Unbekanntes mußte den Mann Schritt um Schritt so verändert haben. Was das war, wußte die Frau nicht. Es war absurd anzunehmen, daß es die fremden Schiffe waren, die man beobachtet hatte, denn die ersten Anzeichen der gefühlsmäßigen Abstumpfung waren bei Sands schon vorher aufgetreten.

Als Sands sich in der nächsten Wachperiode schlafen legte, rief Marana die Erde. Überraschenderweise war das Gespräch sehr kurz und dennoch erfolgreich.

Sie sagte nur: „Buster Sands hat sich merkwürdig verändert. Ich glaube, er hat alle Gefühle verloren."

Sie wurde von der Empfangsstation sofort mit einem Medo-Spezialisten verbunden, dem sie das gleiche über Sands sagte.

„Wir holen ihn sofort ab", erhielt sie zur Antwort. „Für Sie, Marana Vens, gilt absolutes Redeverbot über diesen Vorfall. Dies ist eine Anweisung von Staatsmarschall Reginald Bull."

Noch bevor Sands erwachte, traf ein Schiff von der Erde ein. Es brachte eine andere Frau mit, die Sands' Posten übernahm.

Marana erhielt keine Erklärung über den überstürzten Abtransport des Mannes.

Sie sah Buster Sands erst zehn Jahre später wieder, als die Aphilie voll ausgebrochen war und das Leben auf der Erde bestimmte. Sands war der Führer eines staatlichen Kommandos geworden, das alte Leute einfing, die dem Stummhaus entgehen wollten.

2.

„In dieser Woche konnten wir wieder über zweihundert Leute in das Geheimlager *Vernunft* übernehmen", berichtete der Mann. „Alle Aktionen blieben unbemerkt."

Reginald Bull nickte zufrieden. „Sind Rhodan und die anderen Narren genügend abgelenkt?"

„Natürlich, *Licht der reinen Vernunft*", antwortete der Mann unterwürfig. „Der Bau des neuen Fernraumschiffs beschäftigt Rhodan und das Mutantenkorps so sehr, daß sie nicht merken, was in Wirklichkeit auf der Erde vorgeht."

„Ich möchte nicht, daß mein zukünftiger Titel schon jetzt benutzt wird", tadelte Bull. „Die Zeit für die Machtübernahme ist noch nicht reif. Die Zahl der Vernünftigen ist noch zu gering."

Der Mann murmelte eine Entschuldigung. „Ich empfehle dennoch, ein neues Ablenkungsmanöver für Perry Rhodan vorzubereiten. Es wäre sehr nützlich, wenn er für einige Zeit von der Erde verschwindet, bevor er etwas von unseren Plänen und Absichten bemerkt."

„Bevor ich ihn für immer zum Teufel jage", verbesserte Bull. „Die Bauzeit der SOL muß verkürzt werden. In etwa zehn Jahren, so besagen unsere Berechnungen, haben die Vernünftigen alle wichtigen Positionen besetzt. Über 95 Prozent der Menschheit wird dann geheilt sein. Das wahre Licht der reinen Vernunft wird triumphieren. Die wenigen, die sich nicht heilen lassen, vor allem Rhodan und seine Freunde, die über Zellaktivatoren verfügen, müssen dann verschwinden. Sollen sie ihr Schiff bauen. Mit der SOL werden sie die Erde für immer verlassen."

„So wird es kommen", pflichtete der Berichterstatter bei. „Wenn ich einen Vorschlag machen darf?"

Bull nickte.

„In den letzten Wochen ist eine große Anzahl von fremden Raumschiffen beobachtet und geortet worden. Wir wissen nicht, welches die Absichten dieser Fremden sind."

„Ich habe davon gehört. Diese Schiffe stellen jedoch keine Bedrohung dar."

„Vielleicht. Sie erscheinen aber als ein geeigneter Köder, auf den man Perry Rhodan hetzen könnte. Er würde dann für einige Zeit von der Erde verschwinden."

Bull überlegte nicht lange. „Richtig", pflichtete er bei. „Ich werde meinem lieben Freund die Sache schon schmackhaft machen. Soll er seinem albernen Drang nach Abenteuern nachgehen, während wir auf der Erde unsere Position ausbauen. Die Vernunft wird siegen."

„Die Vernunft wird siegen", tönte der Berichterstatter.

Eine Woche später verließ die Korvette ARKANSAS die Erde und das Medaillon-System, um die Spuren der unbekannten Schiffe aufzunehmen. An Bord befanden sich neben der normalen Besatzung Perry Rhodan und die meisten Mitglieder des Mutantenkorps.

Rhodan sah dem Flug mit gemischten Gefühlen entgegen. Er glaubte nicht so recht an das Vorhandensein einer wirklichen Gefahr, denn die aus der Ferne georteten Schiffe hatten sich stets völlig passiv verhalten. Schließlich hatte er aber doch dem Drängen seines Freundes Reginald Bull nachgegeben, der der festen Überzeugung war, daß es sich um eine Gefährdung der Erde handeln müßte.

Da in den letzten Monaten Spannungen zwischen Rhodan und Bull aufgekommen waren, letzterer allerdings nicht selbst an dem Flug teilnehmen wollte, war Rhodan diese Abwechslung ganz willkommen. Er hoffte so, daß sich das alte freundschaftliche Verhältnis zu Bully wieder stabilisieren würde. Ein paar Wochen oder auch Monate der Trennung konnten vielleicht Wunder bewirken.

Diese Spannungen waren allerdings nie offen aufgetreten. Rhodan hatte Bully auch nie direkt darauf angesprochen, um die Kluft nicht noch weiter aufzureißen. Manchmal hatte sich Bully von einer kühlen Seite gezeigt, die Rhodan nicht an ihm kannte. Vielleicht, so sagte er sich, war aber alles nur Einbildung. Niemand vermochte zu sagen, wie sich die fast siebzigjährige Abwesenheit der Erde von der heimatlichen Milchstraße auf die Gemüter auswirkte.

Auch mehrere andere Mitarbeiter aus den Führungsgremien der Erde schienen Anzeichen einer gefühlsmäßigen Veränderung aufzuweisen.

Bully behauptete dazu, daß Rhodan und seine Freunde aus dem Mutantenkorps einfach zu sentimental geworden seien.

Die wirkliche Gefahr, die schleichende Aphilie, die unbarmherzig nach immer mehr Menschen griff, sah niemand. Die davon wußten, spielten die harmlosen Typen und arbeiteten insgeheim zusammen. Ihre Stunde war noch nicht gekommen.

Der Mahlstrom der Sterne bot sein sich ständig veränderndes Bild. Dieses Riesengebilde, das wahrscheinlich seinen Ursprung in zwei kollidierenden Galaxien hatte, strahlte in den wechselnden Farben seiner wogenden Gaswolken und Energiefelder. Eine vernünftige Ortung war daher stets nur in einem engen Raum möglich. Nur wenige starke Radiosterne, die man genau vermessen hatte, überlagerten die hyperenergetischen Strahlungen so stark, daß in ruhigen Zeiten auch eine Fernorientierung möglich war.

An einem solchen Leuchtfeuer mit dem Namen RADIO-C wurde der Kurs der ARKANSAS ausgerichtet. Dann wurden die Zonen dazu in Bezug gesetzt, in denen die fremden Schiffe gesichtet oder geortet worden waren.

Rhodan verfolgte die Maßnahmen des Kommandanten der ARKANSAS nur mit halber Aufmerksamkeit. Seine Gedanken waren bei den Menschen auf der einsamen Erde, die gemeinsam mit den Planeten Goshmos-Castle die Sonne Medaillon umkreiste. Er konnte sich die angedeuteten Veränderungen vieler Menschen nicht erklären.

Erst als die Korvette beschleunigte, um ein erstes Zielgebiet anzufliegen, betrachtete er konzentriert die Anzeigen der Ortungssysteme.

„Eine ziemlich turbulente Gegend“, stellte er fest.

„Wir sind schon durch stärkere Hektikzonen geflogen“, beruhigte ihn der Kommandant, „in denen wir tagelang keins der starken Radiofeuer empfangen konnten. Nach Hause gekommen sind wir jedoch immer.“

Die Ortungsanzeigen blieben frei von Raumschiffen. Das besagte allerdings wenig, denn viele Signale gingen in dem energetischen Chaos des Mahlstroms einfach unter.

Der Funkkontakt zur Erde war längst unterbrochen. Im Mahlstrom war nur selten eine größere Entfernung als 35 oder 40 Lichtjahre einwandfrei zu überbrücken.

„Ortung!“

Auf einem Bildschirm wurden zwischen den Störanzeigen zwei kleine, helle Punkte sichtbar, die schnell herausvergrößert wurden.

„Einwandfrei zwei Raumschiffe“, meldete das Personal.

Jetzt wurden alle Einrichtungen der Korvette in Betrieb genommen, um mehr über die beiden Schiffe in Erfahrung zu bringen. Die Energie- und Massetaster versagten jedoch noch in dem Wirrwarr.

„Näher 'ran!“ verlangte Perry Rhodan.

Der Kommandant setzte seine Anweisung in die Tat um. Die ARKANSAS beschleunigte und tauchte in den Linearraum ein.

Nach dem Rücksturz in das Normaluniversum zeichnete sich ein deutliches Bild der beiden Schiffe ab. Es handelte sich um zwei Kugelraumer, die auf den ersten Blick den terranischen Einheiten weitgehend glichen. Die Ringwülste waren deutlich zu erkennen. Die Schiffe glitten mit etwa halber Lichtgeschwindigkeit auf ein nahes Sonnensystem zu.

„Funküberwachung?“ fragte Rhodan.

„Nichts feststellbar“, wurde ihm gemeldet.

Die ARKANSAS ging erneut in den Linearraum. Diesmal brachte der Überlichtflug das Schiff bis auf 500 000 Kilometer an die Unbekannten heran.

„Sie reagieren gar nicht auf unsere Anwesenheit“, stellte Fellmer Lloyd fest, der neben Rhodan getreten war.

„Vielleicht wollen sie uns nicht wahrnehmen“, murmelte der Großadministrator. „Kannst du irgendwelche Gedanken spüren?“

Der Mutant schüttelte den Kopf.

„Achtung!“ rief der Kommandant der ARKANSAS. „Sie drehen ab in Richtung der Sonne.“

Ein kleiner dunkelroter Stern leuchtete schwach in der Nähe. Bis jetzt hatte man vier Planeten festgestellt, die ihn umkreisten. Dazwischen gab es dichte Ansammlungen von kosmischem Staub und kleinen Brocken und Planetoiden. Besonders auffällig war ein Staubring, der die Sonne selbst umlief und ihr damit eine gewisse Ähnlichkeit mit dem Planeten Saturn gab. Allerdings war diese Schicht aus Trümmern und Staub sehr viel dicker.

„Sie fliegen den roten Stern an.“ Einer der Piloten deutete auf den Hauptbildschirm. „Womöglich wagen sie sich in den Trümmerring.“

„Unwahrscheinlich“, behauptete der Kommandant. „Das Risiko wäre zu groß. Allerdings gewinne ich den Eindruck, daß man uns abhängen will. Los, Leute! Wir wollen denen einmal zeigen, wozu terranische Raumschiffe in der Lage sind. Volle Alarmbereitschaft."

Tatsächlich schwenkten die beiden fremden Schiffe dicht vor dem roten Stern ab und flogen mitten auf den Ring zu.

„Das ist Wahnsinn", stöhnte einer der Männer.

An den Ortungsanlagen wurde fieberhaft gearbeitet.

„Da kommen wir mit der ARKANSAS nicht durch", wurde gemeldet. „Die Brocken sind zu groß, und sie stehen zu dicht. Die durchschnittlichen Abstände liegen bei nur 100 bis 200 Metern."

„Energieortung", kam sogleich eine erneute Warnung. „Die Fremden haben hochenergetische Schutzschirme."

Vor der ARKANSAS breitete sich ein riesiges Trümmerfeld aus. Das war der Ring der kleinen roten Sonne. Die beiden Schiffe tauchten bereits in die Randzonen des Ringes ein. An ihren Außenhüllen flammten hell die kosmischen Brocken auf.

„Sie verfügen über ausgezeichnete Schutzschirme", stellte der Kommandant fest. „Wenn sie den Ring passieren, werden sie uns entkommen. Wir sind ihnen auf den Leim gegangen, denn jetzt ist es für ein Ausweichmanöver der ARKANSAS zu spät. Wir verlieren zuviel Zeit, wenn wir umkehren, um uns ungefährdet der anderen Seite des Ringes zu nähern."

„Es gibt eine Lösung", stellte Perry Rhodan sachlich fest. „Die Korvette ist zu groß für den Trümmerring. Andererseits können sich die Fremden in dem Ring unserer Beobachtung entziehen und sich regelrecht verstecken. Einen besseren Schutz gibt es kaum. Deshalb müssen wir ihnen direkt folgen, wenn der Kontakt nicht abreißen soll. Kommandant, machen Sie eine Space-Jet klar. Ich fliege selbst und nehme Fellmer Lloyd und drei von Ihren Leuten mit."

Der Flug der beiden verfolgten Schiffe war jetzt langsamer geworden. Die Fremden schienen sich der Gefahr eines Zusammenstoßes mit den Trümmern voll bewußt zu sein. Immer öfter glühten an den unsichtbaren Schirmen helle Stellen auf.

Auf der ARKANSAS wurde in Windeseile eine Space-Jet bereitgestellt. Rhodan, Lloyd und zwei Männer und eine Frau der Korvette bestiegen das kleine Raumschiff und setzten sich rasch ab.

Die ARKANSAS war noch in Sichtweite, als die Verbindungen des Hyper- und des Normalfunks abrissen. Der nahe Stern und die teilweise glühenden kosmischen Trümmer überlagerten jede energetische Welle.

Perry Rhodan bemerkte, daß einer der beiden Männer der ARKANSAS ängstlich auf den nahen Trümmerring starrte. Sein Name war Hulup Kankle.

Fellmer Lloyd und die Frau lenkten gemeinsam das kleine Schiff. Die Schutzschirme waren voll ausgefahren.

„Bleiben Sie ruhig, Hulup", beruhigte Rhodan den Mann, der mit panischen Blicken um sich starrte. „Es wird nichts passieren."

Die beiden fremden Schiffe hatten eine deutliche Spur hinterlassen. Von ihnen selbst war im Augenblick nichts zu erkennen.

„Vorsicht!" warnte Hulup Kankle. Sein ausgestreckter Arm deutete auf eine dichte Gaswolke, die plötzlich vor der Space-Jet aufgetaucht war.

Aber es war schon zu spät.

Die dunkle Wolke dehnte sich schlagartig aus und verschlang das kleine Schiff vollständig. Fellmer Lloyd konnte gerade noch den Antrieb auf null schalten, um einen Zusammenstoß mit den kosmischen Trümmern zu verhindern.

Die Space-Jet wurde gewaltig hin und her geschüttelt. Automatisch rasteten die Haltegurte ein und banden die Menschen an ihre Sessel. Ein schauerlich schriller Ton erfüllte plötzlich den Raum.

Perry Rhodan hatte das Gefühl, daß das Schiff einen gewaltigen Satz nach vorn machte. Die Andruckabsorber hielten der plötzlichen Beschleunigung nicht mehr stand.

Die fünf Menschen versanken in Bewußtlosigkeit.

3.

Perry Rhodan erlangte als erster die Besinnung zurück.

Die Space-Jet torkelte sich überschlagend durch den Raum. Von dem kosmischen Trümmerring des kleinen roten Sterns war nichts zu bemerken.

Er löste die Haltegurte und tastete sich zum Sessel des Ersten Piloten. Dort griff er in die Steuerung und stabilisierte die Lage des kleinen Raumschiffs.

Die anderen Menschen waren nicht verletzt. Nur der plötzliche Andruck hatte ihnen die Sinne geraubt. So hatte Rhodan Zeit, die Umgebung zu betrachten.

Der schwarze Himmel zeigte die typischen Farben und Formen des Mahlstroms. Von der roten Sonne war jedoch nichts zu sehen. Die Space-Jet mußte eine größere Strecke zurückgelegt haben. Da sich das Bild des Mahlstroms ständig veränderte, konnte Rhodan seine Position nicht bestimmen.

Er wartete, bis sich die anderen regten. Nach Fellmer Lloyd kamen auch Hulup Kankle sowie Alda Mortan und Walty Wensterberg wieder zu Bewußtsein.

Kankle schien noch immer von panischer Angst besessen zu sein. Erst als er sich umgeblickt hatte, beruhigte er sich etwas. Von draußen drohte offensichtlich keine Gefahr.

„Was ist geschehen?“ fragte der Telepath.

„Ich weiß es nicht“, antwortete Rhodan. „Irgend etwas muß uns aus der Nähe des roten Sterns und seines Ringes gerissen haben. Jedenfalls befinden wir uns hier an einem ganz anderen Ort. Überprüft das Schiff auf Schäden.“

Schon sehr bald stand fest, daß sich die Andruckabsorber nur noch für einen Flug unterhalb der Lichtgeschwindigkeit benutzen ließen. In der Verbundschaltung von Waring-Konverter und Antigravtriebwerk waren mehrere Schaltelemente total zerfetzt worden. Eine Reparatur war mit Bordmitteln unmöglich.

Alda Mortan versuchte mit der Hyperfunkanlage Kontakt

zur Erde zu bekommen, aber aus dem Empfänger tönte nur ein gleichmäßiges Prasseln von Störgeräuschen. Es war völlig aussichtslos.

„Die Bedingungen werden sich irgendwann bessern“, behauptete die Frau zuversichtlich. „Dann wird man uns auf der Erde hören und Hilfe schicken.“

Auch alle Versuche, die ARKANSAS zu erreichen, blieben ohne Erfolg.

„Wir sitzen fest“, stellte Perry Rhodan fest. „Einen Linearflug können wir nicht mehr wagen, ohne selbst daran zugrunde zu gehen. Die Reparatur ist nicht möglich. Also müssen wir warten, bis sich der Mahlstrom so weit beruhigt, daß unser Funkruf ein Ziel erreicht.“

„Mir gefällt das nicht.“ In Hulup Kankles Worten schwang deutliche Angst mit. „Ich will sofort zur Erde zurück.“

Er wollte sich in einen Pilotensessel schwingen und den Linearantrieb aktivieren, aber Fellmer Lloyd und Walty Wensterberg hielten ihn gewaltsam zurück.

„Es geht nicht“, belehrte ihn der Mutant. „Das Antigravtriebwerk ist kaputt. Das haben Sie doch gehört. Benehmen Sie sich also vernünftig.“

„Vernünftig!“ schrie Kankle auf. „Sie haben ja keine Ahnung, was wahre Vernunft ist.“ Er bäumte sich unter dem Griff der beiden Männer auf.

„Gebt ihm eine Beruhigungsspritze“, sagte Rhodan kühl. „In unserer jetzigen Lage können wir niemanden brauchen, der durchdreht.“

„Das stimmt sogar sehr.“ Alda Mortan deutete auf die Anzeige des Orters und auf einen Bildschirm der optischen Übertragung. „Dort draußen sind die beiden fremden Schiffe.“

Diese Nachricht lenkte Hulup Kankle so sehr ab, daß er sich wieder beruhigte.

Durch die große Sichtkuppel konnten die Menschen beobachten, wie sich die beiden Kugeln der fremden Schiffe nur wenige hundert Meter vor ihnen in die Blickrichtung schoben.

Perry Rhodan selbst versuchte, einen Funkkontakt herzustellen. Auf diese kurze Distanz wirkten sich die Störfelder des Mahlstroms überhaupt nicht aus. Dennoch erhielt er keine Antwort.

An der Außenwand eines der beiden Schiffe öffnete sich eine große Schleuse. Langsam setzte sich die Space-Jet in Bewegung.

„Sie nehmen uns gefangen", jammerte Kankle. Seine Angst kehrte wieder zurück.

„Vielleicht wollen sie uns nur helfen", erwiderte Rhodan.

Hulup Kankle preßte wütend die Lippen aufeinander und warf dem Großadministrator einen bösen Blick zu.

Das fremde Schiff nahm die Space-Jet auf. Das Schott schloß sich hinter den Menschen.

Da die Umgebung völlig dunkel war, schaltete Fellmer Lloyd die Außenscheinwerfer der Space-Jet ein. Viel bekam man aber auch jetzt nicht zu sehen.

Das Schiff stand in einer kahlen Halle, in der keine Besonderheiten festzustellen waren. Es gab auch keinen erkennbaren Ausgang, der in das Innere des Schiffes führte.

„Ich spüre die Gedanken von Menschen in unserer Nähe." Fellmer Lloyd hatte die Augen halb geschlossen, um sich besser zu konzentrieren. „Ich kann die Gedanken aber nicht entziffern, denn sie verbergen sich hinter einer undurchdringlichen Mauer. Wenn mich aber nicht alles täuscht, so ist man uns durchaus wohlgesinnt."

„Dem widerspricht das Verhalten dieser Ungeheuer", brauste Hulup Kankle auf. „Sie wollen uns an den Kragen. Das ist doch klar."

„Halten Sie endlich den Mund, Kankle", befahl Perry Rhodan scharf. „Ich sperre Sie sonst in eine Kabine, wo Sie sich ausjammern können."

Da in der Folgezeit nichts geschah und auch nicht erkennbar war, ob das fremde Schiff, in dessen Innerem sie sich befanden, Fahrt aufnahm, hatte Rhodan die Möglichkeit, die drei Menschen von der ARKANSAS näher zu studieren.

Hulup Kankle war zweifellos die auffallendste Person. Schon auf der ARKANSAS war es Rhodan nicht entgangen, daß der hagere Mann, der sich selbst als Allround-Spezialist bezeichnete, an allen Ecken und Enden unvermutet auftauchte. Er schien sich für alles zu interessieren, aber insgesamt keine klar geregelte Aufgabe zu erfüllen. Da Rhodan dem Kommandanten nicht in seine Angelegenheiten hineinreden wollte, hatte er sich dazu nicht geäußert.

Eigentlich war Kankle eine unauffällige Erscheinung. Er war von durchschnittlicher Größe und mochte etwa 92 Jahre alt sein. Auch sonst gab es nichts an ihm, was besonders hervorstach.

Er hatte praktisch von sich aus bestimmt, daß er an dem Sonderflug der Space-Jet teilnahm. Der Kommandant der ARKANSAS hatte nichts dagegen eingewendet. Um so verwunderlicher war es, daß Kankle schon bei dem geringsten Anlaß in panische Angst verfiel. Ansonsten wirkte er nämlich kühl, beherrscht und selbstsicher. Wenn ihm eine Situation zu unsicher wurde, bekamen seine Augen einen stechenden Blick. Seine Mundwinkel verzogen sich leicht, und sein ganzes Gesicht wirkte dann abschätzend und überlegen.

Daß er hier an Bord der Space-Jet die Beherrschung verloren hatte, bewies eigentlich, daß er für solche Aufgaben ungeeignet war. Kankle stellte eine ständige Gefahr dar.

Walty Wensterberg war höchstens halb so alt wie Kankle. An Bord der ARKANSAS gehörte er zum Team der Navigatoren und Positroniker. Er trug sein blondes Haar ganz kurz. Sein schmächtiger Körper wirkte fast schwächlich. Daß dieser Eindruck gewaltig täuschte, hatte Wensterberg bewiesen, als er gemeinsam mit Fellmer Lloyd den aufgebrachten Kankle gebändigt hatte.

Insgesamt ordnete Rhodan den jungen Mann in den Kreis der zahllosen Terraner ein, die ihre Aufgabe erfüllten, ohne besonders hervorzutreten. Wensterberg war bereits auf der Erde geboren worden, als diese schon um die Sonne Medaillon kreiste.

Die Probleme der alten Terraner, die ihre Sehnsucht nach der heimatlichen Milchstraße nicht stillen konnten, kannte er nicht.

Rhodan glaubte, daß er sich auf diesen Mann verlassen konnte, wenn es kritisch werden würde.

Alda Mortan gehörte zum Stab der Piloten der ARKANSAS. Daneben war sie als Funkerin und Spezialistin für Ortungen ausgebildet worden. Sie war etwa 50 Jahre alt. Rhodan hatte gehört, wie sie einmal von ihren sieben erfolglosen Eheverträgen gesprochen hatte. Näheres darüber wußte er nicht. Sein Eindruck sagte ihm nur, daß Alda eine ausgeglichene und erfahrene Frau war. Ihre Kenntnisse und Fähigkeiten hatte sie schon bewiesen. Jetzt, in dieser unsicheren und unklaren Situation, verhielt sie sich völlig ruhig und gefaßt. Gemeinsam mit Wensterberg saß sie vor den Empfangs- und Ortungsanlagen, um etwas in Erfahrung zu bringen. Sie unterhielt sich dabei leise mit dem Mann, ohne sich ihre Resignation anmerken zu lassen, denn alle Bemühungen waren vergebens.

Äußerlich war an der Frau nichts Besonderes. Sie verkörperte insgesamt einen durchschnittlichen Typ, und darin unterschied sie sich eigentlich nicht von Kankle oder Wensterberg.

Perry Rhodan hatte seine Betrachtungen gerade abgeschlossen, als ein sanfter Stoß spürbar wurde. Das Raumschiff der Fremden mußte gelandet sein.

Kankles Hände fuhren übernervös durch die Luft. Das Schott des fremden Schiffes glitt zur Seite und gab den Blick auf eine anmutige Landschaft frei. Alda Mortan konnte sich einen begeisterten Pfiff nicht verkneifen.

Perry Rhodan blickte nicht weniger verdutzt auf das Bild, das sich ihm bot. Instinktiv hatte er einen hochtechnisierten Landeplatz mit allen möglichen Einrichtungen und modernen Bauten mit Kontroll- und Steuerzentren erwartet. Nichts von alledem.

Vor ihnen stieg eine gepflegte Rasenfläche sanft an. In einigen hundert Metern Entfernung gruppierten sich auf drei kleinen Anhöhen Waldparzellen. Die tiefgrünen Bäume bewegten sich leicht im Wind.

Am strahlend blauen Himmel stand eine gelbe Sonne, die Rhodan in ihrer Farbe und Größe unwillkürlich an das so schmerzlich vermißte Muttergestirn Erde erinnerte. Flockige Wolken zogen langsam über den fernen Horizont.

Ein schmaler Weg aus Kieselsteinen zog sich zu einem Hügel hinauf. Dort stand zwischen den Bäumen ein kleines Fachwerkhaus. Ein zweites war ein Stück dahinter zu erkennen.

„Die Luft dort draußen entspricht haargenau der Zusammensetzung auf der Erde", staunte Fellmer Lloyd und deutete auf die Anzeigen des Analysators.

„Mir sieht das etwas zu hübsch aus", murmelte Hulup Kankle. „Das ist bestimmt eine Falle."

„Wir sollten starten", schlug Walty Wensterberg vor, „und uns die Umgebung näher betrachten. Ein Empfangskomitee scheint es ja nicht zu geben."

„Merkwürdig", sagte Rhodan leise. Ihm war, als ob sich in seinem Bewußtsein eine Stimme meldete, die aber unendlich weit entfernt zu sein schien.

„Kannst du keine Gedanken wahrnehmen?" fragte er den Telepathen Lloyd. Aber der Mutant schüttelte nur bedauernd den Kopf.

„Wir starten mit der Space-Jet", entschied Rhodan.

„Sehr gut", pflichtete ihm Kankle bei. „Wir sollten so schnell wie möglich von hier verschwinden, bevor man uns umbringt."

Er erntete einen strafenden Blick Rhodans.

Fellmer Lloyd setzte sich in den Pilotensessel. Kurz darauf glitt das kleine Schiff ins Freie.

Hinter ihnen blieben die beiden Kugelschiffe zurück. Lebewesen waren nirgends zu entdecken. Lloyd zog den Diskus in die Höhe.

Die weitere Umgebung unterschied sich nicht grundsätzlich von dem Teil der Landschaft, den sie zu Anfang beobachtet hatten. Auffällig war, daß nirgends technische Einrichtungen zu erkennen waren.

Hinter den Hügeln schlängelte sich ein mittelgroßer Fluß mit kristallklarem Wasser durch die Landschaft. In der Ferne wurde ein kleiner See erkennbar, in den der Fluß mündete. An der Mündung entdeckte Perry Rhodan eine Ansammlung von mehreren Häusern in niedrigem Baustil. Dort mußte eine kleine Stadt liegen.

Aber auch in der umgebenden Landschaft fanden sich immer wieder kleine Bauten in Grüppchen zu zwei bis vier Häusern. Alles strahlte Frieden, Ruhe und Harmonie aus.

„Ist das wirklich alles echt?" fragte Alda Mortan staunend. Keiner gab ihr eine Antwort, denn die Blicke hingen an dem herrlichen Bild des fremden Planeten.

„Mich erinnert das alles an unsere gute alte Erde", sagte Lloyd. „So habe ich mir früher einmal unsere Welt vorgestellt. Ich meine natürlich, daß sie so aussehen sollte. Die Wahrheit war damals im 20. Jahrhundert natürlich ganz anders, und sie ist es auch heute noch. Mich berührt dieses friedliche und saubere Bild sehr."

„Mir ergeht es nicht anders", pflichtete ihm Rhodan bei. „Ich werde diese Welt TERRA II taufen."

Nur Hulup Kankle maulte. „Glauben Sie wirklich, Herr Großadministrator, daß sich die Bewohner dieser Welt das gefallen lassen? Sie können diesem Planeten doch nicht einfach einen Namen verpassen. Im übrigen wundere ich mich, daß Sie nicht endlich versuchen, daß Geheimnis dieser Falle zu enträtseln."

Der Mutant lenkte unaufgefordert das Diskusschiff auf die kleine Stadt zu.

Perry Rhodan schwieg und nahm alle neuen Eindrücke dieser Welt in sich auf. Dazu glaubte er wieder das Wispern einer Stimme in seinem Bewußtsein zu hören.

Sieh dir alles genau an, vernahm er plötzlich ganz deutlich. *Weitere Hinweise kann ich dir nicht geben.*

Rhodan war sich nicht sicher, aber er vermeinte die Stimme des Geisteswesens ES zu erkennen. Nach diesem Satz verstummte das Gewisper endgültig.

ES hatte sich seit fast einhundert Jahren nicht mehr gemeldet. Für einen Menschen war das eine lange Zeitspanne, aber Rhodan wußte, daß einhundert Jahre für den ehemaligen Herrn des Kunstplaneten Wanderer nichts bedeuteten.

Wenn es wirklich ES war, das zu ihm gesprochen hatte, so blieb völlig unklar, was das Geisteswesen ihm wirklich mitteilen wollte. Hatte ES ihn gar mit Absicht zu dieser Welt geführt? War dieser Planet real oder nur eine Fiktion?

Noch während Rhodan grübelte, erreichte die Space-Jet die kleine Stadt an dem See. Aus der Nähe wirkte die Ansammlung von Gebäuden viel größer. Rhodan schätzte, daß hier über einhunderttausend Menschen leben konnten.

Menschen? Woher nahm er die Gewißheit, hier auf Menschen zu stoßen?

„Seht euch das an", entfuhr es Alda Mortan. Über die Außenkamera der Space-Jet kamen genaue Bilder aus dem Stadtinneren in das Schiff.

Von der Architektur her entsprach die Ansiedlung einem bunten Gemisch aus verschiedenen Baustilen, die sich mit allen denkbaren Richtungen der Erde vergleichen ließen. Neben modernen und kantigen Gebäuden gab es kleine Holzhäuser und Blockhütten, wie man sie im terranischen Mittelalter verwendet hatte. Das ganze Stadtbild wirkte trotz der scheinbaren Gegensätze sehr harmonisch, denn es war nicht etwa so, daß man wild durcheinander gebaut hatte. Die unterschiedlichen Stadtbezirke gingen zwar ineinander über, aber jeder Teil stellte für sich ein wohlgeordnetes Fragment der ganzen Stadt dar.

In den Straßen und Gassen wimmelte es von Menschen. Ja, es waren tatsächlich Menschen, wie sie Rhodan von der Erde her kannte.

Während in einigen Regionen der Stadt überhaupt keine Fahrzeuge zu sehen waren, gab es in anderen einen regen Verkehr an Kraftfahrzeugen, wie man sie im 20. und 21. Jahrhundert auf der Erde verwendet hatte. Aber auch moderne Antigravgleiter fehlten in dem bunten Bild nicht.

„Ist das das totale Chaos oder eine geregelte Ordnung?" fragte Fellmer Lloyd sich selbst laut.

„Du müßtest doch die Gedanken dieser Leute aufnehmen können", antwortete Rhodan.

„Ich kann es nicht." Der Mutant lenkte die Space-Jet hoch über die Stadt. „Zwar spüre ich die vielen Menschen dort unten, aber ihre Gedanken sind mir verborgen."

„Willst du damit sagen, daß hier alle Menschen mentalstabilisiert sind?"

„Es muß etwas Ähnliches sein."

„Hier ist etwas faul", behauptete Hulup Kankle. Der Allround-Spezialist fuchtelte wild mit den Armen. „Das kann keine reale Welt sein, denn es fehlen die elementarsten Dinge des Lebens. Ich kann keine Kraftwerke oder Energieübertragungseinrichtungen erkennen. Alles ist zu sauber und schon fast steril, als daß es wahrhaftig sein könnte. Einen solchen Planeten kann es in unserem Universum nicht geben."

„Ich will nicht abstreiten", antwortete Perry Rhodan, „daß ich eine solche Welt auch noch nicht erlebt habe. Es muß aber vernünftige Erklärungen für alles geben. Wir werden eine Antwort erhalten. Vielleicht sollten wir hier landen und Kontakt mit diesem Volk aufnehmen. Schließlich besteht kein Zweifel daran, daß sie uns hierhergebracht haben. Also müssen auch sie Interesse an einem Kontakt haben."

„Vielleicht wollten sie uns erst die Gelegenheit geben", vermutete die Funkerin, „ihre Welt kennenzulernen. Sollten wir nicht landen?"

Lloyd drückte die Space-Jet nach unten. „Sie reagieren kaum auf unsere Anwesenheit", stellte er fest, „obwohl sie uns sehen."

„Dort drüben winkt eine Gruppe Menschen." Alda Mortan zeigte zur Seite. „Dort ist auch ein freier Platz, der für eine Landung geeignet scheint."

„Wir landen", entschied Perry Rhodan.

Der Telepath steuerte die Space-Jet auf den freien Platz zu. Unter ihnen hatten sich ein paar Dutzend Menschen versammelt. Eine letzte Überprüfung der Atmosphäre ergab auch hier die genaue Zusammensetzung der bekannten Erdatmosphäre.

„Es gibt praktisch keine Bakterien oder Krankheitskeime in der Luft", staunte Wensterberg. „Hier ist alles supersauber."

Die fünf Terraner verließen ihr Schiff. Perry Rhodan und Fellmer Lloyd nahmen zwei Translatoren mit.

„Wir sollten unsere Waffen an Bord lassen", meinte der Mutant.

„Das kommt gar nicht in Frage", begehrte Kankle auf und stürmte nach draußen.

Rhodan und die anderen folgten ihm kopfschüttelnd.

Die Verständigung kam sehr schnell zustande. Die Translatoren benötigten nur wenige Sätze, um die Sprache der Fremden zu analysieren.

Die Bemühungen der Terraner waren jedoch vergeblich.

„Wir begrüßen euch auf der Erde." Eine hochgewachsene Frau trat auf die Menschen zu. „Wir haben uns erlaubt, eure Sprache zu erlernen, ohne dabei in eure persönlichen Bereiche einzudringen. Dafür bitten wir um Verständnis, denn anders wäre eine unkomplizierte Begrüßung ohne Mißverständnisse nicht möglich gewesen."

Perry Rhodan erwiderte die Begrüßung.

„Wir sind durch merkwürdige Umstände auf diese Welt gelangt", fuhr er dann fort. „Ihr nennt sie *Erde,* so wie wir unsere Heimat nennen. Ich hoffe sehr, Verständnis dafür zu finden, daß wir viele Fragen haben. Wir sind nur an einem friedlichen Kontakt interessiert."

Dann nannte er seinen Namen und die seiner Begleiter.

„Meine Name ist Kanamytrex", antwortete die Frau. „Ich bin eine direkte Nachkommin von Albert Einstein."

Sie sagte tatsächlich *Albert Einstein.*

„Wer ist Albert Einstein?" wollte Kankle wissen.

„Natürlich muß ich vieles erklären, und das braucht Zeit." Kanamytrex streckte bedauernd ihre Arme zur Seite aus. „Albert Einstein war ein großer Philosoph unserer Frühgeschichte.

Er lebte zu einer Zeit, in der wir noch nicht einmal die Elektrizität kannten. Sein Verdienst ist es, daß wir uns selbst erkannten. Er zeichnete uns die Gefahren der Zukunft auf. Ihm folgten andere Größen, wie Wolfgang Amadeus Mozart, der uns die Bedeutung der Erhaltung der natürlichen Umgebung vor Augen führte, oder wie Fridtjof Nansen, der das Energieprogramm entwickelte."

Perry Rhodan hörte staunend die bekannten Namen aus der Geschichte der Menschheit, die hier in einem völlig anderen Zusammenhang wieder auftauchten.

„Natürlich nennen wir unsere Welt auch Erde oder Terra", sagte Kanamytrex weiter. In ihrer Stimme schwang etwas Selbstverständliches mit. „Das wir euch nicht sofort begrüßten, war eine Vorsichtsmaßnahme. Sicher wißt ihr, daß jedes Lebewesen eine Vielzahl von Krankheitserregern mit sich schleppt. Wir mußten erst sicher sein, daß wir euch nicht schaden."

„Sie meinen wohl", vermutete Kankle, „daß wir Ihnen nicht schaden?"

„Nein, nein", beeilte sich die fremde Frau zu sagen. „Es ist so, wie ich sagte, denn wir haben ja gegen alle Krankheitserreger entsprechende Vorsorge getroffen. Das ist ein Verdienst unseres Urvorfahren Leonardo da Vinci."

„Sie geben mir Rätsel auf, Kanamytrex", sagte Perry Rhodan mit bedauerndem Tonfall.

„Das ist nicht unsere Absicht. Ich schlage daher vor, daß sich jeder von euch einen Begleiter aus unseren Reihen auswählt, der ihm unsere Erde zeigen und alle Fragen beantworten wird. Wir haben genügend Zeit, denn für die Reparatur eures Schiffes brauchen wir etwa drei Tage. Dann könnt ihr Terra II, wie ihr unsere Welt genannt habt", sie lächelte, „wieder verlassen oder bei uns bleiben."

4.

Fellmer Lloyd war in Begleitung eines jungen Mannes namens Nobbir in der Stadt unterwegs. Das Angebot, ein Gleitfahrzeug zu benutzen, hatte er dankend abgelehnt.

„Ich möchte die Menschen kennenlernen“, bat der Mutant höflich.

Sie durchquerten eine Region, die Lloyd stark an seine Jugend in den USA erinnerte. Diese Stadt hier glich in diesem Abschnitt einer typischen amerikanischen Kleinstadt des 20. Jahrhunderts. Der Verkehr auf der breiten Straße hielt sich in Grenzen. Die meisten Autos fuhren völlig geräuschlos. Vereinzelt sah er aber auch Kraftfahrzeuge, die denen seiner Jugend entsprachen.

„Fährt hier jeder, womit er will?“ fragte er Nobbir.

„Womit er möchte“, verbesserte ihn der junge Mann sanft. „Schon unsere Vorfahren, die vor Jahrtausenden in Höhlen lebten, haben erkannt, daß die freie Entfaltung der Persönlichkeit eins der höchsten Güter der Menschen ist. Freilich erfordert das Leben in der Gemeinschaft Spielregeln und macht Einschränkungen erforderlich. Seit der Zeit Barbarossas wissen wir jedoch, wie man diese Einsicht von sich aus gewinnt. Damit war dieses Problem gelöst.“

„Das verstehe ich nicht. Das tägliche Leben führt doch zwangsläufig zu Komplikationen. Ich habe in meiner Jugendzeit in einer Stadt gelebt, die dieser Region eurer Stadt sehr ähnlich ist. Bei uns gab es alle paar Tage einen Verkehrsunfall, ferner Einbrüche, Überfälle und Diebstähle.“

Nobbir runzelte die Stirn. „Ich habe wohl davon gehört, daß es solche Dinge in unserer Frühzeit auch gegeben haben soll. Allerdings kann ich mir unter deinen Worten nichts Rechtes vorstellen. Was den Verkehr auf den Straßen oder in der Luft betrifft, so besitzen wir einfache Regeln, an die sich jeder ohne Schwierigkeiten halten kann.“

Lloyd fiel auf, daß es auf seiner Straßenseite nur Einmündungen gab, die nach seinen alten terranischen Vorstellungen ausschließlich das Einfließen des Rechtsverkehrs erlaubten.

Er machte Nobbir darauf aufmerksam. „Was ist, wenn jemand nach links abbiegen will?“

„Nach links abbiegen kann man doch nicht.“ Ein leiser Vorwurf schwang in der Stimme des jungen Mannes mit. „Das wäre doch eine potentielle Gefahrenquelle. Wer so Straßen anlegt, ist nach unserer Ansicht . . .“

Er stockte und suchte nach passenden Worten.

„Es gibt keinen Begriff in deiner Sprache“, erklärte er dann. „Wir nennen so etwas *devalu.* In etwa bedeutet es *nicht lebensfähig.*“

Sie bogen in eine Seitengasse ein, in der eine robotische Maschine die ohnehin saubere Straße wusch.

„Hier wohne ich übrigens“, erläuterte Nobbir. „Früher habe ich einmal auf dem Land gelebt, und später werde ich bestimmt einmal eine Zeit in einem anderen Stadtviertel verbringen. Wahrscheinlich wähle ich die Zone ohne Energie. Es muß reizvoll sein, einmal aus sich selbst heraus für alles zu sorgen.“

Der Mutant betrachtete den Hauseingang des zweistöckigen Hauses, vor dem Nobbir stehengeblieben war. Ein paar Kleinigkeiten ließen ihn stutzen.

Unter dem Türgriff fehlte das Schloß. Offenbar konnte jedermann diesen Eingang nach seinem Gutdünken benutzen.

Neben dem Eingang waren offene Fächer angeordnet, die mit kleinen Schildern versehen waren. Die einfache und klare Schrift konnte Lloyd nicht lesen, aber er hegte keinen Zweifel daran, daß es sich um Briefkästen handelte. In einem Fach lag ein gefaltetes Papier, das eine große Ähnlichkeit mit einer Zeitung aufwies.

„Habt ihr eure Häuser nicht verschlossen?“ fragte er, und er kam sich dabei ziemlich dumm vor. „Auch sehe ich, daß jeder in jeden Briefkasten langen kann.“

„Er könnte es.“ Nobbir lachte. „Aber warum sollte jemand auf einen so unsinnigen Gedanken kommen. Wenn etwas in einem anderen Kasten liegt, so sieht er doch, daß es nicht für ihn selbst bestimmt ist. Das einzige, was bei uns verschlossen ist, sind die Belüftungsschächte in die unterirdischen Bereiche. Das ist eine Vorsichtsmaßnahme. Wir wollen verhindern, daß versehentlich Tiere dadurch ums Leben kommen. Wenn du möchtest, so können wir in das Haus gehen. Jeder wird dich dort willkommen heißen."

„Warte bitte noch. Mich beschäftigt eine andere Frage. Es gibt Menschen, die über die natürliche Fähigkeit verfügen, die Gedanken anderer zu erkennen."

„Ja, natürlich", plauderte Nobbir. „Das ist eine dumme Sache mit den Telepathen. Sie würden immer wieder versehentlich die persönlichen Gedanken anderer Menschen aufschnappen. Für uns hat schon vor Jahrhunderten Marie Curie dieses Problem gelöst. Aufbauend auf den alten Erkenntnissen über uns selbst, schuf sie das *Modal*. Es tut mir leid, aber ich muß wieder einen Begriff aus unserer Sprache benutzen. Das Modal ist etwas, das unsere persönlichen Gedanken schützt."

Fellmer Lloyd erwiderte nichts darauf. Aus den Bruchstücken von Informationen, die er erhielt, konnte er sich jedoch ein grobes Bild dieser Menschen machen. Er fühlte sich nicht sonderlich wohl dabei, denn irgendwie begann er sich wegen seiner gewohnten Denkweise zu schämen.

„Für dich scheint vieles unverständlich zu sein", half ihm Nobbir weiter. „Vielleicht tröstet es dich, daß wir Menschen auch vieles an euch nicht verstehen. Wir haben ungewollt Aufnahmen eurer Funkgespräche gemacht. Daher kennen wir eure komplizierte Sprache, in der viele Begriffe nicht nur eine mehrfache Bedeutung haben, sondern auch teilweise für uns gar keinen Sinn ergeben. Darf ich dich etwas fragen?"

„Natürlich, Nobbir", antwortete Fellmer Lloyd bereitwillig.

Der junge Mann zog einen Zettel aus seiner Jackentasche.

„Was bedeuten folgende Wörter: Polizist, Seuche, Gefängnis, Feind, Vergewaltigung, Angriff, Mord, Sucht, Gier ..."

5.

Für Hulup Kankle war es unangenehm, daß die kleine Mannschaft der Menschen aufgesplittert wurde. So hatte er eine wichtige Möglichkeit verloren, die zu seinem Auftrag gehörte, nämlich die ständige Überwachung Perry Rhodans. Sein einziger Trost war die Tatsache, daß ihn kaum jemand absichtlich verraten konnte, wenn man erst zur Erde der wachsenden Vernunft zurückgekehrt war. Denn er war ja der einzige wahre Gesunde unter den fünf, die auf dieser eigenartigen erdähnlichen Welt gelandet waren.

Seine Angst, nicht mehr zu den anderen Vernünftigen gelangen zu können, hatte er weitgehend abgebaut. Die Fremden hatten sich freiwillig angeboten, die Space-Jet zu reparieren. Das beruhigte Kankle sehr.

Es bewies ihm aber auch gleichzeitig, daß es sich hier um dumme und kranke Menschen handelte, denn einen vernünftigen Grund für diese Hilfeleistung gab es nicht.

Hulup Kankle gehörte zu den Menschen auf der Erde, bei denen der Faktor *Emotionalität* des Bewußtseins durch den Einfluß der Sonne Medaillon bereits völlig ausgeschaltet worden war. Geblieben – und damit auch stärker hervorgetreten – waren die logische Denkfähigkeit und das Unterbewußtsein. Letzteres spielte dem angehenden Aphiliker mit den von Panik gefüllten Angstanfällen so manchen Streich. Von den führenden Vernünftigen wurde diese Tatsache nicht als gefährlich bewertet, da sie doch scheinbare Gefühle vortäuschte.

Als sich Kankle in Begleitung von Kanamytrex, die er sich als Führerin erbeten hatte, mit einem Gleiter in die Luft schwang, interessierte ihn nur eins. Er mußte im Sinn des noch unvollkommenen, aber ihm teilweise gut bekannten Plans der Vernunft handeln und möglichst viel über TERRA II in Erfahrung bringen. Er schloß dabei die Möglichkeit nicht aus, auch hier auf gesunde und vernünftige Menschen zu stoßen. Auch galt es, diese Welt als Machtfaktor zu beurteilen, da sie wegen der Nähe zur Erde zu einer Gefahr für die zukünftige vernünftige Menschheit werden konnte.

„Was möchtest du von unserer Welt sehen?“ fragte ihn die Frau freundlich. Kankle hatte sich damit abgefunden, daß die Kranken von TERRA II keine vernünftige Anrede benutzten und ihn einfach duzten. In dieser Beziehung waren diese Menschen noch schlimmer als die verwirrten Terraner.

„Mich interessieren Ihre Verteidigungsanlagen“, gab er offen zu. „Wo haben Sie Ihre Raumflotten, und wie sind Ihre Schiffe bewaffnet?“

Kanamytrex blickte den Allround-Spezialisten unsicher an. „Ich glaube, ich verstehe dich nicht“, wich sie aus.

„Sie wollen mich nicht verstehen“, stellte Kankle herausfordernd fest. „Dann werde ich es Ihnen anders erklären. Wie wollen Sie sich wehren, wenn ein anderes raumfahrendes Volk sie überfällt und Ihren schönen Planeten für sich in Besitz nimmt?“

„Warum sollte uns jemand überfallen?“ staunte die Frau. „Wir haben schon viele Besucher anderer Völker gehabt. Nie gab es einen Akt der Gewalt, denn so etwas wäre doch völlig widersinnig.“

„Sie weichen mir ständig aus.“ Kankle zeigte deutlich, daß er ungehalten war. „Schließlich haben Sie doch auch Vorsichtsmaßnahmen getroffen, als wir in der Nähe Ihrer beiden Raumschiffe aufgetaucht sind.“

„Wir haben euch geborgen, als euer Schiff beschädigt in der Nähe unseres Sonnensystems erschien. Das war ein natürlicher Akt der Hilfeleistung.“

„Einen Moment einmal. Wir haben mit einem großen Raumschiff Ihre beiden Schiffe in einem ganz anderen Sonnensystem verfolgt, als sich diese in einem Trümmerring um die dortige rote Sonne verstecken wollten. Dabei kam es zu dem Sprung in die Nähe Ihres hiesigen Sonnensystems. Sie haben dort wohl eine Transmitterstation in dem Trümmerring oder etwas Ähnliches, und Sie wollen nicht darüber sprechen. So ist es wohl.“

„Du irrst dich, Hulup Kankle.“ Auch jetzt blieb Kanamytrex noch freundlich und gelassen. „Unsere ganze Raumflotte besteht aus zwölf Schiffen, die nur gelegentlich innerhalb unseres Sonnensystems eingesetzt werden, um von anderen und unbewohnten Planeten Rohstoffe zu holen. Wir betreiben nur eine ganz begrenzte Raumfahrt. Vor 400 oder 500 Jahren war das einmal anders, aber wir haben eingesehen, daß die Raumfahrt nicht viel zu unserem Glück beiträgt. Unsere Vorfahren sind draußen im All auf andere Völker gestoßen, die sich unfreundlich verhielten. Wir mußten uns zurückziehen, und wir taten dies gern, denn dank unserem Lehrmeister Arno Kalup wußten wir, daß das wahre Glück und der Friede nur in der Heimat zu finden sind.“

„Ich glaube das nicht“, beharrte Kankle. „Ihr müßt euch doch der Gefahr bewußt sein, daß andere und weniger friedliche Völker zu dieser Welt kommen.“

„Das ist sehr unwahrscheinlich“, antwortete die Frau unbekümmert.

„Unsere Anwesenheit zeigt doch, daß dieser Fall eintreten kann.“

„Das ist nur bedingt richtig, denn wir erhielten eine Botschaft, die besagte, daß wir euch zur Erde bringen sollten.“

„Sie meinen zu *Ihrer Erde?* Von wem kam diese Botschaft an Sie?“

Kanamytrex setzte eine bedauernde Miene auf. „Den Absender der Botschaft kennen wir nicht, aber wir wissen, daß wir seinen Wünschen nicht widersprechen sollten.“

„Das sind alles dumme Ablenkungsmanöver von Ihnen“, brauste der Mann auf. „Sie wollen mich zum Narren halten.“

„Durchaus nicht, Hulup Kankle“, sagte Kanamytrex. „Wir wollen Ihnen nur helfen. Allerdings wissen wir nicht, worin diese Hilfe bestehen soll. Bei Ihnen ist dies noch am leichtesten zu erkennen.“

„Was soll das heißen?“ In Kankles Gesicht schwollen die Zornesadern.

„Sie sind krank, Hulup“, erklärte die Frau sanft.
„Krank?“ Kankle lachte höhnisch auf. Dann holte er aus und schlug der Frau die Faust in das Gesicht.

6.

Alda Mortan zog sich erst in die Space-Jet zurück, bevor sie mit ihrem ausgewählten Begleiter einen Erkundungsflug durchführen wollte. Als sie allein war, nahm sie die beiden überflüssig gewordenen Translatoren, die sie auf die Heimatsprache der Fremden programmiert hatten, um eine genaue Analyse durchzuführen. Dazu benutzte sie die Bordpositronik der Space-Jet.
Die Frau wollte eine Erklärung dafür finden, daß die Namen der Geschichte der Erde auf diesem fremden Planeten ebenfalls auftauchten.
Sie überspielte den Inhalt der Translatoren in die Positronik und ließ sich dann die entsprechenden Analysen ausdrucken.
Die Sprache von TERRA II war von einer bestechenden Einfachheit und Logik. Jedem Einzelbegriff wurde eine alleinige Bedeutung zugeordnet. Die Bordpositronik kam sehr bald zu dem Schluß, daß diese Sprache, die nur klanglich mit dem Interkosmo identisch war, einen künstlichen Ursprung haben mußte.
Alda bat ihren Begleiter zu sich und trug ihm die Ergebnisse der Analyse vor.
Wayla, wie sich der Fremde nannte, war ein älterer Mann mit grauen Haaren. Er hatte ein gutmütiges Gesicht.
„Das hättest du einfacher haben können“, erklärte er lächelnd. „Natürlich kenne ich die Geschichte unserer Sprache. Eigentlich müßte ich sagen *unserer Sprachen*. Vor vielen Jahren lebten wir als einzelne Völker und Stämme über den ganzen Planeten verteilt. Selbst eng benachbarte Gruppen besaßen unterschiedliche Sprachen. Oft war es auch so, daß ein und das-

selbe Wort ganz verschiedene Bedeutungen besaß. Die großen Lehrmeister unseres Volkes zeigten uns jedoch schon früh, welche internen Hindernisse diese Sprachbarrieren aufbauten. Da die Grunderkenntnis des Zusammenlebens zu dieser Zeit schon bekannt war, war es kein Problem, eine Sprache zu finden, die alle Völker zufriedenstellte. Der Schöpfer unserer Sprache war Thomas Alva Edison. Genügt dir diese Erklärung?"

„Es gibt da etwas, das ich nicht verstehe. Sie nennen stets Namen für die Lehrmeister Ihres Volkes. Wir kennen alle diese Namen aus unserer eigenen Geschichte, wenngleich diese ganz anders verlaufen ist. Auch besaßen die genannten Personen ganz andere Fähigkeiten als bei Ihnen. Es waren auch wichtige Personen unserer Geschichte, aber nicht so bedeutend, daß sie sich auf unsere ganze Erde auswirkten."

„Ich kann dir das auch nicht erklären. Vielleicht hängt es damit zusammen, daß wir unsere Sprache nach anderen Gesetzen in eure übertragen. Wenn du es wünschst, werde ich dieses Problem den Weisen unseres Volkes vortragen."

„Wer sind diese Weisen?" wollte Alda wissen.

„Die zwölf Klügsten unserer Erde", lautete die bereitwillige Antwort. „Möchtest du einen von ihnen sprechen?"

Die Frau nickte.

Wayla zog ein kleines Gerät aus seinem Umhang und sprach ein paar unverständliche Worte hinein. Dann wandte er sich wieder an Alda Mortan.

„Einer von ihnen wird kommen. Es wird nicht lange dauern."

„Gut. Ich habe eine weitere Frage. Die wichtigste Person in unserer Geschichte der letzten eineinhalb Jahrtausende ist der Mann, den Sie heute ebenfalls kennengelernt haben. Sein Name ist Perry Rhodan. Wenn die Berühmten Ihrer Geschichte Parallelen in unserer haben, so wäre es doch naheliegend, daß es bei Ihnen auch einen Perry Rhodan gibt."

„Dieser Mann ist so etwas wie ein Staatsoberhaupt", stellte Wayla fest. „Da es solche Institutionen bei uns schon lange nicht mehr gibt, kann es für diesen Mann keine Parallele geben. Wir führen uns selbst gemeinschaftlich und mit Güte. Ich habe den Namen Perry Rhodan heute zum erstenmal gehört."

Bevor Alda Mortan eine weitere Frage stellen konnte, betrat ein anderer Mann die Space-Jet.

„Das ist der Weise Trevor Casalle", stellte Wayla den Ankömmling vor. Alda Mortan meinte, diesen Namen auf der Erde schon einmal gehört zu haben.

„Ich werde dann wohl vorerst nicht mehr benötigt." Wayla verabschiedete sich mit einer leichten Verbeugung.

Alda sprach über eine Stunde mit Casalle. Immer deutlicher spürte sie das unermeßliche Wissen dieses Mannes. Gleichzeitig wuchs ein Neid- und Abscheugefühl in ihr vor diesem Menschen. Sie bekam Angst, denn Casalle konnte ihr selbst die kompliziertesten Zusammenhänge einleuchtend erklären.

Sie erkannte aber auch, was dieser Mann für einen Wert darstellte. Das bestimmte ihr weiteres Handeln.

Vorsichtig griff sie in eine Schublade und zog ihren Impulsstrahler heraus.

7.

Perry Rhodan sah Walty Wensterberg mit einer jungen Frau davoneilen. Er fragte sich noch, wofür sich der Navigator und Positroniker wohl interessieren würde, als sein Begleiter, eine ältere Frau namens Iuna, zu ihm trat.

„Was darf ich dir von unserer Welt zeigen?" fragte sie freundlich.

„Für mich ist hier alles zu überraschend und fremdartig", gestand Rhodan. „Fast bin ich geneigt anzunehmen, daß mir nur etwas vorgegaukelt wird. Bitte fassen Sie das nicht als Kränkung auf. Aber äußerlich gleicht Ihre Welt in vielen Dingen und Entwicklungsstadien meiner Erde. Und doch ist so vieles anders. Besonders die Menschen hier und ihre Einstellung zueinander verblüffen mich. Zugegeben, daß wir eine Reihe von Untugenden besitzen. Wir halten das Vorhandensein solcher Charaktereigenschaften jedoch für natürlich. Der ständige Lebenskampf, das Behaupten gegen sich selbst und gegen andere, stachelt uns auf und führt uns zu wahren Leistungen. Bei Ihnen ist das anders. Ich frage mich, was für Sie das Leben lebenswert macht."

„Es ist richtig, daß man ohne Impulse nicht leben kann. Unser Volk würde degenerieren. Wir geben uns diese Impulse, indem wir nach immer neuen Aufgaben suchen, indem der einzelne Mensch sein Dasein in Phasen aufteilt, in denen er unter ganz unterschiedlichen Bedingungen leben muß. Die Untugenden unserer Frühgeschichte brauchen wir dazu nicht. Sieh dir die Geschichte an. Dieser Planet ist 4,5 Milliarden Jahre alt. Vor dreihundert Millionen Jahren entstand auf natürlichem Weg durch Mutation und Auslese ein selbständig denkendes Wesen, der Mensch. Von dem Augenblick an, an dem die eigenständige Denkfähigkeit einsetzte, haben wir nichts anderes getan, als uns selbst und unsere Welt zu verbessern. Wir haben etwas erreicht, was vielleicht imponierend oder – für dich – verwirrend erscheinen mag. Zufrieden sein können wir damit jedoch noch nicht. Der Grundzug unseres Denkens – und das Denken kommt stets vor dem Handeln – ist nicht auf die Auseinandersetzung mit anderen Menschen aufgebaut, wie es wohl bei deinem Volk ist. Wir können nichts tun, was einem anderen zum Nachteil wäre, weil wir dies aus tiefstem Empfinden nicht wollen. Das ist es wohl, was dich verwirrt."

Perry Rhodan schwieg und verarbeitete das Gehörte.

Iuna begleitete ihn in ein offenes Schwebefahrzeug und startete. Sie flogen über den See in Richtung der fernen Gebirge.

„Ein grundsätzliches Problem für jedes intelligente Leben ist die Energiegewinnung", setzte Rhodan das unterbrochene Gespräch fort. „Ich kann nirgends Kraftwerke, Übertragungsstationen oder Ähnliches erkennen. Können Sie mir darüber etwas sagen?"

„Aber gern“, kam die bereitwillige Antwort. „Ich glaube, wir haben uns in diesem Punkt ganz natürlich entwickelt. Zuerst wurde das Feuer entdeckt und dann die Gefahr wilder Brände durch Vorsichtsmaßnahmen eingedämmt. Dann folgten später andere natürliche Brennstoffe auf der Basis von Kohlenwasserstoffverbindungen.“

„Benzin und verwandte Stoffe“, warf Perry Rhodan ein.

„Richtig. Sie hatten zwei große Nachteile. Erstens verseuchten sie mit ihren Verbrennungsrückständen die Natur, und zweitens existierten sie nur in begrenztem Umfang. Für eine synthetische Herstellung war unsere Industrie noch nicht weit genug entwickelt. Es gab also nur einen Ausweg, nämlich auf lange Zeit die unerschöpflichen Kräfte und Energien zu nutzen, die uns die Natur im Innern der Atomkerne anbot.“

„Der Weg zur Erschließung dieser Kräfte ist lang und schwierig. Früher hat es auf meiner Erde genügend Ärger damit gegeben, weil die Menschen die Gefahr der radioaktiven Verstrahlung erkannten.“

„Natürlich haben auch wir das erkannt“, räumte Iuna unbefangen ein. „Und natürlich haben wir Jahre benötigt, um einen Weg zu finden, radioaktive Abfälle zu kontrollieren und jegliche Gefahr auszuschalten. Erst dann konnte man daran gehen, das erste unterirdische Atomkraftwerk zu bauen. Bis es soweit war, gab es eine Durststrecke von über einhundert Jahren, in denen die Energie wirklich knapp war. Seit dieser Zeit wurden alle Einrichtungen der Energieerzeugung und Verteilung in das Erdinnere verlegt.“

„Und die radioaktiven Abfälle?“ fragte Rhodan.

„Was nicht zur Energiegewinnung zurückgeführt werden konnte, wurde ebenfalls unterirdisch eingelagert. Unsere Forscher fanden später Möglichkeiten, auch diese Restprodukte noch nützlich zu verwenden. Mit den Stoffen, mit denen man gar nichts mehr anfangen konnte, verfuhr man anders. Sie wurden mit unbemannten Raumschiffen in unsere Sonne geschossen. Später wurden diese Kraftwerke durch Fusionsreaktoren ersetzt. Dann entdeckte man die Antimaterie und entwickelte Verfahren zur Herstellung von reinem Kernplasma. Da diese Kraftwerke eine noch größere Gefahr für unsere Welt darstellten, wurden alle Experimente und die ersten Energiestationen auf unbewohnten Planeten unseres Sonnensystems durchgeführt. Oberstes Ziel war neben der Energiegewinnung immer die Erhaltung unserer Welt. Heute gibt es im Erdinnern nur noch Werke, in denen die auf anderen Planeten gewonnene Energie in praktisch nutzbare umgewandelt wird. Auf die Basisenergien Wärme und Elektrizität können wir niemals verzichten.“

Sie überflogen den Kamm eines Gebirges. Iuna reichte Perry Rhodan ein Fernglas und deutete auf einen vereisten Gipfel.

„Du wirst dort sicher ein paar Seilschaften erkennen können“, erklärte sie dazu, „denn es sind immer Menschen unterwegs, die die friedliche Auseinandersetzung mit der Natur suchen. Natürlich gibt es Überwachungseinrichtungen, damit Unfälle vermieden werden. Das Risiko ist also gering. Der Anreiz ist jedoch geblieben. Vielleicht verstehst du jetzt, woher wir unseren Lebenswillen nehmen.“

Jenseits der Berge breitete sich ein weites Tal aus. Das Schwebefahrzeug sank schnell nach unten auf kilometerlange, aber niedrige Bauwerke zu. Rhodan entdeckte große rechteckige Sand- und Rasenflächen im Inneren der Bebauungen.

„Sportstätten“, erläuterte Iuna. „Nur in einem gesunden Körper lebt ein gesunder Geist. Weiter hinten“, sie deutete an den Horizont, wo eine andere Stadt sichtbar wurde, „liegen die Forschungs- und Heilstätten für unsere Biologen und Mediziner. Wir haben zwar alle Krankheiten, die wir im Lauf unserer Geschichte erlebten, unter Kontrolle gebracht, aber die Natur überrascht uns auch heute noch mit Mutationen gefährlicher Kleinstlebewesen.“

Sie flogen eine Weile schweigend weiter, bis die Frau plötzlich Rhodan anblickte und ihn fragte:

„Warum sagst du mir nicht, was euer Problem ist? Warum habt ihr uns gesucht?“

Perry Rhodan schaute Iuna fragend an.

„Ich verstehe Sie nicht. Wir haben Ihre Welt nicht direkt gesucht. Es war wohl mehr ein Zufall, daß wir sie fanden.“

„So ist es also“, antwortete die Frau etwas traurig. „Ich habe es fast geahnt. Ihr wißt den Grund eures Hierseins ebensowenig wie wir. Das macht die Sache noch etwas komplizierter.“

Perry Rhodan versuchte vergeblich, den Sinn dieser Worte zu enträtseln. Er spürte aber deutlich, daß es eine Kluft zwischen den Menschen von TERRA II und denen seiner Erde gab, die unüberwindlich schien.

Er erinnerte sich an die wispernde Stimme, die wie aus weiter Ferne zu ihm gesprochen hatte. War es wirklich ein Zufall, daß er nach TERRA II gekommen war?

Oder steckte eine ganz andere Absicht dahinter?

8.

Bevor es Abend wurde, kehrte er zu der Space-Jet zurück. Er traf dort zunächst Fellmer Lloyd und dann Alda Mortan und Hulup Kankle. Nur Walty Wensterberg fehlte noch.

Die freiwilligen Begleiter von TERRA II zogen sich schnell zurück und ließen die vier allein.

Sie tauschten ihre Erfahrungen und Beobachtungen aus. Alda erzählte von ihren Nachforschungen über die Sprache von TERRA II und über ihre Unterredung mit einem der zwölf Weisen dieser Welt.

Fellmer Lloyd schilderte seine Eindrücke, die er von den Menschen hier gewonnen hatte.

Nur Hulup Kankle war ziemlich schweigsam. Er erklärte lediglich, daß man ihm keine Möglichkeit gegeben habe, die Verteidigungsanlagen von TERRA II zu besichtigen.

„Die Menschen hier sind ein verrücktes und verlogenes Volk“, behauptete er kühn.

„Sie irren sich bestimmt", widersprach ihm Perry Rhodan. „Die Geschichte hat hier trotz vieler Parallelen mit unserer Erde nur einen anderen Verlauf genommen. Diese Menschen hier haben sich viel früher erkannt. Das macht den Unterschied zu uns aus. Sie haben all das Böse, mit dem wir heute noch leben, aus ihrem Dasein verbannt. Ich gebe zu, daß mir ein solches Leben nicht sehr zusagen würde. Aber andererseits sehe ich auch die höhere Wertigkeit eines solchen Daseins."

„Dumme Gefühlsduselei", warf Kankle ein. „Ich sehe die Sache ganz anders."

Keiner ging auf den Allround-Spezialisten ein.

„Nach unseren Vorstellungen gibt es eine Welt wie diese nicht", meinte Fellmer Lloyd, zu Rhodan gewandt. „Wir haben zwar nur einen kleinen Teil gesehen und erlebt, aber ich fühle mich seltsam berührt. Ich kann trotz meiner psionischen Fähigkeiten das Außergewöhnliche dieses Planeten und seiner Menschen nicht erfassen."

„Es steckt eine Absicht hinter allem", grübelte Rhodan. „Es muß einen bestimmten Sinn geben, der der Grund für unser Hiersein ist. Ich habe schon daran gedacht, daß vielleicht ES mir eine Warnung zukommen lassen wollte."

Sie verließen die Space-Jet, als draußen lautes Stimmengemurmel hörbar wurde.

Inzwischen war es Nacht geworden, aber große Scheinwerfer und das Licht der Stadt erhellten den Platz, auf dem sie gelandet waren.

Eine Gruppe von zwanzig oder dreißig Menschen kam geschlossen auf die Space-Jet zu. Perry Rhodan wurde unsicher, als er die finsteren Blicke sah.

In der Mitte der Gruppe schleppten ein paar junge Männer eine schlaffe Gestalt, die über und über mit Blut überströmt war.

Sie traten vor Perry Rhodan hin und warfen ihm den Leichnam von Walty Wensterberg schweigend vor die Füße.

„Was ist geschehen?" fragte Rhodan erschrocken.

Er erhielt keine Antwort.

Unter den Menschen, die sich um ihn drängten, erkannte er auch die Begleiter von Lloyd, Alda und seine eigene Führerin. Kanamytrex und die junge Frau, die Wensterberg begleitet hatte, fehlten jedoch.

Einer der Männer sagte etwas in seiner Heimatsprache. Rhodans Translator übersetzte das Wort „Wer?"

Die ausgestreckten Arme der Menschen deuteten auf Hulup Kankle und Alda Mortan. Als sie wieder nach unten sanken, stürmten die Menschen auf Rhodan und seine Begleiter zu. Im Nu fühlte sich Rhodan von kräftigen Armen gepackt, aus denen es kein Entkommen gab.

Fellmer Lloyd erging es nicht anders.

Einige der Männer und Frauen drangen in die Space-Jet ein. Kurz darauf kamen sie in Begleitung eines älteren Mannes nach draußen.

Der sah das Bild der aufgebrachten Menschen.

„Ihr könnt es nicht tun!" rief er seinen Leuten zu.

„Sie haben die Saat des Bösen zur Erde gebracht", antwortete ein trotziger junger Mann. Er deutete auf den leblosen Wensterberg. „Er hat einer unserer Frauen Gewalt angetan." Sein ausgestreckter Arm zog einen Kreis durch die Luft und verharrte auf Alda Mortan. „Sie hat versucht, einen unserer Weisen zu entführen, um sein Wissen an die Kranken ihrer Welt zu verschachern. Und der", er stieß Hulup Kankle an, „hat meine Mutter Kanamytrex geschlagen. Sie haben die Saat des Bösen gebracht, und sie sollen die Früchte ernten."

Die Meute stürzte sich trotz des heftigen Protests des Weisen auf Alda Mortan und Hulup Kankle. In Sekunden waren die beiden zwischen den tobenden Menschen verschwunden.

Perry Rhodan und Fellmer Lloyd wurden von kräftigen Armen in die Space-Jet geschoben. Das Schott rastete hinter ihnen ein.

„Sie trampeln die beiden förmlich zu Tode", stöhnte der Mutant. „Ich spüre plötzlich den ganzen Haß. Ihre Barriere in den Gedanken ist gefallen."

Rhodan lehnte sich leichenblaß an eine Seitenwand. Die Ereignisse hatten ihm die Sprache geraubt.

Er kam erst wieder zu sich, als aus dem Funkempfänger ein Signalton kam.

Wie im Traum drückte er die Sensortaste. Auf dem Schirm erschien das Bild von Kanamytrex. Über einem Auge trug die Frau einen dicken Verband.

„Ich bedaure das", sagte sie leise, „was jetzt vorgefallen ist. Einige von uns haben zu schnell von euren Fehlern gelernt. Wir werden viel Zeit brauchen, um sie wieder zu stabilisieren. Wir hatten den Auftrag, euch zu helfen. Ich weiß nicht, wie diese Hilfe aussehen sollte, und ich zweifle daran, daß sie uns gelungen ist. Lebt wohl."

Perry Rhodan gab der Frau keine Antwort. Sein Blick sagte alles, was er nicht aussprechen konnte.

Draußen verlief sich die aufgebrachte Menge. Von den drei Opfern des ungezügelten Ausbruchs sahen Rhodan und Lloyd keine Spur mehr.

Der Mutant wollte die Space-Jet starten, aber in diesem Moment ging ein spürbarer Ruck durch das Schiff.

„Leb wohl, Perry Rhodan", sagte Kanamytrex noch einmal. „Ich glaube, eine Welt wie deine Erde braucht dich."

Der Bildschirm erlosch, und die Umgebung verschwamm in grauen Schlieren.

Der Trümmerring des kleinen roten Sterns spie die Space-Jet aus. In Sichtweite stand die Korvette ARKANSAS.

Fellmer Lloyd sah seinen langjährigen Freund an, aber Perry Rhodan schwieg noch immer.

Marianne Sydow

Zwischen zwei Welten

Man schreibt das Jahr 3582, und das Raumschiff SOL ist nach mehr als vierzigjähriger Irrfahrt in die Milchstraße zurückgekehrt, die von den Laren beherrscht wird. Das Wiedersehen zwischen Perry Rhodan und Atlan, dem Prätendenten der Neuen Menschheit, bringt Konflikte mit sich, die in der Gefangennahme Rhodans und der Überführung der SOL auf den Planeten Gäa gipfeln. Mißverständnisse und Irrtümer haben aus den einstigen Freunden Feinde gemacht.

Aber nicht nur die „Großen“ dieser Welt in ferner Zukunft sind momentan außerstande, Geduld, Vernunft und Verständnis füreinander aufzubringen, sondern auch Menschen, die nicht im Rampenlicht stehen, ringen mit derartigen Problemen . . .

„Wer auf der SOL geboren wird, der muß sich an vieles gewöhnen“, sagte Alina Henderson immer, und damit hatte sie zweifellos recht. Gerade noch war die SOL von einhundertachtzig Raumschiffen des NEI, mit Atlans Flaggschiff an der Spitze, bedroht worden, dann durchflog sie einen unberechenbaren Staubgürtel, und nun drittelte sie sich und landete auf einem Planeten.

Die Sol-Geborenen mochten solche Landungen nicht. Zum einen verachteten sie ein wenig die Bewohner solcher Welten, die sich nicht frei im Raum fortbewegen konnten, und zum anderen hatten sie stets ein bißchen Angst um „ihre“ SOL. Das Auseinanderkoppeln der drei Schiffszellen sorgte für zusätzliche Spannungen.

Als wäre es damit nicht genug, griffen starke Traktorstrahlen nach den drei Zellen, kaum daß sie den Boden berührt hatten, und ein Verband von Kampfschiffen bezog über ihnen Stellung.

Dennoch gab es Menschen an Bord der SOL, die voll freudiger Erwartung in die Zukunft blickten, denn zum erstenmal flog man einen Planeten an, auf dem Menschen wirklich lebten und nicht nur in steter Furcht vor den Laren dahinvegetierten. Gäa war eine zivilisierte Welt, auf der es offensichtlich friedlich zuging und deren Bewohner es zu bemerkenswertem Wohlstand gebracht hatten. Auf Gäa gab es Städte und Straßen, Agrarland und Industriegebiete, blauen Himmel, grüne Wiesen und Wälder und all die anderen Dinge, die denen, die noch auf Terra geboren waren, nie so ganz aus der Erinnerung schwinden wollten.

Mike Sinac ahnte bereits, welche Folgen diese Bilder haben würden. Als er nach dem Unterricht die Wohneinheit aufsuchte, war Alina noch nicht da, obwohl sie ihren Dienst in der Rechenzentrale längst beendet hatte. Mike wußte, was das bedeutete: Sie war bei ihren Eltern hängengeblieben, wie so oft in den letzten Wochen.

Er dachte flüchtig daran, dort nachzufragen, aber dann fiel ihm ein, daß Alinas Vater Geburtstag hatte, und er ließ es bleiben. Er haßte jede Heuchelei – wie sollte er einem Menschen, den er verachtete, Glück wünschen? Und Henderson würde erwarten, daß Mike genau das tat.

Er zog sich um und ging ins Dagor-Center, aber er war an diesem Tag nicht recht bei der Sache. Beim ersten Schüler ging es noch, aber der zweite war ein Mädchen, das eine entfernte Ähnlichkeit mit Alina aufzuweisen hatte. Als die Schülerin ihn weisungsgemäß angriff, war er für einen Augenblick unaufmerksam. Es war eine sehr gute Schülerin, und er übte mit ihr den Einsatz und die Abwehr von Waffen. Aus diesem Grund hielt die junge Frau ein Schwert in der Hand, während Mike unbewaffnet war.

Einen weniger reaktionsschnellen Gegner hätte das arme Mädchen wahrscheinlich glatt enthauptet. Mike reagierte jedoch im letzten Bruchteil einer Sekunde wenigstens mit einem Teil jener Schnelligkeit, die man von ihm gewohnt war, und so blieb es bei einem heftig blutenden Schnitt auf dem rechten Unterarm.

Das halbe Dagor-Center hielt den Atem an und wartete darauf, daß Mike endlich doch einmal explodierte. Es war alles so schnell gegangen, daß die anderen gar nicht bemerkt hatten, wie weit Mike diesen Vorfall selbst verschuldet hatte. Das Mädchen war aschfahl und sah aus, als würde es jeden Augenblick in Weinkrämpfe verfallen, und er stand da, spürte das warme Blut auf seinem Arm und glaubte die Stimme seines längst verstorbenen Lehrers zu hören.

„Das Training", hatte der alte Mann gesagt, „ist dazu da, dir ein Gefühl für den Kampf zu geben. Ein Trainingspartner ist kein wirklicher Gegner. Solange ihr beide entspannt und ruhig seid, offen für jede Sinneswahrnehmung, kann euch nicht viel passieren. Aber wehe, wenn du unaufmerksam bist oder Haß gegen einen Partner empfindest. Hüte dich vor solchen Gefühlen. Wenn du sie spürst, dann brich das Training ab, egal, ob du dich in der Rolle des Lehrenden oder in der des Lernenden befindest!"

Mike war nie zuvor in eine solche Situation geraten. Irgendwie brachte er es fertig, das Mädchen zu beruhigen. Dabei hätte er selbst Trost gebraucht, nicht wegen der Wunde, sondern weil es ihn zutiefst beunruhigte, daß er so eklatant versagt hatte.

Natürlich brach er das Training ab. In einem Medocenter ließ er seine Wunde versorgen. Hinterher betrachtete er den Bio-Verband, und er schämte sich – es war, als würde er ein Brandmal tragen. Er zog die Ärmel tief herab, aber schon nach wenigen Minuten ertrug er das Gefühl nicht mehr, den Stoff um seine Handgelenke herum zu spüren. Ärgerlich schob er die Ärmel bis zu den Ellbogen hinauf, wie er es gewöhnt war.

Als er die Wohneinheit betrat, war Alina endlich von ihrem Besuch zurückgekehrt. Sie saß vor dem Lesegerät und war so in ihre Lektüre vertieft, daß sie ihn zunächst gar nicht wahrnahm. Erst als er über ihre Schulter blickte, schrak sie auf. Er erhaschte noch einen kleinen Teil des Textes. Es handelte sich um ein relativ altes Werk, das vom Leben auf Terra erzählte.

„Du kommst so früh", sagte Alina verlegen. „Ist etwas passiert?"

„Nein", sagte er unwillkürlich.

Sie sah auf und entdeckte natürlich die Wunde an seinem Arm.

„O Gott", stieß sie hervor. „Wie ist das passiert?"

Er zuckte verlegen die Schultern.

„Ein Trainingsunfall", murmelte er.

Er ahnte, welche Gedankengänge er damit auslöste, oder wenigstens glaubte er, es zu ahnen. Sie kannten sich seit rund zwanzig Jahren, und in dieser Zeit hatte er verschiedene „Unfälle" dieser Art gehabt – aber nur zwei davon hatten ihn während des Trainings ereilt, und das war zu einer Zeit geschehen, in der er von seiner derzeitigen Form weit entfernt gewesen war.

„Du solltest diesen Sport aufgeben!" sagte Alina. „Er ist zu riskant."

Mike war wie erstarrt. Sein Magen zog sich zu einem Klumpen zusammen, und aus seinen Poren brach der kalte Schweiß.

Der Augenblick der Entscheidung war gekommen. Er mußte zu jenem Kampf antreten, den er nie gewollt hatte und von dem er überzeugt war, daß er ihn nicht gewinnen konnte, denn hier kamen Waffen zum Einsatz, die er nicht auf seine Art abwehren konnte.

Zu jedem anderen Zeitpunkt hätte Alina ihn gefragt, wie das im einzelnen hatte geschehen können, und sie hätte sich auf ihre Weise bemüht, ihm zu helfen, verständnisvoll, geduldig und mit jenem aufrichtigen Mitleid, das keine Komplexe und keine Abwehr hervorruft.

Er hatte mit dem Training begonnen, als er zwölf Jahre alt war. Als er Alina kennenlernte, waren sie beide fast zwanzig, und er war auf dem besten Wege, ein Meister in seinem Fach zu werden.

Die Liebe zu Alina war einer jener Faktoren gewesen, die ihn befähigten, den letzten, entscheidenden Schritt zu tun. Sie wußte das, und sie war stolz darauf gewesen.

War sie es jetzt nicht mehr?

‚Unsinn‘, dachte Mike. ‚So schnell kann ein Mensch sich nicht so sehr verändern.‘

„Ich war bei meinen Eltern“, sagte sie plötzlich. „Sie bleiben auf Gäa.“ Sie wandte sich ab, als müsse sie unbedingt gerade in diesem Augenblick etwas in einen der Schränke legen, aber in Wirklichkeit hatte sie nur Angst davor, ihm in die Augen zu sehen, als sie fortfuhr: „Ich gehe mit ihnen.“

„Ja“, sagte er langsam. „Das habe ich kommen sehen.“

„Eine Stellung als Lehrer könntest du da draußen auch bekommen“, meinte sie. „Und Dagor-Vereine gibt es sicher ebenfalls.“

„Du weißt genau, daß es darauf nicht ankommt“, murmelte er hilflos. „Ich bin in der SOL geboren, und ich kann und will dieses Schiff nicht verlassen. Ich fürchte, die Kinder werden genauso denken.“

„Ich bin auch in der SOL geboren . . .“

„Deine Eltern haben dich von Anfang an zu dem Glauben

erzogen, daß man auf einem Planeten glücklich werden kann", sagte er heftig. Sie sah ihn erschrocken an, denn sie hatte ihn nie zuvor so zornig gesehen.

„Sie haben es jedenfalls versucht", fuhr Mike etwas ruhiger fort, und er begann, im Zimmer auf und ab zu gehen, wie ein Tier, das sich eingesperrt fühlt. „Es ist ihnen nicht ganz gelungen, nicht wahr? Du bist eine SOL-Geborene, und das macht sich bemerkbar."

„Mag sein", murmelte sie. „Aber das ändert nichts an den Tatsachen."

Er lachte grimmig auf.

„Wie haben sie es angestellt?" fragte er zynisch. „Haben sie dich darum gebeten? Hat dein Vater dir einen Befehl erteilt, oder hat deine Mutter dir etwas vorgeweint?"

Er sah, daß ihr die Tränen in die Augen stiegen, und er rief sich selbst zur Ordnung. So erreichte er gar nichts. Er blieb stehen und zuckte die Schultern.

„Ich frage ja nur so dumm, weil ich nicht weiß, was ich tun soll", gab er verzweifelt zu. „Ich würde alles tun, um dich an diesem Schritt zu hindern, und wenn ich dich auf den Knien darum bitten müßte, zu bleiben – ich würde es tun!"

Alina zögerte.

„Es hat keinen Sinn, die Sache noch zu dramatisieren", sagte sie schließlich. „Es sind meine Eltern. Ich kann sie doch nicht einfach im Stich lassen!"

„Und wie ist es mit deinen eigenen Kindern?"

Sie wandte sich ab.

„Ich habe den Eindruck, die kommen ganz gut auch ohne mich zurecht", murmelte sie. „Außerdem – Mark ist achtzehn, und Celina ist vierzehn. Sie sind längst aus dem Alter heraus, in dem man unbedingt eine Mutter braucht."

„Du weißt genau, daß das totaler Unsinn ist."

„Vielleicht bleiben sie ja auch bei mir."

„Glaubst du das im Ernst?"

Sie ließ sich in einen Sessel fallen und senkte den Kopf.

„Nein“, murmelte sie. „Aber mein Vater nimmt es als selbstverständlich an, daß die Kinder mich begleiten.“

„Damit, daß *ich* mich dazu entschließen könnte, rechnet er nicht, wie?“

„Er kennt schließlich deine Einstellung. Übrigens – wenn es nach ihm gegangen wäre, hättest du vorher gar nichts davon erfahren.“

„Das wird ja immer schöner!“ stieß er hervor. „Wie hat er sich das Ganze vorgestellt?“

Alina seufzte.

„Er hat allerlei Verbindungen – du kennst ihn ja. Er wird rechtzeitig erfahren, wann die SOL startet. Vor ein paar Stunden sind die Schleusen freigegeben worden, und wir können ungehindert hinaus. Etliche Leute sind in Sol-Town unterwegs, um die Menschen dort für Perry Rhodans Ziele zu gewinnen.“

Mark spürte eiskalten Schrecken.

„Wenn es ihnen gelingt, wird die SOL wahrscheinlich sowieso nicht mehr in dem Sinn unsere Heimat bleiben können“, fuhr Alina fort. „Man wird das Schiff im Kampf gegen die Laren brauchen und kann nicht Tausende von Privatpersonen auf einem Kriegsschiff mitschleppen.“

„Ich habe nichts gegen Rhodan“, murmelte Mike. „Aber du kannst mir eines glauben: Ich habe noch nie zuvor einem Mann so sehr gewünscht, daß er eine Niederlage erlebt!“

„Das geht mir nicht anders. Aber gleichzeitig – dann wäre wenigstens sicher, daß wir zusammenbleiben.“

„Das sind Spekulationen. Du warst dabei, mir die sauberen Pläne deines Vaters auseinanderzusetzen!“

„Ich bitte dich: Sprich nicht so von ihm!“

Mike hatte eine scharfe Bemerkung auf der Zunge, aber er schluckte sie hinunter.

„Erzähle“, bat er.

„Da ist nicht viel mehr zu erzählen. Er wollte mir Bescheid geben, wenn es soweit ist, und ich sollte dann die Kinder zu einem Bummel einladen.“

Mike starrte sie an.

„Hättest du das getan?“ fragte er nach einer langen Pause tonlos.

„Du siehst doch, daß ich es nicht tun kann!“ erwiderte sie gereizt. „Hätte ich sonst überhaupt angefangen, dir davon zu erzählen?“

Mike ballte in ohnmächtiger Wut die Fäuste, als ihm klar wurde, welche Konsequenzen der Plan des Alten hatte. Die politischen Tatsachen waren ihm bekannt: Zwischen Rhodan und Atlan hatte sich ein Abgrund aufgetan, und Rhodans Pläne fanden offenbar auch bei den anderen Politikern des NEI wenig Zustimmung. Mike wußte, daß Rhodan eine Ansprache gehalten hatte und auf das Ergebnis einer Abstimmung wartete, die von allen Gäanern durchgeführt werden sollte. Wenn er auch jetzt auf Ablehnung stieß, dann war zu erwarten, daß der Terraner der Milchstraße den Rücken kehrte, und es mochte viele Jahre dauern, bis es erneut zum Kontakt zwischen den Bewohnern der SOL und denen Gäas kam – wenn so ein Kontakt überhaupt noch einmal zustande kam.

Celina und Mark hätten plötzlich auf diesem verdammten Planeten festgesessen, und möglicherweise hätten sie die SOL in ihrem ganzen Leben nicht wiedergesehen. Daß er seine Familie verloren hätte, wog dagegen nicht so schwer, fand Mike, obwohl es natürlich schlimm für ihn gewesen wäre.

„Es wäre Mord gewesen!“ sagte er langsam. „Bei Celina wäre es vielleicht noch gut gegangen, aber Mark hätte da draußen keine Chance gehabt. Es hätte ihn umgebracht.“

Alina sah ihn verständnislos an.

„Ich gebe zu, daß uns die Umstellung schwergefallen wäre“, meinte sie, „aber findest du nicht, daß du jetzt ein bißchen übertreibst?“

„Gegenfrage: Weißt du, was Mark in seiner Freizeit bevorzugt treibt?“

„Ich gebe zu, daß ich nicht ganz auf dem laufenden bin. Die Arbeit . . .“

„Wenn sich die SOL im Raum befindet“, sagte Mike gedehnt, „dann nutzt er jede Gelegenheit, um nach draußen zu gehen.“

Sie verstand nicht, wie er das meinte, und man sah es ihr an.

„Er hat eine Schleuse ausfindig gemacht, die nicht überwacht wird“, erklärte Mike geduldig. „Ein technischer Defekt, nehme ich an. Dort gibt es ein paar Raumanzüge. Er steigt in so ein Ding hinein, geht in die Schleuse und öffnet das äußere Schott.“

„Und dann?“ fragte Alina entsetzt.

„Nichts“, sagte Mike und zuckte die Schultern. „Er setzt sich hin und starrt die Sterne an – das ist alles.“

„Und was soll das Ganze?“

„Ich weiß nicht genau, aber es ist wie eine Sucht. Hast du nicht gemerkt, wie gereizt er in der letzten Zeit oft war? An Bord herrschte häufig Alarmzustand, und dann muß er drinbleiben, weil man seine Spielchen sonst unweigerlich entdeckt. Er leidet geradezu körperlich darunter – wie ein Rauschgiftsüchtiger, dem man die Droge entzieht.“

„Wie lange, um alles in der Welt, geht das schon so – und warum habe ich es nicht schon vorher erfahren?“

„Weil ich den Jungen nicht in Verlegenheit bringen wollte. Ich habe mit Shannon darüber gesprochen.“ Shannon war die Psychologin, die für diesen Schiffssektor zuständig war. „Sie hat mich in jeder Hinsicht beruhigt.“

„Was hat sie genau gesagt?“

„Daß Mark kein Einzelfall ist, und daß das Ganze mit irgendeiner Sucht gar nichts zu tun hat. Es scheint, daß es eine ganze Menge Jugendliche gibt, die es genau wie Mark machen. Einige von ihnen hat man gründlich ausgefragt und untersucht. Es ist nichts dabei herausgekommen, was irgend jemanden beunruhigen könnte.“

„Aber was hat der Junge davon?“ fragte Alina ratlos.

„Niemand weiß es“, erklärte Mike sanft. „Nur eines steht fest: Diese Kinder lieben den Weltraum. Shannon meinte noch, daß die Sache völlig ungefährlich ist, solange man den Betroffenen ihren Spaß läßt. Es scheint, daß ein Junge in Marks Alter einen Selbstmordversuch verübt hat, als seine Eltern ihn gewaltsam an diesen Ausflügen gehindert haben."

„Und du meinst, wenn Mark auf Gäa bleibt . . ."

„Ich meine, daß er dann wie dieser Junge reagieren wird, ja", sagte Mike ruhig.

Alina warf einen Blick auf die Uhr und erschrak.

„Wir sind heute eingeladen", sagte sie unglücklich. „Er hat doch Geburtstag."

„Ich habe es nicht vergessen", nickte Mike grimmig. „Erwartest du von mir, daß ich mich jetzt seelenruhig mit ihm an einen Tisch setze und mir sein Gerede anhöre?"

„Vielleicht würdest du es schaffen, es ihm auszureden."

Mike konnte nicht anders – er mußte laut lachen.

„Ausgerechnet auf mich soll er hören?" fragte er spöttisch. „Er hat mich noch niemals leiden können."

„Ich gehe auf jeden Fall hin", sagte sie entschlossen und stand auf.

„Na gut", gab Mike seufzend nach. „Alleine lasse ich dich nicht in dieses Museum gehen."

„Aber zieh um Himmels willen etwas mit langen Ärmeln an!" rief Alina, die bereits beim Umziehen war. „Wo bleiben übrigens die Kinder? Hast du gesagt, was für ein Tag heute ist?"

„Ja, und es wird wohl der Grund sein, weshalb sie sich verspäten", murmelte Mike.

„Ich habe dich nicht verstanden!"

„Sie werden sicher gleich kommen!" rief Mike zurück.

Aber sie kamen nicht, und je mehr Zeit verging, desto unruhiger wurde Mike. Er dachte an den Plan des alten Henderson.

Hatte der Alte Verdacht geschöpft? Es würde ihm wohl kaum entgangen sein, daß Alina von dem, was er von ihr verlangte, nicht sehr begeistert war. Möglicherweise hatte er auch erkannt, daß er sich auf seine Tochter nicht völlig verlassen durfte, soweit es die Kinder anging.

Vor seinem inneren Auge sah Mike den Alten, wie er die Kinder nach Sol-Town lockte, um sie dort irgendwie festzuhalten, bis die SOL startete. Er konnte es so einrichten, daß er Alina erst im letzen Augenblick benachrichtigte, damit ihr keine Zeit mehr blieb, über ihr Vorhaben nachzudenken oder gar im letzten Augenblick eine Entscheidung zu treffen, die Henderson nicht paßte. Wenn er ihr sagte, daß die Kinder bereits draußen wären, würde sie die SOL auf jeden Fall verlassen.

„Ich halte es nicht länger aus“, knurrte er nach zwei Stunden und sprang auf. „Da stimmt doch etwas nicht. Ruf bei deinen Eltern an.“

Alina versuchte es, aber die Hendersons meldeten sich nicht.

„Ich wußte es“, flüsterte Mike erschrocken. Alina sah ihn ängstlich an, und er erklärte ihr, was er sich zusammengereimt hatte. Unwillkürlich nickte sie.

„Das kann ich nicht glauben“, sagte sie trotzdem. „Du stellst ja meinen Vater wie einen Verbrecher hin!“

„Darauf kommt es doch jetzt nicht an“, wehrte Mike ärgerlich ab. „Natürlich ist er kein Verbrecher, aber du weißt doch, wie er zu den Kindern steht. Am liebsten hätten er und deine Mutter uns die beiden abgenommen.“

„Das stimmt nicht!“ protestierte Alina.

„Wirklich nicht? Wie war das, als du sie in die Kindergruppe gegeben hast, um wieder arbeiten zu können? Die Alten haben die beiden heimlich abgeholt und kurz vor Schluß wieder hingebracht, und das ging wochenlang so, bis ich per Zufall dahinterkam.“

„Sie haben es nur gut gemeint. Sie lieben die beiden.“

„Hm, sie lieben auch dich, sie wollen immer das Beste für dich – und aus lauter Liebe machen sie dir das Leben sauer. Das, was sie für Liebe halten, ist purer Egoismus.“

Alina wollte widersprechen, aber Mike winkte ab.

„Meinetwegen nehme ich alles zurück und behaupte das Gegenteil, aber jetzt müssen wir die Kinder suchen!“

„Wo können sie um diese Zeit sein?“ fragte Alina ratlos.

„Überall und nirgends“, gab Mike trocken zurück. „Haben wir irgendwo Bilder von Henderson und den Kindern?“

„Du kennst doch die Aufzeichnungen, die wir gemacht haben."

„Das meine ich nicht. Was wir brauchen, das ist ein richtiges Bild, eines, das ich herumzeigen kann."

„Meine Eltern haben so etwas", sagte sie. „Erinnerst du dich nicht daran? Meine Mutter hat es über ihr Bett gehängt."

Mike erinnerte sich jetzt sehr genau. Auf dem Bild waren die alten Hendersons zu sehen, dazu Alina und die Kinder. Es war ein richtiges, altmodisches Familienfoto, und es schien, als hätte man es einzig und allein zu einem Zeitpunkt aufnehmen können, als Mike nicht dabei war.

„Gut", sagte er. „Ich fahre in die Schleuse 'runter und hole das Bild."

„Die Wohnung wird verschlossen sein", gab Alina zu bedenken.

„Das macht nichts", versicherte Mike grimmig. „Ich komme schon hinein, darauf kannst du dich verlassen."

„Das ist ein Einbruch!" rief Alina entsetzt, aber da war er schon an der Tür. „Und was soll ich tun?"

„Du bleibst hier", entschied er. „Vielleicht habe ich mich geirrt, und die Kinder sind noch an Bord. Jemand muß hier sein, wenn sie kommen."

Für einen Augenblick stockte er. Ein irrsinniger Verdacht schoß ihm durch den Kopf. Was, wenn Alina ihm nicht die Wahrheit gesagt hatte und in Wirklichkeit *das* Hendersons Plan war – ihn wegzulocken, damit er ungehindert mit Alina und den Kindern verschwinden konnte?

‚Hör auf, alter Junge!' dachte er. ‚Das kommt ja schon verdächtig nahe an Verfolgungswahn heran.'

Dennoch nahm er sich die Zeit, sich noch einmal umzudrehen.

„Werden wir uns hier wiedertreffen?" fragte er, und sie verstand genau, was er meinte.

„Ja", sagte sie, aber sie zögerte ein wenig mit der Antwort, und er merkte es.

Er eilte davon. Während er durch die Korridore rannte, zerbrach er sich den Kopf darüber, wie er Alina aus dieser unglückseligen Abhängigkeit von ihren Eltern befreien konnte, aber das hatte er schon so oft getan, daß ihm nichts mehr einfiel. Es gab nur einen Ausweg: Alina mußte selbst diese geistige Nabelschnur durchtrennen, da ihre Eltern offensichtlich nicht dazu imstande waren. Er konnte ihr nicht vorwerfen, daß sie es nie versucht hatte – es hatte oft genug Ärger zwischen Eltern und Tochter gegeben. Der fürchterlichste Krach hatte damals stattgefunden, als Alina ihnen Mike vorstellte und den eben geschlossenen Ehevertrag präsentierte.

Weg mit den Erinnerungen! Da war die Wohneinheit der Hendersons. Er sah sich um, und glücklicherweise war niemand in der Nähe. Versuchsweise legte er die Hand auf den Meldekontakt, aber natürlich kam niemand, um ihn hereinzulassen. Verbissen begann er an der Tür herumzuhantieren. Zum Glück wußte er, was zu tun war. Als er die Tür gerade überlistet hatte, bog ein Nachbar der Hendersons um die Ecke.

„He!" rief er Mike zu und hob die Hand, aber Mike zerbiß einen Fluch zwischen den Zähnen, stieß die Tür auf und rannte in die Schlafkabine.

Die Hendersons waren stockkonservative Leute. Sie haßten den Gedanken, mit einem Raumschiff durch die Gegend zu fliegen, anstatt in einem luxuriösen Bungalow zu wohnen, wie er ihnen auf der Erde gehört hatte. Um die äußeren Umstände so weit wie möglich vergessen zu können, hatten sie sich „eingerichtet". Irgendwie hatten sie sich die entsprechenden Möbel besorgt und vieles andere dazu. Diese Wohnung mit ihren stets auf Würde bedachten Bewohnern war für Mike von Anfang an ein Alptraum gewesen.

Er hatte nichts gegen alte Menschen, gegen antike Gegenstände und gewisse Ansichten einzuwenden. Aber wenn die Hendersons darauf bestanden, in *Betten* zu schlafen und die eingebauten Kojen in Blumenfenster zu verwandeln, dann ging das seiner Meinung nach zu weit.

„Was tust du da eigentlich?“ rief der Nachbar von der Tür her. „Die Hendersons sind nicht da. Du kannst doch nicht einfach eindringen . . .“

„Doch, ich kann!“ knurrte Mike und riß die Tür zum Schlafzimmer auf. Er sah das Bild, das in einem altmodischen Rahmen steckte. Als er den Rahmen nicht auf Anhieb aufbekam, schlug er ihn gegen die Bettkante. Das Ding zerbrach, und das Bild fiel heraus.

Der Nachbar hatte nun endgültig mitbekommen, daß etwas nicht mit rechten Dingen zuging. Er schrie und zeterte. Mike stieß ihn zur Seite, weil er sonst nicht an ihm vorbeigekommen wäre. Der Mann versuchte, ihn am Bein festzuhalten, aber es gelang ihm nicht.

Draußen auf dem Korridor ging es jetzt lebhafter zu. Viele Bewohner der benachbarten Wohneinheiten kehrten von der Arbeit zurück, andere waren durch den Lärm aufgeschreckt worden. Als Mike durch die Tür geschossen kam, sah er sich fünf, sechs Terranern gegenüber, die drohend die Fäuste hoben. Es waren alles ältere Männer, und den meisten von ihnen sah man an, daß sie nicht eben zu den fleißigsten Besuchern in den Fitneßzentren zählten. Der Gedanke, ihnen weh tun zu müssen, widerstrebte dem SOL-Geborenen. Darum setzte er über sie hinweg, in einem scheinbar ganz mühelosen Sprung, stieß ein paar andere zur Seite und war auf und davon, ehe der Rest der aufgeregten Schar überhaupt erkannte, was sich abgespielt hatte.

Er gab sich keinen Illusionen hin. Die Leute kannten ihn, wußten, wie er hieß und wo er wohnte. Vor allem konnten sie ihn beschreiben. Sie würden Alarm geben, und binnen weniger Minuten würde man ihn in der ganzen SZ-2 suchen.

‚Ich muß noch schneller sein‘, dachte er. ‚Wenn ich erst aus der SOL heraus bin, dann können sie lange nach mir suchen. Ich muß die Kinder finden, ehe man mich wieder einfängt!‘

Das Dumme war nur, daß er sich beeilen mußte. Dadurch fiel er nur noch mehr auf. Es war ganz erstaunlich, wie viele Menschen um diese Zeit in der SZ-2 unterwegs waren. Mike kam es so vor, als habe er die komplette Besatzung dieser SOL-Zelle passiert, bis er endlich einen Antigravschacht erreichte.

Ungeduldig stieß er sich ab, um seine Geschwindigkeit zu erhöhen. Der Schacht führte nicht bis zur Hauptschleuse hinab, und er hetzte durch Gänge, die glücklicherweise menschenleer waren, bis er den zentralen Schacht fand und endlich dem ersehnten Ziel entgegensank.

In der Schleuse herrschte reger Betrieb. Mike wunderte sich flüchtig darüber, wie viele Menschen in die SZ-2 kamen, aber dann fiel ihm ein, was Alina ihm erzählt hatte – daß einige nach draußen gegangen waren, um für Rhodan zu werben. Diese Leute kehrten nun offenbar in Scharen zurück.

Dem SOL-Geborenen wurde der Kragen zu eng, als ihm aufging, was das bedeuten mochte: Stand etwa der Start der SOL schon unmittelbar bevor? Wenn er jetzt noch nach draußen ging – riskierte er es dann, selbst zurückzubleiben?

Unwichtig, entschied er. Es geht um die Kinder.

Er wandte sich an einen Terraner in lindgrüner Uniform, den er für ein Mitglied der Schleusenwache hielt.

„Bitte", sagte er. „Ich brauche eine Auskunft. Sind diese Leute hier durchgekommen?"

Dabei hielt er dem Mann das Foto unter die Nase. Der Uniformierte sah nicht einmal hin.

„Mann", knurrte er, „was glaubst du wohl, was hier los ist? Denkst du, ich könnte mir jedes Gesicht merken?"

Damit wollte er sich abwenden, aber Mike hielt ihn an der Schulter fest. In seiner begreiflichen Erregung packte er härter zu, als es nötig gewesen wäre, und der andere schrie unwillkürlich auf. Dadurch machte er andere auf sich aufmerksam.

„Laß los!" brüllte der Uniformierte. „Verdammt, was will denn dieser Irre von mir?"

Mike gab es noch nicht auf.

„Sieh dir das Bild an!" bat er beschwörend. „Es handelt sich um diese vier hier – zwei alte Leute und zwei Kinder. So etwas muß doch auffallen!"

Der Uniformierte nahm das Bild, und Mike ließ den Mann endlich los. Der andere rieb sich mit schmerzverzogener Miene die Schulter.

„Nein“, sagte er, als er das Bild lange genug angesehen hatte. „Ich kann damit nichts anfangen. Du hast recht, so eine Gruppe wäre mir sicher aufgefallen, aber sie sind nicht durchgekommen – nicht, solange ich hier Dienst getan habe.“

„Seit wann ist das?“

„Seit zwei Stunden.“

Zwei Stunden Vorsprung! Oder waren es noch mehr? Andererseits konnten die Hendersons natürlich auch mit einem Transmitter zur SZ-2 oder in die Mittelzelle übergewechselt haben und von dort nach draußen gegangen sein.

„He“, sagte der Uniformierte plötzlich. „Dich kenne ich doch irgendwoher.“

‚Ja‘, dachte Mike. ‚Von dem Bild, das du erhalten hast, weil man nach mir sucht.‘

Im selben Augenblick berührte ihn jemand an der Schulter. Er unterdrückte den Reflex, der ihn dazu bringen wollte, sich zu wehren.

Zu seiner Überraschung war es jedoch kein weiterer Uniformierter, der ihn zu verhaften gedachte, sondern eine ältere Frau.

„Darf ich mal das Foto sehen?“ fragte sie.

Er hielt es ihr schweigend hin.

„Ja“, nickte sie. „Das sind sie. Ich habe sie gesehen.“

„Wo?“ fragte Mike atemlos.

„Hier in der Schleuse. Das war vor ungefähr sechs Stunden, als ich nach draußen ging.“

„Wohin sind sie gegangen?“ stieß Mike hervor.

„Nach Sol-Town, vermute ich“, sagte die Frau und zuckte die Schultern. „Ich bin ihnen schließlich nicht hinterhergeschlichen. Aber auf jeden Fall haben sie die SOL verlassen.“

„Danke“, sagte Mike, und seine Gedanken überschlugen sich.

Er hatte recht gehabt!

Sollte er Alina benachrichtigen? Sicher saß sie schon wie auf Kohlen. Aber er durfte keine Zeit mehr verlieren. Es würde schwer genug werden, die Kinder da draußen zu finden, in dieser riesigen Stadt.

Zum erstenmal kam ihm zu Bewußtsein, was er sich vorgenommen hatte. Wie sollte er vier Menschen finden, in einer Stadt, in der Millionen lebten? Der Mut wollte ihn verlassen, und er kämpfte gegen das Gefühl der Hilflosigkeit an, bis sich plötzlich abermals eine Hand auf seine Schulter legte.

„Warte mal“, sagte der Uniformierte von vorhin, und es klang recht unfreundlich. „Du wirst deinen Ausflug verschieben müssen, bis wir eine bestimmte Frage geklärt haben. Und ehe du auf dumme Gedanken kommst, solltest du dir darüber klar werden, daß ich inzwischen weiß, wo ich dich unterzubringen habe. Mein Freund da drüben hat dich im Visier. Wenn du einen Trick versuchst, paralysiert er dich.“

Mike hatte stets gewußt, wann er sich geschlagen geben mußte. Gegen einen Paralysator nützen auch die besten Dagorgriffe nichts.

„Schon gut“, murmelte er. „Wie geht es weiter?“

„Das wirst du gleich sehen“, brummte der Uniformierte. Dann wandte er sich an die Neugierigen, die mittlerweile einen dichten Ring um die beiden bildeten. „Geht weiter, Leute, hier gibt es nichts zu sehen. Ihr versperrt nur den anderen den Weg.“

„Da hinüber“, sagte er zu Mike, als der Ring sich auflöste. „Und immer hübsch ruhig bleiben. Du hast gar keinen Grund, nervös zu werden.“

Mike war es trotzdem. Er versuchte, seine Chancen zu berechnen. Gab es eine Stelle, an der er gegen den Mann mit dem Paralysator abgedeckt war und an der der Uniformierte ihn vorbeilotsen mußte?

Er war so in seine Gedanken vertieft, daß er die ältere Frau gar nicht bemerkte, die plötzlich neben ihm herging. Erst als sie ihn ansprach, wurde er auf sie aufmerksam.

„Keine Angst", sagte sie. „Ich kann bezeugen, daß du dem Burschen da nicht weh tun wolltest. Er hätte sich das Bild ansehen sollen!"

Mike mußte plötzlich lächeln. Die Frau lächelte zurück.

„Was hast du denn angestellt?" fragte sie und warf einen bezeichnenden Blick auf seinen Unterarm.

„Das war nur ein Sportunfall", sagte er verlegen. „Aber ich bin in eine Wohneinheit eingebrochen, um das bewußte Bild zu holen."

„Ein Einbrecher und ein Dieb", sagte sie, aber sie lächelte immer noch. „Das sieht man dir gar nicht an!"

„Das Bild zeigte meine Kinder", erklärte Mike. „Und die Eltern meiner Frau. Sie wollen hier auf Gäa bleiben – ich meine, die alten Leute wollen das, und sie wollen auch, daß wir hierbleiben. Ich habe den Verdacht, daß sie die Kinder aus der SOL gelockt haben."

Ihr Lächeln erlosch. Sie drehte sich zu dem Uniformierten um.

„Hast du das gehört?" fragte sie. „Ja", sagte er unbewegt.

„Und was hältst du davon?"

„Woher soll ich das jetzt schon wissen? Mein Kollege holt jemanden her, der sich mit der ganzen Sache befassen kann. Ich habe weiß Gott keine Zeit dazu, Polizist zu spielen!"

„Dann halte dich am besten ganz heraus!" empfahl die Frau ziemlich scharf. „Ich gehöre nämlich zu denen, die für so etwas zuständig sind!"

Dabei holte sie eine kleine Karte hervor, ein Abzeichen, wie Mike es in seinem Leben nur sehr selten gesehen hatte. Er hatte zwar gewußt, daß es einen Sicherheitsdienst an Bord gab, aber diese Leute blieben stets unauffällig. Als SOL-Geborener war Mike dazu erzogen worden, die Sicherheit des Schiffes unter allen Umständen zu bewahren, und schon darum hatte er niemals einen Zusammenstoß mit den Sicherheitskräften gehabt.

„Warum hast du das nicht gleich gesagt!" murrte der Uniformierte.

„Weil wir uns nicht um jede Kleinigkeit kümmern, die an Bord passiert", erwiderte die Frau ruhig. „Wenn der Mann hier aber die Wahrheit sagt, dann handelt es sich um einen Fall von Kidnapping – und das geht uns etwas an!"

„Nimm ihn", knurrte der Mann von der Schleusenwache. „Ich bin froh, wenn ich ihn los bin."

„Du hast es gehört", sagte die Frau. „Komm."

Er sah, daß sie ihn ins Innere der SOL zurückbringen wollte, und unwillkürlich zögerte er.

„Du hast da draußen keine Chance", sagte sie gelassen. „Die Stadt ist riesig – du würdest womöglich Jahre brauchen, um deine Kinder zu finden!"

„Du machst mir etwas vor!" beschuldigte er sie. „Die SOL kann jeden Moment starten . . ."

„Nein", sagte sie entschieden. „Das kann sie eben nicht. Noch befinden sich ein paar von uns in Sol-Town, und die Abstimmung ist noch längst nicht abgeschlossen. Selbst wenn es soweit ist, bleiben uns noch ein paar Stunden, denn wir müssen ja auch noch die Lotsen an Bord nehmen, ohne die wir nicht durch den Staubmantel kommen. Paß auf, wir haben nur eine Chance: Wir müssen die Polizei von Sol-Town einschalten. Von unserer Zentrale aus kann ich das mühelos tun. Also – kommst du mit, oder willst du lieber da draußen herumrennen und riskieren, daß die SOL ohne dich und die Kinder startet?"

Er senkte den Kopf.

„Ich komme mit!" murmelte er.

„Das ist sehr vernünftig von dir", bemerkte sie aufatmend. „So, und nun erzähle mal, wie es zu dieser Situation gekommen ist!"

Gehorsam berichtete er über die Spannungen, die zwischen ihm und den Hendersons stets geherrscht hatten, von den Ansichten, die die alten Leute vertraten, und von dem Gespräch, das zwischen ihm und seiner Frau stattgefunden hatte. Schließlich landeten sie vor einem kleinen Büro. „Wolke" stand auf der Tür.

„Ist das dein Name?“ fragte er verwundert.

Die Frau nickte.

„Meine Eltern haben mich so genannt“, erklärte sie, und in ihren Augen blitzte es spöttisch auf. „Wahrscheinlich in einem Anfall von akuter Melancholie.“

„Dann bist du auch eine SOL-Geborene?“

Erst im Nachhinein bemerkte Mike, wie taktlos diese Frage war. Aber Wolke lächelte freundlich.

„In gewissem Sinn bin ich eine Terranerin“, erklärte sie. „Ich wurde in einem Gefängnis geboren, weißt du? Die Aphiliker hatten meine Eltern erwischt und eingesperrt, und sie sehnten sich nach der Freiheit. Meine Mutter konnte durch das Fenster den Himmel sehen. Sie sagte mir später, daß sie sich oft gewünscht hat, frei zu sein wie eine Wolke, die über das Land zieht, und sie wünschte sich, daß ich diese Freiheit haben könnte.“

Mike schwieg betroffen.

Wolke schien seine Befangenheit gar nicht zu bemerken. Sie ging voran und deutete auf einen Interkom-Anschluß.

„Es wird höchste Zeit, daß du deine Frau benachrichtigst“, sagte sie. „Abgesehen davon, daß wir sie möglicherweise brauchen werden. Aber sie soll vorläufig noch nicht hierher kommen. Es kann ja sein, daß der alte Herr Gewissensbisse spürt. Für diesen Fall sollte jemand in der Wohneinheit sein.“

Mike sah das ein. Irgendwie war er erleichtert, daß sich nun jemand in die Sache einschaltete, der Bescheid wußte. Warum war er nicht eher auf die Idee gekommen, sich an Leute wie Wolke zu wenden?

‚Weil ich gar nicht an den Gedanken gewöhnt bin, daß es solche Menschen gibt‘, dachte er.

Betroffen erkannte er, daß er den Sicherheitsdienst, auch wenn er noch so unauffällig arbeitete und sich in die internen Angelegenheiten der SOL-Geborenen niemals einmischte, stets instinktiv abgelehnt und ignoriert hatte. ‚Warum?‘ fragte er sich, und er erkannte fast im gleichen Augenblick die Antwort: Es war eine *terranische* Einrichtung. Allein deswegen hatte er sie aus seinem Bewußtsein so erfolgreich verdrängt, daß er selbst in der Stunde der höchsten Not nicht auf den Gedanken verfiel, ausgerechnet hier Beistand zu suchen.

Alina meldete sich ungeheuer schnell. Er berichtete ihr in Stichworten, was er bisher herausgefunden hatte, und ihr Gesicht wurde aschfahl.

„Er hat es also tatsächlich getan!" murmelte sie fassungslos.

Mike beobachtete sie, und sie tat ihm furchtbar leid. Er wünschte, er wäre jetzt bei ihr gewesen, um sie in die Arme nehmen und trösten zu können. Und gleichzeitig verspürte er ein Gefühl, das ihn erschreckte: Triumph.

Er wußte, daß er in diesem Augenblick endlich über Alinas Eltern gesiegt hatte. Was auch immer geschehen mochte – die geistige Nabelschnur war gerissen. Alina war frei – sie würde sich nie wieder einwickeln lassen.

Er schämte sich dieser Gedanken und Gefühle, aber das half ihm nicht, sie loszuwerden.

Im Hintergrund hörte er Wolke reden. Sie hatte ihm irgendwann das Foto aus der Hand genommen. Jetzt stopfte sie es in irgendeinen Apparat, und er atmete auf, als es unbeschädigt wieder zum Vorschein kam.

Wolke hob schließlich den Kopf und sah ihn an.

„Jetzt können wir eigentlich nur noch warten", sagte sie leise. „Irgend jemand hat die Anweisung gegeben, daß die Leute von der SOL auf Gäa wie Gäste behandelt werden. Sie brauchen nichts zu bezahlen – die Regierung des NEI übernimmt alle Rechnungen. Das bedeutet natürlich, daß man die Wege der SOL-Bewohner genau rekonstruieren kann. Jeder von uns, der etwas ißt, trinkt, einen Gleiter mietet und so weiter, wird vom gäanischen Kreditsystem sofort erfaßt."

Sie sah zu dem Bildschirm hinüber, auf dem Alina zu sehen war.

„Dein Mann hat mir viel über deine Eltern erzählt", sagte sie. „Wenn er die beiden richtig einschätzt, dann haben sie sich so schnell wie möglich ein eigenes Haus beschafft – stimmt das?"

„Ich glaube schon“, sagte Alina unsicher. „Das war immer ihr Traum. Sie haßten es, in eine Wohneinheit gesteckt zu werden. Aber sie haben die Kinder bei sich. Es ist durchaus denkbar, daß sie ihretwegen alle eigenen Wünsche vorerst zurückstecken.“

„Ich habe mir das auch schon überlegt“, sagte Wolke nachdenklich. „Nun, die Fahndung läuft, und es kann nicht allzu schwer sein, die Hendersons und die Kinder aufzutreiben. Es sind nur noch wenige von uns in der Stadt. Es kommt jetzt nur noch darauf an, wie schnell die verschiedenen Rechnungen an die Kreditzentrale weitergeleitet werden.“

Wolke warf einen Blick auf ihren Bildschirm.

„Im Augenblick laufen auf dem Konto SOL nur Rechnungen herein, die unverdächtig sind“, murmelte sie. „Es handelt sich um Kleinigkeiten. Getränke, Speisen, Fahrtkosten. Gibt es irgend etwas, das die Kinder besonders mögen?“

„Ja“, sagte Mike überrascht, denn er hatte an diese Art der Fahndung überhaupt nicht gedacht. „Celina ist im Augenblick wild entschlossen, Botanikerin zu werden. Und Mark“, er zögerte, aber dann gab er das Geheimnis doch preis, „Mark gehört zu denen, die die Sterne lieben.“

„Tut er das per Bildschirm, oder geht er hinaus?“ vergewisserte Wolke sich.

„Er geht hinaus.“

„Das ist doch immerhin etwas“, meinte Wolke und hämmerte auf einer Schalttafel herum. „Komm her und beobachte den Schirm. Du brauchst keine Angst zu haben, daß dir etwas durch die Lappen geht. Das funktioniert alles automatisch.“

Mike gehorchte, und Wolke setzte sich inzwischen abermals mit der Polizei in Sol-Town in Verbindung.

Auf dem Bildschirm flimmerten Zahlen und Buchstaben vorbei, so schnell, daß Mike sie nicht lesen konnte. Ihm wurde ganz schwindelig dabei.

„Mir scheint, es sind doch noch sehr viele SOL-Bewohner draußen“, murmelte er.

Wolke trat neben ihn.

„Nein“, sagte sie kopfschüttelnd. „Aber wir nutzen die Gelegenheit, um unsere Vorräte aufzufüllen. Dieses Geflacker wird bald nachlassen.“

Sie behielt recht. Schon wenig später blieben manche Bezeichnungen lange genug stehen, daß Mike sie lesen konnte, und dann kamen überhaupt nur noch einzelne Informationen herein.

Mike saß mittlerweile wie auf Kohlen. Die Abstimmung lief immer noch, aber es konnte jetzt nicht mehr lange dauern.

„Komm schon, Henderson“, sagte er beschwörend und starrte dabei auf den Schirm. „Kauf den Kindern ein paar Geschenke!“

Er zuckte verblüfft zurück, als – wie auf ein Stichwort – eine neue Schriftzeile aufleuchtete, diesmal aber in Rot.

„Wolke!“ schrie er. „Schnell!“

Sie war schon neben ihm und tastete auf dem Schaltbrett herum. Zusätzliche Daten erschienen, und sie gab sie in aller Eile über ein Mikrophon an die gäanischen Polizisten weiter.

„Ein Haus wurde gekauft, außerhalb von Sol-Town. Großes Grundstück, sehr teures Objekt. Verkäufer ist die Agentur Ziesel, Konto . . .“

„Die Agentur ist bekannt“, sagte eine kühle Stimme. „Wir forschen nach.“

„Was passiert jetzt?“ fragte Mike ängstlich.

„Wir müssen warten“, erklärte Wolke. Sie sah zu jenem Bildschirm hinüber, auf dem noch immer Alina zu sehen war. Die Kinder waren bisher nicht in der Wohneinheit aufgetaucht. Wolke rechnete auch nicht damit, daß das jetzt noch geschehen würde.

„Leider werden diese Privatkäufe anonym abgewickelt“, erklärte sie. „Der Name des Käufers wird nicht gemeldet, weil keiner von uns eine gäanische Kreditkarte hat. Es besteht also die Möglichkeit, daß die Hendersons nichts mit diesem Haus zu tun haben.“

„Aber wer sollte sonst so verrückt sein, dort draußen ein Haus zu kaufen?"

Wolke lachte.

„Es gibt noch mehr Terraner an Bord", bemerkte sie. „Einige haben sich entschlossen, hierzubleiben. Es sind nicht viele, höchstens ein paar Dutzend. Mag sein, daß einer von ihnen beschlossen hat, sich schnell noch auf Kosten der SOL ein Haus zu besorgen.

Abgesehen davon ist die Kriminalität auf Gäa zwar sehr gering, aber ein paar Schmarotzer gibt es auch dort. Natürlich wird die Agentur bei einem so teuren Objekt nachfragen, ob es sich tatsächlich um einen SOL-Bewohner handelt, aber man kann nie wissen . . ."

Mike verzog das Gesicht. Die Wunde, die er in der Aufregung fast vergessen hatte, begann zu schmerzen. Ihm wurde bewußt, daß es bereits wieder Morgen wurde. Die ganze Nacht hindurch hatte er keine Minute Schlaf gefunden. Er fühlte sich elend und ausgelaugt. Schuldbewußt sah er Alinas Abbild an.

„Geh schlafen!" bat er. „Du kippst ja schon fast um."

„Nein!" erwiderte sie.

„Wir wissen jetzt, um welches Haus es sich handelt", sagte die kühle Stimme von vorhin. „Es ist bereits jemand unterwegs."

Und wenig später:

„Fehlanzeige. Das habe ich gleich gedacht. Diese Agentur Ziesel ist uns schon seit langem ein Dorn im Auge. Das Haus gehört dem Inhaber der Agentur. Er hat es sozusagen an sich selbst verkauft. Der Schwindel wäre sicher auch so früher oder später aufgeflogen."

Das Warten ging weiter. Und dann, völlig unerwartet, meldete sich der Polizist wieder.

„Wir haben eine Spur."

„Worum handelt es sich?" fragte Wolke hastig.

„In einem Hotel hat es eine Auseinandersetzung gegeben. Zwei Erwachsene und zwei Kinder, auf die die Beschreibung paßt, hatten Zimmer gemietet. Es scheint, als hätten die Kinder das Hotel verlassen wollen und als wären sie von den Erwachsenen daran gehindert worden. Dabei ging es so laut zu, daß das Hotelpersonal uns benachrichtigte."

„Das sind sie!" sagte Mike überzeugt.

Wolke zuckte die Schultern.

„Warten wir es ab", empfahl sie.

Mikes Gedanken überschlugen sich. Er sah die Szene förmlich vor sich, aber in seinem übermüdeten Gehirn geriet sie zur Slapstick-Komödie. Er sah Henderson als hinkenden Greis, der stockschwingend hinter der fliehenden Celina herrannte, und Mark, der seine Großmutter mit allem bombardierte, was ihm zwischen die Finger geriet.

Er rieb sich die Stirn und scheuchte diese Bilder weg.

„Ist es weit bis zu diesem Hotel?" fragte er.

„Von der SOL aus schon", sagte der Polizist. „Aber für uns ist es nur ein Katzensprung. Bleiben Sie ganz ruhig, Sie bekommen Ihre Kinder zurück."

„Hast du dem irgend etwas über mich erzählt?" fragte Mike zu Wolke hinüber.

Sie lächelte nur.

Der Polizist lächelte ebenfalls: „Sie hat mir berichtet, daß Sie ein Dagor-Experte sind. Ich habe sie gefragt, ob es einen Sinn hat, eine Abwerbung zu versuchen, denn wir können Leute wie Sie immer brauchen. Aber sie sagte mir, daß Sie die SOL nicht verlassen werden. Warum eigentlich nicht?"

„Ich glaube nicht, daß Sie das verstehen würden", sagte Mike nüchtern. „Abgesehen davon bin ich kein Raufbold, der sich an alten Leuten vergreift."

„So war es auch gar nicht gemeint. Immerhin – wenn es um das Schicksal Ihrer eigenen Kinder geht . . ."

„Auch dann nicht!"

„Das Hotel ist für Sie wirklich schwer zu erreichen. Das war keine Finte, mit der ich Sie vom Schlachtfeld fernhalten wollte!"

Mike schwieg, und es trat eine Pause ein.

„Meine beiden Kollegen sind jetzt im Hotel", sagte der Polizist schließlich. „Sie haben Glück, Sinac – es sind tatsächlich Ihre Schwiegereltern und Ihre Kinder."

Mike fühlte sich wie ein Ballon, aus dem ganz langsam die Luft herausgelassen wird. Er war noch nie in seinem Leben ohnmächtig geworden, aber er wußte, daß er diesmal kurz davor stand. Alina sackte in sich zusammen, barg das Gesicht in den Händen und weinte vor Erleichterung. Der SOL-Geborene riß sich mühsam zusammen.

„Bringt man sie her?" fragte er mit einer Stimme, die ihm fremd vorkam.

„Ja, natürlich", erwiderte der Polizist. „Die Situation ist ziemlich eindeutig. Die Kinder verlangen lautstark, daß man sie auf dem schnellsten Wege in die SOL schafft. Die Hendersons verlangen ebenso lautstark, daß man sie und die Kinder in Ruhe läßt. Sie behaupten, die Eltern der beiden zu sein, und pochen auf ihre Rechte."

„Mark ist achtzehn!" stieß Mike hervor.

„Ich weiß", murmelte der Polizist amüsiert. „Aber glauben Sie mir, er wehrt sich so erbittert gegen die Pläne seiner Großeltern, daß wir selbst einen Dreijährigen nicht ohne jede Absicherung bei diesen Leuten lassen würden."

Er schwieg für einen Augenblick.

„Jetzt hat Henderson gemerkt, daß er mit seiner Version nicht durchkommen wird", meldete er dann. „Mein Kollege hat ihm mitgeteilt, daß man ihn wegen Entführung und Nötigung vor Gericht stellen wird."

Mike sah wie unter einem inneren Zwang zu Alina hin. Ihre Blicke kreuzten sich, und er senkte betroffen den Kopf.

„Sagen Sie Ihrem Kollegen, daß er solche Späße lassen soll!" bat er rauh.

„Wieso ist das ein Spaß?" wunderte sich der Gäaner. „Es trifft doch genau die Tatsachen. Nach allem, was ich bisher gehört habe, wurden die Kinder nach allen Regeln der Kunst von Bord gelockt und dann gewaltsam in diesem Hotel festgehalten. Man wollte Sie und Ihre Frau unmittelbar vor dem Start der SOL davon in Kenntnis setzen, wo sich Ihre Kinder befinden. Sie hätten es nicht fertiggebracht, die Kinder im Stich zu lassen, und die SOL wäre ohne Sie gestartet. So etwas nenne ich Entführung und Nötigung, und jeder anständige Mensch wird mir beipflichten."

„Sie haben ja recht", murmelte Mike. „Aber der alte Mann hat es nicht so gemeint. Er bildet sich ein, genau zu wissen, was gut für uns ist. Er hat nach bestem Wissen gehandelt."

„Das müssen ausgerechnet Sie sagen!" erwiderte der Polizist spöttisch. „Sie sollten mal hören, was Ihr Schwiegervater über Sie zu sagen hat. Er läßt kein gutes Haar an Ihnen."

„Er mag mich nicht", sagte Mike ruhig. „Aber das weiß ich schon seit vielen Jahren."

„Na schön, das ist ein Problem, mit dem Sie selbst fertig werden müssen. Auf jeden Fall haben sich Ihre Schwiegereltern nach unserem Gesetz schuldig gemacht."

Mike schwieg. Es hatte keinen Sinn, diesem Mann klarmachen zu wollen, wie es an Bord der SOL aussah – wie sollte man einem Außenstehenden erklären, wie es zu dem Konflikt zwischen den Terranern und den SOL-Geborenen gekommen war und wie tief dieser Konflikt mittlerweile reichte? Es war ja schon fast unmöglich, mit den Terranern selbst darüber zu reden.

Wolke trat zu ihm heran und legte ihm die Hand auf die Schulter.

„Mach dir keine Sorgen", sagte sie sanft. „Wir werden das schon regeln. Die Hendersons werden die freie Wahl haben."

Erschrocken sah er zu Alina hinüber, denn er witterte Gefahr. Aber Alina schüttelte kaum merklich den Kopf.

„Ich bleibe", sagte sie leise. „Sie können mich jetzt nicht mehr nach draußen bringen. Was sie auch sagen werden – ich werde diese Stunden niemals vergessen."

Mike dachte an Henderson, und ihn überkam jenes seltsame Mitleid, das er immer dann verspürte, wenn er in einem Kampf gesiegt hatte.

Henderson hatte alle Trümpfe in der Hand gehalten, er hätte

siegen *müssen,* und zweifellos hatte er das auch gewußt. Mike dagegen hatte gewissermaßen mit gefesselten Händen kämpfen müssen.

Seitdem die SOL die Milchstraße erreicht hatte, mußte er mit einem solchen Zwischenfall rechnen, und er hatte es auch getan. Aber es gab so gut wie nichts, das er unternehmen konnte. Er konnte nur warten. Er hatte damit gerechnet, daß Henderson Alinas Abhängigkeit von ihren Eltern ausnutzte, und darauf hatte er sich in gewisser Weise eingerichtet. Er hatte jedoch niemals damit gerechnet, daß der alte Mann die Kinder in den Kampf einbeziehen würde.

Henderson hatte gekämpft, auf seine Weise, und er hatte sich tapfer geschlagen. Nun hatte er verloren. Die Kinder waren schon jetzt in Sicherheit. Weder die gäanischen noch die SOL-Behörden würden Mark und Celina jetzt noch in die Obhut ihrer Großeltern geben. Alina war sich endlich ihrer Position in diesem Tauziehen bewußt geworden und würde nicht länger den Befehlen des Alten gehorchen.

Aber was geschah mit diesen alten Leuten, die Sehnsucht nach dem Leben auf einem Planeten verspürten?

Mike konnte sich mühelos in seinen Gegner hineinversetzen, und plötzlich begriff er, warum Henderson von Anfang an so erbittert gegen ihn gekämpft hatte: Der alte Mann mußte geahnt haben, daß er durch Mike seinen Einfluß auf Alina verlieren würde. Alina hatte keine Geschwister. Die Liebe ihrer Eltern hatte sich stets auf die einzige Tochter konzentriert. Es war eine Liebe, die nicht nur positive Aspekte hatte, gewiß – aber es war die einzige Liebe, zu der diese beiden Menschen fähig waren.

Was würden sie tun, wenn sie diese Liebe verloren?

Zum erstenmal in seinem Leben verfluchte Mike die Tatsache, daß die SOL so lange Zeit umhergereist war.

‚Wir waren zu isoliert, zu einsam', dachte er. ‚Die Welten, die wir besucht haben, waren nicht für Menschen gemacht. Wir hatten gar keine Wahl, als uns an dieses Schiff zu klammern und es zu unserer Heimat zu machen. Die Terraner dagegen haben ein Bild von der Erde in ihrem Gedächtnis bewahrt, und sie sehnen sich nach dem Leben auf einem Planeten, der der Erde wenigstens in vielen Punkten gleicht. Wir werden uns niemals verstehen können – die Terraner und die SOL-Geborenen. Ein Planet bedeutet zyklisches Leben, die ewige Wiederkehr von Wärme und Kälte, Regen und Dürrezeiten, von Krieg und Frieden. An Bord der SOL gibt es das alles nicht, und wir werden nie verstehen, warum die Terraner ein solches Leben vorziehen könnten. Natürlich gibt es auch in der SOL Gefahren, aber die kommen stets von draußen, und die Quelle der Gefahr ist normalerweise ein kosmisches Objekt, das sich nicht frei bewegen kann. Die SOL könnte diesen Gefahren durchaus ausweichen. Wenn das jetzt nicht geschieht, dann liegt es an der Schiffsführung, und die setzt sich aus Terranern zusammen. Vielleicht werden die Terraner eines Tages die SOL verlassen. Dann werden wir einen Kurs steuern, auf dem uns praktisch keine Gefahren mehr begegnen.‘

Er erschrak über seine eigenen Gedanken.

‚Nein!‘ dachte er hastig. ‚Dieser Fall wird niemals eintreten, und wir werden nicht in die Verlegenheit kommen, einen solchen Weg einzuschlagen!‘

Aber vor seinem inneren Auge stand unverrückbar das Bild einer SOL, die auf ewig zwischen den Sternen dahinschwamm, allen Gefahren ausweichend, auf Distanz zu den Nöten und Leiden eines natürlichen Lebens bedacht. Eine solche Lebensweise mußte unweigerlich in die Degeneration führen. Oder nicht?

Er fühlte sich von Zweifeln zerrissen, und er wünschte sich, er hätte jetzt ein paar Stunden lang schlafen können. Dann wäre sicher wieder Klarheit in seine Gedanken gekommen.

Der Wunsch war illusorisch, und sein Gehirn, gereizt und angestachelt durch die schrecklichen Bilder, lieferte ihm ein wahres Kaleidoskop des Grauens.

Er sah die Menschen an Bord der SOL sich nach dem Rückzug der Terraner hemmungslos vermehren, sah seine Welt enger werden und ärmer, bitterarm. Er sah Diktatoren, die sich zu Herrschern über das Schiff aufschwangen. Er sah den Verfall – den der Technik und den der Moral. Er sah Menschen, die andere Menschen jagten, weil diese armen Kreaturen Mißbildungen aufwiesen. Und er sah Menschen, die im Weltraum zu existieren vermochten und dennoch alles andere als beneidenswert waren.

Mike versuchte, diesen Strom von Bildern zu stoppen, aber es gelang ihm nicht: Es war, als wäre eine Schleuse in seinem Gehirn geöffnet worden.

‚Hör auf!' dachte er verzweifelt und preßte die Hände vor die Stirn.

Aber es hörte nicht auf. Es zeigte ihm statt dessen seinen eigenen Lebensweg. Endlose Reihen von Schülern, die er in der Kunst unterwies, sich gegen diverse Gefahren zu verteidigen – Gefahren, die es zu dieser Zeit in der SOL gar nicht gab. Er sah sich selbst, wie er sich abrackerte, seinen Körper schund und seinen Geist schulte, um jene Vollkommenheit zu erlangen, nach der Menschen seiner Art stets strebten.

Was nutzte es ihm, wenn er dieses Ziel erreichte? Er konnte seine Kenntnisse so gut wie nie wirklich gebrauchen.

Plötzlich erkannte er, daß dieses Leben für ihn bisher nur eine Art Spiel gewesen war, und er war des Spielens überdrüssig. Er war ein Mann, und er war größeren Aufgaben gewachsen – das wußte er schon seit langem. Er hatte es nur stets als selbstverständlich genommen, daß es keine andere Möglichkeit für ihn gab, als sich mit diesen Spielereien zu begnügen.

Über einen von Wolkes Kommunikatoren kam die leise, fast wispernde Auskunft, daß die Abstimmung abgeschlossen sei. Rhodan hatte sein Spiel verloren. Mike dachte, daß es schlimm sein mußte, in einer Angelegenheit, für die man sich so leidenschaftlich engagierte, wie Rhodan es getan hatte, eine Niederlage hinzunehmen. Gleichzeitig erkannte er, daß er selbst in seinem Leben nur um zwei Dinge gekämpft hatte: Um seine Familie und deren Frieden und um die Vollkommenheit auf einem Gebiet, das an Bord der SOL als reiner Sport angesehen wurde.

Ganz gleich, wie die Sache mit Henderson ausging: Mike würde der sein, der unterlag, auch wenn es im ersten Moment scheinen mochte, als hätte er auf der ganzen Linie gesiegt. Er dachte an seinen Lehrmeister, der ihm immer und immer wieder gepredigt hatte, nicht die Konfrontation zu suchen, sondern sich seinem Gegner anzupassen. Eines Tages hatte der alte Mann ihn bei einer Landung nach draußen geschickt, mit dem Befehl, sich ein paar Pflanzen anzusehen. Mike hatte sich gehorsam zu Boden gesetzt und beobachtet. Er hatte den Wind gespürt, der die langen Stengel bis zum Boden herabbeugte – aber sie hatten sich wieder aufgerichtet. Er war durch hohes Gras gegangen, und als er zurückblickte, waren die ersten Halme bereits dabei, sich wieder in ihre alte Lage zu begeben. Er hatte erkannt, daß die Nachgiebigkeit dieser Pflanzen zugleich ihre Stärke war. Dann war er in ein Gebiet geraten, in dem andere Pflanzen wuchsen. Sie waren hart, starr, stachelig und wuchsen steil und stolz in die Höhe. Der leichte Wind konnte sie nicht bewegen. Die kleineren, auf die er trat, zerbrachen knisternd und knackend. Den größeren mußte er ausweichen, wenn er sich nicht an ihren Zweigen verletzen wollte. Aber der Wind wurde zum Sturm, und als er danach diese Pflanzen wieder besuchte, da waren die höchsten und stolzesten unter ihnen einfach abgebrochen – das nachgiebige Gras dagegen richtete sich bereits wieder auf, und er fand kaum einen Halm, der auch nur angeknickt war.

Er hatte die Lektion gelernt und begriffen. Wenn hart und hart aufeinandertrafen, dann endete der Kampf mit der Zerstörung eines dieser beiden Gegner. Das Gras war sanft, es beugte sich, anstatt zu zerbrechen. Gleichzeitig war es stark – es richtete sich wieder auf, kaum daß das Gewicht von ihm genommen war.

‚Ich will sein wie das Gras', wiederholte er in Gedanken das, was er seinem Lehrer damals gesagt hatte. ‚Nachgiebig und weich, wenn der Widerstand zu stark wird, und stark, wenn die

Last wieder von mir genommen wird. Ich will lernen, die Stärke meiner Gegner zu nutzen, sie umzuleiten und sie auf sie selbst zu richten.‘

Er hatte sich an diesen Vorsatz gehalten. Nur diesmal hatte er das alles völlig vergessen.

Er hatte Alinas Wünschen seine eigenen Wünsche entgegengestellt, und er hatte die Hendersons eines Verbrechens bezichtigt. Objektiv gesehen, hatten die Hendersons dieses Verbrechen auch wirklich begangen – aber das bedeutete wenig. Henderson war in diesem Fall eines jener starren, starken Gewächse, gegen die ein Sturm namens Mike geprallt war. Henderson würde zerbrechen. Und Alina würde auch zerbrechen. In dieser extremen Situation blieb ihr gar keine Wahl, als sich für Mike zu entscheiden. Später, wenn sich alles etwas beruhigt hatte, würde sie anders darüber denken, und sie würde leiden. Ob die Hendersons nun an Bord blieben oder nicht: Alina würde niemals von dem Gedanken loskommen, sie im Stich gelassen zu haben. Sie würde niemals wieder die Alina sein, die er kannte und liebte.

Darunter würden auch die Kinder leiden. Die Gemeinschaft ihrer kleinen Familie würde zerbrechen. Und das alles würde geschehen, weil Mike für ein paar Stunden all das vergessen hatte, was seit langem ein festes Gesetz für ihn war. Aus dem egoistischen, emotionellen Motiv heraus, Henderson eine Niederlage zuzufügen, würde er das opfern, was er liebte – und er würde nichts dabei gewinnen.

Die Schleusenwache meldete die Ankunft der Hendersons und der beiden Kinder. Mike wußte, daß die Zeit jetzt drängte, und ihn überkam Angst.

Wie sollte er unter diesem Zeitdruck die richtige Entscheidung treffen? Seine Überlegungen kamen ihm völlig logisch und richtig vor – aber was, wenn die Müdigkeit ihn auf eine falsche Spur gelenkt hatte? Mußte er den Schritt, den er tun wollte, nicht schon bald bereuen?

Er sah auf den Bildschirm, auf dem er Alina sehen konnte. Sie war – entgegen ihren Vorsätzen – eingenickt.

„Ich muß noch einmal mit diesem Polizeibeamten reden!“ sagte er zu Wolke.

Sie zog die Augenbrauen hoch, sagte aber nichts, sondern stellte die Verbindung her.

„Was gibt's?“ fragte der Gäaner müde.

„Ich brauche ein paar Auskünfte“, erklärte Mike. „Ich weiß nicht, ob ich damit bei Ihnen an der richtigen Adresse bin ...“

„Worum handelt es sich?“

„Nun – haben Sie auf Gäa so etwas wie eine Raumflotte?“

Der Polizist lachte.

„Ja“, sagte er. „Was dachten Sie denn?“

„Nach welchen Kriterien werden die Raumfahrer ausgewählt?“

Der Polizist schien zu überlegen.

„Es gibt verschiedene Aspekte“, murmelte er schließlich. „Wenn Sie mir einen Anhaltspunkt geben könnten ...“

„Es handelt sich um meinen Sohn. Er ist technisch sehr begabt, aber er hat einen wunden Punkt: Ab und zu braucht er die Konfrontation mit dem freien Raum. Er braucht das Gefühl, außerhalb eines Raumschiffs zu sein.“

„Hm“, brummte der Polizist. „Ich glaube, ich verbinde Sie besser mit jemandem, der zu solchen Themen Stellung nehmen kann. Warten Sie einen Augenblick.“

Einige Sekunden später drang eine weitere Stimme aus dem Lautsprecher, aber diesmal erhellte sich gleichzeitig ein Bildschirm. Das Abbild eines unscheinbaren Mannes erschien darauf.

„Mein Name ist Querris“, sagte der Gäaner und strich sich das aschblonde Haar aus der Stirn. „Sie sind Mike Sinac, nicht wahr? Ich hörte, daß Sie ein paar Fragen auf Lager haben.“

„Es geht in erster Linie um meinen Sohn“, sagte Mike hastig und schilderte Querris das Problem so kurz wie möglich. „Sehen Sie eine Chance für den Jungen?“ fragte er schließlich, und er mußte seine Hände gewaltsam gegen die Lehnen des Sessels pressen, um zu verbergen, wie sehr er zitterte.

Querris lachte.

„Sehen Sie“, begann er, „die meisten Gäaner sind nicht besonders wild darauf, die Provcon-Faust zu verlassen, und sie reisen nicht einmal gerne von einem Planeten zum anderen. Sie fürchten sich vor den Laren, und den meisten bereitet es ein gelindes Gefühl von Unsicherheit, wenn man sie mit den zahllosen Sternen der Milchstraße konfrontiert. Je länger wir in diesem Versteck bleiben, desto schwerer wird es, Menschen zu finden, die einigermaßen furchtlos nach draußen gehen. Wie stark ist dieser Zwang bei Ihrem Sohn?“

„Er wird unruhig, wenn er die Konfrontation mit dem freien Raum länger als einige Tage vermissen muß.“

„Gesetzt den Fall, der Junge wüßte, daß ihm ein solcher Einsatz bevorsteht – würde er es auch länger durchhalten?“

„Was verstehen Sie unter einem Einsatz?“

„Nun – er wird nicht einfach träumend in irgendeiner Schleuse sitzen können. Er wird hinausgehen und etwas tun müssen, einen Auftrag erledigen.“

„Ich weiß nicht, ob er das könnte“, sagte Mike niedergeschlagen.

„Nun, auf jeden Fall bestehen keine grundsätzlichen Bedenken, jemanden wie Ihren Sohn in den Dienst im Raum zu übernehmen. Wir befinden uns in einer krisenreichen Situation – Menschen, die sich im Raum wohl fühlen und keine Komplexe entwickeln, wenn man sie mit den Sternen konfrontiert, sind derart selten, daß wir sie gar nicht ablehnen *können!*“

Mike schwieg, und der Gäaner deutete seinen Gesichtsausdruck wohl richtig, denn er fügte hinzu:

„Wir sind zu Zugeständnissen aller Art durchaus bereit. Wenn Ihr Sohn diese Konfrontation braucht, dann werden wir sie ihm beschaffen. Genügt Ihnen das?“

Mike nickte zögernd.

„Was fangen Sie mit Dagor-Experten an?“ fragte er wie unter einem inneren Zwang.

„Betrifft das auch Ihren Sohn?“ fragte der Gäaner wachsam.

„Nein."
„Wen dann?"
„Mich selbst", erwiderte Mike gepreßt.
Querris wandte den Kopf zur Seite.
„SOL", sagte er. „Mike Sinac."
Eine halbe Minute später stieß er einen leisen Pfiff hervor.
„Sie hätten ein verdammt unbequemes Leben", sagte er langsam. „Sie würden sehr viel reisen, und alle diese Reisen wären illegal. Sie wären heute hier und morgen da, und Sie würden sich immer im Mittelpunkt einer Katastrophe befinden. Sie wären ständig gezwungen, sich Ihrer Haut zu wehren."
„Ich habe gelernt, wie man das macht", sagte Mike.
Der Gäaner lachte.
„Ich weiß", murmelte er. „Aber hier stehen Sie nicht nur Sparringspartnern oder mehr oder weniger minderwertigen Herausforderern gegenüber. Hier würden Sie den Laren gegenüberstehen!"
„Ich weiß", sagte Mike leise. „Und ich fürchte mich vor diesen Wesen. Aber ich glaube, daß man sie besiegen kann."
Querris starrte ihn an.
„Ist das Ihre ehrliche Meinung?" erkundigte er sich schließlich.
„Ja", sagte Mike, und es klang wie ein Schwur.
Wolke legte ihm eine Hand auf die Schulter.
„Sie sind jetzt hier", sagte sie leise.
„Bringen Sie Ihre persönlichen Angelegenheiten in Ordnung", empfahl Querris ruhig. „Wenn Sie das geschafft haben, können wir weiter miteinander reden."
‚Wenn das dann noch möglich ist', dachte Mike.
Er sah zu Alina hin – sie schlief immer noch. Er verspürte ein vages Schuldgefühl bei dem Gedanken an das, was er tun wollte, und er fragte sich, wie Alina es aufnehmen würde. Wahrscheinlich würde sie so erleichtert sein, den Konflikt mit ihren Eltern begraben zu können, daß ihr alles andere egal war.
Trotzdem – Mike hatte ein wenig Angst vor der Zukunft.

Die Tür öffnete sich, und die Kinder traten zuerst ein. Sie wirkten übernächtigt und verwirrt, aber es fehlte ihnen nichts. Die Hendersons traten ein – sie mit gesenktem Kopf, er aber hochaufgerichtet und mit zornig funkelnden Augen. Hinter diesem Zorn stand jedoch nackte Angst – Mike sah es nur zu deutlich.

„Ich hätte es mir denken können", schnaubte Henderson, als er Mike erblickte. „Dir haben wir dieses Theater zu verdanken.

Mike wandte sich an die beiden gäanischen Polizisten, die hinter den Hendersons standen.

„Was erwartet ihn, wenn er auf Gäa bleibt?" fragte er sehr ruhig.

„Er wird vor Gericht kommen", erwiderte der Polizist gelassen.

„Und auf der SOL?" fragte Mike zu Wolke hin.

„Genau das gleiche."

„Gibt es einen Weg, ihn da herauszuholen?"

Wolke schüttelte den Kopf. Der gäanische Polizist dagegen zuckte die Schultern.

„Der Fall ist aktenkundig und wird auf jeden Fall verfolgt werden", erklärte er. „Es gäbe noch eine Chance für ihn: Sie und Ihre Familie müßten für ihn aussagen. *Sie* könnten seinen Kopf aus der Schlinge holen."

Mike nickte nachdenklich. Er sah Henderson an, und dem alten Mann schien jetzt endlich klarzuwerden, was er angerichtet hatte. Ein seltsames Mitleid befiel ihn. Er hätte dem alten Mann aufmunternd zulächeln können, aber er ließ es bleiben – Henderson hätte die versöhnliche Geste jetzt gewiß nicht verstanden, sie im Gegenteil im entgegengesetzten Sinne interpretiert.

„Der Start der SOL findet in drei Stunden statt", sagte Wolke leise.

Mike riß sich zusammen.

„Das muß genügen", murmelte er. „Ich muß mit Alina und den Kindern reden."

„Gut“, sagte der Polizist. „Aber wir haben noch mehr zu tun.“

„Ihre Schützlinge werden hier in meinem Büro bleiben“, versicherte Wolke. „Ich benachrichtige Ihre Dienststelle, wenn sie die SOL verlassen.“

Der Gäaner nickte und wandte sich zum Gehen. Sein Kollege, der kein einziges Wort gesagt hatte, folgte ihm.

„Kommt“, sagte Mike zu seinen Kindern und ging ebenfalls hinaus. Er war nicht sonderlich überrascht, als er draußen auf die beiden Gäaner traf.

„Sie werden doch nicht etwa dem Alten zuliebe hierbleiben“, fragte der Polizist mißtrauisch.

„Nein“, sagte Mike leise. „Den Hendersons zuliebe nicht – aber ich werde bleiben, weil ich inzwischen herausgefunden habe, daß es für mich selbst das beste ist.“

Mark richtete sich neben ihm ganz steil auf, und Celina sah ihn erschrocken an. Er hob beschwichtigend die Hand.

„Wir werden darüber reden“, versprach er. Sie akzeptierten das und warteten ab. Er wandte sich erneut an den Polizisten.

„Stimmt das, was Sie vorhin gesagt haben?“

Der Gäaner verzog das Gesicht.

„Ich wollte diesem sturen alten Burschen ein bißchen Angst einjagen“, gestand er ein. „In Wirklichkeit ist es viel einfacher. Sie haben die Fahndung nach Henderson ausgelöst – das kommt einer Anzeige gleich. Sobald Sie diese Anzeige zurückziehen, ist der Fall für uns erledigt.“

Mike mußte lächeln.

„Das ist gut“, meinte er. „Aber sagen Sie es ihm vorläufig noch nicht. Er hat es wahrhaftig verdient, wenn er jetzt Blut und Wasser schwitzt!“

„Eben das dachte ich auch“, sagte der Polizist und lächelte verschmitzt. „Lassen Sie ihn tüchtig schmoren. Wir holen die beiden an der Schleuse ab und bereiten ihnen noch einige heiße Stunden . . .“

„Das wird nicht nötig sein“, wehrte Mike ab.

„Aber bedenken Sie doch, was er getan hat! Seine Frau – mein Gott, die richtet sich nach seinen Befehlen. Sie ist nicht schuld an dem ganzen Durcheinander. Aber der Alte hat irgendeine Strafe wahrhaftig verdient."

„Sie haben ja recht, aber ... lassen wir das. Ich habe nur noch wenig Zeit. Wir werden uns sicher wiedersehen. Dann können wir ausführlicher darüber reden."

Der Gäaner lächelte plötzlich und legte dem SOL-Geborenen die Hand auf die Schulter.

„Ich wünsche Ihnen viel Glück!" sagte er. „Und vor allem wünsche ich Ihnen, daß Sie Ihre Entscheidung niemals bereuen."

Mike sah ihm nach, als er mit seinem schweigsamen Kollegen davonschritt.

„Ihr habt ihm allerhand über die SOL erzählt, nicht wahr?" fragte er die Kinder.

Mark nickte düster.

„Na, kommt!" seufzte Mike. „Wir müssen uns beeilen."

Alina schlief immer noch, aber sie wachte sofort auf, als sie die Stimmen ihrer Kinder hörte.

„Was ist passiert?" fragte sie erschrocken. „Sind wir schon unterwegs?"

Mike spürte einen Stich im Herzen. Er hatte also recht gehabt. Die Freude über die Rückkehr von Mark und Celina war eine Sache – das Schuldgefühl den Hendersons gegenüber eine andere.

„Nein", sagte er. „Die SOL ist noch nicht gestartet. Hört zu, meine Lieben, ich habe beschlossen, auf diesem verdammten Planeten zu bleiben."

Sie starrten ihn an, als hätte er eben die Absicht verkündet, die SOL in die Luft sprengen zu wollen. Offensichtlich hatten die Kinder seine Äußerung den Polizisten gegenüber nicht ernst genommen. Erst jetzt wurde ihnen bewußt, daß er wirklich und wahrhaftig zu bleiben gedachte.

Er versuchte, es ihnen zu erklären. Alina sah ihn unentwegt

an, und in ihren Augen leuchtete es. Hier und da half sie ihm – er hatte den Eindruck, daß sie die wirkliche Situation noch nicht ganz begriff. Sie dachte zweifellos, daß Mike ihretwillen seine Meinung geändert hatte – obwohl sie eigentlich wissen mußte, daß das sehr unwahrscheinlich war. Die Kinder dagegen reagierten unterschiedlich. Mark verstand offenbar die Motive seines Vaters, aber er weigerte sich zunächst strikt, auch nur daran zu denken, daß er die SOL verlassen könnte. Celina erklärte klipp und klar, daß sie nichts über dieses Thema hören wollte, und zog sich schmollend in den Hintergrund der Kabine zurück.

„Ich weiß, wie dir zumute ist", sagte Mike zu seinem Sohn. „Du denkst an dein spezielles Hobby, aber glaube mir: Du wirst den Sternen oft genug nahe sein. Die Gäaner brauchen Menschen, die sich nicht vor dieser Leere fürchten, sie haben davon nicht viele."

„Auf diesem lausigen Planeten", knurrte Mark, „sieht man die Sterne ja gar nicht."

„Gäa hat eine Raumflotte, wie du weißt", erinnerte Mike ihn sanft. „Es sind ständig Schiffe außerhalb der Provcon-Faust unterwegs. Diese Schiffe haben bestimmte Aufgaben zu erfüllen, und du könntest mitfliegen."

„Unter welcher Bedingung?"

„Nun", sagte Mike vorsichtig. „Du wirst nicht in einer offenen Schleuse sitzen und vor dich hinträumen dürfen. Du wirst etwas tun müssen."

Mark sah ins Leere.

„Ich habe es nie gewagt, aus der Schleuse hinauszugehen", flüsterte er. „Ich hatte Angst, daß man mich entdecken könnte! Weißt du, was ich mir wünsche? Ich möchte mich frei im Raum bewegen können, möchte zwischen den Sternen schwimmen. Wenn ich das tun könnte und auch noch etwas Sinnvolles dabei tun dürfte – ich wäre sehr glücklich."

Mike wandte sich schweigend ab und stellte eine Verbindung zu Querris in Sol-Town her. Eine halbe Stunde lang unterhielten sich Mark und der Gäaner miteinander, dann stand Mark schweigend auf, um seine Sachen zusammenzusuchen.

Das wirkte wie ein Signal. Selbst Celina gab das Schmollen auf. Noch während sie ihre geringe persönliche Habe zusammensuchte, begann sie aufgeregt zu plappern, und es stellte sich heraus, daß sie im Grunde genommen gerne nach Gäa ging. Die Parks und Grünanlagen hatten es ihr angetan. An Bord der SOL gab es keine so großen Räume und keine solche Vielfalt von Leben. Sie hatte erfahren, daß es auf Gäa noch große Landflächen gab, die nicht kultiviert wurden und auf denen alles durcheinanderwuchs, und sie brannte darauf, diese Wildnis zu erforschen.

Eine halbe Stunde vor dem Start verließen sie die SOL. Querris erwartete sie. Er betrachtete aufmerksam zuerst Mark, dann Mike, und schließlich lächelte er.

„Willkommen auf Gäa“, sagte er. „Ich hoffe, Sie werden sich bei uns wohl fühlen. Betrachten Sie sich vorerst als unsere Gäste. Wenn Sie sich eingewöhnt haben, dann können Sie sich ansehen, was wir Ihnen zu bieten haben.“

Und dann kamen auch die Hendersons, und es dauerte einige Zeit, bis sie begriffen, wie die Würfel gefallen waren. Mike sah sich plötzlich Henderson gegenüber, und der alte Mann umarmte ihn wortlos und zitternd. Mike erwiderte die Geste, und er mußte lächeln.

‚Ja‘, dachte er. ‚Es ist gut, so zu sein, wie das Gras, sich zu beugen, aber nicht zu zerbrechen. Der Kampf um deine Tochter ist noch nicht ganz ausgestanden, alter Mann. Aber jetzt weiß ich, wie ich dich anzupacken habe. Und nicht nur dich, sondern auch all die anderen dickköpfigen Wesen, denen ich begegnen werde.‘

Ein Regenschauer ging nieder, als sie von der SOL wegflogen. Sie blickten zurück, und Querris war verständnisvoll genug, um den Gleiter anzuhalten. Nacheinander lösten sich die SOL-Zellen vom Boden und schwebten davon, hinauf in den wolkenverhangenen Himmel.

Mike wußte plötzlich, daß es ein Abschied auf ewig war. Sie würden die SOL nicht wiedersehen. Die anderen wußten es vielleicht nicht so genau, aber sie spürten es. Er fühlte die Niedergeschlagenheit, die sie befiel, und er wandte sich an Querris und deutete wortlos auf die Stadt. Der Gleiter setzte sich in Bewegung, und selbst Mark hörte auf, in den grauen Himmel zu starren, und besah sich statt dessen die Welt, die nun zumindest zeitweise seine Heimat sein würde.

Kurt Mahr

Herihrs Fluch

Man schrieb das Jahr 22 Neuer Galaktischer Zeitrechnung. 21 Jahre zuvor hatte Perry Rhodan von Es den Auftrag erhalten, die Kosmische Hanse zu gründen, eine Organisation, der eine zweigeteilte Aufgabe zukam: den interstellaren und intergalaktischen Handel (und damit das Verständnis unter den Völkern) zu fördern – und eine Vorfront für die zu erwartende Auseinandersetzung mit der Superintelligenz Seth-Apophis zu bilden.

Die Vorbereitungen zur Schaffung der Kosmischen Hanse begannnen unmittelbar nach Perry Rhodans Rückkehr von EDEN II. Das Programm sah die Einrichtung von rund zweitausend Handelskontoren vor, zunächst auf zentral gelegenen Welten der Milchstraße, später auch in anderen Galaxien der Lokalen Gruppe. Des weiteren waren sechs kosmische Basare zu installieren. Die Basare waren als interstellare Weltraumstationen geplant, die nicht an die Oberfläche von Planeten gebunden waren. Als ideale Gehäuse für die Unterbringung der Basare erwiesen sich die sechs riesigen Sporenschiffe, die aus dem Nachlaß der Mächtigen in den Besitz der terranischen Menschheit übergegangen waren.

Zu Beginn des Jahres 22 erreichte die vormalige NOGEN-ZAND, das Schiff des Mächtigen Murcon, ihren vorgeschriebenen Standort am Rand der Großen Magellanschen Wolke, 167 000 Lichtjahre von Terra entfernt. Sie sollte der kosmische Basar BERGEN werden. Die Verankerung des gewaltigen Schiffes, die Kalibrierung der Transmitter- und Hyperfunkverbindungen sowie andere Vorbereitungen nahmen Monate in Anspruch. Im letzten Jahresdrittel war es schließlich soweit: Der kosmische Basar BERGEN harrte der Inbetriebnahme.

Es war üblich, daß sich zu Ereignissen von der Größenordnung der Einweihung eines kosmischen Basars Perry Rhodan in eigener Person einfand. Er kam per distanzlosem Schritt, mit Hilfe des Laire-Auges, das gleichzeitig sein Hanse-Siegel darstellte. Er machte die Reise zweimal, um seine beiden Begleiter zu transportieren: Reginald Bull und Fellmer Lloyd. Er wußte seit etlichen Wochen, daß in der Nähe von BERGEN (31 Lichtjahre entfernt) eine von intelligenten Wesen bewohnte Welt entdeckt worden war: Ramäa, vierter Satellit einer großen, roten Sonne, die Laara genannt wurde. Die Ramäer besaßen eine beeindruckende, jedoch größtenteils untechnische Zivilisation. Der Basarkommandant der BERGEN hatte durchblicken lassen, daß er es für einen geschickten diplomatischen Schachzug hielte, wenn Perry Rhodan während seiner Anwesenheit in diesem Raumabschnitt anläßlich der Einweihung des kosmischen Basars Ramäa einen Besuch abstattete – wenn auch die Ramäer kein raumfahrendes Volk waren und in den auf Ausweitung des interstellaren Handels gezielten Überlegungen der Kosmischen Hanse höchstens eine untergeordnete Rolle spielen würden.

Perry Rhodan erklärte sich mit dem Vorschlag des Basarkommandanten einverstanden. Seine Erlebnisse auf Ramäa waren eigenartig – um es gelinde auszudrücken – und von einschneidender Bedeutung für seine spätere Haltung in der Auseinandersetzung mit der gegnerischen Superintelligenz, ungeachtet der Tatsache, daß der volle Symbolgehalt des Geschehens auf Ramäa erst Jahrhunderte später verstanden wurde.

1.

Als der Leichte Holk mit dem Eigennamen SAMARKAND geräuschlos aus der mächtigen Schleuse glitt und mit geringen Werten zu beschleunigen begann, bot sich der Besatzung des Kommandostands ein beeindruckendes Bild. Auf dem Bugsektor des großen Panoramaschirms glänzten die vereinzelten Lichtpunkte naher Sterne, die zur Randzone der Großen Magellanschen Wolke gehörten. Dahinter schwamm das riesige, diffuse Gebilde der Wolke selbst, Sterne so weit entfernt und von solcher Dichte, daß sie nicht mehr als individuelle Punkte wahrgenommen wurden, sondern einen schimmernden Nebel von immenser Leuchtkraft und atemberaubender Farbenpracht bildeten. Im Innern des Nebels ließen sich unregelmäßig geformte Konturen erkennen – Orte geringerer oder größerer Helligkeit. Eine Quelle grellweißen Lichts zog unwillkürlich den Blick auf sich: S Doradus, der lange Jahrhunderte hindurch als das leuchtkräftigste Objekt des bekannten Universums gegolten hatte.

Vom bunten Lichtteppich der Großen Magellanschen Wolke wanderte das Auge steuerbord- und heckwärts, flog über das tiefe Schwarz des intergalaktischen Raumes, in dem nur die vereinzelten Lichter unsagbar weit entfernter Sterneninseln glommen, und erfaßte schließlich das gewaltige, düsterrote Rund der BERGEN. Noch aus mehreren hundert Kilometern Entfernung bedeckte der Gigant mehr als die Hälfte des heckwärtigen Firmaments. Als die SAMARKAND beschleunigte, begann er zu schrumpfen wie ein Ballon, aus dem die Luft herausgelassen wurde, und der rötliche Schein der Oberfläche verlor rasch an Intensität.

Nebelhafte Strähnen bunten Lichtes, bisher vom Koloß des kosmischen Basars verdeckt, kamen zum Vorschein und entpuppten sich als Bestandteile einer majestätischen Spirale, gegen deren leuchtenden Hintergrund sich die BERGEN jetzt nur noch als winzige, schwarze Scheibe abzeichnete. Der Blick fiel von schräg oben auf die Hauptebene der Spirale. Der Kern, den fast unerträglichen Glanz von hundert Millionen Sonnen ausstrahlend, war von dunklen Strichen und Kurven durchzogen, die wie Narben wirkten: Wolken interstellaren Staubes, die das Licht der Sterne verschluckten. In seiner ganzen Größe war das spiralförmige Gebilde über einen Winkel von fast 35 Grad aufgespannt. Deutlich ließen sich die einzelnen Spiralarme voneinander unterscheiden.

Das war die Milchstraße, die Heimat der Menschheit.

Perry Rhodans Blick flog den gewundenen Verlauf des Cygnus-Arms entlang, fand die Stelle, an der der Orion-Arm von ihm abzweigte, und folgte diesem etwa ein Drittel seiner Länge. Dort, verborgen unter dem strahlenden Glanz der Supergiganten, vermischt mit dem diffusen Nebel des Hintergrunds, befand sich Sol, die Sonne, der die Menschheit ihre Existenz verdankte.

Ein sanftes Klingen ertönte. Im nächsten Augenblick war das Bild wie weggewischt. Die SAMARKAND war in den Linearraum eingetreten.

Perry Rhodan wandte sich um und begegnete Reginald Bulls ernstem, nachdenklichem Blick.

„Man kann so etwas nicht sehen", sagte er, „ohne Ehrfurcht zu empfinden."

Der leuchtende Energiesteg führte aus dem Rumpf des aufrecht stehenden Raumschiffs hinab auf die leicht gewellte Grasfläche. Weit im Hindergrund ragten Türme und Zinnen einer mächtigen Stadt in den wolkenlosen Himmel; aber Perry Rhodans Aufmerksamkeit konzentrierte sich auf die Menge fremder Wesen, die sich unweit des landenden Schiffes eingefunden hatte.

Die Ramäer waren humanoid in ihrer äußeren Erscheinungsform, aufrecht gehende, im Durchschnitt einen Meter siebzig große Gestalten mit zwei Armen und zwei Beinen. Fremdartig waren allein Form und Struktur des Schädels. Er verlieh ihnen das Aussehen mythischer Wesen aus der Vorgeschichte der Menschheit – ein Kopf, der entfernt an den eines Pferdes oder eines Zebu-Rinds erinnerte, mit zwei atrophischen Hörnern ausgestattet, die zu beiden Seiten der Stirn aus den Schläfen wuchsen. Die großen Augen waren wie beim Menschen angeordnet, nebeneinander, in dieselbe Richtung blickend, so daß die Blickfelder einander überlappten.

Sie waren faszinierende Wesen. Der Tierschädel – Perry Rhodan machte eine mentale Notiz, daß die Bezeichnung unzulässig war und auf menschlichem Vorurteil beruhte – hatte nichts Abstoßendes an sich; im Gegenteil, er verlieh ihnen die Aura des Geheimnisvollen, als seien sie vor ein paar Sekunden erst von den Tempelwänden von Akkad oder Sakkara herabgestiegen. Die dunklen, melancholischen Augen verrieten ein hohes Maß an Intelligenz; ihre bunten, wehenden Gewänder waren Kunstwerke des Weber- und Schneidergewerbes.

„Es ist merkwürdig – ich kann keine Gedanken erkennen", sagte Fellmer Lloyd, der zusammen mit Reginald Bull an Perrys Seite schritt.

Perry hob warnend die Hand. Dann griff er zu dem kleinen Translator, den er wie ein Amulett um den Hals trug, und aktivierte ihn. Er trat auf einen kunstvoll gewirkten Baldachin zu, unter dem ein kräftig gebauter Ramäer auf einer Art Thronsessel saß. Er erkannte ihn anhand der Bilder, die man ihm an Bord der BERGEN gezeigt hatte: Psusenk, König von Ramäa.

„Ich bin Perry Rhodan, dein Freund", sagte der Terraner. „Du hast mich und die Meinen eingeladen. Ich danke dir dafür."

Seine Worte, in Interkosmo gesprochen, drangen mit kurzer Verzögerung auf Ramäisch aus der Lautsprecheröffnung des Translators. Psusenk zuckte mit keiner Wimper. Vier Monate des Kontakts mit den Menschen der BERGEN hatten ihn an die Wunder der Technik gewöhnt.

Er erhob sich. Einer der Höflinge, die hinter seinem Thron standen, reichte ihm einen Stab – eine Art Zepter, mit einer kleinen, geschnitzten Tierfigur am schlanken Ende.

„Dir gebührt der Dank, Peri, nicht mir." Seine Stimme hatte

infolge der langen Rachenhöhle einen trompetenden Klang. „Du bist ein Mächtiger der Welt, die sie Terra nennen. Es gereicht mir zur Ehre, daß du mich deinen Freund nennst. Du und die mit dir gekommen sind – seid meine Gäste!“

Sie waren auf großmächtigen Prunkwagen, die von büffelähnlichen Tieren gezogen wurden, durch die Stadt gerollt. Mauern und Gebäude waren zu Ehren der Besucher geschmückt. Tausende von Ramäern säumten die Straße, die geradewegs vom Südtor zu Tanni, dem Königspalast, führte. Sie standen und starrten. Keine Hand hob sich zum Gruß, kein Ruf wurde laut. Auf der staubbedeckten, im harten Glanz der Sonne Laara badenden Straße hörte man nur das Knarren der Räder und die Schritte des königlichen Gefolges.

Im Palast wurden den Besuchern weitläufige, kostbar ausgestattete Gemächer angewiesen. Perry Rhodan, Reginald Bull und Fellmer Lloyd erhielten Räume, die sich um eine weite, mit einem plätschernden Brunnen ausgestattete Halle gruppierten. Scharen von Dienern und Dienerinnen waren damit beauftragt, für das Wohlbefinden der Gäste zu sorgen und ihnen jede Handreichung abzunehmen. Psusenk hatte erklärt, er wolle seinen Freunden ein paar Stunden Ruhe gönnen, damit sie sich auf das große abendliche Festmahl vorbereiten könnten.

Perry war überwältigt. Er hatte es sich auf einer komfortablen Liege bequem gemacht und ließ den Blick rings über die erlesene Ausstattung des Raumes wandern. Er fühlte sich wie in einem Märchen. Er war aus dem Rumpf der SAMARKAND geradeswegs in die Seiten eines Bilderbuchs getreten, das den Glanz des terranischen Altertums schilderte.

Wieviel lebendiger das echte Erlebnis doch war als die trockenen Daten, die er an Bord der BERGEN erhalten hatte: Ramäa – eine Zivilisation, die ungefähr der assyrischen zu Beginn des ersten vorchristlichen Jahrtausends entspricht; Anfänge einer mechanischen Technik – das Rad, der Hebel, gewisse hydromechanische Prinzipien sind bekannt; Monarchie – der König ist absoluter Herrscher, aber auch der Hohepriester übt eine gewisse Macht aus; polytheistische Religion – die Magie spielt eine wichtige Rolle. Konnte man mit solch dürren Worten die Wunderwelt beschreiben, in der er sich befand?

Er stand auf, nachdem sein Blick auf einem eigenartig gestalteten Flachrelief an der gegenüberliegenden Wand hängengeblieben, weitergewandert und wieder zurückgekehrt war. Das Ornament besaß die Form eines rechteckigen Bildes und stellte in stark stilisierter Form ein Tier dar, das im Original etwa so ausgesehen haben mußte wie die Büffel, die die Prunkwagen gezogen hatten.

Das Relief war aus verschiedenen Silberlegierungen gefertigt, die verschiedene Farbtöne vom stumpfen Grau bis zur schimmernden Helle reinen Silbers lieferten. Das Auge des Büffels bestand aus einem winzigen, halbkugelförmigen Stück obsidianähnlicher Substanz. Er betastete es mit der Fingerspitze. Das Auge saß nicht fest. Es ließ sich aus dem Relief lösen; aber es fiel nicht herab. Es baumelte an einem Bündel haarfeiner, kupfern schimmernder Drähte.

Die Worte des Basarkommandanten kamen ihm wieder in den Sinn: Anfänge einer mechanischen Technik – das Rad, der Hebel, gewisse hydromechanische Prinzipien sind bekannt . . .

Keine Mikrooptik, keine Minielektronik? Was hatte eine Mikrokamera in einem assyrischen Königspalast verloren?

„Man könnte ihn zum Beispiel direkt darauf ansprechen", sagte Reginald Bull.

Perry lächelte spöttisch. „Ich bin nicht sicher, ob das Wort ‚Spionkamera' im ramäischen Wortschatz meines Translators überhaupt vorhanden ist", antwortete er. „Nein. Wir tun besser daran, zu warten und die Augen offenzuhalten."

„Ich sagte schon, daß ich ihre Gedanken nicht erkennen kann", meldete sich Fellmer Lloyd zu Wort. „Und erinnert euch an die stummen, starren Zuschauermengen auf dem Weg hierher." Er schüttelte den Kopf. „Eine merkwürdige Welt."

Sie saßen auf dem Rand des Brunnens in der Mitte der großen Halle. Die Translatoren waren desaktiviert, und das Plätschern der Fontäne ertränkte ihre Worte. An der großen Tür im Hintergrund des Raumes waren zwei Diener postiert. Perry hatte inzwischen festgestellt, daß sie sich zwar aus den Privatgemächern weisen ließen, aber nicht aus der Halle. Der König habe ihnen unter Androhung schwerer Strafe verboten, sagten sie, sich jemals außer Rufweite der Gäste zu begeben. Was sollte ein Gast davon halten, wenn er erst auf den Korridor hinauseilen mußte, um einen Diener auf sich aufmerksam zu machen?

Die Tür am anderen Ende des Raumes stand offen und führte auf eine breite Terrasse. Durch die hohe Türöffnung drangen gedämpft die Geräusche der Stadt. Die Sonne schickte sich an unterzugehen. Ein exotischer Duft stieg aus dem parkähnlichen Garten, der den Palast umgab. Ein Idyll. Und doch – wozu die Kamera?

„Du empfindest überhaupt keine Bewußtseinsaktivität?" fragte Perry den Telepathen.

„O doch." Fellmer Lloyds hohe Stirn furchte sich. „Eine Art Hintergrundrauschen. Es ist nicht so, als ob sie Roboter wären. Eher bin ich bereit zu glauben, daß sich ihre Gehirntätigkeit fast ausschließlich im Unterbewußten abspielt."

Perry tippte ihm mit dem Finger gegen die Schulter.

„Sag mir, woran ich denke", forderte er ihn auf.

Der Mutant blickte starr vor sich hin, während er sich zu konzentrieren versuchte; aber schon im nächsten Augenblick nahm seine Miene einen perplexen Ausdruck an.

„Du sperrst dich!" protestierte er.

Als Mentalstabilisiertem stand Perry Rhodan diese Möglichkeit in der Tat zur Verfügung. Er schüttelte den Kopf. „Versuch's bei Reginald", sagte er.

Fellmer konzentrierte sich von neuem. Nach ein paar Sekunden gab er auf und schüttelte ärgerlich den Kopf. „Nein, nichts", knurrte er.

Perry schlug ihm freundschaftlich auf die Schulter.

„Also ist bewiesen, daß es nicht an einem besonderen Denkmechanismus der Ramäer liegt."

„Sondern woran?"

„Das", sagte Perry, „sollten wir herauszufinden versuchen."

Das abendliche Festmahl verlief etwa so, wie Perry es sich vorgestellt hatte. Mehr als einhundert Gäste, sämtlich Honoratioren des Königreichs, konsumierten unglaubliche Mengen an Speisen und Getränken. Die Gäste des Königs und die Freundschaft zwischen Ramäern und den Völkern der Milchstraße wurden in zahlreichen Reden gepriesen, die um so weniger zusammenhängend waren, je später der betreffende Redner an die Reihe kam.

Beeindruckt war Perry von der Person des Hohenpriesters Herihr, der ihm von Psusenk vorgestellt wurde. Der Priester war eine hochgewachsene, hagere Gestalt, die einer gewissen Düsterkeit nicht entbehrte. Der Blick seiner kohlschwarzen Augen war durchdringend. Im Verlauf des Festes versuchte Perry, mit ihm ins Gespräch zu kommen. Aber der stetig wachsende Tumult und eine gewisse Zurückhaltung von Herihrs Seite machten sein Vorhaben zunichte.

Im übrigen ließen auch die Terraner – Perry Rhodan, seine beiden Begleiter und fünfzehn Männer und Frauen offizielles „Gefolge" – es sich gutgehen. Manche der Speisen waren nicht nach ihrem Geschmack – die Xenobiologen der BERGEN hatten jedoch versichert, daß ein Mensch alles genießen könne, was ein Ramäer zu sich nehme –, aber die Getränke fanden durchaus ihr Gefallen.

Daher kam es, daß auf dem Rückweg zu den Gemächern, mehrere Stunden nach Mitternacht, Reginald Bull vorsichtig einen Fuß vor den andern setzte, um der Würde eines offiziellen Repräsentanten Terras und der Kosmischen Hanse keinen Schaden anzutun. Er hatte den Blick starr zu Boden gerichtet, als verfolge er eine unsichtbare Linie, von der er auf keinen Fall abweichen dürfe. Perry hörte ihn murmeln:

„Tanni, Psusenk, Herihr ... und dann war da noch irgend etwas ..."

„*Wo* war noch irgend etwas?" erkundigte sich Perry.

Reginald Bull sah auf und musterte ihn mit gequältem Blick.

„Irgendwo im Hintergrund meiner Erinnerung", sagte er. „Die Namen ergeben einen Zusammenhang. Ich ... ich muß darüber nachdenken."

„Laß dir Zeit", riet Perry. „Das Fest des roten Büffels findet erst morgen nachmittag statt."

Das Fest des roten Büffels!

Der Basarkommandant hatte mit keinem Wort davon gesprochen. Aus den Worten Psusenks ging hervor, daß es kein heiligeres Fest gab als dieses. Es fand im Tempel statt, dem Pantheon der Ramäer. Das Volk nahm nicht daran teil. Nur der, den der Herrscher selbst eingeladen hatte, durfte sich dem Tempel nähern. Die königlichen Garden sperrten das Tempelgelände ab und achteten darauf, daß kein Unbefugter sich in den Kreis der Geladenen schlich.

An Perry Rhodan, Reginald Bull und Fellmer Lloyd war im Verlauf des Mahles eine offizielle Einladung ergangen – aber nicht an die fünfzehn Mitglieder ihrer Begleitmannschaft.

Gefahr?

Er wischte den Gedanken beiseite. Die ungewöhnlichen Eindrücke während der ersten Stunden auf Ramäa hatten ihn in einen Zustand übertriebener Sensitivität versetzt. Wenn er alles wegstrich, was er nicht begreifen konnte – was blieb dann? Ein Königreich aus der morgenländischen Legende; Krieger, die mit Speeren und Schilden bewaffnet waren. Ein König, der Leben und Tod seiner Untertanen in der Hand hatte und doch mit seiner ganzen Armee vergebens gegen die Waffen angekämpft hätte, die Perry Rhodan im Gürtel trug.

Er zog in Erwägung, Kontakt mit der SAMARKAND aufzunehmen und über Hyperkom weitere Informationen von der BERGEN anzufordern. Aber auch diese Idee verwarf er. Was es hier an Informationen zu sammeln gab, das konnte er selbst besorgen.

Die Flamme der Fackel an der Wand flackerte, als der Diener den Türvorhang beiseite schlug. Überrascht und ein wenig ärgerlich zugleich griff Perry nach seinem Translator und schaltete ihn ein.

„Was willst du?"

„Eine Besucherin, fremder Herr."

Assur! fuhr es ihm durch den Sinn. *Es gehört zum guten Ton, dem Gast eine Konkubine anzubieten. Heiliger Sebastian, Hüter der Moral, steh mir bei!*

„Ich empfange um diese Zeit keine Besucherinnen", erklärte er steif. „Wer ist sie?"

„Die königliche Prinzessin Rarigit, fremder Herr."

Perrys Bestürzung wandelte sich zu ungläubigem Staunen. So weit ging die Gastfreundschaft gewiß nicht, daß der König seine eigene Tochter . . .

„Sie mag hereinkommen", sagte er.

Die Prinzessin näherte sich zaghaft – unsicher, wie der Empfang ausfallen würde. Sie war ein schlankes, aber wohlproportioniertes Geschöpf, ohne Zweifel eine Schönheit nach ramäischen Maßstäben. Sie führte beide Hände zur Stirn, um ihre Ehrfurcht zu bezeigen; aber Perry faßte ihre Arme mit sanftem Griff und zog sie beiseite.

„Es ziemt sich nicht für die königliche Prinzessin, einem Fremden gegenüber demütig zu sein", sagte er.

„Du bist gütig, fremder Herr", antwortete sie. „Ich komme, um dich um Hilfe zu bitten."

„Mich?" Hörten die Überraschungen nicht mehr auf? „Womit sollte ich, der Fremde, dir helfen können?"

Rarigit wandte sich um und vergewisserte sich, daß der Diener gegangen war.

„Psusenk hält dich in hohem Ansehen", sagte sie. „Er wird deine Bitte nicht abschlagen . . ."

Im schwankenden Licht der Fackel erkannte Perry, daß die

junge Ramäerin sich im Zustand hochgradiger Erregung befand.

„Worum soll ich ihn bitten?“ fragte er.

„Er soll ... seinen Widerstand gegen Uennamu aufgeben!“ stieß sie hervor.

„Uennamu ist dein ... Geliebter?“

Sie machte die Gebärde der Zustimmung. Die großen, dunklen Augen füllten sich mit Tränen. Die Funktionen der Lakrimaldrüsen waren bei Menschen und Ramäern einander offenbar ähnlich. *Großer Gott – Psusenk, hörst du das?* ging es ihm durch den Sinn. *Du hast mein Quartier mit Wanzen gespickt! Hörst du die Klage deiner Tochter?*

„Psusenk ist ein Barbar!“ schrie die Prinzessin auf, am ganzen Körper zitternd. „Er empfindet nicht wie ein Vater! Ihn interessiert nur die Macht ...“

Um des Himmels willen, schöne Prinzessin, halt den Mund! Dein Vater hört vermutlich jedes Wort, und das letzte, was mir noch fehlt, sind diplomatische Verwicklungen!

„Das kann ich nicht glauben“, sagte er mit strengem Nachdruck, der in erster Linie für die Ohren des unsichtbaren Zuhörers bestimmt war. „Es liegt ein Mißverständnis vor.“

Rarigit hob ihm das tränenüberströmte Antlitz entgegen.

„Du willst mir nicht helfen, fremder Herr?“

Es brach ihm fast das Herz – aber was blieb ihm anderes übrig?

„Ich halte Psusenk für einen weisen Herrscher.“ *Bist du jetzt zufrieden?* „Ich will mich bei ihm für dich verwenden; aber ich kann mir nicht anmaßen, seine Entscheidung zu beeinflussen.“

Sie hatte mehr erwartet. „Ich ... danke dir“, schluchzte sie. Es klang wie das Stoßgebet eines Sterbenden.

Er begleitete sie zum Ausgang und sah ihr nach, als sie durch den von tanzenden Flammen beleuchteten Korridor davonschritt. Den Translator hatte er längst ausgeschaltet.

„Der Teufel soll die Politik holen“, knurrte er auf terranisch, nachdem er in sein Gemach zurückgekehrt war.

2.

Am nächsten Morgen ließ Psusenk mitteilen, er sei durch die Vorbereitungen zum Fest des roten Büffels daran gehindert, sich seinen Gästen in gebührender Weise zu widmen. Er bat um Nachsicht und machte den Vorschlag, den Überbringer dieser Mitteilung als seinen Stellvertreter zu akzeptieren.

Perry Rhodan hatte dagegen nichts einzuwenden; denn der Bote war kein anderer als Herihr, der Hohepriester.

Der Priester erklärte sich bereit, am Morgenmahl teilzunehmen – wohl weniger aus eigener Initiative, als weil Psusenk ihm aufgetragen hatte, auf eine entsprechende Bitte der Gäste einzugehen. Er gab sich zunächst verschlossen, taute jedoch allmählich auf, als seine Tischgenossen Fragen über das heutige Fest zu stellen begannen.

„Das Fest des roten Büffels ist eine Institution, die Psusenk eingerichtet hat", erklärte er. In seinen dunklen Augen wetterleuchtete es. „Sie dient dazu, seine Macht zu bestätigen. Er nimmt das Zepter zur Hand und zeigt den geladenen Gästen, wie das Bildnis eines Büffels zu leuchten beginnt. Es leuchtet nur in der Hand des wahren Herrschers, sagt Psusenk. Sollte es je geschehen, daß ein Unberufener sich auf den Thron schwingt, wird er sich dadurch verraten, daß das Bildnis in seiner Hand nicht leuchtet."

Das Mahl wurde auf der großen Terrasse eingenommen, die an die Halle mit dem Brunnen grenzte.

Perry sah sich um. Es befand sich kein Diener in Sichtweite, und die Wände, die mit Abhörgeräten versehen sein mochten, waren meterweit entfernt.

„Ist es nicht merkwürdig", erkundigte er sich vorsichtig, „daß der König eine solche Institution schaffen sollte – und nicht der Hohepriester?"

„Psusenk, wie alle Herrscher vor ihm, ist der Wahrer des Glaubens. Als solcher steht er über mir und hat direkteren

Kontakt zu den Göttern." Herihr blickte sinnend vor sich hin. „Aber du hast recht: Es *ist* merkwürdig."

„Wie lange gibt es das Fest des roten Büffels schon?"

„Niemand weiß es", antwortete der Priester.

„So lange her?" fragte Perry überrascht.

„Nein, nicht lange. Aber niemand erinnert sich mehr daran. Eines Tages verkündete der König, er sei von zwei Sendboten der Götter besucht worden, und einer von ihnen habe ihm das heilige Zepter übergeben."

„Dasselbe, das er gestern trug?"

„Nein, ein anderes. Es wird im innersten Bezirk des Tempels aufbewahrt und nur während des Festes des roten Büffels gezeigt. Es ist ein wunderbares Kunstwerk, wie es unsere Handwerker nicht anfertigen können. Deswegen glaubte jedermann den Worten des Königs, als er das Zepter zeigte. Es *konnte* von nirgend anderswoher gekommen sein als von den Göttern. Dann gab er sich selbst und einigen anderen neue Namen."

„Neue Namen?" wiederholte Perry verständnislos. „Wie hieß er zuvor?"

„Ich weiß es nicht. Niemand erinnert sich daran. Es war, als habe eine fremde Macht unser Gedächtnis gelöscht."

Unwillkürlich fühlte Perry sich an das Gemurmel erinnert, daß Reginald Bull in der vergangenen Nacht bei der Heimkehr vom Festmahl von sich gegeben hatte.

„Auch *dein* Name wurde verändert?" fragte er den Hohenpriester.

„Auch mein Name", bestätigte Herihr. „Aber frag mich nicht, wie ich früher genannt wurde. Ich weiß es nicht mehr. *Niemand* weiß es."

Eine Zeitlang herrschte Schweigen. Durch den blühenden, duftenden Wuchs des Gartens drangen gedämpft die Geräusche der Stadt. Es waren Geräusche, wie man sie normalerweise hört: das Knarren von Rädern, das stetige Pochen eines schweren Werkzeugs, das ärgerliche Murren eines Tieres – aber nicht ein einziger Laut von der Stimme eines intelligenten Wesens. Eine

Vision stieg vor Perrys geistigem Auge auf: ein düsterer, drohender Fluch lag über dem Land.

„Wenn du mit Psusenks Maßnahmen nicht einverstanden bist, warum trittst du als Hoherpriester nicht dagegen auf?"

Die Worte waren ihm nur so entfahren, ohne daß er sie hatte aussprechen wollen. Er hätte sie am liebsten zurückgenommen; aber dazu war es zu spät.

Herihr erhob sich.

„Ich danke für eure Gastfreundschaft", sagte er. „Nicht nur Psusenk muß sich auf das Fest vorbereiten – auch ich habe meinen Teil zu tun."

Sein Blick schien Perry um Verzeihung zu bitten: *Tut mir leid, auf dieses Thema lasse ich mich nicht ein.*

Perry stand aus Höflichkeit ebenfalls auf.

„Noch eine Frage, Herihr", sagte er rasch, bevor der Priester sich in Bewegung setzen konnte. „Wer ist Uennamu?"

Täuschte er sich, ober blitzte es in Herihrs Augen wirklich auf, als hätte ihn die Frage so überrascht, daß er für den Bruchteil einer Sekunde die Haltung verlor? Einen halben Atemzug später war der Priester bereits wieder sein würdevolles Selbst.

„Ein reicher Grundbesitzer im Süden des Landes, ein Fürst in seinem eigenen Reich", antwortete er. „Warum fragst du nach ihm?"

Perry machte eine beiläufige Geste.

„Ich habe seinen Namen gehört . . . und er erinnerte mich an irgend etwas."

Herihr wandte sich grußlos ab und schritt davon.

Ihr Besuch hatte eine Geste des guten Willens sein sollen – eine mehr väterliche als brüderliche Freundschaftsbezeigung gegenüber einem Volk, das in den Annalen der intergalaktischen Politik im Lauf der nächsten fünftausend Jahre keine Rolle spielen würde. Statt dessen waren sie in ein Wespennest geraten, in dem geheimnisvolle Götter Unruhe gestiftet hatten.

Die Regeln herkömmlicher Diplomatie geboten Perry Rhodan, sich den internen Streitigkeiten der Ramäer fernzuhalten. Er war drauf und dran gewesen, die Abreise von Ramäa für den folgenden Tag anzuberaumen. Aber die Diskussion mit den Freunden – geführt im hintersten Winkel der Terrasse, wo ihnen kein Abhörgerät etwas anhaben konnte – hatte ihn anderen Sinnes werden lassen.

Der Zwist zwischen Psusenk und Herihr schien auf den ersten Blick keine ernstzunehmende Angelegenheit. Könige und Priester hatten miteinander gestritten, seit es intelligentes Leben im Universum gab. Aber hier spielte ein besonderer Effekt mit. Diejenigen, die Psusenk als Götter ausgab – eine Darstellung, der Herihr bezeichnenderweise keinen Glauben schenkte –, waren in Wirklichkeit wohl nichts anderes als fremde Wesen mit einer fortgeschrittenen Technologie. Die Frage stellte sich von selbst: Warum hatten sie sich ausgerechnet Ramäa als Ziel ausgesucht?

Die Sicherheit des kosmischen Basars BERGEN erforderte, daß die Hintergründe der seltsamen Ereignisse erforscht wurden. Der Verdacht ließ sich nicht von der Hand weisen, daß, wer auch immer im ramäischen Teich der Politik den Schlamm aufwirbelte, es in Wirklichkeit auf die BERGEN abgesehen hatte. Perry Rhodan erinnerte sich deutlich jenes seltsamen Zwiegesprächs, das er vor 21 Jahren auf EDEN II mit der Superintelligenz ES geführt hatte: Gefahr war im Verzug!

„Das erscheint mir ein wenig weit hergeholt“, hatte Fellmer Lloyd an einem Punkt der Unterhaltung bemerkt. „Wer weiß, vor wie vielen Jahren der angebliche Besuch der Götterboten stattgefunden hat – und die BERGEN wurde erst vor ein paar Monaten an Ort und Stelle manövriert.“

„Die Planung des Netzes der kosmischen Basare geht zwanzig Jahre weit zurück“, war ihm von Reginald Bull entgegengehalten worden. „Wer es versteht, sich Informationen von der Erde zu beschaffen, kann sehr wohl frühzeitig erfahren haben, wo wir die BERGEN stationieren würden. Außerdem kann hierzulande niemand sagen, wann der Besuch der Götterboten stattgefunden hat. Es mag vor acht Wochen gewesen sein. Die Erinnerung aller maßgeblich Beteiligten wurde gelöscht."

Das war ein zweiter, nicht weniger unheimlicher Aspekt: der geheimnisvolle Mentalbann, der nicht nur bewirkte, daß Fellmer Lloyd seine telepathischen Fähigkeiten nicht mehr anwenden konnte, sondern offenbar auch, daß den Ramäern ein wichtiger Teil ihres Gedächtnisinhalts verlorengegangen war.

Als Perry Rhodan sich auf das heilige Fest vorbereitete, indem er von den mitgebrachten Kleidungsstücken diejenigen anlegte, die am ehesten der lokalen Vorstellung vom Aussehen eines Feiertagsgewands entsprachen, war die Vorahnung drohender Gefahr zuvorderst in seinem Bewußtsein. Fast wünschte er sich, er hätte Laires Auge mitgebracht, jenes geheimnisvolle Utensil, das es ihm ermöglichte, den distanzlosen Schritt zu vollziehen. Aber das Auge war an Bord der BERGEN zurückgeblieben – dem Grundsatz folgend, daß es außer im Augenblick akuter Gefahr stets an einem Ort maximaler Sicherheit zu verbleiben hatte.

Krieger in schimmernden Rüstungen – Fußvolk und Reiterei – säumten den weiten Platz, in dessen Mitte sich der mächtige Tempel erhob. Die Reiter saßen auf Tieren derselben Art, die die Prunkwagen zog; aber die Reittiere waren schlanker und wirkten weniger phlegmatisch.

Fanfaren schmetterten in ohrenbetäubender Disharmonie, als die königlichen Wagen den Rand des Platzes erreichten und auf den Tempel zurollten. Perry Rhodan, an Psusenks linker Seite sitzend, sah sich um. Häuser säumten den Platz. Die Fenster waren mit Vorhängen aus Bast verschlossen. Keiner aus dem niederen Volk wagte es, den Aufmarsch zu beobachten, der dem König und seinem Gefolge vorbehalten war.

Auf des Königs rechter Seite – der zweitrangigen nach ramäischer Vorstellung – saß Rarigit, die königliche Prinzessin. Perry war ihr nach höfischem Ritual vorgestellt worden. Mit keinem Blick hatte sie zu erkennen gegeben, daß sie einander bereits begegnet waren. Keine Wimper hatte über Psusenks Auge gezuckt, um zu verraten, daß er ihr Gespräch belauscht hatte.

Die Wagen hielten an. Stege wurden angelegt, damit die Fahrgäste auf möglichst bequeme Weise aussteigen konnten. Der Tempel erhob sich auf einem mächtigen, rechteckigen Podest, das an der Vorderseite acht Stufen bildete. Psusenk, gefolgt von annähernd achtzig geladenen Gästen, schritt die Stufen hinauf. Vor dem mächtigen, hölzernen Portal blieb er stehen, hob das Zepter und senkte es dreimal auf die golden schimmernde Platte, die in die dunkle Maserung des Holzes eingearbeitet war.

Ein dumpfes Knarren ertönte. Die Flügel des Portals gerieten in Bewegung, schwangen nach drinnen, von unsichtbaren Händen bewegt. Herihr, angetan mit dem Ornat des Hohenpriesters, erschien unter der Öffnung und machte dem König die zeremonielle Ehrenbezeigung. Untergeordnete Priester warteten im Hintergrund. Perry inspizierte das Portal mit raschem Blick. Er sah die dicken, eisernen Bolzen, die aus dem Holz in den Boden ragten, und wußte, daß irgendwo unter ihm Hebel, Zahnräder, Wellen und schwitzende Arbeiter sich mühten, damit diejenigen, die frommen Willens waren, glauben mochten, daß der Priester es verstand, das schwere Tor mit Hilfe magischer Kräfte zu öffnen.

Die große Tempelhalle war in mystisches Halbdunkel getaucht. Durch die kleinen, schmalen Fenster, die unmittelbar unter der hohen Decke angebracht waren, fiel nur spärliches Licht. Während Herihr mit weithin hallender Stimme die Worte des Empfangsrituals sprach, sah Perry sich aufmerksam um und versuchte, die Einzelheiten der Einrichtung zu erkennen.

Im Vordergrund erhob sich ein mächtiger, aus marmorähnlichem Gestein geformter Altar. Die Oberfläche wies eine flache, schüsselförmige Vertiefung auf, die verriet, daß Tieropfer zum religiösen Zeremoniell der Ramäer gehörten. An den Wänden entlang standen steinerne Abbilder der ramäischen Götter, weibliche und männliche Gestalten mit den Köpfen mythischer

Tiere, hier und da auch ein Tier selbst, das aus diesem oder jenem Grund zur Gottheit erhoben worden war. Der Boden der Halle war mit großen, quadratischen Steinplatten belegt. Man hatte sie lose aneinandergereiht; die Fugen waren frei von Mörtel.

Im Hintergrund der Halle stand ein Verschlag – eine schuppenähnliche Konstruktion mit Wänden, die aus dünnen, kreuzweise übereinandergelegten Sparren gefertigt waren. Durch die Ritzen drang ein geheimnisvoll funkelndes, rötliches Licht. An der Vorderseite des Schuppens war eine Tür angebracht. Auf der Tür prangte ein stilisiertes Abbild des roten Büffels. Perry brauchte seine Vorstellungskraft nicht zu strapazieren, um zu erraten, daß sich dahinter das Gelaß befand, in dem das heilige Zepter aufbewahrt wurde.

Inzwischen war die Begrüßungszeremonie beendet. Die untergeordneten Priester hatten sich genähert und zwei Reihen gebildet, zwischen denen eine Gasse bis zur Tür des Verschlags führte.

„Der Herrscher begibt sich in die Gegenwart der Götter", verkündete Psusenk mit lauter Stimme und reichte sein Alltagszepter einem seiner Höflinge. „Verharrt in Demut und schaut das Wunder, mit dem die Gottheit das Königtum erleuchtet."

Die Menge der Geladenen stand im Halbkreis vor dem großen Altar. Kostbare Gewänder bewiesen, daß es nicht die Ärmsten waren, die das Privileg genossen, am Fest des roten Büffels teilzunehmen. Ein paar schimmernde Rüstungen waren ebenfalls vertreten: Offiziere des königlichen Heeres.

Psusenk schritt um den Altar herum und zwischen den zu ehrfurchtvoller Haltung erstarrten Priestern hindurch auf den Verschlag zu. Herihr folgte ihm in etlichen Metern Abstand. Vor der Tür blieb der König stehen und murmelte eine Beschwörung. Dann stieß er die Tür auf und war eine Sekunde später im Innern des Gelasses verschwunden.

Herihr gab seinen Priestern einen Wink. Es war nicht die Geste als solche, die Perry stutzig machte, sondern vielmehr die verstohlene, hastige Art, wie der Hohepriester die Hand bewegte. Er wollte nicht gesehen werden. Er war unruhig. Die Priester wandten sich um und schritten auf den Schuppen zu, in dem Psusenk verschwunden war. Mit verstohlenem Blick musterte Perry die Gesichter der Umstehenden. Aber da war nur selige Versunkenheit in die mystische Bedeutung des Augenblicks. Mit verzückten Augen sahen des Königs Gäste bis hinauf in den Himmel der ramäischen Götter und schauten wunderhafte Szenen, die den stumpfen Sehorganen der Ungläubigen verborgen blieben.

Die Priester hatten sich inzwischen zu beiden Seiten der Tür des Gelasses versammelt. Herihr wandte sich um und musterte die Menge der Zuschauer. Der Ausdruck der Zufriedenheit erschien auf seinem Gesicht und war im nächsten Augenblick wieder verschwunden. Perry winkelte den Arm an, bis der Ellbogen den neben ihm stehenden Reginald Bull berührte. Ein rascher Blick zur Seite: Reginald nickte. Es war ihm nicht entgangen, daß sich hier Dinge anbahnten, die nicht zum geplanten Ablauf des Festes gehörten.

Aus dem Innern des Verschlags kam Psusenks dröhnende, trompetende Stimme: „Senkt die Augen in Ehrfurcht!“

Gehorsam schlugen die Zuschauer die Augen nieder. Perry Rhodan sah die Tür des Schuppens sich öffnen. Der König kam zum Vorschein. In der rechten Hand trug er ein schweres Zepter aus rötlich schimmerndem Metall. Einzelheiten ließen sich daran nicht erkennen. Psusenk reckte den Arm in die Höhe und schrie: „Seht!“

Das war das Stichwort. Die Priester griffen an. Der König verschwand hinter einer Mauer von Ramäerleibern. Ein Schrei des Entsetzens gellte durch die Halle. Das rote Zepter ragte noch eine Sekunde lang über das Gewühl empor, dann geriet es ins Schwanken. Herihr, der bisher scheinbar unbeteiligt beiseite gestanden hatte, sprang hinzu. Er tauchte in die Masse der Körper hinein und kam eine Sekunde später wieder zum Vorschein, triumphierend das Zepter schwingend.

Inzwischen hatten sich die Zuschauer vom anfänglichen Schock erholt. Die Krieger in ihren glänzenden Rüstungen rissen die Schwerter hervor und setzten mit wütendem Geschrei zum Angriff auf den verräterischen Hohenpriester an. Aber Herihr trat ihnen furchtlos gegenüber. Mit beiden Händen reckte er das rote Zepter in die Höhe und rief:

„Seht, ihr Ungläubigen! Die Götter haben die Macht in meine Hände gegeben! Seht das Wunder!“

Perry Rhodan reagierte instinktiv. Sein einziger Gedanke in diesem Augenblick war, daß auf Ramäa die politische Ruhe gewahrt werden müsse. Er stieß Reginald Bull in die Seite.

„Wir greifen ein!“ stieß er hervor.

Der Schocker glitt ihm wie von selbst in die Hand. Ein dünnes, winselndes Summen. Herihr krümmte sich und schrie voller Schmerz auf. Das Zepter entglitt seinen Händen und polterte zu Boden. Der Hohepriester ging in die Knie. Zorn und Verzweiflung strahlten aus den weit aufgerissenen Augen.

Inzwischen waren Fellmer und Reginald seitwärts gegen die Gruppe der Unterpriester vorgegangen. Psusenk erwies sich als ein mannhafter Gegner. Die Priester hatten alle Hände voll zu tun.

Zwei Schüsse schafften dem König Luft. Er schüttelte mehrere Gestalten, die sich an ihn gehängt hatten, wie lästiges Getier von sich und stürzte zu der Stelle, an der Herihr das Zepter hatte fallen lassen.

Perry eilte auf den Hohenpriester zu. Er griff ihm unter die Arme, wollte ihm auf die Beine helfen. Der Schuß hatte Herihr nur gestreift. Er sah zu dem hochgewachsenen Terraner auf. Schmerz und Wut hatten sein Gesicht zu einer Grimasse verzerrt.

„Du Narr . . .“, stieß er ächzend hervor.

Sein Körper wurde schlaff, als das Bewußtsein ihn verließ. Perry ließ ihn behutsam zu Boden gleiten.

„Seht das Wunder!“ schrie Psusenk.

Perry fuhr herum. Die Spitze des Zepters hatte zu glühen

begonnen. In düsterrotem Glanz erstrahlte die barbarische Skulptur des roten Büffels. Drüben, jenseits des Altars, gingen die von ehrfürchtigem Staunen erfüllten Zuschauer demutsvoll auf die Knie. Perry fühlte ein unangenehmes Pochen unter der Schädeldecke. Täuschte er sich, oder hatte das rote Licht, das von dem Götterbild ausging, tatsächlich zu pulsieren begonnen? Das Leuchten wurde kräftiger, erfüllte die mächtige Weite der Tempelhalle mit blutigem Rot. Wie gebannt starrte Perry das geheimnisvolle Gebilde an. Er stand unter seinem Bann. Er konnte den Blick nicht mehr wenden. Das rote Leuchten wirkte mit hypnotischer Kraft auf ihn ein.

„Vorsicht, Perry . . ."

Fellmer Lloyds Warnung kam zu spät. Eine Sekunde lang hatte Perry den Eindruck, das Universum bestehe nur noch aus ihm und dem barbarischen Götterbild.

Dann wurde es finster.

3.

Vor ihm schwebte ein Kreis aus matter, gelber Helligkeit. Überall sonst war es dunkel. Er fühlte kühlen, harten Boden unter sich und streckte die Arme aus, um seine Umgebung abzutasten. Die Finger stießen gegen etwas Weiches, Schweres. Ein Körper!

„Perry?" sagte es aus der Finsternis.

„Fellmer! Wo zum Teufel . . ."

Der Lichtkreis wanderte nach oben und wurde heller. In seinem Widerschein entstanden die Umrisse eines kahlen Raumes mit steinernen Wänden. In einer Ecke hockte Fellmer Lloyd und handhabte die kleine Lampe, die zu seiner Standardausrüstung gehörte. Neben ihm kauerte Herihr, der Hohepriester, den Blick starr zu Boden gerichtet. Der reglose Körper, den Perrys Hand berührt hatte, gehörte Reginald Bull. Seine Brust hob und senkte sich unter flachen, aber regelmäßigen Atemzügen. Er würde in wenigen Minuten zu sich kommen. Jenseits des Bewußtlosen hockte die Gestalt eines Ramäers, mit dem Rücken an die Wand gelehnt. Perry sah näher hin.

„Rarigit?“ fragte er verwundert.

Sie sah ihn aus großen Augen an; aber es kam kein Wort über ihre Lippen.

„Wir wissen nicht, warum sie hier ist“, sagte Fellmer. „Sie spricht nicht zu uns. Ihr Vater muß einen zwingenden Grund gehabt haben, sich ihrer zu entledigen.“

Perry nickte. „Ich glaube, ich kenne ihn“, sagte er düster.

„So nah am Erfolg!“ stöhnte Herihr. „Noch einen Augenblick, und das Bild des Büffels hätte in meiner Hand zu leuchten begonnen. Ich hätte Ramäa gerettet. Aber nein! Ausgerechnet von euch mußte der Frevler Psusenk Hilfe bekommen . . .“

Perry musterte ihn verwundert.

„Warum, glaubst du, hat Psusenk uns hier eingesperrt?“ fragte er.

Ein spöttisches Funkeln erschien in Herihrs Blick. „Der König fürchtet den Hohenpriester. Nur ich weiß, daß Psusenk einen Bund mit dem brudermordenden Götzen geschlossen hat, anstatt Asri, die wahre Gottheit, zu verehren. Erführe das Volk von seiner Verirrung, er würde aus dem Land gejagt. Warum seid ihr hier? Warum Rarigit, die königliche Prinzessin? Ich weiß es nicht. Vielleicht hat ihm der Götze eingegeben, daß auch ihr eine Gefahr für ihn bedeutet.“

Perry wandte sich an den Mutanten.

„Was war das für ein Effekt, der von dem leuchtenden Zepter ausging?“

„Ich wollte, ich wüßte es“, seufzte Fellmer Lloyd. „Eine Art ultraharter Mentalstrahlung. Es blieb mir nicht genug Zeit, die Modulation zu analysieren. Ich kippte genauso schnell um wie du. Ich erinnere mich, daß die Ramäer allesamt noch auf den Beinen standen, als ich zu Boden ging.“

„Ein Einfluß, für den nur wir empfänglich waren?“

„Wahrscheinlich.“

„Herihr war zuvor schon bewußtlos.“ Perry drehte sich um. „Wie hat man dich überwältigt, Prinzessin?“

„Psusenk berührte mich mit dem Zepter“, antwortete Rarigit düster. „Ich fühlte ein Brennen im Kopf . . . und dann war ich plötzlich hier.“

Perry schüttelte den Kopf.

„Wir haben dir nicht geschadet, Herihr“, sagte er. „Du glaubst, das Zepter hätte in deiner Hand aufgeleuchtet und dich zum Herrscher gemacht. Du irrst dich. Das Zepter wäre dunkel geblieben. Die Krieger in den glänzenden Rüstungen hätten ein Zeichen der Götter darin gesehen und dich erschlagen.“

Der Hohepriester sah ihn zweifelnd an. „Ich bin sicher, daß es ein ganz einfacher Trick ist, der das Zepter zum Leuchten bringt. Ich brauchte nur den Mechanismus zu finden.“

„Ein Trick ist es gewiß“, gab Perry zu. „Aber kein einfacher. Das Zepter funktioniert mit Hilfe eines Phänomens, das wir die Psi-Kraft nennen.“

„Was ist das?“ wollte Herihr wissen.

Ein kehliges Stöhnen enthob den Terraner der Verpflichtung, die Frage zu beantworten. Er wandte sich zur Seite und sah Reginald Bull sich mühsam auf den Ellbogen in die Höhe stemmen. Sein verwunderter Blick wanderte quer durch den kahlen Raum und kehrte zu Perry zurück

„Was . . . was ist los?“ brummte er.

„Willkommen im Kreis der Opfer des brudermordenden Götzen“, sagte Perry sarkastisch.

Die Bestandsaufnahme lieferte keinen Anlaß für Optimismus. Psusenk hatte seine Gefangenen ausplündern lassen, bevor sie in das steinerne Gefängnis geschleppt worden waren. Nicht nur die Waffen, sondern auch sämtliches andere Gerät, mit Ausnahme der Translatoren, war ihnen abgenommen worden. Allein Fellmer Lloyds Lampe hatte die Plünderung überlebt – entweder weil sie von Psusenks Schergen übersehen worden war, oder weil der König gewünscht hatte, daß seine Gefangenen sich in ihrer

„Die Fremden nach hinten!“ bellte der Krieger. „Der Priester und die Prinzessin – rechts und links an die Wand!“

Die Lanze ruckte ein wenig beiseite. Perry duckte sich unter ihr hindurch und schickte sich an, der Anweisung zu folgen. An dem Bewaffneten vorbei quetschten sich zwei weitere Ramäer durch die Türöffnung. Sie trugen kleine Messer und eine Schüssel mit einer dampfenden, milchigen Flüssigkeit.

„Du als erster“, sagte einer der beiden zu Perry. „Setz dich dorthin und halte den Kopf nach unten.“

Perry gehorchte verwundert. Er sah zwei blakende Lampen, die draußen vor der Tür standen und ihren flackernden Schein in die steinerne Zelle sandten. Der Krieger stand hoch aufgerichtet seitlich der Türöffnung, die Lanze stoßbereit. Perry zuckte zusammen, als ihm eine Handvoll heißer Flüssigkeit auf den Kopf gegossen wurde. Der Ramäer packte ihn mit einer Hand bei den Haaren und führte mit der andern das Messer heran.

Ich soll geschoren werden! fuhr es ihm durch den Sinn.

Das Staunen hielt nicht lange an. Der logische Verstand analysierte die Lage und fand die Erklärung. *Elektroden! Sie wollen mir Elektroden auf den Schädel setzen.* Der Ramäer ging mit einer Geschicklichkeit zu Werke, die bewies, daß er diese Tätigkeit berufsmäßig ausübte. Perry bemerkte, daß er ihm nicht schlechthin den Kopf schor, sondern mit Sorgfalt und Bedacht gewisse Stellen aussuchte, von denen er den Haarwuchs entfernte.

Natürlich – man darf es nicht sehen! Das gäbe eine schöne Bescherung, wenn Perry Rhodan plötzlich mit Glatze auftauchte!

Eine Bewegung in der Nähe der Tür erregte seine Aufmerksamkeit. Er wollte den Kopf heben, aber der ramäische Barbier drückte ihn sogleich wieder nach unten.

„Beweg dich nicht!“ befahl er.

Ein Schatten glitt vor den beiden Lampen vorbei. Der Krieger wandte sich mißtrauisch zur Seite. Die Lanzenspitze kratzte an der Wand entlang. Ein halblautes „Plop“ war zu hören, als hätte jemand den Korken aus einer Flasche gezogen. Ein winziges, schimmerndes Projektil schoß durch den flackernden Lampenschein, fand sein Ziel in der Kehle des Bewaffneten.

Es klirrte und polterte, als er gegen die Wand fiel und in sich zusammensank. Der Barbier sah erstaunt auf. Perry drückte sich in die Höhe. Er bekam die Schüssel zu fassen und schleuderte ihren dampfenden, seifigen Inhalt dem Überraschten ins Gesicht. Hinter sich hörte er einen dumpfen Aufschlag. Als er sich umwandte, sah er Fellmer Lloyd sich die Knöchel reiben und den Gehilfen des Barbiers in die Knie gehen.

Unter der Tür stand ein Ramäer, der bis zum Scheitel hinauf vermummt war. In der Hand hielt er ein kleines Instrument, einen Miniaturkatapult, mit dem er das Geschoß auf den Krieger abgefeuert hatte. Er riß sich die Kapuze vom Kopf.

„Uennamu!“

Der Aufschrei kam aus zwei Kehlen zur gleichen Zeit. Rarigit und der Priester stürzten auf den Vermummten zu und umarmten ihn. Stammelnd vor Freude und Begeisterung stieß Herihr hervor:

„Uennamu . . . mein getreuer Sohn . . .“

4.

„Der König und seine Gäste befinden sich seit vier Stunden im Tempel“, erklärte Uennamu, ein junger Ramäer von stattlicher Gestalt und selbstsicherem Auftreten. „Niemand weiß, was sie festhält; aber in der Stadt geht das Gerücht, daß Psusenk eine mächtige Vision gehabt hat, die Ramäa Glück und den Segen der Götter verheißt.“

„Ein Gerücht, das er selber hat ausstreuen lassen“, knurrte Herihr.

„Ich weiß aber, daß der König den Tempel schon vor langer Zeit verlassen hat“, fuhr Uennamu fort. „Was seine Gäste allerdings tun . . .“

„Woher weißt du das?“ fiel ihm der Priester ins Wort.

„Ich sah ihn im Palast.“

„Du? Du warst im Palast?“

Uennamu lächelte. „Nicht das erste Mal, mein Vater. Die Liebe läßt sich den Weg nicht versperren.“ Sein Blick glitt zärtlich über Rarigits schlanke Gestalt.

„Einen Augenblick“, mischte Perry sich ein. „Der König ist im Palast? Dann muß ihn das Volk beim Verlassen des Tempels gesehen haben . . .“

Uennamu machte die Gebärde der Verneinung. Über sein Gesicht glitt ein Lächeln.

„Es gab viele Abende und Nächte, da ich mich in irgendeinem Winkel des Tanni verborgen halten mußte, weil zu viele Augen über Rarigit wachten. Ich habe die Zeit genützt und mich umgesehen. Ich kenne manches Geheimnis, das Psusenk sicher in seinem Gehirn verschlossen wähnt. Vor allen Dingen kenne ich den verborgenen, unterirdischen Gang, der vom Palast zum Tempel führt.“

„Verborgener Gang . . .“, fuhr Herihr auf.

„Zeig ihn uns“, forderte Perry. „Jetzt. Sofort!“

Sie hatten die Gefangenen – einen ohnmächtigen und einen bei Bewußtsein – gefesselt und geknebelt, soweit es ihre Mittel zuließen. Dem Krieger war nicht mehr zu helfen gewesen. Uennamus Geschoß hatte eine Schlagader zerstört. Nachdem sie zwei schwere Riegel vor die steinerne Tür gelegt hatten, waren sie einigermaßen sicher, daß ihre Flucht vorerst unbemerkt blcibcn würdc. Dic bcidcn Öllampcn warcn gclöscht und bcscitigt. Für die nötige Beleuchtung sorgte Fellmers kleine Stableuchte.

Vielerlei Gedanken gingen Perry durch den Kopf, während sie sich vorsichtig, immer wieder anhaltend und auf verdächtige Geräusche lauschend, durch den niedrigen, muffig riechenden Gang schoben, der, wie sie jetzt wußten, unter dem Fundament des Tempels verlief. Uennamu, Aristokrat und Großgrundbesitzer – Herihrs Sohn! Welch überraschende Enthüllung. Kein

Wunder, daß Psusenk von einer Verbindung seiner Tochter mit Uennamu nichts hatte wissen wollen. Rarigit war Psusenks einziger Sproß. Das ramäische Gesetz kannte keine weibliche Erbfolge. Nach Psusenk wurde Rarigits Gemahl König von Ramäa. Die Vorstellung, Uennamu seinen Thron zu überlassen, mußte für Psusenk unerträglich gewesen sein.

Die Entdeckung des unterirdischen Gangs bewies, daß Uennamu nicht nur Mut, sondern auch Umsicht und Scharfsinn besaß. Seinem Vater dagegen war die Existenz des geheimen Stollens verborgen geblieben. Uennamu hatte den Aufzug der Gäste vor dem Tempel aus der Ferne beobachtet und war mißtrauisch geworden, als die Zeremonie sich über die übliche Dauer hinaus ausdehnte. Er hatte sich zum Palast geschlichen und war durch einen der zahlreichen Seiteneingänge, die er von seinen Rendezvous mit Rarigit her kannte, eingedrungen. Er hatte sich im Stollen versteckt und war dem Krieger und den beiden Barbieren gefolgt, als sie sich auf den Weg zum Tempel machten. Die Waffe trug er stets bei sich. Da Psusenk ihn als seinen Feind betrachtete, war er seines Lebens niemals sicher. So hatte er sofort eingreifen können, als er merkte, wem der Besuch der drei Ramäer galt.

Für Perry erhob sich die Frage, wozu Psusenk den unterirdischen Gang hatte anlegen lassen. Er war der Wahrer des Glaubens, aber für gewöhnlich hatte er im Tempel nichts zu suchen. Auch hatte Herihr, wie er selbst zugab, niemals Anzeichen gefunden, daß sich ein Unbefugter im Tempel zu schaffen machte. Von der Existenz des unterirdischen Gefängnisses hatte der Hohepriester ebensowenig gewußt wie von dem Stollen. Aber die steinerne Zelle allein rechtfertigte den Aufwand nicht, der zur Anlegung des Ganges hatte betrieben werden müssen.

Was sonst gab es noch hier unten? Perry stellte Uennamu diese Frage; aber der junge Ramäer kannte die Antwort nicht.

Der Gang, durch den sie schritten, wies mehrere Türen von derselben Art wie jene an ihrer Zelle auf. Sie öffneten eine nach der anderen und fanden dahinter kahle, steinerne Gelasse.

Psusenk hatte dafür gesorgt, daß seine Gefangenen an einem Ort untergebracht wurden, wo niemand sie finden konnte. Im Augenblick aber war sein Gefängnis leer.

Sie gelangten schließlich an eine Stelle, an der der Stollen einen scharfen Knick beschrieb. Jenseits des Knicks verlief der Boden abschüssig. Nach Perrys Berechnung hatten sie den Platz, der den Tempel umgab, unterquert und befanden sich jetzt am Rand der bebauten Fläche. Der Gang senkte sich, um in sicherer Tiefe unter den Kellern der Häuser hinwegzuführen, und strebte von hier aus geradewegs auf den Palast zu, der sich in einer Entfernung von knapp einem Kilometer befand.

Die Wände bestanden aus natürlich gewachsenem Felsgestein. Die Natur war Psusenk und seinen geheimen Plänen zustatten gekommen. Zwar mußte es, zumal mit den primitiven Werkzeugen der Ramäer, unendliche Mühe gekostet haben, einen Tunnel durch das harte Gestein zu bohren. Dafür aber entfiel die Notwendigkeit, den Stollen durch aufwendige Verschalung und Verstrebung gegen Einsturz zu sichern.

Der Lichtkegel der Lampe kam auf einem dünnen Streifen grauer, mörtelähnlicher Substanz zur Ruhe, der von der Stollendecke bis herab zum Boden lief. Verwundert untersuchte Perry diese Stelle der Wand und stellte fest, daß hier mit Natursteinplatten gemauert worden war. Der Mörtel war brüchig und rieselte als grober Staub zu Boden, als er mit dem Finger darüberfuhr. Wer immer hier am Werk gewesen war, hatte vom Maurerhandwerk nicht viel verstanden. Perry packte eine der Platten bei den Kanten und zog. Die Platte löste sich, und mit ihr fiel gleich eine zweite aus dem lockeren Verbund heraus. Eine Öffnung war entstanden, aus der es eigenartig faulig roch.

„Die Lampe her!" sagte Perry mit belegter Stimme.

Der dünne, gelbliche Lichtstrahl enthüllte ein grausiges Bild. Hinter der Maueröffnung befand sich eine schmale, langgestreckte Kammer. Den Boden konnte man nicht sehen; er war von einer Masse modernder Skeletteile bedeckt. Perry ließ den Lichtkegel langsam zum Hintergrund wandern. Überall bot sich das gleiche Bild. Dutzende hatten hier ihre letzte Ruhestätte gefunden.

Perry wandte sich ab.

„Das Schicksal der Diener des Tyrannen", sagte er dumpf. „Sie bauten ihm diesen Stollen, und danach mußten sie sterben, damit sie sein Geheimnis nicht verraten konnten."

Sie kehrten den Weg zurück, den sie gekommen waren. Von der Stelle an, an der der Stollen den scharfen Knick beschrieb, zählte Perry die Schritte. Schließlich blieb er stehen.

„Wenn mich mein Augenmaß nicht täuscht", sagte er, „befinden wir uns jetzt unmittelbar unter den Stufen, die zum Tempel hinaufführen. Wenn es irgendwo eine verborgene Abzweigung gibt, dann brauchen wir sie nur von hier an zu suchen."

Während sie weitergingen, untersuchten sie jeden Quadratmeter der Stollenwände. Auch der Boden und die Decke wurden sorgfältig abgeleuchtet, falls sich dort irgendwo eine Falltür oder ein Aufstieg verbarg. Sie kamen schließlich wieder an der Tür der Zelle vorbei, in der sie die Hälfte des Nachmittags zugebracht hatten, und gelangten nun in einen Teil des Stollens, den sie bisher noch nicht untersucht hatten.

Reginald war dazu übergegangen, mit den Knöcheln gegen die Wände zu klopfen und auf das Geräusch zu horchen, mit dem der Fels reagierte. Er blieb plötzlich stehen und hob die Hand.

„Hört euch das an!"

Er beugte sich nach vorne und klopfte, wobei er die Hand in einer geraden Linie von links nach rechts bewegte. Zunächst war nichts weiter zu hören als das trockene, matte Echo massiven Gesteins. Aber je weiter er nach rechts vordrang, desto lauter und hohler wurde das Geräusch. Sie machten sich schließlich alle an die Arbeit, und zehn Minuten später wußten sie, daß sich hinter der Wand des Stollens eine Öffnung befand, die knapp zwei Meter hoch und anderthalb Meter breit war.

Fellmer Lloyd war es, der den Mechanismus entdeckte. Er

mußte sich, so schloß er, dort befinden, wo ein Ramäer mit der Hand bequem hinlangen konnte. Am rechten Rand des imaginären Rechtecks entdeckte er ein Stück lockeres Gestein. Er drückte es hin und her. Plötzlich trat unmittelbar vor ihm ein Stück Stollenwand eine Handbreit weit nach innen und glitt nach links davon.

Vor ihnen lag ein schmaler Seitengang. Im Hintergrund war ein düsterer, roter Lichtfleck zu sehen. Perry drang als erster ein. Der Gang besaß eine Länge von nur fünf Metern und mündete in einen kreisrunden, niedrigen Raum, der von mehreren in der Wand installierten Lampen erleuchtet wurde. Das Licht der Lampen war rötlich, wodurch die fremdartigen Einrichtungsgegenstände ein unheimliches Aussehen erhielten. Es waren Lumineszenzlampen – eine Unmöglichkeit im Reich des Aberglaubens, der Schwerter und der qualmenden Fackeln; aber noch unglaublicher war die geballte Konzentration technischen Geräts, das sich an der Wand entlang drängte und nur in der Mitte des Raumes noch einen kleinen Fleck freiließ.

„Ein psionisches Labor erster Güte!" staunte Reginald Bull.

„Ein Geschenk des Götzen", murmelte Perry.

Herihr, dem der Anblick der fremdartigen Dinge zunächst einen Schock versetzt hatte, schüttelte die Benommenheit mit einem Ruck von sich ab.

„Teufelswerk!" schrie er. „Alles muß vernichtet werden ... alles ..."

Hinter ihnen tat es einen Knall. Perry fuhr herum und sah, daß eine stählerne Platte den Gang verschlossen hatte, durch den sie gekommen waren. Aus dem Dunkel über ihnen kam eine harte, herrische Stimme:

„*Nichts* wirst du vernichten, Herihr. Denn du selbst bist dazu bestimmt, vernichtet zu werden."

Ein helles Licht flammte auf. Halb geblendet, erkannte Perry, daß der Raum nicht so niedrig war, wie sie geglaubt hatten. Dem Eingang gegenüber befand sich drei Meter über dem Boden eine Nische, die mit einer niedrigen Brüstung versehen war.

Hinter der Brüstung stand Psusenk, noch immer angetan mit dem Ornat des Königs, der sich zum Fest des roten Büffels begibt.

Zwei weitere Dinge nahm Perry in diesem ersten Augenblick der Überraschung wahr. Die Decke über ihm bildete eine flache Kuppel, und im Zenit der Kuppel hing ein mächtiger Reflektor, dessen Strahlrichtung auf den Boden des Raumes zeigte. Und zweitens: Fellmer Lloyd stand unmittelbar unter der Nische, von der aus Psusenk mit ihnen sprach. Der König konnte ihn nur sehen, wenn er sich nach vorn über die Brüstung beugte.

„Ich hatte nicht so bald mit euch gerechnet“, sagte Psusenk sarkastisch. „Vor allem hättet ihr in Begleitung hier erscheinen sollen. Was ist geschehen? Ich kann es mir denken. Uennamu dort ist euch zu Hilfe gekommen. Er war schon immer einer, vor dessen Schlauheit man sich in acht nehmen mußte. Es spielt keine Rolle mehr, wie er es fertigbrachte, euch zu helfen. Nur drei von euch werden diesen Raum lebend verlassen.“

„Du begehst einen schweren Fehler, Psusenk“, sagte Perry Rhodan ernst. „Das Volk, dessen Vertreter ich bin, wird dein Verhalten nicht dulden. Man wird kommen, um dir das Zepter wegzunehmen und dich zu bestrafen.“

„Dein Volk“, lächelte Psusenk kalt, „wird an meinem Verhalten nichts auszusetzen haben. Dir und deinen Freunden geschieht nichts; aber ihr werdet von nun an im Sinn der wahren Gottheit handeln, die mich zu ihrem Vertreter bestimmt hat.

Ich erwarte euch seit geraumer Zeit. Fast schon wollte ich an der Weissagung der Gottheit zweifeln, als euer Besuch angekündigt wurde. Ich ließ euch beobachten, während ihr in meinem Palast wart. Ich sah jede eurer Bewegungen, hörte jedes eurer Worte. Es gab keinen Zweifel mehr: ihr wart diejenigen, die die Gottheit mir angekündigt hatte.“

Sein Blick wanderte zu Rarigit hinüber.

„Nebenbei erfuhr ich auch, daß meine eigene Tochter eine Verräterin ist. Darum wird sie mit denen sterben müssen, die seit

Jahren meinen Untergang planen: dem Hohenpriester und seinem Sohn, der nach mir König werden will."

Er griff hinter sich. Es schien sich dort ein Schaltmechanismus zu befinden; denn plötzlich begann der Reflektor in der Decke des kuppelförmigen Raumes zu glühen. Ein unwirkliches Licht ergoß sich aus der Höhe. Perry fühlte einen dumpfen Druck, der sich ihm auf den Schädel legte. Aber die drei Ramäer schrien gepeinigt auf. Rarigit ging in die Knie. Uennamu preßte sich die Hände gegen die Ohren. Nur Herihr stand noch aufrecht. Er blickte zu Psusenk hinauf. Niemand sah ihm den Schmerz an, den er empfand. Mit ruhiger, klarer Stimme begann er zu sprechen:

„Nun aber muß Rache geschehen
Gegen den namenlosen Verräter der Götter,
Gegen den Töter des hehren Asri.
Verbannt haben wir ihn aus den Hallen von T'Ape,
Verbannt soll er sein für alle Zeiten,
Und wenn die in Tanni ihn aufnehmen wollen,
Ihn, den Verräter der Götter,
Dann seien auch sie verdammt,
Und der Tod sei ihr Lohn ..."

Ein fürchterlicher Schrei gellte aus der Höhe. Psusenk stand weit nach vorne gebeugt. Die Augen quollen ihm aus den Höhlen. Er gab gurgelnde Laute von sich. Herihr war zu Boden gesunken. Sein Körper bewegte sich zuckend. Er hatte die Augen geschlossen.

Fellmer Lloyd nutzte die Verwirrung. Seine Finger glitten über die Steuertasten der Maschine, vor der er stand. Das Licht des Reflektors begann zu zucken. Die stählerne Tür öffnete sich. Reginald Bull schrie auf:

„Jetzt weiß ich es! Herihor, Psusennes, Tanis, Theben ..."

Die Maschine, die Fellmer eingeschaltet hatte, gab ein infernalisches Heulen von sich. Rarigit und Uennamu waren zurückgewichen. Der Reflektor erlosch. Perry kniete neben dem Hohenpriester. Er hatte die Augen geschlossen und regte sich nicht mehr.

„Raus hier!“ brüllte Fellmer Lloyd. „Das Ding geht in die Luft!“

Aus der Höhe kam ein ächzendes Geräusch. Psusenk hatte sich zu weit über die Brüstung gebeugt. Er stürzte herab und schlug mit dumpfem Aufprall zu Boden. Asris Fluch hatte seine Wirkung nicht verfehlt!

Perry sprang auf. Er packte Rarigit und schob sie auf den Ausgang zu.

„Herihr...“, stieß die Prinzessin mit erstickter Stimme hervor.

„Tot!“ keuchte Perry. „Rasch! Wir haben keine Zeit mehr.“

Uennamu schloß sich ihnen an. Reginald und Fellmer bildeten die Nachhut. Sie eilten hinaus auf den Gang und wandten sich nach rechts. So schnell sie die Beine trugen, rannten sie den felsigen Stollen entlang, und das Licht aus Fellmers Stableuchte tanzte um sie herum an den Wänden entlang.

Sie erreichten den Knick und die Stelle, an der Perry das Massengrab gefunden hatte. Da begann plötzlich der Boden zu zittern. Der Donner einer mächtigen Explosion rollte hinter ihnen her. Der Fels knirschte und stöhnte. Gesteinsstaub rieselte über die Wände. Aber der Stollen hielt.

Sie warteten, bis das Rumoren sich beruhigt hatte.

„Zum Palast“, sagte Perry. „Jetzt droht keine Gefahr mehr.“

Sechs Stunden später, an Bord des kosmischen Basars BERGEN ...

„Die Lage auf Ramäa scheint sich zu stabilisieren“, erklärte der Informationsspezialist. „Die Bevölkerung hat sich damit abgefunden, daß es eine Katastrophe gegeben hat, die auf den Zorn der Götter zurückgeführt werden muß. Psusenk hat gegen die heiligen Gebote verstoßen. Da er sich aus Anlaß des Festes im Tempel befand, wurde er dort vom göttlichen Blitzstrahl erschlagen. Mit ihm, unglücklicherweise, der Hohepriester, der in Wirklichkeit ein frommer Mann und stets darum bemüht war, den König wieder auf den rechten Pfad zurückzuführen."

Perry brachte ein kleines, müdes Lächeln zuwege.

„Er stellt sich nicht dumm an, der Junge", sagte er anerkennend. „Wenn bei der Hanse je ein Mangel an Propaganda-Experten entsteht, sollten wir uns an Uennamu erinnern."

„Oh, er tut das nicht alles aus sich heraus", korrigierte der Spezialist. „Einer unserer Fachleute steht mit ihm in Verbindung."

„Gut so", nickte Perry. „Weiter!"

„Es steht zu erwarten, daß sich Uennamu zum König ausrufen läßt, sobald das Durcheinander sich gelegt hat. Er wird dabei auf keinen nennenswerten Widerstand stoßen. Das Volk ist ihm zugetan – und seiner Königin."

„Ausgezeichnet", lobte Perry. „Und wenn er Schwierigkeiten bekommt, stehen wir ihm bei. Nächstes Ressort. Was war das für ein geheimnisvoller Stützpunkt, den wir unter dem Tempel fanden?"

„Wir haben eure Mentalbilder aufgezeichnet und analysiert", antwortete der Techniker, der jetzt die Stelle des Informationsspezialisten einnahm. „Es handelte sich eindeutig, wie Fellmer vermutete, um ein psionisches Labor. Seine Funktionen lassen sich im Nachhinein nicht mehr im einzelnen bestimmen. Es steht aber fest, daß die Aggregate sowohl zur großmaßstäblichen psionischen Beeinflussung als auch zur Vornahme von Detailmanipulationen eingesetzt werden konnten."

„Sie erzeugten das Schirmfeld, das Fellmer Lloyd an der Ausübung seiner telepathischen Fähigkeiten hinderte?"

„Höchstwahrscheinlich."

„Sicher", widersprach Fellmer trocken. „Die ganze Gedankenwelt von Ramäa lag plötzlich klar vor mir, nachdem der Donner der Explosion verklungen war."

„Was hatte Psusenk mit uns vor?" wollte Perry wissen.

„Soweit wir die Lage beurteilen können, wollte er euch in

seinem Sinne – oder im Sinne seiner vermeintlichen Gottheit – beeinflussen." Es war dem Techniker sichtlich unangenehm, derart unwissenschaftliche Begriffe in seinen Diskurs miteinbeziehen zu müssen. „Eines der Geräte, das wir aus euren Gedanken rekonstruierten, sieht aus wie ein psionischer Datenspeicher. Wir nehmen an, daß darin die Information aufbewahrt wurde, die eurem Bewußtsein aufgepfropft werden sollte."

„Per Hypnose?"

„Nein, durch einen wesentlich einschneidenderen Prozeß, den wir Psychowandlung nennen. Ihr wäret als andere Personen wieder zum Vorschein gekommen – äußerlich und nach eurem Gehabe zwar noch identifizierbar, aber mit drastisch veränderten Bewußtseinsinhalten."

„Trotz Mentalstabilisierung?"

„Ich fürchte, ja", antwortete der Techniker ernst. „Die Psi-Technik, die Psusenk von unbekannter Hand zur Verfügung gestellt wurde, ist der unseren zumindest ebenbürtig."

Perry Rhodan sah sich um.

„Damit wären wir bei der unbekannten Hand angekommen. Gibt es einen Fachmann, der sich dazu äußern möchte?"

Reginald Bull erhob sich grinsend.

„Ja, ich", sagte er und ließ sich in einen Sessel nieder, den vor kurzem noch der Techniker innegehabt hatte. „Meine Vorliebe war seit eh und je die terranische Geschichte, und aufgrund dieser Vorliebe bin ich in der Lage, Licht in eine Reihe von erstaunlichen Zusammenhängen zu bringen. Wie allerdings all dies sich in den Hintergrund des großen Ganzen einfügt, darüber mag sich jemand anders den Kopf zerbrechen."

„Die Geschichte der XXI. Dynastie Ägyptens", begann Reginald Bull, „die zu beiden Seiten des Jahrs 1000 v. Chr. an der Macht war, ist bis auf den heutigen Tag nur dürftig erforscht. Wir wissen, daß die Dynastie einige Könige hervorbrachte, deren Namen Psusennes war – daher unser Psusenk. Wir wissen auch, daß es in T'Ape, das die Griechen Theben nannten, einen

Hohenpriester namens Herihor gab, der einen althergebrachten Gott aus dem ägyptischen Götterhimmel verbannte, weil er angeblich seinen Bruder umgebracht hatte. Der Bruder hieß Osiris. Auf Ramäa wird er Asri genannt.

Die Könige der XXI. Dynastie hatten ihren Sitz in einer Stadt des Nildeltas mit dem Namen Tanis. Tanni ist der Name des ramäischen Königspalasts. Der von Herihor verbannte Gott fand in Tanis Aufnahme, allerdings wurde sein endgültiger Sturz dadurch nur verzögert, nicht verhindert. Er wandelte sich schließlich zur Personifizierung der Feinde Ägyptens und alles Üblen schlechthin. Daß zwischen Tanis und Theben keine freundschaftlichen Beziehungen bestanden, ergibt sich aus dem Gesagten von selbst.

Interessant ist, daß auch in Ägypten ein Rind verehrt wurde – zwar kein Büffel, aber ein Stier. Sein Name war Apis.

Noch merkwürdiger aber sind die folgenden namentlichen Zusammenhänge. Aus der Zeit der XXI. Dynastie ist eine Art Roman überliefert. Es scheint nämlich, daß der Priester Herihor aus irgendeinem Anlaß einen Boten nach Syrien sandte. Aramäa ist einer der Namen, unter denen Syrien den Alten bekannt war. Der Bote kehrte schließlich nach Ägypten zurück und berichtete voller Entsetzen, daß man in Aramäa jeglichen Respekt vor dem einstmals mächtigen Ägypten verloren habe."

Er sah lächelnd in die Runde.

„Der Name des Boten? Wenamun. Gibt es sonst noch Fragen?"

Perry Rhodan schlug mit der flachen Hand auf den Tisch.

„Fragen nicht", rief er in komischem Ärger. „Aber wenn du uns nicht sofort den Namen des verbannten Gottes nennst, dann ..."

Bull hob abwehrend die Hände. Das spöttische Grinsen verschwand von seinem Gesicht. Er war plötzlich sehr ernst.

„Der Gott war – Seth."

EPILOG

Die Unterhaltung wurde erst wieder aufgenommen, nachdem sie sich fünf Stunden Schlaf gegönnt hatten, um sich von den Strapazen der vergangenen anderthalb Tage zu erholen.

„Seth", sagte Perry, „und der Stier Apis. Die Hinweise sind zu klar, als daß man sie mißverstehen könnte. Seth-Apophis. *Sie* war hier am Werk. Wozu? Um die Ausbreitung der Kosmischen Hanse zu verhindern. Hätte Psusenk seinen Plan ausführen können, wir wären als Marionetten an Bord der BERGEN zurückgekehrt, und eine meiner ersten Anweisungen wäre wahrscheinlich gewesen, den Basar an einen anderen Standort zu versetzen. Der Umstand, daß die BERGEN erst vor kurzer Zeit hier ankam, während Seth-Apophis' Attentat von langer Hand vorbereitet war, darf uns nicht überraschen. Im Hauptquartier Hanse ist seit zwanzig Jahren die Rede davon, wohin die BERGEN bugsiert werden soll.

Seth-Apophis also hat Psusenk mit der nötigen Technik ausgerüstet. Von ihr stammen nicht nur die psionischen Maschinen, sondern auch die Abhörgeräte und die Miniaturkameras, mit denen Psusenk uns belauschte.

Bleibt nur eines noch zu überlegen. Die Semantik der ramäischen Namensgebung war eindeutig darauf ausgelegt, uns Hinweise zu geben. Wir brauchten die Namen der wichtigen Personen nur aneinanderzureihen, und schon wußten wir, welches der verbannte Gott war, dem der Zorn des Hohenpriesters galt: Seth. Sollen wir glauben, daß Seth-Apophis selbst uns diesen Fingerzeig gegeben hat?"

„Nein." Reginald Bull sprach mit dem Nachdruck der Überzeugung. „Erinnere dich, Perry: Es gab *zwei* Götterboten. Den ersten, der nach Herihrs Ansicht Psusenk zum Abtrünnigen machte, und den zweiten, der ihm den tödlichen Fluch offenbarte." Er sah ein wenig unsicher in die Runde und bemerkte: „Wobei mir persönlich noch immer unklar ist, ob es wirklich der Fluch war, der Psusenk tötete, oder die Maschine, die Fellmer manipulierte. Das bleibe dahingestellt. Wichtig ist allein, daß der zweite Bote wahrscheinlich kein Abgesandter der Seth-Apophis, sondern der Bote einer anderen Macht war."

„ES?"

Bull hob die Schultern.

„Es fällt mir keine bessere Erklärung ein. Wir wissen seit deinen Erlebnissen auf EDEN II, daß ES die Hände gebunden sind. ES kann nicht mehr unmittelbar in die Geschehnisse der Mächtigkeitsballung eingreifen. Aber ES kann Hinweise geben, die uns die Aufgabe erleichtern. Das, scheint mir, ist in diesem Fall geschehen."

„Die Veränderung der Namen? Unter Zuhilfenahme des psionischen Einflußfelds, das von Seth-Apophis angelegt worden war, damit wir erraten sollten, was Psusenk gegen uns plante?"

Ein fröhliches Lächeln erschien auf Reginalds Gesicht.

„ES ist nicht auf den Kopf gefallen", versicherte er.

Die Opposition, bestehend aus Psusenks Vertrauten und treuesten Anhängern und jetzt ihres Anführers beraubt, hatte nichts mehr zu melden. Unter dem Jubel des Volkes bestieg Uennamu den Thron der Herrscher von Ramäa und nahm die königliche Prinzessin Rarigit zu seiner Gemahlin.

Unter den Gratulanten befand sich eine Abordnung des kosmischen Basars BERGEN, die den neuen König der wohlwollenden Freundschaft Terras und der Kosmischen Hanse versicherte und sich bereit erklärte, mit Ramäa einen wechselseitigen Beistandspakt abzuschließen. Der junge König, der sehr wohl um die technische Überlegenheit der Fremden wußte, zögerte nicht und ging sofort auf das Angebot ein.

Seit jener Zeit sind über vierhundert Jahre den Kalender der Neuen Galaktischen Zeitrechnung hinabgeflossen. Einige der Zusammenhänge, die den damaligen Ereignissen unterlagen, sind bis auf den heutigen Tag noch nicht völlig klar. Wie sollte sich Klarheit auch erzielen lassen, solange ES schweigt?

Aber der kosmische Basar BERGEN steht nach wie vor 31 Lichtjahre von Ramäa entfernt, und die Beziehungen der Kosmischen Hanse zu den Herrschern im Palast Tanni sind seit mehr als zehn Königsgenerationen ungetrübt. Auch das vorübergehende Auftreten einer Zeitweiche im Raumabschnitt Große Magellanwolke vermochte das freundliche Verhältnis zwischen Hanse und Ramäa nicht zu erschüttern.

H. G. Ewers

Die Kinder der Chybadara

Der Oxtorner Omar Hawk und der Modul Baar Lun trafen während der Endphase des Kampfes gegen die Meister der Insel in der Andromeda-Galaxis mit Tengri Lethos, dem Hüter des Lichts, zusammen. Sie waren fasziniert von der Persönlichkeit des Hathors und von seinem Grundsatz, niemals gegen etwas oder jemanden, sondern stets nur für etwas oder für jemanden zu kämpfen.

Sie wurden seine Schüler und lernten in der Praxis, Frieden zwischen den Völkern der Galaxien zu stiften, Gefahren von ihnen abzuwenden und ihnen Wege in solche Richtungen aufzuzeigen, die zur evolutionären Vervollkommnung des Geistes führen.

Im Jahre 126 Neuer Galaktischer Zeitrechnung lagen Hawk und Lun in den Kälteschlafkammern der FREEDOM II, eines großen Beiboots des Ewigkeitsschiffs. Sie waren mutlos geworden, denn Tengri Lethos hatte vor langer Zeit dieses Universum verlassen, um eine unbekannte Dimension aufzusuchen, aus der es keine Rückkehr gab. Damals konnten sie ja nicht ahnen, was wirklich geschehen war ...

Anfangs waren sie alles andere als erfreut darüber, daß das Semorgehirn der FREEDOM II sie aufweckte. Doch das änderte sich, als sie erfuhren, daß vor ihnen ein großes Raumschiff im freien Fall durch das Sternenmeer der Galaxis M 64 trieb – und daß es in rund sieben Tagen in ein Black Hole stürzen mußte, wenn es seinen Kurs nicht änderte. Und es reagierte nicht auf Kontaktversuche ...

Omar Hawk und Baar Lun konnten sich ihrer moralischen Pflicht, Hilfe zu leisten, nicht entziehen. Sie begaben sich in das Schiff, das aus ferner Vergangenheit kam, und gerieten in den

Strudel von Ereignissen, die ihnen klarmachten, daß niemand untätig bleiben darf, wenn er auch nur die geringste Möglichkeit hat, das Licht des Geistes zu hüten.

Und das Licht des Geistes zu hüten, heißt, überall und jederzeit für den Frieden und für die Verhinderung jenes verbrecherischen Wahnsinns einzutreten, den man Krieg nennt . . .

Erwachen

Das Nichts veränderte sich. Es war nicht länger zeit- und wesenlos, sondern stülpte sich um – und über ihm bildete sich eine verzerrt spiegelnde Fläche.

So sah eine Wasseroberfläche aus, wenn man aus der Tiefe zu ihr hinaufstieg, zur Grenze zwischen zwei Lebensräumen . . .

Omar Hawks Bewußtsein wehrte sich gegen diese Vorstellung, denn es ahnte, daß es aus dem nachtdunklen Vergessen des Kälteschlafs in die Wirklichkeit zurückgerissen werden sollte, der es gerade erst – oder vor hundert Jahren – entflohen war.

Ich will nicht! dachte er verzweifelt.

Es tut mir leid! war eine Stimme in seinem Bewußtsein. *Ihr könnt keine Entscheidungen fällen, solange ihr nicht fähig seid, zu denken. Und ihr werdet Entscheidungen fällen müssen.*

Der Oxtorner begriff, was zu ihm „sprach" – und nicht nur zu ihm. Es war das Semorgehirn der FREEDOM II, eines Beiboots des Ewigkeitsschiffs, das vor langer Zeit aus eigenem Antrieb in eine Sonne gestürzt war, weil der Hüter des Lichts es verlassen hatte und in eine unbekannte Dimension gegangen war. Bevor es verging, hatte sein Semorgehirn, sein Semorgon, noch die Information über den offenbar endgültigen Schritt Tengri Lethos' ausgestrahlt – und diese war auch vom Semorgehirn der FREEDOM II aufgefangen worden.

Omar Hawk und Baar Lun, die sich zu jener Zeit mit der FREEDOM II in einer fernen Galaxis aufhielten, waren wie vor den Kopf geschlagen gewesen. Der Hüter des Lichts, ihr großes Vorbild und ihr großer Lehrmeister, hatte seine Mission, das Licht des Geistes im Universum zu behüten, aufgegeben und sie verlassen.

Seine beiden Schüler waren in der ersten Zeit danach so betäubt von dem Schock über sein Verschwinden gewesen, daß sie ihren Aufgaben automatisch weiter nachgegangen waren. Erst als nach hundertsiebenundzwanzig Jahren eine Pause für sie eintrat, weil einmal keine brennenden Probleme zu lösen waren, wurde ihnen die ganze Tragik des Verlusts bewußt. Ihr Leben erschien ihnen plötzlich leer und sinnlos.

Sie versuchten, auf Oxtorne ein neues Leben anzufangen, aber es gelang ihnen nicht. Deshalb verließen sie Oxtorne bald wieder und kehrten in den Weltraum zurück. Doch auch dort vermochten sie nicht wieder heimisch zu werden. Deshalb wiesen sie das Semorgehirn der FREEDOM II an, das Beiboot nach eigenem Ermessen durchs Universum kreuzen zu lassen. Anschließend suchten sie die Kälteschlafkammern auf, in der Hoffnung, nie wieder in ein Leben ohne Tengri Lethos zurückkehren zu müssen. Das war am Ende des Jahres 126 Neuer Galaktischer Zeitrechnung gewesen.

Während die Erinnerungsfetzen an Omars geistigem Auge vorbeizogen, spürte er nach und nach seinen Körper und dessen Funktionen wieder. Er war sicher, daß es Baar Lun genauso ging. Das Semorgehirn hatte ihre Erweckung eingeleitet.

Aber warum?

Diesmal gab das Semorgehirn keine Erklärung ab. Es blieb dem Oxtorner nichts weiter übrig, als darauf zu warten, daß er seine Handlungsfreiheit zurückgewann.

Lange brauchte er nicht zu warten. Er spürte, wie sich seine Kälteschlafkammer mit der warmen, belebenden Emulsion füllte, die der Haut ihre Geschmeidigkeit zurückgab und die Muskeln auflockerte. Ein wärmendes Gefühl durchströmte seinen Körper. Tief atmete er ein, als Frischluft in die Kammer geblasen wurde. Er spürte, wie seine Lungen sich dehnten und zu arbeiten begannen.

Einige Atemzüge später fühlte er, wie die Emulsion abfloß. Anschließend wurde sein Köprer mit klarem Wasser abgespült, das entsprechend seiner physischen Konstitution auf achtzig Grad Celsius erhitzt war.

Als die Berieselung aufhörte, richtete er sich ächzend auf, stand nach einer Weile vollends auf und sah sich um. Durch die transparenten Wände der vier Meter langen, drei Meter breiten und zweieinhalb Meter hohen Kammer vermochte er den Raum zu übersehen, in dem die übrigen sieben Kälteschlafkammern standen. Hinter der Wandung einer Kammer bewegte sich jemand: der Modul.

Der Okrill dagegen lag unbeweglich als graugrünes, steifgefrorenes Muskelbündel in seiner Kammer. Demnach sah das Semorgehirn keine Notwendigkeit, daß er gebraucht würde.

Aus kaum erkennbaren Düsen fauchte abwechselnd heiße und kalte Luft in Omars Kammer. Geduldig wartete er das Ende der Wechseldusche ab, dann trat er durch die Öffnung, die sich vor ihm gebildet hatte, auf den Boden des Raumes.

Langsam ging er zur Kälteschlafkammer des Okrills und schlug leicht mit der flachen Hand gegen die Wandung.

„Träume von alten Zeiten, Sherlock!" sagte er wehmütig – obwohl er selbstverständlich wußte, daß kein Lebewesen im Zustand des Kälteschlafs träumen konnte.

„Was ist eigentlich los?" fragte eine sanfte Stimme, die Stimme des Moduls.

Omar Hawk wandte sich um und blickte zu dem schlanken Mann mit der albinotisch hellen Haut, dem kappenähnlichen farblosen Haarfleck auf dem ansonsten völlig kahlen Schädel und der gelben Iris seiner mit Helium gefüllten Augäpfel.

„Das möchte ich auch wissen, Baar. Semorgehirn!"

„Wir befinden uns im Randgebiet der Galaxis M 64", antwortete das Bordgehirn aus unsichtbaren Lautsprechern, die gleichzeitig als Mikrofone dienten.

„M 64!" unterbrach Omar überrascht. „Dann können wir noch nicht lange unterwegs sein. M 64 ist doch nur elf Millionen Lichtjahre von der Milchstraße entfernt. Wie lange haben wir eigentlich geschlafen?"

„Dreieinhalb Wochen", erklärte das Gehirn. „Es tut mir leid, daß ich euch schon jetzt wecken mußte, aber wir stehen vor einem Problem. Darf ich euch bitten, in die Zentrale zu kommen?"

„Und ich hatte gehofft, ein paar Jahrhunderte nichts mehr hören und sehen zu müssen", erwiderte Hawk voller Bitterkeit.

„Na, schön, wir sind einmal wach, also kommen wir. Einverstanden, Baar?“

„Mehr oder weniger“, gab der Modul zurück. „Das Gehirn würde ja doch keine Ruhe geben.“

„Das ist ein Teil unseres Problems“, erklärte das semi-organische Gehirn und ließ auf einem Teil des Rundsichtschirms das für menschliche Augen erzeugte Abbild eines Raumsektors entstehen. Vor einem Meer kaltleuchtender Sterne hob sich ein elliptischer Schatten ab.

„Ein Raumschiff!“ entfuhr es Baar Lun, dann sagte er ärgerlich: „Es ist ja wohl kaum etwas Besonderes, zwischen den Sternen einer Galaxis ein Raumschiff zu finden.“

„Das an sich nicht“, erwiderte das Semorgehirn. „Aber es ist ungewöhnlich, wenn ein Raumschiff einen Kurs hält, der es in rund sieben Tagen in ein Black Hole führen muß.“

„Ein Black Hole?“ fragte Omar. „In sieben Tagen?“ Er zuckte die breiten Schultern, die etwas von der Kraft des Extremweltlers ahnen ließen. „Bis dahin wird es den Kurs ändern, wenn es eine lebende Besatzung hat, Gehirn.“

„Vielleicht“, sagte das Gehirn. „Die Intelligenzkapazitätssensoren zeigen jedenfalls die Anwesenheit einer größeren Zahl intelligenter Lebewesen im Schiff an. Aber die Energieortung weist weder Triebwerksaktivitäten noch aktive Ortungsaktivitäten aus. Das Schiff fällt, seit ich es beobachte, mit unverändert dreißig Prozent LG* durch den Raum – und ich beobachte es schon seit zweieinhalb Tagen.“

„Wie groß ist das Schiff?“ erkundigte sich Baar Lun.

„Seine Länge beträgt dreitausendsiebenhundert Meter, der größte Durchmesser zweitausendzweihundert Meter“, antwortete das Gehirn.

Der Modul stülpte nachdenklich seine verdickte Unterlippe vor. „Hat es eine Beschriftung?“

---

*) LG = Lichtgeschwindigkeit

Die FREEDOM II schien sich dem fremden Schiff rasend schnell zu nähern, als das Semorgehirn den betreffenden Bildausschnitt vergrößerte. Deutlich waren zahllose unterschiedlich tiefe Rillen auf der dunkelgrauen Oberfläche zu sehen: die Narben der Zusammenstöße mit interstellarer Mikromaterie.

Und noch etwas war zu sehen: eine Aneinanderreihung turmhoher Buchstaben, die entfernt an die Buchstaben eines altterranischen kyrillischen Alphabets erinnerten.

„Irgendwo habe ich solche Buchstaben schon gesehen", sagte Omar Hawk.

„Es sind Buchstaben des Lemura", erklärte Baar mit vor Erregung vibrierender Stimme. „Sie bilden ein Wort: CHYBADARA. Übersetzt heißt das ZUFLUCHT DER FREIEN."

„Ein Schiff Lemurias?" rief Omar verblüfft.

„Zumindest ein Schiff des Tamaniums", sagte Baar. „Ich vermute, es handelt sich um eines der zahllosen Fluchtschiffe, mit denen sich Bürger des Sternenreichs Tamanium damals vor den Angriffen der Haluter zu retten versuchten."

„Aber das liegt rund vierundfünfzigtausend Jahre zurück", erwiderte der Oxtorner. „Dieses Schiff kann doch nicht seitdem unterwegs sein. Vierundfünfzigtausend Jahre!"

Baar Lun zog die Unterlippe zurück und stülpte sie wieder vor. Das Helium in seinen Augäpfeln schien zu leuchten.

„Gehirn, ich brauche eine Funkverbindung zur CHYBADARA!" stieß er hervor. „Sofort!"

„Ausführung", teilte das Bordgehirn mit – und etwa zehn Sekunden später: „Keinc Reaktion auf Funkimpulse aller möglichen Frequenzen."

„Aber sie leben doch, also müssen sie antworten", erwiderte der Modul. „Sie leben doch?"

„Es gibt dort etwa achtzigtausend intelligente Individuen", antwortete das Gehirn. „Sie leben zweifellos. Ihre Mentalimpulse sind sogar teilweise ausgesprochen intensiv."

„Aber warum antworten sie dann nicht?" rief Baar Lun.

„Wenn das Schiff tatsächlich seit vierundfünfzigtausend Jahren ununterbrochen unterwegs war und nicht von einer Kolonie kommt, die von den damaligen Flüchtlingen gegründet wurde, kann sich vieles verändert haben", sagte Omar. „Wir wissen von zahlreichen Generationenschiffen, deren Bewohner nach und nach vergaßen, wie die komplizierteren technischen Systeme an Bord arbeiten, und die sogar vergaßen, weshalb sie unterwegs waren."

„Wenn es sich hier ähnlich verhält, ahnt die Besatzung wahrscheinlich nicht einmal etwas davon, daß sie in sieben Tagen unter den Ereignishorizont eines Schwarzen Loches gerät", warf das Semorgehirn ein.

„Wir müssen ihnen helfen", sagte Baar. Alle Lethargie war von ihm abgefallen.

„Bring unser Schiff näher an die CHYBADARA heran, Gehirn!" sagte Omar. „Baar und ich werden uns unterdessen ankleiden und für den Einsatz ausrüsten."

Eine knappe halbe Stunde später standen Baar Lun und Omar Hawk wieder in der Zentrale ihres Schiffes. Sie trugen die enganliegenden bernsteingelben Plastikkombinationen, die ihnen vor langer Zeit vom Hüter des Lichts geschenkt worden waren.

Diese Kombinationen, deren Fuß- und Wadenteile smaragdgrün abgesetzt waren, enthielten ein semi-organisches Gewebe, das als dichtes Netzwerk silbrig schimmernder Fäden zu sehen war. Es verlieh den Schutzanzügen erst das Besondere, denn seine subenergetischen Impulse wirkten permanent regenerierend auf den Zellverbund des Trägers und verhinderten jegliche Alterung. Dazu kam, daß es dem Träger bei Bedarf soviel an physisch verwertbarer Energie zuführte, daß seine Körperkraft und Ausdauer erheblich gesteigert wurden. Außerdem konnte es den Träger gegen Sicht und Ortung schützen.

Zu jeder Kombination gehörte ein Kombigürtel, der einen Mikro-Spontantransmitter, einen Gedankentransmitter, einen Konturschirmprojektor, einen Zeittransmitter und einen Niveautransmitter sowie die Aggregate zur Energieversorgung dieser Geräte enthielt. Wurde die im kaum sichtbaren Nackenwulst der Kombination verborgene Kapuze herausgezogen, formte sie sich infolge statischer Aufladung zu einem kugelförmigen Klarsichthelm, der zusammen mit der Kombination und den Überlebensaggregaten dem Träger gestattete, sich sehr lange im Vakuum des Weltraums aufzuhalten.

Ein Mensch hätte bei den beiden Männern zweifellos Waffen, wie Impulsstrahler oder Paralysatoren, vermißt. Doch solche Angriffswaffen trugen Baar Lun und Omar Hawk nicht, getreu dem Grundsatz ihres Meisters, niemals gegen jemanden oder gegen etwas zu kämpfen, sondern stets nur für etwas und für jemanden. Aufgrund ihrer Defensivausrüstung brauchten sie sich auch äußerst selten offensiv zu schützen.

Omar berührte flüchtig den Translatorring, den er auf den Ringfinger der linken Hand gesteckt hatte. Im Unterschied zu dem Modul, der das Tefroda beherrschte, weil das bis auf ihn ausgestorbene Volk der Moduls direkt von den Lemurern abstammte, benötigte er den Simultanübersetzer.

„Ich habe einen leeren Hohlraum drüben ausgemacht", berichtete das Semorgehirn.

„Schalte unsere Spontantransmitter darauf!" sagte Omar.

„Ausführung – jetzt!" erwiderte das Gehirn.

Die beiden Männer konnten sich gerade noch aufmunternd zunicken, dann hatte das Gerät, das ähnlich wie ein Fiktivtransmitter arbeitete, sie auch schon in die CHYBADARA befördert.

Sie standen mitten in einem kreisrunden, etwa zehn Meter durchmessenden und vier Meter hohen Raum, von dem acht Korridore ausgingen. Im ungewissen rötlichen Schein einiger Leuchtfelder an der Decke sahen sie die Transportbänder, die von der Drehscheibe ausgingen, auf der sie standen. Allerdings standen die Bänder genauso still wie die Scheibe. Es dauerte noch ein paar Sekunden, bevor Hawk und Lun die Schmutzkruste bemerkten, die den Boden fast lückenlos bedeckte.

„Eine Verteilerhalle", flüsterte Lun.

„Und Bänder, die seit Jahrhunderten nicht mehr gelaufen sind – oder vielleicht seit Jahrtausenden“, flüsterte Omar Hawk zurück.

Der Modul verzog angewidert das Gesicht.

„Es riecht grauenhaft hier, Omar: abgestanden sowie süßlich und säuerlich zugleich.“

Irgendwo polterte es, aber das Geräusch kam von weither. Die beiden Männer lauschten, doch es blieb still.

Sie sahen sich an.

„Trennen wir uns?“ flüsterte Omar.

„Für zehn Minuten“, erwiderte Baar.

Sie nickten sich zu, dann ging Baar Lun in den nach links und Omar Hawk in den nach rechts führenden Korridor. Die Verteilerhalle blieb leer zurück. Bald verloren sich die Schritte der beiden Männer im Halbdunkel der Korridore . . .

Baar Lun

Er hatte eine Grenze überschritten, ohne es zu ahnen. Links und rechts sahen ihn die dunklen Öffnungen von Antigravschächten gleich toten Augen an. Die Stille wurde beklemmend. Baars Schritte verursachten kaum Geräusche.

Als der Modul einen charakteristischen Geruch wahrnahm, der dunkle Erinnerungen in ihm aufsteigen ließ, blieb er stehen. Seine Nasenflügel bebten, während er tief durch die Nase einatmete.

Es war kein Zweifel möglich. Der Geruch war der von frischem Blut. Lautlos schlich Baar Lun weiter – und nach wenigen Schritten verharrte er abermals und starrte auf die große Lache Blutes hinab, die fast einen ganzen Quadratmeter des Bodens bedeckte. Das Blut war gerade erst gallertartig erstarrt.

Baar wollte mit Hilfe des Gedankentransmitters die lautlose Verbindung mit Omar herstellen. Doch bevor er den entsprechenden Befehl an das Gürtelaggregat denken konnte, ertönte links von ihm ein Zirpen.

Er fuhr nach links herum – und erstarrte, als er einen Stich im

Nacken spürte. Er fühlte sich an wie der Stich einer Mücke, aber der Modul ahnte, daß es keineswegs eine Mücke gewesen sein konnte, die ihn gestochen hatte.

Der Gedankenbefehl an den Konturschirmprojektor blieb ungedacht, denn Baars Bewußtsein verlor sich zu schnell zwischen den Schatten nachtdunkler Schwingen . . .

Omar Hawk

Der Oxtorner überschritt eine Grenze, ohne es zu ahnen, denn es gab keine sichtbare Markierung. Leise bewegte er sich vorwärts und lauschte dabei wachsam in die dunklen Öffnungen von Antigravschächten, die alle paar Meter in den Wänden des Korridors gähnten.

Einmal hörte er ein Geräusch aus einer der Öffnungen. Es klang wie ein leises Schaben. Doch als er den Kopf durch die Öffnung steckte und die auf der Brust befestigte Lampe einschaltete, sah er nur ein daumendickes schmieriges Seil, das lautlos hin und her pendelte.

Omar runzelte die Stirn.

Das Seil verriet ihm, wie die Bewohner der CHYBADARA die Schächte benutzten, durch die ihre Ahnen mit Hilfe von Gravitronfeldern mühelos auf- und abgeschwebt waren. Es verriet ihm jedoch nicht, warum die Chybadarer, wie er sie bei sich nannte, die doch zweifellos vorhandenen Nottreppen nicht benutzten.

Wahrscheinlich bereitete es weniger Mühe, an Seilen aufwärts zu klettern und sich an Seilen hinabgleiten zu lassen, als Treppen zu steigen. Ganz sicher bedeutete es vor allem Zeitersparnis. Nicht so leicht einzusehen war es für Omar, daß Zeitersparnis in einem so eng begrenzten Lebensraum wie einem Schiff für die Bewohner zwingend sein sollte.

Er ging weiter. Allmählich fühlte er sich durch das fast völlige Fehlen von Geräuschen im Schiff beunruhigt. Die Sensoren der FREEDOM hatten die Mentalimpulse von etwa achtzigtausend intelligenten Individuen angemessen, Mentalimpulse, die teilweise sogar ausgesprochen intensiv waren. Achtzigtausend denkende und fühlende Wesen sollten eigentlich eine Menge hörbarer Lebensäußerungen von sich geben. Sie mußten schließlich Nahrung, Kleidung und andere Gegenstände des täglichen Bedarfs produzieren, mußten sie transportieren und mußten kommunizieren. Das alles konnte nicht lautlos vor sich gehen.

Als Omar wenige Meter vor sich einen kleinen runden Gegenstand auf dem Boden blinken sah, kniff er verwundert die Augen zusammen. Der Gegenstand sah aus wie eine Münze – und zwar eine Münze aus Gold. Der Oxtorner ging näher und bückte sich.

Tatsächlich, es handelte sich um eine Münze, etwas größer als ein Solar, mit breitem Rand, in den zahlreiche winzige Punkte eingestanzt waren, und dem Relief einer Planetenhälfte im Innenfeld.

Verblüfft stellte Omar Hawk fest, daß es auf der Planetenhälfte einen Doppelkontinent gab, der fast exakt die Konturen Nord- und Südamerikas besaß – mit einem Unterschied: Dort, wo auf der Erde die gewaltige Wassermasse des Pazifischen Ozeans lag, befand sich hier ein weiterer großer Kontinent. Genauer gesagt, die dritte Komponente eines aus drei Teilen zusammengesetzten Großkontinents.

Natürlich schoß es dem Oxtorner durch den Kopf. *Das ist der Erdteil Lemuria, der bis zu seinem Untergang während der halutischen Angriffe eine Einheit mit dem heutigen amerikanischen Doppelkontinent bildete.*

Eine lemurische Münze!

Ohne zu überlegen, wieso eine Goldmünze mitten auf dem Boden dieses Korridors herumlag, streckte Omar die Hand danach aus und hob sie auf.

Infolge seiner „übermenschlichen“ physischen Kraft merkte er nicht, daß die Münze nicht locker auf dem Boden lag, sondern von einem Saugring festgehalten wurde. Er sah jedoch sofort, daß sich unter der Münze ein kleines Loch im Boden befand – und er hörte, daß aus diesem Loch ein unter hohem Druck stehendes Gas zischte.

Es war sein Pech, daß er an einen Scherz glaubte, den hier ein Chybadarer einem anderen Chybadarer gespielt hatte. Als er an der rasend schnellen Verwirrung seines Bewußtseins merkte, daß das Gas alles andere als harmlos war, vermochte er keinen klaren Gedanken mehr zu fassen.

Unfähig, einen rettenden Gedankenbefehl auszusenden, sank er zu Boden . . .

Die Hellen

Krieger Erster Klasse Haknor-3 verharrte lauschend und an seinem Seil hängend vor dem Durchgang zur Horizontalebene Siebenunddreißig-Feindland.

In der Nähe rauschte Wasser. Es kam von den Kaskaden, wo das Wasser für die Fischzuchtteiche mit Sauerstoff angereichert wurde. Außer dem Rauschen war nichts zu hören. Nach einiger Zeit entschied Haknor-3, daß das Risiko vertretbar war.

Er schwang sich hin und her, dann ließ er das Seil los und flog durch die Schachtöffnung. Fast lautlos rollte er sich über die Schulter ab, schnellte sich hoch und blickte sich geduckt um, je ein Wurfmesser in den Händen.

Kein Dunkler war zu sehen. Das bedeutete nicht, daß keiner irgendwo in der Nähe auf der Lauer lag, aber wer den Tod nicht riskierte, konnte das Leben nicht gewinnen.

Haknor-3 schlich zu seiner Liftschachtöffnung zurück, streckte die Hand mit dem Signalstab hindurch und blinkte das verabredete Signal nach oben. Sekunden später flogen aus den beiden benachbarten Liftschächten nacheinander jeweils fünf Krieger Zweiter Klasse, in die gleichen hellgrauen Plastikkombinationen gekleidet, wie Haknor-3 eine trug.

Haknor-3 hatte Messer und Signalstab inzwischen wieder weggesteckt und dafür den Giftnadler in die rechte Hand genommen. Geduckt stürmte er tiefer in Feindland hinein, gefolgt von den Frauen und Männern seines Kommandos.

Nach etwa hundert Metern blieb er stehen und sah sich um. Seine Leute hielten ebenfalls an. Haknor-3 sah, daß sie vollzählig waren. Er spürte ein Kribbeln im Nacken. Wenn ein Kommando so tief wie seines in Feindland kam, ohne daß es Ausfälle gab, dann stimmte etwas nicht, denn die Dunklen sicherten ihre Grenzen ebenso gründlich wie die Hellen.

Mit einer Handbewegung forderte er Lytha auf, den Korridor zurückzulaufen. Die etwa dreißigjährige Helle gehorchte. Sie kam nur rund fünf Meter weit, dann stolperte sie über eine durchsichtige Schnur, die vorher nicht dagewesen war. Als sie fiel, schoß ein Fanghaken mit drei scharfgeschliffenen Greifern aus einer Schachtöffnung. Die Greifer schlugen tief in Lythas Fleisch. Im gleichen Augenblick fuhr der Haken zurück und verschwand mit der Frau im Schacht.

Haknor-3 wußte nunmehr, daß ihnen der Rückweg versperrt war. Die Dunklen hatten ihnen eine Falle gestellt und hofften sicher, die ganze Biomasse in ihre Gewalt zu bekommen.

Ein Krieger mit weniger Erfahrung als Haknor-3 hätte wahrscheinlich versucht, sich mit seinem Kommando den Rückweg zu erkämpfen. Haknor-3 dachte nicht daran, denn mit einer solchen Reaktion rechnete der Feind und hatte entsprechend vorgesorgt.

Er lief weiter, und die Krieger zweiter Klasse folgten seinem Beispiel. Das Rauschen von den Kaskaden wurde lauter, und bald darauf stürmte das Kommando in die Halle, in der sich die Fischzuchtteiche befanden.

Links rauschte das Wasser über die dreistufigen Kaskaden, rechts schoß das mit Sauerstoff angereicherte Wasser in die sieben Teiche, die von blauschwarz geschuppten Elmen wimmelten. Zerkleinerte Biomasse rieselte aus Fütterungsautomaten ins Wasser.

Die Halle war unbewacht, denn Anlagen wie diese waren laut den Regeln unberührbar. Unberührbar waren auch die Kinder, die in den Aufzuchträumen hinter der Teichhalle lebten. Aber Haknor-3 wußte aus Erfahrung, daß dennoch jedesmal Aufregung ausbrach, wenn eine Feindgruppe in die Nähe von Aufzuchträumen kam. Und darauf baute er seine Hoffnung.

Fast lautlos stürmte sein Kommando in das Labyrinth der miteinander verbundenen, deckenlosen Aufzuchträume. Zwei Betreuerinnen, die nicht geflohen waren, wurden von Giftnadeln getroffen und mitgenommen. Die Kinder, alle im Alter von drei bis sechs Jahren, kreischten vergnügt. Sie hofften anscheinend, die Neuen wollten mit ihnen spielen.

„Nicht aufhalten!" rief Haknor-3 seinen Leuten zu.

Ihnen voran stürmte er durch die Zimmer, bis er die jenseitige Front der Aufzuchträume erreicht hatte. Durch Handzeichen wies er seine Leute an, hinter den Fenstern in Deckung zu gehen. Er selbst stellte sich ebenfalls neben eines der Fenster und beobachtete das Gelände draußen.

Es bestand aus einem leeren Streifen Metallplastik, von dem eine Treppe zu einer Galerie führte, die an die Verbotene Ebene grenzte. Links führte ein Gang in Richtung Grenze; rechts ging es tiefer in Feindland hinein.

Es dauerte keine Minute, da stürmte von rechts ein Trupp alarmierter Dunkler heran. Haknor-3 wartete, bis sie auf wenige Meter heran waren, dann eröffnete er das Feuer mit dem Giftnadler, was für seine Leute das Zeichen war, ebenfalls zu feuern.

Ein paar Dunkle stürzten getroffen zu Boden, die übrigen stürmten weiter und schleuderten dabei Gasbomben gegen die Fenster. Sie wagten nicht, ihre Giftnadler einzusetzen, denn sie wollten die Kinder nicht gefährden. Die Gasbomben dagegen waren relativ harmlos. Ihr Gas betäubte nur für kurze Zeit.

Haknor-3 und seine Leute stießen die Gasbomben, die durch die zersplitternden Scheiben flogen, mit den Füßen weiter nach hinten, so daß das Gas sie nicht erreichte. Dann, als die Dunklen die Wand erreichten, sprangen sie durch die Fenster und stürzten sich mit ihren vergifteten Messern auf den Feind.

Nach kurzem Kampf waren die Dunklen tot. Aber auch vier seiner Leute lebten nicht mehr. Haknor-3 musterte die Toten und zeigte mit der Hand auf fünf von ihnen, die das meiste Gewicht an Biomasse brachten. Seine Krieger warfen sie sich über die Schultern und folgten ihm in den Gang in Richtung Grenze.

Sie hatten Glück. Nur einer von ihnen trat auf eine Giftsplittermine. Mit immerhin vier Kriegern Zweiter Klasse und vier toten Körpern (zwei Helle und zwei Dunkle, aber der Unterschied war nach dem Tode bedeutungslos) erreichte er Freundland.

Er kam mitten in eine große Aufregung hinein, denn soeben war ein anderes Kommando zurückgekehrt – und es hatte einen Beutekörper mitgebracht, dessen Aussehen fremdartig war. Vor allem seine Kleidung erregte größtes Aufsehen, denn sie war weder hell- noch dunkelgrau, sondern gelb und mit einem Netzwerk silbrig schimmernder Fäden durchzogen . . .

Die Dunklen

Krieger Dritter Klasse Noofar-7 rollte auf seinem Prothewagen lautlos durch den Korridor der Horizontalebene Siebenunddreißig-Freundland. Die dicken Schaumgummireifen des flachen Elektrokarrens verursachten kein Geräusch. Noofar-7 steuerte ihn mit der Prothese der linken Hand, in der rechten, gesunden Hand hielt er seinen Giftnadler.

Vor wenigen Minuten war ein Kommando der Hellen von hier geflohen, nachdem die Feinde gemerkt hatten, daß sie in eine Falle geraten waren. Wie üblich, war ein Krieger Dritter Klasse, der für den richtigen Kampf nicht mehr taugte, in das Terrain geschickt worden, um es gegen eine eventuelle zweite Welle des Feindes abzusichern.

Noofar-7 spähte mit seinem rechten Auge – das linke hatte er in einem Kampf verloren, ebenso wie die linke Hand und beide Beine – in das Halbdunkel vor ihm. Doch kein Feind ließ sich blicken. Ob ein Feind hinter einer der Schachtöffnungen lauerte, hätte Noofar-7 bestenfalls hören können. Aber seine Ohren waren fast taub.

Sorgfältig wich er dem Blutfleck aus, den einer der Hellen hinterlassen hatte, als er von den Greifern eines Fanghakens gepackt worden war. Dabei bewegte er seinen auf dem Karren angeschnallten Rumpf. Er stöhnte unterdrückt, als einer der entzündeten Beinstümpfe auf der Unterlage rieb.

Wenig später hatte er das erste Bohrloch im Boden erreicht. Er legte seinen Nadler vor sich, nahm eine der Goldscheiben und spannte sie in seinen Arbeitsstab. Behutsam senkte er die Scheibe mit dem Sauger nach unten über das Loch, preßte sie fest und klopfte mit dem Stab leicht dagegen, um sich davon zu überzeugen, daß sie festsaß. Anschließend klopfte er mit dem Stab dreimal auf den Boden, das Zeichen dafür, daß die Druckflasche mit dem Nervengas angeschlossen werden konnte.

Noch drei weitere Scheiben legte Noofar-7 auf drei weiteren präparierten Löchern ab, dann kehrte er um. Er war sicher, daß kein Heller die Fallen durchschauen würde, denn der Trick mit den Goldscheiben war neu. Die der Fünften Klasse hatten ihn sich ausgedacht, als ein Behälter voller solcher Scheiben gefunden worden war.

Noofar-7 seufzte leise, als er daran dachte, wie gut er es hätte, wäre er ebenfalls einer der Fünften Klasse. Dann brauchte er nicht mehr unter seinen Gebrechen zu leiden und könnte schmerzfrei und umhegt in einer warmen Nährlösung schwimmen, ein Gehirn ohne den Ballast des Körpers. Aber das war ihm mit Sicherheit nicht vergönnt. Er durfte sich glücklich schätzen, wenn er bald in eine Kammer des Vergessens kam, um an den Anfang des Ewigen Kreislaufs zurückgebracht zu werden.

Er hatte gerade das Tor zur Teichhalle passiert, als die Rollen seines Karrens die Erschütterung auf ihn übertrugen, mit der etwas Schweres auf den Boden geprallt war. Sofort lenkte er den Karren zurück.

Erst, als er den Körper einige Meter vor sich am Boden liegen sah, wurde ihm klar, daß er gegen die Regeln verstoßen hatte. Seine Aufgabe war es gewesen, die Scheiben auszulegen, aber nicht, sich um einen Dunklen zu kümmern, der einer dieser Fallen zum Opfer gefallen war.

Als Noofar-7 nach dem Grund für diesen Regelverstoß suchte, wurde ihm bewußt, daß er in der Stärke der Erschütterung bestanden hatte. Kein Dunkler – und auch kein Heller – rief eine derartig starke Erschütterung hervor, wenn er auf den Boden prallte. Es sei denn, bei einem Sturz aus großer Höhe. Aber das war in diesem Fall ausgeschlossen.

Und dann sah Noofar-7, daß das Opfer der Falle weder ein Heller noch ein Dunkler war. Die Gestalt war nicht nur viel breiter und massiger als die Erwachsenen der Welt, sondern trug zudem ein völlig fremdartiges Kleidungsstück: eine gelbe Kombination, die von einem dichten Netz silbrig schimmernder Fäden durchsetzt war . . .

Baar Lun

Als er aus tiefer Bewußtlosigkeit auftauchte, spürte er an den subenergetischen Pulsationen des semi-organischen Gewebes, daß das Netz seines Lichtanzugs gegen etwas ankämpfte, das normalerweise tödlich für ihn gewesen wäre – hätte es das Netz nicht gegeben.

„Er lebt“, hörte er eine Stimme sagen – in einwandfreiem Lemura, und das hatte Baar nicht erwartet, da jede Sprache sich in einem Zeitraum von über fünfzigtausend Jahren verändern mußte.

Er öffnete die Augen.

Sein Blick fiel auf eine humanoide Gestalt: einen Mann von etwa siebzig Jahren mit blasser Haut und einem dünnen weißen Kinnbart. Eine schräg von oben nach unten durch das Gesicht gehende Narbe verzerrte die Züge. Außerdem war eine Augenhöhle hohl.

Und die Arme sind unverkleidete Prothesen aus Metallplastik!

Der Modul wandte den Kopf und erblickte fünf weitere Gestalten: drei Frauen und zwei Männer. Sie alle schienen etwa siebzig Jahre alt zu sein und trugen die unterschiedlichsten Prothesen.

„Ich grüße euch!“ sagte Baar auf Lemura.

Von den Gesichtern der Chybadarer las er Betroffenheit ab, soweit das bei den mehr oder weniger starken Verunstaltungen möglich war.

„Du grüßt uns?“ fragte der Mann, den Baar zuerst gesehen hatte. „Warum kamst du dann nicht in die Halle der Stimme? Und warum lebst du?“

Der Modul versuchte, freundlich zu lächeln.

„Ich lebe, weil ich anders bin als ihr. Ich komme von draußen und will euch vor einer großen Gefahr warnen, die eurem Schiff und euch allen droht.“

Die Mienen der Chybadarer verrieten Verständnislosigkeit.

„Ich bin Krieger Vierter Klasse Tundong-11“, sagte der Mann mit den Armprothesen. „Als solcher weiß ich alles über die Welt. Deshalb weiß ich, daß es etwas, das du ‚Schiff‘ nennst, nicht gibt. Daß du anders bist als wir, das freilich sehe ich. Dennoch mußt du aus dem Land der Dunklen kommen, denn es gibt in der Welt nur zwei Länder: das unsere und das der Dunklen.“

Zum erstenmal fiel es Baar Lun auf, daß die Chybadarer ausnahmslos hellgraue Kombinationen trugen, und ihm kam der Gedanke, daß es an Bord der CHYBADARA zwei Gruppen gab, die sich durch die Färbung ihrer Kleidung voneinander unterschieden.

Er sah zwar keinen Sinn darin, aber er glaubte das übrige zu verstehen, das Tundong-11 gesagt hatte. Nach so vielen Jahrtausenden war es nicht verwunderlich, daß die fernen Abkommen der ursprünglichen Schiffsbesatzung und der lemurischen Flüchtlinge vergessen hatten, woher sie kamen und daß sie sich auf einem Schiff befanden. Eine solche Entwicklung hatte sogar einen Namen. Sie hieß das Hewitt-Syndrom – nach dem Kosmopsychologen, der es erforscht und seine Gesetzmäßigkeiten bestimmt hatte.

Er mußte also behutsam vorgehen, damit die Chybadarer nicht unter Schockwirkung eine Kurzschlußhandlung begingen und sich womöglich selbst umbrachten. Andererseits drängte die Zeit, denn in weniger als sieben Tagen würde das Schiff von dem Black Hole verschlungen werden.

Und da war noch etwas . . .

„Ihr habt versucht, mich zu töten?“ fragte Baar, um sich zu vergewissern, daß er keinem Unfall zum Opfer gefallen war.

„Selbstverständlich“, erwiderte Tundong-11. „Wahrscheinlich bist du nach einer neuartigen Methode immunisiert worden, sonst hätte das Nadelgift dich sofort getötet. Wie heißt du?“

„Baar Lun.“

„Du bist offensichtlich unversehrt, also ein Krieger Erster Klasse, Baar Lun. Aber dann müßtest du viel jünger sein.“

„Ich bin überhaupt kein Krieger!“ rief der Modul zornig. „Weshalb nimmst du an, ich sei einer?“

„In der Welt gibt es nur Kinder, Krieger und den Regelverkünder“, erklärte Tundong-11. „Anscheinend hat das Nadelgift dir einige Erinnerungen genommen. Wir werden versuchen, die Lücken aufzufüllen, bevor wir an dir die Regeln endgültig vollziehen.“

Sie wollen mich töten, Omar! dachte Baar, während er gleichzeitig den Gedankenbefehl zur Aktivierung seines Gedankentransmitters erteilte.

Erschrocken merkte er, daß der Transmitter nicht funktionierte – und als er an sich herabsah, erkannte er den Grund dafür.

Man hatte ihm den Kombigürtel abgenommen . . .

Omar Hawk

Er hatte das Gefühl, als kämpfe sein Bewußtsein gegen nachtdunkle Schatten an – und während es sich allmählich befreite, erinnerte er sich.

Er war mit Baar Lun ins Schiff der Lemurer gegangen und schon nach wenigen Schritten das Opfer einer heimtückischen Falle geworden, einer tödlichen Falle, wie er an den Pulsationen des semi-organischen Gewebes erkannte.

Doch die Falle konnte nicht für ihn aufgebaut worden sein,

denn die Chybadarer hatten ja nichts davon gewußt, daß er kommen würde. Aber wenn nicht für ihn, für wen war sie dann aufgebaut worden?

Für Lemurer!

Das bedeutete, daß die Chybadarer sich gegenseitig bekämpften.

Also konnte auch Baar das Opfer einer Falle geworden sein. Omar versuchte, seinen Gedankentransmitter zu aktivieren. Das Gerät sprach nicht an. Also hatte es keinen Kontakt mit seinem Körper. Da es in den Kombigürtel integriert war und nicht ausgebaut werden konnte, bedeutete das, daß jemand ihm den Gürtel abgenommen hatte.

Die, die die Falle für mich aufgebaut haben!

Geräusche. Schritte und Stimmen.

„Das Gas scheint bei ihm nicht tödlich gewirkt zu haben."

„Dann müssen wir es mit mechanischen Mitteln erledigen."

Sie wollen mich töten!

„Zuerst müssen wir herausbekommen, warum er die Grenze überschritt und sich nicht an die Erkennungsregel hielt."

Omar Hawk öffnete die Augen und sah, daß er in einem Kontursessel saß. Arme und Beine waren an den Sessel gefesselt.

Drei Personen kamen auf ihn zu: zwei Frauen und ein Mann. Der Mann fuhr in einem Rollstuhl. Ihm fehlten Arme und Beine. Ein Metallreif um seinen Kopf und ein Kabel, das davon ausging und im Steuercomputer des Rollstuhls endete, verriet, wie er das Fahrzeug bediente. Eine Frau trug je eine Arm- und Beinprothese. Das Gesicht der zweiten Frau bestand aus Metallplastik. Elektronische Optik ersetzte die Augen.

Die Folgen gnadenloser Kämpfe! Wahnsinn!

„Ich bin Krieger Vierter Klasse Cylia-4", sagte die Frau mit dem Metallplastikgesicht. „Identifiziere dich, Heller!"

Heller?

Es wurde Omar bewußt, daß die drei Chybadarer dunkelgraue Kombinationen trugen. Kennzeichneten sich die Angehörigen der verfeindeten Gruppen durch die Farbe ihrer Kleidung?

„Mein Name ist Omar Hawk, und ich bin kein Heller, sondern ein Oxtorner."

„In der Welt gibt es nur Dunkle und Helle", warf der Mann ein. „Du kamst aus Feindland. Folglich bist du ein Heller. Krieger Erster Klasse, offenbar, auch wenn du viel älter erscheinst."

„Ich bin kein Krieger, sondern ein Mann des Friedens", erklärte der Oxtorner. Als er den Kopf wandte, sah er seinen Kombigürtel. Er hing über einem leeren Sessel. *Ich könnte mich mit Hilfe des Gewebes unsichtbar machen, die Fesseln sprengen und mir den Gürtel holen. Aber dann würden sie mir meine friedliche Absicht niemals glauben.* „Eurer Welt droht eine große Gefahr. Deshalb kam ich von außen, um euch zu warnen und euch zu helfen, diese Gefahr von eurer Welt abzuwenden und euch zu retten."

„Von außen!" rief die zweite Frau verächtlich. „Jedes Kind weiß, daß die Welt einzig und ein in sich geschlossenes System ist. Es gibt nur die Welt und sonst nichts."

Das Hewitt-Syndrom! Behutsam, Omar!

„Dann komme ich aus dem Nichts – und im Nichts wird eure Welt untergehen, wenn ihr nicht dafür sorgt, daß Schluß gemacht wird mit dem Krieg. Nur Frieden und Zusammenarbeit können euch retten."

„Der Krieg ist das Erste Gesetz der Welt", erwiderte Cylia-4. „Nur im Kämpfen und Sterben gewinnen wir das Leben."

„Die Welt wird untergehen, wenn ihr nicht einhaltet mit dem Wahnsinn!" erregte sich Omar. „Das Ende ist näher, als ihr denkt!"

„Er predigt wie vordem die Anhänger der Weißen Sekte", sagte der Mann. „Auch sie versuchten, uns zu drohen, damit wir das Erste Gesetz vergessen sollten."

„Wahrscheinlich habt ihr sie umgebracht", erwiderte der Oxtorner.

„Er hat zwei Namen und redet mit zwei Zungen", sagte Cylia-4. „Ich schlage vor, wir empfehlen denen der Fünften

Klasse, ihn endgültig zu eliminieren, denn er ist ein Agent aus Feindland, der unsere Kampfmoral untergraben will, damit das Gleichgewicht zugunsten der Hellen zerstört wird."

Wie oft wurden in der Vergangenheit solche Verleumdungen gebraucht, um die, die für den Frieden eintraten, mundtot oder körperlich tot zu machen!

„Ich möchte mit denen der Fünften Klasse reden", sagte Omar.

„Kein Feind darf die der Fünften Klasse sehen", entgegnete der Mann. „Ich bin auch dafür, ihn zu eliminieren, Cylia-4, aber ich schlage vor, wir lassen ihn gegen unseren besten Krieger der Zweiten Klasse kämpfen, damit er im Tode das Erste Gesetz besiegelt."

„Wie ich schon sagte, bin ich ein Mann des Friedens", erwiderte Omar. „Ich kämpfe niemals gegen jemanden oder gegen etwas."

„Er redet von Frieden und meint Feigheit", stellte die zweite Frau verächtlich fest. „Gehen wir! Ich kann ihn nicht mehr sehen."

„Ja, geht nur!" rief Omar zornig. „Und sagt denen der Fünften Klasse, daß eure Welt nicht die Welt ist, sondern nur ein Fahrzeug, mit dem man von einer Welt zur anderen fliegt, wenn man seinen Verstand gebraucht!"

Sofort bereute er seinen Ausbruch. Doch dann erkannte er, daß er die drei Chybadarer damit überhaupt nicht beeindruckt hatte. Resignierend sah er ein, daß sich der Irrglaube im Verlauf Tausender von Generationen so festgesetzt hatte, daß ihn höchstens die Konfrontation mit der Wahrheit, der Außenwelt, brechen konnte – wenn überhaupt . . .

Die Kinder

Hesrah-77 zog den Kodepuls unter seiner hellgrauen Kombination hervor und tippte wahllos mit den Fingerspitzen auf mehrere Senspunkte. Sein schmales Gesicht strahlte vor Freude, als die Sonne sich verdunkelte.

In dem dichten Wald konnte er bei dem blassen Licht des Viertelmonds nur wenige Meter weit sehen. Das bedeutete, daß auch die Suchmannschaft nur wenige Meter weit sehen konnte. Es sei denn, ihr Spielführer konnte mit seinem Kodepuls die Nachtschaltung aufheben. Aber das war nicht so leicht, da jeder Kodepuls gleichzeitig als Zufallsgenerator arbeitete.

Von irgendwo ertönte ein Pfiff.

Hesrah-77 schlich geduckt durch das Unterholz. Seine Füße tasteten zuerst immer den Boden behutsam ab, bevor er sie fest aufsetzte. Dadurch vermied er es, versehentlich auf einen trockenen Ast zu treten.

Vor ihm plätscherte der Bach. Hesrah-77 wand sich unter einem dornigen Zweig hindurch, ergriff mit der linken Hand einen schlanken Baumstamm und hielt sich an ihm fest, während er sich die Böschung des Bachufers hinabtastete.

Die Kräuselwellen des Baches brachen das reflektierte Mondlicht. Hesrah-77 erstarrte, als ein Schatten auf die zitternden Lichtreflexe fiel. Langsam hob er den Kopf, dann lächelte er erleichtert, denn die Gestalt am anderen Ufer trug ebenfalls Hellgrau. Sie winkte.

Langsam schob Hesrah-77 seine Füße in den Bach, watete hindurch und ergriff die hilfreich ausgestreckte Hand.

„Ich lenke sie ab“, flüsterte die andere Gestalt.

Als er den Bach verließ, erkannte Hesrah-77 sie. Es war Hussiah-21, ein dreizehnjähriges Mädchen aus einer Erziehungsgruppe.

„Versuche, sie zur Grotte zu locken!“ flüsterte er ihr zu.

Die Dunkelheit wurde von einer Serie Blitze zerrissen, denen hallende Donnerschläge folgten. Offenbar hatte der gegnerische Spielführer die Gewitterelektronik aktiviert, eine beachtliche Leistung.

Hesrah-77 blinzelte. Der erste Blitz hatte ihn geblendet.

„Ich gehe zum Hügel und versuche, von dort aus das gegnerische Tor zu treffen“, wisperte er, dann schob er den Kodepuls in seine Kombination zurück und schlängelte sich durch das

Unterholz. Den Kopf hielt er gesenkt, damit seine Augen nicht noch einmal geblendet werden konnten.

Einige Minuten später erreichte er den Rand einer Lichtung. Er duckte sich, als er flüsternde Stimmen vor sich hörte. Als er zwei dunkelgrau gekleidete Gestalten auf die Lichtung treten sah, legte er sich flach auf den Boden und rührte sich nicht mehr.

„Ob er versucht, durch die Grotte in die Nähe des Tores zu kommen?" hörte er.

„Nicht Hesrah-77", antwortete der andere Gegenspieler. „Der nimmt nicht den einfachsten Weg, sondern versucht, uns auszutricksen."

Hesrah-77 fühlte Stolz auf sich, als er das hörte. Er würde einmal ein guter Krieger werden.

Die beiden Gegenspieler gingen dicht an ihm vorbei und bemerkten ihn nicht.

Aber will ich das wirklich? Will ich die beiden töten, mit denen wir so schön spielen – die beiden und alle die anderen Kinder aus dem Land, das die Alten Feindland nennen?

Er erinnerte sich daran, wie sie nach dem letzten Spiel beisammen gesessen und diskutiert hatten – Dunkle wie Helle. Sie hatten versucht, sich auszumalen, wie die Welt ohne Krieg aussehen könnte. Sie hatten sogar geschworen, niemals gegeneinander zu kämpfen. Doch als sie dann die Verbotene Ebene verließen, war seine Zuversicht gesunken.

Vielleicht gewinnen wir doch nur im Kämpfen und Sterben das Leben.

Leises Gelächter riß ihn aus seinen Grübeleien. Schamröte schoß ihm ins Gesicht, als ihm klar wurde, daß die beiden Gegenspieler ihn bemerkt hatten, hinter ihm stehengeblieben waren und sich über ihn lustig machten.

Er sprang auf und fuhr herum.

„Er hat geschlafen", meinte einer der beiden.

„Ihr verdammten Dunklen!" fuhr Hesrah-77 sie wütend an. „Ihr gemeines, hinterlistiges Pack!"

Er errötete noch stärker, weil er sich zu einer Beschimpfung hatte hinreißen lassen, die ihm Schande einbringen würde, wenn sie allgemein bekannt wurde.

„Wollen wir ihn in den nächsten Dornenbusch werfen?“ sagte einer der Gegenspieler – und Hesrah-77 sah, daß es Cephany-54 war, ein bildhübsches vierzehnjähriges Mädchen, von dem er manchmal geträumt hatte, daß sie mit ihm ginge. Ein unerfüllbarer Traum, denn sie kam aus Feindland.

„Entschuldigt, bitte!“ sagte er zerknirscht. „Ich – ich hatte über diesen Scheißkrieg nachgedacht.“ Er ballte die Fäuste. „In einem Jahr sind wir fünfzehn, du, Cephany, und ich. Verdammt!“

Mit fünfzehn Jahren wird man zum Krieger Erster Klasse – und viel älter werden höchstens dreißig Prozent . . .

Cephany-54 sah ihn nachdenklich an – und ein wenig traurig, wie ihm schien, dann seufzte sie.

„Vergessen wir es, ja, Crunot?“ Sie wandte sich an Crunot-3, einen zwölfjährigen Jungen.

Crunot-3 machte zuerst ein trotziges Gesicht, aber dann nickte er doch.

Cephany-54 lächelte, dann formten ihre Hände einen Trichter vor ihrem Mund, und sie rief:

„Jagd zu Ende! Wir haben ihn!“

Sekunden später erscholl aus mehreren Richtungen begeistertes Gebrüll der dunklen Spieler. In die Schreie mischten sich Verwünschungen der hellen Spieler.

„Gehen wir zum Treff!“ sagte Cephany-54. Ihr Gesicht wirkte ernst, als sie hinzufügte: „Niemand dürfte fünfzehn werden!“

Treffpunkt nach dem Spiel war stets das Feld, eine rechteckige Wiese im Mittelpunkt der Verbotenen Ebene, die von den wenigen noch intakten Robotmaschinen des F-Decks in unregelmäßigen Abständen gemäht wurde. An jeder Schmalseite standen zwei Stahlsäulen vier Meter weit auseinander. Weil sie jedesmal aufleuchteten und einen Pfeifton von sich gaben, wenn jemand zwischen ihnen hindurchging oder etwas zwischen ihnen hindurchwarf, hießen sie Tore. Es war Ziel jeder Jagd, daß der Spielführer der gejagten Gruppe nahe genug an das gegnerische Tor herankam, um eine Stahlkugel zwischen den Säulen hindurchzuwerfen.

Nach und nach fanden sich alle siebzig Spieler auf dem Feld ein. Die Hellen wirkten niedergeschlagen, und mancher von ihnen warf Hesrah-77 einen vorwurfsvollen oder verächtlichen Blick zu.

Als Hesrah-77 auf Nemjah-28, den gegnerischen Spielführer, zuging, um ihm zum Sieg seiner Mannschaft zu gratulieren und ihm seinen Kodepuls zu übergeben (der bis zum nächsten Spiel im Besitz der Siegermannschaft bleiben würde, die ihn beliebig manipulieren durfte), kam Unruhe in die Versammelten.

Den Grund dafür sah Hesrah-77 wenige Sekunden später. Neediom-5 (in hellgrauer Kombination) und Debhoran-16 (in dunkelgrauer Kombination) eilten nebeneinander aufs Feld. Die beiden beliebtesten und trickreichsten Spieler waren vermißt worden, als die Jungen und Mädchen sich zur vereinbarten Zeit auf der Verbotenen Ebene trafen, denn sie hatten vorher niemals gefehlt.

Der Kreis der Spieler öffnete sich. Neediom-5 und Debhoran-16 traten in die Mitte des Kreises.

Debhoran-16, das fast fünfzehnjährige schwarzhaarige Mädchen aus Feindland (von Hesrahs Standpunkt aus betrachtet), hob die Hand, um Schweigen zu gebieten, dann rief sie mit vor Erregung zitternder Stimme:

„Etwas Unerhörtes ist geschehen! In unserem Land tauchte ein Fremder auf. Er wurde von einer Giftnadel getroffen, starb aber nicht. Man nahm ihn gefangen, und die der Vierten Klasse verhörten ihn. Ich habe das Verhör belauscht. Der Fremde heißt Baar Lun und predigt den Frieden. Er sagt den Untergang der Welt voraus, wenn wir nicht dem Krieg abschwören.“

„Auch bei uns tauchte ein Fremder auf“, erklärte Neediom-5, und auch seine Stimme zitterte vor Erregung. „Ich hatte ebenfalls mit Freunden eine elektronische Abhörmöglichkeit geschaffen. Deshalb weiß ich, daß unser Fremder Omar Hawk heißt und ein Oxtorner ist."

„Was ist ein Oxtorner?" rief jemand mit heller Stimme.

„Ich weiß es nicht", antwortete Neediom-5. „Aber auch Omar Hawk will, daß der Krieg beendet wird. Andernfalls soll die Welt untergehen." Er schluckte. „Und er hat behauptet, daß die Welt nicht die Welt ist, sondern ein Fahrzeug, das von einer Welt zur anderen fliegt."

„Ein Fahrzeug?" höhnte jemand. „Etwa wie ein Rollstuhl oder eine Schwebetrage?"

Einige Kinder lachten, dann sagte ein vierzehnjähriger Junge – Hesrah-77 erkannte in ihm Hesrah-34 aus dem eigenen Land:

„Ein alter Veteran erzählte mir kurz vor seinem Tode, die Welt sei nicht alles, sondern hätte ein Ziel, das eine andere Welt sei – eine Welt des Friedens."

„Vielleicht gibt es so etwas wirklich", sagte Debhoran-16. „Jedenfalls haben Neediom und ich beschlossen, euch vorzuschlagen, daß wir Baar Lun und Omar Hawk retten, denn sie sollen getötet werden."

„Hört nicht auf sie!" rief ein Mädchen in dunkelgrauer Kombination. „Man würde uns furchtbar bestrafen."

„Du bist doch auch bald fünfzehn!" schrie Hesrah-77, am ganzen Körper zitternd. „Dann bestraft man dich für nichts. Wir müssen die Fremden retten. Vielleicht bringen sie uns zu der Welt, auf der Frieden herrscht."

Eine Weile redeten alle Kinder durcheinander, dann verschaffte sich Debhoran-16 Gehör und ließ abstimmen.

Nur fünf Kinder stimmten gegen ihren Vorschlag . . .

Die Stimme

„Die der Fünften Klasse haben entschieden, daß du in die Kammer des Vergessens geschickt wirst, damit auch deine Biomasse zum Anfang des Ewigen Kreislaufs zurückgeführt wird, Omar Hawk", verkündete Cylia-4, die Frau mit dem künstlichen Gesicht.

Hinter ihr standen zwei andere Chybadarer, ein Mann und eine Frau, beide körperlich unversehrt und mit Nadlern und Messern bewaffnet, aber beide kaum älter als fünfzehn Jahre.

Ganz ohne Gewalt geht es also doch nicht! überlegte der Oxtorner. *Aber ich muß versuchen, niemanden ernsthaft zu verletzen.*

Er spannte die Muskeln an und sprengte mühelos die Stahlplastikbänder, mit denen seine Arme und Beine an den Kontursessel gefesselt waren.

Als er aufsprang, wichen die beiden Krieger mit schreckgeweiteten Augen zurück. Cylia-4 blieb stehen und zog ihren Nadler aus dem Gürtelhalfter.

Doch bevor sie schießen konnte, hatte das semi-organische Gewebe des Lichtanzugs auf Omars Gedankenbefehl reagiert und ihn unsichtbar gemacht. Eine Sekunde später nahm er seinen Kombigürtel an sich und verließ den Raum, während die Frau mit dem Metallplastikgesicht sinnlose Befehle schrie und wild mit dem Nadler um sich feuerte.

Etwa hundert Meter weiter versperrten fünf Kinder – oder Jugendliche, denn zwei waren bestimmt fast so alt wie die beiden jungen Krieger bei Cylia-4 – ihm den Weg durch einen Korridor. Sie sahen ihn, weil er inzwischen auf die Unsichtbarkeit verzichtet hatte.

Omar aktivierte den Konturschirmprojektor in seinem Gürtel, erst dann sah er, daß die Kinder unbewaffnet waren.

„Laßt mich durch!“ sagte er.

„Bist du Omar Hawk?“ fragte ein etwa vierzehnjähriger Junge.

„Der bin ich“, antwortete der Oxtorner. „Was wollt ihr von mir?“

„Wir glauben an dich“, erwiderte der Junge. „Deshalb wollen wir dich retten.“

„Haltet ihn auf!“ rief eine weibliche Stimme.

Omar wandte sich um und sah, daß Cylia-4 ihm gefolgt war.

„Dann beeilt euch!“ sagte er zu den Kindern.

„Komm!“ rief der Junge.

Omars Konturschirm schleuderte mehrere Giftnadeln in den Hyperraum, dann lief er hinter den Kindern her – zuerst in einen Seitengang hinein, dann an mehreren Seilen durch einen Liftschacht hinauf, durch Korridore, Lagerhallen und durch den getarnten Eingang eines engen Stollens.

Unterwegs rief der Oxtorner mit Hilfe des Gedankentransmitters nach Baar Lun. Er war erleichtert, als der Modul ihm mitteilte, daß er von Kindern befreit worden war. Sie hatten zwei Veteranen der Vierten Klasse mit Klebeseilen überwältigt und ihn von seinen Fesseln befreit, die er aus eigener Kraft nicht hatte zerbrechen können. Sein Kombigürtel hatte die ganze Zeit über in seiner Nähe gelegen.

Als Baar auf Omars Frage antwortete, daß seine Befreier hellgraue Kombinationen trugen, überzog ein breites Grinsen das Gesicht des Oxtorners.

Denn seine Befreier trugen dunkelgraue Kombinationen . . .

Der Stollen mündete in den getarnten Zugang eines offenbar stillgelegten Klimaschachts, der so eng war, daß Omar Hawk sich nur dank seiner extremen Körperkraft hindurchzwängen konnte. Den Konturschirm hatte er selbstverständlich längst desaktiviert, um die Kinder nicht zu gefährden.

Endlich konnte er den Schacht verlassen.

Einigermaßen verwundert sah er sich in der verwilderten Parklandschaft um, in die die Kinder ihn geführt hatten. Eine gelbe Kunstsonne strahlte von der gewölbten Decke, die aus grauem Metallplastik bestand und wahrscheinlich früher von der Projektion eines bewölkten blauen Himmels verdeckt worden war.

„Ein Freizeitdeck“, sagte er. „So schön, so gut. Aber wie geht es weiter?“

„Hier bist du sicher“, sagte der Junge. „Ich bin übrigens Hesrah-77.“

„Hier bin ich sicher?“ erwiderte Omar zweifelnd und musterte den verfilzten Wald, einen von Gestrüpp überwucherten Steinhügel und eine bizarre Grotte, aus der ein Bach entsprang.

„Das ist die Verbotene Ebene", erklärte Hesrah-77 wichtig. „Niemand würde es wagen, sie zu betreten."

Omar schmunzelte.

„Nun, ihr seht mir nicht gerade aus wie niemand. Also schön, wie geht es weiter?"

„Die anderen Kinder warten auf dem Feld auf euch, Omar", antwortete der Junge. „Komm mit!"

Es ging am Waldrand entlang, über einen schmalen Bach und um den Hügel herum – und dann sah Omar Hawk das Feld und die etwa siebzig Kinder, die dort standen.

Und er sah, daß sich Baar Lun in Begleitung mehrerer Kinder von der anderen Seite dem Feld näherte . . .

Nachdem er den Freund und Partner begrüßt und die wesentlichen Erfahrungen der letzten Zeit mit ihm ausgetauscht hatte, hörten die beiden Männer sich erst einmal an, was die Kinder zu sagen hatten.

Schon vor Jahrhunderten hatten Kinder der beiden „Länder" geheime Zugänge zum Verbotenen Deck gefunden und waren sich dort begegnet. Das anfängliche Mißtrauen und die Vorurteile gegenüber den Kindern des jeweiligen Feindlands hatten sich schnell gelegt, einmal, weil Kinder sich schneller über etwas hinwegsetzen, das im Widerspruch zu ihrer Mentalität steht, und zum andern, weil diese verwilderte Abenteuerlandschaft unwiderstehlich zum Miteinanderspielen einlud.

Es mußte schon der ersten zum Töten herangewachsenen Generation widersinnig erschienen sein, daß sie, sobald sie das fünfzehnte Lebensjahr beendet hatten, danach trachten mußten, möglichst viele ihrer ehemaligen Spielkameraden der anderen Seite zu töten. Denn nur zum Kriegführen wurde die technische und menschliche Kapazität der Welt eingesetzt. Aber die Gesetze und Regeln erschienen ihnen damals wohl noch unfehlbar, so daß sie schließlich das taten, was sie für ihre Pflicht hielten.

Doch von Generation zu Generation war zwangsläufig der Widerwille gegen den Krieg und das Morden gewachsen. Jede neue Generation fügte sich unwilliger als die vorangegangene in das scheinbar Unvermeidliche. Die Sehnsucht danach, als Erwachsene den Frieden fortzusetzen, den man auf dem Verbotenen Deck praktiziert hatte, wuchs unaufhaltsam.

Früher oder später hätten sich starke Persönlichkeiten unter den älteren Kindern gefunden, die die defensive Haltung überwunden und die anderen Kinder zum aktiven Handeln gegen den Krieg gewonnen hätten. Doch früher oder später wäre zu spät gewesen – angesichts des Kurses der CHYBADARA, der in wenigen Tagen in ein Black Hole führen würde.

Omar Hawk und Baar Lun waren praktisch im letzten Augenblick gekommen und hatten als zündender Funke gewirkt. Alle Kinder, die in das Geheimnis der Verbotenen Ebene eingeweiht waren, hatten die Friedensbotschaft begierig in sich aufgenommen und waren entschlossen, gemeinsam mit Hawk und Lun den Krieg zu beenden. Allerdings dachten sie dabei noch in den alten Bahnen und meinten, den Krieg mit Krieg beenden zu müssen.

Omar und Baar hatten erschüttert den Berichten der Kinder gelauscht. Aber sie waren nicht willens, die Kinder in den Kampf gegen die Herrschenden beider Länder zu führen. Als Schüler von Tengri Lethos lehnten sie Gewaltanwendung gegen intelligentes Leben ab.

Es mußte einen anderen Weg geben, um dem sinnlosen Morden ein Ende zu bereiten und Schiff und Bewohner zu retten.

Sie befragten die Kinder gezielt – und beantworteten auch Fragen nach ihrer Herkunft und nach dem, was jenseits „der Welt" war. Dabei stießen sie auf die Information, daß die Regeln und Gesetze nicht von Lemurern gemacht wurden, sondern von der „Stimme".

Mit ihrer Erfahrung fiel es ihnen nicht schwer, aus den Schilderungen der Funktionen der „Stimme" zu schließen, daß es sich um die Hauptpositronik handelte.

Geführt von einigen Kindern, fanden sie sehr schnell die Halle, in der die Hauptpositronik der CHYBADARA untergebracht war. Sie untersuchten sie und stellten fest, daß das Bordgehirn vor langer Zeit manipuliert worden war. Jemand hatte die bionische Komponente der Biopositronik blockiert und der positronischen Komponente die Regeln eingegeben, die sie verkünden und mit denen sie die Bewohner „der Welt" leiten sollte.

Hawk und Lun fanden auch die Begründung dafür in einem gesicherten Speicher. Demnach war, lange nachdem das Schiff als „die Welt" angesehen und der Zweck der Reise in Vergessenheit versunken war, ein bedrohliches Absinken des Lebensmuts eingetreten. Viele Lemurer erkrankten an neurotischen Störungen, an Schizophrenie oder endeten durch Selbstmord.

Einige Lemurer wollten das ändern, indem sie dem Leben einen neuen Sinn gaben. Mit Hilfe der Positronik sollte ein scharfer, aber unblutiger Konkurrenzkampf entstehen – und zwar zwischen den zwei Gruppen, in die die Chybadarer aufgeteilt worden waren. Da die bionische Komponente sich gegen den Plan sperrte, weil sie auf dem begrenzten Raum „der Welt" Gefahren voraussah, wurde sie kurzerhand blockiert. Die gefühlsfreie positronische Komponente dagegen gab ein willfähriges Werkzeug ab.

Warum aus dem geplanten Konkurrenzkampf später ein grausamer blutiger Krieg geworden war, ließ sich nur erraten. Wahrscheinlich hatte der mit dem Konkurrenzkampf auf engem Raum verbundene Streß nach einiger Zeit zu Tätlichkeiten geführt – und die Beteiligten rechtfertigten ihre Handlungsweise, indem sie die von der „Stimme" verkündeten Regeln dementsprechend willkürlich interpretierten. Irgendwann waren dann Tätlichkeiten in Totschlag ausgeartet – und wieder wurden die Regeln nachträglich so interpretiert, daß sie auch das rechtfertigten. Unter diesen Umständen hatten sich Handlungsweisen und Interpretationen allmählich so hochgeschaukelt, daß der Dauerkrieg den Chybadarern als Sinn allen Lebens erschienen war. Die Verwertung der Toten als Biomasse und ihre Rückführung in den geschlossenen Lebenszyklus dagegen war schon immer notwendig gewesen.

Omar Hawk und Baar Lun hoben die Blockade der bionischen Komponente wieder auf und informierten die Biopositronik darüber, wohin der geplante Konkurrenzkampf und die willkürliche Interpretation der Regeln geführt hatten. Außerdem informierten sie sie natürlich auch über das Black Hole und daß die CHYBADARA in nur noch dreieinhalb Tagen darin untergehen würde, wenn nicht schnellstens eine Kurskorrektur erfolgte.

Sie hofften, das würde genügen, um die Chybadarer durch die Stimme zur Vernunft zu bringen. Doch sie irrten sich – jedenfalls teilweise.

Die Entscheidung

„Ich rufe alle Bewohner der Welt!“ dröhnte es aus allen Lautsprechern an Bord der CHYBADARA. „Ich, die Stimme, erkenne, daß der Zeitpunkt der Erlösung von allem Übel nahe ist. Ich rufe deshalb alle Bewohner der Welt dazu auf, die Waffen niederzulegen und sich die Hände zur Versöhnung zu reichen. Wenn ihr in Frieden in die Ewigkeit eingeht, wird die Welt nach ihrem Untergang neu erstehen, und ihr werdet zur vollkommenen Glückseligkeit wiedergeboren werden.“

Baar und Omar sahen sich betroffen an, als sie diese „Verkündung“ vernahmen. Sie befanden sich gemeinsam mit zahlreichen Kindern in der Halle, in der die Hauptpositronik und die Steueranlage des Raumschiffs untergebracht war.

„Das ist nicht das, was wir uns erhofft hatten“, flüsterte der Modul.

Die Kinder redeten wild durcheinander. Schließlich verschaffte sich Debhoran-16 Gehör.

„Das dürft ihr nicht zulassen!“ wandte sie sich an Hawk und Lun. „Ihr habt gesagt, die Welt sei ein Fahrzeug, das auf dem Wege zu einer Welt des Friedens ist. Wir wollen nicht sterben, sondern auf jener Welt weiterleben.“

„Warum spricht die Positronik überhaupt nicht davon, daß wir in einem Fahrzeug leben?“ fragte Hesrah-77.

Omar zuckte die Schultern.

„Wahrscheinlich hat sie sich irgendwann so auf die Mentalität der Bewohner eingestellt, daß eine interne Umprogrammierung stattgefunden hat und sie deshalb glaubt, das hier sei die Welt“, überlegte er laut.

„Dann müßt ihr sie umprogrammieren“, sagte Neediom-5.

„Wir werden wohl oder übel selbst den Kurs ändern müssen“, erklärte der Modul.

„Nach unseren Grundsätzen müssen wir die Entscheidung darüber der Mehrheit überlassen“, widersprach Omar.

„Die Mehrheit würde der ‚Stimme‘ gehorchen“, entgegnete Baar. „Sie weiß ja überhaupt nicht, was gespielt wird, weil sie die Tatsachen nicht kennt.“

„Wir kennen die Tatsachen“, sagte Debhoran-16. „Jedenfalls versuchen wir, sie zu verstehen, obwohl ich mir nur schwer vorstellen kann, daß die Welt ein Fahrzeug ist, das *gebaut* wurde, und daß es ein unsichtbares Licht gibt, das sie verschlingen kann.“

„Stimmen wir doch ab!“ rief Cephany-54. „Die Erwachsenen haben kein Recht, uns sterben zu lassen.“

„Das ist richtig“, erklärte Baar Lun. „Omar, ich denke, wir müssen unseren Grundsatz, Mehrheitsentscheidungen zu respektieren, in diesem Fall anders interpretieren. Die Entscheidung über die Zukunft der Chybadarer muß von den Trägern der Zukunft getroffen werden – und das sind die Kinder, denn sie werden das Leben weitertragen.“

Der Oxtorner lächelte.

„In diesem Fall stimme ich mit dir überein, Baar.“ Er wandte sich den Kindern zu. „Wer ist dafür, daß wir die Gewalt über eure Welt übernehmen und sie von dem Black Hole wegsteuern, um sie zu einem bewohnbaren Planeten zu bringen?“

Als sämtliche Hände hochfuhren, meinte Baar Lun:

„Du hättest sie gar nicht zu fragen brauchen, Omar. Selbstverständlich sind alle Kinder für das Leben – so, wie sie gegen den Krieg sind.“

Omar Hawk nickte.

„Gut. Fangen wir damit an, die Biopositronik umzuprogrammieren. Danach bringen wir das Schiff auf einen anderen Kurs."

Die Zukunft

Zwei Wochen später näherte sich die CHYBADARA dem dritten Planeten einer gelbweißen Sonne. Die FREEDOM II hatte unter Führung des Semorgehirns die Galaxis M 64 durchstreift und einen erdähnlichen Planeten in einem Seitenarm gefunden.

Die Erwachsenen an Bord des Generationenschiffs waren von der umprogrammierten Biopositronik nach und nach darüber belehrt worden, daß ihre Welt nicht untergehen würde, weil sie ihren Krieg beendet hatten und dabei waren, ein friedliches Miteinander aufzubauen.

„Sie glauben es immer noch nicht so recht", sagte Debhoran-16, die mit einigen anderen Kindern auf die FREEDOM II übergewechselt war und gemeinsam mit Omar Hawk in der Zentrale stand und auf das Abbild der CHYBADARA blickte.

„Sie bilden sich ein, die ‚Stimme' hätte sie wegen ihrer früheren falschen Auslegung der Regeln zur Strafe auf eine andere Welt verstoßen und daß sie dort für ihre Sünden büßen müssen", warf Hesrah-34 ein."

Der Oxtorner lächelte und tätschelte dabei den Kopf seines Okrills, an dessen Erscheinung die Kinder sich inzwischen gewöhnt hatten.

„Aber ihr denkt nicht so wie sie, nicht wahr?"

„Nein, wir freuen uns auf die neue Welt", erklärte Neediom-5. Mit leuchtenden Augen blickte er auf die Wolkenfetzen, durch die die CHYBADARA und die FREEDOM II soeben stießen. Baar Lun steuerte das lemurische Schiff.

„Sie wird euch gefallen", sagte Omar. „In vielem gleicht sie dem Planeten, von dem eure Ahnen aufbrachen. Aber im Unterschied zu diesem ist Neue Welt ein Planet, der noch nicht durch sinnlose Kriege entweiht wurde. Ich hoffe, ihr werdet dafür sorgen, daß so etwas dort niemals geschieht."

„Wir werden es verhindern“, erklärte Debhoran-16.

„Und wir werden euch dabei helfen, die Grundlage einer friedlichen Zivilisation aufzubauen“, erwiderte der Oxtorner. „Nicht wahr, Sherlock?“

Der Okrill nieste laut, ein Zeichen für Wohlbefinden und Zustimmung.

Die beiden Raumschiffe hatten die Wolken durchstoßen. Ein grünes Tal tat sich unter ihnen auf, durchschnitten von einem breiten Strom und nicht weit von der Küste eines Ozeans entfernt. Im Hintergrund erhoben sich hohe schneebedeckte Berge. Das übrige Umland war größtenteils von Wäldern bedeckt.

„Das ist wunderschön!“ rief Cephany-54 und lehnte sich an Hesrah-77. „Noch schöner als die Verbotene Ebene!“

Omar nickte. Er dachte daran, daß Baar und er herausgefunden hatten, warum das Freizeitdeck der CHYBADARA einst zur Verbotenen Ebene erklärt worden war. Sie hatten Aufzeichnungen gefunden, nach denen vor rund zwanzigtausend Jahren eine Seuche an Bord des Schiffes ausgebrochen war. Die Erkrankten waren wegen der Infektionsgefahr zum Freizeitdeck transportiert und dort isoliert ihrem Schicksal überlassen worden. Deshalb starben sie ausnahmslos. Aber auch im übrigen Schiff breitete sich die Seuche aus. Sie forderte viele Opfer. Die Überlebenden aber sahen ein, daß auch von den Isolierten viele hätten überleben können, wenn man sie nicht eingesperrt und unversorgt gelassen hätte. Ihr schlechtes Gewissen bewog sie dazu, das Freizeitdeck zu versiegeln und zur Verbotenen Ebene zu erklären, damit die Zeugen ihrer Schuld für immer verborgen blieben.

Natürlich hatten die noch intakten Roboter des F-Decks die Toten beseitigt, so daß keine Zeugen mehr übrigblieben, doch das wußten die Überlebenden nicht. Und später geriet der Vorfall in Vergessenheit, wie so vieles andere.

Omar und Baar hatten sich entschlossen, dieses Geheimnis ruhen zu lassen und die Kinder nicht mit einer Schuld ihrer Vorfahren zu belasten.

Der Oxtorner seufzte, als die beiden Schiffe landeten und die Schleusen sich öffneten. Jubelnd rannten die Kinder hinaus. Auch aus der CHYBADARA ergoß sich eine große Schar Kinder ins Freie.

Omar hieb dem Okrill die flache Hand auf den Schädel, für Sherlock eine Liebkosung.

„Komm, Alter!" rief er ihm zu. „Etwas frische Luft wird auch uns guttun – und schließlich muß jemand aufpassen, daß die Kinder sich in der ungewohnten Umgebung nicht verletzen." *Obwohl sie intelligenter sind als die meisten Erwachsenen!* setzte er in Gedanken hinzu.

Ernst Vlcek

Spielhölle

Das Gründungsjahr der Kosmischen Hanse ist gleichzeitig auch der Beginn einer neuen Zeitrechnung, „Neue Galaktische Zeit" genannt, und einer neuen Ära des Friedens und der Völkerverständigung in der Milchstraße.

Die Kosmische Hanse trägt in ihrer Funktion als galaxisumschließende Handelsorganisation entscheidend zum Zusammenhalt der Milchstraßenvölker bei.

Hinter dieser offiziellen Funktion verbirgt sich jedoch die eigentliche Aufgabe der KH gemäß dem Auftrag von ES, die darin besteht, mittels der Hanse dem Feind von ES, der Superintelligenz Seth-Apophis, auf die Spur zu kommen und deren negative Bestrebungen zu verhindern.

Im Jahre 387 NGZ haben die Friedensbestrebungen längst ihre Früchte getragen, die Kosmische Hanse hat sich bewährt, die Milchstraßenvölker sind zusammengerückt und garantieren mit der GAVÖK den inneren Zusammenhalt. In dieser Zeit sind Verbrechen und Gewalttaten kaum mehr denkbar, denn Hand in Hand mit der übrigen Entwicklung ging auch die psychische Hygiene; asoziales Verhalten, Egoismus, Aggressivität, alle minderen Emotionen, wurden auf ein Minimum reduziert, ohne daß die Individualität des einzelnen darunter litt. Der Ausspruch aus der Gründerzeit des terranischen Raumzeitalters, daß der Mensch sein größter Feind sei, hat keine Gültigkeit mehr. Und das trifft auch auf die anderen Milchstraßenvölker zu.

Man kann sich unter diesem Aspekt leicht vorstellen, welche Folgen es haben kann, wenn jemand versucht, über den Spieltrieb des Menschen auch andere – negative Triebe zu wecken . . .

Wenn du die Einsamkeit suchst, um mit deinem Schmerz allein zu sein, dann begib dich in den Leerraum zwischen den Galaxien. Denn nur dort kannst du einen Ort finden, wo noch nie ein Mensch oder ein anderes Lebewesen war. Fliege so weit hinaus, daß du fernab jeglicher Zivilisation bist, vom nächsten Stützpunkt anderer Wesen so weit entfernt, daß auch der beste Telepath keine Gedankensendungen mehr empfangen könnte. Nur dort kannst du dich verinnerlichen und in Ruhe über dein Unglück nachdenken. Hier sind die Koordinaten, also fliege hin.

Nun bist du da und erkennst in der Stille und der Unberührtheit, in dieser Leere wie vor dem ersten Schöpfungsfunken: Du hast alles verloren, alles, was das Leben lebenswert macht. Warum es also nicht aufgeben?

Du nimmst deinen Raumanzug und steigst aus. Doch vorher mußt du dich vergewissern, daß du das Sicherheitssystem wirklich zerstört hast, denn dafür, diesen Schritt ein zweites Mal zu tun, fehlt dir vermutlich die Courage. Jetzt bist du gerade in der richtigen Stimmung, das Überdruckventil zu öffnen. Und während du durch das Vakuum von deinem Schiff abtreibst, siehst du voll seltsamer Erregung die Sauerstoffkristalle fortschweben: kalte, nebelige Wolken – dein Lebenshauch. Treibe also durch die schweigende Unendlichkeit und lasse dich sanft und in wohliger Ermattung in den Tod wiegen . . .

Logo riß in panischer Angst die Augen auf, er wandte dazu seinen ganzen Willen auf. Sein Mund war wie zum Schreien geöffnet, vielleicht hatte er sogar geschrien. Aber nun war er zurück in der Wirklichkeit. Die Illusionsmaschine hatte abgeschaltet, kaum daß sie seine Emotionswelle registrierte. Das Todeserlebnis hatte ihm einen gehörigen Schock versetzt, er wollte es schnell wieder vergessen. Er atmete einige Male kräftig durch, bevor er den Erlebnisraum der Abteilung „Selbstmord" verließ.

„Wenn das Auswertungsergebnis nicht trügt, dann hattest du keine zufriedenstellende Wunscherfüllung", sagte der Computer.

„Wen befriedigt schon der eigene Selbstmord", erwiderte Logo.

„Es gibt genügend Gambler . . ."

„Zu dieser Sorte gehöre ich nicht", unterbrach er den Computer unwirsch.

„Wirklich nicht?" fragte die Computerstimme mit verwundertem Unterton. „Du bist einer der letzten Draufgänger der Menschheit, Logo Skent, und mußt demnach eine gewisse Todessehnsucht in dir tragen. Es reizt dich, dein Leben als Einsatz zu geben."

„Aber ich bin kein Feigling. Und jetzt öffne die Tür, Ares."

„Ja, vielleicht stimmt es, daß Selbstmord feige ist", sagte der Computer philosophisch. „Dann wäre vielleicht die Unterabteilung ‚Kamikaze' etwas für dich?"

„Für diesmal habe ich genug."

Der Ausgang öffnete sich, und Logo trat auf die Straße hinaus. Um diese Zeit waren nicht viele Passanten unterwegs, dafür herrschte in den verschiedenen Spiel-Abteilungen Hochbetrieb.

Logo hatte zwei Normstunden warten müssen, um zu seinem Selbstmord-Erlebnis zu kommen. Er fragte sich, ob im Augenblick „Labyrinth" oder „Todesfalle" den größten Zustrom hatte. Aber es hieß auch, daß gerade „Arena" in war. Wie auch immer, eigentlich waren alle Abteilungen gut besucht, und man mußte fast überall Wartezeiten in Kauf nehmen. Besonderer Beliebtheit erfreuten sich natürlich die strategischen Spiele und die Kampfspiele. Doch das lag auf der Hand. Wer in das Spielerparadies des Asteroiden Ares kam, der suchte gerade diese Art von Nervenkitzel.

Logo überlegte sich, ob er bei „Großwildjagd" oder „Todeskommando" Punkte sammeln sollte, aber eigentlich hatte er im Moment wirklich genug. Er entschloß sich, dem Kindergarten einen Besuch abzustatten, und wandte sich in diese Richtung.

Er sah den jungen Burschen schon von weitem, der lässig an einer Säule lehnte und ihn nicht aus den Augen ließ. Er mochte siebzehn Jahre alt sein und war einer von den Typen im Ares-Look.

Die Haare hatte er bürstenkurz geschnitten, von seiner Stirn prangte die schwarze Tätowierung eines Totenkopfes, und auf der linken Backe hatte er in der Farbe des Blutes das Wort HASS stehen. Sein Gesicht war von puppenhafter Glätte, wie nach einer kosmetischen Operation. Und die hatte er zweifellos auch hinter sich, denn die Mundwinkel waren so unnatürlich weit nach unten gezogen, daß nur ein operativer Eingriff dies bewirkt haben konnte. Das sollte seinem Milchgesicht wohl den Ausdruck von Brutalität vermitteln. Als Logo an ihm vorbeikam, hörte er ihn sagen:

„Pfui!" Und noch einmal und lauter: „Pfui! Haesil möchte dich am liebsten anspucken."

Logo wollte den Burschen irgnorieren, aber da traf ihn etwas näßlich hinter dem Ohr. Hatte der Junge seine Drohung doch tatsächlich wahrgemacht! In plötzlich aufsteigender Wut wirbelte Logo so heftig herum, daß der Junge blaß wurde und einen Schritt zurückwich.

„Haesil sollte besser abhauen, wenn er sich nicht ein paar Ohrfeigen einhandeln will", sagte Logo zornig.

Der Bursche zwinkerte unsicher, dann preßte er hervor:

„Ich schlage dir die Nase ein, Alter!"

Logo war augenblicklich bei ihm, packte ihn am Hals und gab ihm links und rechts einen Klaps ins Gesicht. Damit hatte Haesil offenbar nicht gerechnet. In seinem Gesicht zuckte es, und die Tränen schossen ihm in die Augen. Er tat Logo leid, und darum sagte er versöhnlich:

„Das nächste Mal suche dir die Leute besser aus, die du anstänkerst, sonst gerätst du noch an einen Killer. Aber ich will nicht nachtragend sein. Komm, ich spendier' dir einen Drink."

Haesil trottete hinter ihm drein zur nächsten Bar und setzte sich zögernd auf die andere Seite des Tisches, den Logo ausgewählt hatte. Logo bestellte beim Tischcomputer zwei Shakes, Haesil sah trotzig zu Boden, in ihm arbeitete es noch.

„Von wo kommst du?" fragte Logo, nachdem die Automatik die Drinks serviert hatte.

„Terra."

„Und von wo genau?"

„Madrid. Habe im Spielerkreis Südeuropa die Ares-Ausscheidung gewonnen. Klasse Jugend zwei."

„Und weil du einige holographische Ungeheuer und Invasionsschiffe abgeschossen hast, hältst du dich wohl für einen Helden."

In Haesils Augen funkelte es, als er Logo von unten her ansah.

„Die Ohrfeigen bekommst du noch doppelt und dreifach zurück!"

„Sei friedlich", sagte Logo in kameradschaftlichem Ton. „Vergiß das ganze Ares-Imperium und den Kriegsasteroiden und kehre nach Hause zurück. Diesen Rat solltest du beherzigen."

„Schütt dir deinen Shake unter den Kragen", sagte Haesil giftig, erhob sich und ging davon. Von seinem Rücken leuchtete das Götzzitat. Logo seufzte bedauernd. Schade um den Jungen, aber da war nichts zu machen. Ein typisch Ares-Geschädigter. Wie sonst wäre er in die Spielhölle des Kriegsasteroiden eingeladen worden? Und dieses Spielerparadies war die Hölle, in mancherlei Hinsicht.

„Achtung! Achtung!" erklang da die vor synthetischer Erregung vibrierende Stimme des Computers, der wie der gesamte Asteroid nach dem griechischen Kriegsgott Ares benannt war. „Ein Meteoritenschwarm kreuzt unseren Kurs! Und die Schutzschirmaggregate sind ausgefallen! Alarmstufe eins! Es besteht höchste Lebensgefahr für alle, die nicht rechtzeitig die Schutzbunker aufsuchen. Meteoriten auf Kollisionskurs! Noch eine Minute und dreizehn – zwölf – elf – zehn Sekunden bis zum Zusammenstoß."

Ein Kreischen hob an, die Gäste stürmten aus dem Lokal. Nur Logo blieb sitzen und nippte genüßlich an seinem Shake. Eine Frau stürzte mit hochrotem Gesicht an ihm vorbei und rief hysterisch:

„He, Gambler, hast du die Warnung verschlafen? Gleich regnet es Tod und Verderben."

„Okay, ich sehe mir das Schauspiel an", sagte Logo, trank aus und trat auf die Straße. Überall stürzten die Menschen aus den Spielsalons und drängten in Richtung der Schutzbunker. Logo drückte sich gegen die Wand, um von dem in Panik geratenen Menschenstrom nicht mitgerissen zu werden. Bestimmt gab es wieder einige Verletzte, der Preis für den Nervenkitzel.

Durch den scheinbar transparenten Energiedom über der Spielhölle waren die Sterne des Alls zu sehen. Darin waren einige größere, grünlich schimmernde Lichtpunkte aufgetaucht, die sich offenbar näherten und allmählich zu imposanter Größe anschwollen.

Eine perfekte Täuschung, die da King Yllankin, der König der Spiele, aus seinen holographischen Projektoren zauberte, und hätte es Logo nicht besser gewußt, er wäre auf die Schau vermutlich auch hereingefallen.

Die Schreie der in Panik geratenen Spieler wurden vielfach verstärkt, was eine einmalige Lautkulisse ergab. Dazu die Computerstimme, die den Countdown des Todes zählte:

„Sechsundvierzig – noch fünfundvierzig Sekunden bis zur Katastrophe. Rette sich, wer kann!"

Auf dem Energiedom waren jetzt schon einige der Meteoriten zum Greifen nahe und wälzten sich unaufhaltsam und drohend heran. Selbst Logo hielt unwillkürlich den Atem an.

Noch zehn Sekunden.

Die Straßen waren wie leergefegt, überall blinkten die roten Warnlichter, die Computerstimme hatte einen unheilschwangeren Tonfall bekommen. Eine einzelne Gestalt hetzte noch rasch aus einem Spielsalon und folgte dem blinkenden Leuchtpfeil mit dem Pyktogramm für Schutzbunker.

Plötzlich schien der Energiedom zu bersten, Überschlagsblitze zuckten, die Gravitationsprojektoren vermittelten durch raffiniertes Aus- und Einschalten den Eindruck gewaltiger Erschütterungen. Wumm, wumm, schlugen die holographischen Meteoriten ein . . . Nur Logo verharrte in stoischer Ruhe und nahm die Illusion ungerührt hin, unter kosmischen Massen begraben zu werden.

Als alles vorbei war, erblickte er zwanzig Schritte von sich entfernt eine Frau, die das Schauspiel so unbeeindruckt wie er über sich hatte ergehen lassen. Er kannte sie, sie war die Nummer Zwölf in der Rangliste der Spieler. Logo selbst war Zweiundzwanzigster.

Sie lächelte ihm zu.

„Auf diese Weise findet man passende Spielpartner“, sagte sie. „Ich fordere dich zum Duell in der Arena. Du hast die Waffenwahl. Sagen wir, in zehn Stunden?“

Logo ließ sich diese Chance nicht entgehen, einen Riesensprung in der Rangliste nach vorne zu tun, denn er selbst konnte nur den unmittelbar vor ihm gereihten Spieler fordern, brauchte aber umgekehrt die Forderung eines höherrangigen Spielers nicht anzunehmen. Doch er wollte weiterkommen, er stand unter Zugzwang.

Sie tauschten ihren Spiel-Kode aus und trennten sich, ohne sich miteinander namentlich bekannt gemacht zu haben.

Logo machte sich auf den Weg zum Kindergarten und mußte nach seiner Ankunft einige Minuten warten, bis die Entwarnung kam und die Nurses mit ihren Schutzbefohlenen und deren Eltern aus den Bunkern entlassen wurden. Als Jelsa ihn sah, stürzte sie sofort zu ihm und fiel ihm um den Hals. Er spürte das Pochen ihres Herzens.

„Ich habe wahrhaftig geglaubt, dies sei der Untergang des Asteroiden“, sagte sie und fügte anerkennend hinzu: „Yllankin ist wirklich ein Capo, er versteht sein Geschäft. In den zehn Tagen, die wir hier sind, hat mein Körper mehr Adrenalin produziert, als in meinem ganzen bisherigen Leben.“

„Wie geht es Mascara?“ erkundigte er sich.

„Um mein Häschen ist mir nicht bange“, sagte Jelsa und war sofort wieder ganz freudestrahlende, stolze Mutter. „Dank der Ares-Lernspiele wird es ihr einmal nicht schwerfallen, sich im Leben durchzusetzen. Sie soll es leichter haben als ich. Komm, das mußt du dir ansehen.“

Sie zog ihn mit sich in den Beobachtungsraum und forderte von Ares eine einseitige Leitung zu ihrer Tochter und erklärte Logo danach, daß Masci, wie sie Mascara liebevoll nannte, nur voll aus sich herausging, wenn sie sich unbeobachtet fühlte. Logo hätte darauf antworten können, daß das Mädchen eben trotz ihrer sieben Jahre schon ganz schön durchtrieben war. Aber das wäre unfair gewesen.

Auf dem Monitor war nun das Kinderspielzimmer zu sehen, in dem etwa zwei Dutzend Mädchen und Jungen zwischen vier und zehn Jahren verschiedenen Beschäftigungen nachgingen. In der einen Ecke hatte sich eine größere Gruppe um das Multi-Media-Simultan-Spiel „Kosmischer Freihandel“ gebildet, das eindeutig die legendären Freifahrer um „Kaiser“ Lovely Boscyk zum Vorbild hatte. Es handelte sich um ein durchaus lehrreiches Spiel, das der Überprüfung namhafter Psychologen der LFT standgehalten hatte und dem sie sogar das Prädikat „pädagogisch wertvoll“ verliehen hatten. Aber es gab auch eine etwas modifizierte Version, deren schädigende Wirkung auf die Psyche von Kindern erwiesen war. Und diese wurde ihnen im Kindergarten von Ares vorgesetzt.

Die Kamera schwenkte weiter und erfaßte Kinder, die paarweise im Spiel vertieft oder mit sich selbst beschäftigt waren. Jelsa begann schon ungeduldig zu werden, als ihre Tochter ins Bild kam.

„Ist sie nicht süß?" sagte sie.

Mascara war in der Tat ein hübsches Mädchen, mit goldgelb über die Schultern fallendem Engelshaar, einem runden, pausbäckigen Gesicht und großen Augen, denen nichts zu entgehen schien.

In den Augen Erwachsener war sie ein kleiner, niedlicher Fratz, aber Logo, der ihr Psychogramm kannte, wußte, daß sie eigentlich ein kleiner Teufel war.

Auf dem Monitor war eine Szene zu sehen, die für Mascaras gestörtes Verhältnis zur Gemeinschaft typisch war. Sie schlich eine Weile durchs Spielzimmer, bis sie einen etwa vierjährigen Jungen ins Auge gefaßt hatte, der mit einer Reihe verschiedengeformter Klötze spielte, die nichts Rechtes darstellten. Er baute sie auf, gruppierte sie wieder um, nahm einen davon an sich und wiegte ihn liebevoll in den Armen. Mascara kniete vor ihm hin und fragte:

„Was hast du da?"

„Das ist mein Freund Eskill", sagte der Junge treuherzig. „Er hat vier Arme, weil er ein Haluter ist. Er ist klein und kann noch nicht sprechen. Aber ich erzähle ihm viel, damit er es bald lernt."

„Er gehört mir", sagte Mascara und nahm dem überraschten Jungen den Klotz weg, besah ihn stirnrunzelnd und sagte: „Aber es ist gar kein Haluter. Es ist ein Strahlengewehr. Paß auf!" Sie richtete den Klotz auf den Jungen und gab ein zischendes Geräusch von sich. Dann sagte sie: „Ich habe auf dich geschossen. Jetzt bist du tot."

Der verschreckte Junge sprang auf und lief davon, sich immer wieder nach Mascara umblickend, die mit dem Klotz nach ihm zielte und tat, als schieße sie ihm nach. Das tat sie so lange, bis er aus ihrem Blickfeld verschwunden war. Logo hörte sein Weinen aus der Ferne. Mascara lächelte zufrieden.

Logo unterbrach die Verbindung.

Jelsa sah ihn von der Seite an und sagte betreten:

„Das war kein gutes Beispiel. Masci ist sonst nicht so. Aber ich sehe auch das Positive. Für mich ist wichtig, daß sie sich durchsetzen kann. Auch gegen Ältere.“

Logo nickte schweigend dazu. Er war betroffen.

Sie verließen das Beobachtungszimmer.

„Du siehst aus, als müßtest du etwas Dampf ablassen“, sagte Jelsa. „Machen wir zusammen ein Spielchen?“

„Bei dir sind doch für mich keine Punkte zu holen“, sagte er geringschätzig, und es tat ihm sofort wieder leid. Er wollte schon einlenken, aber dann tat er es nicht, um seiner Rolle treu zu bleiben. King Yllankin beobachtete ihn und sah in ihm einen potentiellen Gegner.

„Du und deine Punktejagd“, sagte Jelsa mit erstickter Stimme. „Manchmal habe ich das Gefühl, daß du mich nur für deine Zwecke ausnützt.“

Sie hatte nicht so unrecht, und darum fühlte er sich schuldig.

Jelsa war eine Frau von 33 Jahren, die eine Reihe von Schicksalsschlägen hatte hinnehmen müssen und sich darum vornahm, alles für ihre Tochter zu tun, damit dieser Ähnliches erspart blieb. Aus diesem Grund investierte sie viel Zeit und finanzielle Mittel in Mascaras psychologische Ausbildung, in dem Ehrgeiz, ihr zu einer starken, durchschlagskräftigen Persönlichkeit zu verhelfen. Dank der Ares-Lernspiele hatte Mascara auch schon eine ganz erstaunliche Ellenbogen-Technik entwickelt. Das hatte sie beim letzten ludischen Wettstreit von Terrania-West bewiesen, als sie alle ihre Altersgenossen ausstach. Der Siegespreis: Zwei Wochen Aufenthalt für Mutter und Tochter auf Ares, dem Mekka für alle, die der Spielleidenschaft verfallen waren. Dieser Asteroid in der westlichen Randzone der Milchstraße war gleichzeitig Kabim Yllankins Sitz und das Herz seines Spielzeug-Imperiums. King Yllankin, wie er sich gerne nennen ließ, hatte praktisch ein Monopol auf holographische Computerspiele und setzte für seine Erzeugnisse die modernsten

Errungenschaften dieser Technik ein. Zu den jährlichen Ausscheidungsspielen, die auf allen bedeutenderen Welten abgehalten wurden, strömten die vom Spielteufel besessenen Massen aus allen Teilen der Galaxis. Alle Altersgruppen waren vertreten. Kinder durften ab dem vierten Lebensjahr teilnehmen. Und die besten Spieler trafen sich dann auf Ares zum großen Finale, um den Titel eines Spielers der Spieler, der dann gegen den King selbst im Mega-Spiel antreten durfte.

Das wollte Logo schaffen, darum war er hier. Er brachte den Titel eines Siegers aller Klassen von Nord-Terrania mit und war auch auf Ares noch unbesiegt. Er hätte es also gar nicht nötig gehabt, sich an Jelsa heranzumachen. Aber so war er eben, nicht umsonst hatte er sich in der Kosmischen Hanse den Beinamen „das Ekel" verschafft. Er war nicht einmal davor zurückgeschreckt, sich über den Umweg der siebenjährigen Tochter das Vertrauen der Mutter zu erschleichen.

Logo war durch einen befreundeten Psychologen auf Mascara aufmerksam geworden, der sich ihm gegenüber besorgt geäußert hatte:

„Ich betreue das Mädchen schon seit fünf Jahren, über die ganze präoperationale Periode hinweg, die sich beim Kind durch egozentrisches Denken äußert, das ausgedrückt wird durch Animismus, Artifizialismus und magische Omnipotenz. Es gilt nun für den Psychologen, das natürliche Ich-Denken des Kindes in die richtigen Bahnen zu lenken, um es zu einem Mitglied der Gemeinschaft zu machen, ohne gleichzeitig seine Individualität zu stören. Das hört sich komplizierter an, als es ist. Bis vor kurzem hatte ich mit Mascara keinerlei Schwierigkeiten. Doch in letzter Zeit kristallisierte sich ein bedenkliches asoziales Verhalten heraus. Über Befragen ihrer Mutter kam ich dahinter, daß an dieser Entwicklung die Ares-Lernspiele schuld sind. Mascara ist kein Einzelfall in meiner Praxis. Es gibt mehrere Dutzend solcher Fälle, in denen die geschädigten Kinder alle Opfer der Ares-Spiele sind. Ich habe natürlich eine dementsprechende Meldung weitergeleitet, ohne daß sich ein Erfolg gezeigt hätte. In der LFT scheint man zu schlafen, oder man will den Ernst der Bedrohung nicht erkennen."

„Ich glaube, es fehlt nur eine gesetzliche Handhabe, um Kabim Yllankin das Handwerk zu legen", hatte Logo Skent geantwortet.

Und der Psychologe hatte geklagt:

„Was nützt es, wenn wir von der Sozialvorsorge um die psychische Hygiene der Kinder bemüht sind und sie gleichzeitig durch die Beschäftigung mit den Ares-Spielen verdorben werden. Wir rühmen uns, in unserer Zeit die Kriminalität durch psycho-prophylaktische Maßnahmen praktisch ausgeschaltet zu haben. Gleichzeitig lassen wir es zu, daß eine neue Generation von asozialen Menschen durch diese verderblichen Spiele geradezu gezüchtet wird. Die Kosmische Hanse hätte es in der Hand, dem Spiele-König das Handwerk zu legen, indem sie den Vertrieb seiner Produkte einstellt. Aber der KH ist der Profit wahrscheinlich wichtiger, als die geistige Gesundheit der Menschen."

„Bei mir bist du an der falschen Adresse, Doc", hatte Logo, ganz „Ekel", süffisant erwidert. „Ich stehe nicht mehr im Dienst der Hanse, ich wurde suspendiert. Und weißt du, warum? Weil ich dem Spielteufel verfallen bin."

Logo fiel dieses Verhalten nicht schwer, denn er war einer der ganz wenigen Menschen, die keinerlei Hemmungen besaßen. Darum war er nicht unbedingt hemmungslos, aber er konnte es bei Bedarf sein und konnte ebenso skrupellos und rücksichtslos auf ein gestecktes Ziel zusteuern. Er war nie einer psycho-hygienischen Behandlung unterzogen worden, war schon als Kind durch alle entsprechenden Kontrollen geschlüpft. Psychologen hatten ihn später als potentiellen Gesetzesbrecher bezeichnet, als latente Gefahr für die galaktische Gesellschaft. So stand es auch in der Dienstbeschreibung der Kosmischen Hanse, und trotzdem, oder gerade deswegen, hatte er es dort weit gebracht. Denn auf seine Art war er etwas Besonderes, einer der wenigen ohne psychische Sperren, ein Fossil aus längst vergangener Zeit.

Darum war er prädestiniert, es gegen alle auf dem Ares-Asteroiden aufzunehmen und selbst den King zu schlagen. Denn während bei den anderen die Hemmungen und Skrupel auf Umwegen abgebaut wurden, hatte er nie welche besessen. Und das war sein Vorteil.

„Wann sehen wir uns?“ fragte Jelsa ergeben.

„Meinetwegen, machen wir etwas gemeinsam“, sagte er seufzend.

Ich bin zu weich, dachte er bei sich, das könnte mir noch zum Verhängnis werden. Ich, das Ekel, habe Gewissensbisse, weil ich Jelsa und ihre Tochter vor meinen Wagen gespannt habe. Darum komme ich mir schäbig vor und überkompensiere.

Dabei hätte Jelsa ihre Tochter auch ohne sein Einwirken zum Kriegsasteroiden gebracht. Nie im Leben hätte diese ehrgeizige Mutter den Siegespreis zurückgewiesen, egal, wie drastisch man ihr die möglichen Folgen für Mascara vor Augen gehalten hätte.

„Du bist ein Schatz, Logo“, sagte Jelsa und küßte ihn. „Gehen wir auf Verbrecherjagd?“

Als sie den Kindergarten verließen, sah Logo einen Bekannten. Es war Haesil, der ihn aus, wie er meinte, sicherer Entfernung beobachtete. Aber er war nicht allein, sondern hatte drei Begleiter, ebenfalls im Ares-Look, und kam sich darum vermutlich stark vor. Aber als sich ihre Blicke kreuzten, verschwand Haesil. Er mußte wohl noch etwas Mut tanken, um sich erneut an Logo heranzumachen. Die Situation erschien Logo dennoch bedenklich.

Du und deine Gefährtin, ihr seid ein eingespieltes Team. Man überträgt euch nur die kniffligsten Fälle, in denen neben einem scharfen Verstand auch Durchschlagskraft und Härte erforderlich sind. Ihr seid die Härtesten des galaktischen Sondereinsatzkommandos. Jäger wie euch findet man heutzutage nicht mehr, ihr verfolgt eure Opfer erbarmungslos, bis ihr sie gestellt und in die Enge getrieben habt. Wie auch diesmal. Über den Ruinen der Gigantenstadt senkt sich die blutrote Sonne dem Horizont entge-

gen. Ihr pirscht euch durch die Trümmer an das Wild heran, das sich verzweifelt zur Wehr setzt. Es ist ein Mensch wie ihr, aber er steht außerhalb der gesellschaftlichen Normen. Er hat die Gesetze verletzt, wie unsinnig sie manchmal auch sind. Ihr wißt das, und darum verbindet euch diesmal mit eurem Gegner eine gewisse Sympathie. Er ist wie ihr, nur steht er zufällig auf der anderen Seite.

Endlich habt ihr ihn in der Zange. Er kann euch nicht mehr entkommen, und er weiß es, aber er will eher sterben, als sich der Gehirnwäsche der Resozialisierungsmühle auszusetzen. Und er will wenigstens einen von euch mit in den Tod nehmen. Du tauschst mit deiner Gefährtin einen kurzen Blick aus, ihr versteht euch: Gnade vor Recht! Ihr habt euer eigenes, gesundes Rechtsempfinden, ein wirklich humanes Gerechtigkeitsgefühl. Ihr reicht eurem Gegner die Hand: Verschwinde, Kamerad, wir wollen dir Leukotomie und Gehirnwäsche ersparen, wir sind vom selben Schlag, mach's gut. Aber er geht nicht so ohne weiteres.

Er nimmt euch mit!

„Ich bin verwirrt", sagte Jelsa nach dem Verlassen der Abteilung „Kampf dem Verbrechen". „Was war der tiefere Sinn? Wurde ein Justizirrtum aufgedeckt? Oder ist die Aussage die, daß das System korrupt ist? Es war natürlich alles nur fiktiv, aber . . ."

Jelsa schwieg nachdenklich und hoffte vermutlich, daß er ihr eine Denkhilfe liefern würde. Er hätte ihr den hintergründigen Sinn erklären können. Er war für ihn ganz einfach zu verstehen: Auflehnung gegen die herrschende Ordnung, ein Aufruf zur Gewalt, Förderung der Aggression. Obwohl Jelsa die Hintergründe nicht ganz verstand, begann die Botschaft in ihr zu arbeiten. Sie war reif für die nächste Lektion.

„Was machen wir als nächstes?" fragte Jelsa.

„Wir trennen uns", sagte er. „Ich muß weiterkommen, Punkte sammeln."

Es war richtig. Aber er hatte auch noch einen Hintergedanken. Er hatte in der Menge Haesil und seine Freunde entdeckt, die es offenbar auf ihn abgesehen hatten. Und er wollte Jelsa da heraushalten. Darum sorgte er dafür, daß er sie loswurde. Sie nahm es ohne Widerspruch hin und ging mit der Bemerkung, daß sie sich ja irgendwann in ihrem Appartement sehen würden. Er sagte noch: „Kümmere dich mehr um Masci.“ Dann war er allein.

Logo schlenderte eine Weile durch die belebten Straßen und bemerkte einige Male, daß Leute die Köpfe zusammensteckten und ihm verstohlene Blicke zuwarfen. Er genoß bereits einige Popularität. Aber bevor ein Spieler auf die Idee kommen konnte, ihn zu fordern, bog er ab und folgte dem Blinklicht, das den Weg in die „Slums“ signalisierte. King Yllankin hatte auf seinem Asteroiden sogar ein Elendsviertel aufgebaut – holographisch, versteht sich –, in dem man besonderen Nervenkitzel erleben konnte.

Das Publikum wurde davor gewarnt, daß hier das Laster wohne und überall zwielichtige Elemente lauerten, man war schnell mit der Waffe zur Hand, ein Menschenleben galt hier nicht viel. Man konnte Tickets kaufen, die „Lauf um dein Leben“ oder „Syndikat“ hießen. Entschloß man sich für das erstere, wurde man von einem Killer gejagt, beim Kauf des zweiten durfte man sich als Boß einer Verbrecherorganisation fühlen.

„Was darf es sein, Gambler?“ fragte der Computer am Eingang zu den Slums. „Möchtest du dich von einer Schlägerbande hetzen lassen?“

„Ich habe mir meine Schläger selbst mitgebracht“, erwiderte Logo.

„Wie delikat“, sagte der Ares-Computer anerkennend.

Logo zögerte, dann fragte er:

„Du machst doch alle, die kommen, um in den Slums ihre Aggressionen abzubauen, auf die Spielregeln aufmerksam, Ares?“

„Bis hierher und nicht weiter, das sage ich allen“, erklärte der

Computer. „Es sind nur Messer erlaubt. Außerdem sind Sicherheitssperren eingebaut. Hast du Todfeinde, Gambler?"

Ohne eine Antwort zu geben, durchschritt Logo die Sperre und wurde sofort von Düsternis eingehüllt. Vor ihm lag eine verschmutzte Straße. Ein streunender Hund nahm jaulend vor ihm Reißaus, irgendwo heulte eine Polizeisirene, und die Scheinwerfer eines Schwebers durchteilten den Nachthimmel. Hallende Schritte durchdrangen die Stille, entfernten sich. Von überall waren Geräusche zu hören, dunkle Gestalten schlichen herum, versteckten sich in Toreinfahrten. Es war nicht zu unterscheiden, was echt war und was Illusion. Die meisten Geräusche wurden vermutlich von Spielern verursacht, die ganz im Bann der Gefahren standen, die sie für sich gebucht hatten.

Logo schritt über ein stillstehendes Förderband. Aus einem der Häuser kam Kampflärm, dann durchbrach ein markerschütternder Schrei die Stille der Nacht. Logo wartete, bis er hinter sich Schritte hörte. Ohne sich umzudrehen, wandte er sich dem Eingang eines aufgelassenen Warenhauses zu. Eine gebückte Gestalt kam herausgerannt, rempelte ihn an. Logo sah ein Messer blitzen und machte unwillkürlich eine Abwehrbewegung. Aber die Gestalt hastete keuchend weiter.

Ehe Logo das Warenhaus betrat, überzeugte er sich aus den Augenwinkeln davon, daß Haesil und seine Freunde ihm in die Slums gefolgt waren. Er wollte ihnen Gelegenheit geben, ihn zu stellen. Aus keinem anderen Grund war er hier. Er schlenderte durch die verwahrloste Verkaufshalle, die assoziationsträchtigen Geräusche rings um ihn ignorierend. Als er feststellte, daß die vier Halbwüchsigen ihm folgten, suchte er die Lagerräume auf. Dort wartete er, nahm im Kontrollraum Platz und spielte auf dem Instrumentenpult wie auf einem Instrument. Er summte im Geist die fiktive Melodie mit.

Es dauerte nicht lange, da tauchten Haesil und seine drei Freunde auf. Sie entdeckten Logo und kreisten die Kabine ein. Logo entgingen die auffordernden Gesten der anderen nicht, mit denen sie Haesil zum Handeln animierten. Logo hatte die drei zuerst für wandelnde Hologramme oder Androiden gehalten. Aber jetzt war er sich da nicht mehr so sicher. Sie konnten auch durchaus aus Fleisch und Blut sein.

Sie drängten Haesil zum Eingang der Kabine und ermunterten ihn durch eindeutige Gesten zur Ausführung seines Vorhabens. Logo blieb ruhig. Aber als Haesil dann eintrat und er das Messer in seiner Hand sah, da erkannte er, daß die Situation ernster war, als er befürchtet hatte. Die anderen blieben draußen.

Haesil lehnte sich keuchend gegen die Wand und schob sich an ihr entlang in die Kabine. Sein Gesicht war schweißnaß, die Hand mit dem Messer zitterte.

„Gib's ihm!“ drang eine heisere Stimme herein. „Du weißt, was dir blüht, wenn du die Mutprobe nicht bestehst.“

Haesil begann noch mehr zu zittern. Logo ließ ihn nicht aus den Augen. Er wollte den Jungen nicht beeinflussen, er mußte sich selbst entscheiden. Das war wichtig.

„Jetzt rechnen wir ab“, sagte Haesil krächzend.

„Willst du das wirklich?“ fragte Logo ruhig. Er wußte, daß es eine Emotio-Sperre gab, die den Jungen daran hindern würde, menschliches Leben zu gefährden. Aber er hoffte um Haesils willen, daß sie nicht aktiviert zu werden brauchte.

„Ich schlitze dich auf, Alter“, sagte Haesil.

„Willst du das wirklich?“ fragte Logo wieder. „Komm zur Besinnung, Gambler. Du setzt zuviel aufs Spiel, dieser Einsatz lohnt sich nicht.“

Haesil duckte sich zum Angriff. Er durchschnitt mit der Klinge einige Male die Luft. Plötzlich zuckte er zusammen, als erwache er aus einem bösen Traum. Ein trockenes Schluchzen entrang sich seiner Kehle, und er schleuderte das Messer weg. Noch bevor er aus der Kabine fliehen konnte, war Logo bei ihm und hielt ihn zurück.

Haesils Körper wurde wie von Weinkrämpfen geschüttelt.

„Was haben sie mit dir gemacht?“ fragte Logo einfühlend.

„Ich kann es nicht . . .“, sagte Haesil stockend. „Ich schäme mich dafür, aber . . . mich ekelt auch vor mir selbst, daß ich mich zu so etwas habe hinreißen lassen."

„Nur keine falsche Scham, dein Verhalten ehrt dich", sagte Logo und klopfte ihm auf die Schulter.

„Jetzt werden sie mich bestrafen", sagte Haesil und blickte unsicher aus der Kabine. Die drei Jungen im Ares-Look hatten sich zurückgezogen und lauerten im Hintergrund.

Logo wollte ihm sagen, daß er von ihnen nichts zu befürchten hatte, aber er war sich da gar nicht so sicher. Die drei Kerle sahen ganz so aus, als würden sie jede ausgesprochene Drohung auch wahr machen. Beinahe hätten sie es geschafft, Haesil zu sich in den Abgrund zu ziehen. Aber eben nur beinahe.

„Ich werde dich in Sicherheit bringen", sagte Logo und verließ mit dem Jungen die Kontrollkabine. Auf dem Weg durch den Lagerraum und die Verkaufshalle des Kaufhauses blieben die drei ihnen auf den Fersen. Logos Bewunderung für die raffinierte Holo-Projektion, die auf engstem Raum den Eindruck von Weite vermittelte, hielt sich in Grenzen. Er war in großer Sorge und würde erst aufatmen, wenn er Haesil in Sicherheit wußte. Die drei Burschen in ihrem Rücken waren potentielle Killer. Es hörte sich unglaublich an, aber es gab kaum mehr einen Zweifel. Und das im Jahre 387 NGZ!

Sie verließen das aufgelassene Kaufhaus und waren mit zehn Schritten am Ende der Slums, obwohl es schien, daß sie fünfhundert Meter davon entfernt waren. Logo konnte sehen, daß der Junge an seiner Seite erleichtert war, als sie in die vertraute Welt der Spielsalons hinaustraten.

HASS – signalisierte eine Leuchtschrift über einem futuristischen Gebäude, und Haesil fuhr sich unwillkürlich über die linke Wange, als wolle er sich das blutrote Mal abwischen.

Über den Energiedom jagte eine regenbogenfarbene Flammenschrift: DIE GALAKTISCHE BÜHNE IM TASCHENFORMAT – WIE SIE KÄMPFTEN, WIE SIE TÖTETEN, WIE SIE STARBEN!

Logo erinnerte sich daran, daß dieser Slogan des Ares-Spielzeug-Imperiums für ihn alles erst ins Rollen gebracht hatte. Damals war er überrascht gewesen, daß ein solch destruktives Kampfspiel die Kontrollen passieren konnte. Aber das war nur die Spitze eines Eisbergs gewesen. Seit er auf dem Ares-Asteroiden war, wunderte ihn nichts mehr.

Haesil war schweigsam, und sie erreichten das Hotel, ohne ein einziges Wort gewechselt zu haben. Logo führte den Jungen aufs Appartement. Jelsa saß vor dem Zimmercomputer und spielte „Allein gegen alle". Logo trat hin und schaltete aus. Jelsa schreckte aus ihrer Traumwelt hoch und wollte aufbegehren, aber als sie sein Gesicht sah, zuckte sie in stummem Erschrecken zusammen. Er konnte sich auch gut vorstellen, daß er zum Fürchten aussah.

„Kümmere dich um Haesil", sagte Logo. „Der Gambler wird gejagt."

„Wie aufregend", sagte Jelsa und betrachtete den Jungen, der nicht recht wußte, wie er sich verhalten sollte.

„Er ist wirklich in Gefahr", sagte Logo, und Jelsa nickte zum Zeichen des Verstehens, aber Logo bezweifelte, daß sie wirklich verstand. Das war auch nicht gut möglich, denn Logo hatte die Gefahr – ganz allgemein gesehen – bis zuletzt selbst unterschätzt.

„Was ist mit Mascara?" fragte Logo.

„Ich habe sie aus dem Kindergarten genommen", antwortete sie. „Sie ist im Spielzimmer . . . Laß sie in Ruhe, Logo."

Er zögerte.

„Okay", sagte er schließlich. „Aber laß sie nicht wieder in den Kindergarten, egal, wie sie auf dieses Verbot reagiert."

Um Mascara und Haesil und all die anderen Mascaras und Haesils, diese bedauernswerten Ares-Geschädigten und -Bedrohten, konnte man sich später kümmern. Jetzt wurde es Zeit, das Übel an der Wurzel anzupacken.

„Ich gehe, ich habe ein Duell", sagte Logo. Ein Blick auf die Uhr verriet ihm, daß er nur noch eine halbe Stunde hatte, um sich in der „Arena" einzufinden. Wo waren die zehn Stunden nur geblieben? Zum Abschied sagte er: „Vergiß nicht, was ich dir aufgetragen habe, Jelsa."

Sie nickte eifrig.

Logo ging.

Du öffnest die Augen, über dir ein violetter Himmel. Das bedeutet Sturm. Violett ist die Farbe des Sandes aus der Schattenwüste. Der Sturm hat ihn in die oberen Atmosphäreschichten gewirbelt, und nun ballen sich die Sandwolken hoch über dir. Entweder werden sie weiter nach Osten getragen, oder der Sand regnet herab. Im ersteren Fall bedeutet es, daß der Sturm das Kampfgebiet bald erreichen wird, aber ein Sandregen wäre gleichermaßen unangenehm für dich, denn die Amazone wäre dann in ihrem Element.

Du bist sofort hellwach, nimmst die Harpune mit dem Seil an dich, überprüfst den Sitz des Messers. Das sind die Waffen deiner Wahl, die Amazone ist ebenso ausgerüstet.

Der dumpfe Ton des Kampfhorns hallt über das zerklüftete Grenzland. Bereits zum zwölftenmal, so viele Stunden dauert der Zweikampf schon, ohne daß einer von euch einen wirklichen Vorteil errungen hätte.

Es wird Zeit, daß eine Entscheidung fällt.

Du robbst vorsichtig aus deinem Versteck, in dem du der Amazone auflauern wolltest. Vermutlich hatte sie die gleichen Absichten, und so habt ihr jeder auf eure Chance gewartet, ohne euch wirklich näher gekommen zu sein.

Jetzt hast du den Hügelkamm erreicht – plötzlich ein verdächtiges Geräusch hinter dir. Du schnellst dich vom Boden und springst nach vorne. Aber zu spät, etwas trifft dich hart am Kopf, raubt dir fast die Besinnung. Du läßt dich abrollen, siehst aus der Drehung heraus die Amazone hinter dir. Was für eine wilde Schönheit! denkst du. Ihr Wurfgeschoß, vermutlich ein Stein, hat dich voll getroffen, jetzt wiegt sie die Harpune, um sie nach dir zu schleudern. Sie ist nahe genug, aber indem du den Hügel hinunterrollst, bietest du ihr kein gutes Ziel.

Da durchschneidet etwas singend die Luft, und die Harpunenspitze bohrt sich dicht neben dir in den Boden. Sie hat den Wurf also doch gewagt, holt die Harpune am Seil jedoch sofort wieder ein, als sie merkt, daß sie nicht getroffen hat.

Endlich kommst du zum Stillstand und bleibst liegen. Du stellst dich, auf die Seite gerollt, bewußtlos und beobachtest den Hügel über dir durch schmale Augenschlitze. Es dauerte eine Ewigkeit, bis Zwö auftaucht. Wieder bewunderst du ihre makellose Gestalt. Du möchtest sie besitzen, aber du wirst sie töten müssen. Du kämpfst ums Überleben, vergiß das nicht.

Sie umschleicht dich wie ein Raubtier, um herauszufinden, ob du wirklich ohne Bewußtsein bist. Jetzt kommt sie näher, vorsichtig, fast geräuschlos. Die Harpune hat sie erhoben, aber sie schleudert sie nicht nach dir – und wenn sie es täte, wärest du verloren.

Jetzt ist sie über dir, holt zum Todesstoß aus. Du wartest den günstigsten Augenblick ab, bevor du herumwirbelst und den Schwung deines Körpers ausnützt, um die Harpune nach ihr zu schleudern. Du hast schlecht gezielt und triffst nur ihren Waffenarm. Dennoch hast du gewonnen, denn sie ist praktisch kampfunfähig.

Sofort bist du auf den Beinen, ziehst das Messer und holst aus. Sie kniet vor dir, die Augen vor Entsetzen geweitet. Und die Todesangst in ihrem Blick, läßt dich erkennen ...

... daß dies kein Spiel, sondern bitterer Ernst war.

Logo hielt inne, als er erkannte, daß er im Begriff stand, einen Menschen zu töten. Als die Frau sah, daß er mitten im Todesstoß innehielt, brach sie vor Erleichterung und Erschöpfung zusammen. Die Harpune ragte ihr immer noch aus der Schulter.

Einige Stunden später, bei dem Versöhnungsbankett, das King Yllankin für die hundert Besten der Rangliste gab, hatte sie sich von dem Schock bereits wieder erholt und war recht fröhlich. Als sich Logo nach ihrer Armverletzung erkundigte, winkte sie lachend ab.

„Ich wurde von den besten Ärzten behandelt, von Aras“,

sagte sie. „Ich habe mir schon überlegt, ob der Name des Asteroiden nicht von den Galaktischen Medizinern abgeleitet wird."

„Ares hieß der altgriechische Kriegsgott", belehrte sie Logo.

„Das ist noch treffender", meinte sie. „Es tut mir nur leid, daß ich verletzungsbedingt aussteigen muß."

„Das ist bedauerlich", sagte Logo aufrichtig. „Ich kann mir nicht vorstellen, wie das passieren konnte."

„Dein Sieg geht in Ordnung", meinte sie. „Du bist nun ganz oben. Ich habe mir ausgerechnet, daß du durch dein Punkteguthaben einige weitere Ränge übersprungen hast. Du müßtest demnach bereits die Nummer Sechs sein."

„Vier", sagte eine Stimme aus dem Hintergrund. Dort war Kabim Yllankin aufgetaucht. Ein Mann wie aus Granit, *stahlhart* war sogar noch zutreffender. Er war 120 Jahre alt, hatte ein gebräuntes, kantiges Gesicht und hatte das eisengraue Haar auf Fingerkuppenlänge gestutzt. Er trug eine Phantasieuniform. „Durch den Ausfall zweier weiterer Spieler hat Logo noch zwei Ränge gewonnen."

„Logo?" sagte die Frau. „Doch nicht Logo Skent, der Sieger von Nord-Terrania?"

„Genau der", sagte Kabim Yllankin lachend und legte ihnen die Arme um die Schultern. „Ihr habt euch noch nicht miteinander bekannt gemacht? Logo, das ist Edda Farder, die Siegerin des Wega-Sektors. Ich hoffe, dir ist nun klar, welch prominente Spielerin du eliminiert hast."

„Und das beinahe im Sinne des Wortes", sagte Logo.

Yllankin wurde ernst.

„Der Vorfall ist bedauerlich, aber wollen wir ihn doch nicht künstlich hochspielen", sagte er. „Du verstehst doch, Logo, es wäre eine schlechte Reklame für mich, wenn es nach draußen dringt, daß eines meiner Computersysteme ausgefallen ist."

„Oder manipuliert wurde", sagte Logo kalt.

Yllankin versteifte sich.

„Wie soll ich das verstehen?"

„Bevor ich darauf antworte, möchte ich etwas anderes klarstellen", sagte Logo. „Wie ist es möglich, daß Edda und ich zu Waffen kamen, wenn alles nur ein Spiel war? Ich weiß ganz genau, daß mein Messer und meine Harpune keine holographischen Projektionen waren. Edda wurde nicht durch kohärentes Licht verwundet, sondern durch eine *metallene* Harpunenspitze. Wer hat uns die Waffen zugespielt? Und warum? Wollte der King etwa Blut sehen?"

Logo hatte die Stimme immer mehr erhoben, so daß die umstehenden Spieler ihn hören konnten und sich interessiert in ihre Richtung wandten.

„Mach nicht solchen Wind, Logo", versuchte Edda ihn zu beruhigen. „Betrachte es als zusätzlichen Nervenkitzel, daß reale Waffen in das Spiel miteinbezogen wurden. Es ist ja nichts passiert. Wenn ich es nicht übel nehme, dann hast du noch weniger Grund dazu."

„Du hast leicht reden, Edda, du warst informiert", behauptete Logo. Es war ein Schuß ins Blaue, aber an ihrem Gesichtsausdruck erkannte er, daß er ins Schwarze getroffen hatte. Er setzte sofort nach. „Es war ein abgekartetes Spiel, der Ausgang vorbestimmt. Mir war die Rolle des Opfers zugedacht. Du kämpftest in der Absicht, mich unschädlich zu machen. Und ich weiß nicht, Edda, ob du an meiner Stelle vor dem Todesstoß zurückgeschreckt wärst."

Sie lächelte ein ehrliches Lächeln.

„Du warst mir überlegen, Logo, ich bewundere dich", sagte sie. „Aber erwarte keine Dankbarkeit dafür, daß du mir das Leben geschenkt hast. Du hast nur einen Vorgeschmack auf das Spiel der Spiele bekommen. Beim Mega-Spiel geht es um Leben und Tod. Sieh unseren Zweikampf als Test, den du bestanden hast. Und jetzt denke darüber nach, wie die beiden Spieler ausgeschieden sind, deren Plätze du übersprungen . . ."

„Halt den Mund, Edda", sagte Yllankin barsch. „Logo hat da etwas angedeutet, das mir gar nicht gefällt. Es hörte sich fast so an, als beschuldigte er mich des falschen Spiels. Stimmt das, Logo? Ich kann eine solche Beschuldigung nicht auf mir sitzen lassen. Ich hasse es, um den heißen Brei herumzureden. Darum sage mir klipp und klar, welche unlauteren Absichten du mir unterstellst."

Yllankin sprach verhalten und mit einem drohenden Unterton in der Stimme. Im Festsaal herrschte atemlose Stille, so daß der König der Spiele trotz seiner ruhigen Sprechweise überall gehört werden konnte. Und jetzt wartete alles auf Logos Entgegnung.

„Ich merke schon seit einiger Zeit, daß man versucht, mich aus dem Weg zu räumen", sagte Logo langsam, jedes seiner Worte genau abwägend. „In den Slums war eine Bande von Halbwüchsigen darauf aus, mich zusammenzuschlagen. Und irgend jemand hat versucht, einen jungen Burschen gegen mich aufzuhetzen. Ich glaube nicht an Zufälle dieser Art, ebenso wenig wie ich den Vorfall in der Arena verharmlosen lasse. Dahinter steckt Absicht. Und ich weiß auch, warum ich zermürbt werden und zur Aufgabe gezwungen werden soll. Ich habe auch einen Fehler in der Berechnung meiner Punktewertung gefunden. Schon wieder ein Irrtum? Ares-Computer irren sich nie! Auch hier ist eine Manipulation im Spiel. Es läuft doch alles nur auf eines hinaus . . ."

Logo machte eine Kunstpause. Er ließ Yllankin nicht aus den Augen, der seinen Blick fest erwiderte. Obwohl sich der König der Spiele darum bemühte, sich nichts von seinen Gefühlen anmerken zu lassen, konnte Logo in seinem Gesicht wie in einem Buch lesen. Er wußte, daß er einen Mann vor sich hatte, der zu allem entschlossen war und den er nicht in die Enge treiben durfte.

„Hinter all diesen Machenschaften gegen mich stehst du selbst, King", sagte Logo. „Du willst mich vorzeitig ausschalten, damit du einer Konfrontation beim Mega-Spiel entgehst. Aber nicht mit mir. Ich sage dir vor all diesen Zeugen, daß du mir ausweichst, daß du zu feige bist, dich mit mir zu messen."

Unter den hundert Spielern erhob sich ein Raunen, eine Mischung aus Empörung über diese ungeheuerliche Anschuldigung und Bewunderung dafür, daß es jemand wagte, dem King auf diese Weise entgegenzutreten. Alle waren sich aber darüber einig, daß dies niemand ungestraft tun konnte. Nur Yllankin selbst zeigte so etwas wie Erleichterung. Offenbar hatte er eine ganz andere Beschuldigung erwartet.

„So siehst du es also, Logo", sagte er beinahe amüsiert. „Darauf gibt es eigentlich nur eine Antwort." Er bohrte Logo den Zeigefinger förmlich in die Brust. „Wir sehen uns beim Mega-Spiel wieder. Möge der Bessere gewinnen."

Logo verspürte auf einmal eine unsägliche Erleichterung. Er hatte sein Ziel erreicht, und zum erstenmal seit vielen Monaten sah er den Lohn der mühevollen, aufreibenden und oftmals schmutzigen Vorarbeit in greifbarer Nähe.

Die endgültige Entscheidung stand bevor.

Ares-Spiele bringen Dir den Kosmos ins Haus.

Ein Spiel von Ares fördert kosmisches Denken.

Mit Ares erlebst Du galaktische Geschichte – hautnah und doch so bequem.

DIE GALAKTISCHE BÜHNE IM TASCHENFORMAT – KOSMISCHE MEILENSTEINE FÜR DEN HAUSGEBRAUCH.

Diese Slogans waren seit Jahrzehnten galaxisweit bekannt und hatten Kabim Yllankins Spielzeug-Imperium in aller Munde gebracht. Denn diese Slogans waren keine leeren Versprechungen. Kaum einer, der nicht diesen raffinierten Spielen verfiel, wenn er eines davon erst einmal probiert hatte. Die Spielleidenschaft weitete sich wie eine Seuche aus, und im Jahre 380 NGZ gab es in Terrania kaum einen Haushalt, dessen Computer nicht an das Ares-Netz angeschlossen war. Das Angebot an verschiedenen Freizeitvergnügen war auch reichlich, man konnte unter 999 verschiedenen Spielen wählen. Das 1000. Heimspiel wurde für das fünfzigjährige Jubiläum des Ares-Konzerns angekündigt. In einem Jahr, im Mai 388 Neuer Galaktischer Zeitrechnung, wäre es soweit gewesen. Aber in der LFT – und sogar in der GAVÖK – hoffte man inzwischen, daß es nie zu diesem Jubiläum käme. Denn es hatte einige Vorfälle gegeben, die das Ares-Spielzeug-Imperium und Kabim Yllankin, den König der Spiele, in einem zweifelhaften Licht erscheinen ließen.

Bis vor etwa einem Jahr hatte es keinerlei Klagen gegeben. Ares-Spiele waren von Lehrern, Psychologen und Pädagogen als lehrreich, die Kreativität fördernd, das kosmische Bewußtsein erweiternd und als humanistisch und pazifistisch eingestuft worden. Es gab kaum einen Superlativ, kaum ein Prädikat, mit dem man die Ares-Lernspiele nicht bedacht hätte.

Das brachte die verantwortlichen Stellen dazu, die Ares-Produkte zu fördern, und Julian Tifflor persönlich setzte sich bei der Kosmischen Hanse für ein galaxisumspannendes Vertriebsnetz ein. Kabim Yllankin handelte mit der KH einen Vertrag aus, der ihm praktisch ein Monopol für „holographische Computerspiele“ brachte.

Kleinere Firmen hatten da kaum eine Chance, gegen den Spielzeugriesen anzukommen, auch wenn man in der LFT die Gefahr einer Machtkonzentration erkannte und die Subventionsspritze kräftig einsetzte. Aber Ares blieb der Marktführer, die Spiele, die Yllankin auf den Markt brachte, heimsten die meisten Preise und Prädikate ein, sie hielten jeder noch so peniblen Untersuchung stand. Sie galten bald als unersetzlich für die Kindeserziehung und waren aus dem schulisch-pädagogischen Bereich nicht mehr wegzudenken – ebensowenig wie die Ares-Erwachsenenspiele aus dem Alltag der Menschen überhaupt. Jene, die davor warnten, daß die Ares-Spiele eine Flucht aus der Realität der Menschen in eine holographische Traumwelt boten, standen auf verlorenem Posten. Denn nicht nur wurden ihre Kassandrarufe durch die tatsächlichen Gegebenheiten widerlegt, es zeigte sich auch, daß der erzieherische und didaktische Wert dieser Art der Beschäftigungstherapie alles andere überwog. Spielend lernen, im Spiel lernen, dies hatte auch im 4. Jahrhundert NGZ seine Gültigkeit.

Neben dem Sexual- und dem Selbsterhaltungstrieb war wohl

der Spieltrieb der stärkste Motor des Menschen. Nach neuen Ufern zu streben, sich nie mit dem Erreichten zufriedenzugeben und immer mehr für sich und von sich zu fordern, jener unstillbare Ehrgeiz, ein Hunger geradezu, der den Homo sapiens zu dem gemacht hatte, was er heute war, hatte zweifellos im Spieltrieb seinen Ursprung.

Das war nicht neu, und Kabim Yllankin hatte gar keine echte Marktlücke entdeckt, der Wunsch nach Entspannung und Fortbildung auf angenehme und erbauliche Weise, war schon vor ihm von vielen anderen zu befriedigen versucht worden. Aber kein anderer als King Yllankin hatte diese Wunscherfüllung mit solcher Perfektion und unter Ausschöpfung aller technischen und psychologischen Möglichkeiten angestrebt.

„Das Spiel ist ein unerläßlicher Schritt in der kognitiven Entwicklung des Kindes. Es baut eine Brücke, füllt die Lücke aus zwischen sensomotorischer Erfahrung und dem Auftauchen symbolischen Denkens. Nicht zum Zeitvertreib spielen wir, sondern für das Leben."

Dem konnte eigentlich niemand widersprechen, King Yllankin wußte, worauf er sein Imperium stützte. Und es konnte sich auch niemand finden, der den Wert seiner Spiele anzuzweifeln vermochte, man konnte ihn höchstens über den Umweg seiner Monopolstellung anfeinden. Doch die Bedenken, daß der King seine Macht mißbrauchen könnte, bewahrheiteten sich auf ganz andere Weise, als irgend jemand ahnen konnte. Und die heraufdämmernde Gefahr erwies sich als völlig anders geartet und als viel größer, als die schlimmsten Pessimisten befürchteten. Selbst Hoch- und Wahrscheinlichkeitsrechnungen hatten nicht die Richtung gezeigt, in der sich die Sache entwickelte.

Es begann damit, daß einige Psychologen Verhaltensstörungen bei Kindern und Erwachsenen feststellten. An diesen Probanden zeigten sich allmählich Symptome von Asozialität und wachsender Aggression. Die Berichte darüber häuften sich, bis man sich an den verantwortlichen Stellen dazu entschließen mußte, der Sache auf den Grund zu gehen. Schließlich fand man heraus, daß für diese Psycho-Störungen nur Ares-Lernspiele in Frage kamen.

Eine Untersuchung ergab dann, daß eine Serie eines bestimmten Spiels – zweitausend Stück bloß – mit leicht veränderten Spielregeln auf den Markt gekommen war. Kabim Yllankin zog diese Serie sofort zurück und ließ sie vernichten. Der Prüfungskommission konnte er glaubhaft beweisen, daß ein Computerversagen daran schuld war. Man dachte, die Angelegenheit sei damit bereinigt. Aber noch während die Untersuchungen liefen, wurden weitere Beschwerden laut. Die Berichte über Kinder und Erwachsene mit gestörter Psycho-Hygiene begannen sich zu häufen. Und wieder wurden als Ursache leicht veränderte Ares-Spiele erkannt.

Kabim Yllankin nannte es eine gezielte Kampagne gegen ihn und wurde immer unversöhnlicher. Er schaltete seine Rechtsvertreter ein und verlangte von der Kosmischen Hanse Vertragserfüllung. Jetzt stellte sich heraus, daß sich der König der Spiele gegen alle Eventualitäten abgesichert hatte, so daß es bei diesem Stand der Dinge keine rechtliche Handhabe gegen ihn gab. Schließlich war ihm keine böse Absicht nachzuweisen, es schien sich um technisches Versagen zu handeln, und Yllankin zeigte sich darüber hinaus noch einsichtig und kompromißbereit und zog die beanstandeten Spiele aus dem Verkehr. Zu diesem Zeitpunkt blühte der Schwarzmarkt bereits, einige kleinere Vertriebsorganisationen flogen auf, aber eine Verbindung von den Schwarzhändlern zum König der Spiele war nicht zu beweisen.

Die Kosmische Hanse mußte weiterhin die Ares-Spiele vertreiben, wenngleich sie die Kontrollen verschärfte. Gleichzeitig wurden die Hanse-Spezialisten eingeschaltet, unter anderen auch Logo Skent, der durch seine unkonventionellen Methoden berühmt-berüchtigt geworden war. Es hieß, daß er schon als Kind durch alle Kontrollen geschlüpft und nie einer psychohygienischen Behandlung unterzogen worden war. Logo selbst schwieg dazu, und über die Gerüchte, ein potentieller Verbrecher zu sein, konnte er nur lächeln. Er wußte, daß Männer wie er für gewisse Einsätze gebraucht wurden, und wenn er auch nicht stolz darauf war, den Ruf von Skrupellosigkeit und gnadenloser Härte zu haben, so war der ihm doch in mancher Weise nützlich. Man mied ihn, und er durfte ein Einzelgänger sein. In den höchsten Stellen der Kosmischen Hanse schätzte man ihn dagegen richtig ein, nämlich als Mann mit einem gesunden Gerechtigkeitssinn, der manche Hemmungen zwar nicht besaß, aber deswegen nicht hemmungslos war. Und darum betraute man ihn mit dem „Fall Ares".

Nachdem Logo die Unterlagen durchgesehen hatte, standen ihm schier die Haare zu Berge. Er hatte geglaubt, daß die Gerüchte über die Ares-Spiele stark übertrieben waren, nun aber erfuhr er, daß sie nur die Spitze eines Eisbergs waren. Alles deutete darauf hin, daß King Yllankin gezielt darauf hinarbeitete, das Moralempfinden der Menschen zu stören, sie zu Aggression und dazu zu erziehen, ihre Probleme mit Gewalt zu lösen. Und das alles über die Spiele, die nicht nur als harmlos, sondern sogar als lehrreich und erzieherisch wertvoll galten.

Es genügte oft, daß die Spielregeln und -anlagen minimal verändert wurden, um einen gegenteiligen Effekt zu erzielen. Wenn einem Kind etwa einsuggeriert wurde, daß der Heilige Martin falsch handelte, als er seinen Mantel mit einem Frierenden teilte, so förderte das nicht das kosmische Denken, sondern rief zum Gegeneinander statt zum Miteinander auf. Und wenn die Problemstellung zwischen einem Menschen und einem Fremdwesen gegeben war, konnte es sogar den Gedanken der Völkerverständigung untergraben. Darauf schien die Zielsetzung der modifizierten Ares-Spiele hinauszulaufen: auf die Erziehung zum Egoismus, auf Wahrung des eigenen Vorteils, auf Lösung der Probleme durch drastische, gewaltsame Mittel, auf die Ablehnung und Diskriminierung von Minderheiten, Andersgestaltigen ... Es hieß, daß Yllankins Manager bereits Kontakte zu den Blues und den Maahks aufgenommen hätte, um die dortige Marktlage auszuloten und seine Spiele auf deren Verhältnisse abzustimmen.

Das bedeutete im Klartext, daß Kabim Yllankin darauf abzielte, den Frieden in der Galaxis zu stören und die Völker gegeneinander aufzuhetzen. Eine Hochrechnung ergab, daß er mit seinen geheimen Bemühungen keinen anderen Zweck als diesen verfolgen konnte. Die Frage war nur, aus welchem Grund Yllankin dies tat, warum er ein Interesse daran haben konnte, den Frieden in der Galaxis zu stören. Die Antwort darauf war nur zu finden, wenn man die Hintergründe und die geheime und inoffizielle Aufgabe der Kosmischen Hanse kannte. Logo Skent gehörte als Hanse-Spezialist zu den Eingeweihten, die wußten, daß die Kosmische Hanse auf Betreiben der Superintelligenz ES gegründet worden war, um ein Bollwerk gegen die befeindete Superintelligenz Seth-Apophis zu bilden.

„Wir haben allen Grund zu der Annahme, daß Kabim Yllankin ein Agent von Seth-Apophis ist“, klärte Perry Rhodan selbst den Hanse-Spezialisten auf. Und erst nach dieser Eröffnung wurde Logo Skent bewußt, welche Gefahr sich hier zusammenbraute. Was sich im ersten Moment als Machtbesessenheit eines einzelnen mit Ambitionen zum Diktator gezeigt hatte, stellte sich nun als tiefgreifende Bedrohung von kosmischer Größe für die gesamte Milchstraße dar.

Logo, der in anderen Maßstäben als die meisten anderen Menschen dachte, empfand so etwas wie Bewunderung für die Methoden des Gegners, obwohl sie ihm eine Gänsehaut verursachten.

Es war originell und raffiniert zugleich, eigentlich fast idiotensicher, den Spieltrieb der Menschen auszunutzen, um ihr soziales Gefüge zu erschüttern, indem man sie selbst alles auf dem Sektor der Moral und Ethik Erreichte abbauen ließ und sie ins geistige Mittelalter stürzte. Ein teuflischer Plan – zu einer entarteten Superintelligenz wie Seth-Apophis passend.

„Dieser Plan muß von langer Hand vorbereitet gewesen sein, über Jahrzehnte hinaus“, sagte Logo. „Und das beweist, daß Kabim Yllankin schon immer ein Seth-Apophis-Agent war, der auf Abruf bereitstand und im günstigsten Augenblick, nämlich als sein Spielzeug-Imperium eine galaxisweite Monopolstellung erreichte, aktiviert wurde. Gab es keine Möglichkeit, dem King schon früher das Handwerk zu legen?"

Logo konnte sich die Antwort selbst geben. Potentielle Seth-Apophis-Agenten zeichneten sich dadurch aus, daß sie selbst nichts von ihrer Zugehörigkeit wußten und in jeder Weise normal wirkten – bis zum Zeitpunkt ihrer Aktivierung. Und nachdem die Superintelligenz ihrer Dienste nicht mehr bedurfte und sie desaktivierte, wurden sie wieder zu scheinbar völlig normalen Wesen. Man konnte SA-Agenten nicht vorzeitig erkennen und darum auch keine vorbeugenden Maßnahmen treffen, man war gezwungen abzuwarten, bis sie sich durch ihr Verhalten verrieten. Und dann war es meistens schon zu spät, und man mußte versuchen, den angerichteten Schaden wiedergutzumachen. Wie im Fall von King Yllankin.

Rhodan sagte:

„Wir sind nicht einmal in dieser Situation in der Lage, öffentlich gegen Kabim Yllankin vorzugehen. Wir können ihn nicht anklagen, ein Agent zu sein, weil es offiziell diese Gefahr gar nicht gibt. Abgesehen davon soll Kabim Yllankin in Sicherheit gewiegt werden, er soll in dem Glauben belassen werden, daß seine Tarnung perfekt ist. Wir wollen ihn nicht vorzeitig warnen. Denn vermutlich hat er erst die erste Phase des aufgetragenen Zerstörungswerkes in Angriff genommen. Wenn er sich in die Enge getrieben fühlt, dann wird er zum nächsten Schlag ausholen. Das wollen wir vermeiden. Es gibt nur eine Möglichkeit, unbemerkt an ihn heranzukommen, nämlich, ihn auf seinem Asteroiden Ares, wo er sich verschanzt hat, zu stellen und ihn mit den eigenen Waffen zu schlagen. Dafür wärst du der richtige Mann, Logo."

„Du meinst, einem Ekel wie mir müßte es gelingen, die Rolle des Überläufers glaubhaft zu spielen", sagte Logo. Rhodan wußte, wie es gemeint war, und äußerte sich nicht dazu.

Bald darauf wurde Logo Skent wegen seiner überhandnehmenden Spielleidenschaft vom Dienst bei der Hanse suspendiert. Er ging mit Jelsa Fellol eine Lebensgemeinschaft ein, deren psychisch schwer gestörte Tochter imagefördernd für ihn war, gewann die Ares-Ausscheidungsspiele von Terrania-Nord und flog mit den beiden, King Yllankins Einladung folgend, zum Ares-Asteroiden. Dort angekommen, erkannte er bald, daß er in die Höhle des Löwen geraten war, in der der König der Spiele auf Tarnung keinerlei Wert legte. Ares war eine Spielhölle, in der es kein Limit für die Einsätze gab und der höchste Einsatz das Leben war.

Für Kabim Yllankin war Spiel gleichbedeutend mit Kampf.

Das mußte sich Logo vor Augen halten, wenn er im Mega-Spiel gegen ihn antrat. Dank seiner Veranlagung war er in der Lage, gegen den King zu bestehen. Aber Rhodan hatte ihm ein Handikap auferlegt. Er sagte:

„Du darfst Kabim Yllankin unter keinen Umständen töten, wir brauchen ihn lebend, um über ihn vielleicht etwas über Seth-Apophis herauszufinden. Diese Chance ist gering, aber wir dürfen sie nicht ungenützt lassen.“

„Ich werde dir beweisen, daß ich besser als mein Ruf bin.“

Aber als er dies sagte, hatte er noch nicht gewußt, unter welchen Bedingungen er auf dem Ares-Asteroiden ins Finale gehen würde.

Du wirst ihn töten! sagst du dir immer wieder vor. Du mußt es tun. Nur der Tod des King ist ein befriedigender Triumph. Du denkst an nichts anderes, stellst dir immer wieder vor, wie es sein wird, wenn du auf diese Weise das Mega-Spiel für dich entscheidest.

Nachdem das Bankett beendet ist, hast du einen kleinen Schwächeanfall. Es erwischt dich, als du durch einen der Seitenausgänge trittst; ein leichter Schwindel erfaßt dich, ein kurzes, heftiges Pochen in den Schläfen verursacht dir Unbehagen. Aber das ist gleich wieder vorbei.

Du gehst auf geradestem Weg ins Hotel, suchst dein Appartement auf, um hier auf das Eintreffen der Sekundanten zu warten und mit ihnen die Bedingungen auszuhandeln.

Töten! Töten!

Wenn der King deine Gedanken lesen könnte, würde ihm vor deiner Entschlossenheit bange werden.

Jelsa, Mascara und Haesil schlafen schon, als die Sekundanten eintreffen. Es sind die drei Burschen im Ares-Look, die sich in den Slums mit dir anlegen wollten. Nichts für ungut, sagen sie, und: Alle Achtung! Es beeindruckt dich nicht, du kommst sofort zum Thema.

Du verlangst, daß der Kampf in den Weltraum verlegt wird, um gegenüber dem King nicht im Nachteil zu sein. Jeder soll die gleichen Bedingungen haben. Die Sekundanten sehen ein, daß du keinen Ort im Spieleparadies akzeptierst, und so einigt ihr euch, daß das Kräftemessen in einem unbewohnten Teil des Asteroiden stattfindet, auf seiner zerklüfteten luftleeren Oberfläche. Jeder bekommt die gleiche Ausrüstung: einen Kampfanzug mit begrenztem Luftvorrat und überkompletter Ausstattung, einen Handstrahler. Die Spielregeln sind einfach: Der Überlebende ist Sieger – alle Mittel sind erlaubt.

Die drei Burschen wollen nicht gehen, ohne Haesil mitzunehmen. Aber in dieser Beziehung bleibst du hart. Haesil steht unter deinem Schutz, er soll durch deine Schule gehen. Sie nehmen es grinsend zur Kenntnis und gehen.

Die Zeit bis zum Beginn des Mega-Spiels vertreibst du dir mit leichtem Training am Zimmercomputer. Es handelt sich bloß um einen Test deiner Kondition und der Reaktionsschnelligkeit. Du läßt vom Computer auch Vakuumbedingungen und die verminderte Schwerkraft simulieren, wie sie außerhalb des Spieleparadieses auf dem Asteroiden herrscht. Du bist mit dir zufrieden, bist voll da.

Endlich ist es soweit. Du begibst dich zur Hauptschleuse, dort erwartet dich ein großes Empfangskomitee. Es scheint, daß alle Spieler von Ares auf den Beinen sind, um den denkwürdigen Augenblick mitzuerleben: Shakehands mit deinem Todfeind fürs Publikum und dann noch einmal für die Kameras. Yllankin will ein großes Spektakel daraus machen, du hast nichts gegen eine Live-

Übertragung. Du willst deinen Triumph aufgezeichnet wissen. Du kannst nur siegen, selbst wenn du im Mega-Spiel unterliegst. Du hast deine Vorbereitungen getroffen, dich abgesichert . . .

Töten! Töten!

Dazu treibt dich dein Killerinstinkt.

Das Anziehen des Kampfanzugs wird zu einem Bekleidungszeremoniell hochstilisiert. Aber dann sind die Vorbereitungen abgeschlossen. Ihr dürft hinaus. Das Los hat Kabim Yllankin als ersten bestimmt. Du folgst zwanzig Sekunden später, legst einen Blitzstart hin, um kein Ziel für einen Überraschungsangriff zu bieten, und schießt im Zickzackkurs hinaus ins Vakuum, bringst gut zehn Kilometer zwischen dich und den Energiedom der Spielhölle, bevor du auf der schlackeartigen Oberfläche des Asteroiden niedergehst.

Eine erste Ortung bringt nichts ein. Kann der King dich erfassen? Steht er mit den Beobachtungssatelliten in Verbindung, und verraten sie ihm deinen Standort? Nein, zu solch einem Regelbruch würde er sich nicht hinreißen lassen. Nicht vor den Augen von Zehntausenden von Zuschauern – und wozu gibt es schließlich Unparteiische?

Zuerst einmal gehst du daran, ein paar Fallen aufzubauen und Störfelder zu errichten. Zuerst die Verteidigung, dann der Angriff, an diesem Motto hältst du fest. Nachdem du dich genügend abgesichert glaubst, machst du dich selbst auf die Jagd. Die Instrumente registrieren den Ausfall zweier Störsender. Als du jedoch an Ort und Stelle eintriffst, ist der King schon wieder auf und davon. Die Sender hat er zerstört. Mit dem Infrarot-Spürer stellst du die Richtung fest, in die er sich zurückgezogen hat. Doch bald findest du heraus, daß er absichtlich eine falsche Spur gelegt hat. Und an ihrem Ende erwartet dich ein Fesselfeld. Du entdeckst es noch rechtzeitig, löst einen Schlackebrocken aus dem Asteroiden, der annähernd deine Körpermaße hat, und transportierst ihn ins Fesselfeld. Dann legst du dich auf die Lauer, aber der King fällt auf diesen Trick nicht herein.

Der erste wirkliche Kontakt findet aber bald darauf statt. Es ist gut, daß du nicht nur die Umgebung beobachtest, sondern auch die

Raumortung nicht vergißt. Das rettet dir das Leben, denn aus dem Raum nähert sich eine schwache Energiequelle, obwohl nichts zu sehen ist. Aber du weißt, der King pirscht sich von dort im Schutz seines unsichtbarmachenden Deflektorschirms an dich heran. Du empfängst ihn mit einer Salve aus deinem Strahler. Sein Schutzschirm glüht auf, und du siehst die energiegeladene Erscheinung abtrudeln und in einen Krater stürzen. Aber darauf fällst du nicht herein, das ist ein zu billiger Trick. Statt dessen machst du einige Täuschungsmanöver und legst dich am Kraterrand auf die Lauer. Es ist eine lange Geduldsprobe, die du schließlich bestehst. Der King macht einige Täuschungsmanöver, auf die du jedoch nicht hereinfällst. Schließlich verliert er jedoch die Nerven und kommt aus seinem Loch.

Jetzt: Töten! Töten!

Du nimmst ihn unter Dauerfeuer, bis sein Schutzschirm zusammenbricht. Er versucht noch, mittels seines Antriebs zu fliehen, aber du bleibst ihm auf den Fersen. Schließlich bricht sein komplettes System zusammen, und er geht in einer Notlandung nieder. Du bist über ihm. Er kommt auf die Beine, versucht davonzulaufen, verliert die Kontrolle und macht einige groteske Sprünge. Letztlich schnellt er sich in letzter Verzweiflung vom Boden ab, springt auf dich zu, als wolle er mit dir ringen.

Aber wie er so auf dich zutreibt und du durch die Sichtscheibe sein verzerrtes Gesicht siehst, da weißt du, daß er der Verlierer ist. Er hat sich selbst schon aufgegeben. Du brauchst den Strahler nur abzudrücken, dann gibt es keinen King Yllankin mehr.

Das ist der langersehnte Augenblick, du wirst abdrücken. Aber bevor du deine Absicht ausführen kannst, hast du einen Blackout.

Um dich wird es schwarz.

„Du hättest mich tatsächlich getötet, Logo“, hörte er eine vertraute Stimme anerkennend sagen. Er fand sich in einem feudal ausgestatteten Spielsalon wieder. Es war schon mehr eine Kontrollstation – vermutlich sogar die Hauptzentrale des Asteroiden. Jemand nestelte an ihm herum. Er blickte zur Seite und sah zwei Techniker, die ihm einen Kontakthelm abnahmen. Vor ihm stand King Yllankin in voller Größe. Er fuhr lächelnd fort:

„Tut mir leid, daß ich dir dieses Vergnügen nicht gönnen konnte. Aber du siehst ein, daß ich mir ein so unrühmliches Ende nicht leisten kann. Für die vielen Zuseher ist ein anderer Ausgang des Mega-Spiels programmiert. Sie werden deinen Tod miterleben."

„Dann war alles nur ein holographisches Schauspiel", sagte Logo mit gespielter Überraschung, und auch seine Enttäuschung war nicht echt. Er hatte so etwas Ähnliches geahnt. Als er nach dem Bankett beim Durchschreiten des Ausgangs leichte Übelkeit verspürt hatte, war ihm sofort klar gewesen, daß er in den Bereich eines Holo-Projektors geriet und von diesem Augenblick an alles nur Schein sein würde.

Darum hatte er versucht, nicht an seine Aufgabe zu denken, und hatte sich nur an den einen Gedanken geklammert: *Töten! Töten!* Denn er wußte, daß er von diesem Augenblick an auch unter Gedankenkontrolle stand und der King sein Verhalten analysierte. Zum Glück hatte er das Täuschungsmanöver durchschaut, sonst wäre er jetzt ein toter Mann. Aber er hatte noch immer nicht gesiegt.

„Sei nicht enttäuscht, Logo", sagte Kabim Yllankin, der nun wieder eine andere Phantasieuniform trug. „Glaube mir, bei einem ernsthaften Duell hättest du mich ohnehin nicht besiegt. Ich wollte dich testen, deiner psychischen Veranlagung auf den Grund gehen, herausfinden, wozu du imstande bist. Du hättest mich im Ernstfall getötet . . . Ich nehme es nicht persönlich, ich sehe das durchaus positiv. Mir kommt es nur darauf an, daß du keinerlei Schranke besitzt, die dich daran hindert, eine solche Tat zu begehen. Du befindest dich in illustrer Gesellschaft."

Logo sah sich um. Über die Hauptzentrale verteilt saßen etwa ein Dutzend Männer und Frauen, die ihm freundlich zunickten, aber ihre Augen blieben kalt.

„Ich habe mit diesen Leuten nichts zu schaffen", sagte Logo.

„Wirst du aber bald", sagte Yllankin überzeugt. „Sie sind alle von deinem Schlag – potentielle Killer. Und ich habe sie dazu gemacht. Es sind Gambler wie du, die ich beim Mega-Spiel getestet habe. Für die Öffentlichkeit sind sie tot. Sie gehören meiner geheimen Einsatztruppe an."

„Was willst du mit dem Häufchen Angeber?" fragte Logo herablassend und stellte fest, wie sich die Umsitzenden versteiften und Zorn ihre Gesichtszüge verhärtete.

„Reize sie nicht", warnte Yllankin, „mit ihnen ist nicht zu spaßen. Dieses Dutzend ist nur der Grundstock meiner Einsatztruppe. Die zwölf Besten. Aber wenn es sein muß, kann ich auf Zehntausende zurückgreifen, die mir folgen werden, wenn ich sie rufe. Und ich habe sie über meine Spiele geformt. Bald werden es Hunderttausende sein, und es werden immer mehr werden. Ich werde eine neue Spezies von Menschen psycholudisch züchten, einen Typus, der Nehmerqualitäten hat und auch austeilen kann. Der moderne Homo sapiens, den die Neue Galaktische Zeit hervorgebracht hat, ist verweichlicht, kampfunfähig, zum Untergang verurteilt. Ich werde ihn austilgen."

„In wessen Auftrag?" fragte Logo.

„Ich bin der King", sagte Yllankin pathetisch. „Ich bin mein eigener Herr, hinter mir steht niemand. Ich habe lange genug auf diesen Zeitpunkt gewartet. Nachdem die erste Phase meines Planes abgeschlossen ist, werde ich die zweite in Angriff nehmen und mit meinen Ideen an die Öffentlichkeit treten. Ich werde einen Sturm entfachen, wie man ihn seit Einführung der neuen Zeitrechnung noch nicht erlebt hat. Du kannst der dreizehnte Mann in meinem Führungsstab sein, Logo."

„Nein, danke", lehnte Logo ab. „Ich nehme keine Almosen. Ich will deine Position."

„Wie willst du sie bekommen, Logo?" fragte Yllankin amüsiert. „Weißt du, daß ich dich auf der Stelle töten könnte?"

„Ich habe mich abgesichert."

Jetzt wurde Yllankin ein wenig nachdenklich. Wie zu sich sagte er:

„Ich erinnere mich, daß du während des Mega-Spiels daran

dachtest, dich abgesichert zu haben." Er sah Logo an. „Wie hast du das gemeint, *daß du nur siegen kannst, selbst wenn du im Mega-Spiel unterliegst?"*

„Ein siebenjähriges Mädchen ist meine Lebensversicherung."

„Du meinst Mascara Fellol? Glaubst du, mir ist es entgangen, daß sie in Wirklichkeit ein verkleideter Roboter ist? Ich bin Fachmann auf diesem Gebiet, mich kannst du nicht täuschen. Aber wie soll dieser Roboter dir nützen?"

„Er ist eine wandelnde Bombe. Ich habe einen Gehirnwellensender eingebaut. Ich brauche nur den entsprechenden Gedankenimpuls zu geben, dann fliegt dein ganzer schöner Asteroid in die Luft."

„Du bluffst. Was würde dir das nützen?"

„Ich bin ein Spieler. Ich will alles oder nichts."

„Und ich sage, du bluffst."

Logo ließ sich mit der Antwort Zeit. Er schloß für einen Moment die Augen, konzentrierte sich und schickte den Gedankenimpuls aus.

„Ich habe die Bombe gerade gezündet", sagte er dann seelenruhig. „Du kannst dich davon überzeugen, daß der Aktivierungsprozeß begonnen hat. Es bleibt eine Stunde, um den Asteroiden zu räumen. Nicht einmal ich kann den Countdown abblasen. Du hast ausgespielt, King."

Kabim Yllankin stürzte zu den Kontrollen und bediente sie mit fliegenden Händen. Die Mitglieder seiner Spezialtruppe wurden unruhig, erhoben sich von ihren Plätzen und beobachteten ihn gespannt.

Plötzlich hieb Yllankin mit den Fäusten auf die Instrumente, daß es krachte. Er zitterte am ganzen Körper, alle Farbe war aus seinem Gesicht gewichen.

„Es ist kein Bluff", sagte er mit tonloser Stimme. „Du mußt wahnsinnig sein, Logo! Warum hast du das getan? Wir hätten uns einigen können – wir wären gleichberechtigte Partner geworden."

Logo schüttelte den Kopf.

„*Du* bist größenwahnsinnig, King", sagte er. „Du bist ein Geschwür in der galaktischen Gesellschaft und gehörst entfernt. Wir hätten nie Partner werden können."

Yllankin begann zu toben, lief von einem seiner Leute zum anderen, schrie ihnen unsinnige Befehle zu und flehte sie schließlich an, irgend etwas zu tun, um sein Lebenswerk zu retten. Aber seine Getreuen wurden immer weniger. Sie nahmen die erste sich bietende Gelegenheit wahr, um sich aus dem Staub zu machen und ihre Flucht von dem zum Untergang verurteilten Asteroiden in die Wege zu leiten.

Schließlich waren Logo und Yllankin allein. Der König der Spiele war wieder an sein Kontrollpult gestürmt, in der Hoffnung, über seine Sicherheitssysteme die Situation entschärfen zu können.

Plötzlich fiel alle Aktivität von ihm ab. Er sank in sich zusammen und glitt kraftlos in den Kontursessel. Langsam drehte er sich um, ließ seine Blicke über die Umgebung schweifen, bis sie schließlich auf Logo haften blieben. Sein Gesicht drückte Verständnislosigkeit und Unglauben aus.

„Was ist geschehen?" fragte er. „Was hat das alles zu bedeuten?"

„Bist du Kabim Yllankin?" fragte Logo mit belegter Stimme.

„Ja . . . ja", sagte der König der Spiele verwirrt. „Aber – wo bin ich?"

„Auf Ares, deinem Spiele-Asteroiden."

„Meinem was?"

Da wußte Logo, daß Seth-Apophis ihren Agenten desaktiviert hatte und er seine Erinnerung an die letzten zehn Jahre verloren hatte. Denn solange mußte es zurückliegen, daß die Superintelligenz ihn aktiviert hatte – damals hatte er auf diesem Asteroiden den Grundstein für die Spielhölle gelegt.

„Du wirst für alles eine Erklärung bekommen", sagte Logo. „Aber jetzt müssen wir den Asteroiden räumen."

Logo hatte in einem Punkt nicht geblufft: Der Mascara-Roboter war wirklich eine wandelnde Bombe, und sie konnte nicht entschärft werden. Sie würde niemanden an sich heranlassen und sich auch nicht in den Weltraum abschieben lassen. Das war eine Eigeninitiative von ihm, davon wußte nicht einmal Perry Rhodan. Dieser hätte ihm ein solches Vorgehen gewiß verboten, das war Logo klar. Darum hatte er niemanden in seinen Plan eingeweiht. Er wollte das Übel an der Wurzel anpacken und austilgen, das konnte er aber nur, wenn er diese Spielhölle zerstörte. Und wenn er an Haesil und die vielen anderen namenlosen Ares-Geschädigten dachte, da wußte er, daß er richtig handelte – wie man in der Kosmischen Hanse auch darüber dachte.

Nur in einem Punkt hatte er geblufft: Die Bombe würde nicht so rasch hochgehen. Sie hatten noch zehn Stunden, genügend Zeit also, den Asteroiden zu räumen.

Wenn er sich überhaupt ein Versagen vorzuwerfen hatte, wenn er etwas bedauern sollte, dann höchstens die Tatsache, daß Kabim Yllankin kein Seth-Apophis-Agent mehr war und eine weitere Chance, mehr über die Superintelligenz zu erfahren, dahin war.

Aber das konnte man sehen, wie man wollte. Für den König der Spiele war es besser so, auch wenn er sein Spielzeug-Imperium verlieren würde. Er würde überhaupt nichts davon merken, daß er zeit seines Lebens ein potentieller Seth-Apophis-Agent blieb.

„Komm, Yllankin", sagte Logo zu dem verwirrten Mann. „Wir müssen den Asteroiden räumen. Die Hanse-Schiffe sind verständigt und werden bald eintreffen."

Als Logo Monate später wieder auf der Erde zu tun hatte, suchte er die Adresse in West-Terrania auf. Aber er wagte es nicht, das Haus zu betreten, an Jelsas Tür zu läuten und ihr „Guten Tag" zu sagen. Er war eben ein feiges Ekel. Er hatte ihr zuviel angetan, und es war besser, wenn er ihrem Leben fern blieb. Zu gut erinnerte er sich noch der Szene auf Ares, als sie nicht wahrhaben wollte, daß Mascara gar nicht ihre Tochter war, sondern ein robotischer Doppelgänger. Sie hatte bis zuletzt nicht geglaubt, daß ihre Tochter auf der Erde in Sicherheit war und sich in guten Händen befand. Er würde nie ihre Schreie vergessen, als sie die Explosion des Asterioden auf den Bildschirmen in dem Glauben miterlebte, daß ihr Kind die Bombe in sich getragen hatte.

Inzwischen hatte Jelsa den Schock überwunden, das wußte er von dem befreundeten Psychologen, in dessen Behandlung sie war. Aber Logo traute sich nicht, ihr unter die Augen zu treten.

So ging er eine Weile in der Gegend herum, bis er in einem Park auf spielende Kinder traf. Und unter ihnen entdeckte er Mascara. Ihr Anblick versöhnte ihn mit allem anderen, ihm wurde richtig warm ums Herz, als er sah, wie gut sie sich mit den anderen Kindern verstand, sich in ihre Gemeinschaft einfügte und sich in diesem Freundeskreis wohl fühlte.

Logo ging, bevor sie ihn zufällig entdecken konnte.

H. G. Francis

Der Größte

Icho Tolot, der von den geistigen Kräften der Super-Intelligenz Seth-Apophis gezwungen wurde, gegen seine Freunde, die Terraner, zu arbeiten, befand sich auf dem Weg quer durch die Galaxis zu einem Ziel, das er selbst als DEPOT bezeichnet hatte und von dem vorläufig noch niemand wußte, was es eigentlich war. Das Bordchronometer zeigte den 14. April 425 NGZ an.

Der Notruf kam von einem kleinen Planeten einer grünen Sonne, die am Rand der Galaxis lag.

Icho Tolot blickte auf die Ortungsgeräte. Sie zeigten an, daß sich im Umkreis von vielen Lichtjahren kein Raumschiff befand. Es schien, als sei es ihm gelungen, seine Verfolger abzuschütteln, die ihm auf der Spur geblieben waren, seit er die BASIS verlassen hatte.

Der Haluter lenkte das Raumschiff in eine Umlaufbahn um den Planeten, auf dem es vier große Kontinente gab. Schon bei der ersten Umkreisung des Planeten ermittelte Icho Tolot, aus welcher Gegend der Notruf kam. Der Sender stand am Rand einer Stadt, die in der Schleife eines weitgeschwungenen Flusses lag. Es war keine Hyperfunk-Hochleistungsstation, sondern ein Sender, der mit lichtschnellen Impulsen arbeitete.

Icho Tolot brachte sein Raumschiff in eine stationäre Umlaufbahn und blickte auf die Bildschirme, die ihm einen Einblick in die tief unter ihm liegende Stadt gewährten.

Nichts deutete darauf hin, daß sich die Bewohner in einer so schrecklichen Gefahr befanden, daß ein bis in die Weite der Galaxis reichender Notruf gerechtfertigt war.

Und doch war ein solcher Notruf ergangen.

Die Flußschleife bildete ein langgestrecktes Oval, in dem alle Gebäude errichtet worden waren. Mehrere Brücken führten über den Fluß in das in viele Felder eingeteilte Land hinaus.

Hier gab es außer der Sendestation kein einziges Bauwerk.

Als der Haluter die Brennweite der Objektive veränderte, wurden weitere Einzelheiten sichtbar. Er machte schildkrötenähnliche Geschöpfe aus, die sich mit erstaunlicher Geschwindigkeit durch das Land bewegten und dabei landwirtschaftliche Maschinen lenkten. Der Fluß wurde offenbar intensiv bewirtschaftet, denn er war durch Sperrnetze mehrfach abgeteilt. Zwischen diesen standen dichte Fischschwärme, so daß es schien, als könnten die Bewohner der Stadt aus dem vollen schöpfen.

Hunger leiden sie jedenfalls nicht, dachte der Haluter.

Er hatte den Notruf in einer Entfernung von mehr als fünfzig

Lichtjahren aufgefangen und war ihm augenblicklich gefolgt. Nun war er jedoch nicht bereit, in der Nähe des Senders zu landen, ohne sich vorher über diese Welt, die am Rand eines galaktischen Spiralarms lag, zu informieren.

Er hatte keinerlei Anzeichen einer hochstehenden Zivilisation gefunden. Raumfahrt gab es nicht. Nicht ein einziger Satellit umkreiste den dritten Planeten einer grünen Sonne. Auf Straßen und auf Schienensträngen bewegten sich motorgetriebene Fahrzeuge. Eine Ordnung, wie sie sich aus einer computergesteuerten Überwachung des Verkehrs ergab, war jedoch nicht zu erkennen. Aus den Schloten von riesigen Industriekomplexen stieg schmutziger Rauch auf.

Icho Tolot schaltete seine Funkgeräte ein und versuchte, mit den Bewohnern des grünen Planeten in Funkkontakt zu treten, doch er erhielt keine Antwort.

Der Notruf muß noch immer gerechtfertigt sein, überlegte er, denn der Sender arbeitet noch. Er sendet seit wenigstens fünfzig Jahren – vielleicht sogar noch viel länger.

Icho Tolot hatte alle einlaufenden Daten in seinem Planhirn gespeichert, das wie eine Positronik arbeitete. Er wertete sie in Bruchteilen von Sekunden aus und kam zu dem Ergebnis, daß es für ihn ungefährlich war, auf dieser Welt zu landen. Er beschloß, dennoch vorsichtig zu sein und eine Fähre zu nehmen, damit das Raumschiff auf jeden Fall unangetastet blieb.

Die Frage, warum der Notruf ausgelöst worden war, ließ ihn nicht los.

Er streifte den Handschuh ab, der in den letzten Tagen wie ein lebendes Wesen an ihm gehaftet hatte. Zu seiner Überraschung gelang es ihm mühelos, so daß er ihn auf dem Steuerleitpult ablegen konnte. Über Bruke Tosen, der ebenso wie er Seth-Apophis-Agent war, machte er sich keine Gedanken. Er wußte, daß dieser das Raumschiff nicht allein fliegen konnte. Daher konnte er den Raumer verlassen, ohne befürchten zu müssen, daß Tosen damit verschwand.

Er lenkte die Fähre im direkten Landeanflug auf die Stadt zu und setzte sie etwa hundert Meter neben dem schalenförmigen Gebilde des Senders auf, überzeugt davon, daß ein Schwarm von Neugierigen aus der Stadt herüberkommen würde.

Doch alles blieb ruhig.

Die Arbeit auf den Feldern stockte nur für wenige Sekunden, und in der Stadt schien sich niemand für ihn zu interessieren.

Dennoch hatte man seine Landung registriert, denn Icho Tolot bemerkte, daß der Sender seine Arbeit eingestellt hatte. Die Stimme, die um Hilfe gerufen hatte, war verstummt.

Er sah keinen Grund, in der Landefähre zu bleiben, die eine gewisse Ähnlichkeit mit einem Shift hatte. Er war sicher, sich im Notfall wenigstens zehnmal so schnell bewegen zu können wie die schildkrötenähnlichen Wesen, die er für die beherrschenden Intelligenzen dieses Planeten hielt.

Der Bordcomputer teilte ihm mit, daß er eine gut atembare Luft vorfinden würde, in der es keinerlei für ihn gefährliche Krankheitskeime gab.

Icho Tolot seufzte und stieg durch die Schleuse aus. Vorsichtshalber verriegelte er das Schott hinter sich, nachdem er den Hauptcomputer blockiert hatte.

„Vielleicht seid ihr scharf auf Raumschiffe", sagte er, während er sich unternehmungslustig umsah. „Mir werdet ihr auf keinen Fall etwas klauen."

Er reckte sich und atmete einige Male tief durch. Dann ließ er die Arme kreisen, um die Muskeln zu lockern. Es krachte vernehmlich in seinen Gelenken.

Eine Fontäne schoß aus dem Fluß bis in eine Höhe von fast fünfzig Metern hoch, und dann schob sich rasselnd und schnaubend ein schwarzes Panzerfahrzeug aus dem Wasser. Es rollte auf den Haluter zu. Dieser zog sich hinter einen Energieschirm zurück, den er um die Landefähre errichtete, um nicht von einem Angriff überrascht zu werden. Gleichzeitig wandelte er die Molekularstruktur seines Körpers um, und aus dem Wesen aus Fleisch und Blut wurde ein Geschöpf, das aus stahlharter Materie bestand und somit praktisch unverletzbar war.

Etwa zweihundert Meter von ihm entfernt blieb der Panzer stehen, der etwa zwanzig Meter lang, fünf Meter hoch und sieben Meter breit war. Eine Luke öffnete sich, und ein ungemein muskulös wirkendes Wesen kroch auf acht Beinen daraus hervor. Es war völlig unbekleidet.

Ein graues und an der Brust leuchtend rotes Fell bedeckte den Körper.

Als das Wesen sich auf die beiden Hinterbeine erhob, erreichte es eine Höhe von fast fünf Metern, und Icho Tolot erkannte, daß es einen langgestreckten Kopf mit spitzen, scharf gebogenen Hörnern über dem Mund hatte, die von der Seite wie die Zähne einer Säge aussahen. Die Augen saßen weit vorn, fast direkt neben den wulstigen Lippen. Vom Hinterkopf erhoben sich zwei orangefarbene Federn, die als Ohrmuscheln zu dienen schienen. Eine dichte, braune Mähne fiel dem Wesen über den Nacken bis fast zum hinteren Beinpaar herab.

Das Wesen winkte dem Haluter mit zwei Armen, doch Icho Tolot dachte nicht daran, seine Deckung jetzt schon zu verlassen.

Der Achtbeiner begriff. Er kehrte zum Panzer zurück, beugte sich hinein und verharrte einige Sekunden lang in dieser Stellung. Dann entfernte er sich einige Schritte von der Maschine, wobei ihn jeder Schritt mehrere Meter weit brachte.

Der Panzer drehte sich umd rollte über das Land davon, Hecken und kleine Bäume niederwalzend, als seien diese Hindernisse nicht vorhanden.

Der Haluter atmete auf.

Das achtbeinige Wesen war unbewaffnet. Daher hielt er es für unbedenklich, sich ihm zu nähern. Er schaltete den positronischen Translator seines Kampfanzugs ein und verließ den Schutz des Energiefelds.

Icho Tolot war im Lauf seines langen Lebens Tausenden von fremdartigen Lebewesen begegnet, so daß er zu wissen glaubte, was er zu tun hatte, um zu einer ersten Verständigung zu kommen. Bestimmte Verhaltensgrundmuster bei einem solchen

Treffen hatten sich als vorteilhaft erwiesen, wobei es darauf ankam, dem Fremden die Furcht vor dem Unbekannten zu nehmen und ihm Vertrauen einzuflößen.

Doch dieses Mal war alles anders als sonst.

Icho Tolot konnte ein gewisses Unbehagen nicht abschütteln, und es half nichts, daß er sich sagte, daß er hier war, weil die Bewohner dieses Planeten mit hohem Aufwand um Hilfe gerufen hatten.

Sie mußten bereits früher Begegnungen mit galaktischen Intelligenzen gehabt haben, und ihre Probleme mußten gewaltig sein, da sie sich zu einem so ungewöhnlichen Schritt entschlossen hatten. Der Sender arbeitete mit lichtschnellen Impulsen. Das bedeutete, daß Jahrzehnte oder gar Jahrhunderte vergehen konnten, bis der Hilferuf gehört wurde. Welcher Art konnte unter solchen Umständen ihr Problem sein?

Auf jeden Fall muß es nicht kurzfristig gelöst werden, überlegte der Haluter, während er sich aufrecht schreitend dem Wesen aus dem Panzer näherte.

Als er noch etwa fünfzig Meter von diesem entfernt war, ließ der andere sich auf alle acht Beine herabfallen und stürmte auf ihn los.

Der Haluter lachte laut auf.

Er hatte befürchtet, auf irgendeine Art mit Waffengewalt attackiert zu werden, und war darauf vorbereitet, dann blitzschnell auszuweichen. Eine Auseinandersetzung ohne Waffen bedeutete, wie er meinte, keine Gefahr für ihn. Noch nie war er einem Wesen begegnet, das ihn allein durch seine Körperkraft ernsthaft in Bedrängnis gebracht hatte.

Er verharrte auf der Stelle, entschlossen, seinen Gegner aufprallen zu lassen.

Gelassen wartete er ab, obwohl das achtbeinige Geschöpf eine beachtliche Geschwindigkeit entwickelte.

Es bricht sich an mir das Genick, fuhr es dem Haluter durch den Kopf.

Um zu verhindern, daß sich der andere verletzte, wich Icho

Tolot Sekundenbruchteile vor dem Zusammenprall ein wenig zurück, versuchte jedoch nicht, ihn zu vermeiden.

Der langgestreckte Kopf des Achtbeiners bohrte sich ihm mit den Hörnern voran in die Seite. Icho Tolot erwartete, daß der Angreifer von ihm zurückgeschleudert werden würde und dann betäubt auf dem Boden liegenblieb.

Er täuschte sich.

Das achtbeinige Wesen hatte eine ähnliche Molekularstruktur wie er selbst. Es war nicht weich wie ein Geschöpf aus Fleisch und Blut, sondern hart wie Arkonstahl.

Icho Tolot flog in hohem Bogen zurück, überschlug sich in der Luft und landete in einem Wassergraben. Mit dem Kopf voran bohrte er sich in den Schlamm.

Brüllend vor Zorn und Überraschung schoß er wieder daraus hervor. Der Schmutz verklebte seine Augen, und bevor er diese wieder säubern konnte, ging ein wahres Trommelfeuer von Faustschlägen auf ihn nieder.

Der Haluter raste vor Wut.

Mit wirbelnden Fäusten drang er auf seinen Gegner ein, doch gelang ihm zunächst nicht ein einziger Treffer. Sechs riesige Hände fingen seine Fäuste auf und machten die Schläge wirkungslos, und darüber hinaus rammte ihm sein Gegner die Hörner mitten ins Gesicht. Diese Angriffe waren so hart und wuchtig, daß Icho Tolot bis in die Zehenspitzen hinein erschüttert wurde und schließlich abermals mit dem Kopf voran in einem Wasserloch landete.

Bevor er es verhindern konnte, packte ihn sein Gegner an den Beinen, riß ihn aus dem Schlamm und schleuderte ihn im Kreis herum, indem er sich schneller und schneller um seine eigene Achse drehte. Icho Tolot umkreiste ihn brüllend und tobend wie ein Satellit. Immer wieder krümmte er sich zusammen und versuchte, den anderen mit den Händen zu packen, doch das gelang ihm nicht.

Schließlich flog Icho Tolot wie eine von einem Hammerwerfer geschleuderte Stahlkugel von seinem Gegner weg in hohem

Bogen über einen Teich hinaus in eine sandige Mulde. Mit dem Kopf voran bohrte er sich in den Boden, der überraschend leicht unter ihm nachgab.

Er wühlte sich mühsam wieder aus dem Sand hervor, wobei er mit allen vier Armen und den beiden Beinen grub. Dabei hatte er das Gefühl, metertief eingesunken zu sein, denn er brauchte mehrere Minuten, bis es ihm endlich gelang, den Kopf über den Sand hinauszuheben, und auch dann hatte er es noch nicht geschafft, denn noch hatte er den Rand der Mulde nicht erreicht. Dabei arbeitete er wie ein Rasender. Seine vier Arme und die beiden Beine wirbelten wie Schaufelbagger so schnell herum, daß ein Außenstehender sie kaum noch hätte ausmachen können, zumal er dabei in einer Wolke aus Sand und Staub verschwand.

Icho Tolot jagte danach laut brüllend und halbwegs blind auf die Stelle zu, an der er seinen Gegner vermutete. Er hatte das Gefühl, eine schmähliche Niederlage erlitten zu haben, und nur ein einziger Gedanke erfüllte ihn:

Ich muß mich revanchieren. Ich muß ihm zeigen, daß er so etwas nicht mit mir machen kann.

Er fuhr sich mit den Händen über die Augen, um den Schmutz zu entfernen, während er mit einer Geschwindigkeit von nahezu hundert Stundenkilometern über das Land raste und dabei Büsche und Bäume zur Seite fetzte, so wie der Panzer es zuvor auch getan hatte.

Dann streckte er plötzlich die Laufarme und die Beine vor und wühlte den Boden tief auf, bis er zum Stehen kam.

Sein Gegner war verschwunden.

Verblüfft drehte der Haluter sich um.

Und dann stockte ihm der Atem.

Auch die Landefähre war nicht mehr da.

Ausgetrickst! dachte der Haluter.

Er glaubte, seinen Augen nicht trauen zu dürfen, da er genau wußte, daß er die Landefähre gut abgesichert hatte.

Ich habe nicht nur den Hauptcomputer blockiert, dachte er, sondern auch das Schleusenschott verriegelt und positronisch abgesichert.

Und doch war das achtbeinige Wesen in die Fähre eingedrungen und war damit gestartet, obwohl es die halutische Technik auf keinen Fall kennen konnte.

Wer war dieses Wesen?

Möglicherweise ist es ein gestrandeter Raumfahrer, dachte der Haluter. Es hat keine Ähnlichkeit mit den schildkrötenartigen Bewohnern der Stadt. Vielleicht hat es mit diesen überhaupt nichts zu tun.

Nur so schien zu erklären zu sein, daß der Achtbeiner die Fähre fliegen konnte.

Doch dann fiel Icho Tolot ein gedanklicher Fehler auf.

Würde ein gestrandeter Raumfahrer einen Sender bauen, der lediglich mit lichtschnellen Impulsen arbeitete? Würde er nicht vielmehr einen Hyperfunksender errichten, wenn er die Möglichkeit hatte, die fabrikationstechnischen Anlagen der Welt zu nutzen, auf der er gestrandet war?

Icho Tolot raste zu der Stelle hin, an der die Landefähre gestanden hatte.

Ein großes Stück Panzerplast lag auf dem Boden. Es war mit Brachialgewalt aus einer Trennwand im Innern der Fähre herausgerissen worden.

Verwundert blickte der Haluter auf die Platte hinab. Sein Gegner hatte mit einem scharfen Gegenstand Schriftzeichen eingeritzt, die er nicht entziffern konnte. Er prägte sie sich jedoch ein, weil er hoffte, diese ihm hinterlassene Nachricht später übersetzen zu können.

Aus der Ferne klang das Donnergrollen der Triebwerke der Fähre herüber. Icho Tolot rannte auf einen Hügel, um eine bessere Übersicht zu haben.

Er sah, daß sich der Kleinstraumer mit mäßiger Geschwindigkeit von ihm entfernte. Die Fähre flog in einer Höhe von kaum hundert Metern.

Wenn du die richtigen Voraussetzungen antriffst, kannst du hochspringen, schoß es dem Haluter durch den Kopf.

Er ließ sich auf die Laufarme herabfallen und rannte los. Innerhalb weniger Sekunden beschleunigte er bis zur Höchstgeschwindigkeit von etwa hundertzwanzig Stundenkilometern. Dabei behielt er die Molekularstruktur bei, die ihn wie einen Stahlblock erscheinen ließ.

Er dachte nicht daran, landwirtschaftlichen Maschinen auszuweichen, wenn diese seinen Kurs kreuzten. Ohne seine Geschwindigkeit zu verringern, raste er in sie hinein und durchbohrte sie, als bestünden sie aus dünnem Papier.

Wir Haluter sind die größten Kämpfer der Galaxis, dachte er. Es gibt niemanden, der uns in die Knie zwingen könnte!

Eine riesige Staubwolke wirbelte hinter ihm auf. Sie zeigte jedem Beobachter an, wohin er lief.

Allmählich rückte er dem Kleinstraumschiff näher, das hin und wieder seltsam schwankte, als ob es im nächsten Moment abstürzen würde. Doch der Pilot schaffte es immer wieder, es in die richtige Lage zu bringen. Er schien jedoch nicht zu bemerken, daß ein schwarzer Koloß in einem dunkelgrünen Kampfanzug zu ihm aufrückte.

Icho Tolot bereitete sich darauf vor, einen Hügel hinaufzustürmen und von der Hügelkuppe aus zur Fähre hochzuspringen. Er berechnete die dazu notwendige Geschwindigkeit, stimmte sie mit der des Kleinstraumers ab, berücksichtigte die Windgeschwindigkeit, die seinen Aufstieg beeinflussen mußte, und ließ auch die Felsbrocken und die Bäume nicht außer acht, die seinen Ansturm erschwerten.

Er sprang mit einem mächtigen Satz über einen kleinen Fluß hinweg, zertrümmerte einen Felsbrocken, der ihm im Weg lag, jagte wie eine lebende Kanonenkugel den Hang des Hügels hinauf und schnellte sich von hier aus in die Höhe.

Der Hügel war fast sechzig Meter hoch, so daß Icho Tolot lediglich etwa vierzig Meter hochzuspringen hatte. Er stieg auf und streckte alle vier Arme nach der Fähre aus.

Eine plötzliche Bö warf ihn um einige Zentimeter aus der Bahn. Er flog an dem Kleinstraumschiff vorbei. Seine wirbelnden Arme verfehlten es so knapp, daß er meinte, es berührt zu haben.

Er blickte durch ein Seitenfenster in die Zentrale und sah seinen achtbeinigen Gegner im Pilotensessel sitzen. Der andere starrte ihn mit funkelnden Augen an, und Icho Tolot meinte erkennen zu können, daß er höhnisch lachte.

Dann kippte die Landefähre zur Seite weg, und der Haluter stürzte in die Tiefe.

Erst jetzt bemerkte er, daß unter ihm ein ausgedehnter Sumpf lag. Zwei riesige, blaue Reptilien bewegten sich träge durch einen Wassergraben.

Er hat dich in eine Falle gelockt, erkannte er. Dieser Dieb hat damit gerechnet, daß du versuchst, zur Fähre hochzuspringen. Und er hat gewußt, daß du in den Sumpf fallen würdest.

Er brüllte vor Wut und schlug wild mit Armen und Beinen um sich, als könne er das Unabwendbare dadurch verhindern. Dann schlug er bereits in den Morast, der sich augenblicklich unter ihm teilte und sich über ihm wieder schloß. Icho Tolot versuchte zu verhindern, daß er gar zu tief sank, fand jedoch in der zähflüssigen Masse, in der er sich befand, zu wenig Widerstand.

Als er endlich festen Boden berührte, glaubte er, wenigstens zwanzig Meter unter der Oberfläche zu sein.

Er wühlte sich mit kräftigen Arm- und Beinbewegungen über den Grund, wobei er sich an jedem sich bietenden Vorsprung weiterzog. Da ihm die Atemluft knapp wurde, schlang er notgedrungen Morast in sich hinein, wandelte dessen Molekularstruktur in seinem Magen um und führte sich auf diese Weise Sauerstoff zu. So litt er bei seinem minutenlangen Kampf gegen den Sumpf keine Atemnot.

Als er sich endlich bis an den Rand der Senke vorgewühlt hatte, stürzten sich die beiden Tiere auf ihn. Sie waren etwa so groß wie er und hatten langgestreckte Körper. Mit ihren Reißzähnen schnappten sie nach ihm, prallten jedoch von ihm ab, ohne ihm den kleinsten Kratzer beibringen zu können.

Icho Tolot rannte über den Hügel hinweg zum Fluß und warf sich hinein, um den Dreck abzuspülen. Dann kehrte er zur Kuppe des Hügels zurück und hielt nach der Landefähre Ausschau.

Das Kleinstraumschiff bewegte sich nun mit höherer Geschwindigkeit als zuvor von ihm weg. Es strebte einer Bergkette zu, die im Dunst des Horizonts gerade noch zu erkennen war.

Icho Tolot blieb keine andere Wahl. Da er irgendwann zu seinem Raumschiff zurückkehren wollte, das sich in einer Kreisbahn um diesen Planeten bewegte, mußte er der Fähre folgen, denn sie stellte das einzige Fahrzeug dar, das ihn in den Weltraum bringen konnte.

Dumpfer Zorn erfüllte ihn.

Er erinnerte sich daran, daß er einem Hilferuf gefolgt war, wie es selbstverständlich für jedes raumfahrende Wesen war. Niemand, der sich selbst als zivilisiert bezeichnete, durfte sich einem solchen Ruf verschließen.

Hatte der Dieb der Raumfähre nun seine Hilfsbereitschaft mißbraucht, um von diesem Planeten fliehen zu können? Wollte er sich retten und dabei einen anderen Kosmonauten in die gleiche Lage bringen, in der er sich selbst seit vielen Jahren befunden hatte?

Icho Tolot konnte es sich nicht vorstellen.

Er rannte hinter dem Raumschiff her, entschlossen, es so schnell wie möglich zurückzuerobern und seinen Widersacher zu bestrafen. Danach wollte er ergründen, warum der Hilferuf abgestrahlt wurde und wie er helfen konnte.

Er stürmte über bestelltes Land, setzte über Flüsse hinweg, raste mitten durch ein Dorf, in dem schildkrötenähnliche Wesen lebten, die ihn verblüfft beobachteten, jedoch nicht versuchten, ihn aufzuhalten, und zertrümmerte eine vollautomatische Fabrikationsanlage.

Dann erreichte er einen Wald, dessen Unterholz so dicht und

dessen Boden so weich war, daß er nicht mehr so schnell vorankam wie bisher. Seine Hände und Füße fanden in dem Untergrund nicht den notwendigen Widerstand, sondern rutschten immer wieder weg, so daß er sich mehrere Male im Gewirr von vermoderten Stämmen verfing und sich mühsam freikämpfen mußte.

Er versucht, mich zu schwächen, überlegte er. Bildet er sich tatsächlich ein, daß mir das etwas ausmacht? Ich zerquetsche ihn, wenn er mir unter die Finger kommt.

Endlich öffnete sich der Wald zu einer mit Felsen übersäten Hochebene. Icho Tolot konnte die Raumfähre sehen. Sie war etwa zwanzig Kilometer vor ihm und flog auf unverändertem Kurs. Doch er warf nur einen kurzen Blick auf sie und wunderte sich, daß sie nicht höher aufstieg. Wohin flog das achtbeinige Wesen? War es noch nicht darauf gekommen, daß dies nur eine Landefähre war, während das eigentliche Raumschiff sich in einer Umlaufbahn befand? Oder wollte es jemanden zu sich an Bord holen, bevor es diesen Planeten verließ? War es nicht allein?

Sein Augenmerk richtete sich auf einen etwa zwanzig Meter hohen transparenten Zylinder, der zwischen den Felsen stand.

In dem transparenten Material des Zylinders schwebte eine massige, grüngeschuppte Gestalt, die in dem transparenten Material eingegossen war.

Icho Tolot erkannte in ihr einen Scherlampker wieder, und er erinnerte sich daran, einmal auf der Randwelt Scherlampk gewesen zu sein. Mit einem solchen Wesen hatte er einen Kampf ausgetragen, bei dem er Sieger geblieben war. Danach hatte sich eine Freundschaft mit den Scherlampkern entwickelt, denen er geholfen hatte, scheinbar unüberwindliche Energieprobleme zu lösen.

Dabei hatte sich gezeigt, daß die Scherlampker gutmütige und freundliche Geschöpfe waren, die nur im äußersten Notfall zu kämpfen bereit waren.

Eine klaffende Wunde am Hals des grüngeschuppten Wesens

war ein unübersehbares Zeichen dafür, daß dieser Scherlampker zum Kampf gezwungen und dabei besiegt worden war.

Die Scherlampker sind zu einer raumfahrenden Nation geworden, dachte der Haluter. Eine ihrer ersten Sternenexpeditionen hat sie hierher und in den Tod geführt.

Er umrundete den Zylinder und entdeckte eine Inschrift. Sie war zu seiner Überraschung in Interkosmo verfaßt, so daß er sie lesen konnte. Daneben befand sich eine zweite Inschrift mit den Schriftzeichen, die er schon von der Platte her kannte, die das achtbeinige Wesen ihm hinterlassen hatte.

Er hat es gewagt, gegen mich anzutreten, und er hat verloren, denn ich – Kürtyn – bin der Größte!

Er hat geglaubt, er könne mich besiegen, doch er hat eines nicht bedacht: Er hat gegen mich gekämpft, gegen mich, Kürtyn, den größten Kämpfer des Universums.

Icho Tolot stand vor einem zweiten zylindrischen Gebilde aus transparentem Plastikmaterial, in das ein vierbeiniges, fast sechs Meter großes Geschöpf eingegossen war. Es hatte einen mit meterlangen Stacheln besetzten Kugelkopf, weit ausladende Schultern, die mit dicken Chitinplatten überzogen waren, und einen schmal auslaufenden Hinterkörper mit langen Beinen, die den überragenden Läufer erkennen ließen. In den krallenartigen Händen hielt das Wesen klobig aussehende Schußwaffen, wie Icho Tolot sie vorher noch nie gesehen hatte. Diese hatten ihm bei seinem Kampf gegen Kürtyn nicht geholfen. Eine schwarz verbrannte Schußwunde auf der Brust zeigte, wodurch der Kampf beendet worden war.

Früher oder später wird er dich auch mit Waffen angreifen, dachte der Haluter. Er wird versuchen, dich zu töten. Ein Wahnsinniger, der seine Lebensaufgabe offenbar darin sieht, sich zu beweisen, daß er der Größte ist.

Jetzt wußte er, daß er es nicht mit einem gestrandeten Raumfahrer zu tun hatte, sondern mit einem Bewohner dieses Planeten.

Er dachte daran, daß die Haluter immer noch als die besten Kämpfer der Galaxis galten. Aber ihm war nicht wichtig, diesen Ruf zu erhalten oder gar zu beweisen. Er wollte den Zweikampf mit Kürtyn nicht, denn ihm war gleichgültig, wer von ihnen beiden der Stärkere war. Wenn es nach ihm gegangen wäre, dann wäre er sofort wieder gestartet und hätte am Rand dieses Sonnensystems einen Satelliten stationiert, der alle zukünftigen Besucher dieser Welt warnen würde.

Doch er konnte nicht starten, solange er kein Raumschiff hatte.

Dieser zweite Zylinder stand nur wenige Kilometer von dem anderen entfernt, den der Haluter zuerst gesehen hatte, und Icho Tolot war davon überzeugt, daß er bald noch mehr finden würde.

Er rannte weiter über die Hochebene, eilte jedoch nicht mehr mit Höchstgeschwindigkeit voran, sondern bewegte sich gerade so schnell, daß er die Landefähre nicht aus den Augen verlor.

Er wußte jetzt, daß Kürtyn sich ihm auf keinen Fall entziehen würde. Daher kroch er in eine Höhle, als der Tag sich dem Ende zuneigte, um während der Nacht zu schlafen. Erfrischt und ausgeruht lief er am nächsten Tag weiter. Von der Landefähre war nichts mehr zu sehen, aber das störte ihn nicht. Sie hatte sich von ihrem Start beim Sender an immer in der gleichen Richtung bewegt, und diese verfolgte er jetzt ebenfalls.

Das Gelände stieg steil an, und Icho Tolot mußte bis in Regionen aufsteigen, in denen die Berge mit Schnee und Eis bedeckt waren. Am Nachmittag des nächsten Tages fiel das Gelände wieder ab, und bald kam ein pyramidenförmiger Berg in Sicht, über dem aus zahlreichen Schloten Rauchwolken aufstiegen.

Eine Reihe von transparenten Zylindern erhoben sich auf dem Weg dorthin. In ihnen hatte Kürtyn Lebewesen unterschiedlichster Art eingeschlossen. Sie alle hatten eines gemeinsam. Sie waren von ihm getötet worden. Icho Tolot sah ein spinnenartiges Riesenwesen, eine mit zierlichen Händen versehene Schlange, deren geringelter Körper etwa zwanzig Meter lang war und deren Gebiß selbst den Haluter erschauern ließ, eine Entität, die wie eine Riesenheuschrecke aussah, ein Reptil von furchterregendem Äußeren und zahlreiche weitere fremdartige Gestalten aller Größen aus vielen Teilen der Galaxis. In einem Zylinder befanden sich die Leichen von vier Akonen, die Kürtyn offenbar mit bloßer Hand getötet hatte.

Bei seinen Begegnungen mit den Intelligenzen aus den Tiefen der Galaxis mußte Kürtyn irgendwann Interkosmo gelernt haben.

Von Zylinder zu Zylinder stieg der Zorn des Haluters, und schließlich dachte dieser kaum noch an das Raumschiff in der Umlaufbahn. Icho Tolot überlegte nur noch, wie er dieses Ungeheuer daran hindern konnte, durch die Hilferufe herbeigelockte Raumfahrer zum Kampf zu zwingen.

Auf einem der Zylinder fand er für ihn wichtige Informationen. In der Inschrift bezeichnete Kürtyn sich als „Herrscher über Mahlkayphen" und behauptete, „die Macht über die Mahlkayphener und ihre Sklavenvölker von Anbeginn aller Zeiten" innegehabt zu haben.

Icho Tolot näherte sich dem pyramidenförmigen Berg in der Hoffnung, dort irgend etwas über Kürtyn herausfinden zu können. Je mehr er über ihn erfuhr, desto besser waren seine Voraussetzungen in dem unvermeidlichen Endkampf mit ihm. Er wollte wissen, ob sein Gegenspieler tatsächlich der absolute Herrscher dieser Welt war und wie die anderen Bewohner zu ihm standen.

Vielleicht stellt sich irgend jemand auf meine Seite, dachte er. Ein Wesen wie Kürtyn macht sich zwangsläufig Feinde, und wenn es mir gelingt, mit diesen Verbindung aufzunehmen, habe ich schon so gut wie gewonnen.

Als er noch etwa einen Kilometer von dem Berg entfernt war, sah er, daß dieser tatsächlich ein riesiges, pyramidenförmiges Gebäude war, das nicht nur Wohnungen enthielt, sondern auch Fabrikationsanlagen. Er hatte den Eindruck, sich einem riesigen Ameisenhaufen zu nähern, der von achtbeinigen Wesen bewohnt wurde. Hunderte von Kürtyns schienen auf ihn zu warten.

Plötzlich schoß ein Schatten auf ihn zu.

Icho Tolot bemerkte ihn erst, als es schon fast zu spät war. Die Raumfähre flog mit mehrfacher Schallgeschwindigkeit und stieg aus einer Senke auf, in der er sie nicht hatte sehen können. Er schnellte sich kraftvoll zur Seite, und der Blitz aus einer der Energiekanonen zuckte zentimeternah an ihm vorbei. Er schlug in die Felsen, die unter der Hitzeeinwirkung augenblicklich verdampften. Glutflüssiges Gestein spritzte zu den Seiten weg.

Icho Tolot rollte sich über den Boden, um der Hitze zu entgehen, obwohl diese ihm in seinem Kampfanzug nur wenig hätte ausmachen können. Gleichzeitig vernahm er das Donnergrollen des Triebwerks der Fähre, die mittlerweile kilometerweit von ihm entfernt war.

Der Überraschungsangriff Kürtyns war fehlgeschlagen, doch das bedeutete nicht, daß der Kampf schon zu Ende war.

Er fürchtet dich, schoß es dem Haluter durch den Kopf. Er will dich erledigen, bevor es für ihn ernst wird, denn er hat Angst, den Kampf zu verlieren.

Wie konnte er nur annehmen, Kürtyn würde mit gleichen Waffen kämpfen?

Für den Herrscher von Mahlkayphen kam es nicht darauf an, unter welchen Umständen er einen Gegner besiegte, sondern nur darauf, daß er ihn tötete. Hatte er sich mit einem Wesen auseinanderzusetzen, das schwächer war als er, rüstete er es mit Waffen aus, begegnete ihm jedoch jemand, der stärker war als er, dann ließ er sich auf kein Risiko ein.

In einer solchen Auseinandersetzung gibt es keine Fairneß, sagte der Haluter sich und erfaßte zugleich, daß er bei einem zweiten Angriff keine Überlebenschance hatte, vor allem dann nicht, wenn Kürtyn langsamer flog als beim ersten. Er würde ihn zwar hören, wenn er kam, und er würde ihn sehen, aber der Herrscher von Mahlkayphen konnte ihn in aller Ruhe anvisieren, und er brauchte die Bordwaffen erst auszulösen, wenn er ganz sicher war, daß er treffen würde. Er konnte jedem Ausweichmanöver folgen, bis es nicht mehr möglich war, die Zielpositronik zu überlisten.

Icho Tolot sah sich um.

Er befand sich auf freiem Gelände, auf dem nur wenige Büsche standen. Keiner von ihnen bot ihm eine ausreichende Deckung.

Er sah nur eine Chance für sich.

Er mußte in den pyramidenförmigen Berg eindringen und dort Schutz suchen, bis er selbst eine Waffe hatte, so daß er zurückschlagen konnte.

Kaum hatte Tolot den Entschluß gefaßt, als er auch schon losrannte. Er beschleunigte auf Höchstgeschwindigkeit und raste auf vier Beinen auf den Berg zu. Dabei blickte er hin und wieder zurück, weil er fürchtete, angegriffen zu werden. Tatsächlich tauchte die Raumfähre schon bald über einigen Hügeln auf, aber sie kam zu spät. Bevor Kürtyn schießen konnte, hatte er den Berg erreicht. Einige Mahlkayphener stellten sich ihm entgegen, wichen jedoch aus, als sie merkten, daß er sie einfach überrennen würde, wenn sie stehenblieben.

Icho Tolot stürmte durch einen mit kostbaren Teppichen ausgelegten Gang etwa fünfzig Meter weit in die Pyramide, wobei er zweimal in abzweigende Gänge abbog. Das war sein Glück, denn Kürtyn nahm keine Rücksicht auf die Bewohner der Anlage. Er feuerte mit Bordkanonen hinter dem Haluter her und in den Berg hinein. Icho Tolot spürte die Hitzewelle, die ihm folgte, und er hörte die verzweifelten Schreie der Mahlkayphener, die sich nicht rechtzeitig in Sicherheit gebracht hatten.

Als er zurückblickte, wälzte sich eine Feuerwand auf ihn zu, die durch die Teppiche genährt wurde.

Er eilte noch einige Meter weiter, dann schob sich hinter ihm eine Stahlwand quer über den Gang und schottete die anschließenden Räume vom Feuer ab. Icho Tolot sah sich fünf riesigen Mahlkayphenern gegenüber, die auf dem Boden kauerten und ihn mit weit geöffneten Augen anstarrten, als sei er der Teufel persönlich.

Ihm fiel auf, daß sie schillernd grüne Lider hatten, die ihren Augen einen seltsamen Ausdruck verliehen und sie hilfloser aussehen ließen, als sie waren.

„Gebt mir eine Waffe", forderte er. „Ich muß mich gegen diesen Wahnsinnigen wehren können."

Die Mahlkayphener antworteten nicht. Verängstigt zogen sie sich bis in die äußerste Ecke des Raumes zurück, der einige einfache Möbel enthielt und dessen Boden und Wände mit gemusterten Teppichen verziert waren. Sie schienen ihn nicht verstanden zu haben.

Icho Tolot wiederholte seine Forderung.

Einer der Mahlkayphener, dessen Ohrfedern blutrot waren, kroch zögernd und vorsichtig auf ihn zu.

„Wir dürfen nicht", erwiderte er mit stockender Stimme. „Kürtyn würde uns dafür töten."

„Und was ist, wenn er euch den ganzen Berg zusammenschießt?"

Als er darauf keine Antwort erhielt, schleuderte Icho Tolot den Mahlkayphener zur Seite und raste weiter.

Irgendwo muß es Waffen geben, sagte er sich.

Nach dieser ersten Begegnung mit den Bewohnern des Berges war er sicher, daß er von ihrer Seite keinen Widerstand zu befürchten hatte. Sie wagten es offenbar nicht, sich gegen ihren Tyrannen zu erheben, taten aber auch nichts, um ihm zu helfen.

Es blieb nicht bei dieser ersten Begegnung, aber auch die anderen verliefen nicht anders. Die Mahlkayphener verhielten sich friedlich, und fast alle hatten Angst. Von der kämpferischen Haltung eines Kürtyn war nichts zu erkennen, so daß Icho Tolot den Eindruck gewann, es bestehe keine Verwandtschaft zwischen ihnen. Alles, was sie miteinander gemein hatten, schien die Körperform zu sein.

Schlag auf Schlag erschütterte den Berg. Kürtyn schonte dessen Bewohner nicht. Er zerstörte hemmungslos, was sie in langen Jahren aufgebaut hatten. Er kannte nur ein Ziel. Er wollte den Haluter zwingen, den Berg zu verlassen. Vorläufig aber dachte dieser nicht daran, sich Kürtyn zum Kampf zu stellen, da er keine Waffe hatte.

Es gab nichts, womit er die Überlegenheit seines Gegners hätte verringern können.

Als der Haluter immer wieder an die Grenzen der Bereiche kam, die Kürtyn mit den Bordwaffen der Landefähre zerstört hatte, erkannte er, daß er nicht länger in der Siedlung der Mahlkayphener bleiben durfte. Er wollte nicht dafür verantwortlich sein, daß sein Gegner Unbeteiligte tötete, und er beschloß, einen Ausbruch zu versuchen.

In einem der Räume fand er einen zentnerschweren, dreifüßigen Kerzenständer. Er nahm ihn mit und stürmte bis zu einem der zahlreichen Ausgänge, ohne einem Mahlkayphener zu begegnen.

Vorsichtig spähte er hinaus.

Die Landefähre war nur etwa hundertfünfzig Meter von ihm entfernt. Sie schwebte an der Flanke des Berges entlang, war aber so hoch, daß er sie nicht mit einem Sprung erreichen konnte. Sie flog von ihm weg, so daß er sie nur von hinten angreifen konnte.

Icho Tolot rechnete sich eine geringe Chance aus. Er wollte versuchen, den Kerzenständer gegen die Antennen zu schleudern, mit denen Kürtyn Ziele erfassen und anpeilen konnte. Auf diese Weise hoffte er, das Bordsystem unwirksam machen zu können. Diesen Angriff konnte der Haluter jedoch nur gegen den Bug der Landefähre führen.

Er kletterte daher in der entgegengesetzten Richtung über die Flanke des Berges, bereit, sofort in Deckung zu gehen, wenn die Fähre die Pyramide umrundet hatte und vor ihm auftauchte.

Er hatte etwa fünfzig Meter zurückgelegt, als er die Schreie einiger Mahlkayphener hörte. Unmittelbar darauf erschien der Bug der Fähre in seinem Blickfeld. Icho Tolot schleuderte den Kerzenständer mit voller Wucht gegen die Maschine.

Dann warf er sich mit einem mächtigen Satz zur Seite und flüchtete in einen Gang. Hinter ihm blitzte es auf, und ein Energiestrahl schlug dort ein, wo er eben noch gestanden hatte. Gleichzeitig krachte es vernehmlich, als das Wurfgeschoß sein Ziel erreichte. Unmittelbar darauf explodierte etwas.

Icho Tolot kehrte über einen anderen Gang an die Bergflanke zurück. Die Raumfähre schwebte nun in einer Höhe von fast dreihundert Metern. Der Kerzenständer hatte die Antennenanlage zerschlagen.

Glück gehabt, dachte der Haluter. Wenn er die Schutzschirme eingeschaltet gehabt hätte, wäre das nicht möglich gewesen.

Er blickte zur Landefähre hoch und fragte sich, wie zu erklären war, daß Kürtyn die Maschine fliegen konnte.

Auf Mahlkayphen gab es keine Raumfahrttechnik, und doch war dieses rätselhafte Wesen in die Landefähre gestiegen, hatte sich innerhalb weniger Sekunden mit seiner Technik vertraut gemacht und war gestartet, so als sei dies ganz selbstverständlich.

Icho Tolot spürte, wie ihm innerlich kalt wurde, als er daran dachte, daß Kürtyn ohne weiteres mit der Fähre in den Weltraum fliegen und dort das große Raumschiff übernehmen konnte. Damit würde er dann eine nicht mehr auszugleichende Überlegenheit gewinnen.

Hatte er das Raumschiff noch nicht geortet? Oder kam er gar nicht auf den Gedanken, daß die Fähre nur ein winziges Beiboot eines großen Raumschiffs war?

Die Landefähre drehte ab und flog davon. Sie bewegte sich in der gleichen Richtung wie am Tag zuvor.

Icho Tolot setzte sich erleichtert auf den Boden.

Er hatte zumindest eine Atempause gewonnen.

Daß er sich seinem Ziel näherte, merkte Icho Tolot an der wachsenden Zahl der transparenten Zylinder, in denen die getöteten Gegner Kürtyns konserviert waren. Sie bildeten eine Doppelreihe, die in gerader Linie zu einem Berg führte, der sich mitten in einer bewaldeten Ebene bis zu einer Höhe von etwa tausend Metern erhob.

Die in den Zylindern eingeschlossenen Intelligenzen waren an den unterschiedlichsten Verletzungen gestorben, so daß der Haluter aus der Art ihrer Verwundungen nicht erkennen konnte, mit welchen Waffen Kürtyn ihn angreifen würde.

Der letzte der Zylinder stand etwa vier Kilometer von dem Berg entfernt. Er enthielt ein ungemein kräftig wirkendes Wesen, das einen mit Hornplatten gepanzerten Kugelkörper hatte, der von vier säulenartigen Beinen getragen wurde. Darüber erhob sich ein mit vier Armen und zwei großen Scheren versehener Oberkörper, der über ein Chitin-Außenskelett verfügte. Ein Stahlspeer hatte dieses Wesen durchbohrt und getötet. Er steckte noch in seinem Leib.

Icho Tolot fand auch hier eine Inschrift vor. Sie lautete:

Näher ist keiner meiner Gegner an mich herangekommen! Kürtyn – der größte Kämpfer des Universums.

Das Gelände zwischen diesem Zylinder und dem Berg war unübersichtlich. Bäume mit dicken, grünen Stämmen und blumenartigen Kronen und mit langen Dornen besetzte Büsche, die von Moos und Lianen überwuchert wurden, bildeten ein undurchdringlich erscheinendes Dickicht, über dem Schwärme von farbenprächtigen Vögeln und Schmetterlingen kreisten. Die Luft war erfüllt von den schrillen Lockrufen der Insekten. Größere Tiere schien es nicht zu geben, denn nirgendwo gab es Pfade, die durch das Dickicht führten.

Icho Tolot zögerte.

Das hellgrüne Gespinst der Moospflanzen zog sich von Baumstamm zu Baumstamm und von Busch zu Busch, so daß der Haluter sich an ein riesiges Spinnennetz erinnert fühlte. Er glaubte, daß Kürtyn irgendwo in diesem Wald lauerte und darauf wartete, daß er sich in dem Dickicht verfing, so daß er sich wie eine raubgierige Spinne auf ihn stürzen konnte.

Jetzt bedauerte er, daß er seine Molekularstruktur bei ihrer ersten Begegnung umgewandelt und seinem Gegenspieler dadurch seine stärkste Waffe verraten hatte. Es wäre besser gewesen, wenn er ihm ausgewichen wäre und starke Unterlegenheit vorgetäuscht hätte.

Nun aber mußte er davon ausgehen, daß Kürtyn sich mit Waffen ausgerüstet hatte, die ihm wirklich gefährlich werden konnten.

Er beschloß, nicht auf der Linie anzugreifen, die durch die transparenten Zylinder angezeigt wurde, sondern einen Bogen zu schlagen und dann auf etwas übersichtlicherem Gelände zum Berg vorzudringen. Doch als er mehrere Kilometer weit gelaufen war, stellte er fest, daß der Wald nur immer dichter und unzugänglicher wurde. Daher begann er schließlich mit seinem Vormarsch auf den Berg. Er brach sich eine Bahn durch das Unterholz und kämpfte sich den Weg mit seinen gewaltigen Körperkräften frei.

Er war ständig darauf gefaßt, angegriffen zu werden. Kürtyn aber ließ sich Zeit. Er blieb erstaunlich lange passiv, so daß Icho Tolot schon glaubte, den Berg ohne Kampf erreichen zu können. Als sein Gegner ihn dann endlich attackierte, überraschte er ihn.

Plötzlich begann der Körper des Haluters zu vibrieren. Das terkonitharte Material geriet in starke Schwingungen, die es zu zerreißen drohten.

Icho Tolot spürte trotz der Molekularumwandlung quälende Schmerzen, und er erfaßte in Bruchteilen von Sekunden, daß er unmittelbar davor stand, zu einer Staubwolke zu explodieren. Sein Körper begann zu kreischen und schien zu keiner Bewegung mehr fähig zu sein.

In höchster Todesangst zwang der Haluter sich trotz rasender Schmerzen zu einem seitlichen Ausbruch.

Und er hatte Glück.

Kaum war er einige Meter weit gerannt, als er den Einflußbereich der Vibrationsstrahlen auch schon verließ. Die Moleküle seines Körpers kamen zur Ruhe, und er gewann die Kontrolle über sich selbst zurück.

Die Schmerzen ließen jedoch nicht so schnell nach.

Icho Tolot schrie einige Male gepeinigt auf. Jeder Schritt wurde zur Qual. Doch die Angst trieb ihn voran. Er wußte, daß er einen zweiten Angriff dieser Art nicht überleben würde. Um Kürtyn kein sicheres Ziel zu bieten, schlug er immer wieder Haken, um zur einen oder anderen Seite auszuweichen. Wie wichtig eine derartige Taktik war, merkte er, als ein Streifschuß ihn beinahe umwarf. Die Vibrationsstrahlen trafen ihn an einem Arm und versetzten diesen in so heftige Schwingungen, daß er meinte, er würde ihm abgerissen.

Dann endlich erreichte Icho Tolot einen Hügel, und er sah seinen Gegner.

Kürtyn hockte auf einem etwa fünf Meter hohen Turm und schwenkte den Vibrationsstrahler hin und her. Sein Verhalten zeigte allzu deutlich, daß er nicht wußte, wo sein Gegner war, aber auch, daß er sich sicher fühlte.

Einem ersten Impuls folgend, wollte Icho Tolot über ihn herfallen, dann aber, als er schon zum Ansturm ansetzte, fuhr er zurück.

Die Umgebung des Turmes ist mit Fallen gespickt, dachte er. Dieser Teufel wartet nur darauf, daß du die Beherrschung verlierst und dich auf ihn wirfst.

Nahezu lautlos tauchte er wieder ins Dickicht des Urwalds. Der Berg war nun nicht mehr weit von ihm entfernt, und es erschien ihm wichtiger, dorthin zu gehen, als sofort mit Kürtyn zu kämpfen. Alles deutete darauf hin, daß der Berg das Zentrum bildete, von dem aus Kürtyn alle Aktionen startete. Daher galt es, diese Basis zu zerschlagen.

Als Icho Tolot den Berg erreichte, blickte er zurück. Er sah, daß der Herrscher der Mahlkayphener immer noch auf dem Turm hockte und seine Umgebung mit Vibrationsstrahlen bestrich. Er hatte noch nicht bemerkt, daß sein Gegner längst an ihm vorbei war.

Lautlos lachend eilte der Haluter weiter und erreichte kurz darauf eine Betonstraße, die zu einem Panzertor führte.

Er blieb stehen, als er sah, daß der Eingang durch ein Gebilde gesichert wurde, das er für ein psitronisches Lichtband hielt.

Erstaunt und fasziniert zugleich trat er näher.

Solch einem Gebilde war er noch niemals zuvor begegnet, aber er hatte davon gehört. In einer alten Legende von Halut, die noch aus der Zeit stammte, als die Haluter von den anderen Völkern der Galaxis als *Ungeheuer* angesehen wurden, war von einem solchen Bande die Rede. In ihr hieß es, daß ein psitronisches Lichtband für alle nichthalutischen Völker der Galaxis ein unüberwindliches Hindernis war. Geven Maris, ein halutischer Volksheld, der vor fast fünfzigtausend Jahren gelebt hatte, sollte der einzige gewesen sein, dem es gelungen war, dieses Lichtband zu überwinden.

Sollte Geven Maris auf Mahlkayphen gewesen sein? War er dem Lichtband hier begegnet?

Icho Tolot meinte, vom Hauch der Geschichte gestreift zu werden.

Für Kürtyn scheint es kein ernstzunehmendes Hindernis darzustellen, dachte Icho Tolot. Und er fragte sich, woher dieses psitronische Lichtband kam. Die Mahlkayphener selbst konnten es nicht geschaffen haben. Keiner ihrer Wissenschaftler wäre in der Lage gewesen, die Energie einer ganzen Sonne in einem so kleinen Gebilde einzufangen.

Hatte Seth-Apophis, die Superintelligenz, die Hand im Spiel? Schon einmal war er einem Schloß begegnet, das auf eine ähnlich ungewöhnliche Weise gesichert gewesen war. Dabei aber hatte es sich nicht um ein psitronisches Lichtband gehandelt.

Psitronen hatten – im mathematischen Sinn – eine imaginäre Masse und konnten sich daher ohne Verlust an ihrer Energie schneller als mit Lichtgeschwindigkeit bewegen. Zu erklären waren sie nur, wenn man von der Existenz virtueller Vorgänge ausging, die von extrem kurzer Dauer waren. Icho Tolot wußte, daß für eine sehr kurze Zeit jeder physikalische Vorgang in einer Weise ablief, die den bekannten Naturgesetzen widersprach. Er dachte daran, daß nach den Erkenntnissen der Quantenphysik ein beginnender physikalischer Vorgang „Fühler" in alle Richtungen ausstreckte, „Fühler", in denen die Zeit umgekehrt sein konnte, normale Gesetze verletzt wurden und unerwartete Dinge geschehen konnten. Diese virtuellen Vorgänge starben nach Ablauf einer äußerst kurzen Zeitspanne ab, und die Materie beruhigte sich wieder. Nach den theoretischen Überlegungen, denen auch Icho Tolot anhing, waren die virtuellen Prozesse von einer Anzahl Wahrscheinlichkeiten umgeben, die nicht notwendigerweise eintraten, aber dennoch den Gang der Ereignisse beeinflußten. Diese virtuellen Potentiale konnte man sich als einen Schwarm von Teilchen mit imaginärer Masse vorstellen, die wie ein Gas ohne Reibung miteinander in Wechselwirkung standen.

Wenn die Berichte in der alten Legende richtig sind, sagte der Haluter sich, dann wird dieser Schwarm der Psitronen mit imaginärer Masse in meine zerebralen Neuronen eindringen, sofern diese sich in einem besonders aufnahmebereiten Zustand befinden.

Sie werden nicht nur Informationen über den tatsächlichen Zustand des Lichtband-Systems übertragen, das diese Psitronen ausstrahlt, sondern auch „Vorentwürfe" seines wahrscheinlichen zukünftigen Zustands, die sich schon in den „Fühlern" widerspiegeln, die nach allen Richtungen ausgestreckt worden sind. Somit spielen die Psitronen eine Rolle, die der der Lichtquanten vergleichbar ist, mit dem Unterschied, daß die Psitronen direkt auf mein Gehirn und nicht auf das Auge wirken werden.

Der Haluter machte sich klar, daß dies alles vorläufig noch theoretische Überlegungen waren, die durch nichts bewiesen waren.

Icho Tolot wußte nicht, ob es sich bei diesem in allen Farben des Regenbogens schillernden Lichtband wirklich um ein psitronisches Lichtband handelte und ob es tatsächlich diese Wirkung auf ihn ausüben würde.

Zögernd näherte er sich ihm, gefaßt darauf, mit einem rätselhaften Ereignis konfrontiert zu werden.

Er versuchte, streng logisch zu denken.

Wenn das psitronische Lichtband eine Sicherung für die Tür war, dann mußte es durch eine einfache Maßnahme geöffnet werden können, eine Aufgabe, die jedoch nicht von jedem zu lösen war, die vielleicht nur ein einziges Lebewesen in der Galaxis bewältigen konnte. Da es sich bei Psitronen aber um äußerst kurzlebige Teilchen mit imaginärer Masse handelte, blieben ihm nur Nanosekunden für seine Reaktion.

Niemand und nichts, das in unserer Zeitwellenfront lebt, kann so rasch handeln, fuhr es ihm durch den Kopf. Niemand könnte in so einer kurzen Zeitspanne auch nur einen Finger krümmen.

Durfte er es überhaupt riskieren, sich dieser Aufgabe zu stellen?

Mußte er nicht zwangsläufig an ihr scheitern?

Nicht, wenn ein Gedanke die Antwort sein soll, dachte er.

Plötzlich bekam er Kontakt mit den Psitronen des Lichtbandes, und alles weitere geschah unvorstellbar schnell.

Irgend etwas in ihm formulierte eine schwierige Frage aus dem Bereich der Hyperphysik, die niemand ohne die Hilfe einer umfangreichen Positronik hätte beantworten können. Das Planhirn des Haluters griff diese Frage sofort auf, berechnete die Lösung innerhalb einer Nanosekunde und formulierte sie. Im gleichen Moment glaubte Icho Tolot eine Flut von leuchtenden Zahlen und hyperphysikalischen Symbolen vor Augen zu haben. Die Lösung, die er mit Hilfe seines Planhirns gefunden hatte, bewegte sich darin, und als sie sich in dem Meer von Zahlen zu stabilisieren schien, berührte er das psitronische Lichtband.

Gleichzeitig erkannte er, daß er richtig gehandelt hatte. Die Psitronen, die auf die Neuronen seiner Hirnrinde getroffen waren, hatten ihm exakt den Zeitpunkt angegeben, zu dem er Kontakt mit dem Lichtband haben mußte.

Nur jemand, der ein Planhirn hat wie ich, kann das Tor öffnen, dachte er, während das Panzerschott zur Seite glitt. Ist Kürtyn also wie ich? Funktioniert sein Hirn wie eine moderne Positronik? Sollte ich mich getäuscht haben? Steht bei ihm nicht die körperliche Leistung im Vordergrund, sondern die geistige?

Er betrat den Gang, der in den Berg führte und in einen Hangar mündete, in dem ein akonischer Kugelraumer stand. Das Raumschiff war uralt. Icho Tolot wußte, daß dieser Schiffstyp schon seit Jahrtausenden nicht mehr gebaut wurde.

Unsterblich ist Kürtyn auf jeden Fall, dachte er, während er an dem Raumschiff vorbeiging und einem weiteren Gang folgte. Nicht nur die Leichen seiner Gegner beweisen es, sondern auch dieses Schiff.

Ein Panzerschott wich vor ihm zur Seite, und eine Halle öffnete sich vor ihm, die so groß war, daß er sie nicht überschauen konnte. In ihr parkte Raumschiff an Raumschiff. Es war die Beute, die Kürtyn im Lauf der Jahrtausende gemacht hatte und für die er offenbar nicht mehr Verwendung hatte, als sie hier in einer Art Museum aufzustellen.

Warum hat er sich die Hyperfunkgeräte und die Ortungsgeräte dieser Raumschiffe nicht dienstbar gemacht? fragte sich der Haluter. Was hat ihn daran gehindert, überlichtschnelle Impulse in die Galaxis zu senden und auf diese Weise noch viel mehr Opfer in wesentlich kürzerer Zeit anzulocken? Warum hat er Jahrzehnte gewartet, wenn er es doch darauf angelegt hat, sich mit möglichst vielen Gegnern zu messen und sich und anderen zu beweisen, daß er der größte Kämpfer der Galaxis ist? Spielte der Faktor Zeit keine Rolle für ihn?

Icho Tolot hörte einen Schrei hinter sich, und er wußte augenblicklich, daß auch Kürtyn in den Berg gekommen war. Noch aber war er weit hinter ihm, so daß er keinen direkten Angriff zu fürchten hatte.

Ihm blieben noch einige Minuten, bis Kürtyn bei ihm war und

der Kampf begann, bei dem einer von beiden das Leben lassen würde.

Icho entdeckte eine Treppe, die schräg in die Tiefe führte und auf der die Reflexe von zahllosen, ständig wechselnden Lichtern flimmerten. Von ihr fühlte er sich mit magischer Kraft angezogen, und er entschied sich dafür, sie hinabzusteigen, anstatt in eines der Raumschiffe einzudringen und mit Bordwaffen auf Kürtyn zu schießen, sobald er die Halle betrat, die das gesamte Innere des Berges einzunehmen schien.

Als er einige Stufen hinabgeeilt war, sah er, daß er in eine zweite, wesentlich kleinere Halle kam, die von bizarren Gebilden bis unter die Decke gefüllt war. Diese Gebilde setzten sich alle aus kleinen, quadratischen Lichtscheibchen unterschiedlichster Färbung zusammen. Viele glichen kühn geformten Hochhäusern, Brücken oder sich überschlagenden Wellen, exotischen Bäumen oder wildwuchernden Korallen. Alle aber hatten gemeinsam, daß sie sich aus zahllosen Lichtscheibchen zusammensetzten, die ständig neue Licht- und Farbmuster schufen.

Das flimmernde und flirrende Lichtermeer schien auf den ersten Blick ohne jede Ordnung und ohne System zu sein. Als Icho Tolot jedoch einige Sekunden lang auf der Stelle verweilt und die Anlage betrachtet hatte, erkannte er das Muster.

Er stand vor einem riesigen Computer, der nicht mit Hilfe von Impulsen kommunizierte, sondern seine Aussagen durch Veränderungen der Licht- und Farbmuster machte.

Abermals ertönte ein Schrei.

Kürtyn kam rasend schnell näher.

Icho Tolot verharrte vor dem Computer, als sei nur dieser interessant und als fühle er sich nicht durch den tobenden Mahlkayphener bedroht.

Sich mit einem derartigen Computer zu verständigen, war für nahezu alle Lebewesen unmöglich. Kein menschliches Auge hätte alle Farb- und Lichtmuster zugleich erfassen und verarbeiten können, kein menschliches Auge hätte den sekundenschnellen Veränderungen von Tausenden von Mustern folgen können, und kein menschliches Gehirn hätte verstehen können, was diese Muster bedeuteten.

Icho Tolot aber hatte kein menschliches Gehirn.

Er hatte zwei Gehirne.

Das Ordinärhirn war für die motorischen Bewegungen und die normalen Sinneseindrücke verantwortlich. Das Planhirn dagegen war eine organische Rechenmaschine, das terranischen Positroniken sowohl in der Leistung als auch in der Speicherkapazität überlegen war.

Und der Haluter hatte drei Augen, mit denen er mehr erfaßte, als ein Mensch mit zwei Augen hätte sehen können.

Als er sich auf die Signale des Computers konzentrierte, begann er zu verstehen.

„Du bist zurückgekehrt, Geven Maris", sagte der Computer. „Der Kreis schließt sich. Du hast geholfen, mich zu schaffen, als du auf dieser Welt weiltest. Du hast Kürtyn gezeigt, welchen Weg er gehen muß."

„Kürtyn?" fragte der Haluter laut. Er hörte die dröhnenden Schritte seines Feindes, der sich ihm rasch näherte. „Wer ist Kürtyn?"

„Hast du vergessen? Er war jener Wissenschaftler, der dir geholfen hat, dein Raumschiff zu reparieren. Dafür hast du mich geschaffen und ihm gesagt, was er tun muß, damit ich mich ständig weiter entwickle. Er hat deinen Ratschlag befolgt, und ich habe an mir selbst gebaut. Seit fünfzigtausend Jahren. Bis mir klar wurde, daß ich das größte und bedeutendste Geschöpf in der Galaxis geworden war, das sich mit jedem messen kann. Auch mit dir, meinem Schöpfer."

Jetzt war Icho Tolot alles klar.

Er verschwieg, daß er nicht mit Geven Maris identisch war.

Der legendäre Geven Maris war vor annähernd fünfzigtausend Jahren auf Mahlkayphen gewesen und hatte hier Schiffbruch erlitten. Man hatte ihm geholfen, und als Dank dafür hatte er dieser Welt einen Computer geschenkt, der sich selbst verbessern und ausbauen konnte. Das war für die Haluter der damaligen Zeit ein keineswegs ungewöhnliches Gerät gewesen, wohl aber für die Bewohner von Mahlkayphen.

Irgend etwas hatte sich dann jedoch anders entwickelt, als Geven Maris es gewollt hatte. Der Computer war egoistisch geworden. Er hatte nur noch an sich und an seine vermeintliche Vollkommenheit gedacht. Er hatte sich aus dem Griff des mahlkayphenischen Wissenschaftlers befreit, der ihn betreuen sollte, und hatte nur sich selbst zum Maßstab gemacht. Die Bewohner von Mahlkayphen waren ihm im Verlauf der Jahrzehntausende gleichgültig geworden. Er war nicht mehr für sie dagewesen, sondern nur noch für sich selbst. Sein Ziel war nicht mehr, ihnen zu dienen, sondern sich mit Raumfahrern zu messen, um sich selbst zu beweisen, daß er jene Vollkommenheit erreicht und übertroffen hatte, die sein Schöpfer Geven Maris gehabt hatte. Nach der ihm eigenen Logik konnte er eine solche Vollkommenheit nur bei Raumfahrern finden, da Geven Maris auch ein Raumfahrer gewesen war, und daher hatte er einen Sender bauen lassen, der um Hilfe rief, bis ein Raumschiff auf Mahlkayphen landete.

Für den Computer war der Faktor Zeit von untergeordneter Bedeutung. Er hatte es nicht für nötig gehalten, einen Hyperfunksender zu benutzen, da der einfache Sender seinen Zweck ebenfalls erfüllte.

Ein Glück, daß Zeit keine Rolle für dich spielt, dachte der Haluter.

Kürtyn hatte das obere Ende der Treppe erreicht. Er eilte nun die Stufen herab. Wenn Zeit wichtig für dich gewesen wäre, hättest du vielleicht schneller und intensiver an dir gearbeitet. Das Ergebnis wäre noch schlimmer geworden.

Icho Tolot ließ sich auf die Laufarme herabfallen.

Noch immer befand er sich in einem Zustand, in dem er einem Stahlblock glich.

Er warf sich nach vorn und stürzte sich in das Lichtermeer. Mit wirbelnden Armen und Beinen zerfetzte er den Computer.

Er hörte Kürtyn hinter sich brüllen, drehte sich um und zertrümmerte dabei mit der Faust ein brückenförmiges Gebilde.

Im gleichen Moment verschwand Kürtyn, als habe er nie existiert.

Icho Tolot lachte dröhnend.

Schon als er den Computer zum erstenmal gesehen hatte, war ihm klar geworden, daß Kürtyn nichts weiter als ein Computergeschöpf war, das nur existieren konnte, wenn der Computer funktionierte, und das mit dem Zusammenbruch der Positronik aus seiner Existenzebene entfernt wurde.

Eine Computerprojektion, dachte er und bedauerte zugleich, daß er nun nicht mehr herausfinden würde, auf welche Weise die Projektion geschaffen worden war. Der Computer konnte nicht mehr antworten. Doch er hatte diesen Gedanken noch nicht zu Ende gedacht, als plötzlich in seinem Gehirn das überaus deutliche Abbild einer Computeraussage aus Tausenden von verschiedenfarbigen Lichtpunkten entstand. Eine Nanosekunde vorher zerriß eine ungeheure Explosion den Berg.

Ein Psitronenschauer traf die Neuronen der Hirnrinde Icho Tolots, und dieser erfuhr, daß die Projektion durch das Zusammenspiel von Computer und psitronischem Lichtband möglich geworden war, das Geven Maris auf Mahlkayphen zurückgelassen hatte, und er glaubte, einen Gedanken des legendären Volkshelden aufzufangen: Das Lichtband wird den Computer zerstören, wenn dieser sich falsch entwickelt und zur Gefahr wird.

Icho Tolot blickte auf die qualmenden Reste des Computers.

Er wußte nicht, ob das explodierende Lichtband über Jahrzehntausende hinweg Gedanken von Geven Maris gespeichert und jetzt freigegeben hatte, oder ob ihm seine eigene Phantasie etwas vorgegaukelt hatte.

Auf jeden Fall hatte nicht das Lichtband den Computer zerstört, sondern dieser hatte bei seinem Zusammenbruch offenbar Impulse ausgesendet, die das Lichtband zur Explosion gebracht hatten.

Icho Tolot blickte auf die Stelle, an der Kürtyn gestanden hatte.

Die Computerprojektion existierte nicht mehr. Sie würde die Bewohner dieses Planeten nie mehr tyrannisieren und nie wieder getötete Raumfahrer in transparente Zylinder eingießen.

„Du hast dich geirrt“, sagte der dunkelhäutige Riese. „Du warst nicht der Größte.“

Er machte sich auf die Suche nach seiner Raumfähre.

Er wollte Mahlkayphen auf dem schnellsten Weg verlassen.

Eine halbe Stunde später ließ er sich in den Sessel am Steuerleitpult seines Raumschiffes sinken. Der schwarze Handschuh glitt auf ihn zu und schob sich über seine Hand.

Icho Tolot nahm es mit stoischem Gleichmut hin.

Er startete das Triebwerk, und wenig später löste sich das Raumschiff aus dem Schwerefeld von Mahlkayphen. Es beschleunigte und raste in die Unendlichkeit hinaus.